L'isola del giorno prima

Umberto Eco
L'isola del giorno prima

Bompiani

ISBN: 88-452-2318-3

© 1994 R.C.S. Libri & Grandi Opere S.p.A.
Via Mecenate 91 – 20138 Milano
I edizione Bompiani settembre 1994
Stampato presso Allestimenti Grafici Sud
Via Cancelliera 46, Ariccia RM. Printed in Italy

1.

Daphne

"Eppure m'inorgoglisco della mia umiliazione, e poiché a tal privilegio son condannato, quasi godo di un'aborrita salvezza: sono, credo, a memoria d'uomo, l'unico essere della nostra specie ad aver fatto naufragio su di una nave deserta."

Così, con impenitente concettosità, Roberto de la Grive, presumibilmente tra il luglio e l'agosto del 1643.

Da quanti giorni vagava sulle onde, legato a una tavola, a faccia in giù di giorno per non essere accecato dal sole, il collo innaturalmente teso per evitare di bere, riarso dal salmastro, certamente febbricitante? Le lettere non lo dicono e lasciano pensare a una eternità, ma si dev'essere trattato di due giorni al più, altrimenti non sarebbe sopravvissuto sotto la sferza di Febo (come immaginosamente lamenta) – lui così infermiccio quale si descrive, animale nottivago per naturale difetto.

Non era in grado di tenere il conto del tempo, ma credo che il mare si fosse calmato subito dopo il fortunale che l'aveva sbalzato da bordo dell'*Amarilli*, e quella sorta di zattera che il marinaio gli aveva disegnato su misura l'aveva condotto, spinta dagli alisei per un pelago sereno, in una stagione in cui a sud dell'equatore è un temperatissimo inverno, per non moltissime miglia, sino a che le correnti l'avevano fatto approdare nella baia.

Era notte, si era assopito, e non si era reso conto che si stava appressando alla nave sino a che, con un sussulto, la tavola aveva urtato contro la prua della *Daphne*.

E come – alla luce del plenilunio – s'era accorto di galleggiare sotto un bompresso, a filo di un castello di prora da cui pendeva una scaletta di corda non lontano dalla catena dell'ancora (la scala di Giacobbe, l'avrebbe chiamata padre Caspar!), gli erano tornati in un attimo tutti gli spiriti. Dev'essere stata la forza della disperazione: ha calcolato se aveva più fiato per gridare (ma la gola era un fuoco secco) o per liberarsi dalle corde che l'avevano rigato di solchi lividi e tentare l'ascesa. Credo che in questi istanti un morente diventi un Ercole che strozza i serpenti nella culla. Roberto è confuso nel registrare l'evento, ma bisogna accettare l'idea, se alla fine era al castello di prora, che in qualche modo a quella scala si fosse aggrappato. Forse è salito un poco alla volta, esausto a ogni tratto, si è rovesciato oltre la balaustra, ha strisciato sul cordame, ha trovato aperta la porta del castello... E l'istinto deve avergli fatto toccare al buio quel barile, al cui bordo si è issato per trovarvi una tazza legata a una catenella. E ha bevuto quanto poteva, crollando poi satollo, forse nel pieno senso del termine, poiché quell'acqua doveva trattenere tanti di quegli insetti annegati da fornirgli cibo e bevanda insieme.

Dovrebbe aver dormito ventiquattr'ore, è un calcolo appropriato se si è svegliato che era notte, ma come rinato. Dunque era notte di nuovo, e non ancora.

Lui ha pensato che fosse notte ancora, altrimenti dopo un giorno qualcuno avrebbe pur dovuto trovarlo. La luce della luna, penetrando dal ponte, illuminava quel luogo, che si dava a divedere come il cucinotto di bordo, col suo paiolo pendulo sopra il forno.

L'ambiente aveva due porte, una verso il bompresso, l'altra sul ponte. E alla seconda si era affacciato, scorgendo come di giorno i sartiami bene accomodati, l'argano, gli alberi con le vele raccolte, pochi cannoni ai sabordi, e la sagoma del castello di poppa. Aveva fatto rumore, ma non rispondeva anima viva. Si era affacciato alle murate, e a dritta aveva scorto, a circa un miglio, il profilo dell'Isola, con le palme della riva agitate dalla brezza.

La terra formava come un'ansa bordata di sabbia che biancheggiava nella pallida oscurità, ma, come avviene a

6

ogni naufrago, Roberto non poteva dire se isola fosse, o continente.

Aveva barcollato verso l'altro bordo e aveva intravisto – ma questa volta lontano, quasi a filo d'orizzonte – i picchi di un altro profilo, anche quello delimitato da due promontori. Il resto mare, come a dar l'impressione che la nave fosse attraccata in una rada in cui era entrata passando per un vasto canale che separava le due terre. Roberto aveva deciso che, se non si trattava di due isole, certo si trattava di un'isola prospiciente una terra più vasta. Non credo avesse tentato altre ipotesi, visto che non aveva mai saputo di baie così ampie da dar l'impressione, a chi vi si trovi in mezzo, di star di fronte a due terre gemelle. Così, per ignoranza di continenti smisurati, aveva colto nel segno.

Una bella vicenda per un naufrago: con i piedi sul solido e terraferma a portata di braccio. Ma Roberto non sapeva nuotare, entro poco avrebbe scoperto che a bordo non c'era nessuna scialuppa, e la corrente aveva frattanto allontanato la tavola con cui era arrivato. Per cui al sollievo per la morte scampata si accompagnava ormai lo sgomento per quella triplice solitudine: del mare, dell'Isola vicina e della nave. Ohé di bordo, deve aver tentato di gridare, in tutte le lingue che conosceva, scoprendosi debolissimo. Silenzio. Come se a bordo fossero tutti morti. E mai si era espresso – lui così generoso di similitudini – tanto alla lettera. O quasi – ma è di questo quasi che vorrei dire, e non so da dove iniziare.

Peraltro, ho iniziato già. Un uomo vaga sfinito per l'oceano e le acque indulgenti lo gettano su di una nave che pare deserta. Deserta come se l'equipaggio l'avesse appena abbandonata, perché Roberto torna a fatica alla cucina e vi trova una lampada e un acciarino, come se l'avesse posata il cuoco prima di andare a letto. Ma accanto al camino ci sono due giacigli sovrapposti, vuoti. Roberto accende la lampada, si guarda intorno, e trova gran quantità di cibo: pesce secco, e biscotto, appena azzurrato dall'umidità, che basta una raschiata col coltello. Salatissimo, il pesce, ma c'è acqua a volontà.

Deve essersi rimesso presto in forza, o era in forza quando ne scriveva, poiché si diffonde – letteratissimo – sulle delizie del suo festino, mai n'ebbe Olimpo pari ai suoi banchetti, soave ambrosia a me dall'imo ponto, il mostro a cui la morte ora m'è vita... Ma queste son le cose che Roberto scrive alla Signora del suo cuore:

Sole della mia ombra, luce della mia notte,
perché il cielo non mi ha depresso in quella tempesta che aveva così fieramente eccitato? Perché sottrarre al mare ingordo questo mio corpo, se poi in questa avara solitudine vieppiù sfortunata, orridamente naufragar doveva l'anima mia?

Forse, se il cielo pietoso non mi invierà soccorso, Voi non leggerete mai la lettera che ora vi scrivo, e arso come una face dalla luce di questi mari io mi farò oscuro agli occhi vostri, siccome una Selene che, troppo ahimè goduto della luce del suo Sole, a mano a mano che compie il suo viaggio oltre la curva estrema del nostro pianeta, derubata del soccorso dei raggi dell'astro suo sovrano, dapprima si assottiglia a imagine della falce che le recide la vita, poi, sempre più illanguidita lucerna, del tutto si dissolve in quel vasto ceruleo scudo ove l'ingegnosa natura forma eroiche imprese ed emblemi misteriosi dei suoi segreti. Orbato del vostro sguardo, sono cieco perché non mi vedete, mutolo perché non mi parlate, smemorato poiché non mi rammemorate.

E solo vivo, ardente opacità e tenebrosa fiamma, vago fantasma che la mia mente configurando sempre uguale in questa avversa pugna di contrari vorrebbe prestare alla vostra. Salvando la vita in questa lignea rocca, in questo fluttuante bastione, prigioniero del mare che mi difende dal mare, punito dalla clemenza del cielo, nascosto in questo imo sarcofago aperto a tutti i soli, in questo aereo sotterraneo, in questo carcere inespugnabile che mi offre la fuga d'ogni lato, io dispero di vedervi un giorno.

Signora, io vi scrivo come a offrirvi, indegno omaggio, la rosa sfiorita del mio sconforto. Eppure m'inorgoglisco della mia umiliazione e, poiché a tal privilegio son condannato, quasi godo di un'aborrita salvezza: sono, credo a memoria d'uomo, l'unico essere della nostra specie ad aver fatto naufragio su di una nave deserta.

Ma è mai possibile? A giudicare dalla data su questa prima lettera, Roberto si mette a scrivere subito dopo il suo arrivo, non appena trova carta e penna nella camera del capitano, prima di esplorare il resto della nave. Eppure avrebbe dovuto impiegar qualche tempo e rimettersi in forze, ché era ridotto come un animale ferito. O forse è piccola astuzia amorosa, innanzitutto cerca di rendersi conto di dove sia capitato, poi scrive, e finge fosse prima. Come mai, visto che sa, suppone, teme che queste lettere non arriveranno mai e le scrive solo per suo tormento (tormentoso conforto, direbbe lui, ma cerchiamo di non farci prendere la mano)? È già difficile ricostruire gesti e sentimenti di un personaggio che certamente arde d'amore vero, ma non si sa mai se esprima quanto sente o quello che le regole del discorso amoroso gli prescrivevano – ma d'altra parte che ne sappiamo della differenza tra passione vissuta e passione espressa, e quale preceda? Allora stava scrivendo per sé, non era letteratura, era davvero lì a scrivere come un adolescente che insegue un sogno impossibile, rigando la pagina di pianto, non per l'assenza dell'altra, già pura immagine anche quand'era presente, ma per tenerezza di sé, innamorato dell'amore...

Ci sarebbe di che trarne un romanzo ma, di nuovo, da dove incominciare?

Io dico che questa prima lettera l'ha scritta dopo, e prima si è guardato intorno – e che cosa abbia visto lo dirà nelle lettere seguenti. Ma anche qui, come tradurre il diario di qualcuno che vuol rendere visibile per metafore perspicaci quello che vede male, mentre va di notte con gli occhi malati?

Roberto dirà che agli occhi soffriva dal tempo di quella pallottola che gli aveva strisciato la tempia all'assedio di Casale. E può anche darsi, ma altrove suggerisce che gli si siano vieppiù indeboliti a causa della peste. Roberto era certamente di complessione gracile, per quanto ne intuisco anche ipocondriaco – se pure con giudizio; metà della sua fotofobia doveva esser dovuta a bile nera, e metà a qualche forma di irritazione, magari acutizzata dai preparati del signor d'Igby.

Pare certo che il viaggio sull'*Amarilli* l'avesse compiuto stando sempre sotto coperta, visto che quella del fotofobo era, se non la sua natura, almeno la parte che doveva svolgere per tener d'occhio i maneggi nella stiva. Alcuni mesi, tutti al buio o a lume di lucignolo – e poi il tempo sul relitto, accecato dal sole equatoriale o tropicale che fosse. Quando approda alla *Daphne*, quindi, malato o no, odia la luce, passa la prima notte nella cucina, si rianima e tenta una prima ispezione la seconda notte, e poi le cose vanno quasi da sé. Il giorno gli fa spavento, non solo gli occhi non lo sopportano, ma le scottature che doveva avere sul dorso, e si rintana. La bella luna che descrive in quelle notti lo rinfranca, di giorno il cielo è come dappertutto, di notte scopre nuove costellazioni (eroiche imprese ed emblemi misteriosi, appunto), è come trovarsi a teatro: si convince che quella sarà la sua vita per lungo tempo e forse sino a morte, ricrea la sua Signora sulla carta per non perderla, e sa di non aver perso molto più di quanto già non avesse.

A questo punto si rifugia nelle sue veglie notturne come in un utero materno, e a maggior ragione decide di sfuggire il sole. Forse aveva letto di quei Risurgenti d'Ungheria, di Livonia o di Valacchia, che si aggirano inquieti tra il tramonto e l'alba, per poi nascondersi nei loro avelli al canto del gallo: la parte poteva sedurlo...

Roberto dovrebbe aver iniziato il suo censimento nella seconda sera. Ormai aveva gridato abbastanza per essere sicuro che non ci fosse nessuno a bordo. Ma, e ne temeva, avrebbe potuto trovar dei cadaveri, qualche segno che giustificasse quell'assenza. Si era mosso con circospezione, e dalle lettere è difficile dire in che direzione: nomina in modo impreciso la nave, le sue parti e gli oggetti di bordo. Alcuni gli sono familiari e li ha sentiti menzionare dai marinai, altri ignoti, e li descrive per quel che gli appaiono. Ma anche gli oggetti noti, e segno che sull'*Amarilli* la ciurma doveva essere fatta di avanzi dei sette mari, li doveva aver sentiti indicare da uno in francese, dall'altro in olandese, dall'altro in inglese. Così dice talora *staffe* – come doveva avergli insegnato il dottor Byrd – per balestriglia; si fa fatica a capire come fosse una volta sul castello di poppa o sul cassero, e un'altra sul gagliardo da dietro, che è francesismo per dir la stessa cosa; usa *sabordi*, e glielo concedo volentieri perché mi ricorda i libri di marineria che si leggevano da ragazzi; parla di parrocchetto, che per noi è una vela di trinchetto, ma siccome per i francesi *perruche* è la vela di belvedere che sta sull'albero di mezzana, non si sa a cosa alluda quando dice che stava sotto alla parrucchetta. Per non dire che talora chiama l'albero di mezzana anche *artimone*, alla francese; ma allora che cosa intenderà mai quando scrive *mizzana*, che per i francesi è il trinchetto (ma, ahimè, non per gli inglesi, per cui il *mizzenmast* è la mezzana, come Dio comanda)? E quando parla di *gronda* probabilmente sta riferendosi a quello che noi diremmo un ombrinale. Tanto che prendo una decisione: cercherò di decifrare le sue intenzioni, e poi userò i termini che ci sono più familiari. Se mi sbaglio, pazienza: la storia non cambia.

Detto questo, stabiliamo che quella seconda notte, dopo aver trovato una riserva di cibo in cucina, Roberto procedette in qualche modo sotto la luna alla traversata del ponte.

Ricordando la prua e i fianchi bombati, vagamente intravisti la notte prima, giudicando dal ponte snello, dalla forma del gagliardo e dalla poppa stretta e rotonda, e paragonando con l'*Amarilli*, Roberto ne concluse che anche la *Daphne* era un *fluyt* olandese, o flauto, o *flûte*, o *fluste*, o *flyboat*, o *fliebote*, come variamente si chiamavano quelle navi da commercio e di media stazza, solitamente armate con una decina di cannoni, a scarico di coscienza in caso di un attacco di pirati, e che a quelle dimensioni potevano governarsi con una dozzina di marinai, e imbarcar molti passeggeri in più, se si rinunciava alle comodità (già scarse), stivando giacigli sino a inciamparci dentro – e via, gran moria per miasmi d'ogni tipo se non c'erano buglioli a sufficienza. Un flauto, dunque, ma più grande dell'*Amarilli*, con il ponte ridotto, quasi, a una sola griglia, come se il capitano fosse stato ansioso di imbarcar acqua a ogni cavallone troppo vivace.

In ogni caso, che la *Daphne* fosse un flauto era un vantaggio, Roberto poteva muoversi con una certa conoscenza della disposizione dei luoghi. Per esempio, avrebbe dovuto esserci al centro della coperta la grande scialuppa, capace di contenere l'equipaggio al completo: e che non ci fosse lasciava credere che l'equipaggio fosse altrove. Ma questo non tranquillizzava Roberto: un equipaggio non lascia mai la nave incustodita e in balia del mare, anche se ancorata con le vele raccolte in una baia tranquilla.

Quella sera aveva puntato subito oltre il quartiere di poppa, aveva aperto la porta del castello con ritegno, come se dovesse chiedere permesso a qualcuno... Accanto alla barra del timone, la bussola gli disse che il canale tra le due terre si stendeva da sud a nord. Poi si era ritrovato in quello che oggi chiameremmo il quadrato, una sala a forma di L, e un'altra porta lo aveva immesso nella camera del capitano, col suo ampio finestrone sopra il timone e gli accessi laterali alla galleria. Sull'*Amarilli* la camera di comando non faceva tutt'uno con quella dove il capitano dormiva, mentre qui pareva che si fosse cercato di risparmiare spazio per far posto a qualcosa d'altro. E infatti mentre alla sinistra del quadrato si aprivano due camerini per due ufficiali, a destra era stato ricavato un altro ambiente, quasi più ampio di quello del capitano, con una cuccetta modesta al fondo, ma disposto come un luogo di lavoro.

Il tavolo era ingombro di mappe, che parvero a Roberto più di quelle che una nave usa per la navigazione. Sembrava quello il posto di lavoro di uno studioso: con le carte stavano variamente disposti dei cannocchiali, un bel notturlabio in rame che emanava bagliori fulvi come se fosse in sé una sorgente di luce, una sfera armillare fissata al piano del tavolo, altri fogli ricoperti di calcoli, e una pergamena con disegni circolari in nero e in rosso, che riconobbe per averne viste copie sull'*Amarilli* (ma di più vile fattura) come una riproduzione delle eclissi lunari del Regiomontano.

Era tornato nella camera di comando: uscendo sulla galleria si poteva vedere l'Isola, si poteva – scriveva Roberto – fissar con occhi di lonza il suo silenzio. Insomma, l'Isola era là, come prima.

Doveva essere arrivato sulla nave quasi nudo: ritengo che per prima cosa, bruttato com'era dalla salsedine marina, si sia lavato in cucina, senza chiedersi se quell'acqua fosse l'unica a bordo, e poi abbia trovato in un cofano un bell'abito del capitano, quello da conservarsi per lo sbarco finale. Forse si è persino pavoneggiato nella sua tenuta di comando, e calzare stivali dev'essere stato un modo di sentirsi nuovamente nel suo elemento. Solo a quel punto un onest'uomo, propriamente abbigliato – e non un naufrago emaciato – può prendere ufficialmente possesso di una nave abbandonata, e non avvertire più come violazione, bensì come diritto, il gesto che Roberto fece: cercò sul tavolo e scoprì, aperto e come lasciato interrotto, accanto alla penna d'oca e al calamaio, il libro di bordo. Dal primo foglio apprese subito il nome della nave, ma per il resto era una sequenza incomprensibile di *anker, passer, sterre-kyker, roer,* e poco gli giovò sapere che il capitano era fiammingo. Tuttavia l'ultima linea recava la data di qualche settimana prima, e dopo poche parole incomprensibili campeggiava sottolineata una espressione in latino: *pestis, quae dicitur bubonica.*

Ecco una traccia, un annuncio di spiegazione. A bordo della nave era scoppiata una epidemia. Questa notizia non inquietò Roberto: la sua peste l'aveva avuta tredici anni prima, e tutti sanno che chi ha avuto il morbo ha acquisito una sorta di grazia, come se quella serpe non osasse introdursi per la seconda volta nei lombi di chi l'aveva domata una prima.

D'altra parte quell'accenno non spiegava gran che, e lasciava spazio per altre inquietudini. Sia pure, erano morti tutti. Ma allora si sarebbero dovuti trovare, sparsi scompostamente sul ponte, i cadaveri degli ultimi, ammesso che questi avessero dato pietosa sepoltura in mare ai primi.

C'era la mancanza della scialuppa: gli ultimi, o tutti, si erano allontanati dalla nave. Che cosa fa di una nave di appestati un luogo di invincibile minaccia? Topi, forse? Parve a Roberto di interpretare, nella scrittura ostrogotica del capitano, una parola come *rottnest*, rattaccio, topo da chiavica – e si era subito voltato alzando la lucerna, pronto a scorgere qualcosa scivolare lungo le pareti, e a udire lo squittire che gli aveva gelato il sangue sull'*Amarilli*. Con un brivido ricordò una sera che un essere peloso gli aveva sfiorato il volto mentre stava prendendo sonno, e il suo grido di terrore aveva fatto accorrere il dottor Byrd. Tutti poi lo avevano deriso: anche senza la peste, su di una nave ci sono tanti topi quanti uccelli in un bosco, e coi topi occorre aver dimestichezza se si vuole correre i mari.

Ma, almeno nel castello, di topi nessun sentore. Forse si erano radunati nella sentina, coi loro occhi rosseggianti nel buio, in attesa di carne fresca. Roberto si disse che, se c'erano, bisognava saperlo subito. Se erano topi normali e in numero normale, si poteva convivere. E che altro potevano essere, d'altra parte? Se lo chiese, e non volle rispondersi.

Roberto trovò uno schioppo, uno spadone e un coltellaccio. Era stato soldato: lo schioppo era uno dei quei *caliver* – come dicevano gli inglesi – che si poteva puntare senza forcella; si assicurò che l'acciarino fosse in ordine, più per sentir confidenza che per progetto di sbaragliare una torma di topi a pallettoni, e infatti si era anche infilato alla cintola il coltello, che coi topi serve a poco.

Aveva deciso di esplorare lo scafo da prora a poppa. Tornato al cucinotto, da una scaletta che scendeva a ridosso della staffa del bompresso era penetrato nel pagliolo (o dispensa, credo), dove erano state ammassate derrate per una lunga navigazione. E poiché non potevano essersi con-

14

servate per tutta la durata del viaggio, l'equipaggio aveva appena fatto rifornimento su di una terra ospitale.

C'erano ceste di pesce, affumicato da non molto, e piramidi di noci di cocco, e barili di tuberi di forma ignota ma dall'aspetto commestibile, e visibilmente capaci di sopportare una lunga conservazione. E poi frutti, di quelli che Roberto aveva visto apparire a bordo dell'*Amarilli* dopo i primi approdi a terre tropicali, anche quelli resistenti alle usure delle stagioni, irti di spini e squame, ma dal profumo pungente che prometteva carnosità ben difese, umori zuccherini nascosti. E da qualche prodotto delle isole dovevano essere state tratte quelle sacche di farina grigia, dall'odore di tufo, con cui probabilmente erano stati cotti anche dei pani che, all'assaggio, ricordavano quei bitorzoli insipidi che gli Indiani del Nuovo Mondo chiamavano patate.

Sul fondo vide anche una decina di bariletti con la spina. Spillò dal primo, ed era acqua non ancor imputridita, anzi, raccolta di recente e trattata con lo zolfo per conservarla più a lungo. Non era molta, ma, calcolando che anche i frutti lo avrebbero dissetato, avrebbe potuto trattenersi a lungo sulla nave. Eppure queste scoperte, che dovevano fargli intendere che sulla nave non sarebbe morto d'inedia, lo inquietavano ancor più – come del resto avviene agli spiriti melanconici, a cui ogni avviso di fortuna è promessa di infauste conseguenze.

Naufragare su una nave deserta è già un caso innaturale, ma se almeno la nave fosse stata abbandonata dagli uomini e da Dio come relitto impraticabile, senza oggetti di natura o d'arte che la rendessero appetibile ostello, questo sarebbe stato nell'ordine delle cose, e delle cronache dei naviganti; ma trovarla così, disposta come per un ospite gradito e atteso, come un'offerta insinuante, questo incominciava a sapere di zolfo, ben più dell'acqua. A Roberto vennero in mente varie favole che gli raccontava la nonna, e altre in più bella prosa che venivano lette nei salotti parigini, dove principesse smarrite nel bosco entrano in una rocca e trovano camere sontuosamente arredate con letti e baldacchini, e armadi pieni di vesti lussuose, o addirittura tavole imbandite... E si sa, l'ultima sala avrebbe riservato la rivelazione sulfurea della mente maligna che aveva teso il calappio.

Aveva toccato una noce di cocco alla base del cumulo, aveva turbato l'equilibrio dell'insieme, e quelle forme setolose erano precipitate a valanga, come ratti che avessero atteso taciti al suolo (o come i pipistrelli s'impiccano a rovescio alle travi di un soffitto), pronti ora a salirgli lungo il corpo e annusargli il volto salato di sudore.

Bisognava assicurarsi che di incantesimo non si trattasse: Roberto aveva imparato in viaggio cosa si fa con i frutti d'oltremare. Usando il coltellaccio come una scure, aprì d'un solo colpo una noce, bevve il liquido fresco, poi frantumò il guscio, rosicchiò la manna che si celava sotto la scorza. Era tutto così soavemente buono che l'impressione d'insidia si accrebbe. Forse, si disse, era già preda dell'illusione, gustava noci e stava addentando roditori, già ne stava assorbendo la quiddità, entro poco le sue mani si sarebbero fatte sottili, artigliose e adunche, il suo corpo si sarebbe coperto di una lanugine inacidita, la sua schiena si sarebbe piegata ad arco, e sarebbe stato accolto nella sinistra apoteosi degli ispidi abitanti di quella barca di Acheronte.

Ma, e per finire con la prima notte, altro avviso d'orrore doveva sorprendere l'esploratore. Come se il rovinio dei cocchi avesse risvegliato creature dormienti, udì venire, oltre il tramezzo che separava la dispensa dal resto del sottoponte, se non uno squittire, un pigolare, un ciangottare, un ruspare di zampe. Dunque l'insidia c'era, esseri della notte tenevano convegno in qualche covolo.

Roberto si chiese se, schioppo alla mano, doveva affrontare subito quell'Armageddon. Il cuore gli tremava, si accusò di viltà, si disse che o quella notte o un'altra, prima o poi avrebbe dovuto far fronte a Coloro. Tergiversò, risalì sul ponte, e per fortuna intravide l'alba che già sbavava cerea sul metallo dei cannoni, sino ad allora accarezzato dai riflessi lunari. Stava sorgendo il giorno, si disse con sollievo, ed era suo dovere fuggirne la luce.

Come un Risurgente d'Ungheria attraversò di corsa la coperta per tornare al castello di poppa, entrò nella camera ormai sua, barricò, chiuse le uscite sulla galleria, si mise le armi a portata di mano, e si apprestò a dormire per non vedere il Sole, carnefice che taglia con l'ascia dei suoi raggi il collo all'ombre.

Agitato, sognò il suo naufragio, e lo sognò da uomo d'ingegno, per cui anche nei sogni, e soprattutto in quelli, bisogna fare in modo che le proposizioni abbelliscano il concetto, che i rilievi lo ravvivino, le misteriose connessioni lo rendano denso, profondo le considerazioni, elevato le enfasi, dissimulato le allusioni, e le trasmutazioni sottile.

Immagino che a quei tempi, e su quei mari, fossero più le navi che naufragavano che quelle che tornavano in porto; ma a chi accadeva per la prima volta, l'esperienza doveva esser fonte d'incubi ricorrenti, che l'abitudine a ben concepire doveva rendere pittoreschi come un Ultimo Giudizio.

Sin dalla sera prima l'aria si era come ammalata di catarro, e pareva che l'occhio del cielo, pregno di lacrime, già non riuscisse più a sostener la vista della distesa delle onde. Il pennello della natura aveva ormai scolorito la linea dell'orizzonte e abbozzava lontananze di provincie indistinte.

Roberto, le cui viscere già vaticinavano l'imminente tremoto, si butta sul giaciglio, cullato ormai da una nutrice di ciclopi, si assopisce tra sogni irrequieti di cui sogna nel sogno di cui dice, e cosmopea di stupori accoglie in grembo. Si sveglia al baccanale dei tuoni e alle urla dei marinai, poi fiotti d'acqua gli invadono il giaciglio, il dottor Byrd si affaccia correndo e gli grida di portarsi sul ponte, e di tenersi bene aggrappato a qualsiasi cosa stia per un poco più ferma di lui.

Sul ponte, confusione, lamenti e corpi, come sollevati dalla mano divina, scaraventati in mare. Per un poco Roberto si afferra alla vela di contramezzana (credo di capire), sino a che questa si lacera, rotta da saette, il pennone si dà a emulare la curva corsa delle stelle e Roberto viene fiondato ai piedi dell'albero di maestra. Quivi un marinaio di buon cuore, che si era legato all'albero, non potendo fargli posto, gli getta una corda e gli grida di legarsi a una porta, scardinata sin lì dal castello, e buon fu per Roberto che la porta, con lui parassita, scivolasse poi contro il balaustro, perché nel frattempo l'albero si spezza a metà, e un'antenna piomba a spaccare in due la testa dell'adiuvante.

Da una breccia della murata Roberto vede, o sogna di aver visto, ciclàdi d'ombre accumulate a lampi che scorrono errando per i campi ondosi, il che mi pare un consentir troppo al gusto della citazione preziosa. Ma tant'è, l'*Amarilli* si inclina dalla parte del naufrago pronto al naufragio, e Roberto con la sua tavola scivola in un abisso sopra il quale egli scorge, scendendo, l'Oceano che libero ascende a simular dirupi, nel deliquio dei cigli vede sorger Piramidi cadute, si ritrova acquorea cometa che fugge lungo l'orbita di quel turbine d'umidi cieli. Mentre ogni flutto lampeggia con lucida incostanza, qui si curva un vapore, qua un vortice gorgoglia e apre un fonte. Fascini di meteore impazzite fan controcanto all'aria sediziosa e rotta in tuoni, il cielo è un alternarsi di luci remotissime e rovesci di tenebra, e Roberto dice di aver visto Alpi spumose entro lubrici solchi che hanno le schiume trasformate in messi, e Cerere fiorita tra zaffiri riflessi, e a tratti un precipitare di ruggenti opali, come se la tellurica figlia Proserpina avesse preso il comando esiliando la frugifera madre.

E tra belve che gli mugghiano errando d'intorno, mentre ribollono i salsi argenti in procelloso affanno, Roberto a un tratto cessa di ammirar lo spettacolo, di cui diventa insensibile attore, tramortisce e nulla più sa di sé. Solo dopo supporrà sognando che la tavola, per pietoso decreto, o per istinto di cosa natante, si adegui a quella giga e, com'era discesa, naturalmente risalga, acquetandosi in una lenta sarabanda – poi che nella collera degli elementi si sovvertono anche le regole di ogni urbana sequenza di danze – e con sempre più vaste perifrasi l'allontani dall'umbilico della giostra, ove invece sprofonda, trottola versipelle nelle mani dei figli di Eolo, la sventurata *Amarilli*, bompresso al cielo. E con essa ogni altra anima vivente nella sua stiva, l'ebreo destinato a trovare nella Gerusalemme Celeste la Gerusalemme terrena che non avrebbe mai più raggiunto, il cavaliere maltese per sempre separato dall'isola Escondida, il dottor Byrd coi suoi accoliti e – finalmente sottratto dalla natura benigna ai conforti dell'arte medica – quel povero cane infinitamente ulcerato, di cui peraltro non ho ancora avuto modo di dire perché Roberto ne scriverà solo più tardi.

Ma insomma, presumo che il sogno e la tempesta avessero reso il sonno di Roberto abbastanza suscettibile da limitarlo a un tempo brevissimo, a cui doveva succedere una veglia bellicosa. Infatti egli, accettando l'idea che fuori fosse giorno, riconfortato dal fatto che poca luce penetrasse dai finestroni opachi del castello, e fidando di poter discendere nel sottoponte da qualche scaletta interna, si fece animo, riprese le armi, e andò con temerario timore a scoprir l'origine di quei suoni notturni.

O meglio, non va subito. Chiedo venia, ma è Roberto che nel raccontare alla Signora si contraddice – segno che non racconta per filo e per segno quello che gli è accaduto, ma cerca di costruire la lettera come un racconto, meglio, come brogliaccio di quello che potrebbe diventare lettera e racconto, e scrive senza decidere che cosa poi sceglierà, disegna per così dire i pezzi della sua scacchiera senza stabilire subito quali muovere e come disporli.

In una lettera dice di essere uscito per avventurarsi sotto coperta. Ma in un'altra scrive che, appena svegliato dal chiarore mattinale fu colpito da un lontano concerto. Erano suoni che provenivano certamente dall'Isola. Dapprima Roberto ebbe l'immagine di una torma d'indigeni che stessero accalcandosi su lunghe canoe per abbordar la nave, e strinse lo schioppo, poi il concerto gli parve meno battagliero.

Era l'alba, il sole non colpiva ancora i vetri: si portò nella galleria, avvertì l'odore del mare, scostò di poco il battente della finestra, e con gli occhi socchiusi tentò di fissare la riva.

Sull'*Amarilli*, dove di giorno non usciva sul ponte, Roberto aveva sentito i passeggeri raccontare di aurore infuocate come se il sole fosse impaziente di dardeggiare il mondo, mentre ora vedeva senza lacrimare colori pastello: un cielo spumeggiante di nuvole scure appena sfrangiate di perlaceo, mentre una sfumatura, un ricordo di rosa, stava salendo dietro l'Isola, che pareva colorata di turchino su una carta ruvida.

Ma quella tavolozza quasi nordica gli bastava per capire che quel profilo, che gli era parso omogeneo nella notte, era dato dai contorni di una collina boschiva che si arrestava con rapido declivio su una fascia costiera coperta d'alberi di alto fusto, sino alle palme che facevano corona alla spiaggia bianca.

Lentamente la sabbia si faceva più luminosa, e lungo i bordi si scorgevano ai lati come dei grandi ragni imbalsamatisi mentre stavano muovendo i loro arti scheletrici nell'acqua. Roberto li intese da lontano quali "vegetali ambulanti", ma in quel momento il riflesso ormai troppo vivo della sabbia lo fece ritrarre.

Scoprì che, là dove gli occhi gli venivan meno, l'udito non poteva tradirlo, e all'udito si affidò, rinchiudendo quasi del tutto il battente e porgendo orecchio ai rumori che venivano da terra.

Pure abituato alle albe della sua collina, capì che per la prima volta in vita sua sentiva davvero cantare gli uccelli, e in ogni caso mai tanti e tanto vari ne aveva udito.

A migliaia salutavano il levar del sole: gli parve di riconoscere, tra grida di pappagalli, l'usignolo, il merlo, la calandra, un numero infinito di rondini, e persino il rumore acuto della cicala e del grillo, chiedendosi se davvero udisse animali di quelle specie, o non qualche loro germano degli antipodi... L'Isola era lontana, eppure ebbe l'impressione che quei suoni trascinassero un sentore di fiori d'arancio e di basilico, come se l'aria per tutta la baia fosse impregnata di profumo – e d'altra parte il signor d'Igby gli aveva raccontato come, nel corso di uno dei suoi viaggi, avesse riconosciuto la vicinanza della terra da un sorvolare d'atomi odorosi trasportati dai venti...

Ma, mentre annusando tendeva l'orecchio a quella moltitudine invisibile, come se dai merli di un castello o dalle feritoie di un bastione guardasse un'armata che vociferando si disponeva ad arco tra il digradar della collina, la pianura antistante, e il fiume che proteggeva le mura, provò l'impressione di avere già visto quello che udendo immaginava, e di fronte all'immensità che lo stringeva d'assedio si sentì assediato, e quasi gli venne l'istinto di puntare lo schioppo. Era a Casale, e di fronte a lui si stendeva l'armata spagnola, col suo rumore di carriaggi, il cozzar delle armi, le voci tenorili dei castigliani, il vociare dei napoletani, l'aspro grugnito dei lanzichenecchi, e sullo sfondo qualche suono di tromba che perveniva ovattato, e i colpi attutiti di qualche tiro d'archibugio, cloc, pof, taa-pum, come i mortaretti di una festa patronale.

Quasi la sua vita si fosse svolta tra due assedi, l'uno immagine dell'altro, con la sola differenza che ora, al congiungersi di quel cerchio di due lustri abbondanti, il fiume era troppo largo e circolare anch'esso – così da rendere impossibile ogni sortita – Roberto rivisse i giorni di Casale.

2.
Di quel ch'è accaduto in Monferrato

Roberto lascia capire assai poco dei suoi sedici anni di vita prima di quella estate del 1630. Cita episodi del passato solo quando gli paiono esibire qualche connessione con il suo presente sulla *Daphne*, e il cronista della sua cronaca riottosa deve spiare tra le pieghe del discorso. A seguire i suoi vezzi, apparirebbe come un autore che, per dilazionare lo svelamento dell'omicida, concede al lettore solo scarsi indizi. E così rubo accenni, come un delatore.

I Pozzo di San Patrizio erano una famiglia di piccola nobiltà che possedeva la vasta tenuta della Griva ai confini dell'alessandrino (a quei tempi parte del ducato di Milano, e quindi territorio spagnolo), ma che per geografia politica o disposizione d'animo si riteneva vassalla del marchese del Monferrato. Il padre – che parlava in francese con la moglie, in dialetto con i contadini, e in italiano con gli stranieri – con Roberto si esprimeva in modi diversi a seconda che gli insegnasse un colpo di spada, o lo portasse a cavalcare per i campi bestemmiando sugli uccelli che gli rovinavano il raccolto. Per il resto il ragazzo passava il suo tempo senza amici, fantasticando di terre lontane quando si aggirava annoiato per le vigne, di falconeria se cacciava rondoni, di lotte con il drago se giocava coi cani, di tesori nascosti mentre esplorava le stanze del loro castelletto o castellaccio che fosse. Gli accendevano queste vagabondaggini della mente i romanzi e i poemi cavallereschi che trovava impolverati nella torre meridionale.

Dunque ineducato non era, e aveva persino un precettore, sia pure stagionale. Un carmelitano, che si diceva avesse viaggiato in oriente, dove – mormorava segnandosi la madre – insinuavano si fosse fatto musulmano, una volta all'anno arrivava alla tenuta con un servo e quattro muletti carichi di libri e altri scartafacci, e veniva ospitato per tre mesi. Che cosa insegnasse all'allievo non so, ma quando è arrivato a Parigi Roberto faceva la sua figura, e comunque apprendeva sveltamente quel che udiva.

Di questo carmelitano si sa una cosa sola, e non è un caso che Roberto ne faccia cenno. Un giorno il vecchio Pozzo si era tagliato pulendo una spada, e vuoi che l'arma fosse arrugginita, vuoi che si fosse lesa una parte sensibile della mano o delle dita, la ferita gli dava forti dolori. Allora il carmelitano aveva preso la lama, l'aveva cosparsa di una polvere che teneva in una scatoletta, e subito il Pozzo aveva giurato di avvertire sollievo. Fatto sta che il giorno dopo la piaga si stava già cicatrizzando.

Il carmelitano si era compiaciuto per lo stupore di tutti, e aveva detto che il segreto di quella sostanza gli era stato rivelato da un arabo, e si trattava di un medicamento ben più potente di quello che gli spagirici cristiani chiamavano *unguentum armarium.* Quando gli avevano domandato perché mai la polvere non andasse posta sulla ferita bensì sulla lama che l'aveva prodotta, aveva risposto che così agisce la natura, tra le cui forze più forti vi è la simpatia universale, che governa le azioni a distanza. E aveva aggiunto che, se la cosa poteva apparire difficile da credere, non v'era che da pensare al magnete, il quale è una pietra che attira a sé la limatura di metallo, o alle grandi montagne di ferro, che coprono il nord del nostro pianeta, le quali attirano l'ago della bussola. E così l'unguento armario, saldamente aderendo alla spada, attirava quelle virtù del ferro che la spada aveva lasciato nella ferita e ne impedivano la guarigione.

Qualsiasi creatura che nella propria fanciullezza sia stata testimone di tanto, non può che rimanerne segnata per tutta la vita, e vedremo presto come il destino di Roberto sia stato deciso dalla sua attrazione verso il potere attrattivo di polveri e unguenti.

D'altra parte non è questo l'episodio che abbia maggiormente marcato l'infanzia di Roberto. Ve n'è un altro, e a parlar propriamente non è un episodio, ma una sorta di ritornello di cui il ragazzo aveva serbato sospettosa memoria. Dunque pare che il padre, che certamente era affezionato a quel figlio anche se lo trattava con la rudezza taciturna propria degli uomini di quelle terre, talora – e proprio nei suoi primi cinque anni di vita – lo sollevasse da terra e gli gridasse fieramente: "Tu sei il mio primogenito!" Nulla di strano, invero, tranne un veniale peccato di ridondanza, visto che Roberto era figlio unico. Se non fosse che crescendo Roberto aveva iniziato a ricordare (o si era convinto di ricordare) che a quelle manifestazioni di gioia paterna il volto della madre si atteggiava tra inquietudine e letizia, come se il padre facesse bene a dir quella frase, ma il sentirla ripetere le risvegliasse un'ansia già sopita. L'immaginazione di Roberto aveva a lungo saltabellato intorno al tono di quella esclamazione, concludendone che il padre non la pronunciava come se fosse un ovvio asserto, bensì una inedita investitura, enfatizzando quel "tu", come se volesse dire: "tu, e non un altro, sei il mio figlio primogenito."

Non un altro o non quell'altro? Nelle lettere di Roberto appare sempre qualche riferimento a un Altro che lo ossessiona, e l'idea sembra essergli nata proprio allora, quando egli si era convinto (e di che poteva strologare un bambino perso tra torrioni pieni di pipistrelli, vigne, lucertole e cavalli, imbarazzato a trattare coi contadinotti che gli erano impari coetanei, e che se non ascoltava alcune favole della nonna ascoltava quelle del carmelitano?), che da qualche parte si aggirasse un altro irriconosciuto fratello, il quale doveva essere d'indole cattiva, se il padre lo aveva ripudiato. Roberto era prima troppo piccolo, e poi troppo pudico, per domandarsi se questo fratello gli fosse tale per parte di padre o per parte di madre (e in entrambi i casi su uno dei genitori si sarebbe stesa l'ombra di un fallo antico e imperdonabile): era un fratello, in qualche modo (forse sovrannaturale) era certamente colpevole della ripulsa che aveva subìto, e per questo certamente odiava lui, Roberto, il prediletto.

L'ombra di questo fratello nemico (che purtuttavia avrebbe voluto conoscere per amarlo e farsi amare) aveva turbato le sue notti di fanciullo; più tardi, adolescente, sfogliava in biblioteca vecchi volumi per trovarvi nascosto, che so, un ritratto, un atto del curato, una confessione rivelatrice. Si aggirava per i sottotetti aprendo vecchi cassoni pieni di abiti dei bisnonni, ossidate medaglie o un pugnale moresco, e si soffermava a interrogare con le dita perplesse camiciole di tela fina che avevano certamente avvolto un infante, ma chissà se anni o secoli prima.

A poco a poco a questo fratello perduto aveva dato anche un nome, Ferrante, e aveva preso ad attribuirgli piccoli crimini di cui veniva accusato a torto, come il furto di un dolce o l'indebita liberazione di un cane dalla sua catena. Ferrante, favorito dalla sua cancellazione, agiva alle sue spalle, e lui si copriva dietro Ferrante. Anzi, a poco a poco l'abitudine d'incolpare il fratello inesistente di ciò che lui, Roberto, non poteva aver fatto, si era trasformata nel vezzo di addebitargli anche quello che Roberto aveva fatto davvero, e di cui si pentiva.

Non che Roberto dicesse agli altri una bugia: è che, prendendosi in silenzio e con un groppo di lacrime la punizione per i propri illeciti, riusciva a convincersi della propria innocenza e a sentirsi vittima di un sopruso.

Una volta, per esempio, Roberto, per provare un'ascia nuova che il fabbro aveva appena consegnato, in parte anche per ripicco di non so quale ingiustizia che riteneva di aver subito, aveva abbattuto un alberello da frutto che il padre aveva da poco piantato con grandi speranze per le stagioni a venire. Quando si era reso conto della gravità della sua sciocaggine, Roberto ne aveva configurato conseguenze tremende, come minimo una vendita ai Turchi che lo facessero remare a vita sulle loro galere, e si disponeva a tentare la fuga e a finir la sua vita come bandito sulle colline. Alla ricerca di una giustificazione, si era convinto in breve che a tagliar l'albero era stato certamente Ferrante.

Ma il padre, scoperto il delitto, aveva radunato tutti i ragazzi della tenuta e aveva detto che, per evitare la sua ira indiscriminata, il colpevole avrebbe fatto meglio a confessare. Roberto si era sentito pietosamente generoso: se avesse incolpato Ferrante il poveretto avrebbe subito un nuovo ripudio, in fondo l'infelice faceva il male per colmare il suo abbandono di orfano, offeso dallo spettacolo dei suoi genitori che colmavano un altro di carezze... Aveva fatto un passo avanti e, tremando di paura e di fierezza, aveva detto che non voleva che nessun altro fosse incolpato al suo posto. L'affermazione, anche se non lo era, era stata presa per una confessione. Il padre arricciandosi i baffi e guardando la madre, aveva detto tra molti burberi raschiamenti di gola che certamente il crimine era gravissimo, e la punizione inevitabile, ma non poteva non apprezzare che il giovane "signor della Griva" facesse onore alle tradizioni della famiglia, e che così deve sempre comportarsi un gentiluomo, anche se ha solo otto anni. Poi aveva sentenziato che Roberto non avrebbe partecipato alla visita di mezz'agosto ai cugini di San Salvatore, che era certamente punizione penosa (a San Salvatore c'era Quirino, un vignaiolo che sapeva issare Roberto su di un fico di altezza vertiginosa), ma certamente meno delle galere del Soldano.

A noi la storia pare semplice: il padre è fiero di avere un rampollo che non mente, guarda la madre con malcelata soddisfazione, e punisce in modo blando, tanto per salvare le apparenze. Ma Roberto su questo avvenimento ebbe a ricamare a lungo, giungendo alla conclusione che padre e madre certamente avevano intuito che il colpevole era Ferrante, avevano apprezzato il fraterno eroismo del figlio prediletto, e si erano sentiti sollevati di non dover mettere a nudo il segreto della famiglia.

Forse sono io che ricamo su scarsi indizi, ma è che questa presenza del fratello assente avrà un peso in questa storia. Di quel gioco puerile ritroveremo tracce nel comportamento di Roberto adulto – o almeno di Roberto al momento in cui lo troviamo sulla *Daphne*, in un frangente che, a dire il vero, avrebbe imbrigato chiunque.

In ogni caso divago; dobbiamo ancora stabilire come Roberto arrivi all'assedio di Casale. E qui conviene dar via libera alla fantasia e immaginare come possa essere accaduto.

Alla Griva le notizie non arrivavano con molta tempestività, ma da almeno due anni si sapeva che la successione al ducato di Mantova stava provocando molti guai al Monferrato, e un mezzo assedio c'era già stato. In breve – ed è una storia che altri ha già raccontato, sia pure in modo più frammentario del mio – nel dicembre 1627 moriva il duca Vincenzo II Mantova, e intorno al letto di morte di questo dissoluto che non aveva saputo far figli si era celebrato un balletto di quattro pretendenti, dei loro agenti e dei loro protettori. Vince il marchese di Saint-Charmont che riesce a convincere Vincenzo che l'eredità spetta a un cugino di ramo francese, Carlo di Gonzaga, duca di Nevers. Il vecchio Vincenzo, tra un rantolo e l'altro, fa o lascia che il Nevers sposi di gran fretta sua nipote Maria Gonzaga, e spira lasciandogli il ducato.

Ora, il Nevers era francese, e il ducato che ereditava comprendeva anche il marchesato del Monferrato con la sua capitale Casale, la fortezza più importante dell'Italia del Nord. Situato com'era tra il milanese spagnolo e le terre dei Savoia, il Monferrato consentiva il controllo del corso superiore del Po, dei transiti tra le Alpi e il sud, della strada tra Milano e Genova, e si inseriva come un cuscinetto tra la Francia e la Spagna – nessuna delle due potenze potendo fidarsi di quell'altro cuscinetto che era il ducato di Savoia, dove Carlo Emanuele I stava facendo un gioco che sarebbe longanime definire doppio. Se il Monferrato andava al Nevers era come se andasse a Richelieu; ed era quindi ovvio che la Spagna preferisse che andasse a qualcun altro, diciamo il duca di Guastalla. A parte il fatto che aveva qualche titolo alla successione anche il duca di Savoia. Siccome però un testamento c'era, e designava il Nevers, agli altri pretendenti rimaneva solo da sperare che il Sacro e Romano Imperatore germanico, di cui il duca di

Mantova era formalmente feudatario, non ratificasse la successione.

Gli spagnoli erano però impazienti e, nell'attesa che l'Imperatore prendesse una decisione, Casale era già stata assediata una prima volta da Gonzalo de Córdoba e ora, per la seconda volta, da un'imponente armata di spagnoli e imperiali comandata dallo Spinola. La guarnigione francese si disponeva a resistere, nell'attesa di una armata francese di soccorso, ancora impegnata al nord, che Dio sa se sarebbe arrivata in tempo.

Le vicende erano più o meno a questo punto, quando il vecchio Pozzo a metà aprile radunò davanti al castello i più giovani dei suoi famigli e i più svegli dei suoi contadini, distribuì tutte le armi che c'erano nella tenuta, chiamò Roberto, e fece a tutti questo discorso, che doveva essersi preparato durante la notte: "Gente state a sentire. Questa nostra terra della Griva ha sempre pagato tributo al Marchese del Monferrato, che da un po' è come se fosse il Duca di Mantova, il quale è diventato il signor di Nevers, e a chi viene a dirmi che il Nevers non è né mantovano né monferrino ci do un calcio nel culo, perché siete dei tarlocchi ignoranti che di queste cose non capite un accidente e quindi è meglio che state zitti e lasciate fare al vostro padrone che almeno lui sa cos'è l'onore. Ma siccome voi l'onore ve lo attaccate in quel posto, dovete sapere che se gli imperiali entrano a Casale quella è gente che non va per il sottile, le vostre vigne vanno a remengo e le vostre donne meglio non parlarne. Per cui si parte a difendere Casale. Io non obbligo nessuno. Se c'è qualche fagnano pelandrone che non è dell'idea lo dica subito e l'impicco a quella quercia." Nessuno dei presenti poteva ancora aver visto le acqueforti di Callot con grappoli di gente come loro che pendevano da altre querce, ma qualcosa doveva girar per l'aria: tutti alzarono chi i moschetti, chi le picche, chi dei bastoni col falcetto legato in cima e gridarono viva Casale abbasso gli imperiali. Come un sol uomo.

"Figlio mio," disse il Pozzo a Roberto mentre cavalcavano per le colline, con il loro piccolo esercito che seguiva a piedi, "quel Nevers non vale uno dei miei coglioni, e Vincenzo quando gli ha passato il ducato oltre che l'uccello non gli tirava neppure più il cervello, che poi non gli tirava neanche prima. Ma lo ha passato a lui e non a quel ciula del Guastalla, e i Pozzo sono vassalli dei signori legittimi del Monferrato sin dai tempi che Berta filava. Quindi si va a Casale e se si deve ci si fa ammazzare perché, dio mulino, non puoi stare con uno sino a che le cose van bene e poi mollarlo quando è nella palta sino al collo. Ma se non ci ammazzano è meglio, quindi occhio."

Il viaggio di quei volontari, dai confini dell'alessandrino a Casale, fu certo tra i più lunghi che la storia ricordi. Il vecchio Pozzo aveva fatto un ragionamento in sé esemplare: "Io conosco gli spagnoli," aveva detto, "ed è gente che gli piace prendersela comoda. Quindi punteranno a Casale traversando la pianura a sud, che ci passano meglio carriaggi, cannoni e trabiccoli vari. Così se noi, subito prima di Mirabello, puntiamo a occidente e prendiamo la via delle colline, ci mettiamo un giorno o due in più, ma arriviamo senza incontrare fastidi, e prima che arrivino loro."

Sfortunatamente lo Spinola aveva idee più tortuose su come si dovesse preparare un assedio e, mentre a sudest di Casale incominciava a far occupare Valenza e Occimiano, da qualche settimana aveva inviato a ovest della città il duca di Lerma, Ottavio Sforza e il conte di Gemburg, con circa settemila fanti, a cercar di prender subito i castelli di Rosignano, Pontestura e San Giorgio, per bloccare ogni possibile aiuto che pervenisse dall'armata francese, mentre a tenaglia da nord attraversava il Po verso sud il governatore di Alessandria, don Geronimo Augustin, con altri cinquemila uomini. E tutti si erano disposti lungo il tragitto che il Pozzo credeva ubertosamente deserto. Né, quando il nostro gentiluomo lo seppe da alcuni contadini, poté cambiar strada, perché a est c'erano ormai più imperiali che a ovest.

Pozzo disse semplicemente: "Noi non facciamo una piega. Io conosco queste parti meglio di loro, e ci passiamo in mezzo come faine." Il che implicava, di pieghe o curve, farne moltissime. Tanto da incontrare persino i francesi di Pontestura, che nel frattempo si erano arresi e, purché non rientrassero a Casale, gli era stato concesso di scendere verso Finale, da dove avrebbero potuto raggiungere la Francia via mare. Quelli della Griva li incontrarono dalle parti di Otteglia, rischiarono di spararsi a vicenda, ciascuno credendo che gli altri fossero nemici, e Pozzo apprese dal loro comandante che, tra le condizioni di resa, si era anche stabilito che il grano di Pontestura fosse venduto agli spagnoli, e questi avrebbero inviato il denaro ai casalesi.

"Gli spagnoli sono dei signori, figlio mio," disse Pozzo, "ed è gente che fa piacere combatterci contro. Per fortuna non siamo più ai tempi di Carlomagno contro i Mori che le guerre erano tutto un ammazza tu che ti ammazzo io. Queste son guerre tra cristiani, perdio! Ora quelli sono occupati a Rosignano, noi gli passiamo alle spalle, ci infiliamo tra Rosignano e Pontestura, e siamo a Casale in tre giorni."

Dette queste parole a fine aprile, Pozzo arrivò coi suoi in vista di Casale il 24 di maggio. Fu, almeno nei ricordi di Roberto, un gran bell'andare, sempre abbandonando strade e mulattiere e tagliando per i campi; tanto, diceva il Pozzo, quando c'è una guerra tutto va in malora, e se i raccolti non li roviniamo noi li rovinano loro. Per sopravvivere fecero baldoria tra vigne, frutteti e pollai: tanto, diceva il Pozzo, quella era terra monferrina e doveva nutrire i suoi difensori. A un contadino di Mombello che protestava fece dare trenta bastonate, dicendogli che se non c'è un po' di disciplina le guerre le vincono gli altri.

A Roberto la guerra incominciava ad apparire come un'esperienza bellissima; pervenivano da viandanti storie edificanti, come quella di quel cavaliere francese ferito e catturato a San Giorgio, che si era lamentato di esser stato derubato da un soldato di un ritratto che aveva carissimo; e il duca di Lerma, udita la notizia, gli aveva fatto restituire il ritratto, lo aveva curato e poi rinviato con un cavallo a Casale. E d'altra parte, sia pure con deviazioni a spirale da perdere ogni senso dell'orientamento, il vecchio Pozzo era riuscito a far sì che di guerra guerreggiata la sua banda non ne avesse ancora veduta.

Fu dunque con gran sollievo, ma coll'impazienza di chi vuol prendere parte a una festa a lungo attesa, che un bel giorno, dal sommo di una collina, videro sotto ai loro piedi, e davanti ai loro occhi, la città, bloccata a nord, alla loro sinistra, dalla grande striscia del Po, che proprio davanti al castello era fratta da due grandi isolotti in mezzo al fiume, e che finiva quasi a punta verso sud con la massa stellata della cittadella. Gaia di torri e campanili all'interno, all'esterno Casale pareva davvero imprendibile, tutta irsuta com'era di bastioni a dente di sega, che pareva uno di quei draghi che si vedono sui libri.

Era proprio un gran bello spettacolo. Tutto intorno alla città, soldati in abiti multicolori trascinavano macchine ossidionali, tra gruppi di tende illeggiadrite di vessilli e cavalieri dai cappelli assai piumati. Ogni tanto si vedeva tra il verde dei boschi o il giallo dei campi un barbaglio improvviso che feriva l'occhio, ed erano gentiluomini con corazze d'argento che scherzavano col sole, né si capiva da che parte andassero, e magari caracollavano proprio per far scena.

Bello per tutti, lo spettacolo parve meno lieto al Pozzo che disse: "Gente, stavolta siamo ciulati davvero." E a Roberto che chiedeva come mai, dandogli uno scappellotto sulla nuca: "Non fare il babbio, quelli son gli imperiali, crederai mica che i casalesi son tanti così e stanno a spasseggiare fuori mura. I casalesi e i francesi son dentro che tiran su balle di paglia e si cacano sotto per via che non sono neanche duemila, mentre quei lì da basso sono almeno centomila, guarda anche su quelle colline là in faccia." Esagerava, l'esercito dello Spinola contava solo diciottomila fanti e seimila cavalieri, ma bastavano e avanzavano.

"Che facciamo, padre mio?" chiese Roberto. "Facciamo," disse il padre, "che stiamo attenti a dove sono i luterani, e di lì non si passa: in primis, non si capisce un'ostia di quel che dicono, in secundis prima ti ammazzano e poi ti chiedono chi sei. Guardate bene dove sembrano spagnoli: avete già sentito che quelli sono gente con cui si può trattare. E che siano spagnoli di buona famiglia. In queste cose quel che conta è l'educazione."

Individuarono un passaggio lungo un accampamento con le insegne delle loro maestà cristianissime, dove luccicavano più corazze che altrove, e scesero raccomandandosi a Dio. Nella confusione, poterono procedere per un lungo tratto in mezzo al nemico, poiché a quei tempi l'uniforme l'avevano solo alcuni corpi scelti come i moschettieri, e per il resto non capivi mai chi era dei tuoi. Ma a un certo punto, e proprio mentre non restava che da attraversare una terra di nessuno, si imbatterono in un avamposto e furono fermati da un ufficiale che chiese urbanamente chi fossero e dove andassero, mentre alle sue spalle un manipolo di soldati stava sul chi vive.

"Signore," disse il Pozzo, "ci faccia la grazia di darci strada, con ciò sia cosa che dobbiamo andare a metterci nel posto giusto per poi spararle addosso." L'ufficiale si tolse il cappello, fece una riverenza e un saluto da spazzar la polvere due metri avanti a sé, e disse: "Señor, no es menor gloria vencer al enemigo con la cortesía en la paz que con las armas en la guerra." Poi, in un buon italiano: "Passi, signore, se un quarto dei nostri avrà la metà del suo coraggio, vinceremo. Che il cielo mi conceda il piacere di rincontrarla sul campo, e l'onore di ucciderla."

"Fisti orb d'an fisti secc," mormorò tra i denti il Pozzo, che nella lingua delle sue terre è ancor oggi un'espressione ottativa, con la quale si auspica, a un dipresso, che l'interlocutore sia dapprima orbato della vista e subito dopo preso da uno strangulione. Ma ad alta voce, facendo appello a tutte le sue risorse linguistiche e alla sua sapienza retorica, disse: "Yo también!" Salutò col cappello, diede una piccola spronata, se pur non quanto la teatralità del momento esigeva, poiché doveva dar tempo ai suoi di seguire a piedi, e si avviò verso le mura.

"Di' quel che vuoi, ma sono gentiluomini," fece rivolto al figlio, e fu bene che volgesse il capo: evitò un'archibugiata sparatagli dai bastioni. "Ne tirez pas, conichons, on est des amis, Nevers, Nevers!" gridò alzando le mani, e poi a Roberto: "Vedi, è gente senza riconoscenza. Non per dire, ma son meglio gli spagnoli."

Entrarono in città. Qualcuno doveva aver segnalato subito quell'arrivo al comandante della guarnigione, il signor di Toiras, antico fratello d'arme del vecchio Pozzo. Grandi abbracci, e una prima passeggiata sui bastioni.

"Caro amico," diceva Toiras, "ai registri di Parigi risulta che io ho in mano cinque reggimenti di fanteria di dieci compagnie ciascuno, per un totale di diecimila fanti. Ma il signor de La Grange ha solo cinquecento uomini, Monchat duecentocinquanta, e tutto insieme posso contare su mille e settecento uomini appiedati. Poi ho sei compagnie di cavalleggeri, quattrocento uomini in tutto, anche se ben equipaggiati. Il cardinale sa che ho meno uomini di quelli dovuti, ma sostiene che ne ho tremila ottocento. Io gli scrivo dandogli prove in contrario e Sua Eminenza fa finta di non capire. Ho dovuto reclutare un reggimento d'italiani alla bell'e meglio, côrsi e monferrini, ma se me lo consentite sono cattivi soldati, e figuratevi che ho dovuto ordinare agli ufficiali d'inquadrare in una compagnia a parte i loro valletti. I vostri uomini si assoceranno al reggimento italiano, agli ordini del capitano Bassiani, che è un buon soldato. Ci manderemo anche il giovane de la Grive, che vada al fuoco comprendendo bene gli ordini. Quanto a voi, caro amico, vi unirete a un gruppo di bravi gentiluomini che ci hanno raggiunto di loro volontà, come voi, e che stanno al mio seguito. Voi conoscete il paese e potrete darmi buoni consigli."

Jean de Saint-Bonnet, signore di Toiras, era alto, bruno con gli occhi azzurri, nella piena maturità dei suoi quarantacinque anni, collerico ma generoso e incline alla riappacificazione, brusco di modi ma tutto sommato affabile, anche coi soldati. Si era distinto come difensore dell'isola di Ré nella guerra contro gli inglesi, ma a Richelieu e alla corte non era simpatico, pare. Gli amici mormoravano di un suo dialogo col cancelliere di Marillac, che gli aveva detto sprezzantemente che si sarebbero potuti trovare duemila gentiluomini in Francia capaci di condurre altrettanto bene l'affare dell'isola di Ré, e lui aveva replicato che se ne sarebbero trovati quattromila capaci di tenere i sigilli meglio di Marillac. I suoi ufficiali gli attribuivano anche un altro buon motto (che secondo altri era però di un capitano scozzese): in un consiglio di guerra alla Rochelle il padre Giuseppe, che era poi la famosa eminenza grigia, e si piccava di strategia, aveva messo il dito su una carta dicendo "attraverseremo qui", e Toiras aveva obiettato con freddezza: "Reverendo padre, purtroppo il vostro dito non è un ponte."

"Ecco la situazione, cher ami," stava continuando a dire Toiras percorrendo gli spalti e accennando al paesaggio. "Il teatro è splendido e gli attori sono il meglio di due imperi e di molte signorie: abbiamo di fronte persino un reggimento fiorentino, e comandato da un Medici. Noi possiamo fidare in Casale, intesa come città: il castello, dal quale controlliamo la parte del fiume, è una bella bastiglia, è difeso da un bel fossato, e sulle mura abbiamo disposto un terrapieno che consentirà ai difensori di lavorar bene. La cittadella ha sessanta cannoni e bastioni a regola d'arte. Sono deboli in qualche punto, ma li ho rinforzati con mezzelune e batterie. Tutto questo è ottimo per resistere a un assalto frontale, ma lo Spinola non è un novizio: guardate quei movimenti laggiù, stanno apprestando delle gallerie di mina, e quando saranno arrivate qui sotto sarà come avessimo aperto le porte. Per bloccare i lavori occorrerà scendere in campo aperto, ma lì siamo più deboli. E non appena il nemico avrà portato più avanti quei cannoni, inizierà a bombardare la città, e qui entra in gioco l'umore dei borghesi di Casale, di cui mi fido pochissimo. D'altra parte li capisco: tengono più alla salvezza della loro città che al signor di Nevers e non si sono ancora convinti che sia bene morire per i gigli di Francia. Si tratterà di fargli capire che col Savoia o con gli spagnoli perderebbero le loro libertà e Casale non sarebbe più una capitale ma diventerebbe una

34

fortezza qualsiasi come Susa, che il Savoia è pronto a vendere per un pugno di scudi. Per il resto s'improvvisa, altrimenti non sarebbe una commedia all'italiana. Ieri sono uscito con quattrocento uomini verso Frassineto, dove stavano concentrandosi degli imperiali, e quelli si son ritirati. Ma mentre ero impegnato laggiù, dei napoletani si sono installati su quella collina, proprio dalla banda opposta. L'ho fatta battere dall'artiglieria per qualche ora e credo di aver fatto un bel macello, ma non se ne sono andati. Di chi è stata la giornata? Giuro su Nostro Signore che non lo so, e non lo sa neppure Spinola. Però so che cosa faremo domani. Vedete quelle casupole nella pianura? Se le controllassimo terremmo sotto tiro molte postazioni nemiche. Una spia mi ha detto che sono deserte, e questa è una buona ragione per temere che ci sia qualcuno nascosto – mio giovane signor Roberto non fate quella faccia sdegnata e imparate, teorema primo, che un bravo comandante vince una battaglia usando bene le spie e, teorema secondo, che una spia, poiché è un traditore, non ci mette nulla a tradire chi la paga affinché tradisca i suoi. In ogni caso, domani la fanteria andrà a occupare quelle case. Piuttosto che tenere le truppe a marcire entro le mura meglio esporle al fuoco, che è un buon esercizio. Non scalpitate, signor Roberto, non sarà ancora la vostra giornata: ma dopodomani il reggimento di Bassiani dovrà attraversare il Po. Vedete quei muri laggiù? Sono parte di un fortino che avevamo incominciato a costruire prima che quelli arrivassero. I miei ufficiali non sono d'accordo ma credo sia bene riprenderselo prima che lo occupino gli imperiali. Si tratta di tenerli sotto tiro in pianura, in modo da imbarazzarli e ritardare la costruzione delle gallerie. Insomma, ci sarà gloria per tutti. Per ora andiamo a cena. L'assedio è all'inizio e non mancano ancora le provviste. È solo più tardi che mangeremo i topi."

3.
Il Serraglio degli Stupori

Scampare all'assedio di Casale, dove alla fine i topi, almeno, non li aveva dovuti mangiare, per approdare alla *Daphne* dove i topi avrebbero forse mangiato lui... Meditando timoroso su questo bel contrasto Roberto si era finalmente disposto a esplorare quei luoghi da cui la sera prima aveva udito pervenire quegli incerti rumori.

Aveva deciso di scendere dal castello di poppa e, se tutto fosse stato come sull'*Amarilli*, sapeva che avrebbe dovuto trovare una dozzina di cannoni ai due lati, e i pagliericci o le amache dei marinai. Era penetrato dalla stanza del timone nel locale sottostante, attraversato dalla barra che oscillava con lento cigolio, e avrebbe potuto uscire subito dalla porta che dava sul sottoponte. Ma, quasi a prender confidenza con quelle zone profonde prima di affrontare il suo ignoto nemico, per una botola si era calato più sotto ancora, dove di solito avrebbero dovuto esserci altre provviste. E invece vi aveva trovato, organizzati con grande economia di spazio, giacigli per una dozzina d'uomini. Dunque la maggior parte della ciurma dormiva laggiù, come se il resto fosse stato riservato ad altre funzioni. I giacigli erano in ordine perfetto. Se epidemia vi era stata, dunque, a mano a mano che qualcuno moriva, i sopravvissuti li avevano rassettati a regola d'arte, per dire agli altri che nulla era successo... Ma infine, chi aveva detto che i marinai fossero morti, e tutti? E ancora una volta quel pensiero non lo aveva tranquillizzato: la peste, che ammazza l'intero equipaggio, è un fatto naturale, secondo alcuni teologi talora provvidenziale; ma un evento che faceva fuggire quello stesso equipaggio, e lasciando la nave in quel suo ordine innaturale, poteva essere ben più preoccupante.

Forse la spiegazione era nel sottoponte, occorreva farsi animo. Roberto era risalito e aveva aperto la porta che dava verso il luogo temuto.

Comprese allora la funzione di quei vasti graticci che traforavano la coperta. Con tale accorgimento il sottoponte era stato trasformato in una sorta di navata, illuminata attraverso le griglie dalla luce del giorno ormai pieno che cadeva di traverso, incrociandosi con quella che proveniva dai sabordi, colorandosi del riflesso, ora ambrato, dei cannoni.

Dapprima Roberto non scorse null'altro che lame di sole, in cui si vedevano agitarsi infiniti corpuscoli, e come le vide non poté che ricordare (e quanto si diffonde a giocare di dotte memorie, per maravigliar la sua Signora, anziché limitarsi a dire) le parole con cui il Canonico di Digne lo invitava a osservare le cascate di luce che si diffondevano nel buio di una cattedrale, animandosi al proprio interno di una moltitudine di monadi, semi, nature indissolubili, gocce d'incenso maschio che scoppiavano spontaneamente, atomi primordiali impegnati in combattimenti, battaglie, scaramucce a squadroni, tra incontri e separazioni innumerevoli – prova evidente della composizione stessa di questo nostro universo, d'altro non composto che da corpi primi brulicanti nel vuoto.

Subito dopo, quasi a confermargli che il creato altro non è che opera di quella danza d'atomi, ebbe l'impressione di trovarsi in un giardino e si rese conto che, da che era entrato laggiù, era stato assalito da una folla di profumi, ben più forti di quelli che gli erano pervenuti prima dalla riva.

Un giardino, un verziere coperto: ecco che cosa gli uomini scomparsi della *Daphne* avevano creato in quella zona, per condurre in patria fiori e piante delle isole che stavano esplorando, permettendo che il sole, i venti e le piogge consentissero loro di sopravvivere. Se il vascello avrebbe poi potuto conservare per mesi di viaggio quel bottino silvestre, se la prima tempesta non l'avrebbe avvelenato di sale, Roberto non sapeva dire, ma certamente il fatto che quella natura fosse ancora in vita confermava che – come per il cibo – la riserva era stata fatta di recente.

Fiori, arbusti, alberelli erano stati trasportati con le loro radici e le loro zolle, e allogati in canestri e casse di improvvisata fattura. Ma molti dei contenitori si erano infraciditi, la terra si era riversata formando tra gli uni e gli altri uno strato di terriccio umido a cui già si stavano mettendo a dimora le propaggini di alcune piante, e pareva di essere in un Eden che germogliasse dalle tavole stesse della *Daphne*.

Il sole non era così forte da offendere gli occhi di Roberto, ma già sufficiente a far risaltare i colori del fogliame e far schiudere i primi fiori. Lo sguardo di Roberto si posava su due foglie che dapprima gli erano parse come la coda di un gambero, da cui gemmavano fiori bianchi, poi su un'altra foglia verde tenero su cui nasceva una sorta di mezzo fiore da un cespo di giuggiole avorio. Una zaffata disgustosa lo attirava verso un orecchio giallo in cui pareva avessero infilato una pannocchietta, accanto scendevano festoni di conchiglie di porcellana, candide con la punta rosata, e da un altro grappolo pendevano delle trombe o campanelle capovolte, dal leggero sentore di borraccina. Vide un fiore color limone di cui, nel corso dei giorni, avrebbe scoperto la mutevolezza, perché sarebbe divenuto albicocca al pomeriggio e rosso cupo al calar del sole, ed altri, crocei al centro, che sfumavano in un biancore liliale. Scoprì dei frutti ruvidi che non avrebbe osato toccare, se uno di essi, caduto al suolo e apertosi per forza di maturazione, non avesse rivelato un interno di granata. Osò assaggiarne altri, e li giudicò più attraverso la lingua con cui si parla che quella con cui si gusta, visto che ne definisce uno come borsa di miele, manna congelata nell'ubertà del suo tronco, gioiello di smeraldi colmo di minutissimi rubini. Che poi, leggendo in controluce, oserei dire che aveva scoperto qualcosa molto simile a un fico.

Nessuno di quei fiori o di quei frutti gli era noto, ciascuno sembrava nato dalla fantasia di un pittore che avesse voluto violare le leggi della natura per inventare inverosimiglianze convincenti, dilaniate delizie e saporose menzogne: come quella corolla coperta da una peluria biancastra che sbocciava in un ciuffo di piume viola, oppure no, una primula sbiadata che espellesse un'appendice oscena, o una maschera che ricoprisse un viso canuto di barbe di capra. Chi poteva avere ideato questo arbusto con foglie da un lato verde scuro con decorazioni selvatiche rossogialle, e dall'altro fiammanti, attorniate da foglie di un più tenero verde pisello, di sostanza carnosa convoluta a conca, così da contenere ancora l'acqua dell'ultima pioggia?

Preso dalla suggestione del luogo Roberto non si chiedeva di quale pioggia le foglie contenessero i resti, visto che da almeno tre giorni sicuramente non pioveva. I profumi che lo stordivano lo disponevano a ritener naturale qualsiasi sortilegio.

Gli pareva naturale che un frutto moscio e cascante odorasse di formaggio fermentato, e che una sorta di melograno violaceo, con un buco in fondo, a scuoterlo facesse udire al proprio interno un qualche seme danzante, come se non di un fiore si trattasse, ma di un balocco, né si stupiva per un fiore a forma di cuspide, dal fondo duro e arrotondato. Roberto non aveva mai visto una palma piangente, come se fosse un salice, e l'aveva davanti, zampettante di radici multiple su cui si innestava un tronco che usciva da un unico cespuglio, mentre le fronde di quella pianta al pianto nata si piegavano estenuate dalla loro stessa floridezza; Roberto non aveva ancor visto un altro cespuglio che generasse foglie larghe e polpose, irrigidite da un nerbo centrale che sembrava di ferro, pronte a essere usate come piatti e vassoi, mentre accanto crescevano altre foglie ancora a foggia di cedevoli cucchiai.

Incerto se si aggirasse tra una foresta meccanica o in un paradiso terrestre nascosto nell'intimo della terra, Roberto si aggirava in quell'Eden che lo induceva a odorosi deliri.

Quando poi ne narra alla Signora, dirà di rustiche frenesie, capricci dei giardini, Protei frondosi, cedri (cedri?) impazziti di ameno furore... Oppure la rivivrà come una spelonca galleggiante ricca di ingannevoli automi dove, cinti di funi orribilmente attorte, sorgevano fanatici nasturzi, empi polloni di barbara selva... Scriverà d'oppio dei sensi, di una ronda di putridi elementi che, precipitando in impuri estratti, lo aveva condotto agli antipodi del senno.

Aveva dapprima attribuito al canto che gli perveniva dall'isola, l'impressione che voci pennute si manifestassero tra i fiori e le piante: ma di colpo gli si accapponò la pelle per il passaggio di un pipistrello che quasi gli sfiorò il volto, e subito dopo dovette scansarsi per evitare un falcone, che si era gettato sulla sua preda atterrandola con un colpo di rostro.

Penetrato nel sottoponte ancora udendo lontano gli uccelli dell'Isola, e convinto di percepirli ancora attraverso le aperture della chiglia, Roberto ora udiva quei suoni assai più prossimi. Non potevano venire dalla riva: altri uccelli, dunque, e non lontani, stavano cantando oltre le piante, verso prua, in direzione di quel pagliolo da cui la notte prima aveva udito i rumori.

Gli parve, procedendo, che il verziere terminasse ai piedi di un tronco d'alto fusto che perforava il ponte superiore, poi comprese che era giunto più o meno al centro della nave, dove l'albero di maestra si innervava sino all'infima carena. Ma a quel punto artificio e natura si stavano confondendo a tal segno che possiamo giustificare la confusione del nostro eroe. Anche perché, proprio a quel punto, le sue nari iniziarono ad avvertire una mescolanza di aromi, muffe terrose, e puzzo animale, come se lentamente egli stesse passando da un orto a uno stabbio.

E fu andando oltre il tronco dell'albero di maestra, verso prua, che vide l'uccelliera.

Non seppe definire diversamente quell'insieme di gabbie di canne attraversate da solidi rami che facevano da trespolo, abitate da animali volanti, intesi a indovinare quell'aurora di cui avevano solo un'elemosina di luce, e a rispondere con voci difformi al richiamo dei loro simili che cantavano liberi sull'Isola. Poggiate a terra o pendule dalle grate del ponte, le gabbie si disponevano per quell'altra navata come stalattiti e stalagmiti, dando vita a un'altra grotta delle maraviglie, dove gli animali svolazzando facevano oscillare le gabbie e queste incrociavano i raggi del sole, i quali creavano uno sfarfallio di tinte, un nevischio di arcobaleni.

Se sino a quel giorno non aveva mai udito veramente cantare gli uccelli, Roberto neppure poteva dire di averne mai visti, almeno di tante fogge, tanto che si chiese se essi fossero alla stato di natura o se la mano di un artista li avesse dipinti e addobbati per qualche pantomima, o per fingere un esercito in parata, ciascun fante e cavaliere ammantato nel proprio stendardo.

Impacciatissimo Adamo, non aveva nomi per quelle cose, se non quelli degli uccelli del suo emisfero; ecco un airone, si diceva, una gru, una quaglia... Ma era come dar dell'oca a un cigno.

Qua prelati dall'ampia coda cardinalizia e dal becco a forma di lambicco, aprivano ali color dell'erba gonfiando una gola porporina e scoprendo un petto azzurro, salmodiando quasi umani, là molteplici squadre si esibivano in gran torneo tentando assalti alle depresse cupole che circoscrivevano la loro arena, tra lampi tortorini e fendenti rossi e gialli, come orifiamme che un alfiere stesse lanciando e riprendendo al volo. Ingrugniti cavalleggeri, dalle lunghe gambe nervose in uno spazio troppo angusto, nitrivano sdegnati cra-cra-cra, talora titubando su un piede solo e guardandosi diffidenti d'intorno, vibrando i ciuffi sul capo proteso... Solo in una gabbia costruita sulla sua misura un gran capitano, dal manto cilestrino, il giustacuore vermiglio come l'occhio, e un pennacchio di fiordalisi sul cimiero, emetteva un gemito di colomba. In una gabbietta accanto tre fantaccini restavano al suolo, privi d'ali, saltellanti batuffoli di lana infangata, il musetto da sorcio, baffuto alla radice di un lungo becco ricurvo fornito di narici con le quali i mostricini annusavano piluccando i vermi che trovavano sul cammino... In una gabbia che si snodava a budello, una piccola cicogna dalle gambe carota, il petto acquamarina, le ali nere e il becco paonazzo, si muoveva esitante seguita da alcuni piccoli in fila indiana e, all'arrestarsi di quel suo sentiero, indispettita gracchiava, dapprima ostinandosi a rompere quello che credeva un intrico di viticci, poi arretrando e invertendo il cammino, coi suoi nati che non sapevano più se camminarle avanti o dietro.

Roberto era diviso tra l'eccitazione della scoperta, la pietà per quei prigionieri, il desiderio di aprire le gabbie e veder la sua cattedrale invasa da quegli araldi di un esercito dell'aria, per sottrarli all'assedio a cui la *Daphne*, a sua volta assediata dagli altri loro simili là fuori, li costringeva. Pensò che fossero affamati, e vide che nelle gabbie apparivano solo minuzzoli di cibo, e i vasi e le scodelle che dovevano contener dell'acqua erano vuoti. Ma scoprì accanto alle gabbie sacchi di granaglia e brandelli di pesce secco, preparati da chi voleva condurre quella preda in Europa, ché una nave non va per i mari dell'opposto sud senza riportare alle corti o alle accademie testimonianze di quei mondi.

Procedendo oltre trovò anche un recinto fatto d'assi con una dozzina d'animali ruspanti, che ascrisse alla specie gallinacea, anche se a casa propria non ne aveva visto di quel piumaggio. Anch'essi sembravano affamati, ma le galline avevano deposto (e celebravano l'evento come le loro sodali di tutto il mondo) sei uova.

Roberto ne prese subito uno, lo bucò con la punta del coltello, e lo bevve come usava da bambino. Poi si pose le altre nella camicia, e per compensare le madri, e i fecondissimi padri che lo fissavano con gran cipiglio scuotendo i bargigli, distribuì acqua e cibo; e così fece gabbia per gabbia, chiedendosi per quale provvidenza fosse approdato sulla *Daphne* proprio mentre gli animali erano allo stremo. Erano infatti già due notti che lui stava sulla nave e qualcuno aveva provveduto alle voliere al massimo il giorno prima del suo arrivo. Si sentiva come un invitato che giunge, sì, in ritardo a una festa, ma proprio appena gli ultimi ospiti se ne sono andati, e le tavole non sono state ancora sparecchiate.

Del resto, si disse, che qualcuno qui prima ci fosse e ora

non ci sia più, è assodato. Che ci fosse uno o dieci giorni prima del mio arrivo, non cambia in nulla la mia sorte, al massimo la rende più beffarda: naufragando un giorno prima avrei potuto unirmi ai marinai della *Daphne*, ovunque siano andati. O forse no, avrei potuto morire con loro, se sono morti. Tirò un sospiro (per lo meno non era un affare di topi) e concluse che aveva a disposizione anche dei polli. Ripensò al suo proposito di liberare i bipedi di più nobile schiatta, e convenne che, se l'esilio suo doveva durare a lungo, anche quelli avrebbero potuto risultar commestibili. Erano belli e multicolori anche gli *hidalgos* davanti a Casale, pensò, eppure gli tiravamo addosso, e se l'assedio fosse durato ce li saremmo persino mangiati. Chi è stato soldato nella guerra dei trent'anni (dico io, ma chi la stava allora vivendo non la chiamava così, e forse non aveva neppure capito che si trattava di una lunga unica guerra in cui ogni tanto qualcuno firmava una pace) ha imparato a esser duro di cuore.

4.
La Fortificazione Dimostrata

Perché Roberto rievoca Casale per descrivere i suoi primi giorni sulla nave? Certo, c'è il gusto della similitudine, assediato una volta e assediato l'altra, ma a un uomo del suo secolo chiederemmo qualcosa di meglio. Caso mai della similarità dovevano affascinarlo le differenze, feconde di elaborate antitesi: a Casale era entrato di sua scelta, affinché gli altri non entrassero, e sulla *Daphne* era stato gettato, e anelava solo a uscirne. Ma direi piuttosto che, mentre viveva una storia di penombre, riandava a una vicenda di azioni convulse vissute in pieno sole, in modo che le rutilanti giornate dell'assedio, che la memoria gli restituiva, lo compensassero di quel suo pallido vagabondare. E forse c'è altro ancora. Nella prima parte della sua vita Roberto aveva avuto solo due periodi in cui aveva appreso qualche cosa del mondo e dei modi di abitarlo, intendo i pochi mesi dell'assedio e gli ultimi anni a Parigi: ora stava vivendo la sua terza età di formazione, forse l'ultima, alla fine della quale la maturità sarebbe coincisa con la dissoluzione, e stava cercando di congetturarne il messaggio segreto vedendo il passato come figura del presente.

Casale era stata all'inizio una storia di sortite. Roberto la racconta alla Signora, trasfigurando, come per dire che, incapace come era stato di espugnare la rocca della sua neve intatta, percossa ma non disfatta dalla fiamma dei suoi due soli, alla fiamma di altro sole era pur stato capace di confrontarsi con chi poneva assedio alla sua cittadella monferrina.

La mattina dopo l'arrivo di quelli della Griva, Toiras aveva inviato degli ufficiali isolati, carabina in spalla, a osservare che cosa i napoletani stessero installando sulla collina conquistata il giorno prima. Gli ufficiali si erano avvicinati troppo, ne era seguito uno scambio di tiri, e un giovane luogotenente del reggimento Pompadour era stato ucciso. I suoi compagni l'avevano riportato entro le mura, e Roberto aveva visto il primo morto ammazzato della sua vita. Toiras aveva deciso di fare occupare le case a cui aveva accennato il giorno prima.

Si poteva seguir bene dai bastioni l'avanzata di dieci moschettieri, che a un certo punto si erano divisi per tentare una tenaglia sulla prima casa. Dalle mura partì una cannonata che passò sopra la loro testa e andò a scoperchiare la casa: come un nugolo d'insetti ne uscirono alcuni spagnoli che si diedero alla fuga. I moschettieri li lasciarono fuggire, si impadronirono della casa, vi si barricarono, e incominciarono un fuoco di disturbo verso la collina.

Era opportuno che l'operazione fosse ripetuta su altre case: anche dai bastioni si poteva ora vedere che i napoletani avevano iniziato a scavare trincee bordandole di fascine e di gabbioni. Ma queste non circoscrivevano la collina, si sviluppavano verso la pianura. Roberto apprese che così si iniziavano a costruire le gallerie di mina. Una volta arrivate alle mura, sarebbero state inzeppate, nell'ultimissimo tratto, di barili di polvere. Bisognava sempre impedire che i lavori di scavo raggiungessero un livello sufficiente per procedere sottoterra, altrimenti da quel punto i nemici avrebbero lavorato al riparo. Il gioco era tutto lì, prevenire da fuori e allo scoperto la costruzione delle gallerie, e scavare gallerie di contromina, sino a che non fosse arrivata l'armata di soccorso, e sino a che fossero durati viveri e munizioni. In un assedio non c'è altro da fare: disturbare gli altri, e aspettare.

La mattina seguente, come promesso, fu la volta del fortino. Roberto si trovò a imbracciare il suo schioppo in mezzo a una accolta indisciplinata di gente che a Lù, a Cuccaro o a Odalengo non avevano voglia di lavorare, e di côrsi taciturni, stipati su barche per traversare il Po, dopo che due compagnie francesi avevano già toccato l'altra riva. Toiras col suo seguito osservava dalla riva destra, e il vecchio Pozzo fece al figlio un gesto di saluto, prima accennando a un "vai, vai" con la mano, poi portando l'indice a stirare lo zigomo, per dire "occhio!"

Le tre compagnie s'accamparono nel fortino. La costruzione non era stata completata, e parte del lavoro già fatto era oramai caduto in pezzi. La truppa passò la giornata a barricare i vuoti nelle mura, ma il fortino era ben protetto da un fossato, oltre il quale furono inviate alcune sentinelle. Sopraggiunta la notte, il cielo era così chiaro che le sentinelle sonnecchiavano, e neppure gli ufficiali giudicavano probabile un attacco. E invece a un tratto si udì suonare la carica e si videro apparire i cavalleggeri spagnoli.

Roberto, messo dal capitano Bassiani dietro alcune balle di paglia che colmavano un tratto diroccato del recinto, non fece in tempo a capire quel che accadeva: ciascun cavalleggero recava dietro di sé un moschettiere e, come arrivarono vicino al fossato, i cavalli cominciarono a costeggiarlo in cerchio mentre i moschettieri sparavano eliminando le poche sentinelle, quindi ogni moschettiere si era gettato di groppa, rotolando nel fossato. Mentre i cavalleggeri si disponevano a emiciclo di fronte all'ingresso, costringendo al riparo i difensori con un fuoco serrato, i moschettieri guadagnavano incolumi la porta e le brecce meno difese.

La compagnia italiana, che era di guardia, aveva scaricato le armi e poi si era dispersa in preda al panico, e per questo sarebbe stata a lungo vilipesa, ma anche le compagnie francesi non seppero far di meglio. Tra l'inizio dell'attacco e la scalata alle mura erano passati pochi minuti, e gli uomini furono sorpresi dagli attaccanti, ormai entro la cinta, quando non si erano ancora armati.

I nemici, sfruttando la sorpresa, stavano massacrando il presidio, ed erano così numerosi che, mentre alcuni si impegnavano a stendere i difensori ancora in piedi, altri già si gettavano a spogliare i caduti. Roberto, dopo aver sparato sui moschettieri, mentre ricaricava a fatica con la spalla intontita dal rinculo, era stato sorpreso dalla carica dei cavalleggeri, e gli zoccoli di un cavallo che gli passava sopra il capo attraverso la breccia l'avevano seppellito sotto la rovina della barricata. Fu una fortuna: protetto dalle balle cadute, era scampato al primo e mortale impatto, e ora occhieggiando dal suo pagliaio vedeva con orrore i nemici finire i feriti, tagliare un dito per portar via un anello, una mano per un braccialetto.

Il capitano Bassiani, per riparar all'onta dei suoi uomini in fuga, si stava ancora battendo coraggiosamente, ma fu circondato e dovette arrendersi. Dal fiume ci si era accorti che la situazione era critica, e il colonnello La Grange, che aveva appena abbandonato il fortino dopo un'ispezione per rientrare a Casale, tentava di lanciarsi in soccorso dei difensori, trattenuto dai suoi ufficiali, che consigliavano invece di chiedere rinforzi in città. Dalla riva destra partirono altre barche, mentre, svegliato di soprassalto, arrivava al galoppo Toiras. Si comprese in breve che i francesi erano in rotta, e l'unica cosa era aiutare con tiri di copertura gli scampati a raggiungere il fiume.

In questa confusione fu visto il vecchio Pozzo che scalpitando faceva la spola tra lo stato maggiore e l'approdo delle barche, cercando Roberto tra gli scampati. Quando fu quasi certo che non c'erano più barche in arrivo, fu udito emettere un "O crispuli!" Quindi, da uomo che conosceva i capricci del fiume, e facendo passar per gonzo chi aveva sino ad allora arrancato remando, aveva scelto un punto davanti a uno degli isolotti e aveva spinto il cavallo in acqua, dando di sprone. Attraversando una secca fu sull'altra riva senza che il cavallo dovesse neppure nuotare, e si buttò come un matto, la spada alzata, verso il fortino.

Un gruppo di moschettieri nemici gli si fece incontro, mentre già il cielo schiariva, e senza capire chi fosse quel solitario: il solitario li attraversò eliminandone almeno cinque con fendenti sicuri, incappò in due cavalleggeri, fece rampare il cavallo, si chinò di lato evitando un colpo e di

47

colpo si rizzò facendo compiere alla lama un cerchio nell'aria: il primo avversario si abbandonò sulla sella con le budella che gli colavano lungo gli stivali mentre il cavallo fuggiva, il secondo rimase con gli occhi sbarrati, cercandosi con le dita un orecchio che, attaccato alla guancia, gli pendeva sotto il mento.

Pozzo arrivò sotto il forte e gli invasori, impegnati a spogliare gli ultimi fuggiaschi colpiti di schiena, non capirono neppure da dove venisse. Entrò nel recinto chiamando ad alta voce il figlio, travolse altre quattro persone mentre compiva una sorta di carosello dando di spada verso ogni punto cardinale; Roberto, sbucando dalla paglia, lo vide da lontano, e prima che il padre riconobbe Pagnufli, il cavallo paterno con cui giocava da anni. Si ficcò due dita in bocca ed emise un fischio che l'animale conosceva bene, e infatti già si era impennato rizzando le orecchie, e stava trascinando il padre presso la breccia. Pozzo vide Roberto e gridò: "Ma è il posto da mettersi? Sali insensato!" E mentre Roberto balzava in groppa afferrandoglisi alla vita disse: "Miseria, te non ti si trova mai dove devi essere." Poi incitando Pagnufli si buttò al galoppo verso il fiume.

A quel punto alcuni dei saccheggiatori si resero conto che quell'uomo in quel posto era fuori posto, e lo additarono gridando. Un ufficiale, con la corazza ammaccata, seguito da tre soldati, tentò di tagliargli la strada. Pozzo lo vide, fece per deviare, poi tirò le redini ed esclamò: "Poi uno dice il destino!" Roberto guardò in avanti e si rese conto che era lo spagnolo che li aveva lasciati passare due giorni prima. Anche lui aveva riconosciuto la sua preda, e con gli occhi brillanti avanzava con la spada levata.

Il vecchio Pozzo passò rapidamente la spada nella sinistra, trasse la pistola dal cinturone, alzò il cane e tese il braccio, tutto in modo così rapido da sorprendere lo spagnolo, che trascinato dall'impeto gli era ormai quasi sotto. Ma non tirò subito. Prese il tempo per dire: "Scusi la pistola, ma se lei porta la corazza avrò ben diritto..." Premette il grilletto e lo stese con una palla nella bocca. I soldati, vedendo cadere il capo, si diedero alla fuga, e Pozzo ripose la pistola dicendo: "Meglio andare, prima che perdan la pazienza... Dai Pagnufli!"

In una gran polveriera attraversarono la spianata, e tra violenti spruzzi il fiume, mentre qualcuno da lontano stava ancora scaricando le armi alle loro spalle.

Pervennero tra gli applausi alla riva destra. Toiras disse: "Très bien fait, mon cher ami," poi a Roberto: "La Grive, oggi tutti sono scappati e solo voi siete restato. Buon sangue non mente. Siete sprecato in quella compagnia di codardi. Passerete al mio seguito."

Roberto ringraziò e poi scendendo di sella porse la mano al padre, per ringraziare anche lui. Pozzo gliela strinse distrattamente dicendo: "Mi dispiace per quel signore spagnolo, che era tanto una brava persona. Mah, la guerra è una gran brutta bestia. D'altra parte ricordati sempre, figlio mio: buoni sì, ma se uno ti viene incontro per ammazzarti è lui che ha torto. O no?"

Rientrarono in città, e Roberto udì che il padre borbottava ancora, tra sé e sé: "Io non l'ho mica cercato..."

5.
Il Labirinto del Mondo

Sembra che Roberto rievochi questo episodio, colto da un momento di filiale pietà, fantasticando di un tempo felice in cui una figura protettiva poteva sottrarlo allo smarrimento di un assedio, ma non può evitare di ricordare quello che avvenne in seguito. E non mi pare un semplice accidente della memoria. Ho già detto che Roberto mi sembra far collidere quegli eventi lontani e la sua esperienza sulla *Daphne* come per trovare dei nessi, delle ragioni, dei segni del destino. Ora direi che il riandare ai giorni di Casale gli serve, sulla nave, a rintracciare le fasi per cui, giovinetto, stava lentamente apprendendo che il mondo si articolava per stranite architetture.

Come a dire che, da un lato, il trovarsi ora sospeso tra cielo e mare gli poteva dunque apparire soltanto come il più conseguente sviluppo di quei suoi tre lustri di peregrinazioni in un territorio fatto di scorciatoie biforcute; e dall'altro, credo, proprio a rifar la storia dei suoi disagi, cercava di trovar consolazione per il suo stato presente, come se il naufragio lo avesse restituito a quel paradiso terrestre che aveva conosciuto alla Griva, e da cui si era allontanato entrando tra le mura della città assediata.

Ora Roberto non stava più a spidocchiarsi negli alloggiamenti dei soldati, ma alla mensa di Toiras, in mezzo a gentiluomini che venivano da Parigi, e ne ascoltava, le bravate, le rievocazioni d'altre campagne, i discorsi fatui e brillanti. Da queste conversazioni – e sin dalla prima sera – aveva tratto ragione di credere che l'assedio di Casale non fosse l'impresa a cui aveva creduto di accingersi.

C'era venuto per dar vita ai suoi sogni cavallereschi, alimentati dai poemi che aveva letto alla Griva: essere di buon sangue e avere finalmente una spada al fianco significava per lui diventare un paladino che buttava la vita per una parola del suo re, o per la salvezza di una dama. Dopo l'arrivo, le sante schiere a cui si era unito si erano rivelate un'accozzaglia di paesani svogliati, pronti a volger le spalle al primo scontro.

Ora era stato ammesso a un consesso di prodi che lo accoglievano come pari loro. Ma egli sapeva che la sua prodezza era effetto di un malinteso, e non era fuggito perché era ancor più impaurito dei fuggiaschi. Quel che è peggio, mentre gli astanti, dopo che il signor de Toiras si era allontanato, facevano notte e davano la stura alle chiacchiere, stava rendendosi conto che lo stesso assedio null'altro era che un capitolo di una storia senza senso.

Dunque, Don Vincenzo di Mantova era morto lasciando il ducato a Nevers, ma sarebbe bastato che qualcun altro fosse riuscito a vederlo per ultimo, e tutta quella storia sarebbe stata diversa. Per esempio, anche Carlo Emanuele vantava qualche diritto sul Monferrato per via di una nipote (si sposavano tutti tra loro) e voleva da tempo incamerarsi quel marchesato che era come una spina nel fianco del suo ducato, dove s'incuneava sino a poche decine di miglia da Torino. Così, subito dopo la designazione di Nevers, Gonzalo de Córdoba, sfruttando le ambizioni del duca sabaudo per frustrare quelle dei francesi, gli aveva suggerito di unirsi agli spagnoli per prendere con loro il Monferrato, e poi fare a mezzo. L'imperatore, che aveva già troppi guai con il resto dell'Europa, non aveva dato il suo consenso all'invasione, ma neppure si era pronunciato contro Nevers. Gonzalo e Carlo Emanuele avevano rotto gli indugi e uno dei due aveva iniziato a prendersi Alba, Trino e Moncalvo. Buono sì, ma stupido no, l'imperatore aveva messo Mantova sotto sequestro, affidandola a un commissario imperiale.

La battuta d'attesa doveva valere per tutti i pretendenti,

ma Richelieu l'aveva presa come un affronto alla Francia. Oppure gli faceva comodo prenderla così, ma non si muoveva perché stava ancora assediando i protestanti della Rochelle. La Spagna vedeva con favore quel massacro di un pugno di eretici, ma lasciava che Gonzalo ne approfittasse per assediare con ottomila uomini Casale, difesa da poco più di duecento soldati. E quello era stato il primo assedio di Casale.

Siccome però l'imperatore aveva l'aria di non cedere, Carlo Emanuele aveva annusato la mala parata e, mentre continuava a collaborare con gli spagnoli, già prendeva contatti segreti con Richelieu. Nel frattempo La Rochelle cadeva, Richelieu veniva complimentato dalla corte di Madrid per questa bella vittoria della fede, ringraziava, rimetteva insieme il suo esercito e, Luigi XIII alla testa, gli faceva attraversare il Monginevro nel febbraio del '29, e lo schierava davanti a Susa. Carlo Emanuele si accorgeva che, giocando su due tavoli, rischiava di perdere non solo il Monferrato ma anche Susa, e – provando a vendere ciò che stavano portandogli via – offriva Susa in cambio di una città francese.

Un commensale di Roberto ricordava in tono divertito la vicenda. Richelieu con bel sarcasmo aveva fatto chiedere al duca se preferisse Orleans o Poitiers, e intanto un ufficiale francese si presentava alla guarnigione di Susa e chiedeva alloggio per il re di Francia. Il comandante savoiardo, che era uomo di spirito, aveva risposto che probabilmente sua altezza il duca sarebbe stato felicissimo di ospitare sua maestà, ma poiché sua maestà era venuto in una compagnia di tale ampiezza, gli si doveva permettere di avvisare prima sua altezza. Con altrettanta eleganza il maresciallo di Bassompierre caracollando sulla neve si era scappellato davanti al suo re e, avvertendolo che i violini erano entrati e le maschere stavano alla porta, gli chiedeva il permesso di iniziare il balletto. Richelieu celebrava la messa al campo, la fanteria francese attaccava, e Susa veniva conquistata.

Stando così le cose, Carlo Emanuele decideva che Luigi XIII era suo ospite graditissimo, gli andava a porgere il benvenuto, e gli chiedeva solo di non perder tempo a Casale, che se ne stava già occupando lui, e di aiutarlo invece a prender Genova. Veniva cortesemente invitato a non dire discervellataggini e gli veniva messa in mano una bella penna d'oca per firmare un trattato in cui consentiva ai francesi di far il comodo loro in Piemonte: come mancia otteneva che gli lasciassero Trino e che imponessero al duca di Mantova di pagargli un affitto annuale per il Monferrato: "Così Nevers," diceva il commensale, "per aver del suo, ne pagava la pigione a chi non lo aveva mai posseduto!"

"E ha pagato!" rideva un altro. "Quel con!"

"Nevers ha sempre pagato per le sue follie," aveva detto un abate, che a Roberto era stato presentato come il confessore di Toiras. "Nevers è un pazzo di Dio che si crede d'essere San Bernardo. Ha sempre e soltanto pensato a riunificare i principi cristiani per una nuova crociata. Sono tempi che i cristiani si ammazzano tra loro, figuriamoci chi si occupa più degli infedeli. Signori di Casale, se di questa amabile città resterà qualche pietra dovete attendervi che il vostro nuovo signore vi inviti tutti a Gerusalemme!" L'abate sorrideva divertito, lisciandosi i baffi biondi e ben curati, e Roberto pensava: ecco, stamane stavo per morire per un matto, e questo matto è detto matto perché sogna, come io sognavo, i tempi della bella Melisenda e del Re Lebbroso.

Né le vicende successive consentivano a Roberto di districarsi tra le ragioni di quella storia. Tradito da Carlo Emanuele, Gonzalo de Córdoba capiva di aver perduto la campagna, riconosceva l'accordo di Susa, e riportava i suoi ottomila uomini nel milanese. Una guarnigione francese s'installava a Casale, un'altra a Susa, il resto dell'armata di Luigi XIII ripassava le Alpi per andare a liquidare gli ultimi ugonotti in Linguadoca e nella valle del Rodano.

Ma nessuno tra quei gentiluomini aveva intenzione di tener fede ai patti, e i commensali lo raccontavano come se fosse del tutto naturale, anzi alcuni assentivano osservando che "la Raison d'Estat, ah, la Raison d'Estat". Per ragioni

53

di stato l'Olivares – Roberto capiva che era qualcosa come un Richelieu spagnolo, ma meno baciato dalla fortuna – si accorgeva di aver fatto una pessima figura, liquidava malamente Gonzalo, metteva al suo posto Ambrogio Spinola e prendeva a dire che l'offesa recata alla Spagna andava a detrimento della Chiesa. "Storie," osservava l'abate, "Urbano VII aveva favorito la successione del Nevers." E Roberto a chiedersi cosa c'entrasse il papa con vicende che non avevano alcuna attinenza a questioni di fede.

Intanto l'imperatore – e chissà quanto Olivares lo premesse in mille modi – si ricordava che Mantova era ancora sotto regime commissariale, e che Nevers non poteva né pagare né non pagare per qualcosa che ancora non gli spettava; perdeva la pazienza e mandava ventimila uomini ad assediare la città. Il papa, vedendo dei mercenari protestanti scorrazzare per l'Italia, pensava subito a un altro sacco di Roma, e inviava truppe alla frontiera del mantovano. Lo Spinola, più ambizioso e risoluto di Gonzalo, decideva di riassediare Casale, ma questa volta sul serio. Insomma, ne concludeva Roberto, per evitare le guerre non bisognerebbe mai fare trattati di pace.

Nel dicembre del '29 i francesi valicavano di nuovo le Alpi, Carlo Emanuele secondo i patti avrebbe dovuto lasciarli passare, ma tanto per dar prova di lealtà riproponeva le sue pretese sul Monferrato e sollecitava seimila soldati francesi per assediare Genova, che proprio era il suo chiodo fisso. Richelieu, che lo considerava un serpente, non diceva né no né sì. Un capitano, che vestiva a Casale come se fosse a corte, rievocava una giornata del febbraio passato: "Gran bella festa, amici miei, mancavano i musici di Palazzo reale, ma c'erano le fanfare! Sua maestà, seguito dall'esercito, cavalcava davanti a Torino in un costume nero ricamato in oro, una piuma sul cappello e la corazza tirata a lucido!" Roberto si attendeva il racconto di un grande assalto, ma no, anche quella era stata soltanto una parata; il re non attaccava, faceva di sorpresa una deviazione su Pinerolo e se ne appropriava, o se ne riappropriava, visto che qualche centinaio d'anni prima era stata città francese. Roberto aveva una vaga idea di dove fosse Pinerolo, e non capiva per quale ragione si dovesse prender quella per liberar Casale. "Forse che noi siamo assediati a Pinerolo?" si domandava.

Il papa, preoccupato della piega che stavano prendendo le cose, mandava un suo rappresentante a Richelieu per raccomandargli di restituire la città ai Savoia. La tavolata si era profusa in ciarle su quell'inviato, un tal Giulio Mazzarini: un siciliano, un plebeo romano, macché – rincarava l'abate – il figlio naturale di un ciociaro di oscuri natali, diventato capitano non si sa come, che serviva il papa ma stava facendo di tutto per conquistarsi la fiducia di Richelieu, che ormai stravedeva per lui. E si doveva tenerlo d'occhio, dato che in quel momento era o stava partendo alla volta di Ratisbona, che è a casa del diavolo, ed era laggiù che si decidevano i destini di Casale, non con qualche galleria di mina o contromina.

Intanto, siccome Carlo Emanuele cercava di tagliare le comunicazioni alle truppe francesi, Richelieu si prendeva anche Annecy e Chambery e savoiardi e francesi si scontravano ad Avigliana. In questa lenta partita, gli imperiali minacciavano la Francia entrando in Lorena, Wallenstein stava muovendosi in aiuto dei Savoia, e nel luglio un pugno di imperiali trasportati su chiatte aveva preso di sorpresa una chiusa a Mantova, l'esercito al completo era entrato in città, l'aveva saccheggiata per settanta ore svuotando il palazzo ducale da cima a fondo e, tanto per tranquillizzare il papa, i luterani dell'armata imperiale avevano spogliato tutte le chiese della città. Sì, proprio quei lanzi che Roberto aveva visto, arrivati a dar man forte a Spinola.

L'armata francese era ancora impegnata al nord e nessuno sapeva dire se sarebbe arrivata in tempo prima che Casale cadesse. Non restava che sperare in Dio, aveva detto l'abate: "Signori, è virtù politica sapere che si debbono ricercare i mezzi umani come se non esistessero quelli divini, e quelli divini come se non esistessero i mezzi umani."

"Speriamo dunque nei mezzi divini," aveva esclamato un

gentiluomo, ma con tono pochissimo compunto, e agitando la coppa tanto da farne cadere del vino sulla casacca dell'abate. "Signore, voi mi avete macchiato di vino," aveva gridato l'abate, impallidendo – che era il modo in cui ci si sdegnava a quel tempo. "Fate conto," aveva risposto l'altro, "che vi sia accaduto durante la consacrazione. Vino quello, vino questo."

"Signor di Saint-Savin," aveva gridato l'abate alzandosi e portando la mano alla spada, "non è la prima volta che disonorate il vostro nome bestemmiando quello di Nostro Signore! Avreste fatto meglio, Dio mi perdoni, a rimanere a Parigi a disonorar le dame, come è costume di voi pirroniani!"

"Suvvia," aveva risposto Saint-Savin, evidentemente ubriaco, "noi pirroniani la notte andavamo a dar la musica alle dame e gli uomini di fegato che volevano giocare qualche bel tiro si univano a noi. Ma, quando la dama non si affacciava, sapevamo bene che lo faceva per non lasciare il letto che gli stava scaldando l'ecclesiastico di famiglia."

Gli altri ufficiali si erano alzati e trattenevano l'abate che voleva sguainare la spada. Il signor di Saint-Savin è alterato dal vino, gli dicevano, si doveva pur concedere qualcosa a un uomo che in quei giorni si era ben battuto, e un poco di rispetto per i compagni morti da poco.

"E sia," aveva concluso l'abate abbandonando la sala, "signor di Saint-Savin, vi invito a terminare la notte recitando un De Profundis per i nostri amici scomparsi, e me ne riterrò soddisfatto."

L'abate era uscito, e Saint-Savin, che sedeva proprio accanto a Roberto, gli si era ripiegato sulla spalla e aveva commentato: "I cani e gli uccelli di fiume non fanno più rumore di quanto non ne facciamo noi urlando un De Profundis. Perché tanti scampanii e tante messe per resuscitare i morti?" Aveva vuotato di colpo la coppa, aveva ammonito Roberto col dito alzato, come per educarlo a una vita retta e ai sommi misteri della nostra santa religione: "Signore, siate orgoglioso: oggi avete sfiorato una bella morte e comportatevi in futuro con altrettanta noncuranza, sapendo che l'anima muore col corpo. E dunque andate alla morte dopo aver gustato la vita. Siamo animali tra gli animali, figli entrambi della materia, salvo che siamo più disarmati. Ma poiché a differenza delle bestie sappiamo che dobbiamo morire, prepariamoci a quel momento godendo della vita che ci è stata data dal caso e per caso. La saggezza ci insegni a impiegare i nostri giorni per bere e conversare amabilmente, come si conviene ai gentiluomini, disprezzando le anime vili. Camerati, la vita è in debito con noi! Stiamo marcendo a Casale, e siamo nati troppo tardi per godere dei tempi del buon re Enrico, quando al Louvre incontravi dei bastardi, delle scimmie, dei folli e dei buffoni di corte, dei nani e dei *cul-de-jatte*, dei musici e dei poeti, e il Re se ne divertiva. Ora gesuiti lascivi come caproni tuonano contro chi legge Rabelais e i poeti latini, e ci vorrebbero tutti virtuosi per ammazzare gli ugonotti. Signore Iddio, la guerra è bella, ma voglio battermi per il mio piacere e non perché il mio avversario mangia carne al venerdì. I pagani erano più saggi di noi. Avevano anche loro tre dèi, ma almeno la loro madre Cibele non pretendeva di averli partoriti restando vergine."

"Signore," aveva protestato Roberto, mentre gli altri ridevano.

"Signore," aveva risposto Saint-Savin, "la prima qualità di un onest'uomo è il disprezzo della religione, che ci vuole timorosi della cosa più naturale del mondo, che è la morte, odiatori dell'unica cosa bella che il destino ci ha dato, che è la vita, e aspiranti a un cielo dove di eterna beatitudine vivono solo i pianeti, che non godono né di premi né di condanne, ma del loro moto eterno, nelle braccia del vuoto. Siate forte come i saggi dell'antica Grecia e guardate alla morte con occhio fermo e senza paura. Gesù ha sudato troppo aspettandola. Che cosa aveva da temere, d'altra parte, poiché sarebbe resuscitato?"

"Basta così, signor di Saint-Savin," gli aveva quasi intimato un ufficiale prendendolo per il braccio. "Non date scandalo a questo nostro giovane amico, che non sa ancora che a Parigi oggigiorno l'empietà è la forma più squisita del *bon ton*, e potrebbe prendervi troppo sul serio. E andate a dormire anche voi, signor de la Grive. Sappiate che il buon Dio è così soccorrevole che perdonerà anche al signor di Saint-Savin. Come diceva quel teologo, forte è un re che tutto distrugge, più forte una donna che tutto ottiene, ma più forte ancora il vino che affoga la ragione."

"Citate a metà, signore," aveva biascicato Saint-Savin mentre due dei suoi camerati lo trascinavano fuori quasi di peso, "questa frase viene attribuita alla Lingua, che aveva aggiunto: più forte ancora è però la verità e io che la dico. E la mia lingua, anche se ormai la muovo con fatica, non tacerà. Il saggio non deve solo attaccare la menzogna a colpi di spada ma anche a colpi di lingua. Amici, come potete chiamare soccorrevole una divinità che vuole la nostra infelicità eterna solo per calmare la sua collera di un istante? Noi dobbiamo perdonare al nostro prossimo e lui no? E dovremmo amare un essere così crudele? L'abate mi ha detto pirroniano, ma noi pirroniani, se così egli vuole, ci preoccupiamo di consolare le vittime dell'impostura. Una volta con tre compari abbiamo distribuito alle dame dei rosari con delle medagliette oscene. Sapeste come divennero devote da quel giorno!"

Era uscito, accompagnato dalle risate di tutta la brigata, e l'ufficiale aveva commentato: "Se non Dio, almeno noi perdoniamo la sua lingua, visto che ha una così bella spada." Poi a Roberto: "Tenetevelo per amico, e non contrariatelo più del dovuto. Ha steso più francesi lui a Parigi, per un punto di teologia, di quanti spagnoli non ne abbia ancora infilzati la mia compagnia in questi giorni. Non vorrei averlo accanto alla messa, ma mi riterrei fortunato di averlo accanto sul campo."

Così educato ai primi dubbi, altri doveva conoscerne Roberto il giorno dopo. Era tornato in quell'ala del castello dove aveva dormito le prime due notti coi suoi monferrini, per riprendere il suo sacco, ma faticava a orientarsi tra cortili e corridoi. Per uno di questi procedeva, accorgendosi di aver sbagliato strada, quando vide sul fondo uno specchio plumbeo di sporcizia, in cui scorse se stesso. Ma avvicinandosi si rese conto che quel se stesso aveva , sì, il suo volto, ma abiti sgargianti alla spagnolesca, e portava i capelli raccolti in una reticella. Non solo, ma quel se stesso a un certo punto non gli era più di fronte, bensì scompariva di lato.

Non si trattava dunque di uno specchio. Infatti si rese conto che era un finestrone, dai vetri impolverati, che dava su di uno spalto esterno, da cui si scendeva per una scala verso la corte. Dunque non aveva visto se stesso ma qualcun altro, molto simile a lui, di cui ora aveva perduto la traccia. Naturalmente pensò subito a Ferrante. Ferrante lo aveva seguito o preceduto a Casale, forse era in un'altra compagnia dello stesso reggimento, o in uno dei reggimenti francesi e, mentre lui rischiava la vita nel fortino, traeva dalla guerra chissà quali vantaggi.

A quell'età Roberto inclinava ormai a sorridere delle sue fantasie fanciullesche su Ferrante, e riflettendo sulla sua visione si convinse ben presto che aveva soltanto visto qualcuno che poteva vagamente assomigliargli.

Volle dimenticare l'incidente. Per anni aveva rimuginato di un fratello invisibile, quella sera aveva creduto di vederlo ma, per l'appunto (si disse cercando con la ragione di contraddire il suo cuore), se qualcuno aveva visto, non era figmento, e poiché Ferrante era figmento, colui che aveva visto non poteva essere Ferrante.

Un maestro di logica avrebbe obiettato a quel paralogismo, ma per il momento a Roberto poteva bastare.

6.
Grand'Arte della Luce e dell'Ombra

Dopo aver dedicato la sua lettera ai primi ricordi dell'assedio, Roberto aveva trovato alcune bottiglie di vin di Spagna nella camera del capitano. Non possiamo rimproverarlo se, acceso il fuoco e fattasi una padella di uova con spizzichi di pesce affumicato, aveva stappato una bottiglia e si era concesso una cena da re su una tavola quasi imbandita a regola d'arte. Se naufrago doveva rimanere a lungo, per non imbestialirsi avrebbe dovuto attenersi ai buoni costumi. Si ricordava che a Casale, quando le ferite e le malattie stavano ormai inducendo gli stessi ufficiali a comportarsi come naufraghi, il signor di Toiras aveva richiesto che, almeno a tavola, ciascuno si ricordasse di quel che aveva appreso a Parigi: "Presentarsi con gli abiti puliti, non bere dopo ogni boccone, tergersi prima i mustacchi e la barba, non leccarsi le dita, non sputare nel piatto, non soffiarsi il naso nella tovaglia. Non siamo imperiali, Signori!"

Si era risvegliato la mattina dopo al canto del gallo, ma aveva ancora poltrito a lungo. Quando, dalla galleria, aveva di nuovo socchiuso la finestra, aveva capito che egli si era alzato in ritardo rispetto al giorno prima, e l'alba già stava cedendo all'aurora: dietro le colline ora si accentuava il rosato del cielo tra uno sfarinarsi di nuvole.

Siccome presto i primi raggi avrebbero illuminato la spiaggia rendendola insopportabile alla vista, Roberto aveva pensato di guardare là dove il sole non dominava ancora, e lungo la galleria si era portato all'altro bordo della *Daphne*, verso la terra occidentale. Gli apparve subito come un frastagliato profilo turchese che, nel trascorrere di pochi minuti, già si stava dividendo in due strisce orizzontali: una spazzola di verzura e palme chiare già sfolgorava sotto la zona cupa delle montagne, su cui dominavano ancora ostinate le nubi della notte. Ma lentamente queste, nerissime ancora al centro, stavano sfaldandosi ai bordi in una mistura bianca e rosa.

Era come se il sole, anziché colpirle di fronte stesse ingegnandosi di nascervi da dentro ed esse, pur sfinendosi di luce ai margini, s'inturgidissero gravide di caligine, ribelli a liquefarsi nel cielo per farlo divenire specchio fedele del mare, ora prodigiosamente chiaro, abbagliato da chiazze scintillanti, come se vi transitassero banchi di pesci dotati di una lampada interna. In breve però le nuvole avevano ceduto all'invito della luce, e si erano sgravate di sé abbandonandosi sopra le vette, e da un lato aderivano alle falde condensandosi e depositandosi come panna, soffice là dove colava verso il basso, più compatta al sommo, formando un nevaio, e dall'altro, facendosi il nevaio al vertice una sola lava di ghiaccio, esplodevano nell'aria in forma di fungo, prelibate eruzioni in un paese di Cuccagna.

Quanto vedeva poteva forse bastare a giustificare il suo naufragio: non tanto per il piacere che quel mobile atteggiarsi della natura gli provocava, ma per la luce che quella luce gettava su parole che aveva udito dal Canonico di Digne.

Sino ad allora, infatti, si era chiesto sovente se non stesse sognando. Quello che gli stava accadendo non accadeva di solito agli umani, o poteva al massimo ricordargli i romanzi dell'infanzia: come creatura di sogno erano e la nave e le creature che vi aveva incontrato. Della stessa sostanza di cui son fatti i sogni apparivano le ombre che da tre giorni lo avvolgevano e, a mente fredda, si rendeva pur conto che persino i colori che aveva ammirato nel verziere e nella voliera erano apparsi smaglianti solo ai suoi occhi maravigliati, ma in realtà si rivelavano solo attraverso quella patina di vecchio liuto che copriva ogni oggetto della nave, in una luce che aveva già lambito travi e doghe di legni stagionati, ingrommati di olii, vernici e catrami... Non avrebbe potuto, pertanto, essere sogno anche il gran teatro di celesti ciurmerie che egli credeva di vedere ora all'orizzonte?

No, si disse Roberto, il dolore che questa luce procura ora ai miei occhi mi dice che non sogno, bensì vedo. Le mie pupille soffrono per la tempesta d'atomi che, come da un gran vascello da battaglia, mi bombardano da quella riva, e altro non è la visione che questo incontro dell'occhio con il polverio della materia che lo colpisce. Certo, gli aveva detto il Canonico, non è che gli oggetti da lontano ti inviino, come voleva Epicuro, dei simulacri perfetti che ne rivelino e la forma esterna e la natura occulta. Tu ricavi solo segnacoli, indizi, per trarne la congettura che chiamiamo visione. Ma il fatto stesso che lui poco prima avesse nominato per vari tropi quel che credeva di vedere, creando in forma di parole quello che il qualcosa ancora informe gli suggeriva, gli confermava che appunto stava vedendo. E tra le molte certezze di cui lamentiamo l'assenza, una sola è presente, ed è il fatto che tutte le cose ci appaiono come ci appaiono, e non è possibile che non sia verissimo che esse ci appaiano proprio così.

Per cui vedendo, ed essendo sicuro di vedere, Roberto aveva l'unica sicurezza su cui i sensi e la ragione potessero contare, e cioè la certezza che egli vedeva qualcosa: e quel qualcosa era l'unica forma d'essere di cui potesse parlare, l'essere non essendo altro che il gran teatro del visibile disposto nella conca dello Spazio – il ché ce la dice lunga su quel secolo bizzarro.

Egli era vivo, in stato di veglia, e laggiù, isola o continente che fosse, c'era una cosa. Che cosa fosse non sapeva: come i colori dipendono e dall'oggetto da cui sono affetti, dalla luce che vi si riflette, e dall'occhio che li fissa, così la terra più lontana gli appariva vera nel suo occasionale e transeunte connubio della luce, dei venti, delle nubi, dei suoi occhi esaltati e afflitti. Forse domani, o tra poche ore, quella terra sarebbe stata diversa.

Quello che egli vedeva non era solo il messaggio che il

cielo gli inviava, ma il risultato di una amicizia tra il cielo, la terra e la posizione (e l'ora, e la stagione, e l'angolo) dalla quale egli guardava. Certamente, se la nave si fosse ancorata lungo un'altra traversa del rombo dei venti, lo spettacolo sarebbe stato diverso, il sole, l'aurora, il mare e la terra sarebbero stati un altro sole, un'altra aurora, un mare e una terra gemelli ma difformi. Quella infinità dei mondi di cui gli parlava Saint-Savin non andava soltanto cercata al di là delle costellazioni, ma nel centro stesso di quella bolla dello spazio di cui egli, puro occhio, era ora sorgente d'infinite parallassi.

Concederemo a Roberto, tra tante traversie, di non aver condotto oltre tal segno le sue speculazioni vuoi di metafisica, vuoi di fisica dei corpi; anche perché vedremo che lo farà più tardi, e più del dovuto; ma già a questo punto lo troviamo a riflettere che, se ci poteva essere un solo mondo in cui apparissero isole diverse (molte in quel momento per molti roberti che guardassero da molte navi disposte su diversi gradi di meridiano) allora in questo solo mondo potevano apparire e mescolarsi molti roberti e molti ferranti. Forse quel giorno al castello si era spostato, senza rendersene conto, di poche braccia rispetto al monte più alto dell'Isola del Ferro, e aveva visto l'universo abitato da un altro Roberto, non condannato alla conquista del fortino fuori mura, o salvato da altro padre che non aveva ucciso lo spagnolo gentile.

Ma su queste considerazioni Roberto certamente ripiegava per non confessare che quel corpo lontano, che si faceva e disfaceva in metamorfosi voluttuose, era diventato per lui anagramma d'altro corpo, che avrebbe voluto possedere; e, poiché la terra gli sorrideva languida, avrebbe voluto raggiungerla e confondersi con essa, pigmeo beato sui seni di quell'aggraziata gigantessa.

Non credo però sia stato il pudore, ma la paura della troppa luce che lo indusse a rientrare – e forse un altro richiamo. Aveva infatti udito le galline che annunciavano nuova provvista d'uova, ed ebbe l'idea di concedersi per la sera anche un pollastro allo spiedo. Prese però tempo per sistemarsi, con le forbici del capitano, baffi barba e capelli ancora di naufrago. Aveva deciso di vivere il suo naufragio come una vacanza in villa, che gli offriva una distesa suite d'albe, di aurore e (pregustava) di tramonti.

Discese dunque dopo meno di un'ora da che le galline avevano cantato, e si rese subito conto che, se esse avevano deposto le uova (e non potevano aver mentito cantando), di uova egli non ne vedeva. Non solo, ma tutti gli uccelli avevano nuova granaglia, ben distribuita, come se non vi avessero ancora razzolato.

Colto da un sospetto, era tornato nel verziere, per scoprire che, come il giorno prima e ancor più del giorno prima, le foglie erano lucide di rugiada, le campanule raccoglievano acqua limpida, la terra alle radici era umida, la fanghiglia ancor più fangosa: segno dunque che qualcuno nel corso della notte era andato a bagnare le piante.

Curioso a dirsi, il suo primo moto fu di gelosia: qualcuno aveva signoria della sua stessa nave e gli sottraeva quelle cure e quei vantaggi a cui aveva diritto. Perdere il mondo per conquistare una nave abbandonata, e poi accorgersi che qualcun altro l'abitava, gli suonava tanto insopportabile quanto il temere che la sua Signora, inaccessibile termine del suo desiderio, potesse divenire preda del desiderio altrui.

Poi sopravvenne una più ragionata perturbazione. Così come il mondo della sua infanzia era abitato da un Altro che lo precedeva e lo seguiva, evidentemente la *Daphne* aveva sottofondi e repositori che egli non conosceva ancora, e in cui viveva un ospite nascosto, che percorreva i suoi stessi sentieri non appena egli se ne era allontanato, o un istante prima che egli li percorresse.

Corse a nascondersi lui, nella sua camera, come lo struzzo africano, che celando il capo crede di cancellare il mondo.

Per raggiungere il castello di poppa era passato davanti all'imbocco di una scala che conduceva alla stiva: che cosa si celava laggiù, se nel sottoponte aveva trovato un'isola in miniatura? Era quello il regno dell'Intruso? Si noti che stava già comportandosi con la nave come con un oggetto d'amore che, non appena lo si scopre e si scopre di volerlo, tutti coloro che prima l'avessero avuto diventano usurpatori. Ed è a quel punto che Roberto confessa scrivendo alla Signora che la prima volta che egli l'aveva vista, e l'aveva vista proprio seguendo lo sguardo di un altro che si posava su di lei, aveva provato il ribrezzo di chi scorga un bruco su di una rosa.

Verrebbe da sorridere di fronte a tale accesso di gelosia per uno scafo ogliente di pesce, fumo e feci, ma Roberto stava ormai perdendosi in un instabile labirinto dove ogni bivio lo riconduceva sempre a una sola immagine. Soffriva sia per l'Isola che non aveva, che per la nave che lo aveva – inarrivabili entrambe, l'una per la sua distanza, l'altra per il suo enigma – ma entrambe stavano in luogo di una amata che lo eludeva blandendolo di promesse che egli si faceva da solo. E non saprei altrimenti spiegare questa lettera in cui Roberto si effonde in lamentosi abbellimenti solo per dire, in fin dei conti, che Qualcuno l'aveva privato del pasto mattutino.

    Signora,
come posso attendere mercé da chi mi strugge? Eppure a chi se non a voi posso confidare la mia pena cercando conforto, se non nel vostro ascolto, almeno nella mia inascoltata parola? Se amore è una medicina che cura ogni dolore con un dolore ancor maggiore, non potrò forse intenderlo come una pena che uccida per eccesso ogni altra pena, sì che diventi il farmaco di tutte, tranne che di se stessa? Poiché se mai vidi bellezza, e la volli, non fu che sogno della vostra, perché dovrei dolermi che altra bellezza mi sia ugualmente sogno? Peggio sarebbe se quella facessi mia, e me ne appagassi, non soffrendo più per l'immagine della vostra: che di ben scarso medicamento avrei gioito, e il male s'accrescerebbe per il rimorso di questa infedeltà. Meglio fidare nella vostra immagine, tanto più ora che ho intravisto ancora una volta un nemico di cui non conosco i tratti e vorrei forse non conoscerli mai. Per ignorare questo spettro odiato, mi sovvenga il vostro amato fantasma. Che di

me faccia almeno l'amore un frammento insensibile, una man-
dragora, una fonte di pietra che lacrimi via ogni angoscia...

Ma, tormentandosi come si tormenta, Roberto non diventa fonte di pietra, e subito riporta l'angoscia che avverte
all'altra angoscia provata a Casale, e dagli effetti – come
vedremo – ben più funesti.

7.
Pavane Lachryme

La storia è tanto limpida quanto oscura. Mentre si succedevano piccole scaramucce, che avevano la stessa funzione che può assumere, nel gioco degli scacchi, non la mossa, ma lo sguardo che commenta l'accenno di una mossa da parte dell'avversario, per farlo desistere da una scommessa vincente – Toiras aveva deciso che si dovesse tentare una sortita più sostanziosa. Era chiaro che il gioco si faceva tra spie e controspie: a Casale si erano diffuse voci che l'armata di soccorso stava approssimandosi condotta dal re stesso, con il signor di Montmorency in arrivo da Asti e i marescialli de Créqui e de la Force da Ivrea. Falso, come Roberto apprendeva dalle ire di Toiras quando riceveva un corriere dal nord: in questo scambio di messaggi Toiras faceva sapere a Richelieu di non avere ormai più viveri e il cardinale gli rispondeva che il signor Agencourt aveva ispezionato a suo tempo i magazzini e deciso che Casale avrebbe potuto resistere ottimamente per tutta l'estate. L'armata si sarebbe mossa d'agosto, approfittando nel suo cammino dei raccolti appena compiuti.

Roberto fu stupito che Toiras istruisse dei côrsi affinché disertassero e andassero a riferire a Spinola che l'armata era attesa solo per settembre. Ma lo udì spiegare al suo stato maggiore: "Se lo Spinola crede di aver tempo, prenderà tempo per costruire le sue gallerie, e noi avremo tempo a costruire gallerie di contromina. Se invece pensa che l'arrivo dei soccorsi sia imminente, che cosa gli rimane? Non certo di andare incontro all'armata francese, perché sa di non avere forze sufficienti; non di attenderla, perché sarebbe poi assediato a sua volta; non di tornarsene a Milano e preparare una difesa del milanese, perché l'onore gli impedisce di ritirarsi. Non gli resterebbe allora che conquistare subito Casale. Ma siccome non può farlo con un attacco frontale, dovrà spendere una fortuna nel sollecitare tradimenti. E da quel momento ogni amico diventerebbe per noi un nemico. Mandiamo dunque spie allo Spinola per convincerlo del ritardo dei rinforzi, permettiamogli di costruire gallerie di mina là dove non ci imbarazzino troppo, distruggiamogli quelle che davvero ci minacciano, e lasciamo che si stracchi in questo giuoco. Signor Pozzo, voi conoscete il terreno: dove dobbiamo concedergli tregua e dove dobbiamo bloccarlo a ogni costo?"

Il vecchio Pozzo, senza guardar le carte (che gli parevano troppo ornate per essere vere) e indicando con la mano dalla finestra, spiegò come in certe aree il terreno fosse notoriamente franoso, infiltrato dalle acque del fiume, e lì Spinola poteva scavare sino a che voleva e i suoi minatori sarebbero soffocati ingoiando lumache. Mentre, in altre aree, scavare gallerie era un piacere, e lì bisognava battere con l'artiglieria e far sortite.

"Va bene," disse Toiras, "quindi domani li obbligheremo a muoversi per difendere le loro posizioni fuori del bastione San Carlo, e poi li coglieremo di sorpresa fuori del bastione San Giorgio." Il gioco fu preparato bene, con istruzioni precise a tutte le compagnie. E siccome Roberto aveva mostrato di aver bella scrittura, Toiras lo aveva tenuto occupato dalle sei di sera sino alle due di notte per dettargli messaggi, poi gli aveva chiesto di dormire vestito su una cassapanca davanti alla sua stanza, per ricevere e controllare le risposte, e svegliarlo se qualche contrattempo fosse sorto. Ciò che era accaduto più di una volta dalle due sino all'alba.

La mattina dopo le truppe erano in attesa sui cammini coperti della controscarpa ed entro le mura. A un cenno di Toiras, che controllava l'impresa dalla cittadella, un primo contingente, assai numeroso, si mosse nella direzione ingannevole: prima un'avanguardia di picchieri e moschettieri, con una riserva di cinquanta moschettoni che li seguiva a poca distanza, poi, in modo sfacciato, un corpo di fanteria di cinquecento uomini e due compagnie di cavalleria. Era una bella parata, e col senno di poi si capì che gli spagnoli l'avevano presa come tale.

Roberto vide trentacinque uomini che al comando del capitano Columbat si buttavano in ordine sparso contro una trincea, e il capitano spagnolo che emergeva dalla barricata e faceva loro un gran bel saluto. Columbat e i suoi, per educazione, si erano arrestati e avevano risposto con pari cortesia. Dopo di che gli spagnoli accennavano a ritirarsi e i francesi segnavano il passo; Toiras fece spedire dalle mura una cannonata sulla trincea, Columbat comprese l'invito, comandò l'assalto, la cavalleria lo seguì attaccando la trincea da ambo i fianchi, gli spagnoli di malavoglia si rimisero in posizione e furono travolti. I francesi erano come impazziti e qualcuno colpendo gridava i nomi degli amici uccisi nelle sortite precedenti, "questo per Bessières, questo per la cascina del Bricchetto!" L'eccitazione era tale che, quando Columbat volle ricompattare la squadra non ci riuscì, e gli uomini stavano ancora infierendo sui caduti, mostrando verso la città i loro trofei, orecchini, cinturoni, schidionate di cappelli agitando le picche.

Non ci fu subito il contrattacco, e Toiras commise l'errore di giudicarlo un errore, mentre era un calcolo. Ritenendo che gli imperiali fossero intenti a inviar altre truppe per contenere quell'assalto, li invitava con altre cannonate, ma quelli si limitarono a tirare in città, e una palla rovinò la chiesa di Sant'Antonio, proprio vicino al quartier generale.

Toiras ne fu soddisfatto, e diede ordine all'altro gruppo di muoversi dal bastione San Giorgio. Poche compagnie, ma al comando del signor de la Grange, vivo come un adolescente nonostante i suoi cinquantacinque anni. E, spada puntata davanti a sé, la Grange aveva ordinato la carica contro una chiesetta abbandonata, lungo la quale correvano i lavori di una galleria già avanzata, quando, all'improvviso, dietro una cunetta, aveva fatto capolino il grosso

69

dell'armata nemica, che da ore attendeva quell'appuntamento.

"Tradimento," aveva gridato Toiras scendendo alla porta, e aveva ordinato a la Grange di ripiegare.

Poco dopo, una insegna del reggimento Pompadour gli aveva recato, legato con una corda ai polsi, un ragazzo casalese, che era stato sorpreso in una piccola torre presso al castello mentre con un panno bianco faceva segnalazioni agli assedianti. Toiras l'aveva fatto stendere per terra, gli aveva inserito il pollice della mano destra sotto il cane alzato della sua pistola, aveva puntato la canna verso la sua mano sinistra, aveva posto il dito sul grilletto e gli aveva chiesto: "Et alors?"

Il ragazzo aveva capito al volo la mala parata e aveva cominciato a parlare: la sera prima, verso mezzanotte, davanti alla chiesa di San Domenico, un certo capitano Gambero gli aveva promesso sei pistole, dandogliene tre in anticipo, se avesse fatto quello che poi aveva fatto, nel momento in cui le truppe francesi muovevano dal bastione San Giorgio. Anzi, il ragazzo aveva l'aria di pretendere le pistole restanti, senza capir bene di arte militare, come se Toiras dovesse compiacersi del suo servizio. E a un certo punto aveva scorto Roberto e si era messo a gridare che il famigerato Gambero era lui.

Roberto era attonito, il padre Pozzo si era avventato sul miserabile calunniatore e lo avrebbe strangolato se alcuni gentiluomini del seguito non lo avessero trattenuto. Toiras aveva subito ricordato che Roberto era stato per tutta la notte al suo fianco e che, per quanto di bel piglio, nessuno avrebbe potuto scambiarlo per un capitano. Nel frattempo altri avevano appurato che un capitano Gambero davvero esisteva, nel reggimento Bassiani, e lo avevano portato a piattonate e a spintoni davanti a Toiras. Gambero proclamava la sua innocenza, e in effetti il ragazzo prigioniero non lo riconosceva, ma per prudenza Toiras lo aveva fatto rinchiudere. Come ultimo elemento di disordine qualcuno era venuto a riferire che, mentre le truppe di la Grange si ritiravano, dal bastione di San Giorgio qualcuno si era dato

70

alla fuga raggiungendo le linee spagnole, accolto da manifestazioni di gioia. Non si sapeva dirne molto, salvo che era giovane, e vestito alla spagnolesca con una reticella sopra i capelli. Roberto pensò subito a Ferrante. Ma quel che lo impressionò maggiormente fu l'aria di sospetto con cui i comandanti francesi guardavano gli italiani al seguito di Toiras.

"Una piccola canaglia basta a fermare un esercito?" udì suo padre domandare, mentre accennava ai francesi che ripiegavano. "Scusate caro amico," fece Pozzo rivolto a Toiras, "ma qui si stanno facendo l'idea che noi delle nostre parti siamo tutti un po' come quel canchero di Gambero, o sbaglio?" E mentre Toiras gli professava stima e amicizia, ma con aria distratta, disse: "Lasciate perdere. Mi somiglia che tutti si cagano addosso e a me 'sta storia va un po' di traverso. Ne ho sin qui di quegli spagnoli di merda e se mi permettete ne faccio fuori due o tre, tanto per far vedere che noi sappiam ballare la galliarda quando bisogna, e se ci gira non guardiamo in faccia a nessuno, mordioux!"

Era uscito dalla porta e aveva cavalcato come una furia, la spada levata, contro le schiere nemiche. Non voleva evidentemente metterle in fuga, ma gli era parso opportuno fare di testa sua, tanto per farla vedere agli altri.

Come prova di coraggio fu buona, come impresa militare pessima. Una palla lo colse in fronte e l'accasciò sulla groppa del suo Pagnufli. Una seconda scarica si levò verso la controscarpa, e Roberto sentì un colpo violento alla tempia, come un sasso, e barcollò. Era stato colto di striscio, ma si divincolò dalle braccia di chi lo stava sostenendo. Gridando il nome del padre si era rizzato, e aveva scorto Pagnufli che, incerto, galoppava con il corpo del padrone esanime in una terra di nessuno.

Aveva, ancora una volta, portato le dita alla bocca ed emesso il suo fischio. Pagnufli aveva udito ed era tornato verso le mura, ma lentamente, a un piccolo trotto solenne, per non disarcionare il suo cavaliere che ormai non gli serrava più imperiosamente i fianchi. Era rientrato nitrendo la sua pavana per il signore defunto, rendendone il corpo a

Roberto, che aveva chiuso quegli occhi ancora sbarrati e terso quel volto cosparso di sangue ormai raggrumato, mentre a lui il sangue ancor vivo rigava la guancia.

Chi sa che il colpo non gli avesse toccato un nervo: il giorno dopo, appena uscito dalla cattedrale di Sant'Evasio in cui Toiras aveva voluto esequie solenni del signor Pozzo di San Patrizio della Griva, faceva fatica a sopportare la luce del giorno. Forse gli occhi erano rossi dalle lacrime, ma fatto sta che da quel momento essi cominciarono a fargli male. Oggi gli studiosi della psiche direbbero che, essendo entrato suo padre nell'ombra, nell'ombra voleva entrare anche lui. Roberto poco sapeva della psiche, ma questa figura di discorso potrebbe averlo attratto, almeno alla luce, o all'ombra, di quel che accadde dopo.

Ritengo che Pozzo fosse morto per puntiglio, il che mi pare superbo, ma Roberto non riusciva ad apprezzarlo. Tutti gli lodavano l'eroismo del padre, egli avrebbe dovuto sostenere il lutto con fierezza, e singhiozzava. Ricordando che il padre gli diceva che un gentiluomo deve abituarsi a sopportare a ciglio asciutto i colpi dell'avversa fortuna, si scusava della sua debolezza (di fronte al genitore che non poteva più chiedergliene ragione), ripetendosi che era la prima volta che diventava orfano. Credeva di doversi abituare all'idea, e non aveva ancora capito che alla perdita di un padre è inutile abituarsi, perché non accadrà una seconda volta: tanto vale lasciare la ferita aperta.

Ma per dare un senso a quello che era accaduto non poté che ricorrere ancora una volta a Ferrante. Ferrante, inseguendolo dappresso, aveva venduto al nemico i segreti di cui egli era a conoscenza, e poi svergognatamente aveva raggiunto le file avversarie per godere del meritato guiderdone: il padre, che aveva compreso, aveva in quel modo voluto lavare l'onore macchiato della famiglia, e riverberare su Roberto il lustro del proprio coraggio, per purificarlo da quella sfumatura di sospetto che si era appena appena diffusa su di lui incolpevole. Per non rendere inutile la sua morte, Roberto gli doveva la condotta che tutti a Casale si attendevano dal figlio dell'eroe.

Non poteva fare diversamente: si ritrovava a essere ormai il signore legittimo della Griva, erede del nome e dei beni di famiglia, e Toiras non osò più impiegarlo per piccole bisogne – né poteva chiamarlo per le grandi. Così, rimasto solo, per poter sostenere il suo nuovo ruolo di orfano illustre si trovò ad essere ancora più solo, senza neppure il sostegno dell'azione: nel vivo di un assedio, sgravato di ogni impegno, si interrogava su come impiegare le sue giornate di assediato.

8.
La Dottrina curiosa dei begli Spiriti di quel Tempo

Arrestando per un attimo l'onda dei ricordi, Roberto si era accorto che aveva rievocato la morte del padre non per il proposito pietoso di tener aperta quella piaga di Filottete, ma per mero accidente, mentre rievocava lo spettro di Ferrante, evocato dallo spettro dell'Intruso della *Daphne*. I due gli apparivano ormai a tal segno gemelli che decise di eliminare il più debole per aver ragione del più forte.

In definitiva, si disse, avvenne in quei giorni d'assedio che io avessi ancora sentore di Ferrante? No. Anzi, che cosa accadde? Che della sua inesistenza mi convinse Saint-Savin.

Roberto si era infatti legato d'amicizia col signor di Saint-Savin. L'aveva rivisto al funerale, e ne aveva avuto una manifestazione d'affetto. Non più preda del vino, Saint-Savin era un gentiluomo compito. Piccolo di statura, nervoso, scattante, con il viso segnato, forse, dalle dissolutezze parigine di cui raccontava, non doveva avere ancora trent'anni.

Si era scusato per le sue intemperanze a quella cena, non di ciò che aveva detto, ma dei suoi modi inurbani nel dirlo. Si era fatto raccontar del signor Pozzo, e Roberto gli fu grato che, almeno, fingesse tanto interesse. Gli disse di come il padre gli avesse insegnato quel che sapeva di scherma, Saint-Savin fece varie domande, s'appassionò alla citazione di un certo colpo, snudò la spada, lì in mezzo a una piazza, e volle che Roberto gli mostrasse la mossa. O la conosceva già o era assai svelto, perché la parò con destrezza, ma riconobbe che era astuzia di alta scuola.

Per ringraziare accennò soltanto una sua mossa a Roberto. Lo fece mettere in guardia, si scambiarono alcune finte, attese il primo assalto, di colpo sembrò scivolare per terra e, mentre Roberto si scopriva interdetto, si era già rialzato come per miracolo e gli aveva fatto saltare un bottone della casacca – a prova che avrebbe potuto ferirlo se avesse spinto più a fondo.

"Vi piace, amico mio?" disse mentre Roberto salutava dandosi per vinto. "È il Coup de la Mouette, o del Gabbiano, come dite voi. Se andrete un giorno per mare vedrete che questi uccelli scendono a picco come se cadessero, ma appena a filo d'acqua si risollevano con qualche preda nel becco. È una botta che richiede lungo esercizio, e non sempre riesce. Non riuscì, con me, al gradasso che l'aveva inventata. E così mi ha regalato e la vita e il suo segreto. Credo gli sia spiaciuto maggiormente perdere il secondo che la prima."

Avrebbero continuato a lungo se non si fosse radunata una piccola folla di borghesi. "Fermiamoci," disse Roberto, "non vorrei che qualcuno osservasse che ho scordato il mio lutto."

"State meglio onorando vostro padre ora," disse Saint-Savin "ricordandone gli insegnamenti, che prima quando ascoltavate un cattivo latino in chiesa."

"Signor di Saint-Savin," gli aveva detto Roberto, "non temete di finire sul rogo?"

Saint-Savin si incupì per un istante. "Quando avevo più o meno la vostra età ammiravo quello che è stato per me come un fratello maggiore. Come un filosofo antico lo chiamavo Lucrezio, ed era filosofo anch'esso, e prete per giunta. È finito sul rogo a Tolosa, ma prima gli hanno strappato la lingua e l'hanno strangolato. E quindi vedete che se noi filosofi siamo svelti di lingua non è solo, come diceva quel signore l'altra sera, per darci *bon ton*. È per trarne partito prima che ce la strappino. Ovvero, celie a parte, per rompere coi pregiudizi e scoprire la ragione naturale delle cose."

"Quindi davvero voi non credete in Dio?"

75

"Non ne trovo motivi in natura. Né sono il solo. Strabone ci dice che i Galiziani non avevano nessuna nozione di un essere superiore. Quando i missionari dovettero parlare di Dio agli indigeni delle Indie Occidentali, ci racconta Acosta (che pure era gesuita), dovettero usare la parola spagnola *Dios*. Non ci crederete, ma nella loro lingua non esisteva alcun termine adeguato. Se l'idea di Dio non è nota in stato di natura, deve dunque trattarsi di una invenzione umana... Ma non mi guardate come se non avessi sani princìpi e non fossi un fedele servitore del mio re. Un vero filosofo non chiede affatto di sovvertire l'ordine delle cose. Lo accetta. Chiede solo che gli si lasci coltivare i pensieri che consolano un animo forte. Per gli altri, fortuna che ci siano e papi e vescovi a trattener le folle dalla rivolta e dal delitto. L'ordine dello stato esige una uniformità della condotta, la religione è necessaria al popolo e il saggio deve sacrificare parte della sua indipendenza affinché la società si mantenga ferma. Quanto a me, credo di essere un uomo probo: sono fedele agli amici, non mento, se non quando faccio una dichiarazione d'amore, amo il sapere e faccio, a quanto dicono, buoni versi. Per questo le dame mi giudicano galante. Vorrei scrivere romanzi, che sono molto alla moda, ma penso a molti di essi, e non mi accingo a scriverne nessuno..."

"A quali romanzi pensate?"

"Talora guardo la Luna, e immagino che quelle macchie siano delle caverne, delle città, delle isole, e i luoghi che risplendono siano quelli dove il mare riceve la luce del sole come il vetro di uno specchio. Vorrei raccontare la storia dei loro re, delle loro guerre e delle loro rivoluzioni, o dell'infelicità degli amanti di lassù, che nel corso delle loro notti sospirano guardando la nostra Terra. Mi piacerebbe raccontare della guerra e dell'amicizia tra le varie parti del corpo, le braccia che danno battaglia ai piedi, e le vene che fanno all'amore con le arterie, o le ossa col midollo. Tutti i romanzi che vorrei fare mi perseguitano. Quando sono nella mia camera mi sembra che siano tutti intorno a me, come dei Diavoletti, e che l'uno mi tiri per un orecchio, l'altro per il naso, e che ciascuno mi dica: 'Signore mi faccia, sono bellissimo.' Poi mi accorgo che si può raccontare una storia altrettanto bella inventando un duello originale, per esempio battersi e convincere l'avversario a rinnegare Iddio, poi trapassargli il petto, in modo che muoia dannato. Alt, signor de la Grive, fuori la spada ancora una volta, così, parate, là! Mettete i talloni sulla stessa linea: è male, si perde la fermezza della gamba. La testa non va tenuta dritta, perché la lunghezza tra la spalla e il capo offre una superficie esagerata ai colpi dell'avversario..."

"Ma io copro la testa con la spada a mano tesa."

"Errore, in questa posizione si perde forza. E poi, io ho aperto con una guardia alla tedesca, e voi vi siete messo in guardia all'italiana. Male. Quando c'è una guardia da combattere bisogna imitarla il più possibile. Ma non mi avete detto di voi, e delle vostre vicende prima di capitare in questa valle di polvere."

Non c'è nulla come un adulto capace di brillare per perversi paradossi, che possa affascinare un giovane, il quale subito vorrebbe emularlo. Roberto aprì il suo cuore a Saint-Savin, e per rendersi interessante – visto che i suoi primi sedici anni di vita gli offrivano ben pochi spunti – gli disse della sua ossessione per il fratello ignoto.

"Avete letto troppi romanzi," gli disse Saint-Savin, "e cercate di viverne uno, perché il compito di un romanzo è di insegnare dilettando, e quel che insegna è riconoscere le insidie del mondo."

"E cosa mi insegnerebbe quel che voi chiamate il romanzo di Ferrante?"

"Il Romanzo," gli spiegò Saint-Savin, "deve sempre aver per fondamento un equivoco, di persona, azione o luogo o tempo o circostanza, e da questi equivoci fondamentali debbono nascere equivoci episodici, avviluppamenti, peripezie, e finalmente inaspettate e piacevoli agnizioni. Dico equivoci come la morte non vera di un personaggio, o quando una persona è uccisa in cambio di un'altra, o gli equivoci di quantità, come quando una donna crede morto il proprio amante e si sposa con un altro, o di qualità, quando a errare è il giudizio dei sensi, o come quando si seppellisce qualcuno che par morto, ed è invece sotto l'impero di una pozione sonnifera; o ancora equivoci di relazione, come quando l'uno venga presunto a torto uccisore dell'altro; o d'istrumento, come quando si finge di pugnalare qualcuno usando un'arma tale che nel ferire la punta non entri nella gola ma rientri nel manico, spremendovi una spugna intrisa di sangue... Per non dire delle false missive, di finte voci, di lettere non recapitate in tempo o recapitate vuoi in luogo vuoi a persona diversa. E di questi stratagemmi, quello più celebrato, ma troppo comune, è quello che porta allo scambio di una persona per un'altra, e dà ragione dello scambio attraverso il Sosia... Il Sosia è un riflesso che il personaggio si trascina alle spalle o da cui è preceduto in ogni circostanza. Bella macchinazione, per cui il lettore si ritrova nel personaggio, con cui condivide l'oscuro timore di un Fratello Nemico. Ma vedete come anche l'uomo sia macchina e basti attivare una ruota in superficie per far girare altre ruote all'interno: il Fratello e l'inimicizia altro non sono che il riflesso del timore che ciascuno ha di sé, e dei recessi dell'animo proprio, dove covano desideri inconfessati, o come si sta dicendo a Parigi, concetti sordi e non espressi. Da poiché è stato mostrato che esistono pensieri impercettibili, che impressionano l'animo senza che l'animo se ne avveda, pensieri clandestini la cui esistenza è dimostrata dal fatto che, per poco che ognuno esamini se stesso, non mancherà di accorgersi che sta portando in cuore amore e odio, gioia o afflizione, senza che si possa ricordare distintamente dei pensieri che li hanno fatti nascere."

"Dunque Ferrante..." azzardò Roberto, e Saint-Savin concluse: "Dunque Ferrante sta per le vostre paure e le vostre vergogne. Spesso gli uomini, per non dire a se stessi che sono gli autori del loro destino, vedono questo destino come un romanzo, mosso da un autore fantasioso e ribaldo."

"Ma che cosa dovrebbe significarmi questa parabola che mi sarei costruito senza saperlo?"

"Chi lo sa? Forse non amavate vostro padre tanto quanto credete, ne temevate la durezza con cui vi voleva virtuoso, e gli avete attribuito una colpa, per poi punirlo non con le vostre, ma con le colpe di un altro."

"Signore, state parlando con un figlio che sta ancora piangendo il proprio padre amatissimo! Credo che sia maggior peccato insegnare il disprezzo dei padri che quello di Nostro Signore!"

"Suvvia, suvvia, caro la Grive! Il filosofo deve avere il coraggio di criticare tutti gli insegnamenti menzogneri che ci sono stati inculcati, e tra questi vi è l'assurdo rispetto per la vecchiaia, come se la giovinezza non fosse massimo tra i beni e le virtù. In coscienza, quando un uomo giovane è capace di concepire, giudicare e agire, non è forse più abile nel governare una famiglia che non un sessagenario ebete, a cui la neve del capo ha ghiacciato la fantasia? Quella che onoriamo come prudenza nei nostri maggiori, altro non è che timor panico dell'azione. Vorrete sottomettervi a costoro quando la pigrizia ha debilitato i loro muscoli, indurito le loro arterie, evaporato i loro spiriti e succhiato la midolla delle loro ossa? Se voi adorate una donna non è forse a causa della sua bellezza? Continuate forse le vostre genuflessioni dopo che la vecchiaia ha fatto di quel corpo una fantasima, atta ormai a ricordarvi l'imminenza della morte? E se così vi comportate con le vostre amanti perché non dovreste far lo stesso coi vostri vegliardi? Mi direte che quel vegliardo è vostro padre e che il Cielo vi promette lunga vita se l'onorate. Chi lo ha detto? Dei vegliardi ebrei che capivano di poter sopravvivere al deserto solo sfruttando il frutto dei loro lombi. Se credete che il Cielo vi dia un solo giorno di vita in più perché siete stato la pecora di vostro padre, v'ingannate. Credete che un reverente saluto che faccia strisciare la piuma del vostro cappello ai piedi del genitore possa curarvi di un ascesso maligno, o cicatrizzarvi il segno di una stoccata, o liberarvi di una pietra nella vescica? Se fosse così i medici non ordinerebbero quelle loro immonde pozioni, ma per liberarvi del mal italiano vi comanderebbero quattro riverenze prima di cena al vostro signor padre, e un bacio alla vostra signora madre prima di addormentarvi. Mi direte che senza quel padre voi non sareste stato, né lui senza il suo, e così via sino a Melchisedech. Ma è egli che deve qualcosa a voi, non voi a lui: voi pagate con molti anni di lacrime un suo momento di piacevole solletico."

"Voi non credete a quel che dite."

"Ebbene no. Quasi mai. Ma il filosofo è come il poeta. Quest'ultimo compone lettere ideali per una sua ninfa ideale, solo per scandagliare grazie alla parola i recessi della passione. Il filosofo mette alla prova la freddezza del suo sguardo, per vedere sino a qual segno si possa intaccare la roccaforte della bacchettoneria. Non voglio che si attenui il rispetto per il padre vostro, poiché voi mi dite che vi ha dato buoni insegnamenti. Ma non intristite sul vostro ricordo. Vi vedo lacrimare..."

"Oh, questo non è il dolore. Deve essere la ferita alla testa, che mi ha indebolito gli occhi..."

"Bevete caffè."

"Caffè?"

"Giuro che tra un poco sarà alla moda. È un toccasana. Ve ne procurerò. Secca gli umori freddi, caccia i venti, rafforza il fegato, è rimedio sovrano contro l'idropisia e la scabbia, rinfresca il cuore, dà sollievo ai dolori di stomaco. Il suo fumo è appunto consigliato contro le flussioni degli occhi, il ronzio delle orecchie, la coriza, raffreddore o gravedine del naso che dir vogliate. E poi seppellite con vostro padre l'incomodo fratello che vi eravate creato. E soprattutto trovatevi un amante."

"Un'amante?"

"Sarà meglio del caffè. Soffrendo per una creatura viva lenirete gli spasimi per una creatura morta.

"Non ho mai amato una donna," confessò Roberto arrossendo.

"Non ho detto una donna. Potrebbe essere un uomo."

"Signor di Saint-Savin!" gridò Roberto.

"Si vede che venite dal contado."

Al colmo dell'imbarazzo, Roberto si era scusato, dicendo

che ormai gli dolevano troppo gli occhi; e aveva posto fine a quell'incontro.

Per farsi una ragione di tutto quello che aveva udito, si disse che Saint-Savin si era preso gioco di lui: come in un duello, aveva voluto mostrargli quanti colpi si conoscessero a Parigi. E Roberto aveva fatto la figura del provinciale. Non solo, ma prendendo sul serio quei discorsi aveva peccato, ciò che non sarebbe accaduto se li avesse presi per gioco. Stendeva l'elenco dei delitti che aveva commesso ascoltando quei molti propositi contro la fede, i costumi, lo stato, il rispetto dovuto alla famiglia. E nel pensare alla sua mancanza, venne preso da un'altra angoscia: si era ricordato che il padre suo era morto pronunziando una bestemmia.

9.
Il Cannocchiale Aristotelico

Il giorno dopo era tornato a pregare nella cattedrale di Sant'Evasio. L'aveva fatto per trovare refrigerio: in quel pomeriggio di primo giugno il sole picchiava sulle strade semideserte – così come in quel momento, sulla *Daphne*, egli avvertiva il calore che si stava diffondendo sulla baia, e che le murate della nave non riuscivano a trattenere, come se il legno si fosse arroventato. Ma aveva sentito anche il bisogno di confessare sia il suo peccato che quello paterno. Aveva fermato un ecclesiastico nella navata e quello gli aveva detto dapprima che non apparteneva alla parrocchia ma poi, di fronte allo sguardo del giovane, aveva acconsentito e si era seduto in un confessionale, accogliendolo penitente.

Padre Emanuele non doveva essere molto anziano, forse aveva una quarantina d'anni ed era, a detta di Roberto, "succhioso e roseo al volto maestevole e affabile", e Roberto si trovò incoraggiato a confidargli tutte le sue pene. Gli disse anzitutto della bestemmia paterna. Era questa ragione sufficiente per cui suo padre non riposasse ora tra le braccia del Padre, ma gemesse nel fondo dell'Inferno? Il confessore fece qualche domanda e indusse Roberto ad ammettere che, in qualsiasi momento il vecchio Pozzo fosse morto, v'erano buone possibilità che l'evento si compisse mentre egli nominava il nome di Dio invano: bestemmiare era una brutta abitudine che si prende dai contadini e i signorotti della campagna monferrina consideravano segno di sprezzatura parlare, in presenza dei propri pari, come i loro villani.

"Vedi figliolo," aveva concluso il confessore, "tuo padre è morto mentre compiva una di quelle grandi & nobili Attioni per le quali dicono che si entri nel Paradiso degli Heroi. Ora, se pure non credo che un tale Paradiso esista, e ritenga che nel Regno dei Cieli convivano in santa armonia Pezzenti & Sovrani, Heroi & Codardi, certamente il buon Dio non avrà negato il suo Regno al padre tuo solo perché gli è scivolata un poco la Lingua in un momento in cui aveva una grande Impresa a cui pensare, et oserei dire che in tali momenti persino una tale Esclamattione può essere un modo di chiamare Iddio a Testimone & Giudice della propria bell'Attione. Se proprio ancora ti crucci, prega per l'Anima del tuo Genitore & fagli dire qualche Messa, non tanto per indurre il Signore a mutare i suoi Verdetti, che non è una Banderuola che volga a seconda che soffino le pinzochere, quanto per far del bene all'Anima tua."

Roberto gli disse allora dei discorsi sediziosi che aveva ascoltato da un suo amico, e il padre allargò sconsolato le braccia: "Figliolo, poco so di Parigi, ma quanto ne sento dire mi ha reso edotto di quanti Scervellati, Ambittiosi, Rinnegati, Spie, Huomini d'Intrigo esistano in quella nuova Sodoma. E tra questi vi son Falsi Testimoni, Ladri di Cibori, calpestatori di Crocifissi, & coloro che dan danaro ai Mendicanti per farli rinnegare Iddio, & puranco gente che per Irrisione ha battezzato dei Cani... E questo chiamano seguir la Moda del Tempo. Nelle Chiese più non si dicono Orattioni ma si passeggia, si ride, ci si apposta dietro le colonne per insidiar le Dame, e v'è un continuo Romore persino durante l'Elevattione. Pretendono filosofare & ti assalgono di malittiosi Perché, perché Dio ha dato Leggi al Mondo, perché si proibisce la Fornicattione, perché il Figlio di Dio si è incarnato, & usano ogni tua Risposta per tramutarla in una Prova d'Ateismo. Ecco i Belli Spiriti del Tempo: Epicurei, Pirroniani, Diogenisti, & Libertini! E dunque tu non prestare Orecchio a queste Seduttioni, che vengono dal Maligno."

Di solito Roberto non fa quell'abuso di lettere maiuscole in cui eccellevano gli scrittori del suo tempo: ma quando ascrive detti e sentenze a padre Emanuele molte ne registra, come se il padre non solo scrivesse ma pure parlasse facendo udir la particolare dignità delle cose che aveva da dire – segno che era uomo di grande e attrattiva eloquenza. E infatti dalle sue parole Roberto si trovò così rasserenato che, uscito dal confessionale, volle intrattenersi ancora un poco con lui. Apprese che era un gesuita savoiardo e certamente uomo non dappoco, dato che risedeva in Casale proprio come osservatore per mandato del duca di Savoia; cose che a quei tempi potevano accadere durante un assedio.

Padre Emanuele svolgeva di buon grado quel suo incarico: la tetraggine ossidionale gli dava agio di condurre in modo disteso certi suoi studi che non potevano sopportare le distrazioni di una città come Torino. E interrogato su cosa l'occupasse aveva detto che anch'egli come gli astronomi andava costruendo un cannocchiale.

"Avrai sentito parlare di quell'Astronomo fiorentino che per spiegare l'Universo ha usato il Cannocchiale, iperbole degli occhi, e col Cannocchiale ha visto quello che gli occhi solo immaginavano. Io molto rispetto quest'uso di Strumenti Mechanici per capire, come oggi si suol dire, la Cosa Estesa. Ma per capire la Cosa Pensante, ovvero il nostro modo di conoscere il Mondo, noi non possiamo che usare un altro Cannocchiale, lo stesso che già usò Aristotele, e che non è né tubo né lente, ma Trama di Parole, Idea Perspicace, perché è solo il dono dell'Artificiosa Eloquentia quel che ci consente di capire questo Universo."

Così parlando padre Emanuele aveva condotto Roberto fuori dalla chiesa e, passeggiando, erano saliti sugli spalti, in un luogo tranquillo quella mattina, mentre ovattati colpi di cannone arrivavano dalla parte opposta della città. Avevano davanti a loro gli attendamenti imperiali lontano, ma per lungo tratto i campi erano vuoti di truppe e carriaggi, e i prati e le colline risplendevano al sole primaverile.

"Che vedi, figliolo?" gli chiese padre Emanuele. E Roberto, ancora di poca eloquenza: "I prati."

"Certo, chiunque è capace di vedere laggiù dei Prati. Ma

sai bene che a seconda della posizione del Sole, del color del Cielo, dell'ora del giorno & della stagione, essi possono apparirti sotto forme diverse ispirandoti diversi Sentimenti. Al villano, stanco per il lavoro, essi appaiono come Prati, & null'altro. Lo stesso accade al pescatore selvatico atterrito da alcune di quelle notturne Imagini di Fuoco che talora nel cielo appaiono, & spaventano; ma non appena i Meteoristi, che son pure Poeti, ardiscono chiamarle Comete Crinite, Barbate & Codate, Capre, Travi, Scudi, Faci & Saette, queste figure del linguaggio ti rendono chiaro per quali Simboli arguti intendesse parlar Natura, che si serve di queste Imagini come di Ieroglifici, che da un lato rinviano ai Segni del Zodiaco & dall'altro a Eventi passati o futuri. E i Prati? Vedi quanto puoi dire dei Prati, & come dicendone tu vieppiù ne veda & comprenda: spira Favonio, la Terra s'apre, piangono i Rosignoli, si pavoneggian gli Alberi chiomati di fronde, & tu scopri il mirabile ingegno dei Prati nella varietà delle lor stirpe d'Herbe allattate dai Rivi che scherzano in lieta puerizie. I Prati festosi esultano con lepida allegria, all'apparir del Sole aprono il volto & in essi vedi l'arco di un sorriso & si rallegrano pel ritorno dell'Astro, ebbri dei baci soavi dell'Austro, & il riso danza sulla Terra stessa che s'apre a muta Letizia, & il tepore mattutino tanto li fa colmi di Gioja che essi si effondono in lacrime di Rugiada. Coronati di Fiori, i Prati s'abbandonano al loro Genio & compongono argute Iperboli d'Arcobaleni. Ma ben presto la loro Giovinezza sa d'affrettarsi a morte, il loro riso si turba d'un pallore improvviso, scolora il cielo & Zefiro che s'attarda già sospira su di una Terra languente, così che al giungere dei primi corrucci dei cieli invernali, intristiscono i Prati, & s'inscheletriscono di Brina. Ecco figliolo: se tu avessi detto semplicemente che i prati sono ameni altro non avresti fatto che rappresentarmene il verdeggiare – di cui già so – ma se tu dici che i Prati ridono mi farai vedere la terra come un Huomo Animato, & reciprocamente apprenderò a osservare nei volti umani tutte le sfumature che ho colto nei prati... E questo è ufficio della Figura eccelsa fra tutte, la Metafora. Se l'Ingegno, e quindi il Sapere, consistono nel legare insieme Notioni remote e trovare Simiglianza in cose dissimili, la Metafora, tra le Figure la più acuta e peregrina, è la sola capace di produrre Maraviglia, da cui nasce il Diletto, come dai cambiamenti delle scene a teatro. E se il Diletto che ci arrecano le Figure è quello d'imparar cose nuove senza fatica e molte cose in picciolo volume, ecco che la Metafora, portando a volo la nostra mente da un Genere all'altro, ci fa travedere in una sola Parola più di un Obietto."

"Ma occorre sapere inventar metafore, e non è cosa per un villico come me, che in vita sua nei prati ha solo tirato agli uccellini..."

"Tu sei un Gentil Huomo, e poco manca a che tu possa diventare quello che a Parigi chiamano un Honest'Huomo, abile nelle tenzoni verbali quanto in quelle di spada. E saper formular Metafore, e quindi a vedere il Mondo immensamente più vario di quanto non appaia agli indotti, è Arte che si apprende. Ché se vuoi sapere, in questo mondo in cui tutti oggi dan fuor di senno per molte e maravigliose Machine – e alcune ne vedi, ahimè, anche in questo Assedio – anch'io costruisco Machine Aristoteliche, che permettano a chiunque di vedere attraverso le Parole..."

Nei giorni seguenti Roberto conobbe il signor della Saletta, che faceva da ufficiale di collegamento tra Toiras e i capi della città. Toiras si lamentava, lo aveva sentito, dei casalesi, della cui fedeltà poco si fidava: "Non capiscono," diceva irritato, "che anche in tempo di pace Casale si trova nella condizione di non poter far passare neppure un semplice fante o una cesta di vettovaglie senza chiedere il passaggio ai ministri spagnoli? Che solo con la protezione francese ha la sicurezza di essere rispettata?" Ma ora dal signor della Saletta apprendeva che Casale non si era trovata a proprio agio neppure con i duchi di Mantova. La politica dei Gonzaga era stata sempre di ridurre l'opposizione casalasca, e da sessant'anni la città aveva patito la riduzione progressiva di molti privilegi.

"Capisce signor de la Grive?" diceva il Saletta. "Prima

dovevamo lamentare troppi balzelli, e ora sopportiamo noi le spese per il mantenimento della guarnigione. Non amiamo gli spagnoli in casa, ma amiamo davvero i francesi? Stiamo morendo per noi o per loro?"

"Ma allora per chi è morto mio padre?" aveva chiesto Roberto. E il signor della Saletta non gli aveva saputo rispondere.

Disgustato dei discorsi politici, Roberto era tornato da padre Emanuele qualche giorno dopo, al convento in cui abitava, dove l'indirizzarono non a una cella ma a un quartiere che gli era stato riservato sotto le volte di un chiostro silenzioso. Lo trovò che conversava con due gentiluomini, uno dei quali sfarzosamente abbigliato: era vestito di porpora con alamari d'oro, mantello adorno di passamani dorati e foderato di pelo corto, farsetto bordato con una fascia rossa incrociata e un nastro di piccole pietre. Padre Emanuele lo presentò come l'alfiere don Gaspar de Salazar, e d'altra parte già dal tono altezzoso e dalla foggia dei baffi e dei capelli Roberto lo aveva individuato per un gentiluomo dell'armata nemica. L'altro era il signor della Saletta. Gli sorse per un istante il sospetto di esser caduto in un covo di spie, poi comprese, come apprendo anch'io in questa occasione, che l'*etiqueta* dell'assedio concedeva che a un rappresentante degli assedianti fosse concesso accesso alla città assediata, per contatti e trattative, così come il signor della Saletta aveva libero accesso al campo dello Spinola.

Padre Emanuele disse che stava proprio apprestandosi a mostrare ai suoi visitatori la sua Macchina Aristotelica: e condusse i suoi ospiti in una stanza in cui si ergeva il mobile più strano di cui si possa dire – né sono sicuro di poterne ricostruire esattamente la forma dalla descrizione che Roberto ne fa alla Signora, poiché certamente si trattava di qualcosa mai visto né prima né dopo.

Era dunque la base inferiore formata da un cassettone o madia sulla cui facciata si aprivano a scacchiera ottantun cassetti – nove file orizzontali per nove verticali, ciascuna fila per ambo le dimensioni caratterizzata da una lettera incisa (BCDEFGHIK). Sul ripiano del cassettone sorgeva a sinistra un leggio, su cui era posato un gran libro, manoscritto e con capilettera colorati. A destra del leggio v'erano tre rulli, di lunghezza decrescente e crescente ampiezza (il più corto essendo il più capace, atto a contenere i due più lunghi), tali che una manovella a lato poteva poi per inerzia farli ruotare l'un dentro l'altro a velocità diverse a seconda del peso. Ciascun rullo portava incise al margine sinistro le stesse nove lettere che contrassegnavano i cassetti. Bastava dare un colpo di manovella che i rulli si muovevano indipendenti l'un dall'altro, e quando si arrestavano si potevano leggere delle triadi di lettere accomunate dal caso, vuoi CBD, KFE o BGH.

Padre Emanuele si diede a spiegare il concetto che presiedeva alla sua Macchina.

"Come il Filosofo ci ha appreso, altro non è l'Ingegno che virtù di penetrar gli obietti sotto dieci Categorie, che sarebbero poi Sostanza, Quantità, Qualità, Relatione, Attione, Passione, Sito, Tempo, Luogo, & Habito. Le sostanze sono il subiecto stesso d'ogni arguzia & di esse si dovran predicare le ingegnose Simiglianze. Quali sieno le Sostanze, è annotato in questo libro sotto la lettera A, né basterà forse la vita mia a farne l'Elenco completo. Comunque ne ho già adunate alcune Migliaja, traendone dai libri dei Poeti e dei sapienti, e da quel mirabile Regesto che è la Fabrica del Mondo dell'Alunno. Così tra le Sostanze porremo, al di sotto del Sommo Iddio, le Divine Persone, le Idee, gli Dij Fabulosi, maggiori, mezzani & infimi, gli Dij Celesti, Aerei, Marittimi, Terreni & Infernali, gli Heroi deificati, gli Angeli, i Demoni, i Folletti, il Cielo e le Stelle erranti, i Segni celesti e le Costellazioni, il Zodiaco, i Circoli e le Sfere, gli Elementi, i Vapori, le Esalationi, e poi – per non dir tutto – i Fuochi Sotterranei e le Scintille, le Meteore, i Mari, i Fiumi, i Fonti & Lachi et Scogli... E via via attraverso le Sostanze Artificiali, con le opere di ciascun'Arte, Libri, Penne, Inchiostri, Globi, Compassi, Squadre, Palagi, Templi & Tuguri, Scudi, Spade, Tamburi, Quadri,

Pennelli, Statue, Accie & Seghe, e infine le Sostanze Metafisiche come il Genere, la Specie, il Proprio e l'Accidente & simili Notioni."

Accennava ora ai cassetti del suo mobile, e aprendoli mostrava come ciascuno contenesse fogli quadrati in pergamena molto spessa, di quella che s'usa per rilegare i libri, stipati in ordine alfabetico: "Come dovrete sapere, ciascuna fila verticale si riferisce, da B a K, a una delle altre nove Categorie, e per ciascuna di esse ciascuno dei nove cassetti ne raccoglie famiglie di Membra. Verbi gratia, per la Quantità si registra la famiglia della Quantità di Mole, che per Membri annota il Piccolo, il Grande, il Lungo o il Corto; o la famiglia della Quantità Numerale, i cui Membri sono Nulla, Uno, Dua &c, o Molti e Pochi. O sotto la Qualità avrai la famiglia delle qualità appartenenti al Vedere, come Visibile, Invisibile, Bello, Deforme, Chiaro, Oscuro; o all'Odorato, come Odor Soave e Puzzo; o alle Qualità di Passioni, come Letizia e Tristezza. Et così dicasi per ciascuna categoria. Et ogni foglio annotando un Membro, di esso segno tutte le Cose che ne dipendono. È chiaro?"

Tutti annuirono ammirati, e il padre continuò: "Apriamo ora a caso il gran Libro delle Sostanze, e cerchiamone una qualsivoglia... Ecco, un Nano. Che dir potremmo, prima di parlarne argutamente, di un Nano?"

"Que es pequeño, picoletto, petit," auspicò don Gaspar de Salazar, "y que es feo, y infeliz, y ridiculo..."

"Per l'appunto," concesse padre Emanuele, "ma già non so cosa scegliere, & sono proprio sicuro che, se avessi dovuto parlare non d'un Nano ma, diciamo, dei Coralli, io ne avrei subito individuato tratti altrettanto salienti? E poi, la Piccolezza ha a che fare con la Quantità, la Bruttezza con la Qualità, & da dove dovrei incominciare? No, meglio affidarsi alla Fortuna, di cui sono Ministri i miei Cilindri. Hora li faccio muovere & ottengo, come per caso ora accade, la triade BBB. B in prima Positione è la Quantità, B in seconda Positione mi fa andar a cercare, nella linea della Quantità, entro il cassetto della Mole, & quivi, proprio all'inizio della sequenza delle Cose B, trovo Piccolo. E in questo foglio dedicato a Piccolo trovo che è piccolo l'Angelo, che sta in un punto, & il Polo, che è punto immobile della Sfera, & tra le cose elementari la Scintilla, la Stilla d'acqua & lo Scrupulo di Pietra, & l'Atomo di cui, secondo Democrito, si compone ogni cosa; per le Cose Humane, ecco l'Embrione, la Pupilla, l'Astragalo; per le Animali la Formica & la Pulce, per le Piante la Frasca, il Seme di Senape & la Miccola di Pane; per le scienze Matematiche il Minimum Quod Sic, la Lettera I, il libro ligato in sestodecimo, o la Dramma degli Spetiali; per l'Architettura lo Scrigno o il Perno, o per le Favole il Psicapax general de' Topi contro alle Rane & i Mirmidoni nati dalle Formiche... Ma arrestiamoci qui, che già potrei chiamare il nostro Nano Scrigno della Natura, Poppatola dei Fanciulli, Miccola di Huomo. E notate che se riprovassimo a girare i Cilindri e ottenessimo invece, ecco qua, CBF, la lettera C mi rinvierebbe alla Qualità, la B mi indurrebbe a cercar i miei Membri nel cassetto di ciò che affetta il Vedere, & quivi la lettera F mi farebbe incontrar come Membro l'essere Invisibile. E tra le Cose Invisibili troverei, mirabile congiuntura, l'Atomo, & il Punto, che già mi permetterebbero di designare il mio Nano come Atomo d'Huomo, o Punto di Carne."

Padre Emanuele girava i suoi cilindri e sfogliava nei cassetti rapido come un giocoliere, così che le metafore parevan sorgergli come per incanto, senza che si avvertisse l'ansimar meccanico che le produceva. Ma non era ancora soddisfatto.

"Signori," continuò, "la Metafora Ingegnosa ha da esser ben più complessa! Ogni Cosa che io abbia sinora trovato ha da essere analizzata a propria volta sotto il profilo delle dieci Categorie, & come spiega il mio Libro, se dovessimo considerare una Cosa che dipende dalla Qualità, dovremmo veder se sia visibile, & quanto da lungi, quale Deformità o Beltà abbia, & qual Colore; quanto Suono, quanto Odore, quanto Sapore; se sia sensibile o toccabile, se sia rara o densa, calda o fredda, & di qual Figura, qual Passione, Amore, Arte, Sapere, Sanità, Infermità; & se mai se ne possa dar Scientia. E chiamo queste domande Particelle. Ora io so che il nostro primo assaggio ci ha condotti a lavorar sulla Quantità, che ospita tra i suoi Membri la Piccolezza. Faccio ora girare nuovamente i Cilindri, e ottengo la triade BKD. La lettera B, che già abbiam deciso di riferire alla Quantità, se vado a veder nel mio libro, mi dice che la prima Particella atta a esprimere una Cosa Piccola è stabilire Con Che Si Misuri. Se cerco sul libro a che si riferisca la Misura, esso mi rinvia ancora al cassetto delle Quantità, sotto la Famiglia delle Quantità in Generale. Vado al foglio della Misura & vi scelgo la cosa K, che è la Misura del Dito Geometrico. Ed ecco che sarei già in grado di comporre una Definittione assai arguta, come a esempio che a voler misurare quella Poppatola dei Fanciulli, quell'Atomo d'Huomo, un Dito Geometrico sarebbe Misura Smisurata, che molto mi dice, unendo alla Metafora anche l'Iperbole, della Sventura & Ridicolezza del Nano."

"Quale maraviglia," disse il signor della Saletta, "ma della seconda triade ottenuta non avete ancora usato l'ultima lettera, la D..."

"Non meno mi attendevo dal vostro spirito, Signore," disse compiaciuto padre Emanuele, "ma voi avete toccato il Punto Mirabile del mio costrutto! È questa lettera che avanza (& che potrei gettare se mi fossi tediato, o considerassi di aver già raggiunto la mia meta), quella che mi permette di ricominciare ancora la mia ricerca! Questa D mi consente di iniziare di nuovo il ciclo delle Particelle andando a cercar nella categoria dell'Habito (exempli gratia, che habito li convenga, o se possa servir d'insegna a qualcosa), & da quella riprendere, come prima ho fatto con la Quantità, facendo rigirare i Cilindri, usando le due prime lettere & trattenendo la terza per un altro assaggio ancora, & così all'infinito, per milioni di Possibili Conjugattioni, se pure alcune appariranno più argute delle altre, & starà al mio Senno discriminare quelle più atte a generar Stupore. Ma non voglio mentirvi, Signori, non avevo scelto Nano a caso: proprio questa notte mi ero applicato con grande scrupolosità a trar tutto il partito possibile proprio da questa Sostanza."

Agitò un foglio e cominciò a leggere la serie di definizioni con cui stava soffocando il suo povero nano, ometto più breve del suo nome, embrione, frammento d'omuncolo, tal che i corpuscoli che penetrano con la luce dalla finestra ne appaion ben maggiori, corpo che con milioni di suoi simili potrebbe segnar le ore lungo il collo d'una clessidra, complessione nella quale il piede sta prossimo al capo, segmento carneo che inizia dove finisce, linea che si raggruma in un punto, acumine d'ago, soggetto a cui parlare con cautela per tema che il fiato non lo soffi via, sostanza così piccola da non esser passibile di colore, scintilla di senape, corpiciattolo che non ha nulla di più e nulla di meno di quello che mai ebbe, materia senza forma, forma senza materia, corpo senza corpo, puro ente di ragione, invenzion dell'ingegno così munito in quanto minuto che nessun colpo potrebbe mai individuarlo per ferirlo, atto a fuggir per ogni fessura e a nutrirsi per un anno con un'unico grano d'orzo, essere epitomizzato a tal segno che mai non sai se sieda, giaccia o stia ritto, capace di affogare in un guscio di lumaca, seme, granulo, acino, punto dell'i, individuo matematico, nulla aritmetico...

E avrebbe continuato, avendone materia, se gli astanti non lo avessero arrestato con un applauso.

10.
Geografia e Idrografia Riformata

Roberto comprendeva ora che padre Emanuele agiva in fondo come se fosse un seguace di Democrito e di Epicuro: accumulava atomi di concetti e li componeva in guise diverse per formarne molti oggetti. E come il Canonico sosteneva che un mondo fatto d'atomi non contrastava con l'idea di una divinità che li disponesse insieme secondo ragione, così padre Emanuele di quella polvere di concetti accettava solo le composizioni veramente argute. Forse avrebbe fatto altrettanto se si fosse dato a far scene per un teatro: non traggono forse i commediografi eventi inverosimili e arguti da brani di cose verisimili ma senza sapore, così da compiacerci con inattesi ircocervi d'azioni?

E se così era, non accadeva forse che quel concorrere di circostanze che aveva creato e il suo naufragio e la condizione in cui si trovava la *Daphne* – ogni minimo evento essendo verisimile, il tanfo e il cigolare dello scafo, l'odore delle piante, le voci degli uccelli – tutto concorresse a delineare l'impressione di una presenza la quale altro non era che l'effetto di una fantasmagoria percepita solo dalla mente, come il riso dei prati e le lacrime della rugiada? Dunque il fantasma d'un intruso nascosto era composizione d'atomi d'azioni, come quello del fratello perduto, entrambi formati coi frammenti del suo proprio volto e dei suoi desideri o pensieri.

E proprio mentre udiva contro i vetri una pioggerella leggera che stava rinfrescando la calura meridiana, si diceva: è naturale, io e non altri sono salito su questa nave come un intruso, io turbo questo silenzio coi miei passi, ed ecco che, quasi timoroso di aver violato un altrui sacrario, ho costruito un altro me stesso che si aggira sotto gli stessi ponti. Che prove ho che costui ci sia? Qualche goccia d'acqua sulle foglie? E non potrebbe, come ora piove, esser piovuto la notte scorsa, sia pur per poco? La granaglia? Ma non potrebbero gli uccelli aver mosso razzolando quella che c'era già, facendomi pensare che qualcuno ne avesse gettata dell'altra? La mancanza delle uova? Ma se ho visto proprio ieri un girifalco divorarsi un topo volante! Io sto popolando una stiva che non ho ancora visitato e lo faccio forse per rassicurarmi, visto che mi atterrisce trovarmi abbandonato tra cielo e mare. Signor Roberto de la Grive, si ripeteva, tu sei solo e solo potresti rimanere sino alla fine dei tuoi giorni, e questa fine potrebbe anche esser prossima: il cibo a bordo è molto, ma per settimane e non per mesi. E dunque va' piuttosto a mettere sul ponte qualche recipiente per raccogliere più acqua piovana che puoi, e impara a pescare da sopra bordo, sopportando il sole. E un giorno o l'altro dovrai trovar modo di raggiungere l'Isola, e viverci come unico abitante. A questo devi pensare, e non a storie d'intrusi e di ferranti.

Aveva raccolto dei barili vuoti e li aveva disposti sul cassero, sopportando la luce filtrata dalle nubi. Si accorse nel far questo lavoro che era ancora molto fiacco. Era ridisceso, aveva colmato di cibo gli animali (forse affinché qualcun altro non fosse tentato di farlo in vece sua), e aveva rinunciato ancora una volta a scendere più in basso. Era rientrato, passando alcune ore sdraiato, mentre la pioggia non accennava a scemare. Ci fu qualche colpo di vento, e per la prima volta si rese conto di essere su di una casa natante, che si muoveva come una cuna, mentre uno sbattito di portelli rendeva viva l'ampia mole di quel grembo boscoso.

Apprezzò quest'ultima metafora e si chiese come padre Emanuele avrebbe letto la nave quale fonte di Divise Enigmatiche. Poi pensò all'Isola e la definì come irraggiungibile prossimità. Il bel concetto gli mostrò, per la seconda volta nella giornata, la dissimile somiglianza tra l'Isola e la Signora, e vegliò sino a notte a scriverle quello che sono riuscito a trarne in questo capitolo.

La *Daphne* aveva beccheggiato per tutta la notte, e il suo moto, con quello ondoso della baia, si era quetato di primissimo mattino. Roberto aveva scorto dalla finestra i segni di un'alba fredda ma limpida. Ricordandosi di quella Iperbole degli Occhi rievocata il giorno precedente, si disse che avrebbe potuto osservare la riva con il cannocchiale che aveva visto nella camera accanto: il bordo stesso della lente e la scena limitata gli avrebbero attenuato i riflessi solari.

Appoggiò quindi lo strumento sulla cornice di una finestra della galleria e fissò arditamente i limiti estremi della baia. L'Isola appariva chiara, la cima arruffata da un bioccolo di lana. Come aveva appreso a bordo dell'*Amarilli*, le isole dell'oceano trattengono l'umidità dagli alisei e la condensano in fiocchi nebulosi, così che spesso i naviganti riconoscono la presenza di una terra prima di scorgerne le coste, dalle sbuffate dell'elemento aereo che essa tiene come all'approdo.

Degli alisei gli aveva raccontato il dottor Byrd – che li chiamava *Trade-Winds*, ma i francesi dicevano *alisées*: ci sono su quei mari i grandi venti che dettano legge agli uracani e alle bonacce, ma con questi scherzano gli alisei, che sono venti del capriccio, talché le carte ne rappresentano il vagare sotto forma di una danza di curve e di correnti, di vaneggianti carole e aggraziati traviamenti. Essi s'insinuano nel corso dei venti maggiori e lo sconvolgono, lo tagliano di traverso, vi intrecciano corse. Sono lucertole che guizzano per sentieri imprevisti, si scontrano e si schivano a vicenda, come se nel Mare del Contrario valessero solo le regole dell'arte e non quelle della natura. Di cosa artificiale essi hanno figura e più che le disposizioni armoniche delle cose che vengono dal cielo o dalla terra, come la neve o i cristalli, essi prendono forma di quelle volute che gli architetti imponevano a cupole e capitelli.

Che quello fosse un mare dell'artificio Roberto sospettava da tempo, e questo gli spiegava come mai laggiù i cosmografi avessero sempre immaginato esseri contro natura, che camminavano coi piedi all'in su.

Certo non potevano essere gli artisti, che nelle corti d'Europa costruivano grotte incrostate di lapislazzuli, dalle fontane mosse da segrete pompe, ad aver ispirato natura nell'inventar le terre di quei mari; né poteva essere stata la natura del Polo Sconosciuto a ispirar quegli artisti. È che, si diceva Roberto, sia l'Arte che la Natura amano macchinare, e altro non fanno gli stessi atomi quando s'aggregano or così or in tal altra maniera. C'è prodigio più artificiato della tartaruga, opera di un'orafo di mille e mille anni fa, scudo d'Achille pazientemente niellato che imprigiona un serpente con le zampe?

Da noi, si diceva, tutto quello che è vita vegetale ha la fragilità della foglia con la sua nervatura e del fiore che dura lo spazio di un mattino, mentre qui il vegetale sembra cuoio, materia spessa e oleosa, scaglia disposta a reagire ai raggi di soli forsennati. Ogni foglia – in queste terre dove gli abitatori selvaggi certo non conoscono l'arte dei metalli e delle crete – potrebbe diventare strumento, lama, coppa, spatola, e le foglie dei fiori sono di lacca. Tutto ciò che è vegetale è qui forte, mentre è debolissimo tutto ciò che è animale, a giudicar dagli uccelli che ho visto, filati in vetro multicolore, mentre da noi è animale la forza del cavallo o l'ottusa robustezza del bue...

E i frutti? Da noi l'incarnato della mela, colorata di sanità, ne contrassegna il sapore amico, mentre è il lividore del fungo a palesarcene i venefici. Qui invece, l'ho pur visto ieri, e durante il viaggio dell'*Amarilli*, si ha lepido gioco di contrari: il bianco mortuario di un frutto assicura vivaci dolcezze, mentre i frutti più rubizzi possono secernere filtri letali.

Col cannocchiale esplorava la riva e scorgeva tra terra e mare quelle radici rampicanti, che parevano salterellare verso il cielo aperto, e cespi di frutti oblunghi che certo rivelavano la loro melassata maturità con l'apparire come bacche immature. E riconosceva su altre palme cocchi gialli come meloni estivi, mentre sapeva che avrebbero celebrato la loro maturazione col farsi color di terra morta.

Dunque per vivere in quel terrestre Aldilà – avrebbe dovuto ricordarlo, se avesse voluto venire a patti con la natura – occorreva procedere al contrario del proprio istinto, l'istinto essendo probabilmente un ritrovamento dei primi giganti che cercarono di adattarsi alla natura dell'altra parte del globo e, credendo che la natura più naturale fosse quella a cui essi si adattavano, la pensavano naturalmente nata per adattarsi a loro. Per questo credettero che il sole fosse piccolo come a loro appariva, e immensi fossero certi steli d'erba che essi guardavano con l'occhio prono a terra.

Vivere negli Antipodi significa dunque ricostruire l'istinto, sapere fare di maraviglia natura e di natura maraviglia, scoprire quanto sia instabile il mondo, che in una prima metà segue certe leggi e nell'altra leggi opposte.

Udiva di nuovo il risveglio degli uccelli, laggiù, e – a differenza del primo giorno – avvertiva quanto effetto d'arte fossero quei canti, se commisurati al cinguettare delle sue terre: erano borbottii, fischi, gorgoglii, crepiti, scocchi di lingua, guaiti, attenuati colpi di moschetto, intere scale cromatiche di picchi, e talora s'udiva come un gracidare di rane acquattate tra le foglie degli alberi, in omerico parlottare.

Il cannocchiale gli permetteva di scorgere fusi, pallottole piumose, brividi neri o d'indistinta tinta, che si buttavano da un albero più alto puntando a terra con la demenza di un Icaro che volesse affrettare la propria rovina. A un tratto gli parve persino che un albero, forse di arancini della Cina, sparasse in aria uno dei suoi frutti, una matassa di croco acceso, che uscì ben presto dall'occhio tondo del cannocchiale. Si convinse che era effetto di un riflesso e non ci pensò più, o almeno così credette. Vedremo dopo che, quanto a pensieri oscuri, aveva ragione Saint-Savin.

Pensò che quei volatili d'innaturale natura erano emblema di consorzi parigini che aveva lasciato da molti mesi: in quell'universo privo di umani in cui, se non gli unici esseri viventi, certo gli unici esseri parlanti erano gli uccelli, si ritrovava come in quel salotto, dove al suo primo ingresso aveva colto solo un indistinto cicaleccio in lingua ignota, di cui indovinava con timidezza il sapore – anche se, direi, il sapere di quel sapore doveva aver alla fine bene assorbito, altrimenti non avrebbe saputo discettarne come ora faceva. Ma, ricordando che là aveva incontrato la Signora – e che se dunque vi era un luogo sommo tra tutti era quello e non questo – ne concluse che non là si imitavano gli uccelli dell'Isola, ma qui sull'Isola gli animali cercavano di eguagliare quella umanissima Lingua degli Uccelli.

Pensando alla Signora e alla sua lontananza, che il giorno prima aveva paragonato alla lontananza inattingibile della terra a occidente, tornò a guardare l'Isola, di cui il cannocchiale gli svelava solo pallidi e circoscritti accenni, ma come accade alle immagini che si vedevano in quegli specchi convessi che, riflettendo un solo lato di una piccola stanza, suggeriscono un cosmo sferico infinito e attonito.

Come gli sarebbe apparsa l'Isola se un giorno vi fosse approdato? Dalla scena che vedeva dal suo palco, e dagli specimina di cui aveva trovato testimonianza sulla nave, essa era forse quell'Eden ove nei ruscelli colano latte e miele, tra un trionfo abbondante di frutti e di animali mansueti? Che altro cercavano in quelle isole dell'opposto sud i coraggiosi che vi navigavano sfidando le tempeste di un oceano illusoriamente pacifico? Non era questo che il Cardinale voleva quando lo aveva inviato in missione a scoprire il segreto dell'*Amarilli*, la possibilità di portare i gigli di Francia su di una Terra Incognita che rinnovasse finalmente le offerte di una valle non toccata né dal peccato di Babele, né dal diluvio universale, né dal primo fallo adamitico? Leali vi dovevano essere gli esseri umani, scuri di pelle ma candidi di cuore, noncuranti delle montagne d'oro e dei balsami di cui erano sconsiderati custodi.

Ma se così era, non era forse rinnovare l'errore del primo peccatore voler violare la verginità dell'Isola? Giustamente forse la Provvidenza lo aveva voluto casto testimone di una bellezza che non avrebbe mai dovuto turbare. Non era questa la manifestazione del più compiuto amore, quale lo professava alla sua Signora, amare da lungi rinunciando all'orgoglio del dominio? È amore quello che aspira alla conquista? Se l'Isola doveva apparirgli una cosa sola con l'oggetto del suo amore, all'Isola doveva lo stesso riserbo che a quello aveva donato. La stessa frenetica gelosia che aveva provato ogni qualvolta aveva temuto che un occhio altrui avesse minacciato quel santuario della riluttanza, non doveva essere intesa come pretesa di un suo proprio diritto, ma come negazione del diritto di ciascuno, compito che il suo amore gli imponeva come custode di quel Graal. E alla stessa castità doveva sentirsi obbligato nei confronti dell'Isola che, quanto più voleva piena di promesse, tanto meno avrebbe dovuto voler toccare. Lontano dalla Signora, lontano dall'Isola, di entrambe avrebbe solo dovuto parlare, volendole immacolate affinché immacolate potessero mantenersi, toccate dalla sola carezza degli elementi. Se vi era bellezza da qualche parte, suo scopo era rimaner senza scopo.

Era davvero così l'Isola che vedeva? Chi lo incoraggiava a decifrarne così il geroglifico? Si sapeva che, sin dai primi viaggi in queste isole, che le carte assegnavano a luoghi imprecisi, venivano abbandonati gli ammutinati ed esse diventavano prigioni dalle sbarre d'aria, in cui gli stessi condannati erano carcerieri a se stessi, intesi a punirsi a vicenda. Non giungervi, non scoprirne il segreto, non era dovere, ma diritto di sfuggire a orrori senza fine.

Oppure no, l'unica realtà dell'Isola era che al centro di essa si ergeva, invitante nei suoi colori tenui, l'Albero dell'Oblio, mangiando i cui frutti Roberto avrebbe potuto trovare la pace.

Smemorare. Trascorse così la giornata, neghittoso all'apparenza, attivissimo nello sforzo di diventare tabula rasa. E, come accade a chi si imponga di scordare, più sforzi faceva, più la sua memoria s'animava.

Provava a mettere in pratica tutte le raccomandazioni di cui aveva udito. Si immaginava in una stanza affollata di oggetti che gli ricordavano qualcosa, il velo della sua dama, le carte su cui ne aveva reso presente l'immagine attraverso i lamenti per la sua assenza, i mobili e gli arazzi del palazzo in cui l'aveva conosciuta, e si rappresentava a se stesso nell'atto di buttare tutte quelle cose dalla finestra, sino a che la stanza (e con essa la sua mente) fosse divenuta nuda e vuota. Compiva sforzi immani nel trascinare sino al davanzale vasellame, armadi, scranni e panoplie e, contrariamente a quello che gli avevano detto, a mano a mano che si deprimeva in quelle fatiche, la figura della Signora si moltiplicava, e da angoli diversi, lo seguiva in quei suoi conati con un sorriso malizioso.

Così, passando il giorno a trascinar suppellettili, non aveva scordato nulla. Al contrario. Erano giorni che pensava al proprio passato fissando gli occhi sull'unica scena che avesse davanti, quella della *Daphne*, e la *Daphne* si stava trasformando in un Teatro della Memoria, come se ne concepivano ai suoi tempi, dove ogni tratto gli ricordava un episodio antico o recente della sua storia: il bompresso, l'arrivo dopo il naufragio, quando aveva capito che non avrebbe più rivisto l'amata; le vele raccolte, guardando le quali aveva a lungo sognato Lei perduta, Lei perduta; la galleria, da cui esplorava l'Isola lontana, la lontananza di Lei... Ma aveva dedicato a colei tante meditazioni che, sinché vi fosse restato, ogni angolo di quella casa marina gli avrebbe ricordato, momento per momento, tutto quello che voleva dimenticare.

Che fosse vero se ne era accorto uscendo sul ponte, per farsi distrarre dal vento. Era quello il suo bosco, dove andava come nei boschi vanno gli amorosi infelici; ecco la sua natura fittizia, piante levigate da carpentieri d'Anversa, fiumi di tela greggia al vento, caverne calafatate, stelle d'astrolabi. E come gli amorosi identificano, rivisitando un luogo, l'amata con ogni fiore, con ogni stormire di foglie e ogni sentiero, ecco, ora lui sarebbe morto d'amore accarezzando la bocca di un cannone...

Non celebravano forse i poeti la loro dama lodandone le labbra di rubino, gli occhi di carbone, il seno di marmo, il cuore di diamante? Ebbene, anch'egli – costretto in quella miniera d'abeti ormai fossili – avrebbe avuto passioni solo minerali, gomena inanellata di nodi gli sarebbe apparsa la chioma di Lei, splendore di borchie i suoi occhi dimenticati, sequenza di gronde i suoi denti stillanti di odorosa saliva, argano scarrucolante il suo collo adorno di collane di canapa, e avrebbe trovato la pace nell'illudersi di avere amato l'opera di un costruttore di automi.

Poi si pentì della sua durezza nel fingere la durezza di lei, si disse che nell'impietrarne le fattezze impietriva il suo desiderio – che voleva invece vivo e insoddisfatto – e, poiché si era fatta sera, volse gli occhi all'ampia conca del cielo punteggiata di costellazioni indecifrabili. Solo contemplando corpi celesti avrebbe potuto concepire i celesti pensieri che si addicono a chi, per celeste decreto, sia stato dannato ad amare la più celestiale delle umane creature.

La regina dei boschi, che in bianca veste inalba le selve e inargenta le campagne, non si era ancora affacciata al sommo dell'Isola, coperta da gramaglie. Il resto del cielo era acceso e visibile e, all'estremità sudovest, quasi a filo del mare oltre la grande terra, scorse un grumo di stelle che il dottor Byrd gli aveva insegnato a riconoscere: era la Croce del Sud. E di un poeta dimenticato, ma di cui il suo precettore carmelitano gli aveva fatto mandare a memoria alcuni brani, Roberto ricordava una visione che aveva affascinato la sua infanzia, quella di un pellegrino per i regni dell'oltretomba che, emerso proprio in quella plaga incognita, aveva visto quelle quattro stelle, non scorte mai se non dai primi (e ultimi) abitatori del Paradiso Terrestre.

11.
L'Arte di Prudenza

Le vedeva perché era veramente naufragato ai limiti del giardino dell'Eden o perché era emerso dal ventre della nave come da un imbuto infernale? Forse entrambe le cose. Quel naufragio, restituendolo allo spettacolo di un'altra natura, lo aveva sottratto all'Inferno del Mondo in cui era entrato, perdendo le illusioni della fanciullezza, nei giorni di Casale.

Era ancora laggiù che, dopo aver intravisto la storia come luogo di molti capricci, e trame incomprensibili della Ragion di Stato, Saint-Savin gli aveva fatto comprendere come la gran macchina del mondo fosse infida, travagliata dalle nequizie del Caso. Era finito in pochi giorni il sogno d'imprese eroiche della sua adolescenza, e con padre Emanuele aveva capito che ci si doveva infervorare per le Heroiche Imprese – e che si può spendere una vita non per combattere un gigante ma per nominare in troppi modi un nano.

Lasciato il convento si era accompagnato col signor della Saletta, il quale a sua volta accompagnava il signor di Salazar fuori dalle mura. E per giungere a quella che Salazar chiamava Puerta de Estopa, stavano percorrendo un tratto di bastione.

I due gentiluomini stavano lodando la macchina di padre Emanuele e Roberto ingenuamente aveva chiesto a cosa potesse valere tanta scienza per regolare il destino di un assedio.

Il signor di Salazar si era messo a ridere. "Mio giovane

amico," aveva detto, "tutti noi siamo qui, e in ossequio a monarchi diversi, affinché questa guerra si risolva secondo giustizia e onore. Ma non sono più i tempi in cui si possa mutare il corso delle stelle con la spada. È finito il tempo che i gentiluomini creavano i re; ora sono i re a creare i gentiluomini. Un tempo la vita di corte era un'attesa del momento in cui il gentiluomo si sarebbe mostrato tale in guerra. Ora, tutti i gentiluomini che indovinate laggiù," e accennava alle tende spagnole, "e quaggiù," e accennava agli accantonamenti francesi, "vivono questa guerra per poter tornare nel loro luogo naturale, che è la corte, e a corte, amico mio, non si fa più a gara per pareggiare il re in virtù, ma per ottenere il suo favore. Oggi a Madrid si vedono gentiluomini che la spada non l'hanno mai snudata, e non si allontanano dalla città: la lascerebbero, mentre si impolverano sui campi della gloria, in mano a borghesi danarosi e a una nobiltà di roba che ormai anche un monarca tiene in gran conto. Al guerriero non rimane che abbandonare il valore per seguir la prudenza."

"La prudenza?" aveva chiesto Roberto.

Salazar lo aveva invitato a guardare nella pianura. Le due parti erano impegnate in pigre scaramucce e si vedevano nugoli di polvere levarsi agli imbocchi delle gallerie là dove cadevano le palle dei cannoni. Verso nordovest gli imperiali stavano spingendo un mantelletto: era un carro robusto, falcato ai lati, che terminava sul fronte con una parete di doghe di rovere corazzate di spranghe di ferro borchiate. Su quella facciata si aprivano feritoie da cui spuntavano spingarde, colubrine e archibugi, e di lato si scorgevano i lanzichenecchi barricati a bordo. Irta di canne davanti e di lame a lato, cigolante di catene, la macchina emetteva talora sbuffi di fuoco da una delle sue gole. Certamente i nemici non intendevano impegnarla subito, perché era ordigno da portar sotto le mura quando le mine avessero già fatto il loro uffizio, ma altrettanto certamente la esibivano per terrorizzare gli assediati.

"Vedete," diceva Salazar, "la guerra sarà decisa dalle macchine, carro falcato e galleria di mina che siano. Alcuni

103

nostri bravi compagni, da ambo le parti, che hanno offerto il petto all'avversario, quando non siano morti per errore, non lo hanno fatto per vincere, ma per acquistar reputazione da spendere al ritorno a corte. I più valenti tra loro avranno l'accortezza di scegliere imprese che facciano fragore, ma calcolando la proporzione tra quanto rischiano e quanto possono guadagnare..."

"Mio padre..." iniziò Roberto, orfano di un eroe che non aveva calcolato nulla. Salazar lo interruppe. "Vostro padre era appunto un uomo dei tempi andati. Non crediate che non li rimpianga, ma può valere ancora la pena di compiere un gesto ardito, quando si parlerà più di una bella ritirata che di un gagliardo assalto? Non avete appena visto una macchina da guerra pronta a risolvere le sorti di un assedio più di quanto non facessero un tempo le spade? E non è da anni e anni che le spade hanno già lasciato il posto all'archibugio? Noi portiamo ancora le corazze, ma un picaro può imparare in un giorno a forare la corazza del grande Baiardo."

"Ma allora che è rimasto al gentiluomo?"

"La saggezza, signor de la Grive. Il successo non ha più il colore del sole, ma cresce alla luce della luna, e nessuno ha mai detto che questo secondo luminare fosse sgradito al creatore di tutte le cose. Gesù stesso ha ponderato, nell'orto degli ulivi, di notte."

"Ma poi ha preso una decisione secondo la più eroica delle virtù, e senza prudenza..."

"Ma noi non siamo il Figlio primogenito dell'Eterno, siamo i figli del secolo. Finito questo assedio, se una macchina non vi avrà tolto la vita, che farete signor de la Grive? Tornerete forse alle vostre campagne, dove nessuno vi darà occasione di parer degno di vostro padre? Da pochi giorni che vi muovete in mezzo a gentiluomini parigini voi già mostrate di essere conquistato dai loro costumi. Voi vorrete tentare la fortuna nella grande città, e sapete bene che è là che dovrete spendere quell'alone di fierezza che la lunga inazione tra queste mura vi avrà concesso. Cercherete anche voi fortuna, e dovrete essere abile nell'ottenerla.

Se qui avete appreso a schivar la palla di un moschetto, là dovrete apprendere a saper schivare l'invidia, la gelosia, la rapacità, battendovi ad armi pari coi vostri avversari, e cioè con tutti. E quindi ascoltatemi. È mezz'ora che mi interrompete dicendo quello che pensate, e con l'aria di interrogare volete mostrarmi che m'inganno. Non fatelo mai più, specialmente coi potenti. Talora la fiducia nella vostra penetrazione e il sentimento di dover testimoniare la verità vi potrebbero spingere a dare un buon consiglio a chi è più di voi. Non fatelo mai. Ogni vittoria produce odio nel vinto, e se la si riporta sul proprio signore, o è sciocca o è dannosa. I principi desiderano essere aiutati ma non superati. Ma sarete prudente anche con gli uguali. Non umiliateli con le vostre virtù. Non parlate mai di voi stesso: o vi lodereste, che è vanità, o vi vituperereste, che è stoltezza. Lasciate piuttosto che gli altri vi scoprano qualche pecca veniale, che l'invidia possa roder senza troppo vostro danno. Dovrete esser d'assai e talora parer da poco. Lo struzzo non aspira a inalzarsi nell'aria, esponendosi a un'esemplare caduta: lascia scoprire a poco a poco la bellezza delle sue piume. E sovratutto, se avrete delle passioni, non le metterete in mostra, per nobili che vi appaiano. Non si deve consentire a tutti l'accesso al proprio cuore. Un silenzio prudente e cauto è la teca della saggezza."

"Signore, ma voi mi state dicendo che il primo dovere di un gentiluomo è di imparare a simulare!"

Intervenne sorridendo il signor della Saletta: "Vedete, caro Roberto, il signor di Salazar non dice che il saggio deve simulare. Vi suggerisce, se ho bene compreso, che deve imparare a dissimulare. Si simula quello che non è, si dissimula quello che è. Se voi vi vantate di ciò che non avete fatto, siete un simulatore. Ma se voi evitate, senza farlo notare, di palesare appieno quel che avete fatto, allora dissimulate. È virtù sovra la virtù dissimulare la virtù. Il signor di Salazar vi sta insegnando un modo prudente di esser virtuoso, o di esser virtuoso secondo prudenza. Da che il primo uomo aperse gli occhi e conobbe che era ignudo, procurò di celarsi anche alla vista del suo Fattore:

così la diligenza nel nascondere quasi nacque col mondo stesso. Dissimulare è tendere un velo composto di tenebre oneste, dal che non si forma il falso ma si dà qualche riposo al vero. La rosa pare bella perché a prima vista dissimula d'esser cosa tanto caduca, e benché della bellezza mortale sia solito dirsi di non parer cosa terrena, essa non è altro che un cadavere dissimulato dal favore dell'età. In questa vita non sempre si ha da essere di cuore aperto, e le verità che più c'importano vanno sempre dette a mezzo. La dissimulazione non è frode. È una industria di non far vedere le cose come sono. Ed è industria difficile: per eccellervi occorre che gli altri non riconoscano la nostra eccellenza. Se qualcuno andasse celebre per la sua capacità di camuffarsi, come gli attori, tutti saprebbero che non è quel che finge di essere. Ma degli eccellenti dissimulatori, che sono stati e sono, non si ha notizia alcuna."

"E notate," aggiunse il signor di Salazar, "che invitandovi a dissimulare non vi si invita a rimaner muto come un balordo. Al contrario. Dovrete imparare a fare con la parola arguta quello che non potete fare con la parola aperta; a muovervi in un mondo, che privilegia l'apparenza, con tutte le sveltezze dell'eloquenza, a esser tessitore di parole di seta. Se gli strali trafiggono il corpo, le parole possono trapassare l'anima. Fate diventare in voi natura quel che nella macchina di padre Emanuele è arte meccanica."

"Ma signore," disse Roberto, "la macchina di padre Emanuele mi pare una immagine dell'Ingegno, il quale non intende colpire o sedurre, bensì scoprire e rivelare connessioni tra le cose, e dunque farsi nuovo strumento di verità."

"Questo per i filosofi. Ma per gli sciocchi, usate l'Ingegno per maravigliare, e otterrete consenso. Gli uomini amano esser maravigliati. Se il vostro destino e la vostra fortuna si decidono non sul campo, ma nei saloni della corte, un buon punto ottenuto nella conversazione sarà più fruttuoso che un buon assalto in battaglia. L'uomo prudente, con una frase elegante, si cava fuori da ogni garbu-

106

glio, e sa usar la lingua con la leggerezza di una piuma. La maggior parte delle cose si può pagar con le parole."

"Vi attendono alla porta, Salazar," disse Saletta. E così per Roberto ebbe termine quell'inattesa lezione di vita e di saggezza. Non ne rimase edificato, ma fu riconoscente ai suoi due maestri. Gli avevano spiegato molti misteri del secolo, di cui alla Griva nessuno gli aveva mai detto nulla.

12.
Le Passioni dell'Anima

In quel rovinare di ogni illusione, Roberto cadde preda di una mania amorosa.

Eravamo ormai a fine giugno, e faceva assai caldo; si erano diffuse da una decina di giorni le prime voci di un caso di peste nel campo spagnolo. Nella città incominciavano a scarseggiar le munizioni, ai soldati si distribuivano ormai solo quattordici once di pane nero, e per trovare una pinta di vino dai casalesi occorreva ormai pagare tre fiorini, come a dire dodici reali. Si erano avvicendati il Salazar nella città e il Saletta al campo per trattare il riscatto di ufficiali catturati da una parte e dall'altra nel corso degli scontri, e i riscattati si dovevano impegnare a non prendere più le armi. Si parlava di nuovo di quel capitano ormai in ascesa nel mondo diplomatico, Mazzarini, a cui il Papa aveva affidato il negoziato.

Qualche speranza, qualche sortita e un giocar a distruggersi a vicenda le gallerie, ecco come si sviluppava quell'assedio indolente.

Nell'attesa di negoziati, o dell'armata di soccorso, gli spiriti bellicosi si erano sedati. Alcuni casalesi avevano deciso di uscire fuori mura per mietere quei campi di grano che si erano salvati dai carri e dai cavalli, incuranti di stanche schioppettate che gli spagnoli tiravano da lontano. Ma non tutti erano disarmati: Roberto vide una contadina alta e fulva che a tratti interrompeva il suo lavoro di falcetto, s'abbassava tra le spighe, sollevava un moschetto, l'imbracciava da vecchio soldato premendo il calcio sulla guancia rossa, e tirava verso i disturbatori. Gli spagnoli si erano infastiditi per i tiri di quella Cerere guerriera, avevano risposto, e un colpo l'aveva colta di striscio a un polso. Sanguinando ora arretrava, ma non cessava di caricare e sparare, gridando qualche cosa verso il nemico. Mentre ella era ormai quasi sotto le mura, alcuni spagnoli l'apostrofarono: "Puta de los franceses!" Al che ella rispondeva: "Sì, a sun la pütan'na dei francès, ma ad vui no!"

Quella figura virginale, quella quintessenza di bellezza opima e di furia marziale, unita a quel sospetto di impudicizia di cui l'insulto l'aveva impreziosita, attizzarono i sensi dell'adolescente.

Quel giorno aveva percorso le strade di Casale per rinnovare quella visione; aveva interrogato dei contadini, aveva saputo che la ragazza si chiamava, secondo alcuni, Anna Maria Novarese, Francesca secondo altri, e in una osteria gli avevano detto che aveva vent'anni, che veniva dal contado, e che trescava con un soldato francese. "L'è brava la Francesca, se l'è brava," dicevano con sorrisi d'intesa, e a Roberto l'amata apparve vieppiù desiderabile in quanto ancora una volta adulata da quei cenni licenziosi.

Qualche sera dopo, passando davanti a una casa, la scorse in una stanza buia al piano terra. Era seduta alla finestra per cogliere un venticello che mitigava appena l'afa monferrina, fatta chiara da una lampada, invisibile dall'esterno, posata presso al davanzale. A tutta prima non l'aveva riconosciuta perché le belle chiome erano avvolte sul capo, e ne pendevano solo due ciocche sopra le orecchie. Si scorgeva solo il viso un poco chinato, un solo purissimo ovale, imperlato da qualche goccia di sudore, che pareva l'unica vera lampada in quella penombra.

Stava lavorando di cucito su di un tavolinetto basso, su cui posava lo sguardo intento, così che non scorse il giovane, che si era ritratto a sbirciarla di lato, acquattandosi contro il muro. Col cuore che gli martellava in petto, Roberto ne vedeva il labbro, ombreggiato da una caluigine bionda. A un tratto ella aveva levato una mano più luminosa ancor del viso, per portare alla bocca un filo scuro: lo aveva introdotto tra le labbra rosse scoprendo i denti bianchi e lo aveva reciso di un sol colpo, con mossa di fiera gentile, sorridendo lieta della sua mansueta crudeltà.

Roberto avrebbe potuto attendere per tutta la notte, mentre respirava appena, per il timore d'esser scoperto e per l'ardore che lo raggelava. Ma dopo poco la fanciulla spense la lampada, e la visione si dissolse.

Era passato per quella strada i giorni seguenti, senza più vederla, tranne una sola volta, ma non ne era sicuro perché essa, se era lei, stava seduta a capo chino, il collo nudo e roseo, una cascata di capelli che le coprivano il volto. Una matrona le stava alle spalle, navigando per quelle onde leonine con un pettine da pecoraia, e a tratti lo lasciava per afferrare con le dita un animaletto fuggiasco, che le sue unghie facevano esclappitare in un colpo secco.

Roberto, non nuovo ai riti dello spidocchiamento, ne scopriva però per la prima volta la bellezza, e immaginava di poter porre le mani tra quei flutti di seta, di premere i polpastrelli su quella nuca, di baciare quei solchi, di distrugger egli stesso quelle greggi di mirmidoni che li inquinavano.

Dovette allontanarsi da quell'incanto per il sopravvenire di gentaglia che rumoreggiava per quella via, e fu l'ultima volta che quella finestra gli riservò amorose visioni.

Altri pomeriggi e altre sere vi scorse ancora la matrona, e un'altra ragazza, ma non lei. Ne concluse che quella non era la sua casa, ma quella di una parente, presso la quale era solo andata a far qualche lavoro. Dov'ella fosse, per lunghi giorni più non seppe.

Siccome il languore amoroso è liquore che prende maggior forza quando sia travasato nelle orecchie di un amico, mentre percorreva Casale senza frutto, e smagriva nella ricerca, Roberto non era riuscito a nascondere il suo stato a Saint-Savin. Glielo aveva rivelato per vanità, perché ogni amante si adorna della bellezza dell'amata – e di questa bellezza è certamente certo.

"Ebbene, amate," aveva reagito Saint-Savin con trascura-

110

taggine. "Non è cosa nuova. Pare che gli umani se ne dilettino, a differenza degli animali."

"Gli animali non amano?"

"No, le macchine semplici non amano. Che fanno le ruote di un carro lungo un pendìo? Rotolano verso il basso. La macchina è un peso, e il peso pende, e dipende dal cieco bisogno che lo spinge alla discesa. Così l'animale: pende verso il concubito e non si acqueta sino a che non l'ottiene."

"Ma non mi avete detto ieri che anche gli uomini sono macchine?"

"Sì, ma la macchina umana è più complessa di quella minerale, e di quella animale, e si compiace di un moto oscillatorio."

"E allora?"

"Allora voi amate, e quindi desiderate e non desiderate. L'amore rende nemici di se stessi. Temete che il raggiungere il fine vi deluda. Vi dilettate *in limine*, come dicono i teologi, godete del ritardo.

"Non è vero, io... io la voglio subito!"

"Se fosse così, sareste ancora e soltanto un paesano. Ma avete spirito. Se la voleste l'avreste già presa – e sareste un bruto. No, voi volete che il vostro desiderio s'accenda, e che nel contempo si accenda anche quello di lei. Se il suo si accendesse a tal punto da indurla a cedervi subito, probabilmente non la vorreste più. L'amore prospera nell'attesa. L'Attesa va camminando per gli spaziosi campi del Tempo verso l'Occasione."

"Ma che faccio in questo frattempo?"

"Corteggiatela."

"Ma... lei non sa ancora nulla, e debbo confessarvi che ho difficoltà ad avvicinarla..."

"Scrivetele una lettera e ditele del vostro amore."

"Ma non ho mai scritto lettere d'amore! Anzi, mi vergogno di dire che non ho mai scritto lettere."

"Quando la natura vien meno, rivolgiamoci all'arte. Ve la detterò io. Un gentiluomo si compiace sovente di stilar lettere per una dama che non ha mai veduto, e io non sono da meno. Non amando, so parlare d'amore meglio di voi, che l'amore rende muto."

"Ma io credo che ogni persona ami in modo diverso... Sarebbe un artificio."

"Se le rivelaste il vostro amore con l'accento della sincerità, apparireste goffo."

"Ma le direi la verità..."

"La verità è una giovinetta tanto bella quanto pudica e perciò va sempre avvolta nel suo mantello."

"Ma io voglio dirle il mio amore, non quello che descrivereste voi!"

"Ebbene, per essere creduto, fingete. Non c'è perfezione senza lo splendore della macchinazione. "

"Ma lei capirebbe che la lettera non sta parlando di lei."

"Non temete. Crederà che quanto vi detto sia stato concepito su sua misura. Avanti, sedetevi e scrivete. Lasciate solo che trovi l'ispirazione."

Saint-Savin si muoveva per la stanza come se, dice Roberto, stesse mimando il volo di un'ape che torna al favo. Quasi danzava, con gli occhi vaganti, come se dovesse leggere nell'aria quel messaggio, che non esisteva ancora. Poi cominciò.

"Signora..."

"Signora?"

"E che vorreste dirle? Forse: ehi tu, sgualdrinella casalese?"

"Puta de los franceses," non poté trattenersi di mormorare Roberto, atterrito che Saint-Savin per gioco si fosse tanto avvicinato, se non alla verità, almeno alla calunnia.

"Che avete detto?"

"Nulla. Va bene. Signora. E poi?"

"Signora, nella mirabile architettura dell'Universo, era già scritto sin dal giorno natale della Creazione che io vi avrei incontrata e amata. Ma sin dalla prima linea di questa lettera sento già che la mia anima tanto si effonde che essa avrà abbandonato le mie labbra e la mia penna prima che abbia terminato."

"... terminato. Ma non so se sia comprensibile a..."

"Il vero è tanto più gradito quanto sia ispido di difficoltà, e più stimata è la rivelazione che assai ci sia costata. Eleviamo anzi il tono. Diciamo allora... Signora..."

"Ancora?"

"Sì. Signora, per una dama bella come Alcidiana, vi era senza dubbio necessaria, come a questa Eroina, una dimora inespugnabile. Credo che per incantamento voi siate stata trasportata altrove e che vostra provincia sia divenuta una seconda Isola Galleggiante che il vento dei miei sospiri fa arretrare a misura ch'io tenti di appressarmi, provincia degli antipodi, terra che i ghiacci impediscono d'abbordare. Vi vedo perplesso, la Grive: vi sembra ancora mediocre?"

"No, è che... io direi il contrario."

"Non temete," disse Saint-Savin fraintendendo, "non mancheranno contrappunti di contrari. Proseguiamo. Forse le vostre grazie vi danno diritto a rimanere lontana come agli Dei si conviene. Ma non sapete forse che gli Dei ricevono favorevolmente almeno i fumi dell'incenso che noi bruciamo loro di quaggiù? Non rifiutate dunque la mia adorazione: se voi possedete al sommo grado la bellezza e lo splendore, mi ridurreste all'empietà impedendomi di adorare nella vostra persona due tra i maggiori degli attributi divini... Suona meglio così?"

A quel punto Roberto pensava che ormai l'unico problema era che la Novarese sapesse leggere. Oltrepassato quel bastione, qualsiasi cosa avesse letto l'avrebbe certamente inebriata, visto che stava inebriandosi lui allo scrivere.

"Mio Dio," disse, " dovrebbe impazzire..."

"Impazzirà. Continuate. Lungi d'aver perduto il mio cuore quando vi ho fatto dono della mia libertà, me lo ritrovo da quel giorno assai più grande, moltiplicato a tal punto che, come se uno solo non me ne bastasse per amarvi, esso si sta riproducendo per tutte le mie arterie dove lo sento palpitare."

"Oh Dio..."

"Mantenetevi calmo. State parlando d'amore, non state amando. Scusate Signora il furore di un disperato, o meglio, non datevene pena: non s'è mai udito che i sovrani dovessero render conto della morte dei loro schiavi. Oh sì, debbo ritenere degna d'invidia la mia sorte, che voi vi siate data la pena di causare la mia rovina: se almeno vi degnerete di odiarmi, questo mi dirà che non vi ero indifferente. Così la morte, con cui credete di punirmi, mi sarà causa di gioia. Sì la morte: se amore è capire che due anime sono state create per essere unite, quando l'una avverte che l'altra non sente, non può che morire. Del che – vivo ancora e per poco il mio corpo – l'anima mia, dipartendosene, vi dà notizia."

"... dipartendosene vi dà?"

"Notizia."

"Lasciatemi prender fiato. Mi si scalda la testa..."

"Controllatevi. Non confondete l'amore con l'arte."

"Ma io l'amo! L'amo, capite?"

"Io no. Per questo vi siete affidato a me. Scrivete senza pensare a lei. Pensate, vediamo, al Signor di Toiras..."

"Vi prego!"

"Non prendete quell'aria. È un bell'uomo al postutto. Ma scrivete. Signora..."

"Di nuovo?"

"Di nuovo. Signora, sono inoltre destinato a morire cieco. Non avete voi fatto due alambicchi dei miei occhi, onde distillarmi la vita? E come accade che, più i miei occhi s'inumidiscono, più bruci? Forse mio padre non ha formato il mio corpo della stessa argilla che diede vita al primo uomo, bensì di calce, poiché l'acqua che spando mi consuma. E come accade che consumato pur viva, trovando nuove lagrime per consumarmi ancora?"

"Non è esagerato?"

"Nelle occasioni grandiose dev'essere grandioso anche il pensiero."

Ormai Roberto non protestava più. Gli pareva di essere divenuto la Novarese e di provare quello che essa avrebbe dovuto provare leggendo quelle pagine. Saint-Savin dettava.

"Avete lasciato nel mio cuore, nell'abbandonarlo, una

insolente, che è la vostra immagine, e che si vanta di avere su di me potere di vita e di morte. E voi vi siete allontanata da me come fanno i sovrani che s'allontanano dal luogo del supplizio per timore di essere importunati dalle domande di grazia. Se la mia anima e il mio amore si compongono di due puri sospiri, quando io muoia scongiurerò l'Agonia affinché sia quello del mio amore a lasciarmi per ultimo, e avrò realizzato – come ultimo mio dono – il miracolo di cui dovrete andar fiera, che almeno per un istante sarete ancora sospirata da un corpo già morto."

"Morto. Finito?"

"No, lasciatemi pensare, ci vuole una chiusa che contenga una *pointe*..."

"Una *puen* che?"

"Sì, un atto dell'intelletto che paia esprimere la corrispondenza inaudita tra due oggetti, al di là di ogni nostra credenza, sì che in questo gradevole gioco dello spirito si smarrisca felicemente ogni riguardo per la sostanza delle cose."

"Non capisco..."

"Capirete. Ecco: rovesciamo per intanto il senso dell'appello, in effetti non siete ancor morto, diamole la possibilità di correre a soccorso di questo morente. Scrivete. Potreste forse, signora, salvarmi ancora. Vi ho donato il mio cuore. Ma come posso vivere senza il motore stesso della vita? Non vi chiedo di rendermelo, che solo in vostra prigionia gode la più sublime delle libertà, ma vi prego, inviatemi in cambio il vostro, che non troverà tabernacolo più disposto per accoglierlo. Per vivere voi non avete bisogno di due cuori, e il mio pulsa così forte per voi da assicurarvi il più sempiterno dei fervori."

Poi, facendo una mezza giravolta e inchinandosi come un attore che attendesse l'applauso: "Non è bello?"

"Bello? Ma lo trovo... come dire... ridicolo. Ma non vi par di vedere questa signora che corre per Casale a prendere e a consegnar cuori, come un valletto?"

"Volete che essa ami un uomo che parla come un borghese qualsiasi? Firmate e sigillate."

"Ma non penso alla dama, penso se lo mostrasse a qualcuno, ne morirei di vergogna."

"Non lo farà. Terrà la lettera in seno e ogni notte accenderà una candela accanto al letto per rileggerla, e coprirla di baci. Firmate e sigillate."

"Ma immaginiamo, dico per dire, che lei non sappia leggere. Dovrà ben farsela recitare da qualcuno..."

"Ma signor de la Grive! Mi state forse dicendo che vi siete invaghito di una villana? Che avete sperperato la mia ispirazione per mettere in imbarazzo una zotica? Non ci rimane che batterci."

"Era un esempio. Una celia. Ma mi è stato insegnato che l'uomo prudente deve ponderare, i casi, le circostanze, e tra i possibili anche i più impossibili..."

"Vedete che state imparando a esprimervi a modo. Ma avete ponderato male e scelto il più ridevole tra i possibili. In ogni caso, non voglio farvi forza. Cancellate pure l'ultima frase, e continuate come vi dirò..."

"Ma se cancello dovrò riscrivere la lettera."

"Siete anche poltrone. Ma il saggio deve trarre partito dalle sventure. Cancellate... Fatto? Ecco." Saint-Savin aveva intinto il dito in una brocca poi aveva lasciato colare una goccia sul paragrafo cancellato, ottenendone una piccola chiazza d'umidità, dai contorni sfumati che via via s'incupivano del nero dell'inchiostro che l'acqua aveva fatto retrocedere sul foglio. "E ora scrivete. Perdonate signora, se non ho avuto l'animo di lasciar in vita un pensiero che, rubandomi una lacrima, mi ha atterrito per il suo ardire. Così accade che un fuoco etneo possa generare un rivo dolcissimo da acque salmastre. Ma, o signora, il mio cuore è come la conchiglia del mare, che bevendo il bel sudore dell'alba genera la perla, e cresce in uno con essa. Al pensiero che la vostra indifferenza voglia sottrarre al mio cuore la perla che ha così gelosamente nutrito, il cuore mi sgorga dagli occhi... Sì, la Grive, così è indubbiamente meglio, abbiamo ridotto gli eccessi. Meglio finire attenuando l'enfasi dell'amante, per ingigantir la commozione dell'amata. Firmate, sigillate e fategliela pervenire. Poi attendete."

"Attendere che cosa?"

"Il nord della Bussola della Prudenza consiste nello sciogliere le vele al vento del Momento Favorevole. In queste cose l'attesa non fa mai male. La presenza sminuisce la fama e la lontananza l'accresce. Stando lontano sarete tenuto in conto di un leone, ed essendo presente potreste divenire un topolino partorito dalla montagna. Siete certamente ricco di ottime qualità, ma le qualità perdono lucentezza se si toccano troppo, mentre la fantasia giunge più lontano della vista."

Roberto aveva ringraziato ed era corso a casa nascondendo la lettera in petto come se l'avesse rubata. Temeva che qualcuno gli rubasse il frutto del suo furto.

La troverò, si diceva, mi inchinerò e consegnerò la lettera. Poi si agitava nel letto pensando al modo in cui essa l'avrebbe letta con le labbra. Ormai stava immaginando Anna Maria Francesca Novarese come dotata di tutte quelle virtù che Saint-Savin le aveva attribuito. Dichiarando, sia pure per la voce altrui, il suo amore, si era sentito ancor più amante. Facendo qualcosa di contraggenio era stato allettato dall'Ingegno. Egli ora amava la Novarese con la stessa squisita violenza di cui diceva la lettera.

Messosi in cerca di colei dalla quale era così disposto a rimaner lontano, mentre alcuni colpi di cannone piovevano sulla città, incurante del pericolo, qualche giorno dopo l'aveva scorta a un angolo di strada, carica di spighe come una creatura mitologica. Con gran tumulto interiore le era corso incontro, non sapendo bene che cosa avrebbe fatto o detto.

Avvicinatala tremante, le si era parato davanti e le aveva detto: "Damigella..."

"A mi?" aveva risposto ridendo la ragazza, e poi: "E alura?"

"Allora," non aveva saputo dir meglio Roberto, "saprebbe accennarmi da che banda si va per il Castello?" E la ragazza muovendo all'indietro il capo, e la gran massa di capelli: "Ma da là, no?" E aveva svoltato l'angolo.

Su quell'angolo, mentre Roberto era incerto se seguirla, era caduta fischiando una palla, abbattendo il muricciolo di un giardino e sollevando una nuvola di polvere. Roberto aveva tossito, aveva atteso che la polvere si diradasse, e aveva compreso che, camminando con troppa esitazione per gli spaziosi campi del Tempo, aveva perso l'Occasione.

Per punirsi, aveva strappato con compunzione la lettera e si era avviato verso casa, mentre i lacerti del suo cuore s'accartocciavano a terra.

Il suo primo impreciso amore lo aveva convinto per sempre che l'oggetto amato risiede nella lontananza, e credo che questo abbia segnato il suo destino d'amante. Per i giorni seguenti era tornato su ogni angolo (dove aveva ricevuto una notizia, dove aveva indovinato una traccia, dove aveva udito parlare di lei e dove l'aveva veduta) per ricomporre un paesaggio della memoria. Aveva così disegnato una Casale della propria passione, trasformando viuzze, fontane, spiazzi nel Fiume dell'Inclinazione, nel Lago dell'Indifferenza o nel Mare dell'Inimicizia; aveva fatto della città ferita il Paese della propria Tenerezza insaziata, isola (già allora, presago) della sua solitudine.

13.
La Carta del Tenero

La notte del ventinove giugno un gran frastuono aveva destato gli assediati, seguito da un rullare di tamburi: era esplosa la prima mina che i nemici erano riusciti a far brillare sotto le mura, facendo saltare una mezzaluna e seppellendo venticinque soldati. Il giorno dopo, verso le sei di sera, si era udito come un temporale a ponente, e a oriente era apparso un corno dell'abbondanza, più bianco del resto del cielo, dalla punta che s'allungava e accorciava. Era una cometa, che aveva sconvolto gli uomini d'arme e indotto gli abitanti a serrarsi in casa. Nelle settimane a venire erano saltati altri punti delle mura, mentre dagli spalti gli assediati tiravano a vuoto, perché ormai gli avversari si muovevano sotto terra, e le gallerie di contromina non riuscivano a snidarli.

Roberto viveva quel naufragio come un passeggero estraneo. Passava lunghe ore a dialogare con padre Emanuele sul modo migliore di descrivere i fuochi dell'assedio, ma frequentava sempre più Saint-Savin per elaborar con lui metafore di pari prontezza che dipingessero i fuochi del suo amore – di cui non aveva osato confessare il fallimento. Saint-Savin gli forniva una scena dove la sua vicenda galante si poteva sviluppare felicemente; subiva tacendo l'ignominia di elaborare con l'amico altre lettere, che poi fingeva di recapitare, rileggendole invece ogni notte come se il diario di tanti spasimi fosse diretto da lei a lui.

Novellava di situazioni in cui la Novarese, inseguita dai lanzi, gli cadeva affranta tra le braccia, lui sgominava i nemici e la conduceva esausta in un giardino, dove godeva della sua selvaggia riconoscenza. A tali pensieri si abbandonava sul suo letto, si riaveva dopo lungo mancamento, e componeva sonetti per l'amata.

Ne aveva mostrato uno a Saint-Savin, che aveva commentato: "Lo ritengo di grande laidezza, se mi permettete, ma consolatevi: la maggior parte di coloro che si definiscono poeti a Parigi fanno di peggio. Non poetate sul vostro amore, la passione vi toglie quella divina freddezza che era la gloria di Catullo."

Si scoprì d'umore melanconico, e lo disse a Saint-Savin: "Rallegratevi," commentò l'amico, "la melanconia non è feccia bensì fiore del sangue, e produce gli eroi perché, confinando con la pazzia, li induce alle azioni più ardimentose." Ma Roberto non si sentiva indotto a nulla, e s'immelanconiva di non esser abbastanza melanconico.

Sordo alle grida e ai colpi di cannone, udiva voci di sollievo (c'è crisi al campo spagnolo, si dice che l'armata francese avanzi), si rallegrava perché a metà luglio una contromina era finalmente riuscita a massacrar molti spagnoli; ma per intanto si evacuavano molte mezzelune, e a metà luglio le avanguardie nemiche già potevano tirare direttamente in città. Apprendeva che alcuni casalesi tentavano di pescare nel Po e, senza preoccuparsi se percorreva strade esposte ai tiri nemici, correva a vedere nel timore che gli imperiali sparassero alla Novarese.

Passava facendosi largo tra soldati in rivolta, il cui contratto non prevedeva che scavassero trincee; ma i casalesi si rifiutavano di farlo per loro, e Toiras doveva promettere un soprassoldo. Si felicitava come tutti al sapere che lo Spinola s'era ammalato di peste, godeva nel vedere un gruppo di disertori napoletani che erano entrati in città abbandonando per paura il campo avversario insidiato dal morbo, udiva padre Emanuele dire che quello poteva diventare causa di contagio...

A metà settembre apparve la peste in città, Roberto non se ne curò, se non temendo che la Novarese ne fosse presa, e si svegliò una mattina con la febbre alta. Riuscì a inviare qualcuno ad avvisare padre Emanuele, e fu ricoverato di nascosto nel suo convento, evitando uno di quei lazzaretti di fortuna dove i malati morivano in fretta e senza strepito per non distrarre gli altri, impegnati a morire di pirotecnìa.

Roberto non pensava alla morte: scambiava la febbre con l'amore, e sognava di toccare le carni della Novarese, mentre gualciva le pieghe del pagliericcio, o accarezzava le parti sudate e doloranti del suo corpo.

Potenza d'una memoria troppo icastica, quella sera sulla *Daphne*, mentre la notte avanzava, il cielo compiva i suoi lenti moti, e la Croce del Sud era scomparsa all'orizzonte, Roberto non sapeva più se ardeva di ravvivato amore per la Diana guerriera di Casale, o per la Signora altrettanto lontana dalla sua vista.

Volle sapere dove essa fosse potuta fuggire, e corse nella camera degli strumenti nautici dove gli pareva ci fosse una carta di quei mari. La trovò, era grande, colorata, e incompiuta, perché allora molte carte erano non finite per necessità: il navigante, di una nuova terra, disegnava le coste che aveva visto, ma lasciava incompleto il contorno, non sapendo mai come e quanto e dove quella terra si estendesse; per cui le mappe del Pacifico apparivano spesso come arabeschi di spiagge, accenni di perimetri, ipotesi di volumi, e definiti vi apparivano soltanto i pochi isolotti circumnavigati, e il corso dei venti conosciuto per esperienza. Alcuni, per rendere riconoscibile un'isola, non facevano altro che disegnarne con molta precisione la forma delle cime e delle nubi che le sovrastavano, in modo da renderle identificabili così come si riconosce da lungi una persona dalla falda del cappello, o dall'approssimativa andatura.

Ora su quella carta erano visibili i confini di due coste affacciate, divise da un canale orientato da sud a nord, e una delle due coste quasi si concludeva con varie sinuosità a definire un'isola, e poteva essere la sua Isola; ma oltre un largo tratto di mare v'erano altri gruppi di isole presunte, dalla conformazione assai simile, che potevano ugualmente rappresentare il luogo in cui egli era.

Sbaglieremmo pensando che Roberto fosse preso da curiosità di geografo; troppo padre Emanuele l'aveva educato a stravolgere il visibile attraverso la lente del suo cannocchiale aristotelico. Troppo Saint-Savin gli aveva insegnato a fomentare il desiderio attraverso il linguaggio, che trasforma una fanciulla in cigno e un cigno in femmina, il sole in un paiolo e un paiolo in sole! A tarda notte troviamo Roberto a trasognare sulla mappa ormai trasformata nel bramato corpo muliebre.

Se è errore degli amanti scrivere il nome amato sulla rena della spiaggia, che poi via lo dilavano le onde, quale amante prudente si sentiva egli, che aveva affidato il corpo amato agli archi dei seni e dei golfi, i capelli al fluire delle correnti per i meandri degli arcipelaghi, il madore estivo del volto al riflesso delle acque, il mistero degli occhi all'azzurro di una distesa deserta – così che la carta ripeteva più volte i tratti del corpo amato, in diversi abbandoni di baie e promontori. Desideroso, naufragava con la bocca sulla carta, suggeva quell'oceano di voluttà, titillava un capo, non osava penetrare uno stretto, con la gota stesa sul foglio respirava il respiro dei venti, avrebbe voluto sorbire le polle e le sorgenti, abbandonarsi assetato a inaridir gli estuari, farsi sole per baciare le rive, marea per molcere l'arcano delle foci...

Ma non godeva del possesso, bensì della privazione: mentre smaniava di tastare quel vago trofeo d'erudito pennello, forse Altri, sull'Isola vera – là dove essa si stendeva in forme leggiadre che la carta non aveva saputo ancora catturare – ne addentavano i frutti, si bagnavano nelle sue acque... Altri, giganti stupiti e feroci accostavano in quell'istante la rozza mano al suo seno, deformi Vulcani possedevano quella delicata Afrodite, sfioravano le sue bocche con la stessa stolidità con cui il pescatore dell'Isola non Trovata, oltre l'ultimo orizzonte delle Canarie, getta senza sapere la più rara tra le perle...

Lei in altra mano amante... Era questo pensiero l'ebbrezza suprema, in cui Roberto si torceva, uggiolando la sua astata impotenza. E in questa frenesia, a tentoni sul tavolo come per afferrare almeno il lembo di una gonna, lo sguardo gli scivolò dalla rappresentazione di quel corpo pacifico, mollemente ondoso, a un'altra carta, in cui lo sconosciuto autore aveva cercato forse di rappresentare i condotti igniferi dei vulcani della terra occidentale: era un portolano dell'intero nostro globo, tutto pennacchi di fumo al sommo delle prominenze della crosta, e all'interno un intrico di vene aduste; e di quel globo egli si sentì a un tratto l'immagine vivente, rantolò spirando lava da ogni poro, eruttando la linfa della sua soddisfazione inappagata, perdendo infine i sensi – distrutto da riarsa idropisia (così scrive) – sopra quella vagheggiata carne australe.

Anche a Casale sognava spazi aperti, e l'ampia conca in cui aveva visto per la prima volta la Novarese. Ma ora non era più ammalato, e quindi più lucidamente pensava che non l'avrebbe mai ritrovata, perché lui sarebbe morto tra poco, oppure era già morta lei.

In effetti non stava morendo, e anzi lentamente guariva, ma non se ne rendeva conto e scambiava le svenevolezze della convalescenza con lo svanire della vita. Saint-Savin era venuto sovente a trovarlo, gli forniva la gazzetta degli eventi quando era presente padre Emanuele (che lo guatava come se stesse per rubargli quell'anima), e quando quello doveva allontanarsi (ché nel convento s'infittivano le trattative) discettava da filosofo sulla vita e sulla morte.

"Mio buon amico, lo Spinola sta per morire. Siete invitato ai festeggiamenti che faremo per la sua dipartita."

"La settimana prossima sarò morto anch'io..."

"Non è vero, saprei riconoscere il volto di un moribondo. Ma farei male a distogliervi dal pensiero della morte. Anzi, approfittate della malattia per compiere questo buon esercizio."

"Signor di Saint-Savin, parlate come un ecclesiastico."

"Per nulla. Io non vi dico di prepararvi all'altra vita, ma di usare bene quest'unica vita che vi è data, per affrontare, quando verrà, l'unica morte di cui avrete mai esperienza. È necessario meditare prima, e molte volte, sull'arte del morire, per riuscire dopo a farlo bene una sola volta."

Voleva alzarsi, e padre Emanuele glielo impediva, perché non credeva che fosse ancora pronto a tornar nel fracasso della guerra. Roberto gli lasciò capire che era impaziente di ritrovar qualcuno. Padre Emanuele giudicò sciocco che il suo corpo così rinsecchito si lasciasse esinanire dal pensiero di un corpo altrui, e tentò di fargli apparire degna di spregio la stirpe donnesca: "Quel vanissimo Mondo Muliebre," gli disse, "che si portano addosso certe Atlantesse moderne, ruota intorno al Disonore e ha i Segni del Granchio e del Capricorno per Tropici. Lo Specchio, che ne è il Primo Mobile, non è mai tanto oscuro come quando riflette le Stelle di quegli Occhi lascivi, divenute, per l'esalar dei Vapori degli Amanti ringrulliti, Meteore che annunciano sciagure all'Honestà."

Roberto non apprezzò l'allegoria astronomica, né riconobbe l'amata nel ritratto di quelle fattucchiere mondane. Restò a letto, ma esalava ancor più i Vapori del suo invaghimento.

Altre notizie gli arrivavano frattanto dal signor della Saletta. I casalesi stavano chiedendosi se non dovessero consentire ai francesi l'accesso in cittadella: avevano ormai compreso che, se si doveva impedire al nemico di entrarvi, si dovevano unire le forze. Ma il signor della Saletta lasciava capire che, ora più che mai, mentre la città sembrava sul punto di cadere, essi, mostrando di collaborare, rivedevano in cuor loro il patto d'alleanza. "Occorre," aveva detto "essere candidi come colombe con il signor di Toiras, ma astuti come serpenti nel caso che il suo re voglia poi vender Casale. Bisogna combattere, in modo che se Casale si salva sia anche per merito nostro; ma senza eccedere, così che se cade la colpa sia solo dei francesi." E aveva aggiunto, ad ammaestramento di Roberto: "Il prudente non deve legarsi a un solo carro."

"Ma i francesi dicono che siete mercanti: nessuno si accorge quando combattete e tutti vedono che state vendendo a usura!"

"Per viver molto è bene valer poco. Il vaso incrinato è quello che non si rompe mai del tutto e finisce per stancare a forza di durare."

Una mattina, ai primi di settembre, calò su Casale un acquazzone liberatore. Sani e convalescenti si erano portati tutti all'aperto, a prendere la pioggia, che doveva lavare ogni traccia del contagio. Era più un modo per rinfrancarsi che una cura, e il morbo continuò a infierire anche dopo il temporale. Le uniche notizie consolanti riguardavano il lavoro che la peste stava ugualmente compiendo nel campo nemico.

Ora capace di reggersi in piedi, Roberto si azzardò fuori del convento e a un certo punto vide sulla soglia di una casa contrassegnata con la croce verde che la dichiarava come luogo contagioso, Anna Maria o Francesca Novarese. Era smunta come una figura della Danza della Morte. Da neve e granata che era, si era ridotta a un solo giallume, seppure non immemore, nei tratti patiti, delle sue antiche grazie. Roberto si ricordò di una frase di Saint-Savin: "Continuate forse le vostre genuflessioni dopo che la vecchiaia ha fatto di quel corpo una fantasima, atta ormai a ricordarvi l'imminenza della morte?"

La ragazza piangeva sulle spalle di un cappuccino, come se avesse perduto una persona cara, forse il suo francese. Il cappuccino, col volto più grigio della barba, la sosteneva puntando il dito ossuto verso il cielo come a dire "un giorno, lassù..."

L'amore si fa cosa mentale solo quando il corpo desidera e il desiderio è conculcato. Se il corpo è flebile e incapace di desiderare, la cosa mentale svanisce. Roberto si scoprì così debole da essere incapace di amare. Exit Anna Maria (Francesca) Novarese.

Tornò in convento e si rimise a letto, deciso a morire davvero: soffriva troppo di non soffrire più. Padre Emanuele lo incitava a prendere aria fresca. Ma le notizie che gli portavano da fuori non l'incoraggiavano a vivere. Ormai, oltre alla peste, c'era la carestia, anzi qualcosa di peggio, una caccia accanita al cibo che i casalesi ancora celavano e non volevano dare agli alleati. Roberto disse che se non poteva morir di peste voleva morir di fame.

Infine padre Emanuele ebbe ragione di lui, e lo cacciò

fuori. Mentre voltava l'angolo, s'imbatté in un gruppo di ufficiali spagnoli. Fece per fuggire, e quelli lo salutarono cerimoniosamente. Capì che, saltati vari bastioni, i nemici si erano attestati ormai in vari punti dell'abitato, per cui si poteva dire che non la campagna stava assediando Casale, ma Casale stava assediando il suo castello.

In fondo alla strada incontrò Saint-Savin: "Caro la Grive," disse lui, "vi siete ammalato francese e siete guarito spagnolo. Questa parte della città è ormai in mano nemica."

"E noi possiamo passare?"

"Non sapete che è stata firmata una tregua? E poi gli spagnoli vogliono il castello, non noi. Nella parte francese il vino scarseggia e i casalesi lo tirano fuori dalle loro cantine come se fosse sangue di Nostro Signore. Non potrete impedire ai buoni francesi di frequentare certe taverne di questa parte, dove ormai gli osti importano ottimo vino dal contado. E gli spagnoli ci accolgono da gran signori. Salvo che occorre rispettare le convenienze: se si vuole attaccar rissa, dobbiamo farlo a casa nostra con dei compatrioti, ché da questa parte ci si deve comportare con cortesia, come si usa tra nemici. Così confesso che la parte spagnola è meno divertente di quella francese, almeno per noi. Ma riunitevi a noi. Questa sera vorremmo cantare la serenata a una signora che ci aveva celato i suoi vezzi sino all'altro giorno, quando l'ho vista affacciarsi per un istante alla finestra."

Così quella sera Roberto ritrovò cinque volti noti della corte di Toiras. Non mancava neppure l'abate, che per l'occasione si era adornato di pizzi e merletti, e di una bandoliera di raso. "Il Signore ci perdoni," diceva con sventata ipocrisia, "ma bisogna pur rasserenare lo spirito se vogliamo ancora compiere il nostro dovere..."

La casa era in una piazza, nella parte ormai spagnola, ma gli spagnoli a quell'ora dovevano essere tutti nelle bettole. Nel rettangolo di cielo disegnato dai tetti bassi e dalle chiome degli alberi che costeggiavano la piazza, la luna sovrastava serena, appena butterata, e si rifletteva nell'acqua di una fontana, che mormorava al centro di quell'assorto quadrato.

"O dolcissima Diana," aveva detto Saint-Savin, "come debbono essere ora calme e pacificate le tue città e i tuoi villaggi, che non conoscono la guerra, ché i Seleniti vivono di una loro naturale felicità, ignari del peccato..."

"Non bestemmiate signor di Saint-Savin," gli aveva detto l'abate, "ché se pure la luna fosse abitata, come ha vaneggiato in quel suo recente romanzo il signor di Moulinet, e come le Scritture non ci insegnano, infelicissimi sarebbero quei suoi abitanti, che non hanno conosciuto l'Incarnazione."

"E crudelissimo sarebbe stato il Signore Iddio, a privarli di tanta rivelazione," aveva ribattuto Saint-Savin.

"Non cercate di penetrare i misteri divini. Dio non ha concesso la predicazione del Figliol suo neppure agli indigeni delle Americhe, ma nella sua bontà invia ora loro i missionari, a portarvi la luce."

"E allora perché il signor papa non invia missionari anche sulla luna? Forse che i Seleniti non sono figli di Dio?"

"Non dite sciocchezze!"

"Non rilevo che mi avete dato dello sciocco, signor abate, ma sappiate che sotto questa sciocchezza si cela un mistero, che certo il signor papa non vuol svelare. Se i missionari scoprissero abitanti sulla luna, e li vedessero che guardano altri mondi che sono alla portata del loro occhio e non del nostro, li vedrebbero interrogarsi se anche su quei mondi non vivano altri esseri simili a noi. E dovrebbero chiedersi se anche le stelle fisse non siano altrettanti soli circondati dalle loro lune e dagli altri lor pianeti, e se gli abitanti di quei pianeti non vedano pur essi altre stelle a noi ignote, che sarebbero altrettanti soli con altrettanti pianeti, e così via all'infinito..."

"Dio ci ha fatti incapaci a pensar l'infinito, e dunque state contenti umane genti al *quia*."

"La serenata, la serenata," sussurravano gli altri. "Quella è la finestra." E la finestra appariva soffusa di una luce rosata che proveniva dall'interno di una fantasticabile alcova. Ma i due contendenti si erano ormai eccitati.

"E aggiungete," insisteva beffardo Saint-Savin, "che se il mondo fosse finito e circondato dal Nulla, sarebbe finito anche Dio: essendo suo compito, come voi dite, di stare in cielo e in terra e in ogni luogo, non potrebbe stare dove non c'è nulla. Il Nulla è un non-luogo. Oppure, per ampliare il mondo dovrebbe ampliare se stesso, nascendo per la prima volta là dove prima non c'era, il che contraddice la sua pretesa d'eternità."

"Basta signore! State negando l'eternità dell'Eterno, e questo non vi consento. È giunto il momento che vi uccida, affinché il vostro cosiddetto spirito forte non possa più infiacchirci!" E sguainò la spada.

"Se così volete," disse Saint-Savin salutando e ponendosi in guardia. "Ma io non vi ucciderò: non voglio sottrarre soldati al mio re. Semplicemente vi sfigurerò, affinché dobbiate sopravvivere portando una maschera, come fanno i commedianti italiani, dignità che vi si addice. Vi farò una cicatrice dall'occhio sino al labbro, e vi darò questo bel colpo da castraporcelli solo dopo avervi impartito, tra l'una e l'altra botta, una lezione di filosofia naturale."

L'abate aveva assalito tentando di colpir subito a gran fendenti, gridandogli che era un insetto velenoso, una pulce, un pidocchio da schiacciare senza pietà. Saint-Savin aveva parato, l'aveva incalzato a sua volta, l'aveva spinto contro un albero, ma filosoficando a ogni mossa.

"Ahi, mandritti e stramazzoni sono colpi volgari di chi è accecato dall'ira! Mancate di una Idea della Scherma. Ma mancate anche di carità, a disprezzar pulci e pidocchi. Siete un animale troppo piccolo per potervi immaginare il mondo come un grande animale, qual ce lo mostrava già il divino Platone. Provate a pensare che le stelle siano dei mondi con altri animali minori, e che gli animali minori servano reciprocamente di mondo ad altri popoli – e allora non troverete contraddittorio pensare che anche noi, e i cavalli, e gli elefanti siamo mondi per le pulci e i pidocchi che ci abitano. Essi non ci percepiscono, per la nostra grandezza, e così noi non percepiamo mondi più grandi, per la nostra piccolezza. Forse c'è ora un popolo di pidocchi che prende il vostro corpo per un mondo, e quando uno di loro vi ha percorso dalla fronte alla nuca, i suoi compagni dicono di lui che ha osato giungere ai confini della terra cognita. Questo piccolo popolo prende i vostri peli come le foreste del suo paese, e quando vi avrò colpito vedrà le vostre ferite come laghi e mari. Quando vi pettinate prendono questa agitazione per il flusso e riflusso dell'oceano, e mal per loro che il loro mondo sia tanto mutevole, per la vostra propensione a pettinarvi a ogni istante come una femmina, e ora che vi taglio quella nappetta prenderanno il vostro grido di rabbia per un uracano, là!" E gli aveva scucito un ornamento, giungendo quasi a lacerargli la giubba ricamata.

L'abate schiumava di rabbia, si era portato al centro della piazza, guardandosi alle spalle per assicurarsi di avere spazio per le finte che ora tentava, poi arretrando per coprisi da tergo con la fontana.

Saint-Savin sembrava danzargli intorno senza attaccare: "Alzate il capo signor abate, guardate la luna, e riflettete che se il vostro Dio avesse saputo far l'anima immortale avrebbe ben potuto fare il mondo infinito. Ma se il mondo è infinito, lo sarà tanto nello spazio quanto nel tempo, e dunque sarà eterno, e quando vi sia un mondo eterno, che non bisogna di creazione, allora sarà inutile concepire l'idea di Dio. Oh la bella beffa, signor abate, se Dio è infinito non potete limitar la sua potenza: egli non potrebbe mai *ab opere cessare*, e dunque sarà infinito il mondo; ma se è infinito il mondo non vi sarà più Dio, come tra poco non vi saran più nappe sulla vostra casacca!" E unendo il dire al fare, aveva ancora tagliato qualche pendaglio di cui l'abate andava assai fiero, poi aveva raccorciato la guardia tenendo la punta un poco più alta; e mentre l'abate cercava di serrar la misura, aveva dato un colpo secco sul taglio della lama dell'avversario. L'abate aveva quasi lasciato cader la spada, serrandosi con la sinistra il polso dolorante.

Aveva urlato: "Bisogna alfine che vi scanni, empio, bestemmiatore, Ventre di Dio, per tutti i maledetti santi del Paradiso, per il sangue del Crocifisso!"

La finestra della dama si era aperta, qualcuno si era affacciato e aveva gridato. Ormai i presenti avevano dimenticato il fine della loro impresa, e muovevano intorno ai due duellanti, che urlando facevano il giro della fontana, mentre Saint-Savin sconcertava il nemico con una serie di parate a cerchio e colpi di punta.

"Non chiamate a soccorso i misteri dell'Incarnazione, signor abate," motteggiava. "La vostra santa romana chiesa vi ha insegnato che questa nostra palla di fango sia il centro dell'universo, il quale le gira attorno facendole da menestrello e suonandole la musica delle sfere. Attenzione, vi fate spingere troppo contro la fonte, vi state bagnando la falda, come un vecchio ammalato del mal della pietra... Ma se nel grande vuoto si aggirano infiniti mondi, come disse un grande filosofo che i vostri pari hanno bruciato a Roma, moltissimi abitati da creature come noi, e se tutte fossero state create dal vostro Dio, che ne faremo allora della Redenzione?"

"Che ne farà Dio di te, dannato!" aveva gridato l'abate, parando a fatica un riverso di nodo di mano.

"Forse Cristo si è incarnato una sola volta? Dunque il peccato originale si è dato una sola volta su questo globo? Quale ingiustizia! O per gli altri, privati dell'Incarnazione, o per noi, poiché in tal caso in tutti gli altri mondi gli uomini sarebbero perfetti come i nostri progenitori prima del peccato, e godrebbero di una felicità naturale senza il peso della Croce. Oppure infiniti Adami hanno infinitamente commesso il primo fallo, tentati da infinite Eve con infinite mele, e Cristo è stato obbligato a incarnarsi, a predicare e a patire sul Calvario infinite volte, e forse lo sta facendo ancora, e se i mondi sono infiniti, infinito sarà il suo compito. Infinito il suo compito, infinite le forme del suo supplizio: se oltre la Galassia vi fosse una terra dove gli uomini hanno sei braccia, come da noi nella Terra Incognita, il figlio di Dio non sarà stato inchiodato su una croce ma su di un legno a forma di stella – il che mi pare degno di un autore di commedie."

"Basta, porrò fine io, alla commedia vostra!" urlò l'abate fuori di sé, e si gettò su Saint-Savin menando gli ultimi suoi colpi.

Saint-Savin li resse con alcune buone parate, poi fu un attimo. Mentre l'abate aveva ancora la spada alzata dopo una parata di prima, si mosse come per tentare un riverso tondo, finse di cadere in avanti. L'abate si ritrasse di lato, sperando di colpirlo nella caduta. Ma Saint-Savin, che non aveva perso il controllo delle sue gambe, si era già rialzato come un fulmine, dandosi forza con la sinistra appoggiata a terra, e la destra aveva guizzato verso l'alto: era il Colpo del Gabbiano. La punta della spada aveva segnato il volto dell'abate, dalla radice del naso sino al labbro, fendendogli il baffo sinistro.

L'abate bestemmiava, come nessun epicureo avrebbe mai osato, mentre Saint-Savin si poneva in posizione di saluto, e gli astanti applaudivano quel colpo da maestro.

Ma proprio in quel momento, dal fondo della piazza, arrivava una pattuglia spagnola, forse attirata dai rumori. D'istinto i francesi avevano posto mano alla spada, gli spagnoli videro sei nemici in armi e gridarono al tradimento. Un soldato puntò il moschetto e sparò. Saint-Savin cadde colpito al petto. L'ufficiale si accorse che quattro persone, anziché attaccar battaglia, accorrevano presso il caduto gettando le armi, guardò l'abate col volto coperto di sangue, capì che aveva disturbato un duello, diede un ordine ai suoi, e la pattuglia scomparve.

Roberto si chinò sul suo povero amico. "Avete visto," articolò a fatica Saint-Savin, "avete visto, la Grive, il mio colpo? Rifletteci ed esercitatevi. Non voglio che il segreto muoia con me..."

"Saint-Savin, amico mio," piangeva Roberto, "non dovete morire in modo così sciocco!"

"Sciocco? Ho battuto uno sciocco e muoio sul campo, e del piombo nemico. In vita mia ho scelto una saggia misura... Parlare sempre seriamente causa fastidio. Motteggiare sempre, disprezzo. Filosofar sempre, tristezza. Burlar

132

sempre, disagio. Ho fatto la parte di tutti i personaggi, secondo il tempo e l'occasione, e qualche volta sono stato anche il folle di corte. Ma questa sera, se racconterete bene la storia, non sarà stata una commedia, bensì una bella tragedia. E non rattristatevi che io muoia, Roberto," e per la prima volta lo chiamava per nome, *"une heure après la mort, notre âme évanoüie, sera ce que'elle estoit une heure avant la vie...* Bei versi, non è vero?"

Spirò. Decidendo per una nobile menzogna, a cui acconsentì anche l'abate, si disse in giro che Saint-Savin era morto in uno scontro con dei lanzichenecchi che si stavano avvicinando al castello. Toiras e tutti gli ufficiali lo piansero come un prode. L'abate raccontò che nello scontro era stato ferito, e si dispose a ricevere un beneficio ecclesiastico al suo rientro a Parigi.

In breve tempo Roberto aveva perduto il padre, l'amata, la salute, l'amico, e forse la guerra.

Non riuscì a trovar conforto in padre Emanuele, troppo preso da suoi conciliaboli. Si rimise al servizio del signor de Toiras, ultima immagine familiare, e portandone gli ordini fu testimone degli ultimi eventi.

Il 13 settembre arrivarono al castello inviati del re di Francia, del duca di Savoia, e il capitano Mazzarini. Anche l'armata di soccorso stava trattando con gli spagnoli. Non ultima bizzarria di quell'assedio, i francesi chiedevano tregua per poter arrivare in tempo a salvare la città; gli spagnoli la concedevano perché anche il loro campo, devastato dalla peste, era in crisi, si accentuavano le diserzioni e lo Spinola stava ormai trattenendo la vita coi denti. Toiras si vide imporre dai nuovi venuti i termini dell'accordo, che gli permettevano di continuare a difendere Casale mentre Casale era già presa: i francesi si sarebbero attestati nella Cittadella, abbandonando la città e il castello stesso agli spagnoli, almeno sino al 15 ottobre. Se per quella data l'armata di soccorso non fosse arrivata, i francesi se ne sarebbero andati anche di lì, definitivamente sconfitti. Altrimenti gli spagnoli avrebbero restituito città e castello.

Per intanto, gli assedianti avrebbero provvisto di viveri gli assediati. Non è certo il modo in cui a noi pare dovesse andare un assedio a quei tempi, ma era il modo in cui a quei tempi si accettava che andasse. Non era fare la guerra, era giocare ai dadi, interrompendo quando l'avversario doveva andare a orinare. Oppure, come scommettere sul cavallo vincente. E il cavallo era quell'armata, le cui dimensioni aumentavano via via sulle ali della speranza, ma che nessuno aveva ancora visto. Si viveva a Casale, nella Cittadella, come sulla *Daphne*: immaginando un'Isola lontana, e con gli intrusi in casa.

Se le avanguardie spagnole si erano ben comportate, ora entrava in città il grosso dell'armata, e i casalesi dovettero vedersela con assatanati che requisivano tutto, violentavano le donne, bastonavano gli uomini, e si concedevano i piaceri della vita in città dopo mesi nei boschi e nei campi. Ugualmente divisa tra conquistatori, conquistati e asserragliati in Cittadella, la peste.

Il 25 settembre corse voce che era morto lo Spinola. Esultanza in Cittadella, sconvolgimento tra i conquistatori, orfani anch'essi come Roberto. Furono giorni più stinti di quelli passati sulla *Daphne*, sino a che il 22 ottobre venne annunciata l'armata di soccorso, ormai ad Asti. Gli spagnoli si erano messi ad armare il castello, e ad allinear cannoni ai bordi del Po, senza tener fede (bestemmiava Toiras) all'accordo, per cui all'arrivo dell'armata avrebbero dovuto abbandonare Casale. Gli spagnoli, per bocca del signor di Salazar, ricordavano che l'accordo fissava come data estrema il 15 ottobre, e caso mai erano i francesi che avrebbero dovuto ceder la Cittadella da una settimana.

Il 24 ottobre dagli spalti della Cittadella si notarono grandi movimenti tra le truppe nemiche, Toiras si dispose a sostenere coi suoi cannoni i francesi in arrivo; nei giorni seguenti gli spagnoli cominciarono a imbarcare i loro bagagli sul fiume per spedirli ad Alessandria, e ciò in Cittadella parve buon segno. Ma i nemici sul fiume cominciavano anche a gettare ponti di barche per prepararsi la ritirata. E a Toiras questo parve così poco elegante che si mise a cannoneggiarli. Per dispetto gli spagnoli arrestarono tutti i francesi che si trovavano ancora in città, e come mai ce ne fossero ancora, confesso che mi sfugge, ma così riferisce Roberto, e ormai da quell'assedio sono pronto ad attendermi di tutto.

I francesi erano prossimi, e si sapeva che Mazzarini stava facendo di tutto per impedire lo scontro, su mandato del papa. Si muoveva da un esercito all'altro, tornava a conferire nel convento di padre Emanuele, ripartiva a cavallo per portar controproposte agli uni e agli altri. Roberto lo vedeva sempre e solo da lontano, coperto di polvere, prodigo di scappellate con tutti. Entrambe le parti stavano intanto ferme, perché la prima che si fosse mossa avrebbe ricevuto scacco matto. Roberto giunse a chiedersi se per caso l'armata di soccorso non fosse un'invenzione di quel giovane capitano, che stava facendo sognare lo stesso sogno ad assedianti e assediati.

Di fatto sin da giugno si teneva una riunione degli elettori imperiali a Ratisbona, e la Francia vi aveva inviato i suoi ambasciatori, tra cui padre Giuseppe. E, mentre si spartivano città e regioni, era stata raggiunta un'intesa su Casale sin dal 13 ottobre. Mazzarini l'aveva saputo ben presto, come disse padre Emanuele a Roberto, e si trattava solo di convincerne sia quelli che stavano arrivando sia quelli che li stavano aspettando. Gli spagnoli di notizie ne avevano ricevuta più d'una, ma l'una diceva il contrario dell'altra; i francesi ne sapevano pure qualcosa, ma temevano che Richelieu non fosse d'accordo – e di fatto non lo era, ma sin da quei giorni il futuro cardinale Mazarino s'ingegnava a far andare le cose a modo proprio e alle spalle di quello che sarebbe poi divenuto il suo protettore.

Così stavano le cose quando il 26 ottobre le due armate si trovarono di fronte. A levante, a filo delle colline verso Frassineto, si era disposta l'armata francese; di fronte, col fiume a sinistra, nella piana tra le mura e le colline, l'esercito spagnolo, che Toiras stava cannoneggiando da tergo.

Una fila di carri nemici stava uscendo dalla città, Toiras aveva riunito la poca cavalleria che gli era rimasta e l'aveva lanciata fuori dalle mura, ad arrestarli. Roberto aveva implorato di prender parte all'azione, ma non gli era stato concesso. Ora si sentiva come sulla tolda di una nave, dalla quale non poteva sbarcare, a osservare un gran tratto di mare e le montuosità di un'Isola che gli era negata.

Si era udito a un tratto sparare, forse le due avanguardie stavano venendo a contatto: Toiras aveva deciso la sortita, per impegnare su due fronti gli uomini di Sua Maestà Cattolica. Le truppe stavano per uscir fuori mura, quando Roberto, dai bastioni, vide un cavaliere nero che, senza curarsi delle prime pallottole, stava correndo in mezzo ai due eserciti, proprio sulla linea di fuoco, agitando una carta e gridando, così poi riferirono gli astanti, "Pace, pace!"

Era il capitano Mazzarini. Nel corso dei suoi ultimi pellegrinaggi tra l'una e l'altra sponda, aveva convinto gli spagnoli ad accettare gli accordi di Ratisbona. La guerra era finita. Casale rimaneva al Nevers, francesi e spagnoli s'impegnavano a lasciarla. Mentre le schiere si scioglievano, Roberto saltò sul fido Pagnufli e corse sul luogo dello scontro mancato. Vide gentiluomini in armature dorate intenti a elaborati saluti, complimenti, passi di danza, mentre si apprestavano dei tavolinetti di fortuna per sigillare i patti.

Il giorno dopo iniziavano le partenze, prima gli spagnoli poi i francesi, ma con alcune confusioni, incontri casuali, scambi di doni, profferte di amicizia, mentre nella città marcivano al sole i cadaveri degli appestati, singhiozzavano le vedove, alcuni borghesi si ritrovavano arricchiti e di monete sonanti e di mal francese, senza aver peraltro giaciuto se non con le proprie mogli.

Roberto cercò di ritrovare i suoi contadini. Ma dell'armata della Griva non si avevano più notizie. Alcuni dovevano essere morti di peste, ma gli altri si erano dispersi. Roberto pensò che fossero tornati a casa, e da loro sua madre aveva forse già appreso della morte del marito. Si chiese se non dovesse esserle vicino in quel momento, ma non capiva più quale fosse il suo dovere.

È difficile dire se avessero maggiormente scosso la sua fede i mondi infinitamente piccoli e infinitamente grandi, in un vuoto senza Dio e senza regola, che Saint-Savin gli aveva fatto intravedere, le lezioni di prudenza di Saletta e Salazar, o l'arte delle Heroiche Imprese che padre Emanuele gli lasciava come unica scienza.

Dal modo in cui ne rievoca sulla *Daphne* ritengo che a Casale, mentre perdeva e il padre e se stesso in una guerra dai troppi e dal nessun significato, Roberto avesse appreso a veder l'universo mondo come un insicuro ordito di enigmi, dietro al quale non stava più un Autore; o, se c'era, pareva perduto nel rifar se stesso da troppe prospettive.

Se là aveva intuito un mondo senza più centro, fatto soltanto di soli perimetri, qua si sentiva davvero nella più estrema e più perduta delle periferie; perché, se un centro c'era, era davanti a lui, e lui ne era il satellite immoto.

15.
Orologi (alcuni oscillatori)

Credo sia per questo che da almeno cento pagine io parlo di tante vicende che precedettero il naufragio sulla *Daphne*, ma sulla *Daphne* non faccio accadere nulla. Se le giornate a bordo di una nave deserta sono vuote, non se ne può far carico a me, ché non è ancor detto se questa storia valga la pena di trascriverla, né a Roberto. Caso mai a lui potremo rimproverare di aver speso un giorno (tra una cosa e l'altra, siamo appena a una trentina d'ore da quando si era accorto che gli avevano rubato le uova) a rimuovere il pensiero dell'unica possibilità che avrebbe potuto rendere più sapido il suo soggiorno. Come gli sarebbe apparso chiaro ben presto, era inutile ritener la *Daphne* troppo innocente. Su quel legno si aggirava, o stava in agguato, qualcuno o qualcosa che non era lui soltanto. Neppure su quella nave si poteva concepire un assedio allo stato puro. Il nemico era in casa.

Avrebbe dovuto sospettarlo la notte stessa del suo cartografico abbraccio. Riavutosi, aveva sentito sete, la caraffa era vuota, ed era andato a cercare un barile d'acqua. Quelli che aveva posto a raccogliere l'acqua piovana erano pesanti, ma ce n'erano di più piccoli nella dispensa. Vi si recò, prese il primo a portata di mano – riflettendo più tardi, ammise che era troppo a portata di mano – e, una volta in camera, lo pose sul tavolo, attaccandosi alla spina.

Non era acqua, e tossendo si era reso conto che il bariletto conteneva acquavite. Non sapeva dir quale, ma da buon contadino poteva dire che non era di vino. Non aveva trovato sgradevole la bevanda, e ne abusò con improvvisa allegria. Non gli venne in mente che, se i bariletti

138

nella dispensa erano tutti di quella sorta, avrebbe dovuto preoccuparsi per le sue provviste d'acqua pura. Né si chiese come mai la seconda sera aveva spillato dal primo bariletto della riserva, e l'aveva trovato pieno d'acqua dolce. Solo più tardi si convinse che Qualcuno aveva posto, dopo, quel dono insidioso in modo che egli lo afferrasse per primo. Qualcuno che lo voleva in stato di ebrietà, per averlo in suo potere. Ma se questo era il piano, Roberto lo assecondò con troppo entusiasmo. Non credo che avesse bevuto gran che ma, per un catecumeno della sua sorta, alcuni bicchieri erano anche di troppo.

Da tutto il racconto che segue si evince che Roberto visse gli eventi successivi in stato di alterazione, e che così avrebbe fatto nei giorni a venire.

Come si conviene agli ebbri, si addormentò, ma tormentato da una sete ancora maggiore. In questo sonno pastoso gli tornava alla mente un'ultima immagine di Casale. Prima di partire era andato a salutare padre Emanuele e l'aveva trovato che stava smontando e imballando la sua macchina poetica, per tornarsene a Torino. Ma, lasciato padre Emanuele, si era imbattuto nei carri su cui gli spagnoli e gli imperiali stavano accatastando i pezzi delle loro macchine ossidionali.

Erano quelle ruote dentate a popolare il suo sogno: sentiva un rugginare di chiavistelli, un raschiare di cardini, ed erano rumori che quella volta non poteva produrre il vento, visto che il mare era fermo come l'olio. Infastidito, come coloro che al risveglio sognano di sognare, si era sforzato di riaprire gli occhi, e aveva udito ancora quel rumore, che proveniva o dal sottoponte o dalla stiva.

Alzandosi, sentiva un gran mal di capo. Per guarirlo non ebbe migliore idea che attaccarsi ancora al bariletto, e se ne staccò che stava peggio di prima. Si armò, sbagliando molte volte a infilarsi il coltello nella cintola, si fece numerosi segni di croce, e discese barcollando.

Sotto di lui, già lo sapeva, c'era la barra del timone. Discese ancora, alla fine della scaletta: se puntava verso prora, sarebbe entrato nel verziere. Verso poppa c'era una porta chiusa che non aveva ancora violato. Da quel luogo proveniva ora, fortissimo, un ticchettare molteplice e disuguale, come un sovrapporsi di tanti ritmi, tra i quali poteva distinguere vuoi un tic-tic vuoi un toc-toc e un tac-tac, ma l'impressione complessiva era di un titicchete-toc-tacatacchete-tic. Era come se dietro quella porta ci fosse una legione di vespe e calabroni, e tutti volassero furiosamente per traiettorie diverse, battendo contro le pareti e rimbalzando gli uni contro gli altri. Tanto che aveva paura ad aprire, temendo di essere investito dagli atomi ammattiti di quell'alveare.

Dopo molte perplessità, si decise. Usò il calcio dello schioppo, fece saltare il lucchetto ed entrò.

Il ripostiglio prendeva luce da un altro sabordo e ospitava orologi.

Orologi. Orologi ad acqua, a sabbia, orologi solari abbandonati contro le pareti, ma soprattutto orologi meccanici disposti su vari ripiani e cassettoni, orologi mossi dal lento discendere di pesi e contrappesi, da ruote che mordevano altre ruote, e queste altre ancora, sino a che l'ultima mordicava le due palette diseguali di una bacchetta verticale, facendole compiere due mezzi giri in direzioni opposte, così che essa in questo suo indecente sculettare muovesse a bilanciere una sbarra orizzontale legata all'estremità superiore; orologi a molla dove un conoide scanalato svolgeva una catenella, trainata dal movimento circolare di un bariletto che se ne impadroniva maglia per maglia.

Alcuni di questi orologi celavano il loro meccanismo sotto le apparenze di arrugginiti ornamenti e corrose opere di cesello, mostrando solo il lento movimento delle loro lancette; ma la maggior parte esibivano la loro digrignante ferraglia, e ricordavano quelle danze della Morte dove la sola cosa vivente sono scheletri sogghignanti che agitano la falce del Tempo.

Tutte queste macchine erano attive, le clessidre più grandi che biascicavano ancora sabbia, le più piccole oramai quasi colme nella metà inferiore, e per il resto uno strider di denti, un masticacchiare asmatico.

A chi entrava per la prima volta doveva sembrare che quella distesa di orologi continuasse all'infinito: il fondo dello stanzino era coperto da una tela che raffigurava una fuga di stanze abitate soltanto da altri orologi. Ma anche a sottrarsi a quella magia, e a considerare soltanto gli orologi, per così dire, in carne e ossa, c'era di che stordirsi.

Può sembrare incredibile – a voi che leggete con distacco questa vicenda – ma un naufrago, tra i fumi dell'acquavite e su di una nave disabitata, se trova cento orologi che raccontano quasi all'unisono la storia del suo tempo interminabile, pensa prima alla storia che non al suo autore. E così stava facendo Roberto, esaminando uno per uno quei passatempi, trastulli per la sua senile adolescenza di condannato a lunghissima morte.

Il tuon dal ciel fu dopo, come Roberto scrive, quando emergendo da quell'incubo si arrese alla necessità di trovarne una causa: se gli orologi erano in funzione, qualcuno doveva averli attivati: anche se la loro carica fosse stata concepita per durare a lungo, se fossero stati caricati prima del suo arrivo, li avrebbe già uditi quando era passato accanto a quella porta.

Si fosse trattato di un solo meccanismo, avrebbe potuto pensare che esso era disposto al funzionamento e bastava solo che qualcuno gli avesse dato un colpo di avvio; questo colpo era stato provvisto da un moto della nave, oppure da un uccello marino che era entrato dal sabordo e si era appoggiato su una leva, su una manovella, dando inizio a una sequenza di azioni meccaniche. Non muove talora un forte vento le campane, non è accaduto forse che scattassero all'indietro dei serrami che non erano stati spinti in avanti sino alla fine della loro corsa?

Ma un uccello non può caricare in un sol colpo decine di orologi. No. Che fosse esistito o meno Ferrante era un conto, ma un Intruso sulla nave c'era.

Costui era entrato in quel ripostiglio e aveva caricato i suoi meccanismi. Per qual ragione l'avesse fatto era la prima domanda, ma la meno urgente. La seconda era dove si fosse poi rifugiato.

Occorreva dunque discendere nella stiva: Roberto si diceva che ormai non poteva evitare di farlo, ma nel ripetersi il suo fermo proposito, ne ritardava l'attuazione. Capì di non essere del tutto in sé, salì sul ponte a bagnarsi il capo con l'acqua piovana, e a mente più sgombra si dispose a riflettere sull'identità dell'Intruso.

Non poteva essere un selvaggio proveniente dall'Isola, e neppure un marinaio superstite, che tutto avrebbe fatto (assalirlo in pieno giorno, cercar d'ucciderlo di notte, chiedere grazia) salvo che nutrir polli e caricare automi. Si nascondeva dunque sulla *Daphne* un uomo di pace e di sapere, forse l'abitatore della camera delle mappe. Allora – se c'era, e visto che c'era prima di lui – era un Legittimo Intruso. Ma la bella antitesi non placava la sua ansia rabbiosa.

Se l'Intruso era Legittimo, perché si nascondeva? Per timore dell'illegittimo Roberto? E se si nascondeva, perché rendeva evidente la sua presenza architettando quel concerto orario? Forse era uomo dalla mente perversa che, timoroso di lui e incapace di affrontarlo, lo voleva perdere portandolo alla follia? Ma a che pro faceva così, visto che, altrettanto naufrago su quell'isola artificiale, non avrebbe potuto che trarre vantaggio dall'alleanza di un compagno di sventura? Forse, si disse ancora Roberto, la *Daphne* nascondeva altri segreti che Colui non voleva svelare a nessuno.

Oro, dunque, e diamanti, e tutte le ricchezze della Terra Incognita, o delle Isole di Salomone di cui gli aveva parlato Colbert...

Fu nell'evocare le Isole di Salomone che Roberto ebbe come una rivelazione. Ma certo, gli orologi! Che ci stavano a fare tanti orologi su di una nave in rotta su mari in cui il mattino e la sera sono definiti dal corso del sole, e altro non occorre sapere? L'Intruso era giunto sino a quel remoto parallelo per cercare anch'egli, come il dottor Byrd, *el Punto Fijo*!

Certamente era così. Per una esorbitante congiuntura Roberto, partito dall'Olanda per seguire, spia del Cardinale, le manovre segrete di un inglese, quasi clandestino su di una nave olandese, alla ricerca del *punto fijo*, si ritrovava ora sulla nave (olandese) di un Altro, di chissà quale paese, intento alla scoperta dello stesso segreto.

16.
Discorso sulla Polvere di Simpatia

Come si era cacciato in quell'imbroglio?

Roberto lascia intravedere assai poco circa gli anni che passarono tra il suo ritorno alla Griva e il suo ingresso nella società parigina. Da sparsi accenni, se ne trae che restò ad assistere la madre, fino alla soglia dei suoi vent'anni, discutendo di mala voglia con i fattori di semine e raccolti. Non appena la madre ebbe seguito il marito nella tomba, Roberto si scoprì ormai estraneo a quel mondo. Dovrebbe aver allora affidato il feudo a un parente, assicurandosi una solida rendita, e aver girato il mondo.

Era rimasto in corrispondenza con qualcuno conosciuto a Casale, rimanendone sollecitato ad ampliare le sue conoscenze. Non so come fosse arrivato ad Aix-en-Provence, ma certamente vi fu, visto che ricorda con riconoscenza due anni passati presso un gentiluomo locale, versato in ogni scienza, dalla biblioteca ricca non solo di libri ma di oggetti d'arte, monumenti antichi e animali impagliati. È presso l'ospite di Aix che deve aver conosciuto quel maestro, che cita sempre con devoto rispetto come il Canonico di Digne, e talora come le *doux prêtre*. Era con sue lettere di credito che in data imprecisata aveva finalmente affrontato Parigi.

Qui era entrato subito in contatto con gli amici del Canonico, e gli era stato concesso di frequentare uno dei luoghi più insigni della città. Cita sovente un gabinetto dei fratelli Dupuy e lo ricorda come un luogo in cui la sua mente ogni pomeriggio si apriva sempre più, a contatto con uomini di sapere. Ma trovo anche menzione di altri gabinetti che visitava in quegli anni, ricchi di collezioni di medaglie, coltelli di Turchia, pietre d'agata, rarità matematiche, conchiglie delle Indie...

In quale crocicchio si sia aggirato nel lieto aprile (o forse maggio) della sua età, ce lo dicono le citazioni frequenti d'insegnamenti che a noi paiono dissonanti. Passava i giorni ad apprendere dal Canonico su come si potesse concepire un mondo fatto d'atomi, giusta l'insegnamento di Epicuro, e tuttavia voluto e retto dalla provvidenza divina; ma, tratto dallo stesso amore per Epicuro, passava le serate con amici che epicurei si dicevano, e sapevano alternare le discussioni sull'eternità del mondo alla frequentazione di belle signore di piccola virtù.

Cita spesso una banda di amici spensierati che tuttavia non ignoravano a vent'anni ciò che gli altri si glorierebbero di sapere a cinquanta, Linières, Chapelle, Dassoucy, sofo e poeta che girava col liuto a tracolla, Poquelin che traduceva Lucrezio ma sognava di diventare autore di commedie buffe, Ercole Saviniano, che si era battuto valorosamente all'assedio di Arras, componeva dichiarazioni d'amore per amanti di fantasia e ostentava intimità affettuosa con giovani gentiluomini, da cui si vantava di aver guadagnato il male italiano; ma al tempo stesso si prendeva gioco d'un compagno di stravizio "qui se plasoit à l'amour des masles", e diceva beffardo che bisognava scusarlo a causa della sua ritrosia, che lo portava sempre a nascondersi dietro alle spalle dei suoi amici.

Sentendosi accolto in una società di spiriti forti, diventava – se non sapiente – spregiatore dell'insipienza, che riconosceva sia nei gentiluomini di corte, sia in certi borghesi arricchiti che tenevano in bella mostra scatole vuote rilegate in marocchino del Levante, coi nomi dei migliori autori stampati in oro sul dorso.

Insomma Roberto era entrato nella cerchia di quelle *honnêtes gens* che, anche se non provenivano dalla nobiltà del sangue bensì dalla *noblesse de robe*, costituivano il sale di quel mondo. Ma era giovane, ansioso di nuove esperienze e, malgrado le sue frequentazioni erudite e le scorre-

rie libertine, non era rimasto insensibile al fascino della nobiltà.

Per lungo tempo aveva ammirato dall'esterno, passeggiando la sera per rue Saint-Thomas-du-Louvre, il palazzo
Rambouillet, con la sua bella facciata modulata da cornici,
fregi, architravi e pilastri, in un gioco di mattoni rossi, pietra bianca e ardesia scura.

Guardava le finestre illuminate, vedeva entrare gli ospiti,
immaginava la bellezza già famosa del giardino interno, si
raffigurava gli ambienti di quella piccola corte che tutta Parigi celebrava, istituita da una donna di gusto che aveva ritenuto poco raffinata l'altra corte, sottomessa al capriccio di
un re incapace di apprezzare le finezze dello spirito.

Infine Roberto aveva intuito che come cisalpino avrebbe
goduto di un qualche credito nella casa di una signora
nata da madre romana, da una prosapia più antica di Roma
stessa, che risaliva a una famiglia di Alba Longa. Non a
caso, una quindicina d'anni prima, ospite d'onore in quella
casa, il cavalier Marino aveva mostrato ai francesi le vie
della nuova poesia, destinata a far impallidire l'arte degli
antichi.

Era riuscito a farsi accogliere in quel tempio dell'eleganza e dell'intelletto, di gentiluomini e *précieuses* (come
allora si andava dicendo), sapienti senza pedanteria, galanti
senza libertinaggio, gai senza volgarità, puristi senza ridico-
laggine. Roberto si trovava a suo agio in quell'ambiente: gli
sembrava che gli si consentisse di respirare l'aria della
grande città e della corte senza doversi piegare a quei dettami di prudenza che gli erano stati inculcati a Casale dal
signor de Salazar. Non gli si chiedeva di uniformarsi alla
volontà di un potente, bensì di ostentare la sua diversità.
Non di simulare, ma di provarsi – sia pure seguendo alcune
regole di buon gusto – con personaggi migliori di lui. Non
gli si chiedeva di mostrare cortigianeria, bensì audacia, di
esibire le sue abilità nella buona ed educata conversazione,
e di saper dire con leggerezza pensieri profondi... Non si
sentiva un servo ma un duellante, a cui si richiedeva una
spavalderia tutta mentale.

146

Si stava educando a sfuggir l'affettazione, a usare in ogni cosa l'abilità di nascondere l'arte e la fatica, in modo che ciò che faceva o diceva apparisse come dono spontaneo, cercando di diventar maestro di quella che in Italia chiamavano sprezzata disinvoltura, e in Ispagna *despejo*.

Abituato agli spazi della Griva, odorosi di lavanda, entrando nell'hotel di Arthénice Roberto si muoveva ora tra gabinetti in cui aleggiava sempre il profumo d'innumerevoli corbeilles, come se fosse sempre primavera. Le poche dimore gentilizie che aveva conosciuto erano fatte di stanze sacrificate da una scala centrale; da Arthénice le scale erano state poste in un angolo in fondo alla corte, affinché tutto il resto fosse una sola fuga di sale e gabinetti, con porte e finestre alte, l'una di fronte all'altra; le camere non erano tutte uggiosamente rosse, o color cuoio conciato, ma di varie tinte, e la Chambre Bleue dell'Ospite aveva velluti di quel colore alla parete, guarniti d'oro e d'argento.

Arthénice riceveva gli amici sdraiata nella sua camera, tra paraventi e spesse tappezzerie per proteggere gli ospiti dal freddo: essa non poteva soffrire né la luce del sole né l'ardore dei bracieri. Il fuoco e la luce diurna le riscaldavano il sangue nelle vene e le procuravano la perdita dei sensi. Una volta avevano dimenticato un braciere sotto il suo letto, e le era venuta una risipola. Aveva in comune con certi fiori che, per conservare la loro freschezza, non vogliono essere né sempre alla luce né sempre all'ombra, e hanno bisogno che i giardinieri gli procurino una stagione particolare. Umbratile, Arthénice riceveva a letto, le gambe in un sacco di pelle d'orso, e si imbambacollava con tanti berretti da notte che diceva con spirito che veniva sorda a San Martino e riprendeva l'udito a Pasqua.

Eppure, anche se non più giovane, quell'Ospite era il ritratto stesso della grazia, grande e ben fatta, i tratti del viso ammirevoli. Non si poteva descrivere la luce dei suoi occhi, che non induceva a pensieri sconvenienti ma ispirava un amore misto a timore, purificando i cuori che aveva acceso.

In quelle sale l'Ospite dirigeva, senza imporsi, discorsi sull'amicizia o sull'amore, ma si toccavano con la stessa levità questioni di morale, di politica, di filosofia. Roberto scopriva le virtù dell'altro sesso nelle loro espressioni più soavi, adorando a distanza inarrivabili principesse, la bella Mademoiselle Paulet detta "la lionne" per la sua fiera capigliatura, e dame che sapevano unire alla bellezza quello spirito che le Accademie vetuste riconoscevano solo agli uomini.

Dopo qualche anno di quella scuola era pronto a incontrare la Signora.

La prima volta che la vide fu una sera in cui gli apparve in vesti scure, velata come una Luna pudica che si nascondesse dietro al raso delle nubi. *Le bruit*, quest'unica forma che nella società parigina tenesse luogo di verità, gli disse di lei cose contrastanti, che soffriva una crudele vedovanza, ma non di un marito, bensì di un amante, e faceva pompa di quella perdita per ribadire la sua sovranità sul bene perduto. Qualcuno gli aveva sussurrato che essa celasse il volto perché era una bellissima Egiziana, venuta di Morea.

Quale che fosse la verità, al solo muovere della sua veste, al volgere lieve dei suoi passi, al mistero del suo volto nascosto, il cuore di Roberto fu suo. S'illuminava di quelle tenebre raggianti, la immaginava alboreo uccello della notte, fremeva al prodigio per cui la luce si faceva fosca e il buio fulgente, l'inchiostro latte, l'ebano avorio. L'onice lampeggiava nei suoi capelli, il tessuto leggero, che rivelava celando i contorni del suo viso e del suo corpo, aveva la stessa argentea atredine delle stelle.

Ma d'un tratto, e quella sera stessa del primo incontro, il velo le era caduto per un istante dalla fronte e aveva potuto intravedere sotto quella falce di luna il luminoso abisso dei suoi occhi. Due cuori amanti che si guardano dicono più cose che non direbbero in un giorno tutte le lingue di questo universo – si era lusingato Roberto, sicuro che lei lo avesse guardato, e che guardandolo lo avesse visto. E, tornato a casa, le aveva scritto.

Signora,
il fuoco di cui m'avete bruciato spira così esile fumo che non
potrete negare di esserne stata abbacinata, allegando quegli an-
neriti vapori. La sola potenza del vostro sguardo mi ha fatto
cadere di mano le armi dell'orgoglio e mi ha indotto a impe-
trare che voi domandiate la mia vita. Quanto io stesso ho
porto aiuto alla vostra vittoria, io che iniziai a combattere
come chi voglia essere vinto, offrendo al vostro assalto la parte
più inerme del mio corpo, un cuore che già piangeva lacrime
di sangue, prova che voi avevate già privato d'acqua la mia
casa onde farla preda dell'incendio a cui fu esca la vostra pur
breve attenzione!

Aveva trovato la lettera così splendidamente ispirata ai dettami della macchina aristotelica di padre Emanuele, così adatta a rivelare alla Signora la natura dell'unica persona capace di tanta tenerezza, che non ritenne indispensabile firmarla. Non sapeva ancora che le preziose collezionavano lettere d'amore come gale e puntali, più curiose dei loro concetti che del loro autore.

Non ebbe nelle settimane e nei mesi seguenti alcun segno di risposta. La Signora nel frattempo aveva dapprima abbandonato le vesti scure, poi il velo, e gli era apparsa finalmente nel candore della sua pelle non moresca, nelle sue chiome bionde, nel trionfo delle sue pupille non più fuggevoli, finestre dell'Aurora.

Ma ora che poteva liberamente incrociare i suoi sguardi, sapeva d'intercettarli mentre si dedicavano ad altri; si beava alla musica di parole che non gli erano destinate. Non poteva vivere che nella sua luce, ma era condannato a restare nel cono opaco di un altro corpo che ne assorbiva i raggi.

Una sera ne aveva carpito il nome, udendo qualcuno che la chiamava Lilia; era certo il suo nome prezioso di preziosa, e sapeva bene che quei nomi venivano donati per gioco: la marchesa stessa era stata chiamata Arthénice anagrammando il suo vero nome, Cathérine – ma si diceva che i maestri di quell'*ars combinatoria*, Racan e Malherbe, avessero anche escogitato Éracinthe e Carinthée. E tuttavia ritenne che Lilia

149

e non altro nome potesse essere dato alla sua Signora, veramente liliale nella sua profumata bianchezza.

Da quel momento la Signora fu per lui Lilia, e come Lilia le dedicava amorosi versi, che poi subito distruggeva temendo che fossero impari omaggio: *Oh dolcissima Lilia, / a pena colsi un fior, che ti perdei! / Sdegni ch'io ti riveggi? / Io ti seguo e tu fuggi, / io ti parlo e tu taci...* Ma non le parlava, se non con lo sguardo, pieno di litigioso amore, poiché più si ama e più si è inclini al rancore, provando brividi di fuoco freddo, eccitato d'egra salute, con l'animo ilare come una piuma di piombo, travolto da quei cari effetti d'amore senza affetto; e continuava a scrivere lettere che inviava senza firma alla Signora, e versi per Lilia, che tratteneva gelosamente per sé e rileggeva ogni giorno.

Scrivendo (e non inviando) *Lilia, Lilia, ove sei? ove t'ascondi? / Lilia, fulgor del cielo / venisti in un baleno / a ferire, a sparire*, moltiplicava le sue presenze. Seguendola di notte mentre rincasava con la sua cameriera (*per le più cupe selve, / per le più cupe calli, / godrò pur di seguire, ancorché invano / del leggiadretto pié l'orme fugaci...*), aveva scoperto dove abitava. Si appostava presso a quella casa nell'ora della passeggiata diurna, e le si accodava quando usciva. Dopo alcuni mesi sapeva ripetere a memoria il giorno e l'ora in cui essa aveva cangiato l'acconciatura dei capelli (poetando di quei cari lacci dell'anima, che erravano sulla candida fronte come lascivi serpentelli), e ricordava quel magico aprile in cui essa aveva inaugurato una mantellina ginestra, che le donava un'andatura snella di solare uccello, mentre camminava al primo vento di primavera.

Talora, dopo averla seguita come una spia, ritornava sui propri passi di gran corsa, aggirando l'isolato, e rallentava solo svoltando l'angolo su cui, come per caso, se la sarebbe trovata di fronte; allora la incrociava con un trepido saluto. Ella gli sorrideva discreta, sorpresa da quella sorte, e gli elargiva un cenno fuggitivo, come esigevan le convenienze. Egli rimaneva in mezzo alla strada come una statua di sale, schizzato d'acqua dalle carrozze di passaggio, prostrato da quella battaglia d'amore.

Nel corso di molti mesi Roberto era riuscito a produrre ben cinque di quelle vittorie: si struggeva su ciascuna come se fosse la prima e l'ultima, e si convinceva che, frequenti com'erano state, non potevano essere effetto del caso, e che forse non lui, ma lei aveva istruito l'azzardo.

Romeo di questa sfuggente terrasanta, innamorato volubile, voleva essere il vento che le agitava i capelli, l'acqua mattutina che le baciava il corpo, la veste che la vezzeggiava di notte, il libro che lei vezzeggiava di giorno, il guanto che le intiepidiva la mano, lo specchio che poteva ammirarla in ogni posa... Una volta seppe che le era stato donato uno scoiattolo, e si sognò animaletto curioso che, sotto le sue carezze, le insinuava il muso innocente tra le virginee mammelle, mentre con la coda le blandiva la guancia.

Si turbava per l'ardire a cui l'ardore lo spingeva, traduceva impudenza e rimorso in versi irrequieti, poi si diceva che un onest'uomo può essere innamorato come un pazzo, ma non come uno sciocco. Era solo col dare prova di spirito nella Chambre Bleue che si sarebbe giocato il suo destino d'amante. Novizio di quei riti affabili, aveva capito che si conquista una preziosa solo con la parola. Ascoltava allora i discorsi dei salotti, in cui i gentiluomini si impegnavano come in un torneo, ma non si sentiva ancora pronto.

Fu la consuetudine con i dotti del gabinetto Dupuy a suggerirgli come i principi della nuova scienza, ancora sconosciuti in società, potessero farsi similitudini di moti del cuore. E fu l'incontro col Signor d'Igby a ispirargli il discorso che lo avrebbe condotto alla perdizione.

Il Signor d'Igby, o almeno così lo chiamavano a Parigi, era un inglese che aveva prima conosciuto dai Dupuy e poi ritrovato una sera in un salotto.

Non erano trascorsi tre lustri da quando il duca di Bouquinquant aveva mostrato che un inglese poteva avere *le roman en teste* ed essere capace di gentili follie: gli avevano detto che c'era in Francia una regina bella e altera, e a questo sogno aveva dedicato la vita, sino a morirne, vivendo per lungo tempo sopra una nave su cui aveva eretto un altare all'amata. Quando si era appreso che d'Igby, e proprio per mandato di Bouquinquant, una dozzina di anni prima aveva fatto la guerra di corsa contro la Spagna, l'universo delle preziose lo aveva trovato affascinante.

Quanto all'ambiente dei Dupuy, gli inglesi non vi erano popolari: li si identificava con personaggi come Robertus a Fluctibus, Medicinae Doctor, Eques Auratus e Armigero oxoniense, contro cui si erano scritti vari libelli, deprecandone la eccessiva fiducia nelle operazioni occulte della natura. Ma si accoglieva nello stesso ambiente un ecclesiastico spiritato come il signor Gaffarel, che quanto a credere in curiosità inaudite non la cedeva a nessun britanno, e d'Igby d'altra parte si era invece rivelato capace di discutere con gran dottrina sulla necessità del Vuoto – in un gruppo di filosofi naturali che avevano in orrore chi avesse orrore del Vuoto.

Caso mai il suo credito aveva subìto un colpo tra alcune gentildonne, a cui aveva raccomandato una crema di bellezza di sua invenzione, che a una dama aveva procurato delle vesciche, e qualcuno aveva mormorato che, vittima di un suo decotto di vipere, gli era proprio morta qualche anno prima l'amata moglie Venetia. Ma erano certo maldicenze di invidiosi, urtati da certi discorsi sugli altri suoi rimedi per i calcoli renali, a base di liquido di sterco di vacca e lepri sgozzate dai cani. Discorsi che non potevano ottenere gran plauso in ambienti in cui si stavano scegliendo accuratamente, per i discorsi delle signore, parole che non contenessero sillabe dal suono sia pur vagamente osceno.

D'Igby una sera, in un salotto, aveva citato qualche verso di un poeta delle sue terre:

E se le nostre anime son due
lo sono come i fermi gemelli del compasso,
la tua il piede fisso, che pare immoto,
ma pure muove quando muove l'altro.

E benché stia nel suo centro,
quando l'altro si spinge più lontano,
piega, e lo segue intento,
e torna dritto quando l'altro torna
alla propria dimora.
Così sarai tu a me, a me che debbo
come quell'altro andare obliquamente:
la tua fermezza controlla il mio cerchio
e mi riporta là dove son nato.

Roberto aveva ascoltato fissando Lilia, che gli dava le spalle, e aveva deciso che di Lei sarebbe stato per l'eternità l'altro piede del compasso, e che occorreva imparare l'inglese per leggere altre cose di quel poeta, che così bene interpretava i suoi tremori. In quei tempi nessuno a Parigi avrebbe voluto imparare una lingua così barbara, ma riaccompagnando d'Igby alla sua locanda Roberto aveva capito che lui provava difficoltà a esprimersi in buon italiano, pur avendo viaggiato nella Penisola, e si sentiva umiliato di non controllare a sufficienza un idioma indispensabile a ogni uomo educato. Avevano deciso di frequentarsi e di rendersi mutuamente facondi nelle proprie favelle d'origine.

Così era nata una salda amicizia tra Roberto e quest'uomo, che si era rivelato ricco di conoscenze mediche e naturalistiche.

Aveva avuto una infanzia terribile. Suo padre era stato implicato nella Congiura delle Polveri, e giustiziato. Coincidenza non comune, o forse conseguenza giustificata da insondabili moti dell'anima, d'Igby avrebbe dedicato la sua vita alla riflessione su un'altra polvere. Aveva molto viaggiato, prima per otto anni in Spagna, poi per tre in Italia dove, altra coincidenza, aveva conosciuto il precettore carmelitano di Roberto.

D'Igby era anche, come volevano i suoi trascorsi di corsaro, buon spadaccino, e nel giro di pochi giorni si sarebbe divertito a tirar di scherma con Roberto. C'era quel giorno con loro anche un moschettiere, che aveva iniziato a misurarsi con un alfiere della compagnia dei cadetti; si faceva per gioco, e gli schermidori erano molto attenti, ma a un certo momento il moschettiere aveva tentato un'imbroccata con troppa foga, costringendo l'avversario a reagire di taglio, ed era stato ferito al braccio, in modo assai brutto.

Subito d'Igby l'aveva fasciato con una delle sue giarrettiere, per tener chiuse le vene, ma nel giro di pochi giorni la ferita minacciava di andare in cancrena, e il chirurgo diceva che occorreva mozzare il braccio.

Era stato a quel punto che d'Igby aveva offerto i suoi servigi, avvertendo però che avrebbero potuto considerarlo un mestatore, e pregando tutti di dargli fiducia. Il moschettiere, che ormai non sapeva più a che santo votarsi, aveva risposto con un proverbio spagnolo: "Hagase el milagro, y hagalo Mahoma."

D'Igby gli chiese allora qualche pezzo di stoffa dove ci fosse del sangue della ferita, e il moschettiere gli diede una pezza che l'aveva protetto sino al giorno prima. D'Igby si era fatto portare un catino d'acqua e vi aveva versato della polvere di vetriolo, sciogliendola rapidamente. Poi aveva messo la pezza nella bacinella. Improvvisamente il moschettiere, che nel frattempo si era distratto, aveva trasalito afferrandosi il braccio ferito; e aveva detto che di colpo gli era cessato il bruciore, e avvertiva anzi una sensazione di frescura sulla piaga.

"Bene," aveva detto d'Igby, "ora non avete che da mantenere la ferita pulita lavandola ogni giorno con acqua e sale, in modo che possa ricevere il giusto influsso. E io esporrò questo catino, di giorno alla finestra, e di notte all'angolo del camino, in modo da mantenerlo sempre a una temperatura moderata."

Siccome Roberto attribuiva l'improvviso miglioramento a qualche altra causa, d'Igby con un sorriso d'intesa aveva preso la pezza e l'aveva asciugata al caminetto, e subito il moschettiere aveva ripreso a lamentarsi, cosicché fu necessario bagnare di nuovo il panno nella soluzione.

La ferita del moschettiere era guarita nel giro di una settimana.

Credo che, in un'epoca in cui le disinfezioni eran sommarie, il solo fatto di lavare giornalmente la ferita fosse già una causa sufficiente di guarigione, ma non si può biasimare Roberto se passò i giorni seguenti a interrogare l'amico su quella cura, che oltretutto gli ricordava l'impresa del carmelitano, a cui aveva assistito nella sua infanzia. Salvo che il carmelitano aveva applicato la polvere sull'arma che aveva provocato il danno.

"Infatti," aveva risposto d'Igby, "la disputa sull'*unguentum armarium* dura da gran tempo, e per primo ne aveva parlato il gran Paracelso. Molti usano una pasta grassa, e ritengono che la sua azione si eserciti meglio sull'arma. Ma come voi capite, arma che ha colpito o panno che ha fasciato son la stessa cosa, perché il preparato deve applicarsi là dove ci siano tracce di sangue del ferito. Molti, vedendo trattare l'arma per curare gli effetti del colpo, hanno pensato a una operazione di magia, mentre la mia Polvere di Simpatia ha i propri fondamenti nelle operazioni della natura!"

"Perché Polvere di Simpatia?"

"Anche qui il nome potrebbe trarre in inganno. Molti hanno parlato di una conformità o simpatia che legherebbe tra loro le cose. Agrippa dice che per suscitare il potere d'una stella bisognerà riferirsi alle cose che le sono simili e quindi ricevono la sua influenza. E chiama simpatia questa attrazione mutua delle cose tra loro. Come con la pece, con lo zolfo e con l'olio si prepara il legno a ricevere la fiamma, così impiegando cose conformi all'operazione e alla stella, un beneficio particolare si riverbera sulla materia giustamente disposta per mezzo dell'anima del mondo. Per influire sul sole si dovrebbe dunque agire sull'oro, solare per natura, e su quelle piante che si volgono verso il sole, o che ripiegano o chiudono le foglie al tramontare del sole per riaprirle al suo levarsi, come il loto, la peonia, la chelidonia. Ma queste sono fole, non basta una analogia di questo genere a spiegare le operazioni della natura."

D'Igby aveva messo a parte Roberto del suo segreto. L'orbe, ovvero la sfera dell'aria, è piena di luce, e la luce è una sostanza materiale e corporea; nozione che Roberto aveva accolto di buon grado poiché nel gabinetto Dupuy aveva udito che anche la luce altro non era che polvere sottilissima di atomi.

"È evidente che la luce," diceva d'Igby, "uscendo incessantemente dal sole, e lanciandosi a gran velocità da ogni lato in linee rette, dove incontra qualche ostacolo sul suo cammino per l'opposizione di corpi solidi e opachi, si riflette *ad angulos aequales*, e riprende un altro corso, finché devia da un altro lato per l'incontro con un altro corpo solido, e così continua sino a quando si spegne. Come nel gioco della palla a corda, dove la palla spinta contro una parete rimbalza da questa contro la parete di fronte, e spesso compie un intero circuito, tornando al punto da cui era partita. Ora che accade quando la luce cade su un corpo? I raggi ne rimbalzano staccandone degli atomi, delle piccole particelle, come la palla potrebbe portar seco parte dell'intonaco fresco della parete. E poiché questi atomi sono formati dai quattro Elementi, la luce col suo calore incorpora le parti vischiose, e le trasporta lontano. Prova ne sia che se provate ad asciugare un panno umido al fuoco vedrete che i raggi che il panno riflette portano con sé una sorta di nebbia acquosa. Questi atomi vaganti sono come dei cavalieri su corsieri alati che vanno per lo spazio sino a quando il sole al tramonto ritira i loro Pegasi e li lascia senza cavalcatura. E allora essi riprecipitano in massa verso la terra da cui provengono. Ma questi fenomeni non avvengono solo con la luce, ma anche per esempio col vento, il quale altro non è che un gran fiume di atomi consimili, attratti dai corpi solidi terrestri..."

"E il fumo," suggerì Roberto.

"Certo. A Londra ricavano il fuoco dal carbone di terra che viene dalla Scozia, che contiene una gran quantità di sale volatile molto acre; questo sale trasportato dal fumo si disperde nell'aria, rovinando i muri, i letti e i mobili di colore chiaro. Quando si tien chiusa una stanza per qualche mese, dopo vi si trova una polvere nera che ricopre ogni cosa, come se ne vede una bianca nei mulini e nei negozi dei panettieri. E a primavera tutti i fiori appaiono sporchi di grasso."

"Ma come è possibile che tanti corpuscoli si disperdano per l'aria, e il corpo che li emana non risenta alcuna diminuzione?"

"C'è forse diminuzione, e ve ne accorgete quando fate evaporare dell'acqua, ma per i corpi solidi non ce ne accorgiamo, come non ce ne accorgiamo col muschio o con altre sostanze fragranti. Qualsiasi corpo, per piccolo che sia, si può sempre dividere in nuove parti, senza mai arrivare alla fine della sua divisione. Considerate la sottigliezza dei corpuscoli che si sprigionano da un corpo vivo, grazie ai quali i nostri cani inglesi, guidati dall'olfatto, sono in grado di seguire la pista di un animale. Forse che la volpe, alla fine della sua corsa, ci pare più piccola? Ora, è proprio in virtù di tali corpuscoli che si verificano i fenomeni di attrazione che alcuni celebrano come Azione a Distanza, che a distanza non è, e quindi non è magia, ma si dà per il continuo commercio d'atomi. E così avviene con l'attrazione per suzione, come quella dell'acqua o del vino per mezzo di un sifone, con l'attrazione della calamita sul ferro, o l'attrazione per filtrazione, come quando mettete una striscia di cotone in un vaso pieno d'acqua, lasciando pendere fuori dal vaso buona parte della striscia, e vedete l'acqua salire oltre l'orlo e sgocciolare a terra. E l'ultima attrazione è quella che ha luogo tramite il fuoco, che attira l'aria circostante con tutti i corpuscoli che vorticano in essa: il fuoco, agendo secondo la propria natura, porta con sé l'aria che gli sta intorno come l'acqua di un fiume trascina il terriccio del suo letto. E dato che l'aria è umida e il fuoco asciutto, ecco che si attaccano l'un l'altro. Dunque, per occupare il posto di quella portata via dal fuoco, è necessario che giunga altra aria dalle vicinanze, altrimenti si creerebbe del vuoto."

"Allora negate il vuoto?"

"Per nulla. Dico che, non appena ne incontra, la natura cerca di riempirlo di atomi, in una lotta per conquistarne ogni regione. E se così non fosse, la mia Polvere di Simpatia non potrebbe agire, come invece vi ha mostrato l'esperienza. Il fuoco provoca con la sua azione un costante afflusso d'aria e il divino Ippocrate purificò dalla peste una intera provincia facendo accendere ovunque grandi falò. Sempre in tempo di peste si uccidono gatti e piccioni e altri animali caldi che trasudano spiriti di continuo, affinché l'aria prenda il posto degli spiriti liberati nel corso di quell'evaporazione, facendo sì che gli atomi appestati si attacchino alle piume e al pelo di quegli animali, come il pane tirato fuori dal forno attira a sé la spuma delle botti e altera il vino se lo si mette sul coperchio della botte. Come accade del resto se esponete all'aria una libbra di sale e tartaro calcinato e infuocato a dovere, che darà dieci libbre di buon olio di tartaro. Il medico del Papa Urbano VIII mi ha raccontato la storia di una suora romana che, per i troppi digiuni e orazioni, si era talmente scaldato il corpo che le ossa si erano tutte essiccate. Quel calore interno attirava infatti l'aria che si corporizzava nelle ossa come fa nel sale di tartaro, e usciva nel punto dove risiede lo scarico delle sierosità, e dunque per la vescica, sì che la povera santa dava più di duecento libbre di urina in ventiquattro ore, miracolo che tutti assumevano a prova della sua santità."

"Ma se quindi tutto attira tutto, per quale motivo gli elementi e i corpi rimangono divisi e non si ha la collisione di qualsiasi forza con un'altra?"

"Domanda acuta. Ma siccome i corpi che hanno uguale peso si uniscono più facilmente, e l'olio si unisce più facilmente con l'olio che con l'acqua, dobbiamo concluderne che ciò che tiene saldi insieme gli atomi di una stessa natura è la loro rarità o densità, come anche i filosofi che voi frequentate potrebbero ben dirvi."

"E me l'hanno detto, provandomelo con le diverse specie di sale: che comunque le si macini o coaguli, riprendono sempre la loro forma naturale, e il sale comune si presenta sempre in cubi a facce quadrate, il sal nitro in colonne a sei facce, e il sale ammoniaco in esagoni a sei punte, come la neve."

"E il sale dell'urina si forma in pentagoni, da cui il signor Davidson spiega la forma di ciascuna delle ottanta pietre rinvenute nella vescica del signor Pelletier. Ma se i corpi di forma analoga si mescolano con più affinità, a maggior ragione si attireranno con più forza degli altri. Per questo se vi bruciate una mano otterrete refrigerio dalla sofferenza tenendola per un poco dinanzi al fuoco."

"Il mio precettore, una volta che un contadino fu morso da una vipera, tenne sulla ferita la testa della vipera..."

"Certo. Il veleno, che stava filtrando verso il cuore, ritornava alla sua fonte principale dove ve n'era in maggior quantità. Se in tempo di peste vi portate in un barattolo polvere di rospi, o anche un rospo e un ragno vivo, o persino dell'arsenico, quella sostanza velenosa attirerà a sé l'infezione dell'aria. E le cipolle secche fermentano nel granaio quando quelle dell'orto cominciano a spuntare."

"E questo spiega anche le voglie dei bambini: la madre desidera fortemente una cosa e..."

"Su questo andrei più cauto. Talora fenomeni analoghi hanno cause diverse e l'uomo di scienza non deve prestar fede a qualsiasi superstizione. Ma veniamo alla mia polvere. Che cosa è accaduto quando ho sottoposto per qualche giorno all'azione della Polvere il panno sporco del sangue del nostro amico? In primo luogo, il sole e la luna hanno attirato da gran distanza gli spiriti del sangue che si trovavano sul panno, grazie al calore dell'ambiente, e gli spiriti del vetriolo che stavano nel sangue non hanno potuto evitare di compiere lo stesso percorso. D'altra parte la ferita continuava a mandar fuori una grande abbondanza di spiriti caldi e ignei, attirando così l'aria circostante. Quest'aria attirava altra aria e questa altra aria ancora e gli spiriti del sangue e del vetriolo, sparsi a grande distanza, infine si congiungevano con quell'aria, che portava con sé altri atomi dello stesso sangue. Ora, come gli atomi del sangue, quelli provenienti dal panno e quelli provenienti dalla piaga, si incontravano, espellendo l'aria come un inutile compagno di via, e venivano attirati alla loro sede maggiore, la ferita, uniti a loro gli spiriti del vetriolo penetravano nella carne."

"Ma non avreste potuto porre direttamente il vetriolo sulla piaga?"

"Avrei potuto, avendo il ferito di fronte. Ma se il ferito fosse lontano? Si aggiunga che se avessi posto direttamente il vetriolo sulla piaga la sua forza corrosiva l'avrebbe irritata vieppiù, mentre trasportato dall'aria esso dona solo la sua parte dolce e balsamica, capace di stagnare il sangue, e viene usata anche nei colliri per gli occhi," e Roberto aveva teso l'orecchio, facendo poi in futuro tesoro di quei consigli, il che certamente spiega l'aggravarsi del suo malanno.

"D'altra parte," aveva aggiunto d'Igby, "non si deve certo usare il vetriolo normale, come si usava un tempo, facendo più male che bene. Io mi procuro del vetriolo di Cipro, e prima lo calcino al sole: la calcinazione gli toglie l'umidità superflua, ed è come se di esso facessi un brodo ristretto; e poi la calcinazione rende gli spiriti di questa sostanza atti a esser trasportati dall'aria. Infine vi aggiungo della gomma adragante, che rimargina più rapidamente la ferita."

Mi sono soffermato su quanto Roberto aveva appreso da d'Igby perché questa scoperta doveva segnare il suo destino.

Occorre pur dire, a disdoro del nostro amico, ed egli lo confessa nelle sue lettere, che non fu preso da tanta rivelazione per ragioni di scienza naturale, ma sempre e ancora per amore. In altre parole, quella descrizione di un universo affollato di spiriti che si congiungevano a seconda della loro affinità, gli parve una allegoria dell'innamoramento, e prese a frequentare gabinetti di lettura cercando tutto quel che poteva trovare sull'unguento armario, che a quell'epoca era già molto, e moltissimo sarebbe stato negli anni seguenti. Consigliato da monsignor Gaffarel (sottovoce, che non sentissero gli altri frequentatori dei Dupuy, che a queste cose credevano poco) leggeva l'*Ars Magnesia* di Kircher, il *Tractatus de magnetica vulnerum curatione* del Goclenius, il Fracastoro, il *Discursus de unguento armario* di Fludd, e l'*Hopolochrisma spongus* di Foster. Si faceva sapiente per tradurre la sua sapienza in poesia e potere un giorno brillare eloquente, messaggero della simpatia universale, là dove era continuamente umiliato dalla eloquenza altrui.

Per molti mesi – tanto dovrebbe esser durata la sua ostinata ricerca, mentre non procedeva di un sol passo sulla strada della conquista – Roberto aveva praticato una sorta di principio della doppia, anzi della molteplice verità, idea che a Parigi molti tenevano per temeraria e prudente al tempo stesso. Discuteva di giorno sulla possibile eternità della materia, e nottetempo si consumava gli occhi su trattatelli che gli promettevano – sia pure in termini di filosofia naturale – occulti miracoli.

Nelle grandi imprese si deve cercare non tanto di creare le occasioni, quanto di approfittare di quelle che si presentano. Una sera da Arthénice, dopo una animata dissertazione sull'*Astrée*, l'Ospite aveva incitato gli astanti a considerare che cosa l'amore e l'amicizia avessero in comune. Roberto aveva allora preso la parola, osservando che il principio dell'amore, fosse tra amici o fosse tra amanti, non era difforme da quello per cui agiva la Polvere di Simpatia. Al primo cenno d'interesse, aveva ripetuto i racconti di d'Igby, escludendo solo la storia della santa urinante, poi aveva preso a discettare sul tema, dimenticando l'amicizia e parlando solo d'amore.

"L'amore obbedisce alle stesse leggi del vento, e i venti risentono sempre dei luoghi da cui provengono, e se provengono da orti e giardini, possono profumare di gelsomino, o di menta, o di rosmarino, e così rendono i naviganti desiderosi di toccare la terra che invia loro tante promesse. Non diversamente gli spiriti amorosi inebriano le nari del cuore innamorato" (e perdoniamo a Roberto l'infelicissimo tropo). "È il cuore amato un liuto, che fa consonare le corde di un altro liuto, come il suono delle campane agisce sulla superficie dei corsi d'acqua, soprattutto di notte, quando in assenza d'altro rumore si genera nell'acqua lo stesso moto che si era generato nell'aria. Accade al cuore amante quello che accade al tartaro, che talora profuma di acqua di rosa, quando è stato lasciato a sciogliersi al buio di una cantina durante la stagione delle rose, e l'aria, piena di atomi di rosa, mutandosi in acqua per l'attrazione del sale di tartaro, profuma il tartaro. Né vale la crudeltà dell'amata. Una botte di vino, quando le vigne sono in fiore, fermenta e butta in superficie un suo fiore bianco, che permane sino a che non cadano i fiori delle viti. Ma il cuore amante, più pervicace del vino, quando si infiora al fiorire del cuore amato, coltiva il suo germoglio anche quando la fonte si sia inaridita."

Gli parve di cogliere uno sguardo intenerito di Lilia, e continuò: "Amare è come fare un Bagno di Luna. I raggi che provengono dalla luna sono quelli del sole, riflessi sino a noi. Concentrando i raggi del sole con uno specchio, se ne potenzia la forza calefattiva. Concentrando i raggi della luna con una bacinella d'argento, si vedrà che il suo fondo concavo ne riflette i raggi rinfrescanti per la rugiada che contengono. Sembra insensato lavarsi in una bacinella vuota: eppure ci si ritrova con le mani inumidite, ed è rimedio infallibile contro i porri."

"Signor de la Grive," aveva detto qualcuno, "ma l'amore non è una medicina per i porri!"

"Oh, no di certo," si era ripreso Roberto, ormai inarrestabile, "ma ho dato esempi che vengono dalle cose più vili per ricordarvi come anche l'amore dipenda da una sola polvere di corpuscoli. Che è un modo di dire come l'amore rilevi delle stesse leggi che governano sia i corpi sublunari che quelli celesti, salvo che di queste leggi è la più nobile delle manifestazioni. L'amore nasce dalla vista, ed è a prima vista che si accende: e che altro è il vedere se non l'accesso di una luce riverberata dal corpo che si guarda? Vedendolo, il mio corpo è penetrato dalla parte migliore del corpo amato, quella più aerea, che per il meato degli occhi giunge direttamente al cuore. E quindi amare a prima vista è bere gli spiriti del cuore dell'amata. Il grande Architetto della natura quando ha composto il nostro corpo vi ha posto degli spiriti interni, a guisa di sentinelle, onde riferissero le loro scoperte al proprio generale, vale a dire all'immaginazione, che è come la padrona della famiglia corporea. E se essa è colpita da qualche oggetto, accade quel che si dà quando si odono suonare delle viole, che ci portiamo la loro melodia nella memoria, e l'udiamo persino nel sonno. La nostra immaginazione ne costruisce un simulacro, che delizia l'amante, se pure non lo dilania per l'essere appunto simulacro soltanto. Da questo deriva che quando un uomo è sorpreso dalla vista della persona amabile, cambia colore, arrossisce e impallidisce, secondo che quei ministri che son gli spiriti interni vadano rapidamente o lentamente verso l'oggetto per poi tornarsene all'immaginazione. Ma questi spiriti non vanno solo al cervello, ma direttamente al cuore per il gran condotto che trascina da esso al cervello gli spiriti vitali che ivi si fanno spiriti animali; e sempre attraverso questo condotto l'immaginazione invia al cuore una parte degli atomi che ha ricevuto da qualche oggetto esterno, e sono questi atomi a produrre quell'ebollizione degli spiriti vitali, che talora dilatano il cuore, e talora lo conducono alla sincope."

"Voi ci dite, signore, che l'amore procede come un moto fisico non diversamente da come s'infiora il vino; ma non ci dite come mai l'amore, a differenza di altri fenomeni della materia, sia virtù elettiva, che sceglie. Per quale ragione dunque l'amore ci fa schiavi dell'una e non dell'altra creatura?"

"Proprio per questo ho ricondotto le virtù dell'amore al principio stesso della Polvere di Simpatia, e cioè che atomi uguali e di pari forma attirano atomi uguali! Se io bagnassi con quella polvere l'arma che ha ferito Pilade non guarirei la ferita di Oreste. Dunque l'amore unisce solo due esseri che in qualche modo già avessero la stessa natura, uno spirito nobile a uno spirito altrettanto nobile e uno spirito volgare a uno spirito altrettanto volgare – poiché accade che amino anche i villani, come le pastorelle, e ce lo insegna la mirabile storia del signor d'Urfé. L'amore rivela un accordo tra due creature che già era disegnato sin dal prin-

163

cipio dei tempi, così come il Destino aveva da sempre deciso che Piramo e Tisbe fossero uniti in un solo gelso."

"E l'amore infelice?"

"Io non credo che vi sia veramente un amore infelice. Vi sono soltanto amori che non sono ancora giunti a perfetta maturazione, dove per qualche ragione l'amata non ha colto il messaggio che le proviene dagli occhi dell'amante. E però l'amante sa a tal punto quale somiglianza di natura gli sia stata rivelata che, per forza di questa fede, sa attendere, anche tutta la vita. Egli sa che la rivelazione a entrambi, e il ricongiungimento, potrà attuarsi anche dopo la morte, quando, evaporati gli atomi di ciascuno dei due corpi che si disfano nella terra, essi si riuniranno in qualche cielo. E forse, come un ferito, anche senza sapere che qualcuno sta cospargendo di Polvere l'arma che lo ha colpito, gode di una nuova salute, chissà quanti cuori amanti non godono ora di un sollievo improvviso dello spirito, senza sapere che la loro felicità è opera del cuore amato, divenuto amante a sua volta, che ha dato avvio alla congiunzione degli atomi gemelli."

Debbo dire che tutta questa complessa allegoria teneva sino a un certo punto, e forse la Macchina Aristotelica di padre Emanuele ne avrebbe mostrato l'instabilità. Ma quella sera tutti rimasero convinti di quella parentela tra la Polvere, che guarisce da un male, e l'amore, che oltre a guarire più spesso fa male.

Fu per questo che la storia di questo discorso sulla Polvere di Simpatia e sulla Simpatia d'Amore fece per qualche mese e forse più il giro di Parigi, con i risultati che diremo.

E fu per questo che Lilia, al termine dell'orazione, sorrise ancora a Roberto. Era un sorriso di compimento, a dir molto d'ammirazione, ma nulla è più naturale che credere d'essere amati. Roberto intese il sorriso come un'accettazione di tutte le lettere che aveva inviato. Troppo abituato ai tormenti dell'assenza, abbandonò la seduta, pago di quella vittoria. Fece male, e ne vedremo in seguito la ragione. Da allora osò certo rivolgere la parola a Lilia, ma sempre ne ebbe in risposta comportamenti opposti. Talora essa sussurrava: "proprio come si diceva qualche giorno fa." Talora invece mormorava: "eppure avevate detto una cosa ben diversa." Talora ancora prometteva, scomparendo: "ma ne riparleremo, abbiate costanza."

Roberto non capiva se essa, per disattenzione, volta a volta gli attribuisse i detti e i fatti di un altro, oppure lo provocasse con civetteria.

Quello che doveva accadergli l'avrebbe spinto a comporre quei rari episodi in una storia ben più inquietante.

17.
La Desiderata Scienza delle Longitudini

Era – finalmente una data a cui appigliarci – la sera del 2 dicembre del 1642. Uscivano da un teatro, dove Roberto aveva tacitamente recitato tra il pubblico la sua parte amorosa. Lilia all'uscita gli aveva stretto furtivamente la mano sussurrando: "Signor de la Grive, siete dunque divenuto timido. Non lo eravate quella sera. E dunque, domani di nuovo, sulla stessa scena."

Era uscito folle di turbamento, invitato a tal convegno in un luogo che non poteva conoscere, sollecitato a ripetere ciò che non aveva mai ardito. Eppure essa non poteva averlo scambiato per un altro, perché l'aveva chiamato col suo nome.

Oh, scrive d'essersi detto, oggi i ruscelli risalgono alla sorgente, bianchi destrieri scalano le torri di Nostra Signora di Parigi, un fuoco sorride ardente nel ghiaccio, visto che è pure accaduto che Ella mi abbia invitato. Oppure no, oggi il sangue cola dalla roccia, un colubro si accoppia con un'orsa, il sole è diventato nero, perché la mia amata m'ha offerto una coppa a cui non potrò mai bere, dato che non so dove sia il convito...

A un passo dalla felicità correva disperato a casa, l'unico luogo in cui era sicuro che essa non fosse.

Si possono interpretare in senso assai meno misterioso le parole di Lilia: semplicemente gli stava ricordando quella sua lontana allocuzione sulla Polvere di Simpatia, lo stava incitando a dir altro, in quello stesso salone di Arthénice dove aveva già parlato. Da allora ella l'aveva visto silenzioso e adorante, e questo non rispondeva alle regole del gioco, regolatissimo, della seduzione. Lo stava richiamando, diremmo oggi, al suo dovere mondano. Suvvia, gli stava dicendo, quella sera non siete stato timido, calcate ancora la stessa scena, io vi attendo a quel varco. Né altra sfida potremmo attenderci da una preziosa.

E invece Roberto aveva inteso: "Siete timido, eppure sere fa non lo siete stato, e mi avete..." (immagino che la gelosia impedisse e al tempo stesso incoraggiasse Roberto a immaginare il seguito di quella frase). "Dunque domani di nuovo, sulla stessa scena, nello stesso luogo segreto."

È naturale che – avendo preso la sua fantasia il sentiero più spinoso – egli subito avesse pensato allo scambio di persona, a qualcuno che si era fatto passare per lui, e in veste sua avesse avuto da Lilia quello che lui avrebbe barattato con la vita. Dunque riappariva Ferrante e tutti i fili del suo passato si riannodavano. Alter ego maligno, Ferrante si era inserito anche in quella vicenda, giocando sulle sue assenze, i suoi ritardi, le sue partenze anticipate, e al momento giusto aveva colto il premio della orazione di Roberto sulla Polvere di Simpatia.

E mentre si ambasciava, aveva udito bussare alla porta. Speranza, sogno di uomini desti! Si era precipitato ad aprire convinto di veder lei sulla soglia: era invece un ufficiale delle guardie del Cardinale, con due uomini al seguito.

"Il signor de la Grive, immagino," aveva detto. E poi, presentandosi come il capitano de Bar: "Mi spiace ciò che sto per fare. Ma voi, signore, siete in arresto, e vi prego di consegnarmi la vostra spada. Se mi seguirete con buona creanza, saliremo come due buoni amici nella carrozza che ci attende, e non avrete ragioni di vergogna." Aveva lasciato capire che non conosceva le ragioni dell'arresto, augurandosi che si trattasse di un malinteso. Roberto lo aveva seguito muto, formulando lo stesso voto, e alla fine del viaggio, passato con tante scuse nelle mani di un custode assonnato, si era ritrovato in una cella della Bastiglia.

Vi era rimasto due notti freddissime, visitato solo da pochi ratti (provvida preparazione al viaggio sull'*Amarilli*) e da un birro che, a ogni domanda, rispondeva che in quel luogo erano passati tanti ospiti illustri che lui aveva smesso di chiedersi come mai vi arrivassero; e se da sette anni vi stava un gran signore come Bassompierre, non era il caso che Roberto cominciasse a lamentarsi dopo poche ore.

Lasciatigli quei due giorni per assaporare il peggio, la terza sera era tornato de Bar, gli aveva dato modo di lavarsi, e gli aveva annunciato che doveva comparire di fronte al Cardinale. Roberto capì almeno di essere un prigioniero di Stato.

Erano arrivati al palazzo a sera avanzata, e già dal movimento al portone si indovinava che era sera d'eccezione. Le scale erano invase da gente di ogni condizione che correva in direzioni opposte; in un'anticamera gentiluomini e uomini di chiesa entravano affannati, si spurgavano educatamente sui muri affrescati, assumevano un'aria dolente, ed entravano in un'altra sala, da cui uscivano famigli chiamando ad alta voce servi introvabili, e facendo cenno a tutti di far silenzio.

In quella sala fu introdotto anche Roberto, e vide solo persone di schiena, che si affacciavano alla porta di un'altra camera, in punta di piedi, senza far rumore, come per vedere un triste spettacolo. De Bar si guardò intorno come per cercare qualcuno, infine fece cenno a Roberto di stare in un canto, e si allontanò.

Un'altra guardia che stava tentando di fare uscire molti dei presenti, con diversi riguardi a seconda del rango, vedendo Roberto con la barba lunga, l'abito provato dalla detenzione, gli aveva chiesto rudemente cosa facesse laggiù. Roberto aveva risposto che era atteso dal Cardinale e la guardia aveva risposto che per sfortuna di tutti era il Cardinale a essere atteso da Qualcuno di ben più importante.

Comunque lo aveva lasciato dov'era, e a poco a poco, poiché de Bar (ormai l'unico volto amico che gli fosse rimasto) non tornava, Roberto si portò a ridosso dell'assembramento e, un poco aspettando e un poco spingendo, raggiunse la soglia dell'ultima stanza.

Laggiù, in un letto, appoggiato a una innevata di cuscini, aveva visto e riconosciuto l'ombra di colui che tutta la Francia temeva e pochissimi amavano. Il gran Cardinale era attorniato da medici in vesti scure, che più che a lui sembravano interessarsi al loro dibattito, un chierico gli tergeva le labbra, su cui fievoli accessi di tosse formavano una spuma rossastra, sotto le coltri si indovinava il faticoso respiro di un corpo ormai logoro, una mano fuoriusciva da un camiciotto, serrando un crocefisso. Il chierico proruppe a un tratto in un singhiozzo. Richelieu volse il capo a fatica, tentò un sorriso e mormorò: "Dunque credevate ch'io fossi immortale?"

Mentre Roberto si stava chiedendo chi mai potesse averlo convocato al letto di un morente, si fece un gran trambusto alle sue spalle. Alcuni sussurrarono il nome del parroco di Saint-Eustache, e mentre tutti facevano ala entrò un prete col suo seguito, recando l'olio santo.

Roberto si sentì toccare la spalla, ed era de Bar: "Andiamo," gli aveva detto, "il Cardinale vi attende." Senza capire, Roberto l'aveva seguito lungo un corridoio. De Bar l'aveva introdotto in una sala, facendogli cenno di attendere ancora, poi si era ritirato.

La sala era ampia, con un grande globo terraqueo nel centro, e un orologio su un mobiletto in un canto, contro un tendaggio rosso. A sinistra del tendaggio, sotto un grande ritratto a figura intera di Richelieu, Roberto infine aveva scorto una persona di spalle, in abiti cardinalizi, in piedi, intento a scrivere su di un leggio. Il porporato si era appena voltato di sguincio, facendogli cenno di avvicinarsi, ma come Roberto si avvicinava, si era incurvato sul piano di scrittura, ponendo la mano sinistra a paravento lungo i margini del foglio anche se, alla distanza rispettosa a cui si teneva ancora, Roberto non avrebbe potuto leggere nulla.

Poi il personaggio si voltò, tra un drappare di porpore, e stette per qualche secondo ritto, quasi a riprodurre la posa del gran ritratto che aveva alle spalle, la destra appoggiata

169

al letturino, la sinistra all'altezza del petto, leziosamente a palmo in su. Quindi si sedette su uno scranno accanto all'orologio, si accarezzò con civetteria i baffi e il pizzo, e domandò: "Il signor de la Grive?"

Il signor de la Grive sino ad allora era stato convinto di sognare in un incubo quello stesso Cardinale che stava spegnendosi una decina di metri più in là, ma ora lo vedeva ringiovanito, dai lineamenti meno affilati, come se sul pallido volto aristocratico del ritratto qualcuno avesse ombreggiato la carnagione e ridisegnato il labbro con linee più marcate e sinuose; poi quella voce dall'accento straniero gli aveva risvegliato l'antico ricordo di quel capitano che dodici anni prima galoppava in mezzo alle opposte schiere a Casale.

Roberto si trovava di fronte al cardinal Mazarino, e capiva che lentamente, nel corso dell'agonia del suo protettore, l'uomo stava assumendone le funzioni, e già l'ufficiale aveva detto "il Cardinale", come se altri non ve ne fossero più.

Fece per rispondere alla prima domanda, ma doveva accorgersi entro breve che il cardinale mostrava di interrogare, ma in realtà asseriva, assumendo che in ogni caso il suo interlocutore non potesse che assentire.

"Roberto de la Grive," confermò infatti il cardinale, "dei signori Pozzo di San Patrizio. Conosciamo il castello, come conosciamo bene il Monferrato. Così ubertoso che potrebbe essere Francia. Vostro padre, nei giorni di Casale, si batté con onore, e ci fu più leale degli altri vostri compatrioti." Diceva ci come se a quell'epoca egli fosse già creatura del Re di Francia. "Anche voi in quell'occasione vi comportaste bravamente, ci fu detto. Non credete che tanto più, e paternamente, ci debba rincrescere che, ospite di questo regno, dell'ospite non abbiate osservato i doveri? Non sapevate che in questo regno le leggi si applicano in modo uguale sia ai sudditi che agli ospiti? Naturalmente, naturalmente non scorderemo che un gentiluomo è sempre un gentiluomo, qualsiasi delitto abbia commesso: godrete degli stessi benefici concessi a Cinq-Mars, la cui memoria non sembrate esecrare come si dovrebbe. Morrete anche voi di mannaia e non di corda."

Roberto non poteva ignorare una vicenda di cui parlava la Francia intera. Il marchese de Cinq-Mars aveva cercato di convincere il re a licenziare Richelieu, e Richelieu aveva convinto il re che Cinq-Mars cospirava contro il regno. A Lione il condannato aveva cercato di comportarsi con spavalda dignità di fronte al boia, ma questi aveva fatto scempio del suo collo in modo così indegno che la folla sdegnata aveva fatto scempio di lui.

Come Roberto sgomento accennava a parlare, il cardinale lo prevenne con un gesto della mano: "Suvvia, San Patrizio," disse, e Roberto arguì che usava questo nome per ricordargli che era straniero; e d'altra parte gli stava parlando in francese, mentre avrebbe potuto parlargli in italiano. "Avete ceduto ai vizi di questa città e di questo paese. Come suol dire Sua Eminenza il Cardinale, la leggerezza ordinaria dei francesi fa loro desiderare il cambiamento a causa del tedio che provano per le cose presenti. Alcuni di questi gentiluomini leggeri, che il Re ha provveduto ad alleggerire anche del capo, vi hanno sedotto coi loro propositi di eversione. Il vostro caso è tale da non infastidire alcun tribunale. Gli Stati, la cui conservazione deve esserci estremamente cara, subirebbero presta rovina se in materia di crimini che tendono al loro sovvertimento si richiedessero prove chiare quanto quelle richieste nei casi comuni. Due sere fa siete stato visto intrattenervi con amici di Cinq-Mars, che hanno pronunciato ancora una volta propositi di alto tradimento. Chi vi ha visto tra quelli è degno di fede, dato che vi si era inserito per nostro mandato. E questo basta. Suvvia," prevenne annoiato, "non vi abbiamo fatto venire qui per udire proteste d'innocenza, quindi calmatevi e ascoltate."

Roberto non si calmò, ma trasse alcune conclusioni: nello stesso momento in cui Lilia gli toccava la mano, lui veniva visto altrove a congiurare contro lo Stato. Mazarino ne era così convinto che l'idea diventava un fatto. Si sussurrava ovunque che l'ira di Richelieu non si era ancora sopita, e molti temevano di essere scelti a nuovo esempio. Roberto, comunque fosse stato scelto, era in ogni caso perduto.

Roberto avrebbe potuto riflettere sul fatto che sovente, non solo due sere prima, si era intrattenuto in qualche conversazione all'uscita del salotto Rambouillet; che non era impossibile che tra quegli interlocutori vi fosse stato qualche intimo di Cinq-Mars; che se Mazarino, per qualche sua ragione, voleva perderlo, gli sarebbe bastato interpretare in modo malizioso qualsiasi frase riferita da una spia... Ma naturalmente le riflessioni di Roberto erano altre e confermavano i suoi timori: qualcuno aveva preso parte a una riunione sediziosa millantando e il suo volto e il suo nome.

Ragione di più per non tentar difese. Gli rimaneva soltanto inspiegabile la ragione per cui – se egli era ormai condannato – il cardinale si scomodasse a informarlo della sua sorte. Egli non era il destinatario di alcun messaggio, bensì il grifo, l'indovinello stesso che altri, ancora dubbiosi sulla determinazione del re, avrebbero dovuto decifrare. Attese in silenzio una spiegazione.

"Vedete, San Patrizio, se non fossimo insigniti della dignità ecclesiastica di cui il pontefice, e il desiderio del Re, ci hanno onorato un anno fa, diremmo che la Provvidenza ha guidato la vostra imprudenza. Da tempo vi si stava osservando, domandandoci come avremmo potuto richiedervi un servigio che non avevate alcun dovere di prestare. Abbiamo accolto il vostro passo falso di tre sere fa come un singolare dono del Cielo. Ora potreste esserci debitore, e la nostra posizione cambia, per non dire della vostra."

"Debitore?"

"Della vita. Naturalmente non è in nostro potere perdonarvi, ma è nostra facoltà intercedere. Diciamo che potreste sottrarvi ai rigori della legge con la fuga. Passato un anno, o anche più, la memoria del testimone si sarà certo confusa, e colui potrà giurare senza macchia per il suo onore che l'uomo di tre sere fa non eravate voi; e potrebbe appurarsi che a quell'ora giocavate altrove a trictrac col capitano de Bar. Allora – non decidiamo, badate, presumiamo, e potrebbe accadere anche il contrario, ma confidiamo di veder giusto – vi sarà resa piena giustizia e incondizionata libertà. Sedetevi, prego," disse. "Vi debbo proporre una missione."

Roberto sedette: "Una missione?"

"E delicata. Nel corso della quale, non ve lo nascondiamo, avrete alcune occasioni di perdere la vita. Ma questo è un negozio: vi si sottrae alla certezza del boia, e vi si lasciano molte opportunità di tornare sano, se sarete accorto. Un anno di traversie, diciamo, in cambio di una vita intera."

"Eminenza," disse Roberto che vedeva almeno dileguarsi l'immagine del boia, "a quanto intendo è inutile che giuri, sul mio onore o sulla Croce, che..."

"Mancheremmo di cristiana pietà se escludessimo in assoluto che voi siate innocente e noi vittima di un equivoco. Ma l'equivoco sarebbe in tale accordo coi nostri progetti che non vedremmo ragione di smascherarlo. Non vorrete peraltro insinuare che vi stiamo proponendo un baratto disonesto, come chi dicesse o innocente alla mannaia o reo confesso, e mendacemente, al nostro servizio..."

"Lungi da me questa intenzione irrispettosa, Eminenza."

"E dunque. Vi offriamo qualche rischio possibile, ma gloria certa. E vi diremo come mai avessimo posto gli occhi su di voi, senza che prima ci fosse nota la vostra presenza a Parigi. La città, vedete, parla molto di quanto avviene nei salotti, e tutta Parigi ha chiacchierato tempo fa di una serata nel corso della quale avete brillato agli occhi di molte dame. Tutta Parigi, non arrossite. Alludiamo a quella sera in cui avete esposto con brio le virtù di una così detta Polvere di Simpatia, e in modo (è così che si dice in quei luoghi, nevvero?) che a quel soggetto le ironie conferissero sale, le paronomasie garbo, le sentenze solennità, le iperboli ricchezza, i paragoni perspicuità..."

"Oh Eminenza, riferivo cose apprese..."

"Ammiro la modestia, ma pare abbiate rivelato una buona conoscenza di alcuni segreti naturali. Ordunque, mi serve un uomo di altrettanto sapere, che non sia francese, e

173

che senza compromettere la corona si possa insinuare su una nave, in partenza da Amsterdam con l'intento di scoprire un nuovo segreto, in qualche modo connesso all'uso di quella polvere."

Prevenne ancora una obiezione di Roberto: "Non temete, abbiamo bisogno che sappiate bene che cosa cerchiamo, affinché possiate interpretare anche i segni più incerti. Vi vogliamo bene addottorato sull'argomento, poiché vi vediamo ormai così ben disposto a compiacerci. Avrete un maestro di talento, e non lasciatevi ingannare dalla sua giovane età." Allungò una mano e scosse una corda. Non si udì alcun suono ma il gesto doveva aver fatto risuonare altrove una campana o altro segnale – o così ne dedusse Roberto, in un'epoca in cui ancora i grandi signori blateravano per chiamare i servi a gran voce.

Infatti dopo breve entrò con deferenza un giovane che dimostrava poco più di vent'anni.

"Benvenuto Colbert, questa è la persona di cui vi parlavamo oggi," gli disse Mazarino, e poi a Roberto: "Colbert, che si inizia in modo promettente ai segreti dell'amministrazione dello Stato, va considerando da tempo un problema che sta assai a cuore al Cardinale de Richelieu, e di conseguenza a me. Forse saprete, San Patrizio, che prima che il Cardinale prendesse il timone di questo gran vascello di cui Luigi XIII è il capitano, la marina francese era nulla di fronte a quella dei nostri nemici, in guerra come in pace. Ora possiamo andare orgogliosi dei nostri cantieri, della flotta di Levante come di quella di Ponente, e ricorderete con quanto successo, non più di sei mesi fa, il marchese di Brézé ha potuto schierare di fronte a Barcellona quarantaquattro vascelli, quattordici galere, e non ricordo più quante altre navi. Abbiamo rinsaldato le nostre conquiste nella Nuova Francia, ci siamo assicurati il dominio della Martinica e di Guadalupa, e di tante di quelle Isole del Perù, come ama dire il Cardinale. Abbiamo iniziato a costituire compagnie commerciali, anche se non ancora con pieno successo ma, purtroppo, nelle Provincie Unite, in Inghilterra, Portogallo e Spagna non v'è famiglia nobile che non abbia uno dei suoi a far fortuna sul mare; non così in Francia, ahimè. Prova ne è che sappiamo forse abbastanza del Nuovo Mondo, ma poco del Novissimo. Mostrate, Colbert, al nostro amico come appaia ancor vuota di terre l'altra parte di quel globo."

Il giovane mosse il globo e Mazarino sorrise con mestizia: "Ahimè, questa distesa d'acque non è vuota a causa di una natura matrigna; è vuota perché noi sappiamo troppo poco della sua generosità. Eppure, dopo la scoperta di una rotta occidentale per le Molucche, è in gioco proprio questa vasta zona inesplorata che si stende tra le coste ovest del continente americano e le ultime propaggini orientali dell'Asia. Parlo dell'oceano detto Pacifico, come vollero chiamarlo i portoghesi, su cui certamente si stende la Terra Incognita Australe, della quale si conoscono poche isole e poche vaghe coste, ma abbastanza per saperla nutrice di favolose ricchezze. E su quelle acque corrono ora e da tempo troppi avventurieri che non parlano la nostra lingua. Il nostro amico Colbert, con quello che non ritengo solo giovanile ghiribizzo, accarezza l'idea di una presenza francese in quei mari. Tanto più che presumiamo che il primo a por piede su di una Terra Australe sia stato un francese, il signor di Gonneville, e sedici anni prima dell'impresa di Magellano. Eppure quel valoroso gentiluomo, o ecclesiastico che fosse, ha trascurato di registrare sulle carte il luogo a cui è approdato. Possiamo pensare che un bravo francese fosse così incauto? No di certo, è che in quell'epoca remota non sapeva come risolvere appieno un problema. Ma questo problema, e vi stupirete di sapere quale, rimane un mistero anche per noi."

Fece una pausa, e Roberto comprese che, poiché sia il cardinale che Colbert conoscevano, se non la soluzione, almeno il nome del mistero, la pausa era solo in suo onore. Credette bene di recitare la parte dello spettatore ammaliato, e chiese: "E qual è il mistero, di grazia?"

Mazarino guardò Colbert con aria d'intesa e disse: "È il mistero delle longitudini." Colbert assentì con gravità.

"Per la soluzione di questo problema del *Punto Fijo*,"

continuò il cardinale, "già settant'anni fa Filippo II di Spagna offriva una fortuna, e più tardi Filippo III prometteva seimila ducati di rendita perpetua e duemila di vitalizio, e gli Stati Generali d'Olanda trentamila fiorini. Né noi abbiamo lesinato aiuti in denaro a valenti astronomi... A proposito Colbert, quel dottor Morin, è otto anni che lo lasciamo in attesa..."

"Eminenza, voi stesso vi dite convinto che questa della parallasse lunare sia una chimera..."

"Sì, ma per sostenere la sua dubitosissima ipotesi egli ha efficacemente studiato e criticato le altre. Facciamolo partecipare a questo nuovo progetto, potrebbe dar lumi al signor di San Patrizio. Gli si offra una pensione, non v'è nulla come il danaro che stimoli le buone inclinazioni. Se la sua idea contenesse un grano di verità avremo modo di assicurarcene meglio e nel contempo eviteremo che, sentendosi abbandonato in patria, ceda alle sollecitazioni degli olandesi. Mi pare siano proprio gli olandesi che, visti esitanti gli spagnoli, hanno iniziato a trattare con quel Galilei, e noi faremmo bene a non rimaner fuori dall'affare..."

"Eminenza," disse Colbert esitante, "vi piacerà ricordare che il Galilei è morto all'inizio di quest'anno..."

"Davvero? Preghiamo Dio che sia felice, più di quanto non gli è accaduto in vita."

"E comunque anche la sua soluzione parve a lungo definitiva, ma non lo è..."

"Ci avete felicemente preceduto, Colbert. Ma supponiamo che anche la soluzione di Morin non valga un soldo bucato. Ebbene, sosteniamolo lo stesso, facciamo che si riaccenda la discussione intorno alle sue idee, stimoliamo la curiosità degli olandesi: facciamo in modo che si lasci tentare, e avremo messo per qualche tempo gli avversari su una falsa pista. Saranno stati danari ben spesi in ogni caso. Ma di questo si è detto abbastanza. Continuate, vi prego, che mentre San Patrizio apprende apprenderò anch'io."

"Vostra eminenza mi ha appreso tutto quel che so," disse Colbert arrossendo, "ma la sua bontà mi incoraggia a esordire." Così dicendo doveva ormai sentirsi in territorio ami-

176

co: alzò il capo, che aveva sempre tenuto chino, e si avvicinò con scioltezza al mappamondo. "Signori, nell'oceano – dove anche se s'incontra una terra non si sa quale sia, e se si va verso una terra nota si deve procedere per giorni e giorni in mezzo alla distesa delle acque – il navigante non ha altri punti di riferimento oltre agli astri. Con strumenti che già resero illustri gli antichi astronomi, di un astro si fissa l'altezza sull'orizzonte, se ne deduce la distanza dallo Zenit e, conoscendone la declinazione, dato che distanza zenitale più o meno declinazione danno la latitudine, si sa istantaneamente su quale parallelo si trovi, ovvero quanto a nord o a sud di un punto noto. Mi pare chiaro."

"Alla portata di un bambino," disse Mazarino.

"Dovrebbe ritenersi," continuò Colbert, "che similmente si possa determinare anche quanto si sia a oriente o a occidente dello stesso punto, e cioè a quale longitudine, ovvero su quale meridiano. Come dice il Sacrobosco, il meridiano è un circolo che passa per i poli del nostro mondo, e allo zenit del capo nostro. E si chiama meridiano perché, ovunque un uomo stia e in qualsiasi tempo dell'anno, quando il sole perviene al suo meridiano, ivi è per quell'uomo mezzogiorno. Ahimè, per un mistero della natura, qualsiasi mezzo escogitato per definire la longitudine, si è sempre rivelato fallace. Quanto importa, potrebbe domandare il profano? Assai."

Stava prendendo confidenza, fece girare il mappamondo mostrando i contorni dell'Europa: "Quindici gradi di meridiano, circa, separano Parigi da Praga, poco più di venti Parigi dalle Canarie. Che cosa direste del comandante di un esercito di terra che credesse di battersi alla Montagna Bianca e invece di ammazzare protestanti trucidasse i dottori della Sorbona alla Montagne Sainte-Geneviève?"

Mazarino sorrise ponendo le mani avanti, come per augurare che cose di quel genere avvenissero solo sul giusto meridiano.

"Ma il dramma," continuò Colbert, "è che errori di tal portata si fanno con i mezzi che ancora usiamo per determinare le longitudini. E così accade quel che è accaduto quasi un secolo fa a quello spagnolo Mendaña, che ha scoperto le Isole di Salomone, terre benedette dal cielo per i frutti del suolo e l'oro del sottosuolo. Questo Mendaña ha fissato la posizione della terra che aveva scoperto, è tornato in patria ad annunciare l'evento, in meno di vent'anni gli si sono apprestate quattro navi per tornarvi e instaurarvi definitivamente il dominio delle loro maestà cristianissime, come si dice laggiù, e che cosa è accaduto? Mendaña non è più riuscito a trovare quella terra. Gli olandesi non sono rimasti inattivi, all'inizio di questo secolo costituivano la loro Compagnia delle Indie, creavano in Asia la città di Batavia come punto di partenza per molte spedizioni verso est e toccavano una Nuova Olanda, e altre terre probabilmente a oriente delle Isole di Salomone scoprivano frattanto i pirati inglesi, a cui la Corte di San Giacomo non ha esitato a conferire quarti di nobiltà. Ma delle Isole di Salomone nessuno troverà più traccia, e si comprende come alcuni ormai inclinino a ritenerle una leggenda. Ma, leggendarie o meno che fossero, Mendaña le ha pur toccate, salvo che ne ha fissato propriamente la latitudine ma impropriamente la longitudine. E se pure, per aiuto celeste, l'avesse fissata secondo verità, gli altri navigatori che hanno cercato quella longitudine (e lui stesso al suo secondo viaggio) non sapevano con chiarezza quale fosse la loro. E quand'anche sapessimo dove sia Parigi, ma non riuscissimo a stabilire se siamo in Ispagna o tra i Persiani, vedete bene, signore, che ci muoveremmo come ciechi che conducono altri ciechi."

"Davvero," azzardò Roberto, "stento a credere, con tutto quel che ho udito dell'avanzamento del sapere in questo nostro secolo, che ancora sappiamo così poco."

"Non vi elenco i metodi proposti, signore, da quello basato sulle eclissi lunari a quello che considera le variazioni dell'ago magnetico, su cui si è ancora recentemente affannato il nostro Le Tellier, per non menzionare il metodo del loch, su cui tante garanzie ha promesso il nostro Champlain... Ma tutti si sono rivelati insufficienti, e lo saranno sino a che la Francia non avrà un osservatorio, nel quale mettere alla prova tante ipotesi. Naturalmente, un mezzo sicuro vi sarebbe: tenere a bordo un orologio che mantenga l'ora del meridiano di Parigi, determinare in mare l'ora del luogo, e dedurre dalla differenza lo scarto di longitudine. Questo è il globo sul quale viviamo, e potete vedere come la saggezza degli antichi lo abbia suddiviso in trecentosessanta gradi di longitudine, facendo di solito partire il computo dal meridiano che attraversa l'Isola del Ferro nelle Canarie. Nella sua corsa celeste il sole (e che sia esso a muoversi o, come si vuol oggi, la terra, poco importa a tal fine) percorre in un'ora quindici gradi di longitudine, e quando a Parigi è, come in questo momento, mezzanotte, a cento e ottanta gradi di meridiano da Parigi è mezzogiorno. Dunque, purché sappiate di certo che a Parigi gli orologi segnano, poniamo, mezzogiorno, determinate che nel luogo ove vi trovate sono le sei del pomeriggio, calcolate la differenza oraria, traducete ogni ora in quindici gradi, e saprete che siete a novanta gradi da Parigi, e dunque più o meno qui," e fece ruotare il globo indicando un punto del continente americano. "Ma se non è difficile determinare l'ora del luogo del rilievo, è assai difficile tenere a bordo un orologio che continui a dare l'ora giusta dopo mesi di navigazione su una nave scossa dai venti, il cui movimento induce all'errore anche i più ingegnosi tra gli strumenti moderni, per non dire degli orologi a sabbia e ad acqua, che per funzionare bene dovrebbero riposare su di un piano immobile."

Il cardinale lo interruppe: "Non crediamo che il signor di San Patrizio per ora debba saperne di più, Colbert. Farete in modo che abbia altri lumi durante il viaggio verso Amsterdam. Dopo di che non saremo più noi a insegnare a lui, ma lui, confidiamo, a insegnare a noi. Infatti, caro San Patrizio, il Cardinale, il cui occhio ha visto e vede ancora sempre – speriamo a lungo – più lontano del nostro, aveva da tempo disposto una rete di informatori fidati, che dovessero viaggiare negli altri paesi, e frequentare i porti, e interrogare i capitani che si accingono a un viaggio o ne tornano, per sapere quanto gli altri governi facciano e sappiano che noi non sappiamo, poiché – e mi pare evidente –

lo Stato che scoprisse il segreto delle longitudini, e impedisse che la fama se ne appropriasse, otterrebbe un gran vantaggio su tutti gli altri. Ora," e qui Mazarino fece un'altra pausa, ancora una volta curandosi i baffi, poi giungendo le mani come per concentrarsi e impetrare al tempo stesso appoggio dal cielo, "ora abbiamo appreso che un medico inglese, il dottor Byrd, ha escogitato un nuovo e prodigioso mezzo per determinare il meridiano, basato sull'uso della Polvere di Simpatia. Come, caro San Patrizio, non ce lo chiedete, ché io a mala pena conosco il nome di questa diavoleria. Sappiamo per certo che si tratta di questa polvere, ma non sappiamo nulla del metodo che Byrd intende seguire, e il nostro informatore non è certo versato in magia naturale. Però è certo che l'ammiragliato inglese gli ha consentito di armare una nave che dovrà affrontare i mari del Pacifico. La faccenda è di tal portata che gli inglesi non si sono fidati a farla apparire come nave loro. Essa appartiene a un olandese che si finge stravagante e sostiene di voler rifare il tragitto di due suoi compatrioti, che circa venticinque anni fa scoprirono un nuovo passaggio tra Atlantico e Pacifico, oltre lo stretto di Magellano. Ma siccome il costo dell'avventura potrebbe lasciar sospettare interessati sostegni, l'olandese sta pubblicamente caricando merci e cercando passeggeri, come chi si preoccupi di far fronte alla spesa. Quasi per caso vi saranno anche il dottor Byrd e tre suoi assistenti, che si dicono raccoglitori di flora esotica. In verità essi avranno il pieno controllo dell'impresa. E tra i passeggeri vi sarete voi, San Patrizio, e provvederà a tutto il nostro agente di Amsterdam. Sarete un gentiluomo savoiardo che, inseguito da un bando per ogni terra, ritiene saggio scomparire per lunghissimo tempo per mare. Come vedete, non avrete neppure di che mentire. Sarete cagionevolissimo di salute – e che voi abbiate davvero una sofferenza agli occhi, come ci dicono, è un altro tocco che perfeziona il nostro progetto. Sarete un passeggero che trascorrerà quasi tutto il proprio tempo al chiuso, con qualche impiastro sul volto, e per il resto non vedrà al di là del proprio naso. Ma vagherete divagando svagato, terrete in realtà gli occhi aperti e le orecchie ben tese. Sappiamo che comprendete l'inglese, e fingerete di ignorarlo, così che i nemici parlino liberamente in vostra presenza. Se qualcuno a bordo capisce l'italiano o il francese, ponete domande, e ricordate quel che vi dicono. Non disdegnate d'abboccarvi con uomini da dozzina, che per qualche moneta si cavano fuori le viscere. Ma che la moneta sia poca, da apparir come un dono, e non come compenso, altrimenti entreranno in sospetto. Non domanderete mai in modo diretto, e dopo aver domandato oggi, con parole diverse rifarete la stessa domanda domani, così che se quel tale ha prima mentito, sia portato a contraddirsi: gli uomini da poco si dimenticano delle fandonie che hanno detto, e ne inventano di opposte il giorno dopo. Del resto riconoscerete i mentitori: mentre ridono formano come due fossette nelle guance, e portano unghie molto corte; e del pari guardatevi da quelli di bassa statura, che dicono il falso per boria. In ogni caso i vostri dialoghi con costoro siano brevi, e non date l'impressione di trarne soddisfazione: la persona con cui dovrete davvero parlare è il dottor Byrd, e sarà naturale che tentiate di farlo con il solo che vi è pari per educazione. È uomo di dottrina, parlerà francese, forse italiano, certamente latino. Voi siete ammalato, e gli chiederete consiglio e conforto. Non farete come coloro che mangiano delle more o terra rossa pretendendo di sputar sangue, ma vi farete osservare il polso dopo cena, che sempre a quell'ora sembra che uno abbia febbre, e gli direte che non chiudete mai occhio la notte; questo giustificherà il fatto che voi possiate esser sorpreso da qualche parte e ben sveglio, il che dovrà accadere se le loro esperienze si faranno con le stelle. Questo Byrd dev'essere un invasato, come del resto tutti gli uomini di scienza: fatevi venire dei grilli per il capo e parlategliene, come se gli confidaste un segreto, così che egli sia portato a parlare di quel grillo che è il suo segreto. Mostratevene interessato, ma facendo finta di capirne poco o nulla, in modo che lui ve ne racconti meglio una seconda volta. Ripetete quello che ha detto come se aveste capito, e commettete errori, in modo che per vanità sia portato a correggervi, spiegando per filo e per segno ciò di cui dovrebbe tacere. Non affermate mai, alludete sempre: le allusioni si lanciano per tastare gli animi, e investigare i cuori. Dovrete ispirargli confidenza: se ride sovente, ridete con lui, se è bilioso comportatevi da bilioso, ma ammirate sempre il suo sapere. Se è collerico e vi offende, sopportate l'offesa, che tanto saprete di aver iniziato a punirlo ancor prima che v'offendesse. In mare i giorni sono lunghi e le notti senza fine, e non c'è cosa che consoli della noia un inglese più di molti boccali di quella cervogia di cui gli olandesi fanno sempre provvista nelle loro stive. Vi fingerete devoto di quella bevanda e incoraggerete il vostro nuovo amico a sorseggiarne più di voi. Un giorno potrebbe entrare in sospetto, e far frugare la vostra cabina: per questo non metterete nessuna osservazione per iscritto, ma potrete tenere un diario in cui parlerete della vostra mala sorte, o della Vergine e dei Santi, o dell'amata che disperate di rivedere, e su tal diario appaiano annotazioni sulle qualità del dottore, lodato come unico amico che abbiate trovato a bordo. Di lui non riportate frasi che attengano al nostro oggetto, ma solo osservazioni sentenziose, non importa quali: per scipite che siano, se le ha sentenziate, non le riteneva tali, e vi sarà grato di averle tenute a mente. Insomma, non siamo qui a proporvi un breviario del buon informatore segreto: non sono cose in cui sia versato un uomo di chiesa. Affidatevi al vostro estro, siate accortamente oculato e oculatamente accorto, fate che l'acutezza del vostro sguardo sia inversa alla sua fama e proporzionale alla vostra prontezza."

Mazarino si alzò, per far comprendere all'ospite che il colloquio era finito, e per dominarlo un istante prima che anche lui si levasse. "Seguirete Colbert. Vi darà altre istruzioni e vi affiderà alle persone che vi condurranno ad Amsterdam per l'imbarco. Andate e buona fortuna."

Stavano per uscire quando il cardinale li richiamò: "Ah, dimenticavo, San Patrizio. Avrete compreso che di qui all'imbarco sarete seguito passo per passo, ma vi chiederete come mai non temiamo che dopo, alla prima sosta, non siate tentato di rendervi uccel di bosco. Non lo temiamo perché non vi conviene. Non potreste tornare qui, dove sareste sempre un bandito, o esiliarvi in qualche terra laggiù, col timore costante che i nostri agenti vi ritrovino. In entrambi i casi dovreste rinunciare al vostro nome e al vostro rango. Non ci coglie neppure il sospetto che un uomo della vostra qualità possa vendersi agli inglesi. Che cosa vendereste, poi? L'essere voi una spia è un segreto che, per venderlo, dovreste già svelarlo, e che una volta svelato non varrebbe più nulla, se non un colpo di pugnale. Invece tornando, con indizi anche modesti, avrete diritto alla nostra riconoscenza. Faremmo male a congedare un uomo che avrà dimostrato di saper bene affrontare una missione tanto difficile. Il resto dipenderà poi da voi. La grazia dei grandi, una volta acquistata, ha da esser trattata con gelosia, per non perderla, e nutrita con servigi, per perpetuarsi: deciderete a quel punto se la vostra lealtà verso la Francia sarà tale da consigliarvi di dedicare il vostro futuro al suo Re. Dicono sia accaduto ad altri di nascere altrove e far fortuna a Parigi."

Il cardinale stava proponendosi a modello di lealtà premiata. Ma per Roberto certamente a quel punto non era questione di ricompense. Il cardinale gli aveva fatto intravedere un'avventura, nuovi orizzonti, e gli aveva infuso una saggezza del vivere la cui ignoranza, forse, gli aveva sino ad allora sottratto l'altrui considerazione. Forse era bene accettare l'invito della sorte, che lo allontanava dalle sue pene. Quanto all'altro invito, quello di tre sere prima, tutto gli si era fatto chiaro mentre il cardinale iniziava il suo discorso. Se un Altro aveva preso parte a una congiura, e tutti credevano fosse lui, un Altro certamente aveva congiurato per ispirare a Lei la frase che l'aveva torturato di gioia e innamorato di gelosia. Troppi Altri, tra lui e la realtà. E allora, tanto meglio isolarsi sui mari, dove avrebbe potuto possedere l'amata nell'unico modo che gli era concesso. Infine, la perfezione dell'amore non è d'essere amato, ma d'essere Amante.

Piegò un ginocchio e disse: "Eminenza, sono vostro."

O almeno così vorrei, visto che non mi pare costumato fargli dare un salvacondotto che reciti: "C'est par mon ordre et pour le bien de l'état que le porteur du présent a fait ce qu'il a fait".

18.
Curiosità Inaudite

Se la *Daphne*, come l'*Amarilli*, era stata inviata alla ricerca del *punto fijo*, allora l'Intruso era pericoloso. Roberto ormai sapeva della lotta sorda tra gli Stati d'Europa per impadronirsi di quel segreto. Doveva prepararsi molto bene e giocare d'astuzia. Evidentemente l'Intruso aveva agito all'inizio di notte, poi si era mosso allo scoperto quando Roberto aveva iniziato a vegliare, sia pure in cabina, durante il giorno. Doveva dunque sconvolgere i suoi piani, dargli l'impressione di dormire di giorno e vegliare di notte? A che pro, quello avrebbe mutato costume. No, doveva piuttosto impedirgli ogni previsione, renderlo incerto sui propri progetti, fargli credere che dormiva quando vegliava e dormire quando quello credeva che vegliasse...

Avrebbe dovuto cercar d'immaginare cosa quello pensasse che egli pensava, o cosa pensasse che lui pensava ch'egli pensasse... Sino a quel momento l'Intruso era stato la sua ombra, ora Roberto avrebbe dovuto diventare l'ombra dell'Intruso, apprendere a seguire le tracce di chi camminava dietro alle sue. Ma quel mutuo agguato non avrebbe potuto continuare all'infinito, l'uno infilandosi lungo una scala mentre l'altro discendeva quella opposta, l'uno nella stiva mentre l'altro era vigile sul ponte, l'altro a precipitarsi sottoponte mentre l'uno risaliva magari dall'esterno lungo le murate?

Ogni persona sensata avrebbe subito deciso di proseguire l'esplorazione del resto della nave, ma non dimentichiamo che Roberto non era più sensato. Aveva ceduto di nuovo all'acquavite, e si convinceva che lo faceva per prender forza. A un uomo a cui l'amore aveva sempre ispirato l'attesa, quel nepente non poteva ispirar la decisione. Procedeva dunque a rilento, credendosi un fulmine. Credeva di fare un balzo, e andava a gattoni. Tanto più che ancora non ardiva a uscir allo scoperto di giorno, e si sentiva forte di notte. Ma la notte aveva bevuto, e agiva da infingardo. Che era quello che il suo nemico voleva, si diceva al mattino. E per prender coraggio, si attaccava alla spina.

In ogni caso, verso la sera del quinto giorno aveva deciso di spingersi in quella parte della stiva che non aveva ancora visitato, sotto al pagliolo delle provviste. Si accorgeva che sulla *Daphne* si era sfruttato al massimo lo spazio, e tra il secondo ponte e la stiva erano stati montati assiti e falsi piani, onde ottenere ridotti collegati da scalette malferme; ed era entrato nella fossa delle gomene, inciampando tra rotoli di corde d'ogni tipo, ancora impregnate di acqua marina. Era disceso ancora al di sotto e si era trovato nella *secunda carina*, tra casse e involti di vario genere.

Vi aveva trovato altro cibo e altri barili d'acqua dolce. Doveva rallegrarsene, ma lo fece solo perché avrebbe potuto condurre la sua caccia all'infinito, con il piacere di ritardarla. Che è il piacere della paura.

Dietro ai barili d'acqua ne aveva trovato altri quattro d'acquavite. Era risalito in dispensa e aveva ricontrollato i bariletti di lassù. Erano tutti d'acqua, segno che quello d'acquavite che vi aveva trovato il giorno prima era stato portato dal basso in alto, al fine di tentarlo.

Anziché preoccuparsi dell'imboscata, era ridisceso nella stiva, aveva portato sopra un altro bariletto di liquore, e aveva bevuto ancora.

Poi era tornato nella stiva, immaginiamoci in quale stato, e si era arrestato sentendo l'odore della marcidaglia colata nella sentina. Più in basso non si poteva andare.

Doveva andare quindi indietro, verso poppa, ma la lampada stava spegnendosi e aveva inciampato in qualcosa, comprendendo che stava procedendo tra la zavorra, proprio là dove sull'*Amarilli* il dottor Byrd aveva fatto ricavare l'alloggio per il cane.

Ma proprio nella stiva, tra macchie di acqua e detriti del cibo stivato, aveva scorto l'impronta di un piede.

Era ormai talmente sicuro che un Intruso fosse a bordo che l'unico suo pensiero fu che aveva finalmente ottenuto la prova di non essere ubriaco, che è poi la prova che gli ubriachi cercano a ogni passo. In ogni caso l'evidenza era lampante, se così si poteva dire di quel procedere tra buio e riflessi di lanterna. Sicuro ormai che l'Intruso ci fosse, non pensò che, dopo tanti andirivieni, l'impronta poteva averla lasciata lui stesso. Risalì, deciso a dar battaglia.

Era il tramonto. Era il primo tramonto che vedeva, dopo cinque giorni di notti, albe e aurore. Poche nuvole nere quasi parallele costeggiavano l'isola più lontana per addensarsi lungo la cima, e di lì svampavano come frecce, verso sud. La costa spiccava scura contro il mare ormai color inchiostro chiaro, mentre il resto del cielo appariva di un color camomilla scialbo e spossato, come se il sole non stesse celebrando là dietro il suo sacrificio, ma piuttosto si assopisse lentamente e chiedesse al cielo e al mare di accompagnare sottovoce questo suo coricarsi.

Roberto ebbe invece un ritorno di spiriti guerrieri. Decise di confondere il nemico. Andò nel ripostiglio degli orologi e ne trasportò sul ponte quanti poteva, disponendoli come gli ometti di un biliardo, uno contro la maestra, tre sul castello di poppa, uno contro l'argano, altri ancora intorno al trinchetto, e uno a ogni porta e boccaporta, in modo che chi tentasse di passarvi al buio vi sarebbe incappato.

Poi aveva caricato quelli meccanici (senza considerare che così facendo li rendeva percepibili al nemico che voleva sorprendere), e capovolto le clessidre. Rimirava la coperta cosparsa di macchine del Tempo, fiero del loro rumore, sicuro che esso avrebbe sconvolto il Nemico e ne avrebbe ritardato il cammino.

Dopo aver predisposto quelle innocue tagliuole, ne cadde vittima per primo. Mentre scendeva la notte su un mare calmissimo, andava da una all'altra di quelle zanzare di metallo, ad ascoltarne il ronzare di morta essenza, a mirare quelle gocciole d'eternità struggersi stilla per stilla, a paventare quella torma di tarme senza bocca edaci (così scrive, davvero), quelle ruote dentate che gli laceravano il giorno in brandelli d'istanti e consumavano la vita in una musica di morte.

Ricordava una frase di padre Emanuele, "che Spettacolo giocondissimo se per un Cristallo del Petto potessero trasparire i moti del Cuore come negli Horiuoli!" Stava a seguire alla luce delle stelle il lento rosario di grani d'arena mormorato da una clessidra, e filosofava su quei fastelli di momenti, su quelle successive anatomie del tempo, su quelle fenditure da cui di fil filo gocciolano le ore.

Ma dal ritmo del tempo che passa traeva il presagio della propria morte, a cui si stava appressando moto per moto, avvicinava l'occhio miope per decifrare quel logogrifo di fughe, con trepido tropo trasformava una macchina ad acqua in un fluido feretro, e alla fine inveiva contro quegli astrologi cialtroni, capaci di preannunciargli solo le ore già passate.

E chissà cos'altro avrebbe scritto se non avesse provato il bisogno di abbandonare le sue mirabilia poetica, come prima aveva lasciato le sue mirabilia chronometrica – e non per volontà propria ma perché, avendo nelle vene più acquavite che vita, aveva lasciato che gradatamente quel ticche tacche gli diventasse una tossicolosa ninnananna.

Al mattino del sesto giorno, svegliato dalle ultime macchine ancora ansanti, vide, in mezzo agli orologi, tutti spostati, raspare due piccole gru (erano gru?) che, beccettando inquiete, avevano rovesciato e infranto una clessidra tra le più belle.

L'Intruso, per nulla spaurito (e infatti, perché doveva esserlo, lui che conosceva benissimo chi fosse a bordo?), burla assurda per assurda burla, aveva liberato dal sottoponte i due animali. Per mettere sossopra la *mia* nave, piangeva Roberto, per dimostrare che è più potente di me...

Ma perché quelle gru, si domandava, abituato a vedere

ogni evento come segno e ogni segno come impresa. Cosa avrà voluto significare? Cercava di ricordare il senso simbolico delle gru, per quanto ricordava del Picinelli o del Valeriano, ma non trovava risposta. Ora noi sappiamo benissimo che non v'era né fine né concetto in quel Serraglio degli Stupori, l'Intruso ormai stava dando di cervello quanto lui; ma Roberto non poteva saperlo, e cercava di leggere quello che altro non era che uno scarabocchio stizzoso.

Ti prendo, ti prendo maledetto, aveva gridato. E, ancora assonnato, aveva afferrato la spada e si era gettato di nuovo verso la stiva, capitombolando per le scalette e finendo in una zona ancora inesplorata, tra mazzi di fascine e acervi di tronchetti tagliati di fresco. Ma cadendo aveva urtato i tronchi, e ruzzolando con loro si trovò con la faccia su una graticciata, a respirare di nuovo l'odore lurido della sentina. E aveva visto a filo d'occhio muoversi degli scorpioni.

Era probabile che con la legna fossero stati stivati anche degli insetti, e non so se fossero proprio scorpioni, ma Roberto tali li vide, naturalmente introdotti dall'Intruso affinché lo avvelenassero. Per sfuggire a quel pericolo si era messo ad arrancare su per la scaletta; ma su quei legni correva e rimaneva sul posto, anzi perdeva l'equilibrio e doveva aggrapparsi alla scala. Finalmente era risalito e si era scoperto un taglio in un braccio.

Si era certamente ferito con la sua stessa spada. Ed ecco che Roberto, invece di pensare alla ferita, torna nella legnaia, cerca affannosamente tra le travi la sua arma, che era macchiata di sangue, la riporta nel castello, e versa l'acquavite sulla lama. Poi, non traendone giovamento, sconfessa tutti i principi della sua scienza e versa il liquore sul braccio. Invoca alcuni santi con troppa familiarità, corre fuori dove sta iniziando un grande acquazzone, sotto il quale le gru scompaiono a volo. Il bel rovescio lo scuote: si preoccupa per gli orologi, corre qua e là per porli al riparo, si fa ancora male a un piede che gli si infila in una grata, torna al coperto su una sola gamba come una gru, si spoglia e, come tutta reazione a quegli avvenimenti senza senso, si

189

mette a scrivere mentre la pioggia prima s'infittisce, poi si calma, torna qualche ora di sole, e cala infine la notte.

E buon per noi che scriva, così siamo in grado di capire cosa gli fosse accaduto e cosa avesse scoperto nel corso del suo viaggio sull'*Amarilli*.

19.
La Nautica Rilucente

L'*Amarilli* era partita dall'Olanda e aveva fatto un rapido scalo a Londra. Qui aveva caricato furtivamente qualcosa di notte, mentre i marinai facevano cordone tra il ponte e la stiva, e Roberto non era riuscito a capire di che cosa si trattasse. Poi era salpata verso sudovest.

Roberto descrive divertito la compagnia che aveva trovato a bordo. Pareva che il capitano avesse posto la massima cura nello scegliere passeggeri trasognati e bislacchi, da usare come pretesto alla partenza, senza preoccuparsi se poi li perdeva lungo il viaggio. Si dividevano in tre schiere: coloro che avevano capito che la nave avrebbe navigato verso ponente (come una coppia di galiziani che voleva raggiungere il figlio in Brasile e un vecchio ebreo che aveva fatto voto di pellegrinare a Gerusalemme per la via più lunga), coloro che non avevano ancora idee chiare circa l'estensione del globo (come alcuni rompicolli i quali avevano deciso di trovar fortuna alle Molucche, e le avrebbero meglio raggiunte per la via di levante), e infine altri che erano stati bellamente ingannati, come un gruppo di eretici delle valli piemontesi che intendevano unirsi ai puritani inglesi sulle coste settentrionali del Nuovo Mondo, e non sapevano che la nave avrebbe invece puntato direttamente a sud, facendo il primo scalo a Recife. Quando questi ultimi si erano accorti della frodolenza, si era appunto arrivati a quella colonia – allora in mano olandese – e avevano in ogni caso accettato di esser lasciati in quel porto protestante per timore di correre maggiori guai tra i portoghesi. A Recife la nave aveva poi imbarcato un cavaliere di Malta con il viso di un filibustiero, il quale si era proposto di ritrovare un'isola, di cui gli aveva parlato un veneziano, e che era stata battezzata Escondida, di cui egli non conosceva la posizione, e nessun altro sull'*Amarilli* aveva mai udito il nome. Segno che il capitano i suoi passeggeri se li cercava, come si suol dire, col lanternino.

Né ci si era preoccupati del benessere di quella piccola folla che si addensava nel sottoponte: sino a che si era attraversato l'Atlantico, il cibo non era mancato, e qualche approvvigionamento era stato fatto sulle coste americane. Ma, dopo una navigazione tra lunghissime nuvole fioccolose e un cielo cilestrino, oltre il Fretum Magellanicum, quasi tutti, meno gli ospiti di rango, erano restati per almeno due mesi bevendo acqua che dava il vermocane, mangiando biscotto che puzzava di piscia di topo. E alcuni uomini della ciurma insieme a molti passeggeri erano morti di scorbuto.

Per cercare rifornimenti la nave aveva risalito a ovest le coste del Chily, e aveva attraccato a un'isola deserta che le carte di bordo nominavano Más Afuera. Vi erano rimasti tre giorni. Il clima era sano, e la vegetazione rigogliosa, tanto che il cavaliere di Malta aveva detto che sarebbe stata gran sorte naufragare un giorno su quelle rive, e viverci felice senza più desiderare il ritorno in patria – e aveva cercato di convincersi che quella era Escondida. Escondida o no, se ci fossi rimasto – si diceva Roberto sulla *Daphne* – ora non sarei qui, a temere un Intruso solo perché ne ho visto il piede stampato nella stiva.

Poi vi erano stati venti contrari, diceva il capitano, e la nave era andata contro ogni buona ragione verso nord. Roberto di venti contrari non ne aveva sentito, anzi, quando era stata decisa quella deviazione la nave correva a vele gonfie, e per deviare si era dovuto dare alla banda. Probabilmente il dottor Byrd e i suoi avevano bisogno di procedere lungo lo stesso meridiano per fare i loro esperimenti. Fatto sta che erano giunti alle isole Galópegos, dove si erano divertiti a rovesciare sul dorso enormi tartarughe, e a cuocerle nel loro stesso guscio. Il maltese aveva consultato a lungo certe sue carte e aveva deciso che quella non era Escondida.

Rimessa la rotta a ovest, e scesi oltre il venticinquesimo grado di latitudine sud, si rifornirono ancora d'acqua in un'isola di cui le carte non davano notizia. Non presentava altre attrattive che la solitudine ma il cavaliere – che non sopportava il cibo di bordo e nutriva una forte avversione per il capitano – aveva detto a Roberto come sarebbe stato bello avere intorno a sé un manipolo di bravi, coraggiosi e sconsiderati, prender possesso della nave, abbandonare il capitano e chi avesse voluto seguirlo in una scialuppa, bruciare l'*Amarilli*, e insediarsi su quella terra, ancora una volta lontano da ogni mondo conosciuto, per costruire una nuova società. Roberto gli aveva chiesto se quella fosse Escondida, e quello aveva scosso tristemente il capo.

Risaliti verso nordovest col favore degli alisei, avevano trovato un gruppo di isole abitate da selvaggi dalla pelle color ambra, coi quali avevano scambiato doni partecipando alle loro feste, molto gaie e animate da fanciulle che danzavano con le movenze di certe erbe che si agitavano sulla spiaggia quasi a filo d'acqua. Il cavaliere, che non doveva aver pronunciato voto di castità, con il pretesto di ritrarre alcune di quelle creature (e lo faceva con qualche abilità), ebbe certamente modo di congiungersi carnalmente con alcune di esse. L'equipaggio volle imitarlo, e il capitano anticipò la partenza. Il cavaliere era incerto se restare: gli pareva un bellissimo modo di concludere la sua vita, quello di passare i giorni a disegnare alla grossa. Ma poi aveva deciso che quella non era Escondida.

Dopo piegarono ancora a nordovest e trovarono un'isola dagli indigeni assai miti. Si fermarono due giorni e due notti, e il cavaliere di Malta prese a raccontar loro delle storie: le raccontava in un dialetto che neppure Roberto capiva, e tanto meno loro, ma si aiutava con disegni sulla sabbia, e gesticolava come un attore, sollevando l'entusiasmo dei nativi, che inneggiarono a lui come "Tusitala, Tusitala!" Il cavaliere rifletté con Roberto come sarebbe stato bello finire i propri giorni tra quella gente, raccontando loro tutti i miti dell'universo. "Ma è questa Escondida?" aveva domandato Roberto. Il cavaliere aveva scosso la testa.

Lui è morto nel naufragio, rifletteva Roberto sulla *Daphne*, e io ho trovato forse la sua Escondida, ma non potrò mai raccontarglielo, né raccontarlo a nessun altro. Forse per questo scriveva alla sua Signora. Per sopravvivere bisogna raccontare delle storie.

L'ultimo castello in aria del cavaliere fu una sera, a pochissimi giorni e non lontano dal luogo del naufragio. Stavano costeggiando un arcipelago, che il capitano aveva deciso di non avvicinare, dato che il dottor Byrd sembrava ansioso di proseguire di nuovo verso l'Equatore. Nel corso del viaggio era apparso evidente a Roberto che il comportamento del capitano non era quello dei navigatori di cui aveva sentito raccontare, che prendevano nota minuta di tutte le nuove terre, perfezionando le loro carte, disegnando la forma delle nubi, tracciando la linea delle coste, raccogliendo oggetti indigeni... L'*Amarilli* procedeva come se fosse l'antro viaggiante di un alchimista inteso soltanto alla sua Opera al Nero, indifferente al grande mondo che le si apriva davanti.

Era il tramonto, il gioco delle nuvole col cielo, contro l'ombra di un'isola, disegnava da un lato come dei pesci smeraldini che navigassero sulla cima. Dall'altro venivano corrucciate palle di fuoco. Sopra, nuvole grigie. Subito dopo un sole affocato stava scomparendo dietro l'isola, ma un ampio color di rosa si rifletteva sulle nubi, sanguinose nella frangia inferiore. Dopo pochi secondi ancora, l'incendio dietro l'isola si era dilatato sino a sovrastare la nave. Il cielo era tutto un braciere su uno sfondo di pochi fili ceruli. E poi ancora, sangue dappertutto, come se degli impenitenti fossero divorati da un branco di squali.

"Forse sarebbe giusto morire ora," aveva detto il cavaliere di Malta. "Non vi coglie il desiderio di lasciarvi pendere da una bocca di cannone e scivolare in mare? Sarebbe rapido, e in quel momento sapremmo tutto..."

"Sì, ma appena lo sapessimo, cesseremmo di saperlo," aveva detto Roberto.

E la nave aveva continuato il suo viaggio, inoltrandosi tra mari di seppia.

I giorni scorrevano incommutabili. Come aveva previsto Mazarino, Roberto non poteva aver rapporti che con i gentiluomini. I marinai erano galeotti che era uno spavento incontrarne uno sul ponte alla notte. I viaggiatori erano affamati, malati e oranti. I tre assistenti di Byrd non avrebbero osato sedersi alla sua tavola, e scivolavano silenziosi eseguendone gli ordini. Il capitano era come se non ci fosse: a sera era ormai ubriaco, e poi parlava solo fiammingo.

Byrd era un britanno magro e secco con una gran testa di capelli rossi che poteva servire per un fanale di nave. Roberto, che tentava di lavarsi appena poteva, approfittando della pioggia per sciacquare gli abiti, non l'aveva mai visto in tanti mesi di navigazione cambiare camicia. Fortunatamente, anche per un giovane abituato ai salotti di Parigi, il lezzo di una nave è tale che quello dei propri simili non lo si avverte più.

Byrd era un robusto bevitore di birra, e Roberto aveva imparato a tenergli testa, fingendo di ingollare e lasciando più o meno il liquido nel bicchiere allo stesso livello. Ma pareva che Byrd fosse stato istruito soltanto a riempire bicchieri vuoti. E siccome era vuoto sempre il suo, quello riempiva, alzandolo per fare *brindis*. Il cavaliere non beveva, ascoltava e faceva qualche domanda.

Byrd parlava un discreto francese, come ogni inglese che a quell'epoca volesse viaggiare fuori della sua isola, ed era stato conquistato dai racconti di Roberto sulla coltura delle viti in Monferrato. Roberto aveva educatamente ascoltato come si facesse la birra a Londra. Poi avevano discusso del mare. Roberto navigava per la prima volta e Byrd aveva l'aria di non volerne dir troppo. Il cavaliere poneva solo domande che riguardassero il punto in cui potesse trovarsi Escondida, ma poiché non forniva alcuna traccia, non otteneva risposte.

Apparentemente il dottor Byrd faceva quel viaggio per studiare i fiori, e Roberto lo aveva saggiato su quell'argomento. Byrd non era certamente ignaro di cose erbarie, e questo gli diede modo di intrattenersi in lunghe spiegazioni, che Roberto mostrava di ascoltare con interesse. A ogni terra Byrd e i suoi raccoglievano davvero delle piante, anche se non con la cura di studiosi che avessero intrapreso il viaggio a quello scopo, e molte sere furono passate a esaminare quello che avevano reperito.

Nei primi giorni Byrd aveva tentato di conoscere il passato di Roberto, e del cavaliere, come se sospettasse di loro. Roberto aveva dato la versione concordata a Parigi: savoiardo, aveva combattuto a Casale dalla parte degli Imperiali, si era messo nei guai prima a Torino e poi a Parigi con una serie di duelli, aveva avuto la sventura di ferire un protetto del Cardinale, e quindi aveva scelto la via del Pacifico per porre molta acqua tra sé e i suoi persecutori. Il cavaliere raccontava moltissime storie, alcune si svolgevano a Venezia, altre in Irlanda, altre ancora nell'America meridionale, ma non si capiva quali fossero le sue e quali d'altri.

Infine Roberto aveva scoperto che a Byrd piaceva parlare di donne. Aveva inventato furibondi amori con furibonde cortigiane, e al dottore brillavano gli occhi, e si riprometteva di visitare un giorno Parigi. Poi si era ricomposto, e aveva osservato che i papisti sono tutti corrotti. Roberto aveva fatto notare che molti tra i savoiardi erano quasi ugonotti. Il cavaliere si era segnato, e aveva riaperto il discorso sulle donne.

Sino allo sbarco su Más Afuera, la vita del dottore pareva essersi svolta secondo ritmi regolari, e se aveva fatto osservazioni a bordo era mentre gli altri erano a terra. Durante la navigazione indugiava di giorno sul ponte, rimaneva alzato coi suoi commensali sino alle ore piccole, e dormiva certamente di notte. Il suo camerino era attiguo a quello di Roberto, erano due stretti budelli separati da un tramezzo, e Roberto stava sveglio ad ascoltare.

Appena entrati nel Pacifico, invece, i costumi di Byrd erano cambiati. Dopo la sosta a Más Afuera Roberto lo aveva visto allontanarsi ogni mattina dalle sette alle otto, a lungo certe sue carte e aveva deciso che quella non era Escondida.

Rimessa la rotta a ovest, e scesi oltre il venticinquesimo grado di latitudine sud, si rifornirono ancora d'acqua in un'isola di cui le carte non davano notizia. Non presentava altre attrattive che la solitudine ma il cavaliere – che non sopportava il cibo di bordo e nutriva una forte avversione per il capitano – aveva detto a Roberto come sarebbe stato bello avere intorno a sé un manipolo di bravi, coraggiosi e sconsiderati, prender possesso della nave, abbandonare il capitano e chi avesse voluto seguirlo in una scialuppa, bruciare l'*Amarilli*, e insediarsi su quella terra, ancora una volta lontano da ogni mondo conosciuto, per costruire una nuova società. Roberto gli aveva chiesto se quella fosse Escondida, e quello aveva scosso tristemente il capo.

Risaliti verso nordovest col favore degli alisei, avevano trovato un gruppo di isole abitate da selvaggi dalla pelle color ambra, coi quali avevano scambiato doni partecipando alle loro feste, molto gaie e animate da fanciulle che danzavano con le movenze di certe erbe che si agitavano sulla spiaggia quasi a filo d'acqua. Il cavaliere, che non doveva aver pronunciato voto di castità, con il pretesto di ritrarre alcune di quelle creature (e lo faceva con qualche abilità), ebbe certamente modo di congiungersi carnalmente con alcune di esse. L'equipaggio volle imitarlo, e il capitano anticipò la partenza. Il cavaliere era incerto se restare: gli pareva un bellissimo modo di concludere la sua vita, quello di passare i giorni a disegnare alla grossa. Ma poi aveva deciso che quella non era Escondida.

Dopo piegarono ancora a nordovest e trovarono un'isola dagli indigeni assai miti. Si fermarono due giorni e due notti, e il cavaliere di Malta prese a raccontar loro delle storie: le raccontava in un dialetto che neppure Roberto capiva, e tanto meno loro, ma si aiutava con disegni sulla sabbia, e gesticolava come un attore, sollevando l'entusiasmo dei nativi, che inneggiarono a lui come "Tusitala, Tusitala!" Il cavaliere rifletté con Roberto come sarebbe stato bello finire i propri giorni tra quella gente, raccontando loro finiva tra le amache dell'equipaggio, o inciampava nei pellegrini; ma più e più volte si era imbattuto in qualcuno che a quell'ora avrebbe dovuto dormire: dunque qualcuno vegliava sempre.

Quando incontrava una di queste spie, Roberto accennava alla sua solita insonnia e saliva sul ponte, riuscendo a non destar sospetti. Da tempo si era fatto la fama di un balzano che sognava di notte a occhi aperti e passava il giorno a occhi chiusi. Ma quando poi si ritrovava sul ponte, dove trovava il marinaio di turno con cui scambiare qualche parola, se per caso riuscivano a capirsi, la notte era ormai perduta.

Questo spiega come mai i mesi passassero, Roberto fosse vicino a scoprire il mistero dell'*Amarilli*, ma non avesse ancora avuto modo di ficcare il naso dove avrebbe voluto.

Aveva peraltro incominciato, sin dall'inizio, a cercar d'indurre Byrd a qualche confidenza. E aveva escogitato un metodo che Mazarino non era stato capace di suggerirgli. Per soddisfare le sue curiosità, poneva di giorno domande al cavaliere, il quale non sapeva rispondergli. Gli faceva allora notare che ciò che lui chiedeva era di grande importanza, se egli avesse davvero voluto trovare Escondida. Così il cavaliere a sera poneva le stesse domande al dottore.

Una notte sulla tolda guardavano le stelle e il dottore aveva osservato che doveva essere mezzanotte. Il cavaliere, istruito da Roberto poche ore prima, aveva detto: "Chissà che ora è in questo momento a Malta..."

"Facile," era sfuggito al dottore. Poi si era corretto: "Cioè, molto difficile, amico mio." Il cavaliere si era stupito che non si potesse dedurlo dal calcolo dei meridiani: "Il sole non impiega un'ora a percorrere quindici gradi di meridiano? Dunque basta dire che siamo a tanti gradi di meridiano dal Mediterraneo, dividere per quindici, conoscere come conosciamo la nostra ora, e sapere che ora è laggiù."

"Sembrate uno di quegli astronomi che hanno passato la

vita a compulsare carte senza mai navigare. Altrimenti sapreste che è impossibile sapere su che meridiano ci si trova."

Byrd aveva più o meno ripetuto quello che Roberto già sapeva, ma il cavaliere ignorava. Su questo però Byrd si era mostrato loquace: "I nostri antichi pensavano di avere un metodo infallibile lavorando sulle eclissi lunari. Voi sapete che cosa sia un'eclisse: è un momento in cui il sole, la terra e la luna sono su una sola linea e l'ombra della terra si proietta sulla faccia della luna. Siccome è possibile prevedere il giorno e l'ora esatta delle eclissi future, e basta avere con sé le tavole del Regiomontano, supponete di sapere che una data eclissi dovrebbe prodursi a Gerusalemme a mezzanotte, e che voi l'osserviate alle dieci. Saprete allora che da Gerusalemme vi separano due ore di distanza e che quindi il vostro punto di osservazione è a trenta gradi di meridiano a est di Gerusalemme."

"Perfetto," disse Roberto, "sia lode agli antichi!"

"Già, ma questo calcolo funziona sino a un certo punto. Il grande Colombo, nel corso del suo secondo viaggio calcolò su un'eclisse mentre stava ancorato al largo di Hispaniola, e commise un errore di 23 gradi a ovest, vale a dire un'ora e mezza di differenza! E nel quarto viaggio, di nuovo con un'eclisse, sbagliò di due ore e mezzo!"

"Ha sbagliato lui o aveva sbagliato il Regiomontano?" chiese il cavaliere.

"Chissà! Su una nave, che muove sempre anche quando sta all'ancora, è sempre difficile fare rilevazioni perfette. O forse sapete che Colombo voleva dimostrare a tutti i costi che aveva raggiunto l'Asia, e quindi il suo desiderio lo portava a sbagliare, per dimostrare di essere arrivato ben più lontano di quanto non fosse... E le distanze lunari? Hanno avuto gran voga negli ultimi cent'anni. L'idea aveva (come posso dire?) del *Wit*. Durante il suo corso mensile la luna fa una completa rivoluzione da ovest a est contro il cammino delle stelle, e quindi è come la lancetta di un orologio celeste che percorra il quadrante dello Zodiaco. Le stelle muovono attraverso il cielo da est a ovest a circa 15 gradi all'ora, mentre nello stesso periodo la luna muove di 14 gradi e mezzo. Così la luna scarta, rispetto alle stelle, di mezzo grado all'ora. Ora gli antichi pensavano che la distanza tra la luna e una *fixed sterre*, come si dice, una stella fissa in un particolare istante, fosse la stessa per qualsiasi osservatore da qualsiasi punto della terra. Quindi bastava conoscere, grazie alle solite tavole o *ephemerides*, e osservando il cielo con la *astronomers staffe, the Crosse...*"

"La balestriglia?"

"Appunto, con questa *cross* uno calcola la distanza della luna da quella stella in una data ora del nostro meridiano d'origine, e sa che, all'ora della sua osservazione in mare, nella città tale è l'ora tale. Conosciuta la differenza del tempo, la longitudine è trovata. Ma, ma..." e Byrd aveva fatto una pausa per avvincere ancor più i suoi interlocutori, "ma c'è la *Parallaxes*. È una cosa molto complessa che non oso spiegarvi, dovuta alla differenza di rifrazione dei corpi celesti a diverse altitudini sull'orizzonte. Or dunque con la parallaxes la distanza trovata qui non sarebbe la stessa che troverebbero i nostri astronomi laggiù in Europa."

Roberto si ricordava di aver ascoltato da Mazarino e Colbert una storia di parallassi, e di quel signor Morin che credeva di aver trovato un metodo per calcolarle. Per saggiare il sapere di Byrd aveva chiesto se gli astronomi non potevano calcolare le parallassi. Byrd aveva risposto che si poteva, ma era cosa difficilissima, e il rischio di errore grandissimo. "E poi," aveva aggiunto, "io sono un profano, e di queste cose so poco."

"Quindi non resta che cercare un metodo più sicuro," aveva allora suggerito Roberto.

"Sapete che cosa ha detto il vostro Vespucci? Ha detto: quanto alla longitudine è cosa assai ardua che poche persone intendono, tranne quelle che sanno astenersi dal sonno per osservare la congiunzione della luna e dei pianeti. E ha detto: è per la determinazione delle longitudini che ho sovente sacrificato il sonno e accorciato la mia vita di dieci anni... Tempo perduto, dico io. *But now behold the*

*skie is over cast with cloudes; wherfore let us haste to our
lodging, and ende our talke.*"

Sere dopo aveva domandato al dottore di mostrargli la
Stella Polare. Quegli aveva sorriso: da quell'emisfero non
la si poteva vedere, e occorreva far riferimento ad altre
stelle fisse. "Un'altra sconfitta per i cercatori di longitudini," aveva commentato. "Così non possono ricorrere neppure alle variazioni dell'ago magnetico."

Poi, sollecitato dai suoi amici, aveva spezzato ancora il
pane del suo sapere.

"L'ago della bussola dovrebbe puntare sempre a nord, e
dunque in direzione della Stella Polare. Eppure, tranne
che sul meridiano dell'Isola del Ferro, in tutti gli altri luoghi si discosta dal retto polo della Tramontana, piegandosi
ora dalla parte di levante ora da quella di ponente, a seconda dei climi e delle latitudini. Se per esempio dalle Canarie vi inoltrate verso Gibilterra, qualsiasi marinaio sa che
l'ago piega di più di sei gradi di rombo verso Maestrale, e
da Malta a Tripoli di Barbaria vi è una variazione di due
terzi di rombo alla sinistra – e sapete benissimo che il
rombo è una quarta di vento. Ora queste deviazioni, si è
detto, seguono delle regole fisse secondo le diverse longitudini. Dunque con una buona tavola delle deviazioni potreste sapere dove vi trovate. Ma..."

"Ancora un ma?"

"Purtroppo sì. Non esistono buone tavole delle decli-
nazioni dell'ago magnetico, chi le ha tentate ha fallito,
e ci sono buone ragioni di supporre che l'ago non vari in
modo uniforme a seconda della longitudine. E inoltre
queste variazioni sono molto lente, e per mare è difficile
seguirle, quando poi la nave non beccheggi in modo tale
da alterare l'equilibrio dell'ago. Chi si fida dell'ago è un
pazzo."

Un'altra sera a cena il cavaliere, che rimuginava una
mezza frase lasciata cadere senza parere da Roberto, aveva
detto che forse Escondida era una delle Isole di Salomone,
e aveva chiesto se vi fossero vicini.

Byrd aveva alzato le spalle: "Le Isole di Salomone! *Ça n'existe pas!*"

"Non c'è arrivato il capitano Draco?" chiedeva il cavaliere.

"Nonsenso! Drak ha scoperto New Albion, da tutt'altra parte."

"Gli spagnoli a Casale ne parlavano come di cosa nota, e dicevano di averle scoperte loro," disse Roberto.

"Lo ha detto quel Mendaña settanta e passa anni fa. Ma ha detto che erano tra il settimo e l'undicesimo grado di latitudine sud. Come dire tra Parigi e Londra. Ma a quale longitudine? Queiros diceva che sono a millecinquecento leghe da Lima. Ridicolo. Basterebbe sputare dalle coste del Perù per colpirle. Recentemente uno spagnolo ha detto che sono settemilacinquecento miglia dallo stesso Perù. Troppo, forse. Ma abbiate la bontà di guardare queste mappe, alcune le hanno rifatte di recente, ma riproducendo quelle più antiche, e altre ci vengono proposte come l'ultima scoperta. Guardate, alcuni pongono le isole sul duecentodecimo meridiano, altri sul duecentoventesimo, altri ancora sul duecentotrentesimo, per non dire di chi le immagina sul centottantesimo. Se pure uno di costoro avesse ragione, altri giungerebbero a un errore di cinquanta gradi, che è a un dipresso la distanza tra Londra e le terre della Regina di Saba!"

"È veramente degno d'ammirazione quante cose sapete, dottore," aveva detto il cavaliere, colmando i voti di Roberto che stava per dirlo lui, "come se in vita vostra non aveste mai fatto altro che cercare la longitudine."

Il viso del dottor Byrd, cosparso di lentiggini albicce, si era di colpo arrossato. Si era riempito il boccale di birra, l'aveva tracannato senza prendere respiro. "Oh, curiosità di naturalista. In effetti non saprei da che parte cominciare se dovessi dirvi dove siamo."

"Ma," aveva ritenuto di poter azzardare Roberto, "presso la barra del timone ho visto una tabella dove..."

"Oh sì," si era ricomposto subito il dottore, "certo una nave non va a caso. *They pricke the Carde*. Registrano il giorno, la direzione dell'ago e la sua declinazione, da dove

202

spira il vento, l'ora dell'orologio di bordo, le miglia percorse, l'altezza del sole e delle stelle, e quindi la latitudine, e di lì traggono la longitudine che suppongono. Avrete visto qualche volta a poppa un marinaio che getta in acqua una fune con una tavoletta assicurata a un'estremità. È il *loch* o, come alcuni dicono, la navicella. Si fa scorrere la corda, la corda ha dei nodi la cui distanza esprime misure fisse, con un orologio accanto si può sapere in quanto tempo si sia coperta una data distanza. In tal modo, se tutto procedesse regolarmente, si saprebbe sempre a quante miglia si è dall'ultimo meridiano noto, e di nuovo con calcoli opportuni si conoscerebbe quello su cui si sta passando."

"Vedete che c'è un mezzo," aveva detto trionfante Roberto che già sapeva quel che gli avrebbe risposto il dottore. Che il loch è qualcosa che si usa se non c'è di meglio, visto che potrebbe davvero dirci quanta strada si è fatta solo se la nave andasse in linea retta. Ma siccome una nave va come vogliono i venti, quando i venti non sono favorevoli la nave deve muoversi per un tratto a dritta e per un tratto a sinistra.

"Sir Humphrey Gilbert," disse il dottore, "più o meno ai tempi di Mendaña, dalle parti di Terranova, mentre voleva procedere lungo il quarantasettesimo parallelo, *encoutered winde always so scant*, venti – come dire – così pigri e avari, che si mosse a lungo e alternativamente tra il quarantunesimo e il cinquantunesimo, scorrendo per dieci gradi di latitudine, miei signori, il che sarebbe come se una immensa biscia andasse da Napoli al Portogallo, prima toccando Le Havre con la testa e Roma con la coda, e poi ritrovandosi con la coda a Parigi e la testa a Madrid! E dunque bisogna calcolare le deviazioni, far di conto, e stare molto attenti; ciò che un marinaio non fa mai, né può avere un astronomo accanto tutto il giorno. Certo, si possono fare delle congetture, specie se si va per una rotta conosciuta, e si mettono insieme i risultati trovati dagli altri. Per questo dalle coste europee sino alle coste americane le carte danno delle distanze meridiane abbastanza sicure. E poi da terra anche le rilevazioni sugli astri qualche buon risultato possono darlo, e quindi sappiamo su quale longitudine si trovi Lima. Ma anche in questo caso, amici miei," diceva allegramente il dottore, "che cosa accade?" E guardava con furberia gli altri due. "Accade che questo signore," e batteva il dito su una mappa, "pone Roma al trentesimo grado est dal meridiano dalle Canarie, ma quest'altro," e agitava il dito come per minacciare paternamente chi aveva disegnato l'altra carta, "quest'altro signore pone Roma al quarantesimo grado! E questo manoscritto contiene anche la relazione di un fiammingo che la sa lunga, il quale avverte il re di Spagna che non c'è mai stato accordo sulla distanza tra Roma e Toledo, *por los errores tan enormes, como se conoce por esta línea, que muestra la diferencia de las distancias* eccetera eccetera. Ed ecco la linea: se si fissa il primo meridiano a Toledo (gli spagnoli credono sempre di vivere al centro del mondo), per Mercatore Roma sarebbe venti gradi più a est, ma è ventidue per Ticho Brahe, quasi venticinque per Regiomontanus, ventisette per il Clavius, ventotto per il buon Tolomeo, e per l'Origanus trenta. E tanti errori solo per misurare la distanza tra Roma e Toledo. Immaginate allora quel che accade su rotte come queste, dove forse siamo stati i primi a toccare certe isole, e le relazioni degli altri viaggiatori sono assai vaghe. E aggiungete che se un olandese ha fatto dei rilievi giusti non lo dice agli inglesi, né questi agli spagnoli. Su questi mari conta il naso del capitano, che col suo povero loch arguisce, poniamo, di essere sul duecentoventesimo meridiano, e magari è a trenta gradi più in là o più in qua."

"Ma allora," intuì il cavaliere, "chi trovasse un modo per stabilire i meridiani sarebbe il signore degli oceani!"

Byrd arrossì nuovamente, lo fissò come per capire se parlava di proposito, poi sorrise come se volesse morderlo: "Provateci voi."

"Ahimè, io ci rinuncio," disse Roberto alzando le mani in segno di resa. E per quella sera la conversazione finì tra molte risate.

Per molti giorni Roberto non ritenne opportuno riportare il discorso sulle longitudini. Cambiò argomento, e per poterlo fare prese una decisione coraggiosa. Con il coltello si ferì il palmo di una mano. Poi lo fasciò coi brandelli di una camicia che si era ormai consunta all'acqua e ai venti. Alla sera mostrò la ferita al dottore: "Sono proprio senza giudizio, avevo messo il coltello nella sacca e fuori della guaina, così frugando mi sono tagliato. Brucia molto."

Il dottor Byrd esaminò la ferita con lo sguardo dell'uomo dell'arte, e Roberto pregava Iddio che portasse una bacinella sul tavolo e vi sciogliesse del vetriolo. Invece Byrd si limitò a dire che non gli pareva cosa grave e gli consigliò di lavarla bene al mattino. Ma per un colpo di fortuna venne in soccorso il cavaliere: "Eh, bisognerebbe avere l'unguento armario!"

"E che diavolo è?" aveva chiesto Roberto. E il cavaliere, come se avesse letto tutti i libri che Roberto ormai conosceva, si mise a lodar le virtù di quella sostanza. Byrd taceva. Roberto, dopo il bel lancio del cavaliere, tirò i dadi a sua volta: "Ma sono racconti da vecchia nutrice! Come la storia della donna incinta che vide il suo amante col capo mozzato e partorì un bambino con la testa staccata dal busto. Come quelle contadine che per punire il cane che ha cacato in cucina prendono un tizzone e lo ficcano nelle feci, sperando che l'animale si senta bruciare il sedere! Cavaliere, non c'è persona di senno che creda a queste *historiettes*!"

Aveva colpito giusto, e Byrd non riuscì a tacere. "Ah no, signor mio, la storia del cane e della sua cacca è talmente vera che qualcuno ha fatto lo stesso con un signore che per dispetto gli cacava davanti a casa, e vi assicuro che colui ha imparato a temere quel luogo! Naturalmente bisogna ripetere l'operazione più e più volte, e quindi avete bisogno di un amico, o nemico, che vi cachi sulla soglia molto sovente!" Roberto ridacchiava come se il dottore scherzasse, e quindi lo induceva, piccato, a fornir buone ragioni. Che poi erano a un dipresso quelle di d'Igby. Ma ormai il dottore si era infervorato: "Eh sì, signor mio, che fate tanto il filosofo e disprezzate il sapere dei cerusici. Vi dirò persino, poiché di merda stiamo parlando, che chi ha l'alito cattivo dovrebbe tenere la bocca spalancata sulla fossa dello sterco, e si troverebbe alla fine guarito: il puzzo di tutta quella roba è ben più forte di quello della sua gola, e il più forte attira e porta via il più debole!"

"Mi state rivelando cose straordinarie, dottor Byrd, e sono ammirato del vostro sapere!"

"Ma potrei dirvi di più. In Inghilterra, quando un uomo viene morso da un cane, si uccide l'animale, anche se non è rabbioso. Potrebbe diventarlo, e il lievito della rabbia canina, rimasto nel corpo della persona che è stata morsa, attirerebbe a sé gli spiriti dell'idrofobia. Avete mai visto le contadine che versano del latte sulla brace? Vi buttano subito una manciata di sale. Grande sapienza del volgo! Il latte cadendo sui carboni si trasforma in vapore e per l'azione della luce e dell'aria questo vapore, accompagnato da atomi di fuoco, si estende sino al luogo in cui vi è la mucca che ha dato il latte. Ora la mammella di mucca è un organo molto glanduloso e delicato, e quel fuoco la riscalda, la indurisce, vi produce delle ulcere e, poiché la mammella è vicina alla vescica, stuzzica anche quella, provocando l'anastomosi delle vene che vi confluiscono, così che la mucca piscia sangue."

Disse Roberto: "Il cavaliere ci aveva parlato di questo unguento armario come di cosa utile alla medicina, ma voi ci fate capire che potrebbe anche essere usato per fare del male."

"Certamente, ed è per questo che certi segreti vanno celati ai più, affinché non se ne faccia cattivo uso. Eh, signor mio, la disputa sull'unguento, o sulla polvere, o su quello che noi inglesi chiamiamo il *Weapon Salve*, è ricca di controversie. Il cavaliere ci ha parlato di un'arma che, opportunamente trattata, provoca sollievo alla ferita. Ma prendete la stessa arma e ponetela accanto al fuoco e il ferito, anche se fosse a miglia di distanza, urlerebbe di dolore. E se immergete la lama, ancora macchiata di sangue, nell'acqua diaccia, il ferito verrà colto da brividi."

Apparentemente quella conversazione non aveva detto a Roberto cose che già non sapesse, compreso che il dottor Byrd sulla Polvere di Simpatia la sapeva lunga. Eppure il discorso del dottore si era aggirato troppo sugli effetti peggiori della polvere, e non poteva essere un caso. Ma che cosa tutto questo c'entrasse con l'arco di meridiano, era un'altra storia.

Finché una mattina, approfittando del fatto che un marinaio era caduto da un pennone fratturandosi il cranio, che sulla tolda c'era tumulto, e che il dottore era stato chiamato a curare lo sfortunato, Roberto era sgusciato nella stiva.

Quasi a tentoni era riuscito a trovar la strada giusta. Forse era stata fortuna, forse la bestia si lamentava più del solito quella mattina: Roberto, più o meno là dove sulla *Daphne* avrebbe poi scoperto i bariletti d'acquavite, si trovò dinnanzi un atroce spettacolo.

Ben difeso da sguardi curiosi, in un ridotto costruito su sua misura, su una coltre di stracci, c'era un cane.

Era forse di razza, ma la sofferenza e gli stenti lo avevano ridotto a pelle e ossa. Eppure i suoi carnefici mostravano l'intenzione di tenerlo in vita: gli avevano provvisto cibo e acqua in abbondanza, e anche cibo non canino, certamente sottratto ai passeggeri.

Giaceva su un fianco, con la testa abbandonata e la lingua fuori. Sul suo fianco si apriva una vasta e orrenda ferita. Fresca e cancherosa al tempo stesso, essa mostrava due grandi labbra rosacee, ed esibiva al centro, e lungo tutta la sua fenditura, un'anima purulenta che pareva secernere ricotta. E Roberto comprese che la ferita si presentava così perché la mano di un cerusico, anziché cucirne i labbri, aveva fatto sì che rimanessero aperti e beanti, fissandoli alla pelle.

Figlia bastarda dell'arte, quella ferita era stata dunque non solo inferta, ma curata con empietà in modo che non si cicatrizzasse, e il cane continuasse a soffrirne – chissà da quando. Non solo, ma Roberto scorse anche intorno e dentro alla piaga i residui di una sostanza cristallina, come se un medico (un medico, così crudelmente accorto!) ogni giorno l'aspergesse di un sale irritante.

Impotente, Roberto aveva accarezzato il meschino, che ora cagnolava sommesso. Si era chiesto come potesse giovargli, ma toccandolo più forte lo aveva fatto ancora soffrire. Peraltro, la sua pietà si stava facendo vincere da un senso di vittoria. Non c'era dubbio, quello era il segreto del dottor Byrd, il carico misterioso imbarcato a Londra.

Da quanto Roberto aveva visto, quello che un uomo, che sapesse quel che lui sapeva, poteva inferirne, era che il cane era stato ferito in Inghilterra e Byrd poneva cura a che esso rimanesse sempre piagato. Qualcuno a Londra, ogni giorno a un'ora fissa e convenuta, faceva qualcosa all'arma colpevole, o a un panno imbevuto del sangue della bestia, provocandone la reazione – forse di sollievo, forse di pena anche maggiore, poiché il dottor Byrd aveva pur detto che con il *Weapon Salve* si poteva anche nuocere.

In questo modo sull'*Amarilli* si poteva sapere a un momento dato che ora fosse in Europa. Conoscendo l'ora del luogo di transito, era possibile calcolare il meridiano!

Non rimaneva che attendere la prova dei fatti. In quel periodo Byrd si allontanava sempre intorno alle undici: ci si stava dunque avvicinando all'antimeridiano. Egli avrebbe dovuto attenderlo nascosto presso al cane, intorno a quell'ora.

Fu fortunato, se di fortuna si può parlare per un fortunale che avrebbe condotto quella nave, e tutti coloro che l'abitavano, all'ultima delle sfortune. Quel pomeriggio il mare era già assai mosso, e questo aveva dato modo a Roberto di accusare nausea e rimescolamento di stomaco, e di rifugiarsi a letto, disertando la cena. Al primo buio, quando nessuno pensava ancora a montare la guardia, era disceso furtivo nella stiva, tenendo solo un acciarino e una corda catramata con cui illuminava il cammino. Aveva raggiunto il cane e aveva visto, al di sopra della sua cuccia, un ripiano caricato di balle di paglia, che serviva a rinnovare i giacigli ammorbati dei passeggeri. Si era fatto strada tra quel materiale, e si era scavato una nicchia, dalla quale non poteva più vedere il cane, ma sbirciare chi gli stesse davanti, e sicuramente ascoltare ogni discorso.

Era stata una attesa di ore, resa più lunga dai gemiti della disgraziatissima bestia, ma finalmente aveva udito altri rumori e scorto delle luci.

Dopo poco si trovava testimone di un esperimento che aveva luogo a pochi passi da lui, presenti il dottore e i suoi tre assistenti.

"Stai annotando, Cavendish?"

"Aye aye, dottore."

"Dunque attendiamo. Si lamenta troppo stasera."

"Sente il mare."

"Buono, buono, Hakluyt," diceva il dottore che stava calmando il cane con qualche ipocrita carezza. "Abbiamo fatto male a non fissare una sequenza fissa di azioni. Bisognerebbe sempre iniziare dal lenitivo."

"Non è detto, dottore, certe sere all'ora giusta dorme, e bisogna svegliarlo con una azione irritante."

"Attenti, mi pare che si agiti... Buono Hakluyt... Sì, si agita!" Il cane stava emettendo ora snaturati guaiti. "Hanno esposto l'arma al fuoco, registra l'ora Withrington!"

"Qui sono le undici e mezza circa."

"Controlla gli orologi. Dovrebbero passare circa dieci minuti."

Il cane continuò a guaiolare per un tempo interminabile. Poi emise un suono diverso, che si spense in un "arff arff" che tendeva ad affievolirsi, sino a che lasciò luogo al silenzio.

"Bene," stava dicendo il dottor Byrd, "che tempo è, Withrington?"

"Dovrebbe corrispondere. Manca un quarto a mezzanotte."

"Non cantiamo vittoria. Attendiamo il controllo."

Seguì un'altra interminabile attesa, poi il cane, che evidentemente si era assopito provando sollievo, urlò di nuovo come se gli avessero pestato la coda.

"Tempo, Withrington?"

"L'ora è trascorsa, mancano pochi granelli di sabbia."

"L'orologio dà già la mezzanotte," disse una terza voce.

"Mi pare ci basti. Ora signori," disse il dottor Byrd, "spero che cessino subito l'irritazione, il povero Hakluyt non regge. Acqua e sale, Hawlse, e la pezzuola. Buono, buono, Hakluyt, ora stai meglio... Dormi, dormi, senti il padrone che è qui, è finito... Hawlse, il sonnifero nell'acqua..."

"Aye aye dottore."

"Ecco, bevi Hakluyt... Buono, su, bevi la buona acqua..." Un timido ustolare ancora, poi silenzio di nuovo.

"Ottimo signori," stava dicendo il dottor Byrd, "se questa maledetta nave non si scuotesse in questo modo indecente, potremmo dire di avere avuto una buona serata. Domani mattina, Hawlse, il solito sale sulla ferita. Tiriamo le somme, signori. Al momento cruciale, qui eravamo prossimi alla mezzanotte, e da Londra ci segnalavano che era mezzogiorno. Siamo sull'antimeridiano di Londra, e quindi sul centonovantottesimo dalle Canarie. Se le Isole di Salomone sono, come vuole la tradizione, sull'antimeridiano dell'Isola del Ferro, e se siamo alla latitudine giusta, navigando verso ovest con un buon vento in poppa dovremmo approdare a San Christoval, o come ribattezzeremo quella maledetta isola. Avremo trovato quello che gli spagnoli cercano da decenni e avremo in mano al tempo stesso il segreto del *Punto Fijo*. La birra, Cavendish, dobbiamo brindare a Sua Maestà, che Dio sempre lo salvi."

"Dio salvi il re," dissero a una voce gli altri tre – ed erano evidentemente tutti e quattro uomini di gran cuore, ancora fedeli a un monarca che in quei giorni, se non aveva ancor perso la testa, era perlomeno sul punto di perdere il regno.

Roberto faceva lavorare la sua mente. Quando aveva visto il cane al mattino, si era accorto che accarezzandolo si acquetava e che, avendolo egli toccato a un certo punto in modo brusco, aveva gagnolato di dolore. Poco bastava, su di una nave sommossa dal mare e dal vento, per suscitare a

210

un corpo malato sensazioni diverse. Forse quei malvagi credevano di ricevere un messaggio da lontano, e invece il cane soffriva e provava sollievo a seconda che le ondate lo disturbassero o lo cullassero. O ancora, se esistevano, come diceva Saint-Savin, i concetti sordi, col movimento delle mani Byrd faceva reagire il cane secondo i propri desideri inconfessati. Non aveva detto lui stesso di Colombo che si era sbagliato, volendo dimostrare di essere arrivato più lontano? Dunque il destino del mondo era legato al modo in cui quei folli stavano interpretando il linguaggio di un cane? Un brontolare del ventre di quel poveretto poteva far decidere quei miserabili che stavano avvicinandosi o allontanandosi dal luogo agognato da spagnoli, francesi, olandesi e portoghesi altrettanto miserabili? E lui era coinvolto in quell'avventura per fornire un giorno a Mazarino o al giovincello Colbert il modo di popolare le navi di Francia con cani straziati?

Gli altri si erano ormai allontanati. Roberto era uscito dal suo nascondiglio e si era soffermato, alla luce della sua corda catramata, davanti al cane dormiente. Gli aveva sfiorato il capo. Vedeva in quel povero animale tutta la soffe renza del mondo, furioso racconto di un idiota. La sua lenta educazione, dai giorni di Casale sino a quel momento, a tanta verità lo aveva portato. Oh se fosse rimasto naufrago sull'isola deserta, come voleva il cavaliere, se come il cavaliere voleva avesse dato fuoco all'*Amarilli*, se avesse arrestato il suo cammino sulla terza isola, tra le native color terra di Siena, o sulla quarta fosse divenuto il bardo di quella gente. Se avesse trovato l'Escondida dove nascondersi da tutti i sicari di un mondo spietato!

Non sapeva allora che la sorte gli avrebbe riservato tra poco una quinta isola, forse l'Ultima.

L'*Amarilli* pareva fuori di sé, e afferrandosi a ogni dove era rientrato nel suo alloggio, scordando i mali del mondo per soffrire del male del mare. Poi il naufragio, di cui si è detto. Aveva compiuto con successo la sua missione: unico sopravvissuto, egli portava con sé il segreto del dottor

Byrd. Ma non poteva rivelarlo più a nessuno. E poi forse era un segreto da nulla.

Non avrebbe dovuto riconoscere che, uscito da un mondo insano, aveva trovato la vera salute? Il naufragio gli aveva concesso il dono supremo, l'esilio, e una Signora che nessuno ormai poteva sottrargli...

Ma l'Isola non gli apparteneva e rimaneva lontana. La *Daphne* non gli apparteneva, e un altro ne reclamava il possesso. Forse per continuarvi ricerche non meno brutali di quella del dottor Byrd.

20.
Acutezza e Arte d'Ingegno

Roberto tendeva ancora a perder tempo, a lasciar giocar l'Intruso per scoprirne il gioco. Rimetteva sul ponte gli orologi, li ricaricava ogni giorno, poi correva a rifornire le bestie per impedire all'altro di farlo, quindi rassettava ogni stanza e ogni cosa sul ponte in modo che, se quello si muoveva, se ne notasse il passaggio. Stava di giorno al chiuso, ma con la porta semiaperta, in modo da cogliere ogni rumore al di fuori o da basso, montava la guardia di notte, beveva acquavite, scendeva ancora nel fondo della *Daphne*.

Una volta scoprì altri due ripostigli oltre la fossa delle gomene verso prora: uno era vuoto, l'altro sin troppo pieno, tappezzato di scaffali col margine bordato, a impedire che gli oggetti cadessero per il mare mosso. Vide pelli di lucertole seccate al sole, noccioli di frutta dalla perduta identità, pietre di vari colori, ciotoli levigati dal mare, frammenti di corallo, insetti infitti con uno spillo sopra una tavoletta, una mosca e un ragno in un pezzo d'ambra, un camaleonte rinsecchito, vetri pieni di liquido in cui flottavano serpentucoli o piccole anguille, lische enormi, che credette di balena, la spada che doveva ornare il grugno di un pesce, e un lungo corno, che per Roberto era d'unicorno, ma ritengo fosse di un narvalo. Insomma una stanza che rivelava un gusto per la raccolta erudita, come a quell'epoca se ne dovevano trovare sulle navi degli esploratori e dei naturalisti.

Al centro vi era una cassa aperta, con della paglia sul fondo, vuota. Cosa potesse aver contenuto, Roberto lo capì tornando alla sua camera dove, come aprì la porta, lo attendeva ritto un animale che, in quell'incontro, gli parve più terribile che se fosse stato l'Intruso in carne e ossa.

Un topo, un rattaccio di chiavica, macché, un gattomammone, alto più della metà di un uomo, con la coda lunga che si stendeva sul pavimento, gli occhi fissi, fermo su due zampe, le altre due come piccole braccia tese verso di lui. Di pelo corto, aveva sul ventre una borsa, un'apertura, un sacco naturale da cui occhieggiava un piccolo mostro della stessa specie. Sappiamo quanto Roberto avesse fatto almanacchi sui topi le prime due sere, e se li attendeva grandi e ferini quanto ne possono albergare sulle navi. Ma quello colmava tutte le sue più tremebonde attese. E non credeva che mai occhio umano avesse visto topi di quella fatta – e a buona ragione, poiché vedremo dopo che si trattava, come ne ho dedotto, di un marsupiale.

Passato il primo momento di terrore, era divenuto chiaro, dall'immobilità dell'invasore, che si trattava di un animale impagliato, e impagliato male, o male conservato nella stiva: la pelle emanava un fetore di organi decomposti, e dal dorso già uscivano ciuffi di biada.

L'Intruso, poco prima che lui entrasse nella camera delle maraviglie, ne aveva sottratto il pezzo di maggior effetto, e mentre lui ammirava quel museo, glielo aveva posto in casa, forse sperando che la sua vittima, perduta la ragione, si precipitasse oltre le murate e scomparisse in mare. Mi vuole morto, mi vuole pazzo, mormorava, ma gli farò mangiare il suo topo a bocconi, metterò lui imbalsamato su quegli scaffali, dove ti nascondi maledetto, dove sei, forse mi stai guardando per vedere se insanisco, ma io farò insanire te, scellerato.

Aveva spinto l'animale sul ponte col calcio del moschetto e, vincendo lo schifo, lo aveva preso con le mani e gettato a mare.

Deciso a scoprire il nascondiglio dell'Intruso, era tornato nella legnaia, ponendo attenzione a non rotolare di nuovo sui tronchetti ormai sparsi al suolo. Oltre la legnaia aveva trovato un luogo, che sull'*Amarilli* chiamavano la soda (o *soute*, o *sota*) per il biscotto: sotto un telo, bene avvolti e protetti, aveva trovato, anzitutto, un cannocchiale molto grande, più potente di quello che aveva in cabina, forse una Iperbole degli Occhi destinata all'esplorazione del cielo. Ma il telescopio era dentro una grande bacinella di metallo leggero, e accanto alla bacinella erano accuratamente avvolti in altri panni strumenti di incerta natura, dei bracci metallici, un telo circolare con anelli alla circonferenza, una specie di elmo, e infine tre recipienti panciuti che si rivelarono, all'odore, pieni di un olio denso e stantio. A che cosa potesse servire quell'insieme, Roberto non si chiese: in quel momento voleva scoprire una creatura viva.

Aveva piuttosto controllato se sotto alla soda si aprisse ancora un altro spazio. C'era, salvo che era bassissimo, tal che vi si poteva procedere solo a carponi. Lo aveva esplorato tenendo la lampada verso il basso, per guardarsi dagli scorpioni, e per timore d'incendiarne il soffitto. Dopo breve striscsciare era giunto al fine, battendo il capo contro il duro larice, estrema Thule della *Daphne*, al di là della quale si udiva diguazzare l'acqua contro lo scafo. Dunque oltre quel cuniculo cieco non poteva esserci altro.

Poi si era arrestato, come se la *Daphne* non potesse riservargli altri segreti.

Se la cosa può apparir strana, che in una settimana e più di inattivo soggiorno Roberto non fosse riuscito a veder tutto, basti pensare a quel che accade a un fanciullo che penetri nei solai o nelle cantine di una grande e avita dimora dalla pianta diseguale. A ogni passo si presentano casse di vecchi libri, abiti smessi, bottiglie vuote, e cataste di fascine, mobili rovinati, armadi polverosi e instabili. Il fanciullo va, si attarda a scoprire qualche tesoro, intravede un andito, un corridoio buio e vi figura qualche allarmante presenza, rimanda la ricerca a un'altra volta, e ogni volta procede a piccoli passi, da un lato temendo di addentrarsi troppo, dall'altro quasi pregustando scoperte future, oppresso dall'emozione di quelle recentissime, e quel solaio o cantina non finisce mai, e può riservargli nuovi angoli per tutta la fanciullezza e oltre.

E se il fanciullo fosse spaventato ogni volta da nuovi rumori, o per tenerlo lontano da quei meandri gli si raccontassero ogni giorno agghiaccianti leggende – e se quel fanciullo, per aggiunta, fosse anche ubriaco – si capisce come lo spazio si dilati a ogni nuova avventura. Non diversamente Roberto aveva vissuto l'esperienza di quel suo territorio ancora ostile.

Era di primo mattino, e Roberto di nuovo sognava. Sognava dell'Olanda. Era stato mentre gli uomini del Cardinale lo conducevano ad Amsterdam per imbarcarlo sull'*Amarilli*. Nel viaggio avevano fatto sosta in una città, ed era entrato nella cattedrale. Lo aveva colpito il nitore di quelle navate, così diverse da quello delle chiese italiane e francesi. Spoglie di decorazioni, solo alcuni stendardi appesi alle colonne nude, chiare le vetrate e senza immagini, il sole vi creava un'atmosfera lattata, rotta soltanto in basso dalle poche figure nere dei devoti. In quella pace si udiva un solo suono, una melodia triste, che sembrava vagare per l'aria eburnea nascendo dai capitelli o dalle chiavi di volta. Poi si era accorto che in una cappella, nell'ambulacro del coro, un altro nerovestito, solo in un angolo, suonava un piccolo flauto a becco, con gli occhi spalancati nel vuoto.

Più tardi, quando il musico ebbe finito, gli si avvicinò chiedendosi se doveva dargli un obolo; colui senza fissarlo in volto lo ringraziò per le sue lodi, e Roberto capì che era cieco. Era il maestro delle campane (*der Musycin en Directeur vande Klok-werken, le carillonneur, der Glockenspieler*, cercò di spiegargli), ma faceva parte del suo lavoro anche intrattenere al suono del flauto i fedeli che s'intrattenevano a sera sul sagrato e nel cimitero intorno alla chiesa. Conosceva molte melodie, e su ciascuna elaborava due, tre, talora cinque variazioni di sempre maggior complessità, né aveva bisogno di leggere le note: cieco era nato e poteva muoversi in quel bello spazio luminoso (così disse, luminoso) della sua chiesa vedendo, disse, il sole con la pelle. Gli spiegò come il suo strumento fosse cosa viva, che rea-

216

giva alle stagioni, e alla temperatura del mattino e del tramonto, ma nella chiesa vi era una sorta di tepore sempre diffuso che assicurava al legno una perfezione costante – e Roberto ebbe a riflettere sull'idea che di tepore diffuso poteva avere un uomo del nord, mentre s'infreddava in quella chiarità.

Il musico gli suonò ancora due volte la prima melodia, e disse che si intitolava "Doen Daphne d'over schoone Maeght". Rifiutò ogni dono, gli toccò il viso e gli disse, o almeno così capì Roberto, che "Daphne" era una cosa dolce, che lo avrebbe accompagnato per tutta la vita.

Ora Roberto, sulla *Daphne*, apriva gli occhi, e senza dubbio udiva venire dal basso, attraverso le fessure del legno, le note di "Daphne", come se fosse suonata da uno strumento più metallico che, senza osar variazioni, riprendeva a intervalli regolari la prima frase della melodia, come un ostinato ritornello.

Si disse subito che era ingegnosissimo emblema essere su di un *fluyt* chiamato *Daphne* e udire una musica per flauto detta "Daphne". Inutile illudersi che di sogno si trattasse. Era un nuovo messaggio dell'Intruso.

Ancora una volta si era riarmato, aveva ancora attinto forza dal bariletto, e aveva seguito il suono. Sembrava venire dal ripostiglio degli orologi. Ma, da che aveva disperso quelle macchine sul ponte, il posto era rimasto vuoto. Lo rivisitò. Sempre vuoto, ma la musica proveniva dalla parete di fondo.

Sorpreso dagli orologi la prima volta, affannato nel portarli via la seconda, non aveva mai considerato se la cabina arrivasse sino allo scafo. Se così fosse stato, la parete di fondo sarebbe stata ricurva. Ma lo era? La gran tela con quella prospettiva di orologi creava un inganno dell'occhio, sì che non si capiva a prima vista se il fondo fosse piatto o concavo.

Roberto fece per strappare la tela, e si rese conto che era una tenda scorrevole, come un sipario. E dietro al sipario stava un'altra porta, anch'essa chiusa da un catenaccio.

Col coraggio dei devoti di Bacco, e come se con un

colpo di spingarda potesse aver ragione di tali nemici, puntò lo schioppo, gridò ad alta voce (e Dio sa perché) "Nevers et Saint-Denis!", diede un calcio alla porta, e si buttò in avanti, impavido.

L'oggetto che occupava il nuovo spazio era un organo, che aveva al sommo una ventina di canne, dalle cui aperture uscivano le note della melodia. L'organo era fissato alla parete e si componeva di una struttura in legno sostenuta da una armatura di colonnine di metallo. Sul ripiano superiore stavano al centro le canne, ma ai lati di essi si muovevano dei piccoli automi. Il gruppo di sinistra raffigurava una sorta di base circolare con sopra una incudine certamente cava all'interno, come una campana: intorno alla base stavano quattro figure che muovevano ritmicamente le braccia percotendo l'incudine con martelletti metallici. I martelletti, di peso diverso, producevano dei suoni argentini che non stonavano con la melodia cantata dalle canne, ma la commentavano attraverso una serie di accordi. Roberto si ricordò delle conversazioni a Parigi con un padre dei Minimi, che gli parlava delle sue ricerche sull'armonia universale, e riconobbe, più per il loro ufficio musicale che per le loro fattezze, Vulcano e i tre Ciclopi a cui secondo la leggenda si riferiva Pitagora quando affermava che la differenza degli intervalli musicali dipende da numero, peso e misura.

A destra delle canne un amorino picchiava (con una bacchetta sopra un libro di legno che teneva tra le mani) la misura ternaria su cui si basava la melodia, appunto, di "Daphne".

Su un ripiano immediatamente inferiore si stendeva la tastiera dell'organo, i cui tasti si sollevavano e abbassavano, in corrispondenza alle note emesse dalle canne, come se una mano invisibile vi scorresse sopra. Sotto alla tastiera, là dove di solito il suonatore aziona i mantici col piede, era inserito un cilindro su cui erano infitti dei denti, degli spuntoni, in un ordine imprevedibilmente regolare o regolarmente inatteso, così come le note si dispongono per salite e discese, impreviste rotture, vasti spazi bianchi e infittirsi di crome sui righi di un foglio di musica.

Sotto al cilindro era infissa una barra orizzontale che sosteneva delle levette le quali, al ruotar del cilindro, successivamente ne toccavano i denti, e per un gioco d'aste seminascoste azionavano i tasti – e questi le canne.

Ma il fenomeno più stupefacente era la ragione per la quale il cilindro ruotava e le canne ricevevano fiato. A lato dell'organo era fissato un sifone di vetro, che ricordava per la sua forma il bozzolo del baco da seta, al cui interno si scorgevano due crivelli, uno sopra l'altro, che lo dividevano in tre camere diverse. Il sifone riceveva uno scroscio d'acqua da un tubo che vi penetrava dal basso provenendo dal sabordo aperto che dava luce a quell'ambiente, immettendovi il liquido che (per opera di qualche pompa nascosta) veniva evidentemente aspirato direttamente dal mare, ma in modo che penetrasse nel bozzolo misto ad aria.

L'acqua entrava a forza nella parte inferiore del bozzolo come se ribollisse, si disponeva a vortice contro le pareti, e certo liberava l'aria che veniva aspirata dai due crivelli. Per un tubo che collegava la parte superiore del bozzolo alla base delle canne, l'aria andava a trasformarsi in canto per artificiosi moti spiritali. L'acqua invece, che si era addensata nella parte inferiore, ne usciva attraverso un cannello e andava a muovere le pale di una piccola ruota da mulino, per defluire poi in una conca metallica sottostante e, di lì attraverso un altro tubo, oltre il sabordo.

La ruota azionava una barra che, ingranandosi sul cilindro, gli partecipava il suo movimento.

A Roberto ubriaco tutto questo parve naturale, tanto che si sentì tradito quando il cilindro prese a rallentare, e le canne zufolarono la loro melodia come se essa gli si spegnesse in gola, mentre i ciclopi e l'amorino cessavano i loro battiti. Evidentemente – benché ai suoi tempi molto si parlasse del moto perpetuo – la pompa nascosta che regolava l'aspirazione e l'afflusso dell'acqua poteva agire per un certo tempo dopo un primo impulso, ma poi giungeva al termine del suo sforzo.

Roberto non sapeva se maravigliarsi maggiormente di quel sapiente tecnasma – ché di altri simili aveva udito parlare, capaci di azionare danze di morticini o di putti alati, o del fatto che l'Intruso – che altri non avrebbe potuto essere – lo avesse messo in azione quella mattina e a quell'ora.

E per comunicargli quale messaggio? Forse che egli era sconfitto in partenza. La *Daphne* poteva celare ancora tali e tante sorprese, che egli avrebbe potuto trascorrere la vita a cercare di violarla, senza speranza?

Un filosofo gli aveva detto che Dio conosceva il mondo meglio di noi perché lo aveva fatto. E che per adeguare, sia pur di poco, la conoscenza divina bisognava concepire il mondo come un grande edificio, e cercare di provare a costruirlo. Così doveva fare. Per conoscere la *Daphne* doveva costruirla.

Si era messo dunque al tavolo e aveva disegnato il profilo della nave, ispirandosi sia alla struttura dell'*Amarilli*, sia a ciò che aveva visto sino ad allora della *Daphne*. Dunque, si diceva, abbiamo gli alloggiamenti del castello di poppa e, sotto, lo stanzino del timoniere; sotto ancora (ma ancora al livello del ponte), il corpo di guardia e il vano dove passa la barra del timone. Essa deve uscire a poppa, e dopo quel limite non può esservi più nulla. Tutto questo è allo stesso livello della cucina sul castello di prora. Dopo, il bompresso poggia su un'altra sovraelevazione, e là – se interpreto bene le imbarazzate perifrasi di Roberto – dovevano esserci quelle postazioni in cui, col sedere all'infuori, si facevano all'epoca i propri bisogni. Se si scendeva sotto il cucinotto si arrivava alla dispensa. L'aveva visitata sino all'asta, sino ai limiti dello sperone, e anche lì non poteva esserci altro. Sotto aveva già trovato le gomene e la raccolta dei fossili. Oltre non si poteva andare.

Si tornava quindi indietro e si attraversava tutto il sottoponte con la voliera e il verziere. Se l'Intruso non si trasformava a piacere in forma di animale o di vegetale, lì non poteva nascondersi. Sotto la barra del timone c'erano l'organo e gli orologi. E anche lì si arrivava a toccare lo scafo.

Discendendo ancora aveva trovato la parte più ampia della stiva, con le altre provviste, la zavorra, la legna; aveva già bussato contro la fiancata per controllare che non vi fosse qualche falso fondo che desse un suono vuoto. La sentina non consentiva, se quella nave era normale, altri nascondigli. A meno che l'Intruso stesse incollato alla chiglia, sott'acqua, come una sanguisuga, e slumacasse a bordo nottetempo – ma di tutte le spiegazioni, ed era disposto a tentarne molte – questa gli pareva la meno scientifica.

A poppa, più o meno sotto l'organo, c'era il ridotto con la bacinella, il telescopio e gli altri strumenti. Nell'esaminarlo, rifletteva, non aveva controllato se lo spazio terminasse giusto a ridosso del timone; ma dal disegno che stava facendo gli sembrava che il foglio non gli consentisse di immaginare altro vuoto – se aveva disegnato bene la curva della poppa. Sotto rimaneva solo il cunicolo cieco, e che oltre quello non vi fosse altro, ne era sicuro.

Dunque, dividendo la nave in comparti, l'aveva riempita tutta e non le lasciava spazio per alcun nuovo ripostiglio. Conclusione: l'Intruso non aveva un luogo fisso. Si muoveva secondo che lui si muovesse, era come l'altra faccia della luna, che noi sappiamo che deve esserci ma non la vediamo mai.

Chi poteva scorgere l'altra faccia della luna? Un abitante delle stelle fisse: avrebbe potuto attendere, senza muoversi, e ne avrebbe sorpreso il volto celato. Sino a che lui si fosse mosso con l'Intruso o lasciasse all'Intruso di scegliere le mosse rispetto a lui, non lo avrebbe mai visto.

Doveva diventare stella fissa e costringere l'Intruso a muoversi. E poiché l'Intruso stava evidentemente sul ponte quando lui era sottocoperta, e viceversa, doveva fargli credere di essere sottocoperta per sorprenderlo sul ponte.

Per ingannar l'Intruso aveva lasciato una luce accesa nella camera del capitano, così che Quello lo pensasse occupato a scrivere. Poi era andato a nascondersi al sommo del castello di prora, proprio dietro alla campana, in modo che voltandosi poteva controllare l'area sotto il bompresso,

221

e davanti a sé dominava il ponte e l'altro castello sino alla lanterna di poppa. Si era posto accanto lo schioppo – e, temo, anche il bariletto dell'acquavite.

Aveva passato la notte reagendo a qualsiasi rumore, come se dovesse ancora spiare il dottor Byrd, pizzicandosi le orecchie per non cedere al sonno, sino all'alba. Invano.

Allora era tornato alla camera, dove frattanto la luce si era spenta. E aveva trovato le sue carte in disordine. L'Intruso aveva passato la notte laggiù, forse a leggere le sue lettere alla Signora, mentre lui stava a patire il freddo della notte e la rugiada al mattino!

L'Avversario era entrato nei suoi ricordi... Ricordò gli avvertimenti del Salazar: manifestando le proprie passioni aveva aperto una breccia nel proprio animo.

Si era precipitato sul ponte e si era messo a sparare un pallettone a casaccio, scheggiando un albero, e poi aveva sparato ancora, sino a rendersi conto che non stava ammazzando nessuno. Col tempo che ci voleva allora per ricaricare un moschetto, il nemico poteva andare a spasso tra un tiro e l'altro, ridendosela di quello scombuiare – che aveva fatto impressione solo agli animali, che stavano schiamazzando da basso.

Rideva, dunque. E dove rideva? Roberto era tornato al suo disegno e si era detto che proprio non sapeva nulla della costruzione dei vascelli. Il disegno mostrava solo l'alto, il basso e il lungo, non il largo. Vista per il lungo (noi diremmo, nel suo spaccato) la nave non rivelava altri nascondigli possibili ma, considerandola nella sua larghezza, altri avrebbero potuto inserirsi in mezzo ai ridotti già scoperti.

Roberto vi rifletteva solo adesso, ma su quella nave mancavano ancora troppe cose. Per esempio, non aveva trovato altre armi. E sia pure, quelle se le erano portate via i marinai – se avevano abbandonato la nave di loro volontà. Ma sull'*Amarilli* era ammassato nella stiva molto legno da costruzione, per riparare alberi, timone o fiancate, in caso di danni dovuti alle intemperie, mentre qui aveva trovato abbastanza legna piccola, seccata da poco per nutrire il camino della cucina, ma niente che fosse quercia, o larice, o abete stagionato. E con il legno da carpentiere mancavano gli arnesi di carpenteria, seghe, asce di vario formato, martelli, e chiodi...

C'erano altri ripostigli? Rifece il disegno, e cercò di rappresentare la nave non come se la vedesse di lato, ma come se la guardasse dall'alto della gabbia. E decise che nell'alveare che andava immaginando poteva essere ancora inserito un pertugio, sotto la cabina dell'organo, da cui si potesse ulteriormente scendere senza scala nel cunicolo. Non abbastanza da contenere tutto quello che mancava, ma in ogni caso un buco in più. Se sul basso soffitto del cunicolo cieco esisteva un passaggio, un buco da cui issarsi in quel novissimo spazio, da lì si poteva salire agli orologi, e da lì ripercorrere tutto lo scafo.

Roberto ora era sicuro che il Nemico non poteva che essere lì. Corse di sotto, si infilò nel cunicolo, ma questa volta illuminando l'alto. E c'era un portello. Resistette al primo impulso di aprirlo. Se l'Intruso era lì sopra, lo avrebbe atteso mentre metteva fuori il capo, e avrebbe avuto ragione di lui. Occorreva sorprenderlo da dove non si attendeva l'attacco, come si faceva a Casale.

Se lì c'era un vano, esso confinava con quello del telescopio, e da quello si sarebbe dovuti passare.

Salì, passò per la soda, scavalcò gli strumenti, e si trovò di fronte a una parete che – se ne rendeva conto appena ora – non era del legno duro dello scafo.

La parete era abbastanza esile: come già per entrare nel luogo da cui proveniva la musica, aveva dato un calcio robusto, e il legno aveva ceduto.

Si era trovato nella luce fioca di una topaia, con una finestrella sulle pareti rotonde dello sfondo. E lì, su di un giaciglio, con le ginocchia quasi contro il mento, il braccio teso a impugnare un pistolone, c'era l'Altro.

Era un vecchio, dalle pupille dilatate, dal volto disseccato incorniciato da una barbetta pepe e sale, i pochi capelli canuti dritti sul capo, la bocca quasi sdentata dalle gengive color mirtillo, sepolto dentro a un panno che forse era stato nero, ormai lardellato di macchie slavate.

Puntando la pistola, a cui quasi si aggrappava con ambo le mani, mentre gli tremavano le braccia, gridava con voce flebile. La prima frase fu in tedesco, o in olandese, e la seconda, e certamente stava ripetendo il suo messaggio, fu in uno stentato italiano – segno che aveva dedotto l'origine del suo interlocutore spiandone le carte.

"Se tu ti muovi, io ammazzo!"

Roberto era rimasto così sorpreso dall'apparizione che tardò a reagire. E fu bene, perché ebbe modo di accorgersi che il cane dell'arma non era alzato, e che quindi il Nemico non era gran che versato nelle arti militari.

E allora si era avvicinato di buona grazia, aveva afferrato la pistola per la canna, e aveva tentato di sfilarla da quelle mani strette intorno al calcio, mentre la creatura lanciava grida irose e todesche.

A fatica Roberto gli aveva finalmente tolto l'arma, l'altro si era lasciato andar giù, e Roberto gli si era inginocchiato accanto, sostenendogli il capo.

"Signore," aveva detto, "io non voglio farvi del male. Sono un amico. Capito? Amicus!"

L'altro apriva e chiudeva la bocca, ma non parlava; gli si vedeva solo il bianco degli occhi, ovvero il rosso, e Roberto temette che stesse per morire. Lo prese in braccio, labile com'era, e lo portò nel suo alloggio. Gli offerse dell'acqua, gli fece prendere un poco di acquavite, e quello disse "Gratias ago, domine," levò la mano come per benedirlo, e a quel punto Roberto si accorse, considerando meglio la veste, che era un religioso.

21.
Telluris Theoria Sacra

Non staremo a ricostruire il dialogo che ne era seguito per due giorni. Anche perché da questo punto in avanti le carte di Roberto si fanno più laconiche. Cadute forse sott'occhi estranei le sue confidenze alla Signora (non ebbe mai il coraggio di domandarne conferma al suo nuovo compagno), per molti giorni smette di scrivere e registra in modo assai più secco quanto apprende e quanto avviene.

Dunque, Roberto si trovava di fronte a padre Caspar Wanderdrossel, *e Societate Iesu, olim in Herbipolitano Franconiae Gymnasio, postea in Collegio Romano Mathematum Professor*, e non solo, ma anche astronomo, e studioso di tant'altre discipline, presso la Curia Generalizia della Compagnia. La *Daphne*, comandata da un capitano olandese che aveva già tentato quelle rotte per la Veerenigde Oost-Indische Compagnie, aveva lasciato molti mesi prima le coste mediterranee circumnavigando l'Africa, nell'intento di pervenire alle Isole di Salomone. Esattamente come voleva fare il dottor Byrd con l'*Amarilli*, salvo che l'*Amarilli* cercava le Isole di Salomone buscando il levante per il ponente, mentre la *Daphne* aveva fatto il contrario, ma poco importa: agli Antipodi si arriva da entrambe le parti. Sull'Isola (e padre Caspar accennava oltre la spiaggia, dietro agli alberi) si doveva montare la Specola Melitense. Che cosa fosse questa Specola non era chiaro, e Caspar ne sussurrava come di un segreto così famoso che ne stava parlando tutto il mondo.

Per arrivare lì la *Daphne*, del tempo ne aveva impiegato parecchio. Si sa come si andava allora per quei mari. Lasciate le Molucche, e nell'intento di navigare a sudest verso il Porto Sancti Thomae nella Nuova Guinea, dato che si dovevano toccare i luoghi in cui la Compagnia di Gesù aveva le sue missioni, la nave, spinta da una tempesta, si era perduta in mari mai visti, giungendo a un'isola abitata da toponi grandi come un fanciullo, con una coda lunghissima, e una borsa sul ventre, di cui Roberto aveva conosciuto un esemplare impagliato (anzi padre Caspar lo rimproverava di aver buttato "uno Wunder che valeva uno Peru").

Erano, raccontava padre Caspar, animali amichevoli, che circondavano gli sbarcati tendendo le manine per chieder cibo, addirittura tirandoli per le vesti, ma poi alla resa dei conti ladri matricolati, che avevano rubato del biscotto dalle tasche di un marinaio.

Mi sia lecito intervenire a tutto credito di padre Caspar: un'isola del genere esiste davvero, e non si può confonderla con nessun'altra. Quegli pseudocanguri si chiamano Quokkas, e vivono solo lì, sulla Rottnest Island, che gli olandesi avevano scoperto da poco, chiamandola *rottenest*, nido di ratti. Ma siccome quest'isola si trova di fronte a Perth, questo significa che la *Daphne* aveva raggiunto la costa occidentale dell'Australia. Se pensiamo che pertanto si trovava sul trentesimo parallelo sud, e a ovest delle Molucche, mentre doveva andare a est scendendo di poco al di sotto dell'Equatore, dovremmo dire che la *Daphne* aveva perso la rotta.

Ma fosse solo quello. Gli uomini della *Daphne* avrebbero dovuto vedere una costa a poca distanza dall'isola, ma avranno pensato che si trattava di qualche altra isoletta con qualche altro roditore. Ben altro cercavano, e chissà che cosa stavano dicendo gli strumenti di bordo a padre Caspar. Di certo erano a qualche colpo di remo da quella Terra Incognita e Australis che l'umanità sognava da secoli. Quello di cui è difficile capacitarsi è – visto che la *Daphne* sarebbe infine pervenuta (e lo vedremo) a una latitudine di diciassette gradi sud – come avessero fatto a circumnavigar l'Australia almeno per due quarti senza mai vederla: o erano risaliti a nord, e allora erano passati tra Australia e Nuova Guinea rischiando a ogni passo di andare ad arenarsi o sull'una o sull'altra spiaggia; o avevano navigato a sud, passando tra Australia e Nuova Zelanda, e vedendo sempre mare aperto.

Ci sarebbe da credere che sono io a raccontare un romanzo, se non fosse che più o meno nei mesi in cui scorre la nostra storia anche Abel Tasman, partendo da Batavia era arrivato a una terra che aveva chiamato di van Diemen, e che oggi conosciamo come Tasmania; ma siccome anche lui cercava le Isole di Salomone, aveva tenuto a sinistra la costa meridionale di quella terra, senza immaginare che al di là di essa c'era un continente cento volte più grande, era finito a sudest alla Nuova Zelanda, l'aveva costeggiata in direzione nordest e, abbandonatala, toccava le Tonga; poi giungeva grosso modo dove era giunta la *Daphne*, ritengo, ma anche lì passava tra le barriere coralline, e dirigeva sulla Nuova Guinea. Che era andare di briccola come una palla da biliardo, ma pare che per ancora molti anni i navigatori fossero destinati ad arrivar a due passi dall'Australia senza vederla.

Prendiamo dunque per buono il racconto di padre Caspar. Seguendo sovente le ubbie degli alisei, la *Daphne* era finita in un'altra tempesta e si era ridotta in malo modo, tanto che avevano dovuto arrestarsi su un'isola Dio sa dove, senz'alberi, tutta sabbia disposta ad anello intorno a un laghetto centrale. Lì avevano rimesso in sesto la nave, ed ecco come si spiegava che a bordo non ci fosse più una riserva di legno da costruzione. Quindi avevano ripreso a navigare e finalmente erano giunti a gettar l'ancora in quella baia. Il capitano aveva inviato la barca a terra con un'avanguardia, ne aveva tratto l'idea che non vi fossero abitanti, a ogni buon conto aveva caricato e puntato per bene i suoi pochi cannoni, poi erano iniziate tre imprese, tutte fondamentali.

Una, la raccolta di acqua e viveri, ché ormai erano allo stremo; secondo, la cattura di animali e piante da riportare in patria per la gioia dei naturalisti della Compagnia; terzo, l'abbattimento d'alberi, per provvedere nuova riserva di grandi tronchi, e d'assi, e d'ogni sorta di materiale per le future sventure; e infine la messa in opera, su una altura dell'Isola, della Specola Melitense, e quella era stata la vicenda più laboriosa. Avevano dovuto trarre dalla stiva e trasportare a riva tutti gli strumenti da carpentiere e i vari pezzi della Specola, e tutti questi lavori avevano preso molto tempo, anche perché non si poteva sbarcare direttamente nella baia: tra la nave e la riva si stendeva, quasi a pelo d'acqua e con pochi varchi troppo stretti, un barbacane, una falsabraca, un terrapieno, un Erdwall tutto fatto di coralli – insomma, quello che noi oggi chiameremmo una barriera corallina. Dopo molti infruttuosi tentativi avevano scoperto che si doveva ogni volta doppiare il capo a sud della baia, dietro al quale v'era una caletta che permetteva l'attracco. "Et ecco perché quella barca dai marinai abbandonata noi hora non vediamo, benché ancora là dietro sta, heu me miserum!" Come si deduce dalla trascrizione di Roberto, quel teutone viveva a Roma parlando latino coi confratelli di cento paesi, ma dell'italiano non aveva gran pratica.

Ultimata la Specola, padre Caspar aveva iniziato i suoi rilievi, che erano andati avanti con successo per quasi due mesi. E intanto che faceva l'equipaggio? Si impigriva, e la disciplina di bordo si allentava. Il capitano aveva imbarcato molti bariletti di acquavite, che dovevano essere usati solo come cordiale durante le tempeste, con molta parsimonia, oppure servire di scambio con gli indigeni; e invece, ribellandosi a ogni comando, l'equipaggio aveva cominciato a portarli sul ponte, tutti ne avevano abusato, anche il capitano. Padre Caspar lavorava, quelli vivevano come bruti, e dalla Specola se ne udivano i canti inverecondi.

Un giorno padre Caspar, poiché faceva molto caldo, mentre lavorava da solo alla Specola si era tolto la tonaca (aveva, diceva con vergogna il buon gesuita, peccato contro la modestia, che Dio potesse ora perdonarlo visto che l'aveva subito punito!) e un insetto lo aveva punto sul petto. All'inizio aveva avvertito solo una fitta, ma appena riportato a bordo per la sera era stato assalito da una gran febbre. Non aveva detto a nessuno del suo incidente, nella notte aveva tronamento d'orecchi e gravezza di capo, il capitano gli aveva aperto la tonaca e che cosa aveva visto? Una pustola, come possono produrre le vespe, ma che dico, persino delle zanzare di grosse dimensioni. Ma subito quell'enfiagione era divenuta ai suoi occhi un carbunculus, un antrace, un foruncolo nigricante – breve – un bubbone, sintomo evidentissimo della *pestis, quae dicitur bubonica,* come era stato subito annotato sul diario.

Il panico si era sparso a bordo. Inutile che padre Caspar raccontasse dell'insetto: l'appestato mente sempre per non essere segregato, lo si sapeva. Inutile che assicurasse che lui la peste la conosceva bene, e quella peste non era per molte ragioni. L'equipaggio quasi avrebbe voluto gettarlo a mare, per isolare il contagio.

Padre Caspar tentava di spiegare che, durante la gran pestilenza che aveva colpito Milano e l'Italia del Nord una dozzina di anni prima, era stato inviato insieme ad altri suoi confratelli a prestare aiuti nei lazzaretti, a studiare da vicino il fenomeno. E quindi sapeva molto di quella lue contagiosa. Ci sono malattie che colgono solo gli individui e in luoghi e tempi diversi, come il Sudor Anglicus, altre peculiari a una sola regione, come la Dysenteria Melitensis o l'Elephantiasis Aegyptia, e altre infine come la peste che colpiscono per un lungo tempo tutti gli abitanti di molte regioni. Ora la peste viene annunciata da macchie del sole, eclissi, comete, comparsa di animali sotterranei che escono dai loro latibuli, piante che avvizziscono per i mefiti: e nessuno di questi segni si era mai manifestato né a bordo né a terra, né in cielo né in mare.

In secondo luogo la peste è certamente prodotta da arie fetide che salgono dalle paludi, dal disfarsi dei molti cadaveri durante le guerre, o persino da invasioni di locuste che annegano a frotte nel mare e poi rifluiscono sulle rive. Il contagio si ha appunto attraverso quelle esalazioni, che entrano nella bocca e dai polmoni, e attraverso la vena cava raggiungono il cuore. Ma nel corso della navigazione, tranne il fetore dell'acqua e del cibo, che peraltro dà lo scorbuto e non la peste, quei naviganti non avevano sofferto di alcuna esalazione malefica, anzi avevano respirato aria pura e venti saluberrimi.

Il capitano diceva che le tracce delle esalazioni rimangono attaccate alle vesti e a molti altri oggetti, e che forse a bordo c'era qualcosa che aveva conservato a lungo e poi trasmesso il contagio. E si era ricordato la storia dei libri.

Padre Caspar si era portato appresso alcuni buoni libri sulla navigazione, come a dire *L'Arte del navegar* di Medina, il *Typhis Batavus* dello Snellius e il *De rebus oceanicis et orbe novo decades tres* di Pietro d'Anghiera, e aveva raccontato un giorno al capitano che li aveva avuti per un nonnulla, e proprio a Milano: dopo la peste, sui muriccioli lungo i Navigli era stata messa in vendita l'intera biblioteca di un signore immaturamente scomparso. E questa era la sua piccola raccolta privata, che portava anche per mare.

Per il capitano era evidente che i libri, appartenuti a un appestato, erano gli agenti del contagio. La peste viene trasmessa come tutti sanno per unguenti venefici, e lui aveva letto di persone che erano morte bagnandosi il dito con la saliva mentre sfogliavano opere le cui pagine erano appunto state unte di veleno.

Padre Caspar si affannava: no, a Milano lui aveva studiato il sangue degli appestati con un ritrovato novissimo, un tecnasma che si chiama occhialino o microscopio, e aveva visto galleggiare in quel sangue come dei *vermiculi*, e sono appunto gli elementi di quel *contagium animatum* che si generano per *vis naturalis* da ogni putredine, e che poi si trasmettono, *propagatores exigui*, attraverso i pori sudoriferi, o la bocca, o talora persino l'orecchio. Ma questa pullulaggine è cosa vivente, e ha bisogno di sangue per nutrirsi, non sopravvive dodici e più anni tra le fibre morte della carta.

Il capitano non aveva voluto sentir ragioni, e la piccola e bella biblioteca di padre Caspar era finita trasportata dalle correnti. Ma non bastava: benché padre Caspar si affannasse a dire che la peste può essere trasmessa dai cani e dalle mosche ma, a sua scienza, non certo dai topi, l'intero equipaggio si era messo a caccia di sorci, sparando dappertutto a rischio di provocar delle falle nella stiva. E infine, poiché dopo un giorno la febbre di padre Caspar continuava, e il suo bubbone non accennava a decrescere, il capitano aveva preso la sua decisione: tutti si sarebbero recati sull'Isola e là avrebbero atteso che il padre o morisse o guarisse, e la nave si purificasse di ogni influsso e flusso maligno.

Detto fatto, ogni altra anima vivente a bordo era salita sulla scialuppa, carica d'armi e d'arnesi. E siccome si prevedeva che, tra la morte di padre Caspar e il periodo in cui la nave si sarebbe purificata, avrebbero dovuto passare due o tre mesi, avevano deciso che occorreva costruire a terra delle capanne, e tutto quello che poteva fare della *Daphne* un'opificina era stato tratto a rimorchio verso terra.

Senza contare la maggior parte dei bariletti d'acquavite.

"Però non hanno una buona cosa fatta," commentava Caspar con amarezza, e dispiacendosi per la punizione che il cielo aveva loro riservato per averlo lasciato come un'anima persa.

Infatti appena arrivati erano andati subito ad abbattere qualche animale nella boscaglia, avevano acceso grandi fuochi alla sera sulla spiaggia e fatto baldoria, per tre giorni e tre notti.

Probabilmente i fuochi avevano attirato l'attenzione dei selvaggi. Se pur l'Isola era disabitata, in quell'arcipelago vivevano uomini neri come africani, che dovevano essere buoni navigatori. Una mattina padre Caspar aveva visto arrivare una decina di "piragve", che provenivano da chissà dove, al di là della grande isola a occidente, e si dirigevano verso la baia. Erano battelli scavati in un tronco come quelli degli Indiani del Nuovo Mondo, ma doppi: uno conteneva l'equipaggio e l'altro scorreva sull'acqua come una slitta.

Padre Caspar aveva dapprima temuto che dirigessero verso la *Daphne*, ma quelli sembravano volerla evitare e puntavano verso la caletta dove erano sbarcati i marinai.

231

Aveva cercato di gridare per avvertire gli uomini sull'Isola, ma quelli dormivano ubriachi. Breve, i marinai se li erano trovati all'improvviso davanti che sbucavano dagli alberi.

Erano balzati in piedi, gli indigeni avevano mostrato subito intenzioni bellicose, ma nessuno capiva più nulla, e tanto meno dove avessero lasciato le armi. Solo il capitano si era fatto avanti e aveva steso uno degli assalitori con un colpo di pistola. Udito lo sparo, e visto il compagno che cadeva morto senza che alcun corpo lo avesse toccato, gli indigeni avevano fatto cenni di sottomissione, e uno di loro si era avvicinato al capitano porgendogli una collana che aveva al collo. Il capitano si era inchinato, poi evidentemente stava cercando un oggetto da dare in cambio, e si era voltato per chiedere qualcosa ai suoi uomini.

Facendo così aveva mostrato la schiena agli indigeni.

Padre Wanderdrossel pensava che gli indigeni fossero stati subito impressionati, prima ancora che dal colpo, dal portamento del capitano, che era un gigante batavo dalla barba bionda e gli occhi azzurri, qualità che quei nativi attribuivano probabilmente agli dèi. Ma non appena di colui avevano visto il dorso (siccome è evidente che quei popoli selvaggi non ritenevano che le divinità avessero anche una schiena), subito il capo degli indigeni, con la mazza che teneva in mano, l'aveva assalito spaccandogli la testa, e quello era caduto a faccia in giù senza più muoversi. Gli uomini neri erano piombati sui marinai e, senza che essi sapessero come difendersi, li avevano sterminati.

Era iniziato un orribile banchetto durato tre giorni. Padre Caspar, malato, aveva seguito tutto col cannocchiale, e senza poter far nulla. Di quell'equipaggio era stata fatta carne da macello: Caspar li aveva visti dapprima denudare (con urla di gioia dei selvaggi che si spartivano oggetti e abiti), poi smembrare, poi cuocere, e infine sbocconcellare con gran calma, tra sorsi di una bevanda fumante e alcuni canti che sarebbero apparsi a chiunque pacifici, se non avessero fatto seguito a quella sciagurata kermesse.

Quindi gli indigeni, sazi, avevano incominciato ad additarsi la nave. Probabilmente non l'associavano alla presenza dei marinai: maestosa com'era d'alberi e di vele, incomparabilmente diversa dalle loro canoe, essi non avevano pensato che fosse opera d'uomo. A detta di padre Caspar (che riteneva di conoscere assai bene la mentalità degli idolatri di tutto il mondo, di cui gli raccontavano i viaggiatori gesuiti di ritorno a Roma) la credevano un animale, e il fatto che fosse rimasto neutrale mentre essi si davano ai loro riti da Antropofagi, li aveva convinti. D'altra parte già Magellano, assicurava padre Caspar, aveva raccontato come certi indigeni credessero che le navi, venute volando dal cielo, fossero le madri naturali delle scialuppe, che allattavano lasciandole pendere dalle murate, e poi svezzavano buttandole in acqua.

Ma qualcuno, probabilmente, suggeriva ora che, se l'animale era docile, e le sue carni succose come quelle dei marinai, valeva la pena d'impadronirsene. E si erano diretti verso la *Daphne*. A quel punto il pacifico gesuita, per tenerli lontani (l'Ordine suo gli imponeva di vivere *ad majorem Dei gloriam* e non di morire per la soddisfazione di alcuni pagani *cujus Deus venter est*) aveva dato fuoco alla miccia di un cannone, già carico e puntato verso l'Isola, e aveva fatto partire una palla. La quale, con gran rimbombo, e mentre il fianco della *Daphne* s'aureolava di fumo come se l'animale sbuffasse d'ira, era piombata in mezzo alle barche rovesciandone due.

Il portento era stato eloquente. I selvaggi erano tornati sull'Isola scomparendo nella boscaglia, e ne erano riemersi dopo poco con delle corolle di fiori e foglie che avevano gettato in acqua compiendo alcuni gesti di ossequio, poi avevano puntato la prua a sudovest ed erano scomparsi dietro l'isola occidentale. Avevano pagato al grande animale irritato quello che ritenevano un sufficiente tributo, e sicuramente non si sarebbero mai più fatti vedere su quelle rive: avevano deciso che la zona era infestata da una creatura permalosa e vendicativa.

Ecco la storia di padre Caspar Wanderdrossel. Per più di una settimana, prima dell'arrivo di Roberto, si era sentito ancora male ma, grazie a preparati di sua fattura ("Spiritus,

233

Olea, Flores, und andere dergleichen Vegetabilische/ Animalische/ und Mineralische Medicamenten"), già cominciava a godere della convalescenza quando una notte aveva sentito dei passi sul ponte.

Da quel momento, per la paura, si era di nuovo ammalato, aveva abbandonato il suo alloggio e si era rifugiato in quel bugigattolo, portandosi dietro i suoi medicamenti, e una pistola, senza neppure capire che fosse scarica. E di lì era uscito solo per cercare cibo e acqua. Dapprima aveva rubato le uova proprio per ritemperarsi, poi si era limitato a far man bassa di frutta. Si era convinto che l'Intruso (nel racconto di padre Caspar l'intruso era naturalmente Roberto) era uomo di sapere, curioso della nave e del suo contenuto, e aveva cominciato a considerare che non fosse un naufrago, ma l'agente di qualche paese eretico che voleva i segreti della Specola Melitense. Ecco perché il buon padre aveva preso a comportarsi in modo così infantile, allo scopo di spingere Roberto ad abbandonare quel vascello infestato da demoni.

Toccò poi a Roberto raccontare la propria storia e, non sapendo quanto Caspar avesse letto delle sue carte, si era in particolare soffermato sulla sua missione e sul viaggio dell'*Amarilli*. Il racconto era avvenuto mentre, alla fine di quella giornata, avevano bollito un galletto e stappata l'ultima delle bottiglie del capitano. Padre Caspar doveva riacquistar le forze e farsi sangue nuovo, e celebravano quello che ormai pareva a ciascuno un rientro nel consorzio umano.

"Ridicoloso!" aveva commentato padre Caspar dopo aver ascoltato l'incredibile storia del dottor Byrd. "Tale bestialità ho io mai udito. Perché facevano essi a lui quel male? Tutto pensavo di ascoltato avere sul mistero della longitudine, ma mai che si può cercare usando l'ungventum armarium! Se sarebbe possibile, lo inventava un gesuita. Questo ha nessun rapporto con longitudini, io ti spiegherò come buono faccio il mio lavoro e tu vedi come è diverso..."

"Ma insomma," chiese Roberto, "voi cercavate le Isole

di Salomone o volevate risolvere il mistero delle longitudini?"

"Ma tutte e due le cose, no? Tu trovi le Isole di Salomone e tu hai conosciuto dove sta il centottantesimo meridiano, tu trovi il centottantesimo meridiano e tu sai dove sono le Isole di Salomone!"

"Ma perché queste isole devono stare su questo meridiano?"

"Oh mein Gott, il Signore mi perdona che il Suo Santissimo Nome invano ho pronunziato. In primis, dopo che Salomone il Tempio costruito aveva, aveva fatto una grosse flotte, come dice il Libro dei Re, e questa flotte arriva all'Isola di Ophir, da dove gli riportano (come dici tu?)... quadringenti und viginti..."

"Quattrocentoventi."

"Quattrocentoventi talenti d'oro, una molto grossa ricchezza: la Bibbia dice molto poco per dire tantissimo, come dire pars pro toto. E nessuna landa vicino a Israele aveva una tanto grosse ricchezza, quod significat che quella flotta all'ultimo confine del mondo era arrivata. Qui."

"Ma perché qui?"

"Perché qui è il meridiano cento e ottanta che è exattamente quello che la Terra in due separa, e dall'altra parte sta il primo meridiano: tu conti uno, due, tre, per trecento sessanta gradi di meridiano, e se sei a cento ottanta, qui è mezzanotte e in quel primo meridiano è mezzodì. Verstanden? Tu indovini adesso perché le Isole di Salomone sono state così chiamate? Salomone dixit taglia bambino in due, Salomone dixit taglia la Terra in due."

"Ho capito, se siamo sul centottantesimo meridiano siamo alle Isole di Salomone. Ma chi le dice che siamo sul centottantesimo meridiano?"

"Ma la Specula Melitensis, no? Se tutte le mie prove precedenti non basterebbero, che il centottantesimo meridiano passa proprio là, mi ha dimostrato la Specula." Aveva trascinato Roberto sul ponte mostrandogli la baia: "Vedi quel promontorium a nord là dove grossi alberi stanno con grosse zampe che camminano sull'aqua? Et ora vedi l'altro promontorium a sud? Tu traccia una linea tra i due promontoria, vedi che la linea passa tra qui e la riva, un poco più apud la riva che non apud la nave... Vista la linea, io dico una geistige linea che tu vedi con gli occhi della imaginatione? Gut, quella è la linea del meridiano!"

Il giorno seguente padre Caspar, che non aveva mai perduto il computo del tempo, avvertì che era domenica. Celebrò la messa nella sua cabina, consacrando una particola delle poche ostie che gli erano rimaste. Quindi riprese la sua lezione, prima in cabina tra mappamondo e carte, poi sul ponte. E alle rimostranze di Roberto, che non poteva soffrire la luce piena, aveva tirato fuori da uno dei suoi armadi degli occhiali, ma con le lenti affumicate, che lui aveva usato con successo per esplorare la bocca di un vulcano. Roberto aveva iniziato a vedere il mondo in colori più tenui, in fin dei conti gradevolissimi, e si stava pian piano riconciliando coi rigori del dì.

Per capire quanto segue debbo fare una chiosa, e se non la faccio anch'io non mi ci raccapezzo. La convinzione di padre Caspar era che la *Daphne* si trovasse tra il sedicesimo e il diciassettesimo grado di latitudine sud e a centottanta di longitudine. Quanto alla latitudine possiamo dargli piena fiducia. Ma immaginiamo pure che avesse azzeccato anche la longitudine. Dai confusi appunti di Roberto si presume che padre Caspar calcoli per trecentosessanta gradi tondi a partire dall'Isola del Ferro, a diciotto gradi a ovest di Greenwich, come voleva la tradizione sin dai tempi di Tolomeo. Quindi se lui riteneva di essere al suo centottantesimo meridiano significa che in realtà era al centosessantaduesimo est (da Greenwich). Ora le Salomone si trovano ben disposte intorno al centosessantesimo meridiano est, ma tra i cinque e i dodici gradi di latitudine sud. Quindi la *Daphne* si sarebbe trovata troppo in basso, a ovest delle Nuove Ebridi, in una zona dove appaiono solo delle secche coralline, quelle che sarebbero divenute i Recifs d'Entrecasteaux.

236

Poteva padre Caspar calcolare da un altro meridiano? Sicuramente. Come alla fine di quel secolo dirà il Coronelli nel suo *Libro dei Globi*, il primo meridiano lo ponevano "Eratostene alle Colonne d'Ercole, Martino di Tyr alle Isole Fortunate, Tolomeo nella sua Geografia ha seguito la stessa opinione, ma ne suoi Libri d'Astronomia l'ha passato per Alessandria d'Egitto. Tra li moderni, Ismaele Abulfeda lo segna a Cadiz, Alfonso a Toledo, Pigafetta et Herrera hanno fatto il medesimo. Copernico lo pone a Fruemburgo; Reinoldo a Monte Reale, o Könisberg; Keplero a Uraniburgo; Longomontano a Kopenhagen; Lansbergius a Goes; Riccioli a Bologna. Gli atlanti di Iansonio e Blaeu a Monte Pico. Per continuare l'ordine della mia Geografia ho posto in questo Globo il Primo Meridiano nella parte più occidentale dell'Isola del Ferro, com'anche per seguire il Decreto di Luigi XIII, che col Consiglio de Geo. nel 1634 lo determinò in questo stesso luogo".

Però se padre Caspar avesse deciso di disattendere il decreto di Luigi XIII e avesse posto il suo primo meridiano, poniamo, a Bologna, allora la *Daphne* sarebbe stata ancorata più o meno fra Tahiti e le Tuamotu. Ma lì gli indigeni non hanno la pelle scura come quelli che lui diceva di aver visto.

Per quale ragione prender per buona la tradizione dell'Isola del Ferro? Bisogna partire dal principio che padre Caspar parla del Primo Meridiano come di una linea fissa stabilita per decreto divino sin dai giorni della creazione. Da dove Dio avrebbe ritenuto naturale farla passare? Da quel luogo d'incerta locazione, certamente orientale, che era il giardino dell'Eden? Dall'Ultima Thule? Da Gerusalemme? Nessuno sino ad allora aveva osato prendere una decisione teologica, e giustamente: Dio non ragiona come gli uomini. Adamo, tanto per dire, era apparso sulla terra quando c'erano già il sole, la luna, il giorno e la notte, e quindi i meridiani.

Quindi la soluzione non doveva essere in termini di Storia, bensì di Astronomia Sacra. Occorreva far coincidere il dettato della Bibbia con le conoscenze che noi abbiamo delle leggi celesti. Ora, secondo il Genesi, Dio anzitutto crea il cielo e la terra. A questo punto v'erano ancora le tenebre sull'Abisso, e *spiritus Dei fovebat aquas*, ma queste acque non potevano essere quelle che noi conosciamo, che Dio separa solo il secondo giorno, dividendo le acque che stanno sopra il firmamento (da cui ancora ci provengono le piogge) da quelle che stan sotto, e cioè dai fiumi e dai mari.

Il che significa che il primo risultato della creazione era Materia Prima, informe e senza dimensioni, qualità, proprietà, tendenze, priva di movimento e di riposo, puro caos primordiale, *hyle* che non era ancora né luce né tenebra. Era una massa mal digerita dove si confondevano ancora i quattro elementi, nonché il freddo e il caldo, il secco e l'umido, magma ebulliente che esplodeva in stille ardenti, come una pentola di fagioli, come un ventre diarroico, un tubo ingorgato, uno stagno su cui si disegnano e scompaiono cerchi d'acqua per l'emersione e immersione subitanea di larve cieche. A tal punto che gli eretici ne deducevano che quella materia, così ottusa, resistente a ogni soffio creativo, fosse eterna almeno quanto Dio.

Ma quand'anche, ci voleva un fiat divino affinché da essa e in essa e su di essa si imponesse l'alterna vicenda della luce e delle tenebre, del giorno e della notte. Questa luce (e quel giorno) di cui si parla al secondo stadio della creazione non era ancora la luce che conosciamo noi, quella delle stelle e dei due grandi luminari, che vengono creati solo il quarto giorno. Era luce creativa, energia divina allo stato puro, come la deflagrazione di un barile di polvere, che prima sono solo dei granuli neri, compressi in una massa opaca, e poi di un solo colpo è un espandersi di vampe, un concentrato di fulgore che si diffonde sino alla propria estrema periferia, oltre alla quale si creano per contrapposizione le tenebre (anche se da noi l'esplosione avvenisse di giorno). E come se da un trattenuto respiro, da un carbone che era parso arrossarsi per un alito interno, da quella *göldene Quelle der Universus* fosse nata una scala di eccellenze luminose gradatamente digradante verso la più irrimediabile delle imperfezioni; come se il soffio creativo partisse dalla infinita e concentrata potenza luminosa della divinità, così arroventata da parerci notte oscura, giù giù attraverso la relativa perfezione dei Cherubini e dei Serafini, attraverso i Troni e le Dominazioni, sino all'infimo cascame dove striscia il lombrico e sopravvive insensibile la pietra, al confine stesso del Nulla. "E questa era la Offenbarung göttlicher Mayestat!"

E se il terzo giorno già nascono le erbe e gli alberi e i prati, è perché la Bibbia non parla ancora del paesaggio che ci rallegra la vista, ma di una buia potenza vegetativa, accoppiamenti di spermi, sussultare di radici sofferenti e contorte che cercano il sole, che però il terzo giorno non è ancora apparso.

La vita arriva il quarto giorno, in cui vengono creati e la luna e il sole e le stelle, per dar luce alla terra e separare il giorno dalla notte, nel senso in cui noi li intendiamo quando computiamo il corso dei tempi. È in quel giorno che si ordina il cerchio dei cieli, dal Primo Mobile e dalle Stelle Fisse sino alla Luna, con la terra al centro, pietra dura appena rischiarata dai raggi dei luminari, e intorno una ghirlanda di pietre preziose.

Stabilendo essi il nostro giorno e la nostra notte, il sole e la luna furono il primo e insuperato modello di tutti gli orologi a venire i quali, scimmie del firmamento, segnano il tempo umano sul quadrante zodiacale, un tempo che non ha nulla a che vedere con il tempo cosmico: esso ha una direzione, un fiato ansioso fatto di ieri oggi e domani, e non il calmo respiro dell'Eternità.

Fermiamoci allora a questo quarto giorno, diceva padre Caspar. Dio crea il sole, e quando il sole è creato – e non prima, è naturale – incomincia a muoversi. Ebbene, nel momento in cui il sole inizia il suo corso per non fermarsi più, in quel *Blitz*, in quel bacchio baleno prima che muova il primo passo, esso sta a picco su una linea precisa che divide verticalmente la terra in due.

"E il Primo Meridiano è quello su cui all'improvviso è mezzogiorno!" commentava Roberto, che credeva di aver capito tutto.

"Nein!" lo reprimeva il suo maestro. "Tu credi che Dio è così stupido come te? Come può il primo giorno della Creatione a mezzogiorno iniziare?! Forse inizi tu, in prinzipio desz Heyls, la Creatione con un mal riuscito giorno, un Leibesfrucht, un foetus di giorno di sole dodici hore?"

No, certamente. Sul Primo Meridiano la corsa del sole avrebbe dovuto iniziare al lume delle stelle, quando era mezzanotte più un briciolo, e prima era il Non-Tempo. Su quel meridiano aveva avuto principio – di notte – il primo giorno della creazione.

Roberto aveva obiettato che, se su quel meridiano era notte, un giorno abortito ci sarebbe stato dall'altra parte, là dove era improvvisamente apparso il sole, senza che prima non fosse né notte né altro, ma solo caos tenebroso e senza tempo. E padre Caspar aveva detto che il Libro Sacro non ci dice che il sole sia apparso come d'incanto, e che non gli spiaceva pensare (come ogni logica naturale e divina imponeva) che Dio avesse creato il sole facendolo procedere nel cielo, per le prime ore, come una stella spenta, che si sarebbe accesa passo per passo nel trascorrere dal primo meridiano ai suoi antipodi. Forse esso si era infiammato a poco a poco, come legna giovane toccata dalla prima scintilla di un acciarino, che dapprima appena appena fumiga e poi, al soffio che la sollecita, inizia a scoppiettare per sottomettersi infine a un fuoco alto e vivace. Non era forse bello immaginare il Padre dell'Universo che soffiava su quella palla ancora verde, per portarla a celebrar la sua vittoria, dodici ore dopo la nascita del Tempo, e proprio sul Meridiano Antipodo su cui essi si trovavano in quel momento?

Restava da definire quale fosse il Primo Meridiano. E padre Caspar riconosceva che quello dell'Isola del Ferro era ancora il miglior candidato, visto che – Roberto l'aveva già saputo dal dottor Byrd – lì l'ago della bussola non fa deviazioni, e quella linea passa per quel punto vicinissimo al Polo dove più alte sono le montagne di ferro. Il che è certamente segno di stabilità.

Allora, per riassumere, se accettassimo che da quel meridiano padre Caspar era partito, e che aveva trovato la giusta longitudine, basterebbe ammettere che, disegnando bene la rotta come navigatore, aveva fatto naufragio come geografo: la *Daphne* non era alle nostre isole Salomone ma da qualche parte a ovest delle Nuove Ebridi, e amen. Però mi dispiace raccontare una storia che, come vedremo, *deve* svolgersi sul centottantesimo meridiano – altrimenti perde ogni sapore – e accettare invece che si svolga di chissà quanti gradi più in là o in qua.

Tento allora una ipotesi che sfido ogni lettore a sfidare. Padre Caspar si era sbagliato a tal punto da trovarsi senza saperlo sul *nostro* centottantesimo meridiano, dico su quello che calcoliamo da Greenwich – l'ultimo punto di partenza al mondo a cui egli avrebbe potuto pensare, perché era terra di scismatici antipapisti.

In tal caso la *Daphne* si sarebbe trovata alle Figi (dove gli indigeni sono appunto molto scuri di pelle), proprio sul punto ove passa oggi il nostro centottantesimo meridiano, e cioè all'isola di Taveuni.

I conti in parte tornerebbero. La sagoma di Taveuni mostra una catena vulcanica, come l'isola grande che Roberto vedeva a ovest. Se non fosse che padre Caspar aveva detto a Roberto che il meridiano fatale passava proprio davanti alla baia dell'Isola. Ora, se ci troviamo col meridiano a est, vediamo Taveuni a oriente, non a occidente; e se si vede a ovest un'isola che sembra corrispondere alle descrizioni di Roberto, allora abbiamo certo a est delle isole più piccole (io sceglierei Qamea), ma allora il meridiano passerebbe alle spalle di chi guarda l'Isola della nostra storia.

La verità è che coi dati che ci comunica Roberto non è possibile appurare dove fosse finita la *Daphne*. E poi tutte quelle isolette sono come i giapponesi per gli europei e viceversa: si assomigliano tutte. Ho solo voluto tentare. Un giorno mi piacerebbe rifare il viaggio di Roberto, alla ricerca delle sue tracce. Ma un conto è la mia geografia e un conto è la sua storia.

L'unica nostra consolazione è che tutti questi arzigogoli

sono assolutamente irrilevanti dal punto di vista del nostro incerto romanzo. Quello che padre Wanderdrossel dice a Roberto è che essi sono sul centottantesimo meridiano che è l'antipodo degli antipodi, e lì sul centottantesimo meridiano ci sono non le nostre isole Salomone, ma la sua Isola di Salomone. Che importa poi che essa ci sia o non ci sia? Questa sarà se mai la storia di due persone che credono di esserci, non di due persone che ci sono, e ad ascoltar storie – è dogma tra i più liberali – bisogna sospendere l'incredulità.

Pertanto: la *Daphne* si trovava di fronte al centottantesimo meridiano, proprio alle Isole di Salomone, e l'Isola nostra era – tra le Isole di Salomone – la più salomonica, come salomonico è il mio verdetto, onde tranciare una volta per tutte.

"E allora?" aveva chiesto Roberto alla fine della spiegazione. "Davvero pensate di trovare in quell'isola tutte le ricchezze di cui parlava quel Mendaña?"

"Ma queste son Lügen der spanischen Monarchy! Noi stiamo di fronte al più grande prodigio di tutta la humana e sacra historia, che tu non ancora capire puoi! A Parigi guardavi le dame e seguivi la ratio studiorum degli epicurei, invece di riflettere sui grossi miracoli di questo nostro Universum, che il Sanctissimo Nome del suo Creatore fiat semper laudato!"

Dunque, le ragioni per cui padre Caspar era partito poco avevano a che fare coi propositi di rapina dei vari navigatori di altri paesi. Tutto nasceva dal fatto che padre Caspar stava scrivendo un'opera monumentale, e destinata a rimaner più perenne del bronzo, sul Diluvio Universale.

Da uomo di chiesa, intendeva dimostrare che la Bibbia non aveva mentito, ma da uomo di scienza voleva metter d'accordo il dettato sacro coi risultati delle ricerche del suo tempo. E per questo aveva raccolto fossili, esplorato i territori d'oriente per ritrovare qualcosa sulla cima del monte Ararat, e fatto calcoli accuratissimi su quelle che potevano essere le dimensioni dell'Arca, tali da consentirle di contenere tanti animali (e si noti, sette coppie per ciascuno), e al tempo stesso di aver la giusta proporzione tra parte emersa e parte immersa, per non andare a fondo sotto tutto quel peso o esser rovesciata dai marosi, che durante il Diluvio non dovevano esser frustate di poco conto.

Aveva fatto uno schizzo per mostrare a Roberto il disegno spaccato dell'Arca, come un enorme edificio squadrato, a sei piani, i volatili in alto che ricevessero la luce del sole, i mammiferi in steccati che potessero ospitare non solo gattini ma anche elefanti, e i rettili in una sorta di sentina, dove tra l'acqua potessero trovar alloggio anche gli anfibi. Niente spazio per i Giganti, e per quello la specie si era estinta. Noè infine non aveva avuto il problema di pesci, gli unici che dal Diluvio non avevano a temero.

Tuttavia, studiando il Diluvio, padre Caspar si era trovato ad affrontare un problema *physicus-hydrodynamicus* apparentemente insolubile. Dio, lo dice la Bibbia, fa piovere sulla terra per quaranta giorni e quaranta notti, e le acque si alzarono sopra la terra sino a coprire persino i monti più alti e anzi si arrestarono a quindici cubiti sopra gli altissimi tra i monti, e le acque coprirono così la terra per cento e cinquanta giorni. Benissimo.

"Ma hai tu la pioggia provato a raccogliere? Piove tutto un giorno, e tu hai raccolto un piccolo fondo di barile! E se pioverebbe per una settimana, a malapena tu riempi il barile! E immagina pure una ungeheuere pioggia, che proprio non puoi nemmeno resistere sotto a essa, che tutto il cielo si rovescia sopra la tua povera testa, una pioggia peggio che l'uragano che sei naufragato... In quaranta giorni ist das unmöglich, non possibile che tu riempie tutta la terra sino ai monti più alti!"

"Volete dire che la Bibbia ha mentito?"

"Nein! Certo che no! Ma io devo dimostrare dove Dio tutta quell'aqua ha preso, che non è possibile che l'ha fatta cadere dal cielo! Questo non basta!"

"E allora?"

"Et allora dumm bin ich nicht, stupido son io no! Padre Caspar ha una cosa pensato che da nessun essere humano prima di oggi mai pensata era. In primis, ha letto bene la Bibbia, che dice che Dio ha, sì, aperto tutte le cataratte del cielo ma ha anche fatto erompere tutte le Quellen, le Fontes Abyssy Magnae, tutte le fontane del grosso abysso, Genesis uno sette undici. Dopo che il Diluvio finito era ha le fontane dell'abysso chiuse, Genesis uno otto due! Quale cosa sono queste fontane dell'abysso?"

"Quale cosa sono?"

"Sono le aque che nel più profondo del mare si trovano! Dio non ha solo la pioggia preso ma anche le aque del più profondo del mare e le ha rovesciate sulla terra! E le ha qui prese perché, se i monti più alti della terra sono intorno al primo meridiano, tra Jerusalem e l'Isola del Ferro, certamente debbono gli abyssi marini più profondi essere qui, sull'antimeridiano, per ragioni di symmetria."

"Sì, ma le acque di tutti i mari del globo non bastano a ricoprire i monti, altrimenti lo farebbero sempre. E se Dio rovesciava le acque del mare sulla terra, copriva la terra ma svuotava il mare, e il mare diventava un grande buco vuoto, e Noè vi cadeva dentro con tutta l'Arca..."

"Tu dici una giustissima cosa. Non solo: se Dio prendeva tutta l'aqua della Terra Incognita e quella rovesciava sulla terra Cognita, senza quest'aqua in questo emisferio, cambiava la terra tutto il suo Zentrum Cravitatis e si rovesciava tutta, e forse saltava nel cielo come una palla al quale tu dai un calcio."

"E allora?"

"E allora prova tu a pensare cosa tu farebbe se tu eri Dio."

Roberto era preso dal gioco: "Se io ero Dio," disse, dato che ritengo non riuscisse più a coniugare i verbi come il Dio degli italiani comanda, "io creavo nuova acqua."

"Tu, ma Dio no. Dio può aqua ex nichilo creare, ma dove mette essa dopo il Diluvio?"

"Allora Dio aveva messo sin dall'inizio dei tempi una grande riserva d'acqua sotto l'abisso, nascosta nel centro della terra, e l'ha fatta uscire in quell'occasione, solo per quaranta giorni, come se zampillasse dai vulcani. Certamente la Bibbia vuol dir questo quando leggiamo che Egli ha fatto erompere le sorgenti dell'abisso."

"Tu credi? Ma dai vulcani esce il fuoco. Tutto il zentrum della terra, il cuore del Mundus Subterraneus, è una grossa massa di fuoco! Se nel zentrum il fuoco sta, non può l'aqua in esso stare! Se l'aqua ci starebbe, fossero i vulcani fontane," concludeva.

Roberto non demordeva: "Allora, se ero Dio, io prendevo l'acqua da un altro mondo, visto che sono infiniti, e la rovesciavo sulla terra."

"Tu hai a Parigi sentito quei atei che dei mondi infiniti parlano. Ma Dio ha uno solo di mondo fatto, e esso basta a sua gloria. No, tu pensa meglio, se tu non infiniti mondi hai, e non hai tempo a farli proprio per il Diluvio e poi li butti di nuovo nel Nulla, cosa fai tu?"

"Allora proprio non so."

"Perché tu un piccolo pensiero hai."

"Avrò un piccolo pensiero."

"Sì, molto piccolo. Ora tu pensa. Se Dio l'aqua prendere potrebbe che fu ieri su tutta la terra e metterla oggi, e domani tutta l'aqua prendere che fu oggi, et è già il doppio, e metterla dopodomani, e così ad infinitum, forse viene il giorno che Lui tutta questa nostra sfera a riempire riesce, sino a coprire tutte le montagne?"

"Non sono bravo a calcolare, ma direi che a un certo punto sì."

"Ja! In quaranta giorni riempie Lui la terra con quaranta volte l'aqua che si trova nei mari, e se tu fai quaranta volte la profondità dei mari, tu copri certamente le montagne: gli abissi sono molto più profondi o tanto profondi che le montagne alte sono."

"Ma dove prendeva Dio l'acqua di ieri, se ieri era già passato?"

"Ma qui! Ora ascolti. Pensa che tu saresti sul Primo Meridiano. Puoi?"

"Io sì."

"Ora pensi che là mezzodì è, e diciamo mezzodì del giovedì santo. Che ora è a Jerusalem?"

"Dopo tutto quello che ho imparato sul corso del sole e sui meridiani, a Gerusalemme il sole sarà già passato da tempo sul meridiano, e sarà pomeriggio avanzato. Capisco dove volete condurmi. Va bene: sul Primo Meridiano è mezzogiorno e sul Meridiano Cento e Ottanta è la mezzanotte, poiché il sole è già passato da dodici ore."

"Gut. Quindi qui è la mezzanotte, quindi la fine del giovedì santo. Cosa accade qui subito dopo?"

"Che inizieranno le prime ore del venerdì santo."

"E non sul Primo Meridiano?"

"No, laggiù sarà ancor il pomeriggio di quel giovedì."

"Wunderbar. Quindi qui è già venerdì et là è ancora giovedì, no? Ma quando su quel Primo Meridiano venerdì diventa, qui è già sabato et il Signore è risorto, no?"

"Sì, va bene, ma non capisco..."

"Adesso tu capisci. Quando qui è la mezzanotte et un minuto, una minuscularia parte di minuto, tu dici che qui è già venerdì?"

"Certo che sì."

"Ma pensa che nello stesso momento tu non saresti qui sulla nave ma su quell'isola che vedi, a oriente della linea del meridiano. Forse dici tu che lì già venerdì è?"

"No, lì è ancora giovedì. È la mezzanotte meno un minuto, meno un attimo, ma di giovedì."

"Gut! Nello stesso momento qui è venerdì et là giovedì!"

"Certo, e...," Roberto si era arrestato colpito da un pensiero. "E non solo! Voi mi fate comprendere che se in quello stesso istante io fossi sulla linea del meridiano sarebbe la mezzanotte in punto, ma se guardassi a occidente vedrei la mezzanotte di venerdì e se guardassi a oriente vedrei la mezzanotte di giovedì. Per Dio!"

"Tu non dici Perdio, bitte."

"Mi scusi, padre, ma è una cosa miracolosa!"

"Et dunque davanti a un miraculo tu non usi il nome di Dio invano! Dici Sacro Bosco, piuttosto. Ma il grosso miraculo è che non c'è miraculo! Tutto era previsto ab initio! Se il sole ventiquattro ore impiega a fare il giro della terra, incomincia a occidente del centottantesimo meridiano un nuovo giorno, et a oriente abbiamo ancora il giorno prima. Mezzanotte di venerdì qui sulla nave è mezzanotte di giovedì sull'Isola. Tu non sai cosa ai marinai di Magellano è accaduto quando hanno finito il loro giro del mondo, come racconta Pietro Martire? Che sono tornati et pensavano che fosse un giorno prima et era invece un giorno dopo, e loro credevano che Dio avesse punito loro robandogli un giorno, perché non avevano il digiuno del venerdì santo osservato. Invece era molto naturale: avevano verso ponente viaggiato. Se dall'Amerika verso l'Asia viaggi, perdi un giorno, se nel senso contrario viaggi, guadagni un giorno: ecco il motivo che la *Daphne* ha facto la via dell'Asia, e voi stupidi la via dell'Amerika. Tu sei ora un giorno più vecchio di me! Non ti fa ridere?"

"Ma se tornassi sull'Isola sarei un giorno più giovane!" disse Roberto.

"Questo era mio piccolo jocus. Ma a me non importa se tu sei più giovane o più vecchio. A me importa che in questo punto della terra una linea c'è che da questa parte il giorno dopo è, e da quella parte il giorno prima. E non solo a mezzanotte, ma anche alle sette, alle dieci, ogni ora! Dio dunque prendeva da quest'abysso l'aqua di ieri (che tu vedi là) e la rovesciava sul mondo di oggi, e il giorno dopo ancora e così via! Sine miraculo, naturaliter! Dio aveva la Natura predisposto come un grosso Horologium! È come se io avrei un horologium che segna non le dodici ma le venti e quattro hore. In questo horologium si muove la lancia o saetta verso le venti e quattro, et a destra delle venti e quattro era ieri et a sinistra oggi!"

"Ma come faceva la terra di ieri a restare ferma nel cielo, se non aveva più acqua in questo emisfero? Non perdeva il Centrum Gravitatis?"

"Tu pensi con la humana conceptione del tempo. Per noi huomini existe lo ieri non più, e il domani non ancora. Tempus Dei, quod dicitur Aevum, molto diverso."

Roberto ragionava che se Dio toglieva l'acqua di ieri e la

poneva oggi, forse la terra di ieri aveva una succussione per via di quel dannato centro di gravità, ma agli uomini questo non doveva importare: nel loro ieri la succussione non c'era stata, e avveniva invece in un ieri di Dio, che evidentemente sapeva maneggiare diversi tempi e diverse storie, come un Narratore che scriva diversi romanzi, tutti con gli stessi personaggi, ma facendo loro accadere vicende diverse da storia a storia. Come se ci fosse stata una Canzone di Rolando in cui Rolando moriva sotto un pino, e un'altra in cui diventava re di Francia alla morte di Carlo, usando la pelle di Ganellone come tappeto. Pensiero che, come si dirà, lo avrebbe accompagnato poi a lungo, convincendolo che non soltanto i mondi possono essere infiniti nello spazio, ma anche paralleli nel tempo. Ma di questo non voleva parlare a padre Caspar, che considerava già ereticissima l'idea dei molti mondi tutti presenti nello stesso spazio e chissà che cosa avrebbe detto di quella sua glossa. Si limitò dunque a domandare come aveva fatto Dio a spostare tutta quell'acqua da ieri a oggi.

"Con l'eruptione dei vulcani sottomarini, natürlich! Pensi? Essi soffiano infuocati venti, e cosa avviene quando una pentola di latte si scalda? Il latte si gonfia, sale in alto, esce da pentola, si diffonde su la stufa! Ma a quel tempo era non latte, sed aqua ribollente! Grossa catastròphe!"

"E come ha tolto Dio tutta quell'acqua dopo i quaranta giorni?"

"Se non pioveva più c'era sole, et quindi svaporava l'acqua poco a poco. La Bibbia dice che centocinquanta giorni ci vollero. Se tu la tua veste in un giorno lavi et asciughi, asciughi la terra in centocinquanta. E poi molta aqua è in enormi laghi subterranei rifluita, che ora ancora tra la superficie e il fuoco zentrale sono."

"Mi avete quasi convinto," disse Roberto, a cui non importava tanto come si fosse mossa quell'acqua, quanto il fatto che egli si trovava a due passi da ieri. "Ma arrivando qui che cosa avete dimostrato, che non avreste potuto dimostrare prima a lume di ragione?"

"Il lume di ragione lo lasci alla vecchia theologia. Oggi

vuole la scientia la prova dell'experientia. Et la prova dell'experientia è che io qui sono. Poi prima che io arrivavo qui ho fatto molti scandagli, et so quanto profondo il mare laggiù è."

Padre Caspar aveva abbandonato la sua spiegazione geoastronomica e si era profuso nella descrizione del diluvio. Parlava ora il suo latino erudito, muovendo le braccia come per evocare i vari fenomeni celesti e inferi, a grandi passi sulla tolda. Lo aveva fatto proprio mentre il cielo sulla baia stava rannuvolandosi e si stava annunciando un temporale come ne arrivano solo, all'improvviso, nel mare del Tropico. Ora, apertesi tutte le fonti dell'abisso e le cateratte del cielo, quale horrendum et formidandum spectaculum si era offerto a Noè e alla sua famiglia!

Gli uomini si rifugiavano dapprima oui tetti, ma le loro case venivano spazzate via dai flutti che arrivavan dagli Antipodi con la forza del vento divino che li aveva sollevati e spinti; si arrampicavano sugli alberi ma questi venivano strappati come fuscelli; vedevano ancora delle cime di antichissime querce e vi si afferravano, ma i venti li scuotevano con tale rabbia che non riuscivano a mantener la presa. Ormai nel mare che copriva valli e monti si vedevan galleggiare cadaveri gonfi, su cui gli ultimi uccelli terrorizzati tentavano di appollaiarsi come su un atrocissimo nido, ma perdendo presto anche quest'ultimo rifugio, cedevano anch'essi sfiniti tra la tempesta, le penne appesantite, le ali ormai spossate. "Oh, horrenda justitiae divinae spectacula," esultava padre Caspar, ed era nulla – assicurava – rispetto a quanto ci sarà dato di vedere il giorno che Cristo ritornerà a giudicare i vivi e i morti...

E al grande strepito della natura rispondevano gli animali dell'Arca, agli ululati del vento facevano eco i lupi, al ruggire dei tuoni faceva da contrappunto il leone, al fremito delle saette barrivano gli elefanti, latravano i cani alla voce dei loro congeneri moribondi, piangevano le pecore ai lamenti dei bambini, crocidavano le cornacchie al crocidar della pioggia sul tetto dell'Arca, mugghiavano i buoi al muggire delle onde, e tutte le creature della terra e dell'aria con il loro calamitoso pigolare o gemebondo maiulare prendevan parte al lutto del pianeta.

Ma fu in questa occasione, assicurava padre Caspar, che Noè e la sua famiglia riscoprirono la lingua che Adamo aveva parlato nell'Eden, e che i suoi figli avevano scordato dopo la cacciata, e che gli stessi discendenti di Noè avrebbero quasi tutti perduto nel giorno della gran confusione babelica, tranne gli eredi di Gomer che l'avevano portata nelle foreste del nord, dove il popolo tedesco l'aveva fedelmente custodita. Solo la lingua tedesca – ora gridava nella sua lingua materna padre Caspar invasato – "redet mit der Zunge, donnert mit dem Himmel, blitzet mit den schnellen Wolken", ovvero, come poi inventivamente continuava, mescolando gli asperrimi suoni di idiomi diversi, solo la lingua tedesca parla la lingua della natura, "blitza con i Nuvoli, brumma con il Cerfo, gruntza con lo Schwaino, zissca con l'Anguicolo, maua con il Katzo, schnattera con l'Anserculo, quacchera con l'Anatro, kakkakokka con la Gallina, klappera con la Cigonia, krakka con il Korbacchio, schwirra con l'Hirundine!" E alla fine lui era roco per tanto babelizzare, e Roberto convinto che la vera lingua d'Adamo, ritrovata con il Diluvio, allignasse soltanto nelle lande del Sacro Romano Imperatore.

Grondante di sudore, il religioso aveva terminato la sua evocazione. Quasi fosse spaventato dalle conseguenze d'ogni diluvio, il cielo aveva richiamato indietro il temporale, come uno sternuto che pare lì lì per esplodere e poi viene trattenuto con un grugnito.

22.
La Colomba Color Arancio

Nei giorni seguenti era risultato chiaro che la Specola Melitense era irraggiungibile, perché neppure padre Wanderdrossel sapeva nuotare. La barca era ancora laggiù, nella caletta, e quindi era come se non ci fosse.

Ora che aveva a disposizione un uomo giovane e vigoroso, padre Caspar avrebbe saputo come far costruire una zattera con un grande remo ma, lo aveva spiegato, materiali e strumenti erano rimasti nell'Isola. Senza neppure un'ascia non si potevano abbattere gli alberi o i pennoni, senza martelli non si potevano scardinare le porte, e inchiodarle tra loro.

D'altro canto padre Caspar non pareva troppo preoccupato di quel prolungato naufragio, anzi si rallegrava soltanto di aver di nuovo l'uso del suo alloggio, del ponte e di alcuni strumenti per continuare studi e osservazioni.

Roberto non aveva ancora capito chi fosse padre Caspar Wanderdrossel. Un saggio? Certamente sì, o almeno un erudito, e un curioso sia di scienze naturali che divine. Un esaltato? Sicuramente. A un certo momento aveva lasciato trapelare che quella nave era stata armata non a spese della Compagnia, ma sue proprie, ovvero di un suo fratello, mercante arricchito e matto quanto lui; in altra occasione si era lasciato andare a qualche lamentela nei confronti di certi suoi confratelli che gli avrebbero "latroneggiato tante fecondissime Idee" dopo aver finto di ripudiarle come girigogoli. Il che lasciava pensare che laggiù a Roma quei reverendi padri non avessero mal visto la partenza di quel personaggio sofistico e, considerato che s'imbarcava a spese sue, e che c'erano buone speranze che lungo quelle rotte impervie si sarebbe perduto, l'avessero incoraggiato per togliarselo di torno.

Le frequentazioni che Roberto aveva avuto in Provenza e a Parigi erano tali da renderlo esitante di fronte alle affermazioni di fisica e filosofia naturale che udiva far dal vecchio. Ma lo abbiamo visto, Roberto aveva assorbito il sapere a cui era esposto come fosse una spugna, senza curarsi troppo di non credere a verità contraddittorie. Forse non era che gli mancasse il gusto del sistema, era scelta.

A Parigi il mondo gli era apparso come una scena in cui si rappresentavano ingannevoli parvenze, dove ciascuno spettatore voleva ogni sera seguire e ammirare una vicenda diversa, come se le cose solite, anche se miracolose, non illuminassero più nessuno, e solo le insolitamente incerte o incertamente insolite fossero capaci di eccitarli ancora. Gli antichi pretendevano che per una domanda esistesse una sola risposta, mentre il gran teatro parigino gli aveva offerto lo spettacolo di una domanda a cui si rispondeva nei modi più vari. Roberto aveva deciso di concedere solo la metà del proprio spirito alle cose in cui credeva (o credeva di credere), per tener l'altra disponibile nel caso che fosse vero il contrario.

Se questa era la disposizione dell'animo suo, possiamo allora capire perché non fosse così motivato a negare anche le più o meno fededegne tra le rivelazioni di padre Caspar. Di tutti i racconti che aveva udito, quello fattogli dal gesuita era certamente il più fuori del comune. Perché considerarlo allora falso?

Sfido chiunque a trovarsi abbandonato su di una nave deserta, tra cielo e mare in uno spazio sperduto, e non esser disposto a sognare che, in quella gran disgrazia, non gli sia almeno toccato in sorte di capitare nel centro del tempo.

Poteva quindi anche divertirsi a opporre a quei racconti molteplici obiezioni, ma sovente si comportava come i discepoli di Socrate, che quasi imploravano la loro sconfitta.

252

D'altra parte, come rifiutare il sapere di una figura ormai paterna, che di colpo lo aveva riportato da una condizione di naufrago sbigottito a quella di passeggero di una nave di cui qualcuno aveva conoscenza e governo? Vuoi l'autorità della veste, vuoi la condizione di signore originario di quel castello marino, ma padre Caspar rappresentava ai suoi occhi il Potere, e Roberto aveva appreso abbastanza delle idee del secolo per sapere che alla forza si deve assentire, almeno in apparenza.

Se poi Roberto cominciava a dubitare del suo ospite, subito quello, conducendolo a riesplorar la nave e mostrandogli strumenti che erano sfuggiti alla sua attenzione, gli permetteva di imparar tante e tali cose da guadagnarsi la sua fiducia.

Per esempio, gli aveva fatto scoprire reti e ami da pesca. La *Daphne* era ancorata in acque popolatissime, e non era il caso di consumare le provviste di bordo se era possibile avere pesce fresco. Roberto, muovendosi ora di giorno coi suoi occhiali affumicati, aveva subito imparato a calare le reti e a gettar l'amo, e senza gran fatica aveva catturato animali di tal soprasmisurata misura che più di una volta aveva rischiato di esser trascinato oltre bordo dalla forza del colpo con cui abboccavano.

Li stendeva sul ponte e padre Caspar pareva conoscere di ciascuno la natura e addirittura il nome. Se poi li nominasse secondo natura o li battezzasse a libito suo, Roberto non sapeva dire.

Se i pesci del suo emisfero erano grigi, al massimo argento vivo, questi apparivano azzurri con pinne maraschine, avevano barbe zafferano, o musi cardinale. Aveva pescato un capitone con due teste occhiute, una da ciascun capo del corpo, ma padre Caspar gli aveva fatto notare come la seconda testa fosse invece una coda così decorata da natura, agitando la quale la bestia impauriva i suoi avversari anche da tergo. Fu catturato un pesce dal ventre maculato, con strisce di atramento sul dorso, tutti i colori dell'iride intorno all'occhio, un muso caprino, ma padre Caspar lo fece subito ributtare a mare, poiché sapeva (racconti dei confratelli, esperienza di viaggio, leggenda di marinai?) che era più velenoso di un boleto dei morti.

Di un altro, dall'occhio giallo, una bocca tumida e i denti come chiodi, padre Caspar aveva subito detto che era creatura di Belzebù. Che lo si lasciasse soffocare sul ponte sino a che morte non ne seguisse, e poi via da dove era venuto. Lo diceva per scienza acquisita o giudicava dall'aspetto? Peraltro tutti i pesci che Caspar giudicava commestibili si rivelavano ottimi – e anzi di uno aveva saputo anche dire che era meglio bollito che arrosto.

Iniziando Roberto ai misteri di quel mar salomonico, il gesuita era anche stato più preciso nel dar notizie sull'Isola, di cui la *Daphne*, arrivando, aveva fatto l'intero giro. Verso est aveva alcune piccole spiagge, ma troppo esposte ai venti. Subito dopo il promontorio sud, dove poi avevano approdato con la barca, c'era una baia calma, salvo che l'acqua vi era troppo bassa per ormeggiarvi la *Daphne*. Quello, dove ora la nave stava, era il punto più acconcio: avvicinandosi all'Isola ci si sarebbe incagliati su un fondo basso, e allontanandosene maggiormente ci si sarebbe trovati nel vivo di una corrente assai forte, che percorreva il canale tra le due isole da sudovest a nordest; e fu facile dimostrarlo a Roberto. Padre Caspar gli chiese di lanciare il corpaccio morto del pesce di Belzebù, con quanta forza aveva, verso il mare a occidente, e il cadavere del mostro, per quanto lo si vide galleggiare, fu trascinato con veemenza da quel flusso invisibile.

Sia Caspar che i marinai avevano esplorato l'Isola, se non tutta, in gran parte: abbastanza da poter decidere che il cocuzzolo, che avevano scelto per impiantarvi la Specola, era il più adatto per dominare con l'occhio tutta quella terra, vasta quanto la città di Roma.

C'era all'interno una cascata, e una bellissima vegetazione: non solo cocchi e banane, ma anche alcuni alberi dal tronco a forma di stella, con le punte che si assottigliavano come lame.

Degli animali, alcuni Roberto ne aveva visti nel sottoponte: l'Isola era un paradiso di uccelli, e c'erano persino delle volpi volanti. Avevano avvistato nella macchia dei maiali, ma non erano riusciti a catturarli. C'erano serpenti, ma nessuno s'era mostrato velenoso o feroce, mentre sconfinata era la varietà delle lucertole.

Ma la fauna più ricca era lungo il barbacane di corallo. Tartarughe, granchi, e ostriche di ogni forma, difficili da comparare a quelle che si trovano nei nostri mari, grandi come cesti, come pentole, come piatti da gran portata, spesso difficili da aprire, ma una volta aperte mostravano masse di carne bianca, molle e grassa che erano vere e proprie leccornie. Malauguratamente non si poteva portarli sulla nave: appena fuori dell'acqua, si corrompevano al calore del sole.

Non avevano visto nessuna delle grandi bestie feroci di cui sono ricche altre contrade dell'Asia, né elefanti, né tigri né coccodrilli. E d'altra parte nulla che assomigliasse a un bue, a un toro, a un cavallo o a un cane. Sembrava che in quella terra ogni forma di vita fosse stata concepita non da un architetto o da uno scultore, bensì da un orafo: gli uccelli erano cristalli colorati, piccoli gli animali del bosco, piatti e quasi trasparenti i pesci.

Non era parso né a padre Caspar né al capitano o ai marinai, che in quelle acque ci fossero Pesci Cani, che li si potrebbe notare anche da lontano, per via di quella pinna, tagliente come una scure. E dire che in quei mari se ne trovano per ogni dove. Questa, che di fronte e intorno all'Isola mancassero gli squali, era a mio parere una illusione di quell'estroso esploratore, o forse era vero quello che egli arguiva, e cioè che, essendoci di poco più a ovest una gran corrente, quegli animali preferissero muoversi laggiù, dove erano sicuri di trovare nutrimento più abbondante. Comunque fosse, è bene per la storia che ne seguirà che né Caspar né Roberto paventassero la presenza di squali, altrimenti non avrebbero poi avuto cuore di scendere in acqua e io non saprei che cosa raccontare.

Roberto seguiva queste descrizioni, si invaghiva sempre più dell'Isola lontana, tentava di immaginarsi la forma, il colore, il movimento delle creature di cui padre Caspar gli diceva. E i coralli, come erano questi coralli, che egli conosceva solo come gioielli che per poetica definizione avevano il colore delle labbra di una bella donna?

Sui coralli padre Caspar restava senza parole e si limitava ad alzare gli occhi al cielo con una espressione di beatitudine. Quelli di cui parlava Roberto erano i coralli morti, come morta era la virtù di quelle cortigiane a cui i libertini applicavano quell'abusata comparazione. E sulla scogliera di coralli morti ce n'erano, ed erano quelli a ferire chi toccasse quelle pietre. Ma in nulla potevano competere coi coralli vivi, che erano – come dire – fiori sottomarini, anemoni, giacinti, ligustri, ranuncoli, viole a ciocche – macché, questo non diceva nulla – erano una festa di galle, ricci, coccole, bocci, lappole, virgulti, garzuoli, nerbolini – ma no, altra cosa erano, mobili, coloriti come il giardino di Armida, e imitavano tutti i vegetali del campo, dell'orto e del bosco, dal cedriuolo all'uovolo e al cavolo cappuccio...

Lui ne aveva veduti altrove, grazie a uno strumento costruito da un suo confratello (e ad andare a frugare in una cassa della sua cabina lo strumento veniva fuori): era come una maschera di cuoio con un grande occhiale di vetro, e l'orificio superiore bordato e rinforzato, con un paio di legacci tal che lo si poteva assicurare alla nuca in modo che quello aderisse al viso, dalla fronte al mento. Navigando su di un battello dal fondo piatto, che non s'incagliasse sul terrapieno sommerso, si piegava la testa sino a sfiorare l'acqua e si vedeva il fondo – mentre se uno avesse immerso il capo nudo, a parte il bruciore degli occhi, non avrebbe veduto nulla.

Caspar pensava che l'ordigno – che chiamava Perspicillum, Occhiale, ovvero *Persona Vitrea* (maschera che non nasconde, ma anzi rivela) – avrebbe potuto essere indossato anche da chi avesse saputo nuotare tra le rocce. Non era che l'acqua non penetrasse prima o poi all'interno, ma per un poco, trattenendo il fiato, si poteva continuare a guardare. Dopo di che si sarebbe dovuti riemergere, vuotare quel vaso e ricominciare da capo.

"Se tu a natare impareresti, potresti queste cose laggiù

vedere," diceva Caspar a Roberto. E Roberto, facendogli il verso: "Se io naterei il mio petto fosse una borraccia!" E tuttavia recriminava di non poter andare laggiù.

E poi, e poi, stava aggiungendo padre Caspar, sull'Isola c'era la Colomba di Fiamma.

"La Colomba di Fiamma? Che cos'è?" chiese Roberto, e l'ansia con cui lo chiese ci pare esorbitante. Come se l'Isola da tempo gli promettesse un emblema oscuro, che solo ora diventava luminosissimo.

Spiegava padre Caspar che era difficile descrivere la bellezza di questo uccello, e bisognava vederlo per poterne parlare. Lui lo aveva scorto col cannocchiale il giorno stesso dell'arrivo. E da lontano era come vedere una sfera d'oro infuocato, o di fuoco aurato, che dalla cima degli alberi più alti saettava verso il cielo. Appena a terra aveva voluto saperne di più, e aveva istruito i marinai affinché lo individuassero.

Era stato un appostamento assai lungo, sino a che si era capito tra quali alberi abitasse. Emetteva un suono del tutto particolare, una sorta di "toc toc", quale si ottiene schioccando la lingua contro il palato. Caspar aveva compreso che producendo questo richiamo con la bocca o con le dita l'animale rispondeva, e qualche volta si era lasciato scorgere mentre volava di ramo in ramo.

Caspar era tornato più volte ad appostarsi, ma con un cannocchiale, e almeno una volta aveva visto bene l'uccello, quasi immobile: il capo era oliva scuro – no, forse asparago, come le zampe – e il becco color erba medica si estendeva, come una maschera, a incastonare l'occhio, che pareva un grano di formento turco, con la pupilla di un nero scintillante. Aveva un breve sottogola dorato come la punta delle ali, ma il corpo, dal petto sino alle penne della coda, dove le piume sottilissime sembravano i capelli di una donna, era (come dire?) – no, rosso non era la parola adatta...

Rubbio, rubeo, rossetto, rubeolo, rubescente, rubecchio, rossino, rubefacente, suggeriva Roberto. *Nein, nein*, si irritava padre Caspar. E Roberto: come una fragola, un geranio, un lampone, una marasca, un ravanello; come le bacche dell'agrifoglio, il ventre della tordela o del tordo sassello, la coda del codirosso, il petto del pettirosso... Ma no, no, insisteva padre Caspar, in lotta con la sua e le altrui lingue per trovare le parole adatte: e – a giudicare dalla sintesi che poi ne trae Roberto, né si capisce più se l'enfasi sia dell'informatore o dell'informato – doveva essere del colore festoso di un melangolo, di una melarancia, era un sole alato, insomma, quando lo si vedeva nel cielo bianco era come se l'alba scagliasse un melograno sulla neve. E quando si frombolava nel sole era più sfolgorante di un cherubino!

Questo uccello color arancio, diceva padre Caspar, certamente non poteva che vivere sull'Isola di Salomone, perché era nel Cantico di quel gran Re che si parlava di una colomba che si leva come l'aurora, fulgida come il sole, *terribilis ut castrorum acies ordinata*. Era, come dice un altro salmo, con le ali che si coprono d'argento e le penne coi riflessi dell'oro.

Insieme a questo animale Caspar ne aveva visto un altro quasi uguale, tranne che le penne non erano aranciate ma verdazzurre, e dal modo come i due andavano di regola appaiati sullo stesso ramo, dovevano essere maschio e femmina. Che potessero essere colombi lo diceva la loro forma, e il loro gemito così frequente. Quale dei due fosse il maschio era difficile a dire, e d'altra parte aveva imposto ai marinai di non ucciderli.

Roberto domandò quante colombe potessero esserci sull'Isola. Per quel che ne sapeva padre Caspar, che ogni volta aveva visto una sola palla arancina schizzare verso le nubi, o sempre una sola coppia tra le alte fronde, sull'Isola potevano esserci anche due sole colombe, e una sola color arancio. Supposizione che faceva smaniare Roberto per quella bellezza peregrina – che, se attendeva lui, lo attendeva sempre dal giorno prima.

D'altra parte se Roberto voleva, diceva Caspar, stando

ore e ore al cannocchiale, avrebbe potuto vederla anche dalla nave. Purché si fosse tolto quegli occhiali di nerofumo. Alla risposta di Roberto, che gli occhi non glielo permettevano, Caspar aveva fatto alcune osservazioni sprezzanti su quel male da donnicciuola, e aveva consigliato i liquidi con cui si era curato il suo bubbone (Spiritus, Olea, Flores).

Non appare chiaro se Roberto li abbia usati, se si sia allenato a poco a poco a guardarsi d'intorno senza occhiali, prima all'alba e al tramonto e poi in pieno giorno, e se ancora li portasse quando, come vedremo, cerca di apprendere il nuoto – ma il fatto è che da questo momento in avanti gli occhi non vengono più menzionati per giustificare qualsivoglia fuga o latitanza. Così che è lecito desumere che a poco a poco, forse per l'azione curativa di quelle arie balsamiche o dell'acqua marina, Roberto sia guarito da un'affezione che, vera o presunta, lo rendeva licantropo da più di dieci anni (se proprio il lettore non voglia insinuare che da questo momento io lo desidero a pieno tempo sul ponte e, non trovando smentite tra le sue carte, con autoriale arroganza lo libero da ogni male).
Ma forse Roberto voleva guarire per vedere a ogni prezzo la colomba. E si sarebbe anche subito gettato alla murata per passare il giorno a scrutare gli alberi, se non fosse stato distratto da un'altra questione irrisoluta.

Terminata la descrizione dell'Isola e delle sue ricchezze, padre Caspar aveva osservato che tante giocondissime cose non potevano trovarsi che lì sul meridiano antipodo. Roberto aveva allora chiesto: "Ma, reverendo padre, voi mi avete detto che la Specola Melitense vi ha confermato che siete sul meridiano antipodo, e io ci credo. Ma non siete andato a innalzar la Specola su ogni isola che avete incontrato nel vostro viaggio, bensì su questa soltanto. E allora in qualche modo, prima che la Specola ve lo dicesse, voi dovevate già essere sicuro di aver trovato la longitudine che cercavate!"

"Tu pensi molto giusto. Se io qui sarei venuto senza sapere che qui era qui, non potevo io sapere che ero qui... Ora ti spiego. Siccome sapevo che la Specula era l'unico instrumento giusto, per arrivare dove provare la Specula, dovevo falsi metodi usare. Et così ho facto."

23.
Diverse e artificiose Macchine

Visto che Roberto era incredulo, e pretendeva di sapere quali fossero, e quanto inutili, i vari metodi per trovare le longitudini, padre Caspar gli aveva obiettato che, essendo tutti sbagliati se venivano presi uno per uno, presi tutti insieme si potevano bilanciare i vari risultati, e compensarne i singoli difetti. "E questa est mathematica!"

Certo, un orologio dopo migliaia di miglia non dà più la certezza di segnar bene il tempo del luogo di partenza. Ma molti e vari orologi, alcuni di speciale e accurata costruzione, quanti Roberto ne aveva scoperti sulla *Daphne*? Tu confronti i loro tempi inesatti, controlli giornalmente le risposte dell'uno sui decreti degli altri, e qualche sicurezza l'ottieni.

Il loch o navicella che dir si volesse? Non funzionano quelli abituali, ma ecco che cosa aveva costruito padre Caspar: una cassetta, con due aste verticali, così che una avvolgeva e l'altra svolgeva una corda di lunghezza fissa equivalente a un numero fisso di miglia; e l'asta avvolgente era coronata da molte palette, che come in un mulino giravano sotto l'impulso degli stessi venti che gonfiavano le vele, e acceleravano o rallentavano il loro moto – e quindi più o meno avvolgevano di corda – a seconda della forza e della direzione diretta od obliqua del soffio, registrando pertanto anche le deviazioni dovute al ponteggiare, o all'andar contro vento. Metodo non sicurissimo tra tutti, ma ottimo se qualcuno ne avesse comparato i risultati con quelli di altri rilevamenti.

Le eclissi lunari? Sicuro che a osservarle in viaggio ne venivano fuori infiniti equivoci. Ma per intanto, che dire di quelle osservate a terra?

"Dobbiamo avere molti osservatori et in molti posti del mondo, et ben disposti a collaborare alla maggior gloria di Dio, e non a farsi ingiurie o dispetti e sdegni. Ascolta: nel 1612, l'otto di novembre, a Macao, il reverendissimo pater Iulius de Alessis registra un'eclipse dalle otto trenta della sera sino alle undici trenta. Informa il reverendissimo pater Carolus Spinola che a Nangasaki, in Iaponia, la stessa eclipse alle nove trenta della stessa sera osservava. E il pater Christophorus Schnaidaa aveva la stessa eclipse visto a Ingolstatio alle cinque del pomeriggio. La differentia di una hora fa quindici gradi di meridiano, et dunque questa è la distantia tra Macao e Nangasaki, non sedici gradi et venti, come dice Blaeu. Verstanden? Naturalmente per questi rilievi occorre guardarsi dall'umbraco e dal fumo, avere horologi giusti, non lasciarsi sfuggire l'initium totalis immersionis, et tener giusta media tra initium et finis eclipsis, osservare i momenti intermedi in cui s'oscurano le macchie, et coetera. Se i luoghi lontani sono, un piccolissimo errore fa non grossa differentia, ma se i luoghi proximi sono, uno sbaglio di pochi minuti fa grossa differentia."

A parte che su Macao e Nagasaki mi pare avesse più ragione Blaeu che non padre Caspar (e questo prova quale intrigo fossero davvero le longitudini a quel tempo), ecco come, raccogliendo e collegando le osservazioni fatte dai loro confratelli missionari, i gesuiti avevano stabilito un Horologium Catholicum, che non voleva dire che era un orologio fedelissimo al papa, ma un orologio universale. Era in effetti una specie di planisferio in cui erano segnate tutte le sedi della Compagnia, da Roma ai confini del mondo noto, e per ciascun luogo era segnata l'ora locale. Così, spiegava padre Caspar, lui non aveva avuto bisogno di tener conto del tempo dall'inizio del viaggio, ma solo dall'ultima scolta del mondo cristiano, la cui longitudine era indiscussa. Quindi i margini di errore si erano di molto ridotti, e tra una stazione e l'altra si potevano anche usar metodi che in assoluto non davano alcuna garanzia, come la variazione dell'ago o il calcolo sulle macchie lunari.

Per fortuna i suoi confratelli erano davvero un poco dappertutto, da Pernambuco a Goa, da Mindanao al Porto Sancti Thomae e, se i venti gli impedivano di attraccare in un porto, ce n'era subito un altro. Per esempio a Macao, ah, Macao, al solo pensiero di quell'avventura padre Caspar si scombuiava. Era un possedimento portoghese, i Chinesi chiamavano gli europei uomini dal lungo naso proprio perché i primi a sbarcare sulle loro coste erano stati i portoghesi, che invero hanno un naso lunghissimo, e anche i gesuiti che venivano con loro. E dunque la città era una sola corona di fortezze bianche e blu sulla collina, controllate da padri della Compagnia, che dovevano occuparsi anche di cose militari, visto che la città era minacciata dagli eretici olandesi.

Padre Caspar aveva deciso di far rotta su Macao, dove conosceva un confratello dottissimo in scienze astronomiche, ma aveva dimenticato che stava navigando su un *fluyt*.

Che avevano fatto i buoni padri di Macao? Avvistata una nave olandese, avevano dato mano a cannoni e a colubrine. Inutile che padre Caspar si sbracciasse a prora e avesse fatto subito inalzare lo stendardo della Compagnia, quei maledetti nasi lunghi dei suoi confratelli portoghesi, avvolti nel fumo guerresco che li invitava a una santa carnificina, non se n'erano neppure accorti, e via a far fioccare palle tutto intorno alla *Daphne*. Pura grazia di Dio se la nave aveva potuto sfogar la vela, pigliar volta e fuggire a mala pena verso il largo, col capitano che nella sua lingua luterana lanciava villanie a quei padri di poca ponderazione. E questa volta aveva ragione lui: va bene mandare a fondo gli olandesi, ma non quando c'è un gesuita a bordo.

Per fortuna non era difficile trovare altre missioni a non molta distanza, e avevano puntato la prora sulla più ospitale Mindanao. E così di tappa in tappa tenevano sotto controllo la longitudine (e Dio sa come, aggiungo, visto che finendo a un palmo dall'Australia dovevano aver perso ogni punto di riferimento).

"Et ora dobbiamo Novissima Experimenta fare, per clarissime et evidenter dimostrare che noi sul centottantesimo meridiano siamo. Altrimenti i miei confratelli del Collegio Romano pensano che io sia un malamokko."

"Nuovi esperimenti?" domandò Roberto. "Non mi avevate appena detto che la Specola vi ha finalmente dato la sicurezza di trovarvi sul centottantesimo meridiano e di fronte all'Isola di Salomone?"

Sì, rispose il gesuita, lui ne era certo: aveva messo in lizza i vari metodi imperfetti trovati dagli altri, e l'accordo di tanti metodi deboli non poteva che fornire una certezza assai forte, come avviene nella prova di Dio per il *consensus gentium*, che è pur vero che a credere in Dio sono tanti uomini inclini all'errore, ma è impossibile che tutti si sbaglino, dalle selve dell'Africa ai deserti della China. Così avviene che noi crediamo al moto del sole e della luna e degli altri pianeti, o alla potenza nascosta della chelidonia, o che nel centro della terra vi sia un fuoco sotterraneo; da mille e mille anni gli uomini lo hanno creduto, e credendolo sono riusciti a vivere su questo pianeta e a ottenere molti utili effetti dal modo in cui avevano letto il grande libro della natura. Ma una grande scoperta come quella doveva essere confermata da molte altre prove, in modo che anche gli scettici si arrendessero all'evidenza.

E poi la scienza non si deve solo perseguire per amor di sapere, ma per farne partecipi i propri fratelli. E pertanto, visto che a lui era costata tanta fatica trovar la giusta longitudine, doveva ora cercarne conferma attraverso altri metodi più facili, in modo che questo sapere diventasse patrimonio di tutti i nostri fratelli, "o almeno dei fratelli christiani, anzi, dei fratelli catholici, perché gli heretici olandesi o inglesi, o peggio moravi, sarebbe assai meglio che di questi segreti non verrebbero mai a conoscenza".

Ora, di tutti i metodi di prender la longitudine, due ormai lui teneva per sicuri. Uno, buono per la terraferma, era appunto quel tesoro di ogni metodo che era la Specola Melitense; l'altro, buono per le osservazioni in mare, era quello dell'Instrumentum Arcetricum, che giaceva sottoponte e non era stato ancora messo in opera, poiché prima si trattava di ottenere attraverso la Specola la certezza sulla propria posizione, e poi vedere se quell'Instrumentum la confermava, dopo di che avrebbe potuto esser considerato sicurissimo tra tutti.

Questo esperimento, padre Caspar lo avrebbe fatto molto prima, se non fosse successo tutto quel che era successo. Ma era venuto il momento, e sarebbe stato proprio quella notte stessa: il cielo e le effemeridi dicevano che era la notte giusta.

Cos'era l'Instrumentum Arcetricum? Era un arnese prefigurato molti anni prima dal Galilei – ma si badi, prefigurato, raccontato, promesso, mai realizzato, prima che padre Caspar si mettesse all'opera. E a Roberto che gli chiedeva se quel Galilei fosse quello stesso che aveva fatto una condannatissima Ipotesi sul moto della terra, padre Caspar rispondeva che sì, quando s'era impicciato di metafisica e di sacre scritture quel Galilei aveva detto cose pessime, ma come meccanico era uomo di genio, e grandissimo. E alla domanda se non era male usare le idee di un uomo che la Chiesa aveva riprovato, il gesuita aveva risposto che alla maggior gloria di Dio possono concorrere anche le idee di un eretico, se eretiche in sé non sono. E immaginiamoci se padre Caspar, che accoglieva tutti i metodi esistenti, non giurando su nessuno ma traendo partito dal loro rissoso conciliabolo, non avrebbe dovuto trarre partito anche dal metodo del Galilei.

Anzi, era molto utile e per la scienza e per la fede approfittare al più presto dell'idea del Galilei; costui aveva già tentato di venderla agli olandesi, e per fortuna che quelli, come gli spagnoli qualche decennio prima, ne avevano diffidato.

Il Galilei aveva tratto faloticherie da una premessa che in sé era giustissima, e cioè di rubar l'idea del cannocchiale ai fiamminghi (che lo usavano solo per guardare le navi nel porto), e di puntare quello strumento al cielo. E lì, tra tante altre cose che padre Caspar non si sognava di mettere in dubbio, aveva scoperto che Jupiter, o Giove come lo

265

chiamava il Galilei, aveva quattro satelliti, come a dire quattro lune, non mai vedute, dalle origini del mondo a quei tempi. Quattro stelline che gli giravano intorno, mentre esso girava intorno al sole – e vedremo che per padre Caspar, che Giove girasse intorno al sole, era ammissibile, purché si lasciasse in pace la terra.

Ora che la nostra luna entri talora in eclissi, quando passa nell'ombra della terra, era cosa ben nota, così come era noto a tutti gli astronomi quando le eclissi lunari si sarebbero verificate, e facevano testo le effemeridi. Nulla da stupirsi dunque se anche le lune di Giove avevano le loro eclissi. Anzi, almeno per noi, ne avevano due, una eclissi vera e propria e una occultazione.

Infatti la luna scompare ai nostri occhi quando la terra si inframette tra essa e il sole, ma i satelliti di Giove scompaiono alla nostra vista due volte, quando vi passano dietro e quando vi passano davanti, diventando tutt'uno con la sua luce, e con un buon cannocchiale si possono seguire benissimo le loro appparizioni e disapparizioni. Con il vantaggio inestimabile che, mentre le eclissi di luna avvengono solo a ogni morte di vescovo, e prendono un tempo lunghissimo, quelle dei satelliti jupiterini avvengono di frequente, e sono assai rapide.

Ora supponiamo che l'ora e i minuti delle eclissi di ciascun satellite (ciascuno trascorrendo su un'orbita di diversa ampiezza) siano stati esattamente appurati su un meridiano noto, e ne facciano fede le effemeridi; a questo punto basta riuscire a stabilire l'ora e il minuto in cui l'eclissi si mostra sul meridiano (ignoto) su cui si sta, e il conto è presto fatto, ed è possibile dedurne la longitudine del luogo di osservazione.

È vero che c'erano inconvenienti minori, di cui non valeva la pena di parlare a un profano, ma l'impresa sarebbe riuscita a un buon calcolatore, il quale disponesse di un misuratore del tempo, vale a dire un perpendiculum, o pendolo, o Horologium Oscillatorium che dir si volesse, capace di misurare con assoluta esattezza anche la differenza di un solo secondo; item, avesse due normali orologi che gli dicessero fedelmente l'ora di inizio e fine del fenomeno sia sul meridiano di osservazione che su quello dell'Isola del Ferro; item, mediante la tavola dei seni sapesse misurare la quantità dell'angolo fatto nell'occhio dai corpi esaminati – angolo che, se inteso come posizione delle lancette di un orologio, avrebbe espresso in minuti primi e secondi la distanza tra due corpi e la sua progressiva variazione.

Purché, giova ripeterlo, si avessero quelle buone effemeridi che il Galilei ormai vecchio e malato non era riuscito a completare, ma che i confratelli di padre Caspar, già così bravi a calcolar le eclissi di Luna, avevano ora stilato a perfezione.

Quali erano gli inconvenienti maggiori, su cui si erano esacerbati gli avversari di Galileo? Che si trattava di osservazioni che non si potevano fare a occhio nudo o ci voleva un buon cannocchiale o telescopio che dir ormai si volesse? E padre Caspar ne aveva di ottima fattura, quale neppure il Galilei se lo era mai sognato. Che la misurazione e il calcolo non erano alla portata dei marinai? Ma se tutti gli altri metodi per le longitudini, se si eccettua forse la navicella, richiedevano addirittura un astronomo! Se i capitani avevano imparato a usare l'astrolabio, che pure non era cosa alla portata di qualsiasi profano, avrebbero pur imparato a usare il cannocchiale.

Ma, dicevano i pedanti, osservazioni così esatte che richiedevano molta precisione, si potevano forse fare da terra, ma non su di una nave in movimento, dove nessuno riesce a tener fermo un cannocchiale su un corpo celeste che non si vede a occhio nudo... Ebbene, padre Caspar era lì per mostrare che con un poco di abilità le osservazioni si potevano fare anche su di una nave in movimento.

Infine alcuni spagnoli avevano obiettato che i satelliti in eclisse non apparivano di giorno, e non nelle notti tempestose. "Forse loro credono che uno batte le mani et ecco illico et immediate le eclipsi di luna a sua dispositione?" – si irritava padre Caspar. E chi aveva mai detto che l'osservazione doveva essere fatta a ogni istante? Chi ha viaggiato dalle une all'altre Indie sa che il prender la longitudine non può aver bisogno di maggior frequenza di quel che si richieda per l'osservazione della latitudine, e neppur questa, né con l'astrolabio né con la balestriglia, la si può fare nei momenti di gran commozione del mare. Che la si sapesse prender bene, questa benedetta longitudine, anche solo una volta ogni due o tre giorni, e tra l'una e l'altra osservazione si sarebbe potuto tenere un conto del tempo e dello spazio trascorso, come già si faceva, usando una navicella. Salvo che sino ad allora si era ridotti a far solo quello per mesi e mesi. "Essi mi sembrano," diceva il buon padre vieppiù sdegnato, "come huomo che in una grossa carestia tu soccorri con un cesto di pane, e anziché render gratia si conturba che sulla tavola anche un porcello arrosto o un leproncello non metti a lui. Oh Sacrobosco! Forse che tu buttavi in mare i cannoni di questa nave solo perché sapresti che su cento tiri novanta fanno pluff in aqua?"

Ecco quindi padre Caspar impegnare Roberto nella preparazione di un esperimento che si doveva fare in una sera come quella che si stava annunciando, astronomicamente opportuna, con cielo chiaro, ma con il mare in mediocre agitazione. Se l'esperimento si faceva in una sera di bonaccia, spiegava padre Caspar, era come farlo da terra, e lì si sapeva già che sarebbe riuscito. L'esperimento doveva invece consentire all'osservatore una parvenza di bonaccia su di uno scafo mosso da poppa a prora, e dall'una all'altra banda.

Anzitutto si era trattato di ricuperare, tra gli orologi che nei giorni scorsi erano stati così maltrattati, uno che ancora funzionasse a dovere. Uno solo, in quel caso fortunato, e non due: infatti lo si accordava all'ora locale con una buona rilevazione diurna (ciò che fu fatto) e, siccome si era certi di essere sul meridiano antipodo, non c'era ragione di averne un secondo che segnasse l'ora dell'Isola del Ferro. Bastava sapere che la differenza era di dodici ore esatte. Mezzanotte qui, mezzogiorno là.

A ben riflettere, questa decisione pare riposare su un circolo vizioso. Che si fosse sul meridiano antipodo era cosa che l'esperimento doveva provare, e non dar per sottintesa.

Ma padre Caspar era così sicuro delle sue osservazioni precedenti che desiderava soltanto confermarle, e poi – probabilmente – dopo tutto quel trambusto sulla nave non c'era più un solo orologio che ancora segnasse l'ora dell'altra faccia del globo, e occorreva superare quell'intoppo. D'altra parte Roberto non era così sottile da rilevare il vizio nascosto di quel procedimento.

"Quando io dico *via*, tu guardi l'hora, e scrivi. Et subito dai un colpo al perpendiculo."

Il perpendicolo era sostenuto da un piccolo castello in metallo, che faceva da forca a una bacchetta di rame terminante con un pendolo circolare. Nel punto più basso dove il pendolo passava, c'era una ruota orizzontale, su cui erano posti dei denti, ma fatti in modo che un lato del dente fosse dritto a squadra sopra il piano della ruota, e l'altro obliquo. Reciprocando di qua e di là, il pendolo – andando – urtava, con uno stiletto che ne sporgeva, una setola, la quale a sua volta toccava un dente dalla parte diritta, e muoveva la ruota; ma quando il pendolo ritornava, la setoletta toccava appena il lato obliquo del dente, e la ruota stava ferma. Contrassegnando i denti con dei numeri, quando il pendolo si arrestava si poteva contare la quantità dei denti spostati, e quindi calcolare il numero delle particelle di tempo trascorse.

"Così tu non sei obbligato a contare ogni volta uno, due tre et coetera, ma alla fine quando io dico *basta*, fermi il perpendiculo et conti i denti, capito? Et scrivi quanti denti. Poi guardi l'horologio et scrivi *hora questa o quella*. Et quando di nuovo *via* dico, tu a esso dai un molto gagliardo impulso, et esso comincia di nuovo l'oscillatione. Simplice, che anche un bambino capisce."

Certo non si trattava di un gran perpendicolo, padre Caspar lo sapeva bene, ma su quell'argomento si iniziava appena a discutere e solo un giorno se ne sarebbero potuti costruire di più perfetti.

"Cosa difficillima, e dobbiamo ancora molto imparare, ma se Dio non proibirebbe *die Wette...* come tu dici, *le pari...*"

"La scommessa."

"Ecco. Se Dio non proibirebbe io potrei fare scommessa che in futuro tutti vanno a cercare longitudini e tutti altri phenomena terrestri con perpendiculo. Ma molto è difficile su una nave, et tu deve fare molta attentione."

Caspar disse a Roberto di disporre i due congegni, insieme all'occorrente per scrivere, sul castello di poppa, che era l'osservatorio più elevato di tutta la *Daphne*, là dove avrebbero montato l'Instrumentum Arcetricum. Dalla soda avevano portato sul castello quegli aggeggi che Roberto vi aveva intravisto mentre ancora dava la caccia all'Intruso. Erano di facile trasporto, tranne la bacinella di metallo, che era stata issata sul ponte tra imprecazioni e rovinosi fallimenti, perché non passava su per le scalette. Ma padre Caspar, segaligno com'era, ora che doveva realizzare il suo progetto, rivelava una energia fisica pari alla sua volontà.

Montò quasi da solo, con un suo strumento per serrare le borchie, un'armatura di semicerchi e barrette di ferro, che si rivelò per un sostenitore di forma rotonda, al quale venne fissato con gli anelli il telo circolare, cosicché alla fine si aveva come un gran catino in forma di mezzo orbe sferico, del diametro di circa due metri. Occorse incatramarlo affinché non lasciasse passare l'olio maleodorante dei barilotti, con cui ora Roberto lo stava riempiendo, lamentandosi per il gran leppo. Ma padre Caspar gli rammentava, serafico come un cappuccino, che non serviva a soffrigger cipolle.

"E a che serve invece?"

"Proviamo in questo piccolo mare una più piccola nave di mettere," e si faceva aiutare a collocare nel gran catino di tela la bacinella metallica, quasi piatta, con un diametro di poco inferiore a quello del contenente. "Non hai mai uno sentito che dice che il mare è liscio come l'oleo? Ecco, tu vedi già, il ponte pende a sinistra et l'oleo della grossa vasca pende a destra, et vice versa, o vero a te così pare; invero l'oleo si mantiene sempre equilibrato senza mai alzarsi o abbassarsi, e parallelo all'orizzonte. Succederebbe anche se aqua sarebbe, ma su l'oleo sta la piccola catinella come su mare in bonaccia. Et io ho già un piccolo esperimento a Roma fatto, con due piccole catinelle, la maggiore piena d'aqua et la minore di arena, e nell'arena infilato un piccolo stilo, et io mettevo la piccola a galleggiare nella grossa, et la grossa muovevo, et tu potevi lo stilo diritto come un campanile vedere, non inclinato come le torri di Bononia!"

"Wunderbar," approvava xenoglotta Roberto. "E adesso?"

"Togliamo hora la bacinella piccola, che dobbiamo su di essa tutta una machina montare."

La carena della bacinella aveva delle piccole molle all'esterno in modo che, spiegava il padre, una volta che essa navigasse col suo carico nella vasca più grande, doveva restare separata almeno un dito dal fondo del contenitore; e se l'eccessivo movimento del suo ospite l'avesse spinta troppo a fondo (quale ospite, domandava Roberto; ora tu vedi, rispondeva il padre) quelle molle dovevano permetterle di risalire a galla senza scosse. Sul fondo interno si trattava di conficcare un sedile dal dorso inclinato, che permettesse a un uomo di starvi quasi sdraiato guardando verso l'alto, poggiando i piedi su una lastra di ferro che faceva da contrappeso.

Posta la bacinella sul ponte, e resala stabile con qualche cuneo, padre Caspar si assise sul seggio, e spiegò a Roberto come montargli sulle spalle, allacciandogliela alla vita, un'armatura di cinghie e bandoliere di tela e di cuoio, a cui doveva venir assicurata anche una cuffia in forma di celata. La celata lasciava un foro per un occhio, mentre all'altezza del nasale spuntava una stanga sormontata da un anello. In esso si infilava il cannocchiale, da cui pendeva un'asta rigida che terminava a gancio. L'Iperbole degli Occhi poteva essere mossa liberamente sino a che si fosse individuato l'astro prescelto; ma, una volta che questo era al centro della lente, si agganciava l'asta rigida alle bandoliere pettorali, e da quel momento era garantita una visione fissa contro eventuali movimenti di quel ciclope.

"Perfecto!" giubilava il gesuita. Quando la bacinella

fosse stata posta a galleggiare sulla bonaccia dell'olio, si potevano fissare anche i corpi celesti più sfuggenti senza che alcuna commozione del mare in scombuglio potesse far deflettere l'occhio oroscopante dalla stella prescelta! "E questo ha il signor Galilei descritto, et io ho facto."

"È molto bello," disse Roberto. "Ma ora chi mette tutto questo nella vasca dell'olio?"

"Ora io sciolgo me stesso e scendo, poi noi mettiamo la vuota catinella nell'oleo, poi io salgo di nuovo."

"Non credo sia facile."

"Molto più facile che la catinella con me dentro mettere."

Sia pure con qualche sforzo, la catinella col suo seggio fu issata a galleggiare sull'olio. Poi padre Caspar, con l'elmo e l'armatura, e il cannocchiale montato sulla celata, tentò di salire sull'impalcatura, con Roberto che lo sosteneva con una mano serrandogli la mano e con l'altra spingendolo al fondo schiena. Il tentativo fu fatto più volte, e con scarso successo.

Non era che il castello metallico che sosteneva la vasca maggiore non potesse sostenere anche un ospite, ma gli negava ragionevoli punti di stazione. Che se poi padre Caspar tentava, come fece alcune volte, di poggiare solo un piede sul bordo metallico, ponendo subito l'altro dentro la catinella minore, questa, nella foga dell'imbarco, tendeva a muoversi sull'olio verso il lato opposto del contenitore, divaricando a compasso le gambe del padre, il quale lanciava grida di allarme sino a che Roberto non lo afferrava alla vita e non lo ritraeva a sé, come a dire sulla terraferma della *Daphne* – imprecando nel frattempo alla memoria del Galilei e lodando quei carnefici dei suoi persecutori. Interveniva a quel punto padre Caspar il quale, abbandonandosi nelle braccia del suo salvatore, gli assicurava in un gemito che quei persecutori carnefici non erano, bensì uomini di chiesa degnissimi, intesi soltanto alla preservazione della verità, e che col Galilei erano stati paterni e misericordiosi. Poi, sempre corazzato e immobilizzato con lo sguardo verso il cielo, il cannocchiale a perpendicolo sul volto, come un Policinella dal naso meccanico, ricordava a Roberto che il Galilei almeno in quell'invenzione non aveva sbagliato, e che solo occorreva provare e riprovare. "E dunque mein lieber Robertus," poi diceva, "forse hai tu me dimenticato e credi che ero una tartaruca, che si cattura a ventre all'aria? Su via, spingi me di nuovo, ecco, fa che tocco quel bordo, ecco, così, che all'huomo si addice la statura erecta."

In tutte queste infelici operazioni non era che l'olio rimanesse calmo come l'olio, e dopo un poco entrambi gli sperimentatori si ritrovarono gelatinosi e, quel che è peggio, oleabondi – se il contesto permette questo conio al cronista, senza che debba esserne imputata la fonte.

Mentre già padre Caspar disperava di poter accedere a quella sedia, Roberto osservò che forse occorreva prima svuotare il contenitore dell'olio, poi porvi la catinella, quindi farvi salire il padre, e infine riversarvi di nuovo l'olio, il livello del quale salendo, anche la catinella, e il veggente con essa, si sarebbero innalzati galleggiando.

Così si fece, con gran lodi del maestro all'acume dell'allievo, mentre si appressava la mezzanotte. Non era che l'insieme desse l'impressione di gran stabilità, ma se padre Caspar stava attento a non muoversi sconsideratamente, si poteva bene sperare.

A un certo momento Caspar trionfò: "io hora vedo essi!" Il grido lo obbligò a muovere il naso, il cannocchiale, che era piuttosto pesante, rischiò di scivolare dall'oculare, egli mosse il braccio per non mollare la presa, il moto del braccio sbilanciò la spalla, e la bacinella fu sul punto di rovesciarsi. Roberto abbandonò carta e orologi, sostenne Caspar, ristabilì l'equilibrio dell'insieme e raccomandò all'astronomo di restare immobile, facendo compiere a quel suo occhiale spostamenti cautissimi, e soprattutto senza esprimere emozioni.

Il prossimo annuncio fu dato in un sussurro che, magnificato dal celatone, parve risonare rauco come una tartarea tromba: "Io vedo essi di nuovo," e con gesto misurato assicurò il cannocchiale al pettorale. "Oh, wunderbar! Tre stel-

273

line sono di Jupiter a oriente, una sola a occidente... La più vicina appare più piccola, et è... aspetta... ecco, a zero minuti et trenta secondi da Jupiter. Tu scrivi. Ora sta per toccare Jupiter, tra poco scompare, attento a scrivere l'ora che essa sparisce..."

Roberto, che aveva lasciato il suo posto per soccorrere il maestro, aveva ripreso in mano la tabella su cui doveva segnare i tempi, ma si era seduto lasciando gli orologi alle spalle. Si voltò di colpo, e fece cadere il pendolo. La bacchetta si sfilò dal suo capestro. Roberto l'afferrò e tentò di reinserirla, ma non ci riusciva. Padre Caspar stava già gridando di segnare l'ora, Roberto si voltò verso l'orologio e nel gesto colpì con la penna il calamaio. D'impulso lo raddrizzò, per non perdere tutto il liquido, ma fece cadere l'orologio.

"Hai tu preso l'hora? Via col perpendiculo!" gridava Caspar, e Roberto rispondeva: "non posso, non posso."

"Come puoi tu no, milenso?!" E non udendo risposta continuava a gridare "come puoi tu no, mentecatto?! Hai segnato, hai scritto, hai spinto? Esso sta scomparendo, via!"

"Ho perso, no, non ho perso, ho rotto tutto," disse Roberto. Padre Caspar allontanò il cannocchiale dalla celata, sbirciò di traverso, vide il pendolo a pezzi, l'orologio rovesciato, Roberto con le mani imbrattate d'inchiostro, non si contenne ed esplose in un "Himmelpotzblitzsherrgottsakrament!" che gli scosse tutto il corpo. In questo moto inconsulto aveva fatto inclinar troppo la bacinella ed era scivolato nell'olio della vasca; il cannocchiale gli era sfuggito e di mano e d'usbergo e poi, favorito dal beccheggio, se n'era andato rotolon rotoloni per tutto il castello, rimbalzando per la scaletta e, dirupando sul ponte, era stato sbalestrato contro la culatta di un cannone.

Roberto non sapeva se soccorrere prima l'uomo o l'istrumento. L'uomo, annaspando in quella rancidezza, gli aveva gridato sublime di badare al cannocchiale, Roberto si era precipitato a inseguire quell'Iperbole fuggiasca, e l'aveva ritrovata ammaccata e con le due lenti infrante.

Quando finalmente Roberto aveva tratto dall'olio padre

Caspar, che sembrava una porcina pronta per la padella, quello aveva detto semplicemente con eroica cocciutaggine che non tutto era perduto. Di telescopio altrettanto potente ce n'era un altro, imperniato sulla Specola Melitense. Non restava che andarlo a prendere sull'Isola.

"Ma come?" aveva detto Roberto.

"Con la natatione."

"Ma voi avete detto che non sapete nuotare, né potreste, alla vostra età..."

"Io no. Tu sì."

"Ma neppure io la so, questa maledetta natatione!"

"Impara."

24

Dialoghi sui Massimi Sistemi

Quello che segue ha natura incerta: non capisco se si tratti di cronache dei dialoghi che si sono svolti tra Roberto e padre Caspar, o di appunti che il primo prendeva di notte per rimbeccar di giorno il secondo. Comunque sia, è evidente che, per tutto il periodo in cui era restato a bordo col vecchio, Roberto non aveva scritto lettere alla Signora. Così come a poco a poco, dalla vita notturna stava passando alla vita diurna.

Per esempio, sino ad allora aveva guardato l'Isola di primo mattino, e per tempi brevissimi, oppure di sera, quando si perdeva il senso dei confini e delle lontananze. Solo ora scopriva che il flusso e il riflusso, ovvero il gioco alterno delle maree, per una parte del giorno portava le acque a lambire la striscia di sabbia che le separavano dalla foresta, e per l'altra le faceva ritrarre mettendo allo scoperto una zona scogliosa che, spiegava padre Caspar, era l'ultima propaggine del barbacane corallino.

Tra il flusso, o l'afflusso, e il riflusso, gli spiegava il suo compagno, passano circa sei ore, e questo è il ritmo del respiro marino sotto l'influenza della Luna. Non, come volevano alcuni nei tempi andati, che questo movimento delle acque attribuivano allo sfiatare di un mostro degli abissi, per non dire di quel signore francese il quale affermava che, anche se la terra non si muove da ovest a est, tuttavia beccheggia, per così dire, da nord a sud e viceversa, e in questo moto periodico è naturale che il mare si alzi e si abbassi, come quando uno fa di spalluccia, e la tonaca gli va su e giù per il collo.

Misterioso problema, quello delle maree, perché cambiano a seconda delle terre e dei mari, e della posizione delle coste rispetto ai meridiani. Come regola generale, durante la luna nuova, si ha l'acqua alta a mezzodì e a mezzanotte, ma poi giorno per giorno il fenomeno ritarda di quattro quinti d'ora, e l'ignaro che non lo sa, vedendo che all'ora tale del giorno tale un certo canale era navigabile, vi si avventura alla stessa ora il giorno dopo, e finisce in secca. Per non dire delle correnti che le maree suscitano, e certune sono tali che nel momento di riflusso una nave non riesce ad arrivare a terra.

E poi, diceva il vecchio, per ogni posto che ci si trovi, occorre un computo diverso, e ci vogliono le Tavole Astronomiche. Cercò anzi di spiegare a Roberto quei calcoli – come a dire che bisogna osservare il ritardo della luna, moltiplicando i giorni della luna per quattro e dividendo poi per cinque – oppure il contrario. Il fatto è che Roberto non ne capì nulla, e vedremo più tardi come questa sua leggerezza gli divenisse causa di gravi guai. Si limitava soltanto a stupirsi ogni volta che la linea del meridiano, che avrebbe dovuto scorrere tra capo e capo dell'Isola, talora passasse per il mare, talora sugli scogli, e non si rendeva mai conto di quale fosse il momento giusto. Anche perché, flusso o riflusso che ci fosse, il gran mistero delle maree gli importava assai meno del gran mistero di quella linea oltre alla quale il Tempo andava indietro.

Abbiamo detto che non aveva una particolare propensione a non credere a quanto il gesuita gli raccontava. Ma spesso si divertiva a provocarlo, per fargli raccontare ancor di più, e quindi ricorreva a tutto il repertorio di argomentazioni che aveva udito nei cenacoli di quegli onest'uomini che il gesuita considerava, se non emissari di Satana, almeno beoni e crapuloni che avevano fatto della taverna il loro Liceo. In definitiva, però, gli riusciva difficile rifiutare la fisica di un maestro che, in base ai principi di questa stessa sua fisica, gli stava ora insegnando a nuotare.

Come prima reazione, non essendogli passato di mente il suo naufragio, aveva affermato che per nulla al mondo avrebbe ripreso contatto con l'acqua. Padre Caspar gli aveva fatto osservare che proprio durante il naufragio quell'acqua lo aveva sostenuto, – segno dunque che era elemento affettuoso e non nemico. Roberto aveva risposto che l'acqua aveva sostenuto non lui, bensì il legno a cui lui si era legato, e padre Caspar aveva avuto buon gioco a fargli osservare che, se l'acqua aveva sostenuto un legno, creatura senz'anima, agognante al precipizio come sa chiunque abbia buttato un legno dall'alto, a maggior ragione era adatto a sostenere un essere vivente disposto a secondare la naturale tendenza dei liquidi. Roberto avrebbe dovuto sapere, se aveva mai buttato in acqua un cagnolino, che l'animale, muovendo le zampe, non solo stava a galla ma tornava prestamente alla riva. E, aggiungeva Caspar, forse Roberto non sapeva che, se si mettono in acqua i bambini di pochi mesi, essi sanno nuotare, perché la natura ci ha fatto natanti come ogni altro animale. Malauguratamente siamo più inclini degli animali al pregiudizio e all'errore, e quindi crescendo acquistiamo false nozioni sulle virtù dei liquidi, così che timore e sfiducia ci fanno perdere quel dono nativo.

Roberto allora gli chiedeva se lui, il reverendo padre, aveva imparato a nuotare, e il reverendo padre rispondeva che lui non pretendeva di essere migliore di tant'altri che avevano evitato di fare cose buone. Era nato in un paese lontanissimo dal mare e aveva posto piede su una nave solo in tarda età quando – diceva – ormai il suo corpo era un solo intignarsi della cuticagna, appannarsi della vista, mocciar del naso, bucinar delle orecchie, ingiallir del dentame, irrigidirsi della cervice, imbargigliarsi del gorgozzule, impodagrarsi dei talloni, avvizzir del coiame, inscialbirsi del crine, crepitar delle tibie, tremolare dei diti, incespar dei piedi, e il suo petto era un solo spurgar di catarri tra sornacchi di bava e scacchiare di scialiva.

Ma, precisava subito, la sua mente essendo più agile del suo carcame, egli sapeva quello che i sapienti della Grecia antica avevano già scoperto, e cioè che se si immerge un corpo in un liquido, questo corpo riceve sostegno e spinta verso l'alto per tant'acqua che sposta, poiché l'acqua cerca di tornare a occupare lo spazio da cui è stata esiliata. E non è vero che galleggia o meno a seconda della sua forma, e si erano ingannati gli antichi, secondo i quali una cosa piatta sta su e una puntuta va a fondo; se Roberto avesse provato a infilare con forza nelle acque, che so, una bottiglia (che piatta non è) avrebbe avvertito la stessa resistenza che se avesse cercato di spingervi un vassoio.

Si trattava dunque di prendere confidenza con l'elemento, e poi tutto sarebbe andato da sé. E proponeva che Roberto si calasse lungo la scaletta di corda che pendeva a prua, detta anche scala di Giacobbe ma, per sua tranquillità, restando legato a un canapo, o gomena o sagola che si volesse dire, lungo e robusto, assicurato alla murata. Per cui, quando avesse temuto di affondare, non aveva che da tirare la corda.

Non c'è bisogno di dire che quel maestro di un'arte che non aveva mai praticato non aveva considerato una infinità di accidenti concordanti, trascurati anche dai saggi della Grecia antica. Per esempio, onde consentirgli libertà di movimento, l'aveva provvisto di un canapo di notevole lunghezza, così che la prima volta che Roberto, come ogni aspirante al nuoto, era finito sotto il pelo dell'acqua, aveva avuto un bel tirare, e prima che la sagola lo avesse tratto fuori aveva già ingollato tanta salsiggine da voler rinunciare, per quel primo giorno, a ogni altro tentativo.

L'inizio era stato però incoraggiante. Scesa la scala e non appena toccata l'acqua, Roberto si era reso conto che il liquido era gradevole. Del naufragio aveva un ricordo gelido e violento, e la scoperta di un mare quasi caldo lo spronava ora a proseguir l'immersione sino a che, sempre aggrappandosi alla scaletta, aveva lasciato che l'acqua gli arrivasse al mento. Credendo che quello fosse nuotare, si era crogiolato abbandonandosi al ricordo degli agi parigini.

Da quando era arrivato sulla nave aveva fatto, lo abbiamo visto, qualche abluzione, ma come un gattino che si

279

leccasse il pelo con la lingua, curando solo il viso e le pudenda. Per il resto – e sempre più a mano a mano che montava in bestia nella caccia all'Intruso – i piedi gli si erano spalmati della feccia della stiva e il sudore gli aveva attaccato gli abiti addosso. Al contatto con quel caldino che gli lavava insieme corpo e vesti, Roberto ricordava quando aveva scoperto, nel palazzo Rambouillet, ben due tinozze a disposizione della marchesa, le cui preoccupazioni per la cura del corpo erano oggetto di conversazione in una società dove lavarsi non era cosa frequente. Anche i più raffinati tra i suoi ospiti ritenevano che la pulizia consistesse nella freschezza della biancheria, che era tratto d'eleganza cambiar sovente, non nell'uso dell'acqua. E le molte essenze odorose con cui la marchesa li stordiva non erano un lusso, bensì – per lei – una necessità, onde porre una difesa tra le sue nari sensibili e i loro olezzi untuosi.

Sentendosi più gentiluomo di quanto non fosse a Parigi Roberto, mentre con una mano si teneva stretto alla scaletta, con l'altra strofinava camicia e calzoni contro il suo corpo sudicio, grattando intanto il tallone di un piede con le dita dell'altro.

Padre Caspar lo seguiva incuriosito, ma taceva, volendo che Roberto stringesse amicizia col mare. Tuttavia temendo che la mente di Roberto si smarrisse per eccessiva premura verso il corpo, tendeva a distrarla. Gli parlava pertanto delle maree e delle virtù attrattive della luna.

Cercava di fargli apprezzare un evento che aveva in sé dell'incredibile: che se le maree rispondono all'appello della luna, dovrebbero esserci quando la luna c'è, e non quando essa sta dall'altra parte del nostro pianeta. E invece, flusso e riflusso continuano da ambe le parti del globo, quasi rincorrendosi di sei ore in sei ore. Roberto porgeva orecchio al discorso delle maree, e pensava alla luna – alla quale in tutte quelle notti passate aveva pensato più che alle maree.

Aveva chiesto come mai noi, della luna, vediamo sempre una e una sola faccia, e padre Caspar aveva spiegato che essa gira come una palla trattenuta per un filo da un atleta che la fa roteare, e il quale non può vedere altro che il lato che gli sta contro.

"Ma," lo aveva sfidato Roberto, "questa faccia la vedono sia gli indiani che gli spagnoli; invece sulla luna, che alcuni chiamano Volva, non accade così rispetto alla loro luna, che è poi la nostra terra. I Subvolvani, che abitano sulla faccia rivolta a noi, la vedono sempre, mentre i Privolvani, che abitano nell'altro emisfero, la ignorano. Immaginate quando si spostano da questa parte: chissà che cosa proveranno a veder splendere nella notte un cerchio quindici volte più grande della nostra luna! Si aspetteranno che gli cada addosso da un momento all'altro, come gli antichi Galli temevano sempre che gli cadesse sulla testa il cielo! Per non dire di coloro che abitano proprio al confine tra i due emisferi, e che vedono Volva sempre sul punto di sorgere all'orizzonte!"

Il gesuita aveva fatto ironie e iattanze su quella fola degli abitanti della luna, perché i corpi celesti non sono della stessa natura del nostro pianeta, e non sono quindi adatti a ospitare creature viventi, per cui era meglio lasciarli alle coorti angeliche, che si potevano muovere spiritualmente nel cristallo dei cieli.

"Ma come potrebbero essere i cieli di cristallo? Se così fosse le comete attraversandoli li infrangerebbero."

"Ma chi ha detto a te che le comete passavano nelle regioni eteree? Le comete passano nella regione sublunare, e qui c'è l'aria come anche tu vedi."

"Nulla si muove che non sia corpo. Ma i cieli si muovono. Dunque sono corpo."

"Purché tu puoi dire fanfalucole, diventi anche aristotelico. Ma io so perché tu dici questo. Tu vuoi che anche nei cieli c'è aria così non c'è più differentia tra alto e basso, tutto gira, et la terra muove il suo kulo come una bagassa."

"Ma noi ogni notte vediamo le stelle in una posizione diversa..."

"Giusto. De facto essi si muovono."

"Aspettate, non ho finito. Voi volete che il sole e tutti gli astri, che sono dei corpi enormi, facciano un giro intorno alla terra ogni ventiquattr'ore, e che le stelle fisse ovvero il grande anello che le incastona percorrano più di ventisettemila volte duecento milioni di leghe? Ma è questo che dovrebbe accadere, se la terra non girasse su se stessa in ventiquattro ore. Come fanno le stelle fisse ad andare così veloci? A chi ci abita sopra gli girerebbe il capo!"

"Se ci abitava sopra qualcuno. Ma questa est petitio prinkipii."

E gli faceva notare che era facile inventare un solo argomento a favore del moto del sole, mentre ve n'erano molti di più contro il moto della terra.

"Lo so bene," rispondeva Roberto, "che l'Ecclesiastico dice *terra autem in aeternum stat, sol oritur*, e che Giosuè ha fermato il sole e non la terra. Ma proprio voi mi avete insegnato che a leggere la Bibbia alla lettera avremmo avuto la luce prima della creazione del sole. Dunque il libro sacro va letto con un granellin di sale, e anche Sant'Agostino sapeva che esso parla spesso *more allegorico*..."

Padre Caspar sorrideva e gli ricordava che era da gran tempo che i gesuiti non sconfiggevano più i loro avversari con cavilli scritturali, ma con argomenti imbattibili fondati sull'astronomia, sul senso, sulle ragioni matematiche e fisiche.

"Quali ragioni, verbigrazia?" chiedeva Roberto raschiandosi un poco di grasso dal ventre.

Verbigratia, rispondeva piccato padre Caspar, il potente Argomento della Ruota: "Ora tu ascolta me. Pensa a una ruota, va bene?"

"Penso a una ruota."

"Bravo, così anche tu pensi, invece che fare il bertuccione e ripetere che hai udito a Parigi. Ora tu pensi che questa ruota è infilata in un perno come se era la ruota di un vasaio, et tu vuoi fare girare questa ruota. Che cosa fai tu?"

"Appoggio le mani, forse un dito sul bordo della ruota, muovo il dito, e la ruota gira."

"Non pensi che facevi meglio di prendere il perno, al centro della ruota, e di cercare di far girare esso?"

282

"No, sarebbe impossibile..."

"Ecco! E i tuoi galileiani o copernicanici vogliono mettere il sole fermo al centro dell'universo che fa muovere tutto il gran cerchio dei pianeti attorno, invece di pensare che il movimento viene dal gran cerchio dei cieli dato, mentre la terra può stare ferma al centro. Come aveva potuto Domine Dio mettere il Sole nell'infimo luogo et la terra corruttibile et buia in mezzo alle stelle luminose et aeterne? Capito il tuo errore?"

"Ma il sole deve esistere al centro dell'universo! I corpi in natura hanno bisogno di questo fuoco radicale, e che esso abiti nel cuore del regno, per soddisfare le necessità di tutte le parti. La causa della generazione non deve essere posta nel centro di tutto? La natura non ha messo il seme nei genitali, a mezza strada tra la testa e i piedi? E i semi non sono nel centro delle mele? E il nocciolo non è in mezzo alla pesca? E dunque la terra, che ha bisogno della luce e del calore di quel fuoco, gira intorno a esso per ricevere in tutte le parti la virtù solare. Sarebbe ridicolo credere che il sole girasse intorno a un punto di cui non saprebbe che farsi, e sarebbe come dire, vedendo un'allodola arrostita, che per cucinarla le si facesse girare il camino intorno..."

"Ah sì? E allora quando il vescovo gira intorno a chiesa per benedire essa col turibolo tu vorresti che la chiesa girerebbe intorno al vescovo? Il sole può girare perché di elemento igneo. E tu sai bene che il fuoco vola e si muove et mai sta fermo. Hai tu mai le montagne si muovere visto? Et allora come muove la terra?"

"I raggi del sole, venendo a colpirla, la fanno girare, così come si può far girare una palla colpendola con la mano, e se la palla è piccola, addirittura con nostro soffio... E infine, vorreste che Dio faccia correre il sole, che è quattrocento e trentaquattro volte più grande della terra, solo per far maturare i nostri cavoli?"

Per dare il massimo vigore teatrale a quest'ultima obiezione Roberto aveva voluto puntare il dito contro padre Caspar, per cui aveva teso il braccio e dato un colpo coi piedi per portarsi in buona prospettiva più lontano dalla fiancata. In questo movimento anche l'altra mano aveva mollato la presa, il capo si era mosso all'indietro e Roberto era andato sott'acqua, senza poi riuscire, come si è già detto, ad avvalersi della gomena, troppo allentata, per tornare a galla. Si era allora comportato come tutti coloro che poi annegano, facendo movimenti disordinati e bevendo ancor di più, sino a che padre Caspar aveva teso a dovere la corda riportandolo alla scaletta. Roberto era risalito giurando che non sarebbe mai più tornato laggiù.

"Domani tu provi di nuovo. L'aqua salata est come una medicina, non pensare che era grosso male," lo consolò sul ponte Caspar. E mentre Roberto si riconciliava col mare pescando, Caspar gli spiegava quanti e quali vantaggi avrebbero tratto entrambi dal suo arrivo sull'Isola. Non valeva neppure la pena di menzionare la riconquista della barca, con la quale avrebbero potuto muoversi da uomini liberi dalla nave alla terra, e avrebbero avuto accesso alla Specola Melitense.

Da come Roberto ne riferisce, si deve arguire che l'invenzione superasse le sue possibilità d'intendimento – o che il discorso di padre Caspar, come tanti altri suoi, fosse fratto di ellissi ed esclamazioni, attraverso i quali il padre parlava ora della sua forma, ora del suo ufficio, e ora dell'Idea che vi aveva presieduto.

Che poi l'Idea non era neppure sua. Della Specola aveva saputo frugando tra le carte di un confratello defunto, il quale a propria volta ne aveva appreso da un altro confratello che, durante un viaggio nella nobilissima isola di Malta, ovverosia Melita, aveva sentito celebrare questo strumento che era stato costruito per ordine dell'Eminentissimo Principe Johannes Paulus Lascaris, Gran Maestro di quei Cavalieri famosi.

Come fosse la Specola, nessuno aveva mai veduto: del primo confratello era rimasto solo un libercolo di schizzi e appunti, peraltro anch'esso ormai scomparso. E d'altra parte, lamentava Caspar, quello stesso opuscolo "era brevissimamente conscripto, con nullo schemate visualiter patefacto, nulle tabule o rotule, et nulla instructione apposita".

Sulla base di queste scarne notizie padre Caspar, nel corso del lungo viaggio della *Daphne*, mettendo al lavoro i carpentieri di bordo, aveva ridisegnato, o frainteso i vari elementi del tecnasma, montandoli poi sull'Isola e misurandone in loco le innumerevoli virtù – e la Specola doveva essere davvero una Ars Magna in carne e ossa, ovvero in legno, ferro, tela e altre sostanze, una sorta di Mega Horologio, un Libro Animato capace di rivelare tutti i misteri dell'Universo.

Essa – diceva padre Caspar con gli occhi accesi come carbuncoli – era un Unico Syntagma di Novissimi Instrumenti Physici et Mathematici, "per rote et cicli artifitiosamente disposti". Poi disegnava sul ponte o nell'aria col dito, e gli diceva di pensare a una prima parte circolare, come a dire la base o il fondamento, che mostra l'Orizzonte Immobile, con il Rombo dei trentadue Venti, e tutta l'arte Navigatoria con i pronostici di ogni tempesta. "La Parte Mediana," aggiungeva poi, "che su la base edificata sta, imagina come un Cubo di cinque lati – imagini tu? – nein, non di sei, il sesto poggia su la base e quindi tu non vedi lui. Nel primo lato del Cubo, id est il Chronoscopium Universale, puoi otto ruote in perenni cycli accomodate vedere, che il Calendario di Julio e di Gregorio rapresentano, e quando ricorrano le domeniche, e l'Epacta, et il Circolo Solare, et le Feste Mobili et Pascali, et noviluni, pleniluni, quadratura del Sole et de la Luna. Nel secundo Cubilatere, id est das Cosmigraphicum Speculum, in primo loco occorre un Horoscopio, col quale data l'hora di Melita corrente, quale ora sia nel resto del nostro globo trovare si può. Et trovi una Ruota con duo Planisferi, dei quali uno mostra et insegna di tutto il Primo Mobile la scientia, il secondo dell'Octava Sphaera et de le Stelle Fisse la doctrina, e il moto. Et il fluxo et il refluxo, o vero il decremento et l'incremento dei mari, dal moto de la Luna in tutto l'Universo agitati..."

Era questo lato più appassionante. Attraverso di esso si

poteva conoscere quell'Horologium Catholicum di cui si è già detto, con l'ora delle missioni gesuitiche su ogni meridiano; non solo, esso pareva pure assolvere le funzioni di un buon astrolabio, in quanto rivelava pure la quantità dei dì e delle notti, l'altitudine del sole con la proporzione dell'Ombre Rette, e le ascensioni rette e oblique, la quantità dei crepuscoli, la culminazione delle stelle fisse nei singoli anni, mesi e giorni. Ed era provando e riprovando su quel lato che padre Caspar aveva raggiunto la certezza di essere finalmente sul meridiano antipodo.

C'era quindi un terzo lato che conteneva in sette ruote l'insieme di tutta l'Astrologia, tutte le future eclissi del sole e della luna, tutte le figure astrologiche per i tempi dell'agricoltura, della medicina, dell'arte navigatoria, insieme coi dodici segni delle dimore celesti, e la fisiognomia delle cose naturali che da ciascun segno dipendono, e la Casa corrispondente.

Non ho cuore di riassumere tutto il riassunto di Roberto, e cito il quarto lato, che avrebbe dovuto dir tutte le maraviglie della medicina botanica, spagirica, chimica ed ermetica, coi medicamenti semplici e i compositi, desunti da sostanze minerali o animali e gli "Alexipharmaca attractiva, lenitiva, purgativa, mollificativa, digestiva, corrosiva, conglutinativa, aperitiva, calefactiva, infrigidativa, mundificativa, attenuativa, incisiva, soporativa, diuretica, narcotica, caustica et confortativa".

Non riesco a spiegare, e un poco invento, cosa avvenisse sul quinto lato, che è come dire il tetto del cubo, parallelo alla linea dell'orizzonte, che pare si disponesse come una volta celeste. Ma si menziona anche una piramide, che non poteva aver la base uguale al cubo, altrimenti avrebbe coperto il quinto lato, e che forse più verosimilmente ricopriva il cubo intero come una tenda – ma allora avrebbe dovuto essere di materiale trasparente. Certo è che le sue quattro facce avrebbero dovuto rappresentare le quattro plaghe del mondo, e per ciascuna di esse gli alfabeti e le lingue dei vari popoli, compresi gli elementi della primitiva Lingua Adamica, i geroglifici degli Egizi e i caratteri dei

Chinesi e dei Messicani, e padre Caspar la descrive come una "Sphynx Mystagoga, un Oedipus Aegyptiacus, una Monade Ieroglyphica, una Clavis Convenientia Linguarum, un Theatrum Cosmographicum Historicum, una Sylva Sylvarum d'ogni alfabeto naturale e artificiale, una Architectura Curiosa Nova, una Lampade Combinatoria, una Mensa Isiaca, un Metametricon, una Synopsis Anthropoglottogonica, una Basilica Cryptographica, un Amphiteatrum Sapientiae, una Cryptomenesis Patefacta, un Catoptron Polygraphicum, un Gazophylacium Verborum, un Mysterium Artis Steganographicae, un'Arca Arithmologica, un Archetypon Polyglotta, una Eisagoge Horapollinea, un Congestorium Artificiosae Memoriae, un Pantometron de Furtivis Literarum Notis, un Mercurius Redivivus, un Etymologicon Lustgärtlein!"

Che tutto quel sapere fosse destinato a rimanere loro privato appannaggio, condannati com'erano a non ritrovare mai più la via del ritorno – questo non preoccupava il gesuita, non so se per fiducia nella Provvidenza o per amor di conoscenza fine a se stessa. Ma ciò che mi colpisce è che a quel punto neppure Roberto concepisse un solo pensiero realistico, e che iniziasse a considerare l'approdo sull'Isola come l'evento che avrebbe dato senso, e per sempre, alla sua vita.

Anzitutto, per quel che gli importava della Specola, fu colto dal solo pensiero che quell'oracolo potesse anche dirgli dove e che cosa stesse facendo in quel momento la Signora. Prova che a un innamorato, anche distratto da utili esercizi corporali, è inutile parlare di Nunzi Siderei, e cerca sempre notizia della sua bella pena e caro affanno.

Inoltre, checché gli dicesse il suo maestro di nuoto, sognava di un'Isola che non gli si parava dinnanzi nel presente in cui anch'egli stava, ma per decreto divino riposava nell'irrealtà, o nel non-essere, del giorno prima.

Quello a cui pensava nell'affrontare le onde era la speranza di raggiungere un'Isola che era stata ieri, e di cui gli appariva simbolo la Colomba Color Arancio, inafferrabile come se fosse fuggita nel passato.

Roberto era ancora mosso da concetti oscuri, intuiva di volere una cosa che non era quella di padre Caspar, ma non aveva ancora chiaro quale. E bisogna comprendere la sua incertezza, perché era il primo uomo nella storia della specie a cui era offerta la possibilità di nuotare indietro di ventiquattro ore.

In ogni caso si era convinto che doveva davvero imparare a nuotare e tutti sappiamo che un solo buon motivo aiuta a superare mille paure. Per questo lo ritroviamo a provare di nuovo il giorno seguente.

In questa fase padre Caspar gli stava spiegando che, se avesse lasciato la scaletta, e mosso le mani liberamente, come se stesse seguendo il ritmo di una compagnia di musici, imprimendo un moto svagato alle gambe, il mare lo avrebbe sostenuto. Lo aveva indotto a provare, dapprima a canapo teso, poi allentandogli il canapo senza dirglielo, ovvero annunciandolo quando ormai l'allievo aveva acquistato sicurezza. È vero che Roberto, a quell'annuncio, si era sentito subito andare a fondo, ma nel gridare aveva dato per istinto un colpo di gambe, e si era ritrovato con la testa fuori.

Questi tentativi erano durati una buona mezz'ora, e Roberto incominciava a capire di potersi sostenere a galla. Ma non appena tentava di muoversi con maggior esuberanza, gettava la testa indietro. Allora padre Caspar lo aveva incoraggiato a secondare quella tendenza e a lasciarsi andare con la testa arrovesciata quanto possibile, il corpo rigido e leggerissimamente inarcato, braccia e gambe allargate come se dovesse toccare sempre la circonferenza di un cerchio: si sarebbe sentito sostenuto come da un'amaca, e avrebbe potuto starsene per ore e ore, e addirittura dormire, baciato dalle onde e dal sole obliquo del tramonto. Come mai padre Caspar sapeva tutte queste cose, non avendo mai nuotato? Per Theoria Physico-Hydrostatica, diceva lui.

Non era stato facile trovare la posizione adatta, Roberto aveva rischiato di strangolarsi col canapo tra rutti e starnuti, ma sembra che a un certo momento l'equilibrio fosse stato raggiunto.

Roberto per la prima volta sentiva il mare come un amico. Seguendo le istruzioni di padre Caspar, aveva anche cominciato a muovere le braccia e le gambe: alzava lievemente il capo, lo buttava indietro, si era abituato ad avere l'acqua nelle orecchie e a sopportarne la pressione. Poteva addirittura parlare, e gridando per farsi sentire a bordo.

"Se ora tu vuoi ti volti," gli aveva anzi detto a un certo punto Caspar. "Tu abbassi il braccio destro, come se penderebbe sotto il tuo corpo, alzi leggermente la spalla sinistra, et ecco che ti ritrovi con la pancia in basso!"

Non aveva specificato che nel corso di questo movimento si doveva trattenere il fiato, visto che ci si ritrova con la faccia sott'acqua, e sotto un'acqua che null'altro vuole che esplorar le narici dell'intruso. Nei libri di Mechanica Hydraulico-Pneumatica non era scritto. Così, per l'*ignoratio elenchi* di padre Caspar, Roberto aveva bevuto un'altra brocca d'acqua salsa.

Ma ormai aveva imparato a imparare. Aveva provato due o tre volte a rigirarsi su se stesso e aveva capito un principio, necessario a ogni nuotatore, e cioè che quando si ha la testa sott'acqua non bisogna respirare – neppure col naso, e anzi soffiar con forza, come se si volesse buttar fuori dai polmoni proprio quella poca aria di cui si ha tanto bisogno. Che pare cosa intuitiva, eppure non lo è, come appare da questa storia.

Tuttavia aveva pure capito che gli era più facile stare supino, a faccia all'aria, che prono. A me pare il contrario, ma Roberto aveva imparato prima in quel modo, e per un giorno o due continuò così. E intanto dialogava sui massimi sistemi.

Erano tornati a parlar del moto della terra e padre Caspar lo aveva preoccupato con l'Argomento dell'Eclissi. Levando la terra dal centro del mondo e mettendo in suo luogo il sole, bisogna metter la terra o sotto la luna o sopra la luna. Se la mettiamo sotto non ci sarà mai l'eclissi di sole perché, la luna essendo sopra il sole o sopra la terra, non potrà mai frapporsi tra la terra e il sole. Se la mettiamo sopra, non ci sarà mai l'eclissi di luna perché, la terra essendole sopra, non si potrà mai frapporre tra essa e il sole. E in più l'astronomia non potrebbe più, come ha sempre fatto benissimo, predire le eclissi, perché essa regola i suoi calcoli sui movimenti del sole, e se il sole non si muovesse la sua impresa sarebbe vana.

Si considerasse poi l'Argomento dell'Arciere. Se la terra girasse tutte le ventiquattro ore, quando si tira una saetta direttamente all'in su, questa ricadrebbe a occidente, a molte miglia distante dal tiratore. Che sarebbe poi come a dire l'Argomento della Torre. Se si lasciasse cadere un peso dal lato occidentale di una torre, quello non dovrebbe precipitare ai piedi della costruzione ma molto più in là, e dunque non dovrebbe cadere verticalmente, ma in diagonale, perché nel frattempo la torre (con la terra) si sarebbe mossa verso oriente. Siccome invece tutti sanno per esperienza che quel peso cade perpendicolarmente, ecco che il moto terrestre si dimostra una frottola.

Per non dire dell'Argomento degli Uccelli i quali, se la terra girasse nello spazio di un giorno, mai potrebbero volando tener testa al suo giro, quand'anche fossero infaticabili. Mentre noi vediamo benissimo che se pur viaggiamo a cavallo in direzione del sole, qualsiasi uccello ci raggiunge e ci passa innanzi.

"E va bene. Non so rispondere alla vostra obiezione. Ma ho sentito dire che facendo girar la terra e tutti i pianeti, e tenendo fermo il sole, si spiegano tanti fenomeni, mentre Tolomeo ha dovuto inventare e gli epicicli, e i deferenti, e tante altre panzane che non stanno, appunto, né in cielo né in terra."

"Io perdono a te, se un Witz fare volevi. Ma se tu serio parli, allora ti dico che io non sono un pagano come Tolomeo e so molto bene che lui molti sbagli commesso aveva. Et per questo io credo che il grandissimo Ticone di Uraniburgo una idea molto giusta ha avuto: lui ha pensato che tutti i pianeti che noi conosciamo, come dire Jupiter, Marte, Venus, Mercurius et Saturnus intorno al sole girano, ma il sole gira con loro intorno alla terra, intorno alla terra gira la luna, e la terra sta immobile al centro del cerchio delle stelle fisse. Così spieghi tu gli errori di Tolomeo et non dici heresie, mentre Tolomeo errori faceva et Galileo heresie diceva. Et non sei obbligato a spiegare come faceva la terra, che è così pesante, ad andare in giro per il cielo."

"E come fanno il sole e le stelle fisse?"

"Tu dici che sono pesanti. Io no. Sono corpi celesti, non sublunari! La terra sì, è pesante."

"Allora come fa una nave con cento cannoni ad andare in giro per il mare?"

"C'è il mare che la trascina, e il vento che la spinge."

"Allora, se si vogliono dire cose nuove senza irritare i cardinali di Roma, ho sentito di un filosofo a Parigi che dice che i cieli sono una materia liquida, come un mare, che gira tutt'intorno formando come dei gorghi marini... dei *tourbillons*..."

"Cosa è questo?"

"Dei vortici."

"Ach so, vortices, ja. Ma cosa fanno questi vortices?"

"Ecco, e questi vortici trascinano i pianeti nel loro giro, e un vortice trascina la terra intorno al sole, ma è il vortice che si muove. La terra sta immobile nel vortice che la trascina."

"Bravo signor Roberto! Tu non volevi che i cieli sarebbero di cristallo, perché temevi che le comete loro infrangevano, però ti piace che sono liquidi, così gli uccelli dentro a essi annegano! Inoltre, questa idea dei vortices spiega che la terra intorno al sole gira ma non che intorno a essa stessa gira come se era una trottola per bambini!"

"Sì, ma quel filosofo diceva che anche in questo caso è la superficie dei mari e la crosta superficiale del nostro globo che gira, mentre il centro profondo sta fermo. Credo."

"Ancora più stupido che prima. Dove ha scritto quel signore questo?"

"Non so, credo che abbia rinunciato a scriverlo, o a pubblicare il libro. Non voleva irritare i gesuiti che lui ama molto."

"Allora io preferisco il signor Galileo che pensieri heretici aveva, ma li ha confessati a cardinali amorosissimi, et nessuno ha lui bruciato. A me non piace quell'altro signore che ha pensieri ancora più heretici e non confessa, neppure ai gesuiti amici di lui. Forse Dio un giorno Galileo perdona, ma lui no."

"Comunque, mi pare che poi abbia corretto questa prima idea. Pare che tutto il gran cumulo di materia che va dal sole alle stelle fisse giri in un gran cerchio, trasportato da questo vento..."

"Ma non dicevi che cieli erano liquidi?"

"Forse no, forse sono un gran vento..."

"Vedi? Neppure tu sai..."

"Ebbene, questo vento fa andare tutti i pianeti intorno al sole, e al tempo stesso fa girare il sole su se stesso. Così c'è un vortice minore che fa girare la luna intorno alla terra, e la terra su se stessa. Eppure non si può dire che la terra muova, perché quello che muove è il vento. Nello stesso modo se io dormissi sulla *Daphne*, e la *Daphne* andasse verso quell'isola a occidente, io passerei da un luogo all'altro, eppure nessuno potrebbe dire che il mio corpo si è mosso. E per quanto riguarda il movimento giornaliero, è come se io stessi seduto su una grande ruota da vasaio che muove, e certamente prima vi mostrerei il volto e poi la schiena, ma non sarei io che muovo, sarebbe la ruota."

"Questa è l'hypothesis di un malitioso che vuole essere heretico et non lo sembrare. Ma tu mi dici ora dove stanno le stelle. Anche Ursa Major tutta intera, et Perseus, girano in stesso vortice?"

"Ma tutte le stelle che vediamo sono altrettanti soli, e ciascuno è al centro di un suo vortice, e tutto l'universo è un gran giro di vortici con infiniti soli e infinitissimi pianeti, anche al di là di quello che il nostro occhio vede, e ciascuno coi propri abitanti!"

"Ah! Qui io aspettavo te et i tuoi hereticissimi amici! Questo volete voi, infiniti mondi!"

"Me ne vorrete consentire almeno più di uno. Altrimenti

dove Dio avrebbe posto l'inferno? Non nelle viscere della terra."

"Perché non nelle viscere della terra?"

"Perché," e qui Roberto ripeteva in modo assai approssimato un argomento che aveva udito a Parigi, né potrei giurare sull'esattezza dei suoi calcoli, "il diametro del centro della terra misura 200 miglia italiane, e se ne facciamo il cubo abbiamo otto milioni di miglia. Considerando che un miglio italiano contiene duecento e quarantamila piedi inglesi, e poiché il Signore deve avere assegnato a ogni dannato almeno sei piedi cubici, l'inferno non potrebbe contenere che quaranta milioni di dannati, il che mi pare poco, considerando tutti gli uomini malvagi che sono vissuti in questo nostro mondo da Adamo sino a oggidì."

"Questo sarebbe," rispondeva Caspar senza degnarsi di controllare il computo, "se i dannati col loro corpo carebbero dentro di esso. Ma questo è solo dopo la Resurrectione della Carne et l'Ultimo Giudizio! E allora non ci sarebbe più né la terra né i pianeti, ma altri cieli et nuove terre!"

"D'accordo, se sono solo spiriti dannati, ce ne staranno mille milioni anche sulla punta di uno spillo. Ma ci sono delle stelle che noi non vediamo a occhio nudo, e che invece si vedono col vostro cannocchiale. Ebbene, non potete pensare a un cannocchiale cento volte più potente che vi permette di vedere altre stelle, e poi a uno mille volte più potente ancora che vi fa vedere stelle ancora più lontano, e così via *ad infinitum*? Volete porre un limite alla creazione?"

"La Bibbia non parla di questo."

"La Bibbia non parla neppure di Giove, eppure voi lo guardavate l'altra sera col vostro maledetto cannocchiale."

Ma Roberto già sapeva quale sarebbe stata la vera obiezione del gesuita. Come quella dell'abate in quella sera in cui Saint-Savin lo aveva sfidato a duello: che con infiniti mondi non si riesce più a dar senso alla Redenzione, e che si è costretti a pensare o infiniti Calvari, o alla nostra aiuola terrestre come a un punto privilegiato del cosmo, su cui

Dio ha concesso a suo Figlio di scendere per liberarci dal peccato, mentre agli altri mondi non ha concesso tanta grazia – a disdoro della sua infinita bontà. E infatti tale fu la reazione di padre Caspar, il che concesse a Roberto di assalirlo di nuovo.

"Quando è avvenuto il peccato di Adamo?"

"I miei confratelli hanno calcoli matematici perfetti facto, sulla base delle Scripture: Adam ha peccato tremila novecento et ottantaquattro anni prima della venuta di Nostro Signore."

"Ebbene, forse voi ignorate che i viaggiatori arrivati nella China, tra cui molti vostri confratelli, hanno trovato le liste dei monarchi e delle dinastie dei Chinesi, da cui si deduce che il regno della China esisteva prima di seimila anni fa, e dunque prima del peccato di Adamo, e se è così per la China, chissà per quanti altri popoli ancora. Quindi il peccato di Adamo, e la redenzione degli ebrei, e le belle verità della nostra Santa Romana Chiesa che ne sono derivate, riguardano solo una parte dell'umanità. Ma vi è un'altra parte del genere umano che non è stata toccata dal peccato originale. Questo non toglie nulla alla infinita bontà di Dio, che si è comportato con gli Adamiti così come il padre della parabola con il Figliol Prodigo, sacrificando suo Figlio solo per loro. Ma così come, per il fatto di aver fatto ammazzare il vitello grasso per il figlio peccatore, quel padre non amava meno gli altri fratelli buoni e virtuosi, così il nostro Creatore ama tenerissimamente i Chinesi e quanti altri sono nati prima di Adamo, ed è lieto che essi non siano incorsi nel peccato originale. Se così è accaduto in terra, perché non dovrebbe essere accaduto anche sulle stelle?"

"Ma chi ha detto a te questa koglioneria?" aveva gridato furente padre Caspar.

"Ne parlano in molti. E un sapiente arabo ha detto che lo si può dedurre persino da una pagina del Corano."

"E tu dici a me che il Korano provava la verità di una cosa? Oh, onnipotente Iddio, ti prego fulmina questo vanissimo ventoso borioso tracotante turbolento rivoltoso, bestia d'huomo, fistolo, cane et demonio, maladetto mastino morboso, che lui non mette più piede su questa nave!"

E padre Caspar aveva alzato e fatto schioccare il canapo come una frusta, prima colpendo Roberto sul volto, poi lasciando la corda. Roberto si era arrovesciato a testa in giù, si era arrabattato annaspando, non riusciva a tirare la sagola abbastanza per tenderla, urlava al soccorso bevendo, e padre Caspar gli gridava che lo voleva veder dare i tratti, e boccheggiar in agonia, in modo da sprofondare all'inferno come si conveniva a malnati della sua razza.

Poi, siccome era d'animo cristiano, quando gli era parso che Roberto fosse stato punito abbastanza, lo aveva tirato su. E per quel giorno era finita sia la lezione di nuoto che quella d'astronomia, e i due erano andati a dormire ciascuno dalla propria banda senza rivolgersi la parola.

Si erano rappacificati il giorno dopo. Roberto aveva confidato che lui a questa ipotesi dei vortici non credeva affatto, e riteneva piuttosto che gli infiniti mondi fossero effetto di un turbinare d'atomi nel vuoto, e che questo non escludeva affatto che ci fosse una Divinità provvidente che a questi atomi conferiva comandi e li organizzava in modi secondo i suoi decreti, come gli aveva insegnato il Canonico di Digne. Padre Caspar però si rifiutava anche a questa idea, che richiedeva un vuoto in cui gli atomi si movessero, e Roberto non aveva più desiderio di discutere con una Parca così generosa che, anziché recidere la corda che lo manteneva in vita, l'allungava troppo.

Dietro promessa di non essere più minacciato di morte, aveva ripreso i suoi esperimenti. Padre Caspar lo stava persuadendo a tentare di muovere nell'acqua, che è il principio indispensabile d'ogni arte della natazione, e gli suggeriva lenti movimenti delle mani e delle gambe, ma Roberto preferiva poltrire a galla.

Padre Caspar lo lasciava poltrire, e ne approfittava per snocciolargli gli altri suoi argomenti contro il moto della terra. In primis, l'Argomento del Sole. Il quale, se stesse immobile, e noi a mezzogiorno in punto lo guardassimo dal centro di una camera attraverso la finestra, e la terra girasse con la velocità che si dice – e assai ne occorre per fare un giro completo in ventiquattr'ore – in un istante il sole scomparirebbe alla nostra vista.

Veniva poi l'Argomento della Grandine. Essa cade talora per un'ora intera ma, che le nuvole vadano a levante o a ponente, a settentrione o a meridione, non copre mai la campagna per più di ventiquattro o trenta miglia. Ma se la terra girasse, quando le nubi della grandine fossero portate dal vento all'incontro del suo corso, bisognerebbe che grandinasse almeno per trecento o quattrocento miglia di campagna.

Seguiva l'Argomento delle Nuvole Bianche, che van per l'aria quando il tempo è tranquillo, e paiono sempre andar con la stessa lentezza; mentre, se girasse la terra, quelle che vanno a ponente dovrebbero procedere a immensa velocità.

Si concludeva con l'Argomento degli Animali Terrestri, che per istinto dovrebbero sempre muoversi verso oriente, per secondare il moto della terra che li signoreggia; e dovrebbero mostrare grande avversione a muoversi verso occidente, perché sentirebbero che questo è un moto contro natura.

Roberto per un poco accettava tutti quegli argomenti, ma poi li aveva in uggia, e opponeva a tutta quella scienza il suo Argomento del Desiderio.

"Ma infine," gli diceva, "non toglietemi la gioia di pensare che potrei levarmi a volo e vedere in ventiquattro ore la terra ruotare sotto di me, e vedrei passare tanti visi differenti, bianchi, neri, gialli, olivastri, col cappello o col turbante, e città con campanili ora puntuti ora rotondi, con la croce e con la mezzaluna, e città dalle torri di porcellana e paesi di capanne, e gli irochesi in procinto di mangiarsi vivo un prigioniero di guerra e donne della terra di Tesso occupate a dipingersi le labbra di blu per gli uomini più brutti del pianeta, e quelle di Camul che i loro mariti concedono in dono al primo venuto, come racconta il libro di messer Milione..."

"Vedi tu? Come io dico: quando voi alla vostra filosofia nella taverna pensate, sempre sono pensieri di libidine! E se non avresti avuto questi pensieri, questo viaggio tu potevi fare se Dio ti dava la grazia di girare tu intorno alla terra, che non era grazia minore che lasciarti sospeso nel cielo."

Roberto non era convinto, ma non sapeva più controbattere. Allora prendeva la via più lunga, partendo da altri argomenti uditi, che ugualmente non gli parevano affatto in contrasto con l'idea di un Dio provvidente, e chiedeva a Caspar se era d'accordo nel ritenere la natura come un grandioso teatro, dove noi vediamo solo ciò che l'autore ha messo in scena. Dal nostro posto noi non vediamo il teatro come realmente è: le decorazioni e le macchine sono state predisposte per fare un bell'effetto da lontano, mentre le ruote e i contrappesi che producono i movimenti sono stati nascosti alla nostra vista. Eppure se in platea ci fosse un uomo dell'arte, sarebbe capace di indovinare come si è ottenuto che un uccello meccanico si levasse improvvisamente a volo. Così dovrebbe fare il filosofo di fronte allo spettacolo dell'universo. Certo la difficoltà per il filosofo è maggiore, perché in natura le corde delle macchine sono nascoste così bene che a lungo ci si è chiesto chi le muovesse. Eppure, anche in questo nostro teatro, se Fetonte sale verso il sole è perché è tirato da alcune corde e un contrappeso scende verso il basso.

Ergo (trionfava alla fine Roberto, ritrovando la ragione per cui aveva iniziato a divagar in tal modo), il palcoscenico ci mostra il sole che gira, ma la natura della macchina è ben diversa, né noi possiamo accorgercene di primo acchito. Noi vediamo lo spettacolo, ma non la carrucola che fa muovere Febo, che anzi viviamo sulla ruota di quella carrucola – e a questo punto Roberto si perdeva, perché se si accettava la metafora della carrucola si perdeva quella del teatro, e tutto il suo ragionamento diventava così *pointu* – come avrebbe detto Saint-Savin – da perdere ogni acume.

Padre Caspar aveva risposto che l'uomo per far cantare

una macchina doveva foggiare legno o metallo, e disporre dei fori, o regolare corde e sfregarle con archetti, o addirittura – come lui aveva fatto sulla *Daphne* – inventare un congegno ad acqua, mentre se apriamo la gola a un usignolo non ci vediamo alcuna macchina di questo tipo, segno che Dio segue vie diverse dalle nostre.

Poi aveva chiesto se, poi che Roberto vedeva con tanto favore infiniti sistemi solari che ruotavano nel cielo, non avrebbe potuto ammettere che ciascuno di questi sistemi sia parte di un sistema più grande che ruota a propria volta ancora all'interno di un sistema più grande ancora, e via dicendo – visto che, partendo da quelle premesse, si diventava come una vergine vittima di un seduttore, che gli fa prima una piccola concessione e ben presto dovrà accordargli di più, e poi più ancora, e per quella strada non si sa sino a che estremo si possa arrivare.

Certo, aveva detto Roberto, si può pensare di tutto. A vortici privi di pianeti, a vortici che si urtano l'un l'altro, a vortici che non siano rotondi ma esagonali, così che su ciascuna faccia o lato di essi si inserisca un altro vortice, tutti insieme componendosi come le celle di un alveare, oppure che siano poligoni i quali, appoggiandosi l'uno all'altro, lascino dei vuoti, che la natura riempie con altri vortici minori, tutti ingranati tra loro come le rotelle degli orologi – il loro insieme muovendo nell'universo cielo come una gran ruota che gira e nutre all'interno altre ruote che girano, ciascuna con ruote minori che girano nel loro seno, e tutto quel gran cerchio percorrendo nel cielo una rivoluzione immensa che dura millenni, forse intorno a un altro vortice dei vortici dei vortici... E a quel punto Roberto rischiava di annegare, per la gran vertigine che gli sopravveniva.

E fu a questo momento che padre Caspar ebbe il suo trionfo. Allora, spiegò, se la terra gira intorno al sole, ma il sole gira intorno a qualcosa d'altro (e tralasciando di considerare che questo qualcosa d'altro giri ancora intorno a qualcosa più d'altro ancora), abbiamo il problema della *roulette* – di cui Roberto avrebbe dovuto sentir parlare a

Parigi, dato che da Parigi era arrivato in Italia tra i galileiani, che le pensavano proprio tutte pur di disordinare il mondo.

"Cos'è la *roulette*?" chiese Roberto

"Tu la puoi chiamare anche trochoides o cycloides, ma poco muta. Immagina tu una ruota."

"Quella di prima?"

"No, ora tu immagina la ruota di un carro. Et immagina tu che sul cerchio di quella ruota ci sta un chiodo. Ora immagina che la ruota ferma sta, et il chiodo proprio sopra il suolo. Ora tu pensa che il carro va et la ruota gira. Che cosa tu pensi che accadrebbe a questo chiodo?"

"Beh, se la ruota gira, a un certo punto il chiodo sarà in alto, ma poi quando la ruota ha fatto tutto il suo giro si trova di nuovo vicino a terra."

"Quindi tu pensi che questo chiodo un movimento come circolo ha compiuto?"

"Eh, sì. Certamente non come un quadrato."

"Ora tu ascolta, bamboleggione. Tu dici che questo chiodo si trova a terra nello stesso punto dove era prima?"

"Aspettate un momento... No, se il carro andava avanti, il chiodo si trova a terra, ma molto più avanti."

"Quindi esso non ha compiuto movimento circolare."

"No, per tutti i santi del paradiso," aveva detto Roberto.

"Tu non devi dire Pertuttisantidelparadiso."

"Scusate. Ma che movimento ha compiuto?"

"Ha una trochoides compiuto, e perché tu capisci dico che quasi è come il movimento di una palla che tu lanci davanti a te, poi tocca terra, poi fa un altro arco di cerchio, et poi novamente – solo che mentre la palla a un certo momento fa archi sempre più piccoli, il chiodo archi sempre regolari farà, se la ruota sempre alla medesima velocità va."

"E che cosa vuol dire questo?" aveva chiesto Roberto, intravedendo la sua sconfitta.

"Questo vuole dire che tu dimostrare tanti vortices et infiniti mondi vuoi, et che la terra gira, et ecco che tua terra non gira più, ma va per l'infinito cielo come una palla, tumpf tumpf tumpf – ach che bel movimento per questo nobilissimo planeta! E se tua teoria dei vortices buona è, tutti i corpi celesti facevano tumpf, tumpf tumpf – adesso lascia me ridere che questo è finalmente il più grosse divertimento di mia vita!"

Difficile replicare a un argomento così sottile e geometricamente perfetto – e per di più in perfetta malafede, perché padre Caspar avrebbe dovuto sapere che qualcosa di simile sarebbe accaduto anche se i pianeti giravano come voleva Ticone. Roberto se ne era andato a dormire umido e mogio come un cane. Nella notte aveva riflettuto, per vedere se non gli convenisse allora abbandonare tutte le sue idee eretiche sul moto della terra. Vediamo, si era detto, se pure padre Caspar avesse ragione, e la terra non si muovesse (altrimenti si muoverebbe più del dovuto e non si riuscirebbe a fermarla più), questo potrebbe mettere a repentaglio la sua scoperta del meridiano antipodo, e la sua teoria del Diluvio, e insieme il fatto che l'Isola sia là, un giorno prima del giorno che è qua? Per nulla.

Dunque, si era detto, forse mi conviene non discutere le opinioni astronomiche del mio nuovo maestro, e ingegnarmi invece di nuotare, per ottenere quello che davvero mi interessa, che non è dimostrare se avessero ragione Copernico e Galilei o quell'altro imbolsito del Ticone di Uraniburgo – ma di vedere la Colomba Color Arancio, e porre piede nel giorno prima – cosa che né Galileo, né Copernico, né Ticone né i miei maestri e amici di Parigi si erano mai sognati.

E dunque il giorno dopo si era ripresentato a padre Caspar come alunno obbediente, sia in cose natatorie che astronomiche.

Ma padre Caspar, col pretesto del mar mosso, e di altri calcoli che doveva fare, per quel giorno aveva rinviato la sua lezione. Verso sera gli aveva spiegato che, per imparare la natatione, come lui diceva, ci vuole concentrazione e silenzio, e non si può lasciar andare la testa tra le nuvole. Visto che Roberto era portato a fare tutto il contrario, se ne concludeva che non aveva attitudine al nuoto.

Roberto si era chiesto come mai il suo maestro, così orgoglioso della sua maestria, avesse rinunciato in modo così repentino al proprio progetto. E io credo che la conclusione che ne aveva tratto fosse quella giusta. Padre Caspar si era messo in testa che il giacere o anche il muoversi nell'acqua, e sotto il sole, producesse a Roberto un'effervescenza del cerebro, che lo induceva a pensieri pericolosi. Il trovarsi a tu per tu col proprio corpo, l'immergersi nel liquido, che era pure materia, in qualche misura lo imbestiava, e lo induceva a quei pensieri che sono propri a nature disumane e matte.

Occorreva dunque a padre Caspar Wanderdrossel trovare qualcosa di diverso per raggiungere l'Isola, e che non costasse a Roberto la salute dell'anima.

25.
Technica Curiosa

Quando padre Caspar disse che era di nuovo domenica, Roberto si rese conto che era passata più di una settimana dal giorno del loro incontro. Padre Caspar celebrò la messa, poi gli si rivolse con aria decisa.

"Io non posso aspettare che tu a natare impari," aveva detto.

Roberto rispose che non era colpa sua. Il gesuita ammise che forse non era colpa sua, ma intanto le intemperie e gli animali selvatici gli stavano rovinando la Specola, che andava invece curata ogni giorno. Per cui, *ultima ratio*, non restava che una soluzione: sull'Isola ci sarebbe andato lui. E alla domanda su come avrebbe fatto, padre Caspar disse che avrebbe tentato con la Campana Acquatica.

Spiegò che da gran tempo studiava come navigare sotto l'acqua. Aveva persino pensato di costruire un battello di legno rinforzato in ferro e a doppio scafo, come fosse una scatola col suo coperchio. La nave sarebbe stata lunga settantadue piedi, alta trentadue, larga otto ed era abbastanza pesante da discendere sotto la superficie. Sarebbe stata mossa da una ruota a pale, azionata da due uomini all'interno, come fanno gli asini con la mola di un mulino. E per vedere dove si stesse andando si faceva uscir fuori un *tubospicillum*, un'occhiale che, per un gioco di specchi interni, avrebbe permesso di esplorare da dentro quello che avveniva all'aria aperta.

Perché non l'aveva costruita? Perché così è fatta natura – diceva – a umiliazione della nostra pochezza: ci sono idee che sulla carta paiono perfette e poi alla prova dell'esperienza si rivelano imperfette, e nessuno sa per quale ragione.

Però padre Caspar aveva costruito la Campana Acquatica: "Et la plebicola ignorante, se avrebbero detto a loro che alcuno sul fondo del Reno discendere può mantenendo secche le vesti, e persino ne le mani un fuoco in un braciere tenendo, direbbero che era una forsenneria. E invece la prova dell'experientia c'è stata, e quasi un secolo fa nell'oppido di Toleto in Hispania. Quindi io raggiungo l'isola ora con mia Campana Aquatica, camminando, come ora vedi che cammino."

Si avviò verso la soda, che era evidentemente un magazzino inesauribile: oltre all'armamentario astronomico, rimaneva ancora qualcosa d'altro. Roberto fu costretto a portare sul ponte altre barre e semicerchi di metallo e un voluminoso involto di pelle che sapeva ancora del suo cornuto donatore. Valse poco che Roberto ricordasse che, se domenica era, non si doveva lavorare nel giorno del Signore. Padre Caspar aveva risposto che quello non era lavoro, e tanto meno lavoro servile, bensì esercizio di un'arte nobilissima tra tutte, e che la loro fatica sarebbe stata consacrata all'incremento della conoscenza del gran libro della natura. E dunque era come meditare sui testi sacri, da cui il libro della natura non si discosta.

Roberto dovette quindi mettersi al lavoro, spronato da padre Caspar, che interveniva nei momenti più delicati, dove gli elementi metallici andavano riuniti per incastri già predisposti. Lavorando per l'intera mattinata mise così a punto una gabbia a forma di tronco di cono, poco più alta di un uomo, in cui tre cerchi, quello in alto di diametro minore, il mediano e il basso progressivamente più larghi, si sostenevano paralleli grazie a quattro palanche inclinate.

Al cerchio di mezzo era stata fissata un'imbragatura di tela in cui si poteva infilare un uomo, ma tale che, per un gioco di fettucce che dovevano avvolgersi anche alle spalle e al petto, di costui non assicurasse solo l'inguinale per impedirne la discesa, ma anche gli omeri e il collo, in modo che il capo non andasse a toccare il cerchio superiore.

Mentre Roberto si chiedeva a che cosa potesse servire tutto quell'insieme, padre Caspar aveva dispiegato l'involto di pelle, che si era rivelato come l'ideale astuccio, o guanto, o ditale di quella compagine metallica, sulla quale non fu difficile infilarlo, fermandolo con ganci dall'interno, in modo che l'oggetto, una volta finito, non potesse più essere scoiato. E l'oggetto finito era davvero un cono senza punta, chiuso in alto e aperto alla base – o se si vuole, appunto, una sorta di campana. Su di essa, tra il cerchio superiore e il mediano, si apriva una finestrella di vetro. Sul tettuccio della campana era stato assicurato un anello robusto.

A questo punto la campana fu spostata verso l'argano e agganciata a un braccio che, per accorto sistema di pulegge, avrebbe permesso di sollevarla, abbassarla, spostarla fuori bordo, calarla o issarla, come avviene d'ogni balla, cassa o involto che si carichi o scarichi da una nave.

L'argano era un poco rugginoso dopo giorni di inedia, ma alla fine Roberto riuscì ad azionarlo e a issare la campana a media altezza, così che si potesse scorgerne le ventresche.

Questa campana attendeva ora solo un passeggero che vi si infilasse e vi s'imbracasse, in modo da spenzolare nell'aria come un battaglio.

Ci poteva entrare un uomo di qualsiasi statura: bastava regolar le cinghie allentando o serrando fibule e nodi. Orbene, una volta bene imbracato, l'abitante della campana avrebbe potuto camminare portando a spasso il suo abitacolo, e le fettucce facevano sì che il capo rimanesse all'altezza della finestrella, e il bordo inferiore gli arrivasse più o meno al polpaccio.

Ora a Roberto non rimaneva che figurarsi, spiegava trionfante padre Caspar, che cosa sarebbe successo quando l'argano avesse fatto scendere la campana in mare.

"Succede che il passeggero affoga," aveva concluso Roberto, come avrebbe fatto chiunque. E padre Caspar lo aveva accusato di sapere assai poco dello "equilibrio dei liquori".

"Tu puoi forse pensare che il vuoto da qualche parte c'è,

come dicono quegli ornamenti de la Sinagoga di Satana coi quali parlavi a Parigi. Ma tu forse ammetterai che nella campana non c'è il vuoto, ma aria. Et quando tu una campana piena d'aria nell'aqua cali, non entra l'aqua. O esso o l'aria."

Era vero, ammetteva Roberto. E dunque per alto che fosse il mare, l'uomo poteva camminare senza che vi entrasse acqua, almeno sino a che il passeggero col suo respiro non avesse consumata tutta l'aria, trasformandola in vapore (come si vede quando si alita su di uno specchio) il quale, essendo meno denso dell'acqua, a essa avrebbe infine ceduto luogo – prova definitiva, commentava trionfalmente padre Caspar, che la natura ha in orrore il vuoto. Ma con una campana di quella mole il passeggero poteva contare, aveva calcolato padre Caspar, su almeno una trentina di minuti di respiro. La riva pareva molto lontana, da raggiungere a nuoto, ma camminando sarebbe stata una passeggiata, perché quasi a mezza strada tra la nave e la riva incominciava il barbacane corallino – a tal punto che la barca non aveva potuto andare per quella strada ma aveva dovuto fare il giro più lungo oltre il promontorio. E in certi tratti i coralli erano a pelo d'acqua. Se si fosse iniziata la spedizione in periodo di riflusso, il cammino da fare sott'acqua sarebbe ancora diminuito. Bastava arrivare a quelle terre emerse, e appena il passeggero fosse salito anche solo a mezza gamba sopra la superficie, la campana si sarebbe di nuovo riempita d'aria fresca.

Ma come si sarebbe camminato sul fondale, che doveva essere irto di pericoli, e come si sarebbe saliti sul barbacane, che era fatto di sassi aguzzi e di coralli più taglienti dei sassi? E inoltre, come sarebbe scesa la campana senza rovesciarsi nell'acqua, o essere risospinta su per le stesse ragioni per cui un uomo che si tuffa torna a galla?

Padre Caspar, con un sorriso scaltro, aggiungeva che Roberto aveva scordato l'obiezione più importante: che a spingere in mare la sola campana piena d'aria si sarebbe mossa tant'acqua quanta era la sua mole, e quest'acqua avrebbe avuto un peso assai maggiore del corpo che cercava di penetrarla, a cui avrebbe pertanto opposto molta renitenza. Ma nella campana ci sarebbero state anche parecchie libbre d'uomo, e infine c'erano i Coturni Metallici. E, con l'aria di chi aveva pensato a tutto, andava a trarre dalla inesauribile soda un paio di stivaletti con suole di ferro alte più di cinque dita, da fermare al ginocchio. Il ferro avrebbe fatto da zavorra, e avrebbe poi protetto i piedi del viandante. Gli avrebbe reso più lento il cammino, ma gli avrebbe tolto quelle preoccupazioni per il terreno accidentato che di solito rendono timido il passo.

"Ma se dallo sdrucciolo che c'è qui sotto voi dovete risalire alla riva, sarà un percorso tutto in salita!"

"Tu non eri qui quando l'ancora calato hanno! Io ho prima lo scandaglio fatto. Niente voragine! Se la *Daphne* andrebbe un poco più avanti s'incaglierebbe!"

"Ma come potrete sostenere la campana, che vi pesa sul capo?" domandava Roberto. E padre Caspar a ricordargli che nell'acqua questo peso non si sarebbe sentito, e Roberto lo avrebbe saputo se avesse mai provato a spingere una barca, o a pescare con la mano una palla di ferro da una vasca, che lo sforzo sarebbe stato tutto una volta tiratala su dall'acqua, non sino a che stava immersa.

Roberto, di fronte all'ostinazione del vecchio, cercava di ritardare il momento della sua rovina. "Ma se si cala la campana con l'argano," gli chiedeva, "come si sgancia poi la fune? Altrimenti la corda vi trattiene e non potete allontanarvi dalla nave."

Caspar rispondeva che, una volta lui sul fondo, Roberto se ne sarebbe accorto perché la fune si sarebbe allentata: e a quel punto la si tagliava. Credeva forse che lui dovesse tornare per la stessa via? Una volta sull'Isola sarebbe andato a recuperar la barca, e con quella sarebbe tornato, se Dio voleva.

Ma appena a terra, quando si fosse sciolto dalle corregge, la campana, se un altro argano non l'avesse tenuta sollevata, sarebbe scesa a toccar terra imprigionandolo. "Volete passare il resto della vostra vita su un'isola chiuso in una campana?" E il vecchio rispondeva che una volta

306

scioltosi da quelle mutande non aveva che da lacerare la pelle col suo coltello, e sarebbe venuto fuori come Minerva dalla coscia di Giove.

E se sott'acqua avesse incontrato un gran pesce, di quelli che divorano gli uomini? E padre Caspar a ridere: anche il più feroce dei pesci, quando incontra sul suo cammino una campana semovente, cosa che farebbe paura anche a un uomo, viene preso da tale sconcerto che si dà a rapida fuga.

"Insomma," aveva concluso Roberto, sinceramente preoccupato per il suo amico, "voi siete vecchio e gracile, se qualcuno deve proprio tentare sarò io!" Padre Caspar lo aveva ringraziato ma gli aveva spiegato che lui, Roberto, aveva già dato molte prove di essere un farfallone, e chissà che cosa avrebbe combinato; che lui, Caspar, aveva già qualche conoscenza di quel braccio di mare e del barbacane, e di simili ne aveva visitati altrove, con un battello piatto; che quella campana l'aveva fatta costruire lui e quindi ne conosceva vizi e virtù; che aveva buone nozioni di fisica idrostatica e avrebbe saputo come cavarsi d'impaccio in caso non previsto; e infine, aveva aggiunto, come se dicesse l'ultima delle ragioni a suo favore, "infine io ho la fede e tu no".

E Roberto aveva capito che questa non era affatto l'ultima delle ragioni, ma la prima, e certamente la più bella. Padre Caspar Wanderdrossel credeva alla sua campana come credeva alla sua Specola, e credeva di dover usare la Campana per raggiungere la Specola, e credeva che tutto quello che stava facendo fosse per la maggior gloria di Dio. E come la fede può spianare le montagne, poteva certamente superare le acque.

Non restava che rimettere sul ponte la campana e prepararla all'immersione. Una operazione che li tenne occupati sino a sera. Per conciare la pelle in modo che né l'acqua potesse penetrarvi né l'aria uscirvi, occorreva usare un impasto da prepararsi a fuoco lento, dosando tre libbre di cera, una di terebintina veneta, e quattro once di un'altra vernice usata dai falegnami. Poi si trattava di fare assorbire quella sostanza alla pelle, lasciandola riposare sino al giorno dopo. Infine con un'altra pasta fatta di pece e cera si dovettero riempire tutte le fessure ai bordi della finestrella, dove il vetro era già stato fissato con mastice, a propria volta incatramato.

"Omnibus rimis diligenter repletis," come lui disse, Padre Caspar passò la notte in preghiera. All'alba ricontrollarono la campana, i legacci, i ganci. Caspar attese il momento giusto in cui potesse sfruttare al massimo il riflusso, e in cui tuttavia il sole fosse già abbastanza alto, in modo da illuminare il mare davanti a lui, gettando ogni ombra dietro le sue spalle. Poi si abbracciarono.

Padre Caspar ripeté che si sarebbe trattato di una sollazzevole impresa in cui avrebbe veduto cose strabilianti che neppure Adamo o Noè avevano conosciuto, e temeva di commettere peccato di superbia – fiero com'era d'essere il primo uomo a discendere nel mondo marino. "Però," aggiungeva, "questa è anche una pruova di mortificatione: se Nostro Signore sopra le aque camminato ha, io sotto camminerò, come a un peccatore si conviene."

Non restava che risollevare la campana, metterla addosso a padre Caspar, e controllare se lui fosse capace di muoversi a proprio agio.

Per qualche minuto Roberto assisté allo spettacolo di un chiocciolone, macché, di una vescia, un agarico migratorio, che procedeva per passi lenti e goffi, spesso fermandosi e compiendo un mezzo giro su se stesso quando il padre voleva guardare a destra o a sinistra. Più che a una marcia, quel cappuccio ambulante sembrava inteso a una gavotta, a una bourrée che l'assenza della musica rendeva ancor più sgraziata.

Infine padre Caspar parve soddisfatto delle sue prove e, con una voce che pareva uscirgli dai calzari, disse che si poteva partire.

Si portò presso l'argano, Roberto riagganciò, si mise a spingere l'argano, e controllò ancora che, la campana sollevata, i piedi ciondolassero e il vecchio non scivolasse giù o la campana non si sfilasse all'in su. Padre Caspar sbatacchiava e rimbombava che tutto andava per il meglio, ma occorreva sbrigarsi: "Questi coturni mi tirano le gambe e quasi me le strappano dal ventre! Presto, metti me ne l'aqua!"

Roberto aveva ancora gridato alcune frasi di incoraggiamento, e aveva calato lentamente il veicolo con il suo umano motore. Il che fu impresa non facile, perché egli faceva da solo il lavoro di molti marinai. Pertanto quella discesa gli parve eterna, come se il mare si abbassasse a mano a mano che egli moltiplicava i suoi sforzi. Ma alla fine udì un rumore sull'acqua, avvertì che il suo sforzo diminuiva, e dopo pochi istanti (che a lui parvero anni) sentì che l'argano girava ormai a vuoto. La campana aveva toccato. Recise la corda, poi si buttò alla murata per guardare in giù. E non vide nulla.

Di padre Caspar e della campana non rimaneva alcuna traccia.

"Che cervellone di un gesuita," si disse Roberto ammirato, "c'è riuscito! Pensa, lì da basso c'è un gesuita che cammina, e nessuno potrebbe indovinarlo. Le valli di tutti gli oceani potrebbero essere popolate di gesuiti, e nessuno lo saprebbe!"

Poi passò a pensieri più prudenti. Che padre Caspar fosse giù, era invisibilmente evidente. Ma che tornasse su, non era ancor detto.

Gli parve che l'acqua si stesse agitando. La giornata era stata scelta proprio perché era serena; tuttavia, mentre stavano compiendo le ultime operazioni, si era levato un vento che a quell'altezza increspava solo di poco la superficie, ma sulla riva creava alcuni giochi d'onda che, sugli scogli ormai emersi, avrebbero potuto disturbare lo sbarco.

Verso la punta nord, dove si ergeva una parete quasi piatta e a picco, scorgeva zaffate di schiuma che andavano a schiaffeggiare la roccia, disperdendosi nell'aria come tante monachine bianche. Erano certo l'effetto di onde che battevano lungo una serie di piccoli fariglioni che egli non riusciva a vedere, ma dalla nave sembrava che un serpente soffiasse dall'abisso quelle vampe cristalline.

La spiaggia sembrava però più tranquilla, la maretta era

solo a mezza strada, e quello era per Roberto buon segno: indicava il luogo dove il barbacane sporgeva fuori dell'acqua e marcava il limite oltre il quale padre Caspar non avrebbe più corso pericolo.

Dov'era ora il vecchio? Se si era messo in marcia subito dopo aver toccato, avrebbe dovuto già percorrere... Ma quanto tempo era passato? Roberto aveva perso il senso del trascorrer degli istanti, ciascuno dei quali stesse computando per un'eternità, e quindi tendeva a ridurre il risultato presunto, e si convinceva che il vecchio era appena sceso, era forse ancora sotto la carena, a cercar di orientarsi. Ma a quel punto nasceva il sospetto che la fune, torcendosi su se stessa mentre calava, avesse fatto compiere un mezzo giro alla campana, così che padre Caspar si era ritrovato senza saperlo con la finestrella rivolta a occidente, e stava andando verso il mare aperto.

Poi Roberto si diceva che andando verso l'alto mare chiunque si sarebbe accorto di discendere anziché salire, e avrebbe mutato rotta. Ma se in quel punto ci fosse stata una piccola salita verso occidente, e chi saliva credesse di andare a oriente? Tuttavia i riflessi del sole avrebbero mostrato la parte da cui l'astro stava muovendo... E però, si vede il sole nell'abisso? Passano i suoi raggi come da una vetrata di chiesa, a fasci compatti, o si disperdono in un rifrangersi di gocce, in modo che chi abita laggiù veda la luce come una balugine priva di direzioni?

No, si diceva poi: il vecchio capisce benissimo dove deve andare, forse è già a mezza strada tra la nave e il barbacane, anzi, ci è già arrivato, ecco, forse sta per montarvi con le sue grandi suole di ferro, e tra poco lo vedo...

Altro pensiero: in realtà nessuno prima d'oggi è mai stato in fondo al mare. Chi mi dice che laggiù oltre poche braccia non si entri nel nero assoluto, abitato solo da creature i cui occhi emanano vaghi lucori... E chi dice che in fondo al mare si abbia ancora il senso della retta via? Forse sta girando in tondo, sta percorrendo sempre la stessa strada, sino a che l'aria del suo petto si trasformi in umidezza, che invita l'acqua amica nella campana...

Si accusava di non aver portato almeno una clessidra sul ponte: quanto tempo era passato? Forse già più di mezz'ora, troppo ahimè, ed era lui che si sentiva soffocare. Allora respirava a pieni polmoni, rinasceva, e credeva che quella fosse la prova che di istanti ne erano passati pochissimi, e padre Caspar stava ancora godendo d'aria purissima.

Ma forse il vecchio è andato di traverso, è inutile guardare davanti a sé come se avesse dovuto riemergere lungo il tragetto della palla d'archibugio. Poteva aver fatto molte deviazioni, cercando il migliore accesso al barbacane. Non aveva detto, mentre montavano la campana, che era un colpo di fortuna che l'argano lo deponesse proprio in quel punto? Dieci passi più a nord la falsabraca s'inabissava di colpo formando un fianco ripido, contro cui una volta aveva urtato la barca, mentre dritto davanti all'argano c'era un passaggio, per cui anche la barca era passata, andando poi ad arenarsi là dove gli scogli salivano a poco a poco.

Ora, poteva aver sbagliato nel mantener la direzione, si era trovato di fronte a un muro, e stava costeggiandolo verso sud cercando il passaggio. O forse lo costeggiava verso nord. Occorreva far scorrere l'occhio lungo tutta la riva, da una punta all'altra, forse sarebbe emerso laggiù, incoronato di edere marine... Roberto volgeva il capo da un termine all'altro della baia, temendo che, mentre guardava a sinistra, potesse perdere padre Caspar già emerso a destra. Eppure si poteva individuare subito un uomo anche a quella distanza, immaginiamoci una campana di cuoio stillante al sole, come un paiolo di rame appena lavato...

Il pesce! Forse nelle acque c'era davvero un pesce cannibale, per nulla spaventato dalla campana, che aveva divorato per intero il gesuita. No, di tal pesce si sarebbe scorta l'ombra scura: se c'era doveva essere tra la nave e l'inizio delle rocce coralline, non oltre. Ma forse il vecchio era già arrivato alle rocce, e spine animali o minerali avevano perforato la campana, facendone uscire tutta la poca aria rimasta...

Altro pensiero: chi mi assicura che l'aria nella campana

311

bastasse davvero per tanto tempo? Lo ha detto lui, ma lui si è pur sbagliato quando era sicuro che la sua bacinella avrebbe funzionato. In fin dei conti questo buon Caspar si è dimostrato esser un farnetico, e forse tutta quella storia delle acque del Diluvio, e del meridiano, e dell'Isola di Salomone è un cumulo di fole. E poi, se pure avesse ragione per quanto riguarda l'Isola, potrebbe aver calcolato male la quantità d'aria di cui un uomo ha bisogno. E infine, chi mi dice che tutti quegli olii, quelle essenze, abbiano davvero colmato ogni fessura? Forse in questo momento l'interno di quella campana sembra una di quelle grotte in cui zampilla acqua da ogni dove, forse l'intera pelle traspira come una spugna, non è forse vero che la nostra pelle è tutto un setaccio di pori impercettibili, e pure ci sono, se attraverso di essi filtra il sudore? E se questo accade con la pelle di un uomo può accadere anche con la pelle di un bue? O i buoi non sudano? E quando piove, un bue, si sente anche bagnato dentro?

Roberto si torceva le mani, e malediceva la sua fretta. Era chiaro, lui stava credendo che fossero passate ore ed erano passate invece poche pulsazioni di polso. Si disse che non aveva ragioni per tremare, lui, e ben di più ne avrebbe avuto il coraggioso vegliardo. Forse lui doveva piuttosto favorire il suo viaggio con la preghiera, o almeno con la speranza e l'auspicio.

E poi, si diceva, ho immaginato troppe ragioni di tragedia ed è proprio dei melanconici generare spettri che la realtà è incapace di emulare. Padre Caspar conosce le leggi idrostatiche, ha già scandagliato questo mare, ha studiato il Diluvio anche attraverso i fossili che popolano tutti i mari. Calma, basta che io comprenda che il tempo trascorso è minimo, e sappia attendere.

Si accorgeva di amare, ormai, quello che era stato l'Intruso, e di piangere già, al solo pensiero che potesse essergli occorso un malanno. Su vecchio, mormorava, ritorna, rinasci, risuscita, per Dio, che tireremo il collo alla gallina più grassa, non vorrai mica lasciar sola la tua Specola Melitense?

E improvvisamente si accorse che non vedeva più le rocce vicino a riva, segno che il mare aveva iniziato ad alzarsi; e il sole, che prima scorgeva senza dover alzare il capo, ora era proprio su di lui. Dunque dal momento della scomparsa della campana erano già trascorsi non minuti ma ore.

Dovette ripetersi quella verità ad alta voce, per trovarla credibile. Aveva contato per secondi quelli che erano minuti, lui si era convinto di aver in petto un orologio pazzo, dai battiti precipitosi, e invece il suo orologio interno aveva rallentato il cammino. Da chissà quanto, dicendosi che padre Caspar era appena sceso, attendeva una creatura a cui l'aria era ormai mancata da tempo. Da chissà quanto stava attendendo un corpo che giaceva senza vita in qualche punto di quella distesa.

Che cosa poteva essere accaduto? Tutto, tutto quello che aveva pensato – e che forse con la sua malavventurosa paura aveva fatto accadere, lui latore di cattiva fortuna. I principi idrostatici di padre Caspar potevano esser illusori, forse l'acqua in una campana entra proprio dal basso, specie se chi è dentro scalcia fuori l'aria, che ne sapeva Roberto davvero dell'equilibrio dei liquidi? O forse il cozzo era stato troppo rapido, la campana si era rovesciata. O padre Caspar aveva incespicato a metà cammino. O aveva perduto la strada. O il suo cuore più che settuagenario, impari al suo zelo, aveva ceduto. E infine, chi dice che a quella profondità il peso dell'acqua del mare non possa schiacciare il cuoio come si spreme un limone o si sbaccella una fava?

Ma se fosse morto non avrebbe dovuto il suo cadavere tornar a galla? No, era ancorato dalle suole di ferro, da cui le sue povere gambe sarebbero uscite solo quando l'azione congiunta delle acque, e di tanti piccoli pesci ingordi, non l'avessero ridotto a uno scheletro...

Poi, di colpo, ebbe una intuizione radiosa. Ma di che stava a borbottar nella mente? Ma certo, padre Caspar glielo aveva ben detto, l'Isola che egli vedeva davanti a sé non era l'Isola di oggi, bensì quella di ieri. Al di là del meridiano c'era ancora il giorno prima! Poteva attendersi di vedere ora su quella spiaggia, che era ancora ieri, una persona che era discesa in acqua oggi? Certamente no. Il vecchio si era immerso nel primo mattino di quel lunedì, ma se sulla nave era lunedì su quell'Isola era ancora domenica, e quindi egli avrebbe potuto vedere il vecchio che vi approdava solo verso il mattino del suo domani, quando sull'Isola fosse, appena allora, lunedì...

Devo aspettare sino a domani, si diceva. E poi: ma Caspar non può aspettare un giorno, l'aria non gli basta! E ancora: ma sono io che debbo aspettare un giorno, lui è semplicemente rientrato nella domenica non appena ha varcato la linea del meridiano. Mio Dio, ma allora l'Isola che vedo è quella di domenica, e se ci è arrivato di domenica, io dovrei già vederlo! No, sto sbagliando tutto. L'Isola che vedo è quella di oggi, è impossibile che io veda il passato come in una sfera magica. È là sull'Isola, solo là – che è ieri. Ma se vedo l'Isola di oggi, dovrei vedere lui, che nello ieri dell'Isola c'è già, e si trova a vivere una seconda domenica... Che poi, arrivato ieri od oggi, dovrebbe aver lasciato sulla spiaggia la campana sventrata, e non la vedo. Ma potrebbe averla anche portata con sé nella boscaglia. Quando? Ieri. Dunque: facciamo conto che quella che vedo sia l'Isola di domenica. Devo attendere domani per vedere lui che vi arriva di lunedì...

Potremmo dire che Roberto aveva definitivamente perduto il senno, e a buona ragione: comunque avesse calcolato, il conto non gli sarebbe tornato. I paradossi del tempo fanno perdere il senno anche a noi. Quindi era normale che non riuscisse più a capire che cosa fare: e si è ridotto a fare quel che ciascuno, se non altro vittima della propria speranza, avrebbe fatto. Prima di abbandonarsi alla disperazione, si è disposto ad aspettare il giorno a venire.

Come abbia fatto, è difficile da ricostruire. Andando avanti e indietro per il ponte, non toccando cibo, parlando a se stesso, a padre Caspar e alle stelle, e forse ricorrendo di nuovo all'acquavite. Fatto sta che lo ritroviamo il giorno

314

appresso, mentre la notte schiarisce e il cielo si colora, e poi dopo il sorgere del sole, sempre più teso a mano a mano che le ore trascorrono, già alterato tra le undici e mezzogiorno, sossopra tra mezzogiorno e il tramonto, sino a che non deve arrendersi alla realtà – e questa volta senza alcun dubbio. Ieri, certamente ieri, padre Caspar si è immerso nelle acque dell'oceano australe e né ieri né oggi ne è più uscito. E siccome tutto il prodigio del meridiano antipodo si gioca tra lo ieri e il domani, non tra ieri e dopodomani, o domani e l'altro ieri, era ormai certo che da quel mare padre Caspar non sarebbe uscito mai più.

Con matematica, anzi, cosmografica e astronomica certezza il suo povero amico era perduto. Né si poteva dire dove fosse il suo corpo. In un luogo imprecisato laggiù. Forse esistevano correnti violente sotto la superficie, e quel corpo era ormai in mare aperto. Oppure no, sotto la *Daphne* esisteva una fossa, un burrone, la campana vi si era posata, e di lì il vecchio non era potuto risalire, spendendo il poco fiato, sempre più acquoso, per invocare aiuto.

Forse, per fuggire, si era sciolto dai suoi legacci, la campana ancor piena d'aria aveva fatto un balzo in alto, ma la sua parte ferrea aveva frenato quel primo impulso e l'aveva trattenuta a mezz'acqua, chi sa dove. Padre Caspar aveva tentato di liberarsi dei suoi stivali, ma non vi era riuscito. Ora in quella calata, radicato nella roccia, il suo corpo esanime vacillava come un'alga.

E mentre Roberto così pensava, il sole del martedì era ormai dietro alle sue spalle, il momento della morte di padre Caspar Wanderdrossel si faceva sempre più remoto.

Il tramonto creava un cielo itterico dietro il verde cupo dell'isola, e un mare stigio. Roberto capì che la natura s'attristava con lui e, come talora accade a chi rimane orbato di una persona cara, a poco a poco non pianse più la sventura di quella, ma la propria, e la propria solitudine ritrovata.

Da pochissimi giorni vi era sfuggito, padre Caspar era divenuto per lui l'amico, il padre, il fratello, la famiglia e la

315

patria. Ora si rendeva conto di essere di nuovo scompagnato e romito. Questa volta per sempre.

Tuttavia in quello scoramento un'altra illusione stava prendendo forma. Ora egli era certo che l'unico modo di uscire dalla sua reclusione non doveva cercarlo nello Spazio invalicabile, ma nel Tempo.

Ora doveva davvero imparare a nuotare e raggiungere l'Isola. Non tanto per ritrovare qualche spoglia di padre Caspar perduta nelle pieghe del passato, ma per arrestare l'orrido incedere del proprio domani.

26.
Teatro d'Imprese

Per tre giorni Roberto era rimasto con l'occhio incollato al cannocchiale di bordo (recriminando che l'altro, più potente, fosse ormai inservibile), a fissare la cima degli alberi a riva. Attendeva di scorgere la Colomba Color Arancio.

Al terzo giorno si scosse. Aveva perduto il suo unico amico, era smarrito sul più lontano dei meridiani, e si sarebbe sentito consolato se avesse scorto un uccello che forse era frullato solo per la testa di padre Caspar!

Decise di riesplorare il suo rifugio per capire quanto avrebbe potuto sopravvivere a bordo. Le galline continuavano a deporre le uova, ed era nata una nidiata di pulcini. Dei vegetali raccolti non ne rimanevano molti, erano ormai troppo secchi, e avrebbero dovuto essere usati come mangime per i volatili. C'erano ancora pochi barili d'acqua, ma raccogliendo la pioggia se ne sarebbe persino potuto far a meno. E, infine, i pesci non mancavano.

Poi rifletté che, non mangiando vegetali freschi, si moriva di scorbuto. C'erano quelli della serra, ma essa sarebbe stata annaffiata per vie naturali solo se fosse scesa la pioggia: se sopravveniva una lunga siccità avrebbe dovuto bagnare le piante con l'acqua per bere. E se ci fosse stata tempesta per giorni e giorni, avrebbe avuto acqua, ma non avrebbe potuto pescare.

Per acquetare le sue angosce era tornato nella cabina dell'organo ad acqua, che padre Caspar gli aveva insegnato a mettere in moto: ascoltava sempre e solo "Daphne", perché non aveva imparato come si sostituisse il cilindro; ma non gli spiaceva riascoltare per ore e ore la stessa melodia. Un giorno aveva identificato *Daphne*, la nave, con il corpo della donna amata. Non era forse Daphne una creatura che si era trasformata in lauro – in sostanza arborea, dunque, affine a quella da cui la nave era stata tratta? La melodia gli cantava dunque di Lilia. Come si vede, la catena di pensieri era del tutto inconsiderata – ma così pensava Roberto.

Si rimproverava di essersi lasciato distrarre dall'arrivo di padre Caspar, di averlo seguito nelle sue fregole meccaniche, e di aver dimenticato il proprio voto amoroso. Quell'unica canzone, di cui ignorava le parole, se ve n'erano mai state, si stava trasformando nella preghiera che egli divisava di far mormorare ogni giorno alla macchina, "Daphne" suonata dall'acqua e dal vento nei recessi della *Daphne*, memoria della trasformazione antica di una Daphne divina. Ogni sera, guardando il cielo, solfeggiava quella melodia a voce bassa, come una litania.

Poi ritornava in cabina e tornava a scrivere a Lilia.

Nel far questo si era reso conto che aveva passato i giorni precedenti all'aperto e di giorno, e che si rifugiava di nuovo in quella semioscurità che in realtà era stato il suo ambiente naturale non solo sulla *Daphne*, prima di trovare padre Caspar, ma per più di dieci anni, sin dai tempi della ferita di Casale.

In verità, non credo che per tutto quel tempo Roberto avesse vissuto, come lascia ripetutamente credere, solo di notte. Che abbia evitato gli eccessi del solleone, è probabile, ma quando seguiva Lilia lo faceva di giorno. Ritengo che quella infermità fosse più effetto di umor nero che vera turba della visione: Roberto si accorgeva di soffrire la luce solo nei momenti più atrabiliari, ma quando la sua mente era distratta da pensieri più gai, non ci faceva caso.

Comunque fosse e fosse stato, quella sera si era scoperto riflettere per la prima volta sui fascini dell'ombra. Mentre scriveva, o alzava la penna per intingerla nel calamaio, vedeva la luce o come alone dorato sulla carta, o come frangia cerea e quasi traslucida, che definiva il contorno delle sue dita scure. Come se essa abitasse nell'interno della propria mano e si manifestasse solo ai margini. Tutt'intorno, era avvolto dal saio affettuoso di un cappuccino, ovvero, da un non so che di chiarore nocciola che, toccando l'ombra, vi moriva.

Guardava la fiamma della lucerna, e vi scorgeva nascere due fuochi: in basso essa era rossa, dove s'incorporava alla materia corruttibile, ma alzandosi dava vita alla sua lingua estrema, di un bianco accecante che sfumigava in un apice pervinca. Così, si diceva, il suo amore alimentato da un corpo che moriva, dava vita alla larva celestiale dell'amata.

Volle celebrare, dopo alcuni giorni di tradimento, quella sua riconciliazione con l'ombra e risalì sul ponte mentre le ombre si dilatavan dappertutto, sulla nave, sul mare, sull'Isola, dove si scorgeva ormai soltanto il rapido imbrunire dei colli. Cercò, memore delle sue campagne, di scorgere sulla riva la presenza delle lucciole, vive faville alate vaganti per il buio delle siepi. Non le vide, meditò sugli ossimori degli antipodi, dove forse le lucciole lucono solo nel meriggio.

Poi si era coricato sul castello di poppa, e si era posto a guardare la luna, lasciandosi cullare dal ponte, mentre dall'Isola proveniva il rumore della risacca, misto a un frinire di grilli, o dei loro affini di quell'emisfero.

Rifletteva che la bellezza del giorno è come una bellezza bionda, mentre la bellezza della notte è una bellezza bruna. Assaporò il contrasto del suo amore per una dea bionda consumato nel bruno delle notti. Ricordando quei capelli di grano maturo che annichilavano ogni altra luce nel salotto di Arthénice, volle bella la luna perché diluiva nella sua estenuazione i raggi di un sole latente. Si ripromise di fare del giorno riconquistato nuova occasione per leggere nei riflessi sulle onde l'encomio dell'oro di quei capelli e dell'azzurro di quegli occhi.

Ma assaporava le bellezze della notte, quando sembra che tutto riposi, le stelle si muovano più silenziosamente del sole – e si è indotti a credere di essere la sola persona in tutta la natura intenta a sognare.

Quella notte era sul punto di decidere che sarebbe rimasto per tutti i giorni a venire sulla nave. Ma alzando gli occhi al cielo aveva visto un gruppo di stelle che di un tratto sembrarono mostrargli il profilo di una colomba ad ali tese, che recava in bocca un ramo d'ulivo. Ora è vero che nel cielo australe, poco distante dal Cane Maggiore, era già stata individuata da almeno quarant'anni una costellazione della Colomba. Ma non sono affatto sicuro che Roberto, da dov'era, in quell'ora e in quella stagione avrebbe potuto scorgere proprio quelle stelle. Comunque, siccome chi vi aveva visto una colomba (come Johannes Bayer in *Uranometria Nova*, e poi assai più tardi il Coronelli nel suo *Libro dei Globi*) dimostrava più fantasia ancora di quanta non ne avesse Roberto, direi che qualsiasi disposizione d'astri, in quel momento, poteva sembrare a Roberto un piccione, un colombaccio selvatico o palombo, una tortora, quel che volete voi: benché al mattino avesse dubitato della sua esistenza, la Colomba Color Arancio gli si era fissata nella testa come un chiodo – o, come vedremo meglio, una borchia d'oro.

Dobbiamo infatti domandarci perché, al primo accenno di padre Caspar, tra le tante meraviglie che l'Isola poteva promettergli, Roberto si fosse interessato tanto alla Colomba.

Vedremo, a mano a mano che andremo avanti a seguire questa storia, che nella mente di Roberto (che l'esser solingo avrebbe reso ormai di giorno in giorno più fervente), quella colomba appena appena suggerita da un racconto sarebbe diventata tanto più viva quanto meno sarebbe riuscito a vederla, compendio invisibile di ogni passione della sua anima amante, ammirazione, stima, venerazione, speranza, gelosia, invidia, stupore e allegrezza. Non gli era chiaro (né può esserlo a noi) se essa fosse diventata l'Isola, o Lilia, o entrambe, o lo ieri in cui tutte e tre erano relegate, per quell'esiliato in un oggi senza fine, il cui futuro stava solo nell'arrivare, in qualche suo domani, al giorno prima.

Potremmo dire che Caspar gli aveva evocato il Cantico di Salomone che, guarda caso, il suo carmelitano gli aveva letto tante e tante volte che lui lo aveva quasi mandato a memoria: e sin dalla giovinezza egli godeva di melliflue agonie per un essere dagli occhi di colomba, per una colomba di cui spiare il volto e la voce tra i crepacci delle rocce... Ma questo mi soddisfa sino a un certo punto. Credo sia necessario impegnarci in una "Esplicazione della Colomba", stendere qualche appunto per un trattatello a venire che potrebbe intitolarsi *Columba Patefacta*, e il progetto non mi pare ozioso del tutto, se altri ha speso un intero capitolo per interrogarsi sul Senso della Balena – che poi sono animalacci o neri o grigi (e al massimo di bianca ce n'è una sola), mentre noi abbiamo a che fare con una *rara avis* dal colore ancor più raro, e su cui l'umanità ha riflettuto molto più che sulle balene.

Questo infatti è il punto. Che ne avesse parlato col carmelitano o discusso con padre Emanuele, che avesse sfogliato tanti libri che ai suoi tempi erano tenuti in gran pregio, che a Parigi avesse ascoltato dissertazioni su quelle che laggiù chiamavano Divise o Immagini Enigmatiche, Roberto delle colombe avrebbe dovuto saper qualcosa.

Ricordiamo che quello era un tempo in cui si inventavano o reinventavano immagini di ogni tipo per scoprirvi sensi reconditi e rivelatori. Bastava vedere, non dico un bel fiore o un coccodrillo, ma un cestello, una scala, un setaccio o una colonna per cercare di costruirvi intorno una rete di cose che, a prima vista, nessuno vi avrebbe visto. Non voglio qui mettermi a distinguere tra Impresa o Emblema, e su come in diversi modi a queste immagini potevano essere apposti versi o motti (se non accennando che l'Emblema, dalla descrizione di un fatto particolare, non necessariamente espresso per figure, cavava un concetto universale, mentre l'Impresa andava dalla immagine concreta di un oggetto particolare a una qualità o proposito di un individuo singolo, come a dire "io sarò più candido della neve" o "più astuto del serpente", o ancora "preferisco morire che tradire", sino ad arrivare ai celeberrimi *Frangar non*

Flectar e *Spiritus durissima coquit*), ma la gente di quell'età riteneva indispensabile tradurre il mondo intero in una selva di Simboli, Cenni, Giochi Equestri, Mascherate, Pitture, Armi Gentilesche, Trofei, Insegne di Honore, Figure Ironiche, Riversi scolpiti nelle monete, Fabule, Allegorie, Apologhi, Epigrammi, Sentenze, Equivoci, Proverbi, Tessere, Epistole Laconiche, Epitaffi, Parerga, Incisioni Lapidarie, Scudi, Glifi, Clipei, e qui se permettete mi fermo – ma non si fermavano loro. E ogni buona Impresa doveva esser metaforica, poetica, composta sì di un'anima tutta da disvelare, ma anzitutto di un corpo sensibile che rimandasse a un oggetto del mondo, e doveva essere nobile, mirabile, nuova ma conoscibile, apparente ma attuosa, singolare, proporzionata allo spazio, acuta e breve, equivoca e schietta, popularmente enigmatica, appropriata, ingegnosa unica ed eroica.

Insomma, una Impresa era una ponderazione misteriosa, l'espressione di una corrispondenza; una poesia che non cantava, ma era composta e di una figura muta e di un motto che parlava per essa alla vista; preziosa solo in quanto impercettibile, il suo splendore si nascondeva nelle perle e nei diamanti che essa non mostrava che a grano a grano. Diceva di più facendo meno rumore, e là dove il Poema Epico richiedeva favole ed episodi, o la Storia deliberazioni e arringhe, bastavano alla Impresa solo due tratti e una sillaba: i suoi profumi si distillavano solo a gocce non palpabili, e solo allora si potevano vedere gli oggetti sotto un abito sorprendente, come accade con i Forestieri e le Maschere. Essa celava più di quanto non scoprisse. Non caricava lo spirito di materia ma lo nutriva d'essenze. Essa doveva essere (con un termine che allora si usava moltissimo e che abbiamo già usato) peregrina, ma *peregrino* voleva dire *straniero*, e *straniero* voleva dire *strano*.

Che cosa di più forestiero che una Colomba Color Arancio? Anzi, che cosa di più peregrino di una colomba? Eh, la colomba era immagine ricca di significati, tanto più arguti quanto ciascuno in conflitto con gli altri.

A parlar per primi della colomba erano stati, come è naturale, gli Egizi, sin dagli antichissimi *Hieroglyphica* di Horapollo, e tra le altre tantissime cose questo animale era considerato purissimo tra tutti, tanto che se vi era una pestilenza che attoscasse uomini e cose, ne rimanevano mondi coloro che mangiassero solo colombe. Il che dovrebbe apparire evidente, visto che questo animale è l'unico tra tutti che manchi di fiele (e cioè il veleno che gli altri animali hanno appiccato al fegato), e già diceva Plinio che se una colomba si ammala, coglie una foglia di alloro e ne guarisce. E se l'alloro è il lauro, e il lauro è Daphne, ci siamo capiti.

Ma, puri come sono, i colombi sono anche un simbolo assai malizioso, perché si consumano per la gran lussuria: essi passano il giorno a baciarsi (raddoppiando i baci per farsi tacer a vicenda) e incrociando le lingue, da cui molte espressioni lascivette come colombar con le labbra e baci colombini, per dirla come i casuisti. E colombeggiare dicevano i poeti per far l'amore come le colombe, e tanto quanto esse. Né dimentichiamo che Roberto avrebbe dovuto conoscere quei versi che dicevano: "Quando nel letto, ove i primieri ardori, / sfogar già de' desir caldi e vivaci / colombeggiando i duo lascivi cori / si raccolser tra lor tra baci e baci." Si noti che – mentre tutti gli altri animali hanno una stagione per gli amori – non vi è tempo dell'anno nel quale il colombo non monti la colomba.

Tanto per cominciare, i colombi vengono da Cipro, isola sacra a Venere. Apuleio, ma anche altri prima di lui, raccontava che il carro di Venere è tirato da candidissime colombe, chiamate appunto uccelli di Venere per la loro smodata lascivia. Altri ricordano che i Greci chiamavano *peristera* la colomba perché in colomba fu trasformata, da Eros invidioso, la ninfa Peristera – amatissima da Venere – che l'aveva aiutata a sconfiggerlo in una gara tra chi raccogliesse più fiori. Ma che cosa vuol dire che Venere "amava" Peristera?

Eliano dice che le colombe furono consacrate a Venere perché sul monte Erice in Sicilia si celebrava una festa quando la dea passava sulla Libia; in quel giorno, su tutta la Sicilia, non si vedevano più colombe, perché tutte avevano traversato il mare per andare a far corteo alla dea. Ma nove giorni dopo dalle coste della Libia arrivava in Trinacria una colomba rossa come il fuoco, come dice Anacreonte (e vi prego di por mente a questo colore); ed era Venere stessa, che appunto si chiama Porporea, e dietro a lei veniva la turba delle altre colombe. Sempre Eliano ci racconta di una ragazza detta Phytia che Giove ha amato e trasformato in colomba.

Gli Assiri rappresentavano Semiramide sotto forma di colomba, e Semiramide fu allevata dalle colombe, e poi convertita in colomba. Sappiamo tutti che era donna di costumi non irreprensibili, ma così bella che Scaurobate re degli Indiani si era preso d'amore disperato per lei, che era concubina del re d'Assiria, e che non passava un sol giorno senza commettere adulterio, e lo storico Iuba disse che si era persino innamorata di un cavallo.

Ma a un simbolo amoroso si perdonano molte cose, senza che cessi di attrarre i poeti: da cui (e figuriamoci se Roberto non lo sapeva) il Petrarca che si chiedeva "qual grazia, qual amore o qual destino – mi darà penne in guisa di colomba?", o il Bandello: "Questo colombo a me di par ardore / arde fervente Amor in crudo fuoco / egli sen va cercando in ogni loco / la sua colomba, e di desir sen more."

Però le colombe son qualcosa di più e di meglio di una Semiramide, e ci si innamora di esse perché hanno quest'altra tenerissima caratteristica, che piangono, o gemono, in luogo di cantare, come se tanta passione soddisfatta non le rendesse mai sazie. *Idem cantus gemitusque*, diceva un emblema del Camerarius; *Gemitibus Gaudet*, diceva un altro ancora più eroticamente intrigante. Da perderci la testa.

Eppure il fatto che questi uccelli si bacino e che siano così lascivi – e questa è una bella contraddizione che contrassegna la colomba – è anche prova che siano fedelissimi, e per questo sono al tempo stesso il simbolo della castità, almeno nel senso della fedeltà coniugale. E lo diceva già

Plinio: benché amorosissimi hanno un gran senso del pudore e non conoscono l'adulterio. Della loro fedeltà coniugale siano testimoni sia Properzio pagano che Tertulliano. Si dice, sì, che nei casi radi in cui sospettano l'adulterio, i maschi diventino prepotenti, la loro voce sia piena di lamento e crudeli i colpi che danno col becco. Ma subito dopo, per riparare al suo torto, il maschio corteggia la femmina, e la adula facendole frequenti giri intorno. Idea questa, che la gelosia folle fomenti l'amore, e questo una nuova fedeltà – e via a baciarsi ancora all'infinito e in ogni stagione – che mi pare assai bella e, come vedremo, bellissima per Roberto.

Come non amare una immagine che ti promette fedeltà? Fedeltà anche dopo la morte, perché una volta perso il compagno questi uccelli non si uniscono più ad un altro. La colomba era stata quindi eletta a simbolo della casta vedovanza, anche se il Ferro ricorda la storia di una vedova che, tristissima per la morte del marito, teneva presso di sé una colomba bianca e ne fu rimproverata, al che essa rispose *Dolor non color*, conta il dolore non il colore.

Insomma, lascive o no, questa devozione all'amore fa dire a Origene che le colombe siano simbolo della carità. È per questo, dice San Cipriano, che lo Spirito Santo viene a noi sotto forma di colomba, anche perché questo animale non solo è privo di fiele, ma non graffia con le sue unghie, non morde, gli è naturale amare le abitazioni degli uomini, non conosce che una sola casa, nutre i propri piccoli e passa la vita in comune conversazione, intrattenendosi col compagno nella concordia – in questo caso probatissima – del bacio. Dove si vede che il baciarsi può essere anche segno di grande amor del prossimo, e la Chiesa usa il rito del bacio di pace. Era costume dei Romani accogliersi e incontrarsi con baci, anche tra uomo e donna. Scoliasti maligni dicono che lo facessero perché era proibito alle donne bere vino, e baciandole se ne controllava l'alito, ma insomma, erano giudicati grossolani i Numidi che non baciavano se non i loro piccoli.

Siccome tutti i popoli hanno ritenuto nobilissima l'aria,

hanno onorato la colomba che vola più in alto degli altri uccelli, eppure torna sempre fedele al proprio nido. Cosa che fa certo anche la rondine, ma nessuno è mai riuscito a renderla amica alla nostra specie e domesticarla, mentre la colomba sì. Riferisce per esempio San Basilio che i colombari aspergevano una colomba di balsamo odorifero, e le altre colombe attratte quella seguivano a gran schiera. *Odore trahit.* Che non so se c'entri molto con quanto ho detto prima, ma mi tocca questa profumata benevolenza, questa odorifera purezza, questa seducente castità.

Tuttavia la colomba non è solo casta e fedele, ma anche semplice (*columbina simplicitas*: siate prudenti come il serpente e semplici come la colomba, dice la Bibbia), e per questo è talora simbolo della vita monacale e romita – e che cosa questo c'entri con tutti quei baci, non fatemelo dire per carità.

Altro motivo di fascino è la *trepiditas* della colomba: il suo nome greco *treron* proviene certamente da *treo*, "fuggo tremando". Ne dicono Omero, Ovidio e Virgilio ("Timorosi come piccioni durante un nero temporale"), e non dimentichiamo che le colombe vivono sempre nel terrore dell'aquila o, peggio, dell'avvoltoio. Leggasi nel Valeriano come proprio per questo nidifichino in luoghi impervi per proteggersi (da cui l'impresa *Secura nidificat*); e già lo ricordava Geremia, mentre il Salmo 55 invoca "Avessi penne come la colomba... Mi allontanerei fuggendo!"

Gli Ebrei dicevano che colombe e tortore sono gli uccelli più perseguitati, e pertanto degni dell'altare, perché meglio vale essere perseguitati che persecutori. Per l'Aretino, invece, che non era mite come gli Ebrei, chi colomba si fa, il falcon se la mangia. Ma Epifanio dice che la colomba non si protegge mai dalle insidie, e Agostino ripete che non solo non lo fa con gli animali grandissimi a cui non si può opporre, ma persino nei confronti dei passeri.

Vuole una leggenda che vi sia in India un albero fronzuto e verdeggiante che si chiama in greco *Paradision*. Sulla sua parte destra abitano le colombe e non si discostano mai dall'ombra che esso spande; se si allontanassero dall'albero sarebbero preda di un dragone che è loro nemico. Ma a lui è nemica l'ombra dell'albero, e quando l'ombra è a destra lui sta in agguato a sinistra, e viceversa.

Tuttavia, per trepida che sia, la colomba ha qualcosa della prudenza del serpente, e se nell'Isola c'era un dragone, la Colomba Color Arancio sapeva il fatto suo: infatti si vuole che la colomba voli sempre sull'acqua perché, se lo sparviero le viene addosso, ella ne vede l'immagine riflessa. Insomma, si difende o non si difende dalle insidie?

Con tutte queste varie e assai difformi qualità, è toccato alla colomba di diventare anche simbolo mistico, e non ho proprio bisogno di tediare il lettore con la storia del Diluvio, e della parte avuta da questo uccello nell'annunciare la pace e la bonaccia, e nuove terre emerse. Ma per molti autori sacri essa è anche emblema della Mater Dolorosa e dei suoi indifesi gemiti. E di lei si dice *Intus et extra*, perché è candida e dentro e fuori. Talora è rappresentata mentre rompe la fune che la teneva prigioniera, *Effracto libera vinculo*, e diventa figura di Cristo redivivo dalla morte. Essa inoltre, pare sicuro, arriva al vespro, per non essere sorpresa dalla notte, e quindi non essere arrestata dalla morte prima di aver asciugato le macchie del peccato. Per non dire, e lo si è già detto, di quanto si apprende in Giovanni: "Ho visto i cieli aperti e lo Spirito Santo che scendeva come una colomba dai cieli."

Quanto ad altre belle Imprese Colombine, chissà quante Roberto ne conosceva: come *Mollius ut cubant*, perché la colomba si toglie le penne per rendere più morbido il nido ai suoi piccoli; *Luce lucidior*, perché splende quando si leva verso il sole; *Quiescit in motu*, perché vola sempre con un'ala raccolta per non far troppa fatica. C'era stato persino un soldato che, per scusare le sue intemperanze amorose, aveva tolto per insegna una celata in cui avevano fatto il nido due colombi, col motto *Amica Venus*.

Parrà a chi legge che la colomba di significati ne avesse anche troppi. Ma se si deve scegliere un simbolo o un geroglifico, e morirvi sopra, che i suoi sensi sian molti, altrimenti tanto vale dire pane al pane e vino al vino, o atomo all'atomo e vuoto al vuoto. Cosa che poteva piacere ai filosofi naturali che Roberto incontrava dai Dupuy, ma non a padre Emanuele – e sappiamo che il nostro naufrago inclinava vuoi all'una vuoi all'altra suggestione. Infine, il bello della Colomba, almeno (ritengo) per Roberto, era che essa non era solo, come ogni Impresa o Emblema, un Messaggio, ma un messaggio il cui messaggio era l'insondabilità dei messaggi arguti.

Quando Enea deve discendere all'Averno – e ritrovare anche lui l'ombra del padre, e dunque in qualche modo il giorno o i giorni ormai passati – che fa la Sibilla? Gli dice, sì, di andar a seppellir Miseno, e di far vari sacrifici di tori e altro bestiame, ma se davvero vorrà compiere una impresa che nessuno ha mai avuto il coraggio, o la sorte, di tentare, dovrà trovare un albero ombroso e fogliuto su cui ci sia un ramo d'oro. Il bosco lo nasconde e lo chiudono oscure convalli, eppure, senza quel ramo "auricomus", non si penetrano i segreti della terra. E chi è che permette a Enea di scoprire il ramo? Due colombe, peraltro – ormai dovremmo saperlo – uccelli materni. Il resto è noto a cisposi e a barbieri. Insomma, Virgilio non sapeva nulla di Noè, ma la colomba reca un avviso, indica qualcosa.

Si voleva d'altronde che le colombe facessero ufficio di oracolo nel tempio di Giove, dove egli rispondeva per bocca loro. Poi una di queste colombe era volata sino al tempio di Ammone e l'altra a quello di Delfo, per cui si comprende come sia gli Egizi che i Greci raccontassero le stesse verità, sia pure sotto velami oscuri. Senza colomba, nessuna rivelazione.

Ma noi siamo qui ancor oggi a domandarci che cosa volesse significare il Ramo d'Oro. Segno che le colombe recano messaggi, ma son messaggi in cifra.

Non so quanto Roberto sapesse delle cabale degli Ebrei che pure andavano molto di moda in quello scorcio di tempo ma, se frequentava il signor Gaffarel, di cose aveva dovuto sentirne: il fatto è che che gli Ebrei sulla colomba avevano costruito interi castelli. Lo abbiamo ricordato, ovvero lo aveva ricordato padre Caspar: nel Salmo 68 si parla di ali della colomba che si coprono d'argento, e delle sue penne che hanno riflessi d'oro. Perché? E perché nei Proverbi torna una immagine assai simile di "pomi d'oro in una rete cesellata in argento", con il commento "questa è la parola pronunciata a proposito"? E perché nel Cantico di Salomone, rivolgendosi alla fanciulla "i cui occhi sono come colombe" le si dice "O mia amata, ti faremo pendenti d'oro con bulbi d'argento"?

Gli Ebrei commentavano che l'oro è quello della scrittura, l'argento gli spazi bianchi tra le lettere o le parole. Ed uno di loro, che forse Roberto non conosceva, ma che ancora stava ispirando tanti rabbini, aveva detto che le mele d'oro che stanno in una rete d'argento finemente cesellata significano che in ogni frase delle Scritture (ma certamente in ogni oggetto o evento del mondo) vi sono due facce, quella palese e quella nascosta, e quella palese è argento, ma più preziosa perché d'oro è quella nascosta. E chi guarda la rete da lontano, con le mele avvolte dai suoi fili d'argento, crede che le mele siano d'argento, ma quando guarda meglio scoprirà lo splendore dell'oro.

Tutto ciò che contengono le Sacre Scritture di *prima facie* riluce come argento, ma il suo senso occulto brilla come l'oro. L'inviolabile castità della parola di Dio, nascosta agli occhi dei profani, è come coperta da un velo di pudicizia, e sta nell'ombra del mistero. Essa dice che non van gettate le perle ai porci. Avere degli occhi di colomba significa non arrestarsi al senso letterale delle parole ma sapere penetrarne il senso mistico.

E però questo segreto, come la colomba, sfugge e non si sa mai dove sia. La colomba sta a significare che il mondo parla per geroglifici e quindi è essa stessa il geroglifico che significa i geroglifici. E un geroglifico non dice e non nasconde, solo mostra.

E altri Ebrei avevano detto che la colomba è un oracolo, e non è un caso se in ebraico colomba si dice *tore*, che richiama la *Torah*, che è poi la loro Bibbia, libro sacro, origine di ogni rivelazione.

La colomba, mentre vola nel sole sembra soltanto luccicare come argento, ma solo chi avrà saputo attendere a lungo per scoprire la sua faccia nascosta vedrà il suo oro vero, ovvero il colore di melarancia splendente.

Dal venerabile Isidoro in avanti anche i cristiani avevano ricordato che la colomba, riflettendo nel suo volo i raggi del sole che la illumina, ci appare in colori diversi. Essa dipende dal sole, e ne sono imprese *Dal Tuo Lume i Miei Fregi*, oppure *Per te m'adorno e splendo*. Il suo collo si riveste alla luce di vari colori, eppure rimane sempre lo stesso. E per questo è monito a non fidarsi delle apparenze, ma anche a trovarne la vera apparenza sotto quelle fallaci.

Quanti colori ha la colomba? Come dice un antico bestiario

Uncor m'estuet que vos devis
des columps, qui sunt blans et bis:
li un ont color aierine,
et li autre l'ont stephanine;
li un sont neir, li autre rous,
li un vermel, l'autre cendrous,
et des columps i a plusors
qui ont trestotes les colors.

E che sarà allora una Colomba Color Arancio?

Per finire, ammesso che Roberto ne sapesse qualcosa, trovo nel Talmud che i potenti di Edom avevano decretato contro Israele che avrebbero strappato il cervello a chi portasse il filatterio. Ora Eliseo l'aveva messo ed era uscito per la strada. Un tutore della legge l'aveva scorto e l'aveva inseguito mentre egli fuggiva. Quando Eliseo fu raggiunto, si tolse il filatterio e lo nascose tra le mani. Il nemico gli disse: "Cos'hai nelle mani?" E quello rispose: "Le ali di una colomba." L'altro gli aveva aperto le mani. Ed erano le ali di una colomba.

Io non so che cosa significhi questa storia, ma la trovo molto bella. Così avrebbe dovuto trovarla Roberto.

330

Amabilis columba,
unde, unde ades volando?
Quid est rei, quod altum
coelum cito secando
tam copia benigna
spires liquentem odorem?
Tam copia benigna
unguenta grata stilles?

Voglio dire, la colomba è un segno importante, e possiamo capire perché un uomo perduto negli antipodi decidesse che doveva puntare bene gli occhi per capire che cosa significasse per lui.

Irraggiungibile l'Isola, perduta Lilia, flagellata ogni sua speranza, perché non doveva l'invisibile Colomba Color Arancio trasformarsi nella medulla aurea, nella pietra filosofale, nel fine dei fini, volatile come ogni cosa che passionatamente si vuole? Aspirare a qualcosa che non avrai mai, non è questo l'acumine del più generoso tra i desideri?

La cosa mi pare così chiara (*luce lucidior*) che decido di non proseguire oltre la mia Esplicazione della Colomba.

Torniamo alla nostra storia.

27.
I Segreti del Flusso del Mare

Il giorno dopo, alle prime luci del sole, Roberto si era completamente spogliato. Con padre Caspar, per pudore, si calava in acqua vestito, ma aveva capito che gli abiti l'appesantivano e lo impacciavano. Ora era nudo. Si era legato il canapo alla vita, aveva disceso la scala di Giacobbe, ed eccolo di nuovo in mare.

Stava a galla, ormai quello l'aveva imparato. Doveva ora apprendere a muovere braccia e gambe, come facevano i cani con le zampe. Provò alcuni movimenti, continuò per qualche minuto, e si rese conto che si era allontanato dalla scaletta di pochissime braccia. Inoltre era già stanco.

Sapeva come riposarsi, e si era messo supino per qualche tempo, lasciandosi lisciare dall'acqua e dal sole.

Si sentiva nuovamente in forze. Dunque, doveva muovere sino a che si stancava, poi riposare come un morto per qualche minuto, quindi ricominciare. I suoi spostamenti sarebbero stati minimi, il tempo lunghissimo, ma così si doveva fare.

Dopo qualche prova aveva preso una coraggiosa decisione. La scaletta scendeva alla destra del bompresso, dalla parte dell'Isola. Ora avrebbe tentato di raggiungere il lato occidentale della nave. Poi si sarebbe riposato e sarebbe infine tornato.

Il passaggio sotto il bompresso non fu lungo, e il poter mirare la prua dall'altra parte fu una vittoria. Si abbandonò a faccia in alto, braccia e gambe larghe, coll'impressione che da quel lato l'onda lo cullasse meglio che dall'altro.

A un certo punto aveva avvertito uno strappo alla vita. Il

canapo si era teso al massimo. Si era rimesso in posizione canina e aveva capito: il mare lo aveva condotto verso nord, spostandolo a sinistra della nave, molte braccia oltre la punta del bompresso. In altre parole, quella corrente che scorreva da sudovest a nordest e che diventava impetuosa un poco più a occidente della *Daphne*, in effetti si faceva già sentire nella baia. Non l'aveva avvertita quando faceva le sue immersioni a dritta, riparato com'era dalla mole del flauto, ma portandosi a sinistra ne era stato attirato, e lo avrebbe portato via se il canapo non lo avesse trattenuto. Lui credeva di star fermo, e si era mosso come la terra nel suo vortice. Per questo gli era stato abbastanza facile doppiar la prua: non che la sua abilità fosse aumentata, era il mare che lo secondava.

Preoccupato, volle provare a tornare verso la *Daphne* con le proprie forze, e si avvide che, se appena dimenandosi canino si avvicinava di qualche palmo, nel momento stesso in cui rallentava per prender fiato, il canapo si tendeva di nuovo, segno che egli era tornato indietro.

Si era aggrappato alla corda e l'aveva tirata a sé, girando su se stesso per avvoltarsela alla vita, così che in breve era tornato alla scaletta. Una volta a bordo aveva deciso che tentare di raggiungere la riva a nuoto era pericoloso. Doveva costruirsi una zattera. Guardava quella riserva di legname che era la *Daphne*, e si rendeva conto di non avere nulla con cui sottrarle anche il menomo tronco, a meno di passare gli anni a segar un albero con il coltello.

Però, non era arrivato sino alla *Daphne* legato a una tavola? Ebbene, si trattava di scardinare una porta e di usarla come naviglio, spingendola magari con le mani. Per martello il pomo della spada, inserendo la lama a modo di leva, era alla fine riuscito a svellere dai cardini una delle porte del quadrato. Nell'impresa, alla fine la lama si era spezzata. Pazienza, non doveva più battersi contro esseri umani, ma contro il mare.

Ma se si fosse calato in mare sulla porta, dove lo avrebbe condotto la corrente? Trascinò la porta verso la murata di sinistra e riuscì a gettarla in mare.

La porta aveva galleggiato dapprima accidiosa, ma dopo meno di un minuto era già distante dalla nave e veniva trascinata dapprima verso il lato sinistro della nave, più o meno nella direzione in cui egli stesso era andato, poi verso nordest. Via via che puntava oltre la prua, la sua velocità era aumentata, sino che a un certo punto – all'altezza del capo settentrionale della baia – aveva assunto un moto accelerato verso nord.

Ora correva come avrebbe fatto la *Daphne* se avesse tolto l'ancora. Roberto riuscì a seguirla a occhio nudo sino a che non ebbe oltrepassato il capo, poi dovette prendere il cannocchiale, e la vide ancora procedere velocissima oltre il promontorio per lungo tratto. La tavola fuggiva dunque spedita, nell'alveo di un largo fiume che aveva argini e sponde nel mezzo di un mare che gli stava tranquillo ai lati.

Considerò che, se il centottantesimo meridiano si stendeva lungo una linea ideale che, a metà della baia, congiungeva i due promontori, e se quel fiume piegava il proprio corso subito dopo la baia orientandosi verso nord, allora oltre il promontorio esso fluiva esattamente lungo il meridiano antipodo!

Se egli fosse stato su quella tavola, avrebbe navigato lungo quella linea che separava l'oggi dallo ieri – o lo ieri dal suo domani...

In quel momento però i suoi pensieri furono altri. Se fosse stato sulla tavola, non avrebbe avuto modo di opporsi alla corrente, se non con qualche movimento delle mani. Ci voleva già una gran fatica a dirigere il proprio corpo, figuriamoci una porta senza prua, senza poppa e senza timone.

La notte del suo arrivo la tavola lo aveva portato sotto il bompresso solo per effetto di qualche vento o corrente secondaria. Per poter prevedere un nuovo evento di questo genere, avrebbe dovuto studiare attentamente i movimenti delle maree, per settimane e settimane, forse per mesi, buttando a mare decine e decine di tavole – e poi chissà ancora...

Impossibile, almeno allo stato delle sue conoscenze, idro-statiche o idrodinamiche che fossero. Meglio continuare a fidare nel nuoto. Raggiunge più facilmente la riva, dal centro di una corrente, un cane che sgambetta che non un cane dentro un cesto.

Doveva dunque continuare il suo tirocinio. E non gli sarebbe bastato imparare a nuotare tra la *Daphne* e la riva. Anche nella baia, in diversi momenti del giorno, a seconda del flusso e del riflusso, si manifestavano correnti minori: e quindi, nel momento in cui procedeva fiduciosamente a oriente, un gioco d'acque avrebbe potuto trascinarlo prima a occidente e poi dritto verso il capo settentrionale. Quindi avrebbe dovuto allenarsi anche a nuotare contro corrente. Canapo aiutando, non avrebbe dovuto rinunciare a sfidare anche le acque a sinistra dello scafo.

Nei giorni seguenti Roberto, stando dalla parte della scaletta, si era ricordato che alla Griva non aveva visto nuotare soltanto dei cani, ma anche delle rane. E siccome un corpo umano nell'acqua a gambe e braccia larghe ricorda più la forma di una rana che quella di un cane, si era detto che forse si poteva nuotare come una rana. Si era persino aiutato vocalmente. Urlava "croax, croax" e buttava in fuori le braccia e le gambe. Poi aveva smesso di gracidare poiché queste emissioni bestiali avevano per effetto di dar troppa energia al suo balzo e di fargli aprire la bocca, con gli effetti che un nuotatore provetto avrebbe potuto prevedere.

Si era trasformato in una rana anziana e posata, maestosamente silenziosa. Quando sentiva le spalle stanche, per quel movimento continuo delle mani all'infuori, riprendeva *more canino*. Una volta, guardando gli uccelli bianchi che seguivano vociferanti i suoi esercizi, talora arrivando a picco a poche braccia da lui per afferrare un pesce (il Colpo del Gabbiano!), aveva anche tentato di nuotare come essi volavano, con un ampio movimento alare delle braccia; ma si era accorto che è più difficile tenere chiusi la bocca e il naso che non un becco, e aveva rinunziato all'impresa. Ormai non sapeva più che animale fosse, se cane o rana; forse un rospaccio peloso, un quadrupede anfibio, un centauro dei mari, una maschia sirena.

Però, tra questi vari tentativi, si era accorto che, bene o male, un poco si muoveva: infatti aveva iniziato il suo viaggio a prora e ora si trovava oltre la metà della fiancata. Ma quando aveva deciso di invertire la strada e tornare alla scaletta, si era accorto di non avere più forze, e aveva dovuto farsi trainare indietro dal canapo.

Quello che gli mancava era il giusto respiro. Riusciva ad andare ma non a tornare... Era diventato nuotatore, ma come quel signore di cui aveva udito parlare, che aveva fatto tutto il pellegrinaggio da Roma a Gerusalemme, mezzo miglio al giorno, avanti e indietro nel suo giardino. Non era mai stato un atleta, ma i mesi sull'*Amarilli*, sempre nel suo alloggio, lo strapazzo del naufragio, l'attesa sulla *Daphne* (salvo i pochi esercizi impostigli da padre Caspar), lo avevano afflosciato.

Roberto non mostra di sapere che, nuotando, si sarebbe rafforzato, e pare pensar piuttosto a rafforzarsi per poter nuotare. Lo vediamo quindi ingollare due, tre, quattro tuorli d'uovo in un sol colpo, e divorarsi una gallina intera prima di tentare un nuovo tuffo. Fortuna che c'era il canapo. Appena in acqua era stato preso da convulsioni tali che quasi non riusciva più a risalire.

Eccolo alla sera meditare su questa nuova contraddizione. Prima, quando neppure sperava di poterla raggiungere, l'Isola pareva ancora a portata di mano. Ora, che stava imparando l'arte che lo avrebbe condotto laggiù, l'Isola s'allontanava.

Anzi, siccome la vedeva non solo lontana nello spazio, ma anche (e a ritroso) nel tempo, da questo momento ogni volta che menziona quella lontananza Roberto pare confondere spazio e tempo, e scrive "la baia è ahimè troppo ieri", e "com'è difficile arrivare laggiù che è così presto"; oppure "quanto mare mi separa dal giorno appena trascorso", e persino "stanno provenendo nembi minacciosi dall'Isola, mentre qui è già sereno..."

336

Ma se l'Isola si allontanava sempre di più, valeva ancora la pena di imparare a raggiungerla? Roberto nei giorni che seguono abbandona le prove di nuoto per rimettersi a cercare col cannocchiale la Colomba Color Arancio.

Vede pappagalli tra le foglie, individua dei frutti, segue dall'alba al tramonto il ravvivarsi e lo spegnersi di colori diversi nella verzura, ma non vede la Colomba. Ricomincia a pensare che padre Caspar gli abbia mentito, o di esser stato vittima di una sua facezia. A tratti si convince che anche padre Caspar non sia mai esistito – e non trova più tracce della sua presenza sulla nave. Non crede più alla Colomba, ma non crede nemmeno, ormai, che sull'Isola ci sia la Specola. Ne trae occasione di consolamento in quanto, si dice, sarebbe stato irriverente corrompere con una macchina la purezza di quel luogo. E riprende a pensare a un'Isola fatta su sua misura, ovvero sulla misura dei suoi sogni.

Se l'Isola si ergeva nel passato, essa era il luogo che egli doveva a tutti i costi raggiungere. In quel tempo fuori dai cardini egli doveva non trovare bensì inventare di nuovo la condizione del primo uomo. Non dimora di una fonte dell'eterna giovinezza, ma fonte essa stessa, l'Isola poteva essere il luogo dove ogni creatura umana, dimenticando il proprio sapere intristito, avrebbe trovato, come un fanciullo abbandonato nella foresta, un nuovo linguaggio capace di nascere da un nuovo contatto con le cose. E con esso sarebbe sorta l'unica vera e nuova scienza, dall'esperienza diretta della natura, senza che alcuna filosofia l'adulterasse (come se l'Isola non fosse padre, che trasmette al figlio le parole della legge, bensì madre, che gli apprende a balbettare i primi nomi).

Solo così un naufrago rinato avrebbe potuto scoprire i dettami che governano la corsa dei corpi celesti e il senso degli acrostici che essi disegnano nel cielo, non mulinando tra Almagesti e Quadripartiti, ma direttamente leggendo il sopravvenire delle eclissi, il passaggio delle bolidi argirocome e le fasi degli astri. Solo dal naso che sanguina per la caduta di un frutto avrebbe davvero compreso in un sol colpo sia le leggi che trascinano i gravi a gravità, che *de motu cordis et sanguinis in animalibus*. Solo osservando la superficie di uno stagno e infilandovi un ramo, una canna, una di quelle lunghe e rigide foglie di metallo, il nuovo Narciso – senza alcun abbacare diottrico e sciaterico – avrebbe colto l'alterna schermaglia della luce e dell'ombra. E forse avrebbe potuto capire perché la terra sia uno specchio opaco che spennella d'inchiostro ciò che riflette, l'acqua una parete che rende diafane le ombre che vi si stampano, mentre nell'aria le immagini non trovano mai una superficie da cui rimbalzare, e la penetrano fuggendo sino agli estremi confini dell'etere, salvo tornare talora sotto forma di miraggi e altri ostenti.

Ma possedere l'Isola non era possedere Lilia? E allora? La logica di Roberto non era quella di quei filosofi ferlocchi e babignocchi, intrusi nell'atrio del Liceo, che vogliono sempre che una cosa, se è in tal modo, non possa anche essere nel modo opposto. Per un errore, voglio dire un errare dell'immaginazione proprio degli amanti, egli già sapeva che il possesso di Lilia sarebbe stato, a uno stesso tempo, la scaturigine d'ogni rivelazione. Scoprire le leggi dell'universo attraverso un cannocchiale gli sembrava solo il modo più lungo di pervenire a una verità che gli si sarebbe rivelata nella luce assordante del piacere se avesse potuto abbandonare il capo sul grembo dell'amata, in un Giardino in cui ogni arbusto fosse albero del Bene.

Ma siccome – come anche noi dovremmo sapere – desiderare qualcosa che è lontano evoca il lemure di qualcuno che ce lo sottragga, Roberto ebbe a temere che nelle delizie di quell'Eden si fosse inserito un Serpente. Fu colto quindi dall'idea che nell'Isola, usurpatore più veloce, lo attendesse Ferrante.

28.
Dell'Origine dei Romanzi

Gli amanti amano più i loro mali che i loro beni. Roberto non poteva pensarsi che separato per sempre da chi amava ma, quanto più se ne sentiva diviso, tanto più era preso dalla tribolazione che qualcun altro non lo fosse.

Abbiamo visto che, accusato da Mazarino di essere stato in un luogo dove non era stato, Roberto si era messo in capo che Ferrante fosse presente a Parigi e avesse preso in alcune occasioni il suo posto. Se ciò era vero, Roberto era stato arrestato dal cardinale, e inviato a bordo dell'*Amarilli*, ma Ferrante era rimasto a Parigi, e per tutti (Lei compresa!) era Roberto. Non rimaneva dunque che pensare Lei accanto a Ferrante, ed ecco che quel purgatorio marino si trasformava in un inferno.

Roberto sapeva che la gelosia si forma senza alcun rispetto per quel che è, o che non è, o che forse non sarà mai; che è un trasporto che da un male immaginato trae un dolore reale; che il geloso è come un ipocondriaco che diventa malato per paura di esserlo. Quindi guai, si diceva, lasciarsi prendere da questa ciancia dolorifica che ti obbliga a raffigurarti l'Altra con un Altro, e nulla come la solitudine sollecita il dubbio, nulla come il fantasticare trasforma il dubbio in certezza. Però, aggiungeva, non potendo evitare d'amare non posso evitare d'ingelosire e non potendo evitare d'ingelosire non posso evitare di fantasticare.

Infatti la gelosia è, tra tutti i timori, il più ingrato: se tu temi la morte, trai sollievo dal poter pensare che, al contrario, godrai di una lunga vita o che nel corso di un viaggio troverai la fontana dell'eterna giovinezza; e se sei povero trarrai consolazione dal pensiero di trovare un tesoro; per ogni cosa temuta, c'è un'opposta speranza che ci sprona. Non così quando si ama in assenza dell'amata: l'assenza è all'amore come il vento al fuoco: spegne il piccolo, fa avvampare il grande.

Se la gelosia nasce dall'intenso amore, chi non prova gelosia per l'amata non è amante, o ama a cuor leggero, tanto che si sa di amanti i quali, temendo che il loro amore si quieti, l'alimentano trovando a ogni costo ragioni di gelosia.

Dunque il geloso (che pure vuole o vorrebbe l'amata casta e fedele) non vuole né può pensarla se non come degna di gelosia, e dunque colpevole di tradimento, rinfocolando così nella sofferenza presente il piacere dell'amore assente. Anche perché pensare a te che possiedi l'amata lontana – ben sapendo che non è vero – non ti può rendere tanto vivo il pensiero di lei, del suo calore, dei suoi rossori, del suo profumo, come il pensare che di quegli stessi doni stia invece godendo un Altro: mentre della tua assenza sei sicuro, della presenza di quel nemico sei, se non certo, almeno non necessariamente insicuro. Il contatto amoroso, che il geloso immagina, è l'unico modo in cui possa raffigurarsi con verisimiglianza un connubio altrui che, se non indubitabile, è per lo meno possibile, mentre il proprio è impossibile.

Pertanto il geloso non è capace, né ha volontà, di immaginarsi l'opposto di ciò che teme, anzi non può godere che magnificando il proprio dolore, e soffrire del magnificato godimento da cui si sa escluso. I piaceri d'amore sono dei mali che si fanno desiderare, dove coincidono dolcezza e martirio, e l'amore è volontaria insania, paradiso infernale e inferno celeste – insomma, concordia di agonati contrari, riso dolente e friabile diamante.

Così dolorando, ma sovvenendosi di quella infinità dei mondi su cui aveva discusso nei giorni avanti, Roberto ebbe una idea, anzi, una Idea, un grande e anamorfico tratto d'Ingegno.

Pensò cioè che avrebbe potuto costruire una storia, di

cui lui certamente non era protagonista, dato che non si svolgeva in questo mondo, ma in un Paese dei Romanzi, e queste vicende si sarebbero svolte parallele a quelle del mondo in cui lui era, senza che le due serie di avventure potessero mai incontrarsi e sovrapporsi.

Cosa ne guadagnava Roberto? Molto. Decidendo di inventare la storia di un altro mondo, che esisteva solo nel suo pensiero, di quel mondo diventava padrone, potendo far sì che le cose che vi accadevano non andassero al di là delle sue capacità di sopportazione. D'altro canto, diventando lettore del romanzo di cui era autore, poteva partecipare ai crepacuori dei personaggi: non accade a lettori di romanzi che possano senza gelosia amare Tisbe, usando Piramo come loro vicario, e patire per Astrea attraverso Celadone?

Amare nel Paese dei Romanzi non significava provare gelosia alcuna: laggiù quello che non è nostro in qualche modo è pur nostro, e quello che nel mondo era nostro, e ci è stato sottratto, lì non esiste – anche se ciò che vi esiste assomiglia a ciò che di esistente non abbiamo o abbiamo perduto...

E dunque, Roberto avrebbe dovuto scrivere (o pensare) il romanzo di Ferrante e dei suoi amori con Lilia, e solo edificando quel mondo romanzesco avrebbe scordato il mordicamento che gli procurava la gelosia nel mondo reale.

In più, ragionava Roberto, per capire che cosa mi sia accaduto e come io sia caduto nella trappola tesami da Mazarino, io dovrei ricostruire la Historia di quegli avvenimenti, trovandone le cause e i motivi segreti. Ma c'è qualcosa di più incerto delle Historie che noi leggiamo, dove se due autori ci raccontano della stessa battaglia, tali sono le incongruità che se ne rilevano, che quasi pensiamo si tratti di due battaglie diverse? E c'è invece qualcosa di più certo del Romanzo, dove alla fine ogni Enigma trova la sua spiegazione secondo le leggi del Verisimile? Il Romanzo racconta cose che forse non sono veramente accadute, ma che avrebbero potuto benissimo accadere. Spiegare le mie sventure in forma di Romanzo, significa assicurarmi che di quel guazzabuglio esiste almeno un modo di dipanare l'intrigo, e quindi non sono vittima di un incubo. Idea, questa, insidiosamente antitetica alla prima, poiché in tal modo quella storia romanzesca avrebbe dovuto sovrapporsi alla sua storia vera.

E infine, argomentava sempre Roberto, la mia è la vicenda di un amore per una donna: ora, solo il Romanzo, non certo l'Historia, si occupa di questioni d'Amore, e solo il Romanzo (mai la Historia) si preoccupa di spiegare che cosa pensino e provino quelle figlie di Eva che pure, dai giorni del Paradiso Terrestre all'Inferno delle Corti dei tempi nostri, hanno tanto influito sugli eventi della nostra specie.

Tutti argomenti ragionevoli ciascuno per sé, ma non presi tutti insieme. Infatti c'è differenza tra chi agisce scrivendo un romanzo e chi patisce la gelosia. Un geloso gode a configurarsi quel che non vorrebbe fosse accaduto – ma al tempo stesso si rifiuta di credere che veramente accada – mentre un romanziere ricorre a ogni artificio purché il lettore non solo goda a immaginare quel che non è accaduto, ma a un certo punto dimentichi che sta leggendo e creda che tutto sia realmente accaduto. È già causa di pene intensissime per un geloso leggere un romanzo scritto da altri, che qualsiasi cosa quelli abbiano detto, gli pare riferirsi alla sua vicenda. Figuriamoci un geloso che quella sua vicenda stessa finge d'inventare. Non si dice del geloso che dà corpo alle ombre? E dunque per umbratili che siano le creature di un romanzo, poiché il romanzo è fratello carnale della Storia, quelle ombre appaiono troppo corpulente al geloso, e ancor più se – anziché essere le ombre di un altro – sono le sue.

D'altra parte che, malgrado le loro virtù, i Romanzi abbiano i loro difetti, Roberto avrebbe dovuto saperlo. Come la medicina insegna anche i veleni, la metafisica turba con inopportune sottigliezze i dogmi della religione, l'etica raccomanda la magnificenza (che non giova a tutti), l'astrologia patrocina la superstizione, l'ottica inganna, la musica fomenta gli amori, la geometria incoraggia l'ingiusto dominio, la matematica l'avarizia – così l'Arte del Romanzo, pur avvertendoci che ci provvede finzioni, apre una porta nel Palazzo dell'Assurdità, oltrepassata per leggerezza la quale, essa si rinchiude alle nostre spalle.

Ma non è in nostro potere trattenere Roberto dal compiere questo passo, perché sappiamo per certo che lo ha compiuto.

29.
L'Anima di Ferrante

Da quando riprendere la storia di Ferrante? Roberto ritenne opportuno partire da quel giorno che costui, traditi i francesi con cui fingeva di combattere a Casale, dopo essersi fatto passare per il capitano Gambero, si era rifugiato nel campo spagnolo.

Forse ad accoglierlo con entusiasmo c'era stato qualche gran signore che gli aveva promesso, alla fine di quella guerra, di condurlo con lui a Madrid. E di lì era iniziata l'ascesa di Ferrante ai margini della corte spagnola, dove aveva imparato che virtù dei sovrani è il loro arbitrio, il Potere è un mostro inappagabile, e occorreva servirlo come uno schiavo devoto, per potere approfittare d'ogni briciola che cadesse da quella mensa, e trarne occasione di lenta e anfrattuosa ascesa – prima come sgherro, sicario e confidente, poi fingendosi gentiluomo.

Ferrante non poteva essere che di intelligenza pronta, ancorché obbligata al male, e in quell'ambiente aveva subito imparato come comportarsi – aveva cioè ascoltato (o indovinato) quei principi di sapienza cortigiana con cui il signor di Salazar aveva tentato di catechizzare Roberto.

Aveva coltivato la propria mediocrità (la viltà dei propri bastardi natali), non temendo di essere eminente nelle cose mediocri, per evitare un giorno di essere mediocre nelle cose eminenti.

Aveva capito che, quando non ci si può vestire della pelle del leone ci si veste di quella della volpe, perché dal Diluvio si sono salvate più volpi che leoni. Ogni creatura ha la sua propria sapienza, e dalla volpe aveva appreso che giocare scopertamente non procura né utile né piacere.

Se veniva invitato a diffondere una calunnia tra i domestici, affinché a poco a poco arrivasse all'orecchio del loro signore, e lui sapeva di goder delle grazie di una cameriera, si affrettava a dire che avrebbe provato all'osteria col cocchiere; o, se il cocchiere gli era compagno di crapula all'osteria, affermava con un sorriso d'intesa che sapeva bene come farsi dare ascolto da una tal servetta. Non sapendo come agiva e come avrebbe agito, il suo padrone in qualche modo perdeva un punto nei suoi confronti, e lui sapeva che chi non scopre subito le proprie carte lascia gli altri in sospeso; in tal modo ci si circonda di mistero, e quello stesso arcano provoca l'altrui rispetto.

Nell'eliminare i propri nemici, che all'inizio erano paggi e staffieri, poi gentiluomini che lo credevano loro pari, aveva stabilito che si doveva mirare di lato, mai di fronte: la sagacia si batte con ben studiati sotterfugi e non agisce mai nel modo previsto. Se accennava a un movimento era solo per trarre in inganno, se abbozzava destramente un gesto in aria, operava poi in un'impensata maniera, attento a smentire l'intenzione mostrata. Non attaccava mai quando l'avversario era nel pieno delle forze (ostentandogli anzi amicizia e rispetto) ma solo nel momento in cui si mostrava indifeso, e allora lo conduceva al precipizio con l'aria di chi gli corresse in aiuto.

Mentiva sovente, ma non senza criterio. Sapeva che per essere creduto doveva mostrare a tutti che talora diceva la verità quando gli nuoceva, e la taceva quando avrebbe potuto trarne motivo di lode. D'altra parte cercava di acquistar fama d'uomo sincero con gli inferiori, così che la voce giungesse alle orecchie dei potenti. Si era convinto che simulare con gli eguali era difetto, ma non simulare con i maggiori è temerità.

Però non agiva neppure con troppa franchezza, e comunque non sempre, temendo che gli altri si sarebbero accorti di questa sua uniformità e avrebbero un giorno prevenuto le sue azioni. Ma neppure esagerava nell'agire con doppiezza, temendo che dopo la seconda volta avrebbero scoperto il suo inganno.

Per diventar saggio si addestrava a sopportare gli sciocchi, di cui si circondava. Non era così improvvido da addossar loro ogni suo errore, ma quando la posta era alta procurava che ci fosse sempre accanto a lui una testa di turco (tratto dalla propria vana ambizione a mostrarsi sempre in prima fila, mentre lui si tratteneva sul fondo) a cui non lui, ma gli altri avrebbero poi attribuito il malfatto.

Insomma, mostrava di far lui tutto ciò che poteva ridondare a suo vantaggio, ma faceva fare per mano altrui ciò che avrebbe potuto attirargli rancore.

Nel mostrare le proprie virtù (che meglio dovremmo chiamare dannate abilità) sapeva che una metà ostentata e un'altra lasciata intravedere valgono più di un tutto apertamente dichiarato. A volte faceva consistere l'ostentazione in una muta eloquenza, in una trascurata mostra delle proprie eccellenze, e aveva l'abilità di non scoprirsi mai tutto in una volta.

A mano a mano che saliva nel proprio stato e si confrontava a gente di condizione superiore, era abilissimo nel mimarne i gesti e il linguaggio, ma lo faceva solo con persone di condizione inferiore che doveva fascinare per qualche fine illecito; coi suoi maggiori poneva cura a mostrar di non sapere, e di ammirare in loro quel che già sapeva.

Compiva ogni missione scostumata che i suoi mandanti gli affidavano, ma solo se il male che faceva non era di proporzioni tali che essi avessero potuto provarne ripugnanza; se gli chiedevano delitti di quella grandezza, si rifiutava, primo affinché essi non pensassero che un giorno sarebbe stato capace di far altrettanto contro di loro, e secondo (se la nequizia gridava vendetta al cospetto di Dio) per non divenire l'indesiderato testimone del loro rimorso.

In pubblico dava evidenti manifestazioni di pietà, ma teneva per degne solo la fede rotta, la virtù conculcata, l'amore di se medesimo, l'ingratitudine, lo sprezzo delle cose sacre; bestemmiava Dio in cuor suo e credeva il mondo nato a caso, fidando tuttavia in un destino disposto a piegare il proprio corso in favore di chi sapesse volgerlo a proprio tornaconto.

Per rallegrare i suoi radi momenti di sosta, aveva commercio solo con le maritate prostitute, le vedove incontinenti, le fanciulle sfacciate. Ma con molta moderazione poiché, nel suo macchinare, Ferrante talora rinunciava a un bene immediato pur di sentirsi trascinato in altra macchinazione, come se la sua malvagità non gli concedesse mai riposo.

Viveva insomma giorno per giorno come un assassino che guati fermo dietro un cortinaggio, dove le lame dei pugnali non mandino luce. Sapeva che la prima regola del successo era attendere l'occasione, ma soffriva perché l'occasione gli pareva ancor lontana.

Questa cupa e ostinata ambizione lo privava d'ogni pace dell'animo. Ritenendo che Roberto gli avesse usurpato il posto a cui aveva diritto, qualsiasi premio lo lasciava insaziato, e l'unica forma che il bene e la felicità potevano assumere agli occhi dell'animo suo, era la disgrazia del fratello, il giorno in cui avesse potuto farsene autore. Per il resto agitava nel suo capo giganti di fumo in reciproca battaglia, e non aveva mare, o terra o cielo dove trovar scampo e quiete. Quanto aveva l'offendeva, quanto voleva gli era ragione di tormento.

Non rideva mai, se non nella taverna per far ubriacare un suo inconsapevole confidente. Ma nel segreto della sua stanza si controllava ogni giorno allo specchio, per vedere se il modo con cui si muoveva potesse rivelare la sua ansia, se l'occhio apparisse troppo insolente, se il capo più inclinato del dovuto non manifestasse esitazione, se le rughe troppo profonde della sua fronte non lo facessero parere invelenito.

Quando interrompeva questi esercizi e, abbandonando stanco a tarda notte le sue maschere, si vedeva come veramente era – ah, allora Roberto non poteva che mormorarsi alcuni versi letti qualche anno prima:

negli occhi ove mestizia alberga e morte
luce fiammeggia torbida e vermiglia,

gli sguardi obliqui e le pupille torte
sembran comete, e lampadi le ciglia,
iracondi, superbi e disperati
tuoni i gemiti sono, folgori i fiati.

Siccome nessuno è perfetto, neppure nel male, e non era del tutto in grado di dominare l'eccesso della propria malignità, Ferrante non aveva potuto evitare di compiere un passo falso. Incaricato dal suo signore di organizzargli il rapimento di una casta fanciulla di altissimi natali, già destinata al matrimonio con un virtuoso gentiluomo, aveva iniziato a scriverle lettere d'amore, firmandole col nome del suo istigatore. Poi, mentre essa si ritraeva, era penetrato nella sua alcova e – ridottala a preda di una violenta seduzione – aveva abusato di lei. In un sol colpo aveva ingannato e lei, e il promesso sposo, e chi gli aveva comandato il ratto.

Denunciato che fu il delitto, ne fu incolpato il suo padrone, che morì in duello con il fidanzato tradito, ma ormai Ferrante aveva preso la via della Francia.

In un momento di buonumore Roberto fece avventurare Ferrante in una notte di gennaio attraverso i Pirenei a cavallo di una mula rubata, che doveva essersi votata all'ordine delle pinzochere riformate, per quanto mostrava il pelo fratesco, ed era tanto savia, sobria, astinente e di buona vita, che oltre alla macerazione della carne, che si conosceva benissimo all'ossatura delle coste, a ogni passo baciava la terra a ginocchioni.

Le balze del monte parevano cariche di latte rappreso, tutte e quante ingessate di biacca. Quei pochi alberi che non erano del tutto sepolti sotto la neve si vedevano così bianchi che parevano essersi spogliati della camicia e tremassero più per il freddo che per il vento. Il sole se ne stava dentro il suo palazzo e non ardiva neanche farsi al balcone. E se pur mostrava un poco il volto, si poneva intorno al naso un pappafico di nuvoli.

I radi passeggeri che s'incontravano su quel cammino parevano tanti monachetti di Monteoliveto che andassero cantando *lavabis me et super nivem dealbabor...* E Ferrante stesso, vedendosi così bianco, si sentiva trasformato in un infarinato della Crusca.

Una notte dal cielo venivano così spessi e grossi i fiocchi della bambagia che, come altri diventò statua di sale, lui dubitava di esser divenuto statua di neve. I barbagianni, i pipistrelli, i saltabecchi, i farfalloni e le civette gli facevan le moresche attorno come se lo volessero uccellare. E finì con l'urtar col naso nei piedi di un impiccato che, ciondoloni da un albero, faceva di se stesso una grottesca in campo bigio.

Ma Ferrante – anche se un Romanzo deve adornarsi di piacevoli descrizioni – non poteva essere un personaggio da commedia. Doveva tendere alla meta, immaginando a propria misura la Parigi a cui si stava appressando.

Per cui agognava: "Oh Parigi, golfo smisurato in cui le balene s'appiccioliscono come delfini, paese delle sirene, emporio delle pompe, giardino delle soddisfazioni, meandro degli intrighi, Nilo dei cortigiani e Oceano della simulazione!"

E qui Roberto, volendo inventar un tratto che nessun autore di romanzi avesse ancora escogitato, per rendere i sentimenti di quell'ingordo che si appressava a conquistare la città ove si compendiano l'Europa per la civiltà, l'Asia per la profusione, l'Africa per la stravaganza, e l'America per la ricchezza, dove la novità ha la sfera, l'inganno la regia, il lusso il centro, il coraggio l'arena, la bellezza l'emiciclo, la moda la culla, e la virtù la tomba, pose in bocca a Ferrante un motto arrogante: "Parigi, a noi due!"

Dalla Guascogna al Poitou, e di lì all'Isola di Francia, Ferrante ebbe modo di ordire alcune sfrontatezze che gli permisero di trasferire una piccola ricchezza dalle tasche di alcuni allocchi alle proprie, e di arrivare alla capitale nei panni di un giovin signore, riservato e amabile, il signor Del Pozzo. Non essendo ancor giunta laggiù alcuna notizia delle sue mariuolerie a Madrid, prese contatti con alcuni spagnoli vicini alla Regina, che subito apprezzarono le sue capacità di rendere riservati servigi, per una sovrana che, pur fedele al suo sposo e apparentemente rispettosa del Cardinale, manteneva rapporti con la corte nemica.

La sua fama di fedelissimo esecutore era arrivata alle orecchie di Richelieu il quale, profondo conoscitore dell'animo umano, aveva ritenuto che un uomo senza scrupoli che serviva la Regina, notoriamente a corto di denaro, di fronte a un più ricco compenso poteva servire lui, e aveva preso a usarne in modo talmente segreto che neppure i suoi collaboratori più intimi conoscevano l'esistenza di quel giovane agente.

A parte il lungo esercizio fatto a Madrid, Ferrante aveva la qualità rara di apprendere facilmente le lingue e imitare gli accenti. Non era suo costume vantar le proprie doti, ma un giorno che Richelieu aveva ricevuto in sua presenza una spia inglese, egli aveva mostrato di saper conversare con quel traditore. Per cui Richelieu, in uno dei momenti più difficili dei rapporti tra Francia e Inghilterra, lo aveva inviato a Londra, dove avrebbe dovuto fingersi un mercante maltese, e assumere informazioni circa i movimenti delle navi nei porti.

Ora Ferrante aveva coronato una parte del suo sogno: era una spia, non più al soldo di un signore qualsiasi, ma di un Leviatano biblico, che allungava le sue braccia dappertutto.

Una spia (si scandalizzava esterrefatto Roberto), la peste più contaminosa delle corti, Arpia che si cala sui deschi reali con viso imbellettato e artigli unghiuti, volando con ali di vipistrello e ascoltando con orecchie provvedute di un gran timpano, nottola che vede solo nelle tenebre, vipera tra le rose, scarafaggio sui fiori che converte in tossico il succhio che ne liba dolcissimo, ragno delle anticamere che tesse le fila dei suoi assottigliati discorsi per prendere ogni mosca che voli, pappagallo di rostro adunco che tutto ciò che sente riferisce trasformando il vero in falso e il falso in vero, camaleonte che riceve ogni colore e di tutti si veste meno che di quello di cui in verità s'abbiglia. Tutte qualità di cui ciascuno proverebbe vergogna, salvo appunto chi per decreto divino (o diabolico) sia nato al servizio del male.

Ma Ferrante non si accontentava d'essere spia, e di aver in proprio potere coloro di cui riferiva i pensieri, ma voleva essere, come si diceva a quell'epoca, uno spione doppio, che come il mostro della leggenda fosse capace di camminare per due movimenti contrari. Se l'agone in cui si scontrano i Poteri può essere dedalo d'intrighi, qual sarà il Minotauro in cui si realizzi l'innesto di due nature dissimiglianti? Lo spione doppio. Se il campo ove si gioca la battaglia tra le Corti si può dire un Inferno in cui scorre nell'alveo dell'Ingratitudine con rapida piena il Flegetonte dell'oblio, dove bolle l'acqua torbida delle passioni, quale sarà il Cerbero di tre gole, che latra dopo aver scoperto e annasato chi v'entra per esservi lacerato? Lo spione doppio...

Appena in Inghilterra, mentre spiava per Richelieu, Ferrante aveva deciso di arricchirsi rendendo qualche servizio agli inglesi. Strappando informazioni ai servi e ai piccoli funzionari davanti a grandi boccali di birra in locali fumosi di grasso di montone, si era presentato negli ambienti ecclesiastici dicendo di essere un sacerdote spagnolo che aveva deciso di abbandonare la Chiesa Romana, di cui non sopportava più le sozzure.

Miele per le orecchie di quegli antipapisti che cercavano ogni occasione per poter documentare le turpitudini del clero cattolico. E non c'era neppur bisogno che Ferrante confessasse ciò che non sapeva. Gli inglesi avevano già tra le mani la confessione anonima, presunta, o vera, di un altro prete. Ferrante allora si era fatto garante di quel documento, firmando col nome di un assistente del vescovo di Madrid, che una volta lo aveva trattato con alterigia e di cui aveva giurato di vendicarsi.

Mentre riceveva dagli inglesi l'incarico di ritornare in Ispagna per raccogliere altre dichiarazioni di preti disposti a calunniare il Sacro Soglio, in una taverna del porto aveva incontrato un viaggiatore genovese, col quale entrava in familiarità, per scoprire in breve che costui era in realtà Mahmut, un rinnegato che in Oriente aveva abbracciato la fede dei Maomettani ma che, travestito come mercante portoghese, stava raccogliendo notizie sulla marina inglese, mentre altre spie al soldo della Sublime Porta stavano facendo altrettanto in Francia.

Ferrante gli aveva rivelato di aver lavorato per agenti turchi in Italia, e di aver abbracciato la sua stessa religione, assumendo il nome di Dgennet Oglou. Gli aveva subito venduto le notizie sui movimenti nei porti inglesi, e aveva ricevuto un compenso per portare un messaggio ai suoi confratelli in Francia. Mentre gli ecclesiastici inglesi lo credevano ormai partito alla volta della Spagna, non aveva voluto rinunciare a trarre un altro guadagno dalla sua permanenza in Inghilterra e, preso contatto con uomini dell'Ammiragliato, si era qualificato come un veneziano, Granceola (nome che aveva inventato ricordandosi del capitano Gambero), che aveva svolto mansioni segrete per il Consiglio di quella Repubblica, in particolare sui piani della marina mercantile francese. Ora, inseguito da bando per un duello, doveva trovare rifugio in un paese amico. Per mostrare la sua buona fede, era in grado di informare i suoi nuovi padroni che la Francia aveva fatto assumere informazioni nei porti inglesi attraverso Mahmut, uno spione turco, che viveva a Londra fingendosi portoghese.

In possesso di Mahmut, subito arrestato, erano stati trovati appunti sui porti inglesi, e Ferrante, ovvero Granceola, era stato considerato persona degna di fede. Sotto promessa di un accoglimento finale in Inghilterra, e col viatico di una prima buona somma, era stato inviato in Francia perché si unisse ad altri agenti inglesi.

Arrivato a Parigi aveva subito passato a Richelieu le informazioni che gli inglesi avevano sottratto a Mahmut. Poi aveva individuato gli amici di cui il rinnegato genovese gli aveva dato l'indirizzo, presentandosi come Charles de la Bresche, un ex frate passato al servizio degli infedeli, che aveva appena ordito a Londra un complotto per gettar discredito su tutta la genia dei cristiani. Quegli agenti gli avevano dato credito, perché avevano già saputo di un libretto in cui la Chiesa Anglicana rendeva pubbliche le malefatte di un prete spagnolo – tanto che a Madrid, ricevutane notizia, avevano arrestato il prelato a cui Roberto aveva attribuito il tradimento, e ora costui stava attendendo la morte nelle segrete dell'Inquisizione.

Ferrante si faceva confidare dagli agenti turchi le notizie che avevano raccolto sulla Francia, e le spediva a volta di corriere all'ammiragliato inglese, ricevendone nuovo compenso. Quindi era tornato da Richelieu e gli aveva rivelato l'esistenza, a Parigi, di una cabala turca. Richelieu aveva ammirato ancora una volta l'abilità e la fedeltà di Ferrante. Tanto che lo aveva invitato a svolgere un lavoro ancora più arduo.

Da tempo il cardinale si preoccupava di quello che accadeva nel salotto della marchesa di Rambouillet, ed era stato colto dal sospetto che tra quegli spiriti liberi si mormorasse contro di lui. Aveva commesso un errore, inviando alla Rambouillet un suo cortigiano fidato, il quale stoltamente aveva chiesto notizie di eventuali mormorazioni. Arthénice aveva risposto che i suoi ospiti conoscevano così bene la sua considerazione per Sua Eminenza che, anche se ne l'avessero pensato male, non avrebbero mai osato in sua presenza dirne se non il massimo bene.

Richelieu progettava ora di far apparire a Parigi uno straniero, che potesse essere ammesso a quei concistori. Breve, Roberto non aveva voglia di inventare tutti i raggiri attraverso i quali Ferrante avrebbe potuto introdursi nel salotto, ma trovava conveniente farvelo arrivare, già ricco di qualche raccomandazione, e sotto travestimento: una parrucca e una barba bianca, un volto invecchiato con pomate e tinture, e una benda nera sull'occhio sinistro, ecco l'Abate de Morfi.

Roberto non poteva pensare che Ferrante, in tutto e per tutto simile a lui, gli fosse accanto in quelle serate ormai lontane, ma ricordava di aver visto un abate anziano con una benda nera sull'occhio, e decise che quello doveva esser Ferrante.

Il quale, dunque, proprio in quell'ambiente – e dopo dieci e più anni – aveva ritrovato Roberto! Non si può esprimere il gioioso livore con cui quel disonesto rivedeva l'odiato fratello. Col volto che sarebbe parso trasfigurato e stravolto dalla malevolenza, se non l'avesse egli nascosta sotto il suo mascheramento, si era detto che gli si presentava infine l'occasione per annientare Roberto, e impossessarsi del suo nome e delle sue ricchezze.

Per prima cosa lo aveva spiato, per settimane e settimane nel corso di quelle serate, scrutandone il volto per cogliervi la traccia di ogni pensiero. Uso com'era a celare, era anche abilissimo a scoprire. D'altra parte l'amore non si può nascondere: come ogni fuoco, si svela col fumo. Seguendo gli sguardi di Roberto, Ferrante aveva subito compreso che egli amava la Signora. Si era dunque detto che per prima cosa avrebbe dovuto sottrarre a Roberto ciò che egli aveva di più caro.

Ferrante si era accorto che Roberto, dopo aver attratto l'attenzione della Signora col suo discorso, non aveva avuto animo d'avvicinarla. L'impaccio del fratello giocava in suo favore: la Signora poteva intenderlo come disinteresse, e disprezzare una cosa è il miglior espediente per conquistarla. Roberto stava aprendo la strada a Ferrante. Ferrante aveva lasciato che la Signora macerasse in una dubbiosa attesa, poi – calcolato il momento propizio – si era apprestato a lusingarla.

Ma poteva Roberto consentire a Ferrante un amore pari al proprio? Certamente no. Ferrante considerava la donna ritratto dell'incostanza, ministra delle frodi, volubile nella lingua, tarda nei passi e presta nel capriccio. Educato da ombratici asceti che gli ricordavano a ogni istante che *El hombre es el fuego, la mujer la estopa, viene el diablo y sopla*, si era abituato a considerare ogni figlia di Eva un animale imperfetto, un errore di natura, tortura per gli occhi se laida, affanno del cuore se bellissima, tiranna di chi l'amasse, nemica di chi la sprezzasse, disordinata nelle voglie, implacabile negli sdegni, capace d'incantare con la bocca e incatenare con gli occhi.

Ma proprio questo disprezzo lo spingeva all'adescamento: dal labbro gli uscivano parole di adulazione, ma in cuore celebrava l'avvilimento della sua vittima.

Si apprestava dunque Ferrante a porre le mani su quel corpo che lui (Roberto) non aveva osato sfiorare col pensiero. Costui, questo odiatore di tutto ciò che per Roberto era oggetto di religione, si sarebbe disposto – ora – a sottrargli la sua Lilia per farne l'insipida amorosa della sua commedia? Quale strazio. E quale penoso dovere, seguire l'insana logica dei Romanzi, che impone di partecipare agli affetti più odiosi, quando si debba concepire come figlio della propria immaginazione il più odioso tra i protagonisti.

Ma non si poteva far altro. Ferrante avrebbe avuto Lilia – e altrimenti, perché creare una finzione, se non per morirne?

Come e che cosa fosse avvenuto, Roberto non riusciva a figurarsi (perché non era mai riuscito a tentarlo). Forse Ferrante era penetrato a notte alta nella camera di Lilia, evidentemente afferrandosi a un'edera (dall'abbraccio tenace, invito notturno a ogni cuore amante), che rampicava sino alla sua alcova.

Ecco Lilia, che mostra i segni della virtù oltraggiata, a tal segno che chiunque avrebbe prestato fede alla sua indignazione, meno un uomo come Ferrante, disposto a credere gli esseri umani tutti disposti all'inganno. Ecco Ferrante che cade in ginocchio di fronte a lei, e parla. Che cosa dice? Dice, con falsa voce, tutto quel che Roberto non solo avrebbe voluto dirle, ma le ha detto, senza che lei sapesse chi glielo diceva.

Come può aver fatto il brigante, si chiedeva Roberto, a conoscere il tenore delle lettere che le avevo inviato? E non solo, ma di quelle che Saint-Savin mi aveva dettato a Casale, e che avevo pur distrutto! E persino di quelle che sto scrivendo ora su questa nave! Eppure non c'è dubbio, Ferrante ora declama con accenti sinceri frasi che Roberto conosceva assai bene:

"Signora, nella mirabile architettura dell'Universo, era già scritto sin dal primo giorno della creazione che io vi avrei incontrata e amata... Scusate il furore di un disperato, o meglio, non datevene pena, non s'è mai udito che i sovrani dovessero render conto della morte dei loro schiavi... Non avete voi fatto due alambicchi dei miei occhi, onde distillarmi la vita e convertirla in acqua chiara? Vi prego, non volgete il bel capo: orbato del vostro sguardo sono cieco perché non mi vedete, privo della vostra parola sono mutolo perché non mi parlate, e smemorato sarò se non mi rammemorate... Oh, che di me faccia almeno l'amore un frammento insensibile, una mandragora, una fonte di pietra che lacrimi via ogni angoscia!"

La Signora ora certamente tremava, nei suoi occhi scottava tutto l'amore che aveva prima celato, e con la forza di un prigioniero a cui qualcuno spezza le sbarre del Riserbo, e offre la scala di seta dell'Opportunità. Non restava che incalzarla ancora, e Ferrante non si limitava a dire quel che Roberto aveva scritto, ma conosceva altre parole che ora versava nelle orecchie di lei ammaliata, ammaliando anche Roberto, che non ricordava di averle ancora scritte.

"O pallido mio sole, ai vostri dolci pallori perde l'alba vermiglia ogni suo fuoco! O dolci occhi, di voi non chiedo che d'essere malato. E non mi vale fuggire per i campi o le selve onde scordarvi. Non giace selva in terra, non sorge pianta in selva, non cresce ramo in pianta, non spunta fronda in ramo, non ride fiore in fronda, non nasce frutto in fiore in cui io non veda il vostro sorriso..."

E, al suo primo rossore: "Oh, Lilia, se voi sapeste! Vi ho amata senza conoscere il vostro volto e il vostro nome. Vi cercavo, e non sapevo dove eravate. Ma un giorno mi avete percosso come un angelo... Oh, lo so, vi chiedete come mai questo mio amore non rimanga purissimo di silenzio, casto di lontananza... Ma io muoio, o cuor mio, lo vedete ormai, l'anima già mi sfugge, non lasciate che si disperda nell'aria, consentitele di far dimora nella vostra bocca!"

Gli accenti di Ferrante erano così sinceri che lo stesso Roberto voleva ora che ella cadesse in quella dolce pania. Solo così egli avrebbe avuto certezza che lo amava.

Così Lilia s'abbassò per baciarlo, poi non osò, volendo e

356

disvolendo tre volte appressò le labbra al fiato desiderato, tre volte si ritrasse, poi gridò: "Oh sì, sì, se non m'incatenate non sarò mai libera, non sarò casta se voi non mi violenterete!"

E, presa la sua mano, dopo avergliela baciata, se l'era portata al seno; poi l'aveva tirato a sé, rubandogli teneramente l'alito sulle labbra. Ferrante s'era piegato su quel vaso di allegrezze (a cui Roberto aveva affidato le ceneri del suo cuore) e i due corpi si erano fusi in un'unica anima, le due anime in un solo corpo. Roberto non sapeva più chi fosse tra quelle braccia, visto che lei credeva di essere nelle sue, e nel porgere la bocca di Ferrante tentava di allontanare la propria, per non concedere all'altro quel bacio.

Così, mentre Ferrante baciava, ed ella ribaciava, ecco che il bacio si scioglieva in nulla, e a Roberto non rimaneva che la certezza d'essere stato derubato di tutto. Ma non poteva evitare di pensare a quello che rinunciava a immaginare: sapeva che è nella natura dell'amore essere nell'eccesso.

Da quell'eccesso offeso, dimenticando che ella stava dando a Ferrante, credendolo Roberto, la prova che Roberto aveva tanto desiderato, odiava Lilia e, percorrendo la nave ululava: "Oh miserabile, che offenderei tutto il tuo sesso se ti chiamassi donna! Quello che hai fatto è più da furia che da femmina, e anche il titolo di fiera sarebbe troppo onorato per tal bestia d'inferno! Tu sei peggio dell'aspide che avvelenò Cleopatra, peggio della ceraste che alletta con le sue frodi gli uccelli per poi sacrificarli alla sua fame, peggio dell'anfesibena che a chiunque afferra gli sparge tanto veleno che in un istante quello ne muore, peggio del leps che armato di quattro denti velenosi corrompe la carne che morsica, peggio del iacolo che si lancia dagli alberi e strangola la sua vittima, peggio del colubro che vomita il veleno nelle fontane, peggio del basilisco che uccide con lo sguardo! Megera infernale, che non conosci né Cielo, né terra, né sesso, né fede, mostro nato da un sasso, da un'alpe, da una quercia!"

Poi si arrestava, si rendeva conto di nuovo che ella si

stava dando a Ferrante credendolo Roberto, e che quindi non dannata, ma salvata doveva essere da quell'agguato: "Attenta, amore mio amato, quello ti si presenta col mio volto, sapendo che altri non avresti potuto amare che non fosse me stesso! Che dovrò fare ora, se non odiar me stesso per potere odiare lui? Posso io consentire che tu venga tradita, godendo del suo amplesso credendolo il mio? Io che già stavo accettando di vivere in questo carcere per avere i giorni e le notti consacrati al tuo pensiero, potrò ora permettere che tu creda di stregarmi facendoti succuba del suo sortilegio? Oh Amore, Amore, Amore, non mi hai tu già punito abbastanza, non è questo un morir senza morire?"

30.
Della Malattia d'Amore o Melanconia Erotica

Per due giorni Roberto fuggì di nuovo la luce. Nei suoi sonni vedeva soltanto dei morti. Gli si erano irritate le gengive e la bocca. Dai visceri i dolori si erano propagati al petto, poi alla schiena, e vomitava sostanze acide, benché non avesse preso cibo. L'atrabile, mordendo e intaccando tutto il corpo, vi fermentava in bolle simili a quelle che l'acqua espelle quando è sottoposta a calore intenso.

Era certamente caduto vittima (ed è da non credere che se ne accorgesse solo allora) di quella che tutti chiamavano la Melanconia Erotica. Non aveva saputo spiegare quella sera da Arthénice che l'immagine della persona amata suscita l'amore insinuandosi come simulacro per il meato degli occhi, portieri e spie dell'anima? Ma, dopo, l'impressione amorosa si lascia lentamente scivolare per le vene e perviene al fegato, suscitando la concupiscenza, che muove tutto il corpo a sedizione, se ne va dritta a conquistar la cittadella del cuore, donde attacca le più nobili potenze del cervello e le fa schiave.

Come a dire che rende le sue vittime quasi fuori di senno, i sensi si smarriscono, l'intelletto s'intorbidisce, l'immaginativa ne è depravata, e il povero amoroso dimagra, si smunge, gli occhi gli si infossano, sospira, e si stempera di gelosia.

Come guarirne? Roberto credeva di conoscere il rimedio dei rimedi, che in ogni caso gli era negato: possedere la persona amata. Non sapeva che questo non basta, poiché i melanconici non diventano tali per amore, ma s'innamorano per dar voce alla loro melanconia – prediligendo i luoghi salvatici onde aver spirito con l'amata assente e pensare soltanto come pervenire alla sua presenza; ma, come vi giungono, s'affliggono ancor più, e vorrebbero tendere ad altro fine ancora.

Roberto tentava di ricordarsi quanto aveva udito da uomini di scienza che avevano studiato la Melanconia Erotica. Pareva che essa fosse causata dall'ozio, dal dormire sul dorso e da una eccessiva ritenzione del seme. E lui da troppi giorni era forzatamente in ozio, e quanto alla ritenzione del seme, evitava di cercarne le cause o progettarne i rimedi.

Aveva sentito parlare delle partite di caccia come incoraggiamento alla dimenticanza, e stabilì che doveva intensificare le sue imprese natatorie, e senza riposarsi sul dorso; ma tra le sostanze che eccitano i sensi c'era il sale, e di sale, nuotando, se ne beve abbastanza... Inoltre ricordava di aver udito che gli Africani, esposti al sole, erano più viziosi degli Iperborei.

Forse era col cibo che aveva dato esca alle sue propensioni saturnine? I medici proibivano la cacciagione, il fegato d'oca, i pistacchi, i tartufi e lo zenzero, ma non dicevano quali pesci fossero da sconsigliare. Mettevano in guardia contro le vesti troppo confortevoli come lo zibellino e il velluto, così come contro il muschio, l'ambra, la galla moscata e la Polvere di Cipro, ma che poteva egli sapere del potere ignoto dei cento profumi che si liberavano dalla serra, e di quelli che gli recavano i venti dall'Isola?

Avrebbe potuto contrastare molte di queste influenze nefaste con la canfora, la borragine, l'acetosella; con clisteri, con vomitori di sale di vetriolo sciolto nel brodo; e infine coi salassi alla vena mediana del braccio o a quella della fronte; e poi mangiando solo cicoria, indivia, lattuga, e meloni, uva, ciliegie, prugne e pere, e soprattutto menta fresca... Ma nulla di tutto questo era alla sua portata sulla *Daphne*.

Riprese a muoversi tra le onde, cercando di non ingoiare troppo sale, e riposandosi il meno possibile.

Non cessava certo di pensare alla storia che aveva evocato, ma l'irritazione per Ferrante si traduceva ora in scatti di prepotenza, e si misurava col mare come se, sottomettendolo ai suoi voleri, assoggettasse il proprio nemico.

Dopo alcuni giorni, un pomeriggio aveva scoperto per la prima volta il colore ambrato dei suoi peli pettorali e – come annota per varie contorsioni retoriche – dello stesso suo pube; e si era reso conto che essi risaltavano in tal modo perché il suo corpo si era abbronzato; ma anche ingagliardito, se sulle braccia vedeva guizzare muscoli che non aveva mai notato. Si ritenne ormai un Ercole e perdette il senso della prudenza. Il giorno dopo scese in acqua senza canapo.

Avrebbe abbandonato la scaletta, muovendo lungo lo scafo a dritta, sino al timone, quindi avrebbe doppiato la poppa, e sarebbe risalito dall'altro lato, passando sotto il bompresso. E aveva dato di braccia e di gambe.

Il mare non era calmissimo e delle piccole onde lo gettavano di continuo contro i fianchi, per cui doveva fare un doppio sforzo, sia procedere lungo la nave che cercare di starne discosto. Aveva il respiro pesante, ma procedeva intrepido. Sino a che giunse a mezza strada, e cioè a poppa.

Qui si accorse che ormai aveva speso tutte le sue forze. Non ne aveva più per percorrere tutto l'altro lato, ma neppure per tornare indietro. Tentò di tenersi al timone, che gli offriva però una minima presa, coperto com'era di mucillagine, mentre lentamente si lamentava sotto lo schiaffo alterno dell'onda.

Vedeva sul proprio capo la galleria, indovinando dietro le sue vetrate la meta sicura del suo alloggio. Si stava dicendo che, se per caso la scaletta di prua si fosse staccata, avrebbe potuto trascorrere ore e ore, prima di morire, bramando quel ponte che tante volte aveva voluto lasciare.

Il sole era stato coperto da una folata di nubi, ed egli già intirizziva. Tese la testa indietro, come per dormire, dopo un poco riaprì gli occhi, si rigirò su se stesso, e si rese conto che stava avvenendo quel che aveva temuto: le onde lo stavano allontanando dalla nave.

Si fece forza e ritornò vicino alla fiancata, toccandola come per riceverne forza. Sopra la sua testa si scorgeva un cannone che spuntava da un sabordo. Se avesse avuto la sua corda, pensava, avrebbe potuto farne un laccio, tentare di gettarlo in alto per prendere alla gola quella bocca da fuoco, issarsi tendendo il canapo con le braccia e appoggiando i piedi al legno... E però non solo la corda non c'era, ma certamente non avrebbe avuto animo e braccia per risalire a tanta altezza... Non aveva senso morire così, accanto al proprio riparo.

Prese una decisione. Ormai, doppiata la poppa, sia che fosse tornato sul lato destro che se avesse proseguito sul lato sinistro, lo spazio che lo separava dalla scaletta era lo stesso. Quasi tirando a sorte, risolse di nuotare sulla sinistra, stando attento che la corrente non lo separasse dalla *Daphne*.

Aveva nuotato, stringendo i denti, con i muscoli tirati, non osando lasciarsi andare, ferocemente deciso a sopravvivere, anche a costo – si diceva – di morire.

Con un grido di giubilo era arrivato al bompresso, si era afferrato alla prua, ed era arrivato alla scala di Giacobbe – e che lui e tutti i santi patriarchi delle Sacre Scritture fossero benedetti dal Signore, Dio degli Eserciti.

Non aveva più forza. Era rimasto attaccato alla scala forse mezzora. Ma alla fin fine era riuscito a risalire sul ponte, dove aveva cercato di fare un bilancio della sua esperienza.

Primo, egli poteva nuotare, tanto da andar da un capo all'altro della nave e viceversa; secondo, una impresa del genere lo portava al limite estremo delle sue possibilità fisiche; terzo, poiché la distanza tra la nave e la riva era molte e molte volte maggiore dell'intero perimetro della *Daphne*, anche durante la bassa marea, non poteva sperare di nuotare sino a poter metter mano su qualcosa di solido; quarto, la bassa marea gli avvicinava sì la terra ferma, ma col suo riflusso gli rendeva più difficile avanzare; quinto, se per caso arrivava a metà del percorso e non ce la faceva più ad andare avanti, non ce l'avrebbe neppure fatta a tornare indietro.

Doveva dunque continuare col canapo, e questa volta ben più lungo. Sarebbe andato a oriente tanto quanto le sue forze glielo avessero concesso, e poi sarebbe tornato a rimorchio. Solo esercitandosi in tal modo, per giorni e giorni, avrebbe potuto poi tentare da solo.

Scelse un pomeriggio tranquillo, quando il sole era ormai alle sue spalle. Si era provvisto di una corda lunghissima, che stava ben assicurata per un capo all'albero di maestra, e giaceva sul ponte in molte volute, pronta a snodarsi a poco a poco. Nuotava tranquillo, senza stancarsi troppo, riposandosi spesso. Guardava la spiaggia e i due promontori. Solo ora, dal basso, si rendeva conto di quanto fosse lontana quella linea ideale, che si stendeva tra un capo e l'altro da sud a nord, e oltre la quale sarebbe entrato nel giorno prima.

Avendo mal compreso padre Caspar, si era convinto che il barbacane dei coralli iniziasse solo là dove piccole onde bianche rivelavano i primi scogli. Invece, anche durante la bassa marea, i coralli iniziavano prima. Altrimenti la *Daphne* si sarebbe ancorata più vicino a terra.

Così era andato a urtare con le gambe nude contro qualcosa che si lasciava scorgere a mezz'acqua, solo quando c'era già sopra. Quasi contemporaneamente fu colpito da un movimento di forme colorate sotto la superficie, e da un bruciore insopportabile alla coscia e alla tibia. Era come se fosse stato morso o artigliato. Per allontanarsi da quel banco si era aiutato con un colpo di garretto, ferendosi così anche un piede.

Si era afferrato alla corda tirando con tal foga che, tornato a bordo, aveva le mani escoriate; ma era più impensierito dal male alla gamba e al piede. Erano agglomeramenti di pustole molto dolorose. Le aveva lavate con acqua dolce, e questo aveva lenito in parte il bruciore. Ma verso sera, e per tutta la notte, il bruciore si era accompagnato a una prurigine acuta, e nel sonno si era probabilmente grattato, così che la mattina dopo le pustole davano sangue e materia bianca.

Aveva allora fatto ricorso ai preparati di padre Caspar

(Spiritus, Olea, Flores) che avevano un poco calmato l'infezione, ma per un giorno intero aveva sentito ancora l'istinto di incidere quei bubboni con le unghie.

Ancora una volta aveva fatto il bilancio della sua esperienza, e ne aveva tratto quattro conclusioni: il barbacane era più vicino di quanto il riflusso lasciasse credere, il che poteva incoraggiarlo a ritentare l'avventura; alcune creature che vi vivevano sopra, granchi, pesci, forse i coralli, o delle pietre aguzze, avevano il potere di procurargli una sorta di pestilenza; se voleva ritornare su quei sassi, doveva andarci calzato e vestito, il che avrebbe impacciato di più i suoi movimenti; siccome in ogni caso non avrebbe potuto protegger tutto il corpo, doveva essere in grado di vedere sott'acqua.

L'ultima conclusione gli fece ricordare quella Persona Vitrea, o maschera per vedere nel mare, che padre Caspar gli aveva mostrato. Provò ad affibbiarsela alla nuca, e scoprì che gli chiudeva il volto permettendogli di guardar fuori come da una finestra. Provò a respirarvi, e si accorse che un poco d'aria passava. Se passava l'aria sarebbe passata anche l'acqua. Si trattava dunque di usarla trattenendo il fiato – quanta più aria vi sarebbe restata tanta meno acqua sarebbe entrata – e venir su non appena fosse piena.

Non doveva essere una operazione facile, e Roberto impiegò tre giorni a provarne tutte le fasi stando in acqua, ma vicino alla *Daphne*. Aveva trovato presso i giacigli dei marinai un paio di uose di tela, che gli proteggevano il piede senza appesantirlo troppo, e un paio di brache lunghe da legare al polpaccio. Gli ci era voluta mezza giornata per riapprendere a fare quei movimenti che già gli riuscivano così bene a corpo nudo.

Poi nuotò con la maschera. Nell'acqua alta non poteva vedere molto, ma scorse un passaggio di pesci dorati, a molte braccia sotto di sé, come se navigassero in una vasca.

Tre giorni, si è detto. Nel corso dei quali dapprima Roberto imparò a guardar sotto tenendo il fiato, poi a muoversi guardando, quindi a togliersi la maschera mentre stava in acqua. In questa impresa imparò d'istinto una nuova posizione, che consisteva nell'enfiare e tendere in fuori il petto, calcitrare come se camminasse in fretta, e spingere il mento in alto. Più difficile era invece, mantenendo lo stesso equilibrio, rimettersi la maschera e riallacciarla alla nuca. Si era subito detto, inoltre, che una volta sul barbacane, se si metteva in quella posizione verticale sarebbe andato a urtare contro gli scogli, e se teneva il volto fuori dall'acqua non avrebbe visto cosa stesse prendendo a calci. Per cui ritenne che sarebbe stato meglio non allacciare, ma premere con ambo le mani la maschera sul volto. Il che però gli imponeva di procedere con il solo moto delle gambe, ma tenendole distese orizzontalmente, per non urtare in basso; movimento che non aveva mai tentato, e che richiese lunghi tentativi prima che egli potesse eseguirlo con confidenza.

Nel corso di queste prove trasformava ogni moto d'iracondia in un capitolo del suo Romanzo di Ferrante.

E aveva fatto prendere alla sua storia una direzione più astiosa, in cui Ferrante venisse giustamente punito.

D'altra parte non avrebbe potuto tardare a riprendere la sua storia. È vero che i Poeti, dopo aver detto di un evento memorabile, lo trascurano per qualche tempo, onde tenere il lettore in sospeso – e in questa abilità si riconosce il romanzo bene inventato; ma il tema non deve venir abbandonato troppo a lungo, per non far smarrire il lettore in troppe altre azioni parallele. Occorreva dunque tornare a Ferrante.

Sottrarre Lilia a Roberto, era solo uno dei due fini che Ferrante si era proposto. L'altro era far cadere Roberto in disgrazia presso il Cardinale. Progetto non facile: il Cardinale, di Roberto, ignorava addirittura l'esistenza.

Ma Ferrante sapeva trarre vantaggio dalle occasioni. Richelieu stava leggendo un giorno una lettera in sua presenza e gli aveva detto:

"Il Cardinal Mazarino mi accenna a una storia degli inglesi, circa una loro Polvere di Simpatia. Ne avete mai udito parlare a Londra?"

"Di che cosa si tratta, Eminenza?"

"Signor Pozzo, o come vi chiamate, imparate che non si risponde mai a una domanda con un'altra domanda, specie a chi sta più in alto di voi. Se sapessi di cosa si tratta non lo chiederei a voi. Comunque, se non di questa polvere, avete mai colto accenni a un nuovo segreto per trovar le longitudini?"

"Confesso che ignoro tutto su questo soggetto. Se Vostra Eminenza volesse illuminarmi, forse potrei..."

"Signor Pozzo, sareste divertente se non foste insolente. Non sarei il padrone di questo paese se illuminassi gli altri sui segreti che non conoscono – a meno che questi altri siano il Re di Francia, il che non mi pare il caso vostro. E dunque fate soltanto quel che sapete fare: tenete gli orecchi aperti e scoprite segreti di cui non sapevate nulla. Poi li verrete a riferire a me, e dopo procurerete di dimenticarli."

"È quel che ho fatto sempre, Eminenza. O, almeno, credo, perché ho dimenticato di averlo fatto."

"Così mi piacete. Andate pure."

Tempo dopo Ferrante aveva sentito Roberto, in quella memorabile serata, discettare appunto della polvere. Non gli era parso vero poter segnalare a Richelieu che un gentiluomo italiano, che frequentava quell'inglese d'Igby (notoriamente legato, tempo prima, al duca di Bouquinquant), pareva saper molto su quella polvere.

Nel momento in cui cominciava a gettar discredito su Roberto, Ferrante doveva tuttavia ottenere di prenderne il posto. Perciò aveva rivelato al Cardinale che lui, Ferrante, si faceva passare come signor Del Pozzo poiché il suo lavoro d'informatore gli imponeva di serbare l'incognito, ma che in verità egli era il vero Roberto de la Grive, già valoroso combattente a fianco dei francesi ai tempi dell'assedio di Casale. L'altro, che così subdolamente parlava di quella polvere inglese, era un avventuriero truffaldino che approfittava di una vaga rassomiglianza, e già sotto il nome di Mahmut Arabo aveva servito come spione a Londra agli ordini dei Turchi.

Così dicendo Ferrante si preparava al momento in cui, rovinato il fratello, egli avrebbe potuto sostituirlo passando per l'unico e vero Roberto, non solo agli occhi dei parenti rimasti alla Griva, ma agli occhi di Parigi tutta – come se l'altro non fosse mai esistito.

Nel frattempo, mentre si parava del volto di Roberto per conquistare Lilia, Ferrante aveva saputo, come tutti, della disgrazia di Cinq-Mars e, rischiando certo moltissimo, ma pronto a dare la vita per compier la sua vendetta, sempre sotto le spoglie di Roberto si era mostrato con ostentazione in compagnia degli amici di quel cospiratore.

Quindi aveva insufflato al Cardinale che il falso Roberto de la Grive, che tanto sapeva su un segreto caro agli inglesi, evidentemente cospirava, e gli aveva anche prodotto dei testimoni, i quali potevano asserire di aver visto Roberto con questo o con quello.

Come si vede, un castello di bugie e travestimenti che spiegava il trabocchetto in cui Roberto era stato attirato. Ma Roberto vi era caduto per ragioni e in modi ignoti allo stesso Ferrante, i cui piani erano stati sconvolti dalla morte di Richelieu.

Che cos'era infatti accaduto? Richelieu, sospettosissimo, usava Ferrante senza parlarne a nessuno, neppure a Mazarino, di cui ovviamente diffidava vedendolo ormai proteso come un avvoltoio sul suo corpo malato. Tuttavia, mentre la sua malattia progrediva, Richelieu aveva passato a Mazarino qualche informazione, senza rivelargliene la fonte:

"A proposito, mio buon Giulio!"

"Sì, Eminenza e Padre mio amatissimo..."

"Fate tener d'occhio un tal Roberto de la Grive. Va alla sera dalla signora de Rambouillet. Pare che sappia molto di quella vostra Polvere di Simpatia... E tra l'altro, secondo un mio informatore il giovanotto frequenta anche un ambiente di cospiratori..."

"Non affaticatevi, Eminenza. Penserò io a tutto."

Ed ecco Mazarino iniziar per proprio conto una inchiesta su Roberto, sino a saperne quel poco che aveva mostrato di sapere la sera del suo arresto. Ma tutto questo senza però sapere nulla di Ferrante.

E intanto Richelieu moriva. Che cosa doveva essere accaduto a Ferrante?

Morto Richelieu, gli manca ogni appoggio. Dovrebbe stabilire contatti con Mazarino, poiché l'indegno è una trista elitropia che si volge sempre in direzione del più potente. Ma non può recarsi dal nuovo ministro senza fornirgli una prova di quanto egli valga. Di Roberto non trova più traccia. Che sia malato, partito per un viaggio? A tutto

Ferrante pensa, meno a che le sue calunnie abbiano avuto effetto, e Roberto sia stato arrestato.

Ferrante non osa mostrarsi in giro sotto le vesti di Roberto, per non risvegliar i sospetti di chi lo sappia lontano. Per quanto possa essere accaduto tra lui e Lilia, cessa anche ogni contatto con Lei, impassibile come chi sa che ogni vittoria costa tempi lunghi. Sa che bisogna sapersi servire della lontananza; le qualità perdono il loro smalto se si mostrano troppo e la fantasia giunge più lontano della vista; anche la fenice si giova dei luoghi remoti per tener viva la sua leggenda.

Ma il tempo stringe. Occorre che, al ritorno di Roberto, Mazarino già ne sospetti, e lo voglia morto. Ferrante consulta i suoi compari a corte, e scopre che si può avvicinare Mazarino attraverso il giovane Colbert, a cui fa quindi pervenire una lettera in cui allude a una minaccia inglese, e alla questione delle longitudini (non sapendone nulla, e avendola udita menzionare una sola volta da Richelieu). Chiede in cambio delle sue rivelazioni una somma consistente, e ottiene un incontro, in cui si presenta vestito da vecchio abate, con la sua benda nera sull'occhio.

Colbert non è un ingenuo. Quell'abate ha una voce che gli pare familiare, le poche cose che gli dice suonano sospette, chiama due guardie, si avvicina al visitatore, gli strappa e la benda e la barba, e a chi si ritrova di fronte? A quel Roberto de la Grive che egli stesso aveva affidato ai suoi uomini affinché lo imbarcassero sulla nave del dottor Byrd.

Nel raccontarsi questa storia Roberto esultava. Ferrante era andato a cacciarsi nella trappola di propria volontà. "Voi, San Patrizio!?" aveva subito gridato Colbert. Poi, visto che Ferrante trasecolava e taceva, l'aveva fatto buttare in una segreta.

Fu uno spasso per Roberto immaginarsi il colloquio di Mazarino con Colbert, che lo aveva subito informato. "L'uomo deve essere pazzo, Eminenza. Che abbia osato sottrarsi al suo impegno, posso capirlo, ma che abbia pre-

369

teso di venirci a rivendere quello che gli avevamo dato, è segno di pazzia."

"Colbert, è impossibile che qualcuno sia così pazzo da prendermi per sciocco. Quindi il nostro uomo sta giocando, ritenendo di avere in mano carte imbattibili."

"In che senso?"

"Per esempio, egli è salito su quella nave e vi ha scoperto subito quello che se ne doveva sapere, tanto da non aver più bisogno di restarci."

"Ma se avesse voluto tradirci sarebbe andato dagli spagnoli o dagli olandesi. Non sarebbe venuto a sfidare noi. Per chiederci che cosa, infine? Danaro? Sapeva bene che se si fosse comportato lealmente avrebbe avuto addirittura un posto a corte."

"Evidentemente è certo di aver scoperto un segreto che vale più di un posto a corte. Credetemi, conosco gli uomini. Non ci resta che stare al suo gioco. Voglio vederlo questa sera."

Mazarino ricevette Ferrante mentre stava dando gli ultimi tocchi, con le proprie mani, a una mensa che aveva fatto imbandire per i propri ospiti, un trionfo di cose che sembravano qualcosa d'altro. Sulla tavola brillavano lucignoli che sporgevano da coppe di ghiaccio, e bottiglie in cui i vini avevano colori diversi dall'atteso, tra cesti di lattughe inghirlandate di fiori e frutti finti fintamente aromatici.

Mazarino, che credeva Roberto, e cioè Ferrante, in possesso di un segreto da cui voleva trarre il massimo vantaggio, aveva divisato di far mostra di saper tutto (dico, tutto ciò che non sapeva) in modo che l'altro si lasciasse sfuggire qualche traccia.

D'altra parte Ferrante – quando si era trovato al cospetto del Cardinale – già aveva intuito che Roberto era in possesso di un segreto, da cui bisognava trarre il massimo vantaggio, e aveva divisato di far mostra di saper tutto (dico, tutto ciò che non sapeva) in modo che l'altro si lasciasse sfuggire qualche traccia.

Abbiamo così in scena due uomini, di cui ciascuno non sa nulla di quel che crede che l'altro sappia, e per ingannarsi a vicenda parlano ciascuno per allusioni, ciascuno dei due vanamente sperando che l'altro abbia la chiave di quella cifra. Che bella storia, si diceva Roberto, mentre cercava il bandolo della matassa che aveva agguindolato.

"Signor di San Patrizio," disse Mazarino, mentre avvicinava un piatto di astici vivi che sembravan cotti a uno di astici cotti che sembravan vivi, "una settimana fa vi avevamo imbarcato ad Amsterdam sull'*Amarilli*. Non potete aver abbandonato l'impresa: sapevate bene che avreste pagato con la vita. Dunque avete già scoperto quel che dovevate scoprire."

Messo di fronte al dilemma, Ferrante vide che non gli conveniva confessare di aver abbandonato l'impresa. Dunque non gli rimaneva che l'altra strada: "Se così piace a Vostra Eminenza," aveva detto, "in un certo senso so quello che Vostra Eminenza voleva che sapessi," e aveva aggiunto tra sé e sé: "E intanto so che il segreto si trova a bordo di una nave che si chiama *Amarilli*, e che è partita una settimana fa da Amsterdam..."

"Suvvia, non siate modesto. So benissimo che avete saputo più di quanto mi attendevo. Da quando siete partito ho avuto altre informazioni, poiché non crederete di essere l'unico dei miei agenti. So dunque che quel che avete trovato vale molto, e non sono qui per mercanteggiare. Mi chiedo però perché avete cercato di tornare da me in modo così tortuoso." E intanto indicava ai servi dove porre delle carni in stampi di legno in forma di pesce, su cui fece versare non del brodo, ma del giulebbe.

Ferrante si convinceva sempre più che il segreto era senza prezzo, ma si diceva che è facile ammazzare a volo l'uccello che va diritto, non quello che devia continuamente. Quindi prendeva tempo per saggiar l'avversario: "Vostra eminenza sa che la posta in gioco richiedeva mezzi tortuosi."

"Ah briccone," diceva tra sé Mazarino, "non sei sicuro di quanto valga la tua scoperta e attendi che ne fissi il prezzo.

Ma dovrai essere tu a parlare per primo." Spostò al centro della tavola dei sorbetti lavorati in modo che sembrassero pesche ancora attaccate al loro ramo, e poi ad alta voce: "Io so quel che avete. Voi sapete che non potete proporlo che a me. Vi pare il caso di far passare il bianco per il nero e il nero per il bianco?"

"Ah volpe dannata," diceva tra sé Ferrante, "non sai affatto che cosa io dovrei sapere, e il guaio è che non lo so neppure io." E poi a voce alta: "Vostra Eminenza sa bene che talora la verità può essere l'estratto dell'amarezza."

"Il sapere non fa mai male."

"Ma qualche volta addolora."

"Addoloratemi dunque. Non ne sarò più addolorato di quando seppi che vi eravate macchiato di alto tradimento e che avrei dovuto lasciarvi nelle mani del boia."

Ferrante aveva finalmente capito che, a far la parte di Roberto, rischiava di finir sul patibolo. Meglio palesarsi per quel che era, e rischiava al massimo di esser bastonato dai lacchè.

"Eminenza," disse, "ho sbagliato a non dire subito la verità. Il Signor Colbert mi ha scambiato per Roberto de la Grive, e il suo errore ha forse influenzato anche uno sguardo acuto come quello di Vostra Eminenza. Ma io non sono Roberto, sono solo suo fratello naturale, Ferrante. Mi ero presentato per offrire delle informazioni che pensavo interessassero Vostra Eminenza, visto che Vostra Eminenza è stato il primo a menzionare al defunto e indimenticabile Cardinale la trama degli inglesi, Vostra Eminenza sa... la Polvere di Simpatia e il problema delle longitudini..."

A queste parole Mazarino aveva fatto un movimento di dispetto, rischiando di far cadere una zuppiera in falso oro, ornata di gioielli finemente simulati in vetro. Ne aveva incolpato un servo, poi aveva mormorato a Colbert: "Rimettete quest'uomo dov'era."

È proprio vero che gli dèi accecano coloro che vogliono perdere. Ferrante riteneva di suscitare interesse mostrando come egli conoscesse i più riservati segreti del defunto Cardinale, e aveva trasceso, per orgoglio di sicofante che si voleva mostrar sempre meglio informato del proprio padrone. Ma nessuno aveva ancora detto a Mazarino (e sarebbe stato difficile dimostrarglielo) che tra Ferrante e Richelieu erano intercorsi dei rapporti. Mazarino si trovava di fronte qualcuno, fosse esso Roberto o altri, che non solo sapeva quello che egli aveva detto a Roberto, ma anche quello che egli aveva scritto a Richelieu. Da chi aveva saputo?

Uscito Ferrante, Colbert aveva detto: "Vostra Eminenza crede a quello che ha detto costui? Se fosse un gemello, si spiegherebbe tutto. Roberto sarebbe ancora in mare e..."

"No, se costui è suo fratello, il caso si spiega ancor meno. Come fa a conoscere quello che conoscevamo prima solo io, voi e il nostro informatore inglese, e poi Roberto de la Grive?"

"Suo fratello gliene avrà parlato."

"No, suo fratello ha saputo tutto da noi solo quella notte, e da allora non è più stato perduto di vista, sino a che quella nave è salpata. No, no, quest'uomo sa troppe cose che non dovrebbe sapere."

"Che ne facciamo?"

"Interessante quesito, Colbert. Se costui è Roberto, sa che cosa ha visto su quella nave, e occorrerà pure che parli. E se non lo è, dobbiamo assolutamente sapere da dove ha preso le sue informazioni. In entrambi i casi, esclusa l'idea di trascinarlo davanti a un tribunale, dove parlerebbe troppo e di fronte a troppi, non possiamo neppure farlo scomparire con qualche dito di lama nella schiena: ha ancora molto da dirci. Se poi non è Roberto ma, come ha detto, Ferrand o Fernand..."

"Ferrante, credo."

"Quel che sia. Se non è Roberto, chi sta dietro di lui? Neppure la Bastiglia è un luogo sicuro. Si sa di gente che da quel luogo ha inviato o ricevuto messaggi. Bisogna attendere che parli, e trovare il modo di aprirgli la bocca, ma nel frattempo dovremmo cacciarlo in un luogo ignoto a tutti, e far sì che nessuno sappia chi sia."

Ed era stato a quel punto che Colbert aveva avuto una idea foscamente luminosa.

Pochi giorni prima un vascello francese aveva catturato sulle coste della Bretagna una nave pirata. Era, guarda caso, un *fluyt* olandese, dal nome naturalmente impronunziabile, *Tweede Daphne*, ovvero *Daphne Seconda*, segno – osservava Mazarino – che doveva esistere da qualche parte una *Daphne Prima*, e ciò diceva come quei protestanti avessero non solo poca fede ma scarsa fantasia. La ciurma era fatta di gente di tutte le razze. Non ci sarebbe stato che da impiccarli tutti, ma valeva la pena di indagare se erano al soldo dell'Inghilterra, e a chi avevano sottratto quella nave, che se ne sarebbe potuto fare uno scambio vantaggioso con i legittimi proprietari.

E dunque si era deciso di mettere la nave agli ormeggi non lontano dall'estuario della Senna, in una piccola baia quasi nascosta, che sfuggiva persino ai pellegrini di San Giacomo che passavano poco distante venendo dalle Fiandre. Su una lingua di terra che chiudeva la baia c'era un vecchio fortino, che una volta serviva da prigione, ma che era quasi in disuso. E lì erano stati buttati i pirati, nelle segrete, custoditi da soli tre uomini.

"Basta così," aveva detto Mazarino. "Prendete dieci delle mie guardie, al comando di un bravo capitano non privo di prudenza..."

"Biscarat. Si è sempre ben portato, sin dai tempi che duellava coi moschettieri per l'onore del Cardinale..."

"Perfetto. Fate condurre il prigioniero al fortino, e che lo si metta nell'alloggio delle guardie. Biscarat prenderà i pasti con lui nella sua stanza e lo accompagnerà a prender aria. Una guardia alla porta della stanza anche di notte. Lo stare in cella fiacca anche gli animi più protervi, il nostro caparbio avrà solo Biscarat con cui parlare, e può darsi che si lasci sfuggire qualche confidenza. E soprattutto, che nessuno possa riconoscerlo, né durante il viaggio né al forte..."

"Se esce per prender aria..."

"Ebbene, Colbert, un poco di inventiva. Gli si copra il volto."

"Potrei suggerire... una maschera di ferro, chiusa con un lucchetto di cui si getti la chiave a mare..."

"E via, Colbert, siamo forse nel Paese dei Romanzi? Abbiamo visto ieri sera quei commedianti italiani, con quelle maschere di cuoio dai grandi nasi, che ne alterano i tratti, eppure lasciano libera la bocca. Trovate una di quelle, che gli sia messa in modo che non possa togliersela, e dategli uno specchio in camera, così che possa morire di onta ogni giorno. Ha voluto mascherarsi da suo fratello? Lo si mascheri da Polichinel! E mi raccomando, di qui al forte, in carrozza chiusa, soste solo di notte e in piena campagna, evitare che si mostri nelle stazioni di posta. Se qualcuno fa domande, si dica pure che si sta conducendo alla frontiera una gran dama, che ha cospirato contro il Cardinale."

Ferrante, imbarazzato dal suo burlesco travestimento, fissava ora da giorni (attraverso un'inferriata che dava poca luce alla sua stanza) un grigio anfiteatro circondato da dune scabre, e la *Tweede Daphne* all'ancora nella baia.

Si dominava quand'era in presenza di Biscarat, dandogli da intendere talora che era Roberto, e talora Ferrante, in modo che i rapporti inviati a Mazarino fossero sempre perplessi. Riusciva a cogliere di passaggio qualche conversazione delle guardie, ed era riuscito a capire che nei sotterranei del forte stavano incatenati dei pirati.

Volendo vendicare su Roberto un torto che non aveva subito, si arrovellava sui modi in cui avrebbe potuto incoraggiare una sommossa, liberare quei mascalzoni, impadronirsi della nave e mettersi sulle tracce di Roberto. Sapeva da dove cominciare, ad Amsterdam avrebbe trovato delle spie che gli avrebbero detto qualcosa sulla meta dell'*Amarilli*. L'avrebbe raggiunta, avrebbe scoperto il segreto di Roberto, avrebbe fatto scomparire in mare quel suo doppio importuno, sarebbe stato in grado di vendere al Cardinale qualcosa ad altissimo prezzo.

O forse no, una volta scoperto il segreto avrebbe potuto decidere di venderlo ad altri. E perché poi venderlo? Per quel che lui ne sapeva, il segreto di Roberto avrebbe potuto riguardare la mappa di un'isola del tesoro, oppure il segreto degli Alumbrados e dei Rosa-Croce, di cui si parlava da vent'anni. Avrebbe sfruttato la rivelazione a proprio vantaggio, non avrebbe più dovuto spiare per un padrone, avrebbe avuto spie al proprio servizio. Una volta conquistati ricchezza e potere, non solo il nome della famiglia avita, ma la Signora stessa sarebbe stata sua.

Certo Ferrante, impastato di dissapori, non era capace di vero amore ma, si diceva Roberto, ci sono persone che non si sarebbero mai innamorate se non avessero inteso parlare dell'amore. Forse Ferrante trova nella sua cella un romanzo, lo legge, si convince di amare pur di sentirsi altrove.

Forse ella, nel corso di quel loro primo incontro, aveva donato a Ferrante il suo pettine in pegno d'amore. Ora Ferrante lo stava baciando, e baciandolo naufragava dimentico nel golfo di cui l'eburneo rostro aveva solcato i flutti.

Forse, chissà, anche un discolo di quella fatta poteva cedere al ricordo di quel volto... Roberto ora vedeva Ferrante seduto nel buio davanti allo specchio che, per chi vi stava a lato, rifletteva solo la candela posta di fronte. A contemplare due luminelli, l'uno scimmia dell'altro, l'occhio si fissa, la mente ne è infatuata, sorgono visioni. Spostando di poco il capo Ferrante vedeva Lilia, il viso di cera vergine, così madido di luce da assorbire ogni altro raggio, e da lasciarle fluire i capelli biondi come una massa scura raccolta a fuso dietro le spalle, il petto appena visibile sotto una leggera veste a mezzo scollo...

Poi Ferrante (alfine! esultava Roberto) voleva trarre troppo guadagno dalla vanità di un sogno, si poneva incontentabile di fronte allo specchio, e scorgeva soltanto dietro alla candela riflessa la carruba che gli svergognava il ceffo.

Bestia insofferente di aver perduto un dono immeritato, ritornava a tastare sordido il pettine di lei, ma ora, nei fumi dell'avanzaticcio di candela, quell'oggetto (che per Roberto sarebbe stato la più adorabile delle reliquie) gli appariva come una bocca dentata pronta a mordere il suo sconforto.

32.
L'Orto delle Delizie

All'idea di Ferrante chiuso su quell'isola, a guardar una *Tweede Daphne* che non avrebbe mai raggiunto, separato dalla Signora, Roberto provava, concediamoglielo, una soddisfazione riprensibile ma comprensibile, non disgiunta da una certa qual soddisfazione di narratore, poiché – con bella antimetabole – era riuscito a chiudere anche il suo avversario in un assedio specularmente dissimile dal proprio.

Tu da quella tua isola, con la tua maschera di cuoio, la nave non la raggiungerai mai. Io invece, dalla nave, con la mia maschera di vetro, sono ormai prossimo a raggiungere la mia Isola. Così si (gli) diceva, mentre si disponeva a ritentare il suo viaggio per acqua.

Ricordava a quale distanza dalla nave si era ferito, e quindi dapprima nuotò con calma portando la maschera alla cintola. Quando ritenne di essere arrivato vicino al barbacane si infilò la maschera e mosse alla scoperta del fondo marino.

Per un tratto vide solo macchie, poi, come chi arrivi per nave in una notte nebbiosa di fronte a una falesia, che di colpo si profila a picco davanti al navigante, vide il margine del baratro su cui stava nuotando.

Si tolse la maschera, la vuotò, la rimise tenendola con le mani, e a lenti colpi di piede andò incontro allo spettacolo che aveva appena intravisto.

Quelli dunque erano i coralli! La sua prima impressione fu, a giudicar dalle sue note, confusa e attonita. Ebbe l'impressione di trovarsi nella bottega di un mercante di stoffe, che gli drappeggiava davanti agli occhi zendadi e taffettà, broccati, rasi, damaschi, velluti, e fiocchi, frange e cincischi, e poi stole, piviali, pianete, dalmatiche. Ma le stoffe si muovevano di vita propria con la sensualità di danzatrici orientali.

In quel paesaggio, che Roberto non sa descrivere perché lo vede per la prima volta, e non trova nella memoria immagini per poterlo tradurre in parole, ecco che improvvisamente irruppe una schiera di esseri che – questi sì – egli poteva riconoscere, o almeno paragonare a qualcosa di già visto. Erano pesci che si intersecavano come stelle cadenti nel cielo d'agosto, ma nel comporre e assortire i toni e i disegni delle loro squame pareva che natura avesse voluto dimostrare quale varietà di mordenti esista nell'universo e quanti ne possano stare insieme su una sola superficie.

Ve n'erano di striociati a più colori, quali per il lungo, quali per il largo, e quali per il traverso, e altri ancora a onda. Ve n'erano di lavorati a modo d'intarsiatura con minuzzoli di macchie estrosamente ordinate, alcuni graniti o moscati, altri pezzati, grandinati e minutissimamente punteggiati, o corsi da vene come i marmi.

Altri ancora col disegno a serpentine, o intrecciati di più catene. Ve n'erano tempestati di smalti, disseminati di scudi e rosette. E uno, bellissimo fra tutti, che pareva tutto convolto di cordoncini che formavan due fila d'uva e latte; ed era miracolo che neppure una volta mancasse di tornar sopra il filo che s'era avvolto da sotto, come se fosse lavoro di mano d'artista.

Solo in quel momento, vedendo sullo sfondo dei pesci le forme coralline che non aveva potuto riconoscere a prima vista, Roberto individuava cespiti di banane, panieri di micche di pane, corbelli di nespole bronzine sulle quali passavano canarini e ramarri e colibrì.

Era sopra un giardino, no, s'era sbagliato, ora sembrava una foresta impietrata, fatta di ruderi di funghi – no ancora, era stato ingannato, ora erano poggi, pieghe, ripe, buche e spechi, un solo sdrucciolare di sassi viventi, su cui una vegetazione non terrestre si componeva in forme schiacciate, rotonde o scagliose, che sembravano aver indosso un ghiazzerino di granito, oppure nodose, o rannicchiate su se stesse. Ma, per quanto diverse, tutte erano stupende per garbo e avvenenza, a tal punto che anche quelle lavorate con finta negligenza, a opera strapazzata, mostravan la loro rozzezza con maestà, e parevano mostri, ma di bellezza.

O ancora (Roberto si cancella e si corregge, e non riesce a riferire, come chi debba descrivere per la prima volta un circolo quadrato, una costa pianeggiante, un rumoroso silenzio, un iride notturno) quello che stava vedendo erano arbusti di cinabro.

Forse, a furia di trattenere il fiato, si era obnubilato, l'acqua che gli stava invadendo la maschera gli confondeva le forme e le sfumature. Aveva messo fuori la testa per dare aria ai polmoni, e aveva ripreso a galleggiare ai bordi dell'argine, seguendone anfratti e spezzature, là dove si aprivano corridoi di cretone in cui si infilavano arlecchini avvinati, mentre su di un balzo vedeva riposare, mosso da lento respiro e agitare di chele, un gambero crestato di fior di latte, sopra una rete di coralli (questi simili a quelli che conosceva, ma disposti come il cacio di fra' Stefano, che non finisce mai).

Quello che vedeva ora non era un pesce, ma neppure una foglia, certo era cosa vivente, come due larghe fette di materia albicante, bordate di chermisi, e un ventaglio di piume; e là dove ci si sarebbero attesi degli occhi, due corna di ceralacca agitata.

Polipi soriani, che nel loro vermicolare lubrico rivelavano l'incarnatino di un grande labbro centrale, sfioravano piantagioni di mentule albine con il glande d'amaranto; pesciolini rosati e picchiettati di ulivigno sfioravano cavolfiori cenerognoli spruzzolati di scarlattino, tuberi tigrati di ramature negricanti... E poi si vedeva il fegato poroso color colchico di un grande animale, oppure un fuoco artificiale di rabeschi argento vivo, ispidumi di spine gocciolate di sanguigno e infine una sorta di calice di flaccida madreperla...

Quel calice gli apparve a un certo punto come un'urna, e pensò che tra quelle rocce fosse inumato il cadavere di padre Caspar. Non più visibile, se l'azione dell'acqua lo aveva dapprima ricoperto di tenerume corallino, ma i coralli, assorbendo gli umori terrestri di quel corpo, avevano preso forma di fiori e frutti da giardino. Forse tra poco egli avrebbe riconosciuto il povero vecchio divenuto una creatura sino ad allora straniera laggiù, il globo della testa fabbricato con un cocco peluginoso, due pomi passi a comporre le guance, occhi e palpebre divenute due albercocche acerbe, il naso di cicerbita bitorzoluta come lo sterco di un animale; sotto, in luogo di labbra, fichi secchi, una barbabietola col suo bronco apicale per il mento, e un cardo rugoso in ufficio di gola; in entrambe le tempie due ricci di castagno a far cernecchi, e per orecchie ambo le scorze d'una noce divisa; quali dita, carote, di cocomero il ventre; di cotogna le ginocchia.

Come poteva, Roberto, nutrire pensieri tanto funerei in forma così grottesca? In ben altra forma le spoglie del povero amico avrebbero proclamato in quel luogo il loro fatidico "Et in Arcadia ego"...

Ecco, forse sotto la forma di teschio di quel corallo ghiaioso... Quel sosia di un sasso gli parve già estirpato dal suo alveo. Vuoi per pietà, a ricordo del maestro scomparso, vuoi per sottrarre al mare almeno uno dei suoi tesori, lo prese e, poi che per quel giorno aveva visto troppo, portando quella preda al petto era tornato alla nave.

I coralli erano stati per Roberto una sfida. Dopo aver scoperto di quante invenzioni fosse capace la Natura, si sentiva invitato a una gara. Non poteva lasciar Ferrante in quella prigione, e la propria storia a metà: avrebbe soddisfatto il suo astio per il rivale, ma non il suo orgoglio di fabulatore. Che cosa si poteva far accadere a Ferrante?

L'idea era venuta a Roberto una mattina che, come al solito, si era appostato, sin dall'aurora, per sorprendere sull'Isola la Colomba Color Arancio. Di primo mattino il sole batteva negli occhi, e Roberto aveva persino tentato di costruire, intorno alla lente terminale del suo cannocchiale, una sorta di visiera, con un foglio del giornale di bordo, ma si riduceva in certi momenti a veder solo barbagli. Quando poi il sole si era alzato all'orizzonte, il mare gli faceva specchio, e duplicava ogni suo raggio.

Ma quel giorno Roberto si era messo in capo di aver visto qualcosa levarsi dagli alberi verso il sole, e poi confondersi nella sua sfera luminosa. Probabilmente era un'illusione. Qualsiasi altro uccello, in quella luce, sarebbe parso rilucente... Roberto era convinto di aver visto la colomba, e deluso di essersi ingannato. E in stato d'animo così ancipite, si sentiva ancora una volta defraudato.

Per un essere come Roberto, ormai giunto al punto di godere geloso solo di ciò che gli veniva sottratto, poco ci voleva a sognare che invece Ferrante avesse avuto ciò che a lui era negato. Ma siccome Roberto di quella storia era l'autore, e non voleva concedere troppo a Ferrante, decise che egli avrebbe potuto aver commercio solo con l'altro colombo, quello verdazzurro. E questo perché Roberto, privo di ogni certezza, aveva comunque deciso che, della coppia, l'essere arancino doveva essere la femmina, come a dire Lei. Siccome nella storia di Ferrante la colomba non doveva costituire il termine, bensì il tramite di un possesso, a Ferrante toccava per ora il maschio.

Poteva una colomba verdazzurra, che vola solo nei mari del Sud, andare a posarsi sul davanzale di quella finestra dietro a cui Ferrante sospirava la sua libertà? Sì, nel Paese dei Romanzi. E poi, non poteva quella *Tweede Daphne* essere appena tornata da questi mari, più fortunata della sua sorella maggiore, recando nella stiva l'uccello, che ora si era liberato?

In ogni caso Ferrante, ignaro degli Antipodi, non poteva porsi tali quesiti. Aveva visto la colomba, dapprima l'aveva nutrita con qualche briciola di pane, per puro passatempo, poi si era chiesto se non poteva usarla per i suoi fini. Sapeva che i colombi servono talora per portar messaggi: certo, affidare un messaggio a quell'animale non voleva dire inviarlo con certezza dove egli avrebbe davvero voluto, ma in tanta noia valeva la pena di tentare.

A chi poteva chiedere aiuto, lui che per inimicizia con tutti, se stesso compreso, si era fatto solo nemici, e le poche persone che l'avevano servito erano sfrontati disposti a seguirlo solo nella fortuna, e non certo nella sventura? Si era detto: chiederò soccorso alla Signora, che mi ama ("ma come fa a esserne così certo?" si domandava invidioso Roberto, inventando quella sicumera).

Biscarat gli aveva lasciato il necessario per scrivere, nel caso che la notte gli avesse portato consiglio e avesse voluto inviare una confessione al Cardinale. Aveva pertanto tracciato su un lato della carta l'indirizzo della Signora, aggiungendo che chi avesse consegnato il messaggio avrebbe avuto un premio. Poi sull'altra faccia aveva detto dove si trovava (aveva udito fare un nome dai carcerieri), vittima di un infame complotto del Cardinale, e aveva invocato salvezza. Quindi aveva arrotolato il foglio e lo aveva legato alla zampa dell'animale, incitandolo a levarsi a volo.

A dire il vero, aveva poi scordato, o quasi, quel gesto. Come poteva aver pensato che la colomba azzurra volasse proprio da Lilia? Sono cose che accadono nelle favole, e Ferrante non era uomo da affidarsi ai favolieri. Forse la colomba era stata colpita da un cacciatore, precipitando tra i rami di un albero aveva perduto il messaggio...

Ferrante non sapeva che invece essa era stata presa nella pegola di un contadino, che aveva pensato di trarre partito da quello che, secondo ogni evidenza, era un segnale inviato a qualcuno, forse al comandante di un esercito.

Ora questo contadino aveva portato il messaggio da esaminare all'unica persona del suo villaggio che sapesse leggere, e cioè al curato, e costui aveva organizzato tutto come si deve. Individuata la Signora, le aveva inviato un amico che contrattasse la consegna, traendone una generosa elemosina per la sua chiesa e una mancia per il contadino. Lilia aveva letto, aveva pianto, si era rivolta ad amici fidati per avere consiglio. Toccare il cuore del Cardinale? Niente di più facile per una bella dama di corte, ma questa dama frequentava il salotto di Arthénice, di cui Mazarino diffidava. Già circolavano versi satirici sul nuovo ministro, e qualcuno diceva che provenissero da quelle stanze. Una preziosa che va dal Cardinale a chiedere pietà per un amico, condanna quest'amico a una pena ancor più grave.

No, occorreva raccogliere un drappello di uomini coraggiosi e far loro tentare un colpo di mano. Ma a chi rivolgersi?

Qui Roberto non sapeva come andare avanti. Se lui fosse stato moschettiere del Re, o cadetto di Guascogna, Lilia avrebbe potuto rivolgersi a quei valorosi, famosissimi per il loro spirito di corpo. Ma chi rischia l'ira di un ministro, forse del Re, per uno straniero che frequenta bibliotecari e astronomi? Dei quali bibliotecari e astronomi, meglio non parlare: per quanto deciso al romanzo, Roberto non poteva pensare al Canonico di Digne, o al signor Gaffarel che galoppavano ventre a terra verso la sua prigione – e cioè verso quella di Ferrante, che per tutti era ormai Roberto.

Roberto aveva avuto una ispirazione qualche giorno dopo. Aveva lasciato la storia di Ferrante, e aveva ripreso a esplorare il barbacane corallino. Quel giorno seguiva una schiera di pesci con una celata gialla sul muso, che sembravano guerrieri volteggianti. Essi stavano per introdursi in una fessura tra due torri di pietra dove i coralli erano palazzi diroccati di una città sommersa.

Roberto aveva pensato che quei pesci vagassero tra le rovine di quella città d'Ys di cui aveva sentito raccontare, e che si distenderebbe ancora a non molte miglia dalla costa di Bretagna, là dove le onde l'avevano sommersa. Ecco, il pesce più grande era l'antico re della città, seguito dai suoi dignitari, e tutti cavalcavano oo otcooi alla ricerca del loro tesoro inghiottito dal mare...

Ma perché ripensare a una antica leggenda? Perché non considerare i pesci come abitanti di un mondo che ha le sue foreste, i suoi picchi, i suoi alberi e le sue valli, e non oa nulla del mondo della superficie? Nello stesso modo noi viviamo senza sapere che il cavo cielo cela altri mondi, dove la gente non cammina e non nuota, ma vola o naviga per l'aria; se quelli che noi chiamiamo pianeti sono le carene delle loro navi di cui vediamo solo il fondo luccicante, così questi figli di Nettuno vedono sopra di loro l'ombra dei nostri galeoni, e li ritengono corpi eterei, che girano nel loro firmamento acquoreo.

E se è possibile che esistano esseri che vivono sotto le acque, potrebbero allora esistere esseri che vivono sotto la terra, popoli di salamandre capaci di raggiungere attraverso le loro gallerie il fuoco centrale che anima il pianeta?

Riflettendo in tal modo Roberto si era ricordato di un'argomentazione di Saint-Savin: noi pensiamo sia difficile vivere sulla superficie della luna ritenendo che non vi sia acqua, ma forse l'acqua lassù esiste in cavità sotterranee, e la natura ha scavato sulla luna dei pozzi, che sono le macchie che noi vediamo. Chi dice che gli abitanti della luna non trovino ospizio in quelle nicchie per sfuggire la vicinanza insopportabile del sole? Non vivevano forse sotto terra i primi cristiani? E così i lunatici vivono sempre in catacombe, che a loro paiono domestiche.

E non è detto che debbano vivere al buio. Forse ci sono moltissimi fori sulla crosta del satellite, e l'interno riceve luce da migliaia di sfiatatoi, è una notte attraversata da fasci di luce, non diverso da quanto ci accade in una chiesa, o sulla *Daphne* nel sottoponte. Oppure no, in superficie esistono sassi fosforici che di giorno s'imbevono della luce del sole e poi la restituiscono di notte, e i lunatici fanno incetta di questi sassi a ogni tramonto, in modo che le loro gallerie siano sempre più splendenti di un palazzo reale.

Parigi, aveva pensato Roberto. E non si sa forse che, come Roma, tutta la città è traforata di catacombe, dove si dice che si rifugino nottetempo i malfattori e i pitocchi?

I Pitocchi, ecco l'idea per salvare Ferrante! I Pitocchi, che si racconta siano governati da un loro re e da un complesso di leggi ferree, i Pitocchi, una società di torva canaglia che vive di malefici, ladronecci e tristizie, assassinamenti e disorbitanze, lordure, furfanterie e nefandigie, mentre finge di trarre profitto dalla cristiana carità!

Idea che solo una donna innamorata poteva concepire! Lilia – si raccontava Roberto – non è andata a confidarsi con gente di corte o nobili di toga, ma con l'ultima delle sue cameriere, la quale ha impudico commercio con un carrettiere che conosce le taverne intorno a Nôtre-Dame, dove al tramonto appaiono i mendicanti che hanno passato la giornata a piatire sui portali... Ecco la strada.

La sua guida la conduce a notte alta nella chiesa di Saint-Martin-des-Champs, solleva una pietra della pavimentazione del coro, la fa discendere nelle catacombe di Parigi e procedere, al lume di una fiaccola, alla ricerca del Re dei Pitocchi.

Ed ecco allora Lilia, travestita da gentiluomo, androgino flessuoso che va per trafori, scale e gattaiuole, mentre scorge nell'oscurità, qua e là accasciati tra cenci e stracci, corpi scosciati e volti segnati di verruche, bollicelle, resipole, rogna secca, empetigini, posteme e cancheri, tutti gragnolanti con la mano tesa, non si sa se per chiedere elemosina o per dire – con l'aria di un gentiluomo di camera –: "andate, andate, il nostro signore già vi attende."

E il loro signore era là, al centro di una sala le mille leghe sotto la superficie della città, seduto su di un barilotto, attorniato da tagliaborse, barattieri, falsardi e cantimbanchi, ribaldaglia maestra di ogni abuso e magagna.

Come poteva essere il Re dei Pitocchi? Avvolto in un manto slabbrato, la fronte coperta di tubercoli, il naso roso da una tabe, gli occhi di marmo, uno verde e uno nero, lo sguardo da faina, le sopracciglia inclinate verso il basso, il labbro leporino che gli scopriva denti di lupo aguzzi e sporgenti, i capelli cresputi, la carnagione sabbiosa, le mani dalle dita tozze con le unghie ricurve...

Ascoltata la Signora, colui aveva detto di aver al suo servizio un esercito, al petto del quale quello del re di Francia era una guarnigione di provincia. E di gran lunga meno costoso: se quella gente fosse stata risarcita in misura accettabile, diciamo il doppio di quel che avrebbero potuto raccogliere pitoccando nello stesso lasso di tempo, si sarebbe fatta uccidere per un committente così generoso.

Lilia aveva sfilato dalle sue dita un rubino (come in tal caso si suole), chiedendo con piglio regale: "Vi basta?"

"Mi basta," aveva detto il Re dei Pitocchi, carezzando la gemma con il suo sguardo volpino. "Diteci dove." E, saputo dove, aveva aggiunto: "I miei non usano cavalli o carrozze, ma in quel luogo si può arrivare su barconi, seguendo il corso della Senna."

Roberto immaginava Ferrante, mentre al tramonto si intratteneva sul torrazzo del fortino col capitano Biscarat, che all'improvviso li aveva visti arrivare. Erano dapprima apparsi sulle dune, per poi dilagare verso la spianata.

"Pellegrini di San Giacomo," aveva osservato con disprezzo Biscarat, "e della peggior razza, o della più infelice, ché vanno a cercar salute quando hanno già un piede nella fossa."

Infatti i pellegrini, in fila lunghissima, si stavano avvicinando sempre più alla costa, e si scorgeva una matta di ciechi a mani tese, di monchi sulle loro grucce, di lebbrosi, cisposi, impiagati e scrofolosi, un accozzamento di storpi, zoppi e strambi, vestiti di filacce.

"Non vorrei che si avvicinassero troppo, e cercassero rifugio per la sera," aveva detto Biscarat. "Ci porterebbero tra le mura nient'altro che sporcizia." E aveva fatto sparare alcuni colpi di moschetto in aria, per far capire che quel castelletto era un luogo inospite.

Ma era come se quei colpi avessero servito di richiamo. Mentre da lontano sopravveniva altro gentame, i primi si avvicinavano sempre più alla fortezza e già se ne udiva il barbugliare bestiale.

"Teneteli lontani, perdio," aveva gridato Biscarat, e aveva fatto gettare del pane ai piedi del muro, come per dir loro che tanta era la carità del signore del luogo, e altro non potevano attendersi. Ma l'immonda combriccola, crescendo a vista d'occhio, aveva spinto la propria avanguardia sotto le mura, calpestando quel dono e guardando verso l'alto come per cercare di meglio.

Ora si poteva scorgerli uno per uno, e non assomigliavano affatto a pellegrini, né a infelici che chiedessero sollievo per le loro tigne. Senza dubbio – diceva Biscarat preoccupato – erano malarrivati, venturieri raccogliticci. O almeno, così parvero ancora per poco, ché si era ormai al crepuscolo, e la spianata e le dune erano divenute soltanto un grigio rammescolarsi di quella topaglia.

"All'arme, all'arme!" aveva gridato Biscarat, che ormai aveva indovinato che non di pellegrinaggio o di pitoccheria si trattava, ma di assalto. E aveva fatto sparare alcuni colpi contro quelli che già stavano toccando il muro. Ma, come se si fosse tirato su una turba di roditori, appunto, quelli che sopraggiungevano spingevano sempre più i primi, i caduti vennero calpestati, usati come appoggio da chi premeva dietro, e già si potevano vedere i primi aggrapparsi con le mani alle fenditure di quella antica fabbrica, infilare le dita nelle screpolature, porre il piede negli interstizi, aggraticciarsi ai ferri delle prime finestre, insinuare quelle loro membra sciatiche nelle feritoie. E intanto un'altra parte di quella genia mareggiava a terra, andando a dar di spalla contro il portale.

Biscarat aveva ordinato di barricarlo dall'interno, ma le assi pur robuste di quei battenti già scricchiolavano sotto la pressione di quel bastardume.

Le guardie continuavano a tirare, ma i pochi assalitori che cadevano erano subito scavalcati da altri stuoli, ormai si scorgeva solo un bulicame da cui a un certo punto iniziarono a levarsi come delle anguille di corda lanciate in aria, e ci si rese conto che erano raffi di ferro, e che già alcuni di essi si erano uncinati ai merli. E non appena una guardia si sporgeva un poco per disvellere quei ferri unghiuti, i primi che si erano già issati lo colpivano con spiedi e bastoni, o lo avviluppavano con doi laccioli, facendolo cadere giù, dove scompariva nella pressa di quei tralaidissimi indemoniati, senza che si potessero distinguere il rantolo dell'uno dal ruggito degli altri.

In breve, chi avesse potuto seguir la vicenda dalle dune, quasi non avrebbe più visto il forte, ma un brulicare di mosche sopra una carogna, uno sciamare d'api su di un favo, una confraternita di calabroni.

Intanto da basso si era udito il rumore del portone che cadeva, e il tramestio nella corte. Biscarat e le sue guardie si portarono all'altro capo del torrazzo – né si occupavano di Ferrante, che si era appiattato nel vano della porta che dava sulle scale, non molto impaurito, e già colto dal presentimento che quelli fossero in qualche modo degli amici.

I quali amici ormai avevano raggiunto e oltrepassato le merlature, prodighi delle loro vite cadevano di fronte agli ultimi colpi di moschetto, noncuranti dei loro petti superavano la barriera delle spade tese, terrorizzando le guardie coi loro occhi laidi, coi loro volti stravolti. Così le guardie del Cardinale, altrimenti uomini di ferro, lasciavan cadere le armi, impetrando pietà dal cielo per quella che ormai credevano una cricca infernale, e quelli dapprima li atterravano a colpi di randello, poi si gettavano sui superstiti menando ceffate e mascelloni, sorgozzoni e mostacciate, e sgozzavano coi denti, squartavano con gli artigli, soperchiavano dando sfogo al loro fiele, inferocivano sui già morti, alcuni Ferrante li vide aprire un petto, abbrancare un cuore, e divorarlo tra alte grida.

Ultimo superstite restava Biscarat, che si era battuto come un leone. Vistosi ormai vinto, si era posto con la schiena contro il parapetto, aveva segnato con la spada insanguinata una linea sul terreno e aveva gridato: "Icy mourra Biscarat, seul de ceux qui sont avec luy!"

Ma in quell'istante un orbo dalla gamba di legno, che agitava una scure, era emerso dalla scala, aveva fatto un cenno, e aveva posto fine a quella beccheria, ordinando di legare Biscarat. Poi aveva scorto Ferrante, riconoscendolo proprio per quella maschera che avrebbe dovuto renderlo irriconoscibile, lo aveva salutato con un ampio gesto della mano armata, come se volesse spazzare il suolo con la piuma di un cappello, e gli aveva detto: "Signore, siete libero."

Si era cavato dalla giubba un messaggio, con un sigillo che Ferrante aveva subito riconosciuto, e glielo aveva porto.

Era lei, che gli consigliava di disporre di quell'esercito orrendo ma fidato, e attenderla là, dove sarebbe arrivata verso l'alba.

Ferrante, dopo essere stato liberato della sua maschera, per prima cosa aveva liberato i pirati, e aveva sottoscritto con loro un patto. Si trattava di riprendere la nave e veleggiare ai suoi ordini senza fare domande. Ricompensa, la parte di un tesoro vasto quanto il calderon dell'Altopascio. Come suo costume, Ferrante non pensava affatto di mantener la parola. Una volta ritrovato Roberto, sarebbe bastato denunciare la propria ciurma al primo approdo, e li avrebbe avuti tutti appiccati, rimanendo padrone della nave.

Dei pitocchi non aveva più bisogno, e il loro capo, da uomo leale, gli disse che avevano già ricevuto la loro paga per quella impresa. Voleva lasciare quella zona al più presto. Si dispersero nel retroterra e ritornarono a Parigi mendicando di villaggio in villaggio.

Fu facile salire su di una barca custodita nella darsena del forte, arrivare alla nave e buttare a mare i due soli uomini che la presidiavano. Biscarat fu incatenato nella stiva, poiché era un ostaggio di cui si sarebbe potuto far commercio. Ferrante si concesse un breve riposo, tornò a riva prima dell'alba, in tempo per accogliere una carrozza dalla quale era discesa Lilia, bella più che mai nella sua acconciatura virile.

Roberto ritenne che maggior supplizio gli sarebbe venuto dal pensare che si fossero salutati con contegno, senza tradirsi di fronte ai pirati, i quali dovevano credere d'imbarcare un giovane gentiluomo.

Erano saliti sulla nave, Ferrante aveva controllato che tutto fosse pronto per salpare e, come fu tirata l'ancora, era disceso nella camera che aveva fatto preparare per l'ospite.

Qui essa lo attendeva, con gli occhi che altro non chiedevano se non di essere amati, nella fluente esultanza dei suoi capelli ora liberi sugli omeri, pronta al più gioioso dei sacrifici. O chiome erranti, chiome dorate e adorate, chiome inanellate che volate e scherzate e scherzando errate – spasimava Roberto per Ferrante...

I loro visi si erano avvicinati per raccogliere messe di baci da un'antica semente di sospiri, e in quell'attimo Roberto attinse nel pensiero a quel labbro di rosa carnicina. Ferrante baciava Lilia, e Roberto si figurava nell'atto e nel brivido di mordere quel veritiero corallo. Ma, a quel punto, sentiva che essa gli sfuggiva come un soffio di vento, ne perdeva il tepore che aveva creduto di avvertire per un attimo, e la vedeva gelida in uno specchio, in altre braccia, su un talamo lontano in altra nave.

A difendere gli amanti aveva fatto scendere una coltrina di avara trasparenza, e quei corpi ormai scoperti erano libri di solare negromanzia, i cui accenti sacri si rivelavano a due soli eletti, che si sillabavano a vicenda bocca a bocca.

La nave si allontanava veloce, Ferrante prevaleva. Ella amava in lui Roberto, nel cui cuore queste immagini piombavano come una facella su un fascio di sterpi.

34.
Monologo sulla Pluralità dei Mondi

Ci ricorderemo – spero, perché Roberto aveva preso dai romanzieri del suo secolo l'abitudine a raccontare tante storie insieme che a un certo punto è difficile riprenderne le fila – che dalla sua prima visita al mondo dei coralli il nostro eroe aveva riportato il "sosia di un sasso", che gli era parso un teschio, forse quello di padre Caspar.

Ora, per dimenticare gli amori di Lilia e di Ferrante, stava seduto sul ponte al tramonto, a contemplare quell'oggetto e a studiarne la tessitura.

Non sembrava un teschio. Era piuttosto un alveare minerale composto di poligoni irregolari, ma i poligoni non erano le unità elementari di quel tessuto: ogni poligono mostrava al proprio centro una simmetria raggiata di fili finissimi tra i quali apparivano – ad aguzzar le ciglia – intercapedini che forse formavano altri poligoni e, se l'occhio avesse potuto penetrare ancora oltre, avrebbe forse scorto che i lati di quei piccoli poligoni erano fatti di altri poligoni più piccoli ancora, sino a che – dividendo le parti in parti di parti – non si fosse pervenuti al momento in cui ci si sarebbe arrestati di fronte a quelle parti non oltre secabili, che sono gli atomi. Ma poiché Roberto non sapeva sino a che punto si sarebbe potuta divider la materia, non gli era chiaro sino a dove il suo occhio – ahimè non linceo, poiché non possedeva quella lente con cui Caspar aveva saputo individuare persino gli animaluncoli della peste – avrebbe potuto discendere in abisso continuando a trovare nuove forme dentro le forme intuite.

Anche il capo dell'abate, come gridava quella notte

Saint-Savin durante il duello, poteva essere un mondo per i suoi pidocchi – oh, come a quelle parole Roberto aveva pensato al mondo in cui vivevano, felicissimi insetti, i pidocchi di Anna Maria (o Francesca) Novarese! Ma visto che anche i pidocchi non sono atomi, ma universi interminati per gli atomi che li compongono, forse dentro il corpo di un pidocchio vi sono ancor altri animali più piccoli che vi vivono come in un mondo spazioso. E forse la mia stessa carne – pensava Roberto – e il mio sangue altro non sono che contessuti di piccolissimi animali, che muovendosi mi prestano il movimento, lasciandosi condurre dalla mia volontà che loro serve da cocchiere. E i miei animali stanno certamente chiedendosi dove ora io li meni, sottoponendoli all'alternazione della frescura marina e degli ardori solari, e persi in questo andirivieni d'instabili climi, sono altrettanto incerti del loro destino di quanto non lo sia io.

E se in uno spazio altrettanto illimitato si sentissero gettati altri animali ancor più minuscoli che vivono nell'universo di questi che ho pur detto?

Perché non dovrei pensarlo? Solo perché non ne ho mai saputo nulla? Come mi dicevano i miei amici a Parigi, chi fosse sulla torre di Nôtre-Dame e guardasse da lontano il sobborgo di Saint-Denis non potrebbe mai pensare che quella chiazza incerta sia abitata da esseri simili a noi. Noi vediamo Giove, che è grandissimo, ma da Giove non vedono noi, e non possono neppur pensare alla nostra esistenza. E appena ieri avrei mai sospettato che sotto il mare – non in un pianeta lontano, o su di una goccia d'acqua, ma in una parte del nostro stesso universo – esistesse un Altro Mondo?

E d'altra parte che sapevo io ancora pochi mesi fa della Terra Australe? Avrei detto che era l'uzzolo di geografi eretici, e forse chissà che in queste isole nei tempi andati non abbiano bruciato qualche loro filosofo che sosteneva gutturalmente che esistono il Monferrato e la Francia. Eppure ora qui io sono, ed è giocoforza credere che gli Antipodi esistano – e che, contrariamente all'opinione di uomini un tempo saggissimi, io non cammini con la testa all'ingiù. Semplicemente gli abitanti di questo mondo occupano la poppa, e noi la prua dello stesso vascello in cui, senza saper nulla gli uni degli altri, siamo entrambi imbarcati.

Così l'arte di volare è ancora ignota eppure – a dar retta a un certo signor Godwin di cui mi parlava il dottor d'Igby – un giorno si andrà sulla luna, come si è andati in America, anche se prima di Colombo nessuno sospettava che esistesse quel continente, né che si potesse un giorno chiamare così.

Il tramonto aveva ceduto alla sera, e poi alla notte. La luna, Roberto la vedeva ora piena nel cielo, e poteva scorgerne le macchie, che i fanciulli e gli ignoranti intendono come gli occhi e la bocca di volto pacioso.

Per provocare padre Caspar (in quale mondo, su quale pianeta dei giusti era ora il caro vegliardo?), Roberto gli aveva parlato degli abitanti della luna. Ma può la luna essere davvero abitata? Perché no, era come Saint-Denis: che ne sanno gli umani del mondo che può esservi laggiù?

Argomentava Roberto: se stando sulla luna lanciassi in alto un sasso, precipiterebbe esso forse sulla terra? No, ricadrebbe sulla luna. Dunque la luna, come ogni altro pianeta o stella che sia, è un universo che ha un suo centro e una sua circonferenza, e questo centro attrae tutti i corpi che vivono nella sfera d'imperio di quel mondo. Come accade alla terra. E allora perché non potrebbe anche accadere alla luna tutto il resto che accade alla terra?

C'è un'atmosfera che avvolge la luna. Nella domenica delle Palme di quarant'anni fa non ha visto qualcuno, mi hanno detto, delle nuvole sulla luna? Non si vede su quel pianeta una gran trepidazione nell'imminenza di una eclisse? E che altro è questo se non la prova che vi sia dell'aria? I pianeti svaporano, e anche le stelle – che altro sono le macchie che si dice vi siano sul sole, da cui si generano le stelle filanti?

E sulla luna certamente c'è acqua. Come spiegare altrimenti le sue macchie, se non come l'immagine di laghi (tanto che qualcuno ha suggerito che questi laghi siano artificiali, opera quasi umana, tanto sono ben disegnati e distribuiti a uguale distanza)? D'altra parte, se la luna fosse stata concepita soltanto come un grande specchio che serve per riflettere sulla terra la luce del sole, perché il Creatore avrebbe dovuto impiastricciar quello specchio di macchie? Quindi le macchie non sono imperfezioni, ma perfezioni, e dunque stagni, o laghi, o mari. E se lassù c'è acqua e c'è aria, c'è vita.

Una vita forse diversa dalla nostra. Forse quell'acqua ha il gusto (che so?) di glicirriza, di cardamomo, magari di pepe. Se ci sono infiniti mondi, questa è prova dell'infinito ingegno dell'Ingegnero del nostro universo, ma allora non c'è limite a questo Poeta. Egli può aver creato mondi abitati ovunque, ma da creature sempre diverse. Forse gli abitanti del sole sono più solari, chiari e illuminati degli abitanti della terra, i quali sono grevi di materia, e gli abitanti della luna stanno a mezzo. Nel sole vivono esseri tutti forma, o Atto che dir si voglia, sulla terra esseri fatti di mere Potenze che evolvono, e sulla luna essi sono *in medio fluctuantes*, come a dire assai lunatici...

Potremmo vivere nell'aria della luna? Forse no, a noi darebbe il capogiro; d'altro canto i pesci non possono vivere nella nostra, né gli uccelli in quella dei pesci. Quell'aria dev'essere più pura della nostra, e siccome la nostra, a causa della sua densità, fa l'ufficio di una lente naturale che filtra i raggi del sole, i Seleniti vedranno il sole con ben altra evidenza. L'alba e il vespro, che ci illuminano quando il sole non c'è ancora o non c'è più, sono un dono della nostra aria che, ricca di impurità, ne cattura e trasmette la luce; è luce che non dovremmo avere e che ci è largita in sovrabbondanza. Ma, così facendo, quei raggi ci preparano all'acquisto e alla perdita del sole a poco a poco. Forse sulla luna, essendoci un'aria più fine, si hanno giorni e notti che arrivano all'improvviso. Il sole si alza di colpo all'orizzonte come all'aprirsi di un sipario. Poi, dalla luce più smagliante, eccoli cadere di colpo nel buio più bituminoso. E alla luna mancherebbe l'arco baleno, che è un effetto dei vapori frammisti all'aria. Ma forse per le stesse ragioni non hanno né piogge né tuoni né fulmini.

E come saranno gli abitanti dei pianeti più vicini al sole? Focosi come i Mori, ma assai più spirituali di noi. Di che grandezza vedranno il sole? Come ne possono sopportare la luce? Forse laggiù i metalli si fondono in natura e scorrono a fiumi?

Ma davvero ci sono infiniti mondi? Per una questione del genere a Parigi nasceva un duello. Il Canonico di Digne diceva di non sapere. Ovvero, lo studio della fisica lo inclinava a dire di sì, sulla scorta del grande Epicuro. Il mondo non può essere che infinito. Atomi che si affollano nel vuoto. Che i corpi esistano, ce lo attesta la sensazione. Che il vuoto esista ce lo attesta la ragione. Come e dove potrebbero altrimenti muoversi gli atomi? Se non ci fosse vuoto non ci sarebbe moto, a meno che i corpi si penetrino tra loro. Sarebbe ridicolo pensare che quando una mosca spinge con l'ala una particola d'aria, questa ne sposta un'altra davanti a sé, e questa un'altra ancora, così che l'agitazione della zampetta di una pulce, sposta e sposta, arriverebbe a produrre un bernoccolo all'altro capo del mondo!

D'altra parte se il vuoto fosse infinito, e il numero degli atomi finito, questi ultimi non cesserebbero di muoversi per ogni dove, non si urterebbero mai a vicenda (come due persone mai si incontrerebbero, se non per impensabile caso, quando si aggirassero per un deserto senza fine), e non produrrebbero i loro composti. E se il vuoto fosse finito, e i corpi infiniti, esso non avrebbe posto per contenerli.

Naturalmente, basterebbe pensare a un vuoto finito abitato da atomi in numero finito. Il Canonico mi diceva che questa è l'opinione più prudente. Perché volere che Dio sia obbligato come un capocomico a produrre infiniti spettacoli? Egli manifesta la sua libertà, eternamente, attraverso la creazione e il sostentamento di un solo mondo. Non vi sono argomenti contro la pluralità dei mondi, ma non ve ne sono neppure in favore. Dio, che sta prima del mondo, ha creato un numero sufficiente di atomi, in uno spazio sufficientemente ampio, per comporre il proprio capolavoro. Della sua infinita perfezione fa parte anche il Genio del Limite.

Per vedere se e quanti mondi ci fossero in una cosa morta Roberto era andato nel piccolo museo della *Daphne*, e aveva allineato sul ponte, davanti a sé come tanti astragali, tutte le cose morte che vi aveva trovato, fossili, ciotoli, lische; spostava l'occhio dall'una all'altra, continuando a riflettere a casaccio sul Caso e sui casi.

Ma chi mi dice (diceva) che Dio tenda al limite, se l'esperienza mi rivela di continuo altri e nuovi mondi, vuoi in alto che in basso? Potrebbe allora essere che non Dio, ma il mondo sia eterno e infinito e sempre sia stato e sempre così sia, in un infinito ricomporsi dei suoi atomi infiniti in un vuoto infinito, secondo alcune leggi che ancora ignoro, per imprevedibili ma regolati scarti degli atomi, che altrimenti andrebbero all'impazzata. E allora il mondo sarebbe Dio. Dio nascerebbe dall'eternità come universo senza lidi, e io sarei sottoposto alla sua legge, senza sapere quale sia.

Stolto, dicono alcuni: puoi parlare dell'infinità di Dio perché non sei chiamato a concepirla con la tua mente, ma soltanto a credervi, come si crede a un mistero. Ma se vuoi parlare di filosofia naturale, questo mondo infinito dovrai pure concepirlo, e non puoi.

Forse. Ma pensiamo allora che il mondo sia pieno e sia finito. Cerchiamo di concepire allora il niente che vi è dopo che il mondo abbia termine. Quando pensiamo a quel niente, possiamo forse immaginarcelo come un vento? No, perché dovrebbe essere davvero niente, neppure vento. È concepibile, in termini di filosofia naturale – non di fede – un interminabile niente? È assai più facile immaginarsi un mondo che va a perdita d'occhio, così come i poeti possono immaginare uomini cornuti o pesci bicaudati, per composizione di parti già note: non c'è che da aggiungere al mondo, là dove crediamo che finisca, altre parti (una distesa fatta ancora e sempre di acqua e terra, astri e cieli) simili a quelle che già conosciamo. Senza limite.

Che se poi il mondo fosse finito, ma il niente, in quanto è niente, non potesse essere, che cosa rimarrebbe oltre i confini del mondo? Il vuoto. Ed ecco che per negare l'infinito affermeremmo il vuoto, che non può essere che infinito, altrimenti al suo termine dovremmo pensare di nuovo una nuova e impensabile distesa di niente. E allora meglio pensare subito e liberamente al vuoto, e popolarlo di atomi, salvo pensarlo come vuoto che più vuoto non si può.

Roberto si trovava a godere di un gran privilegio, che dava senso alla sua disdetta. Eccolo ad avere la prova evidente dell'esistenza di altri cieli e, al tempo stesso, senza dover salire oltre le sfere celesti, a indovinare molti mondi in un corallo. C'era bisogno di calcolare in quante figure gli atomi dell'universo potessero comporsi – e bruciare sul rogo coloro che dicevano che il loro numero non era finito – quando sarebbe bastato meditare per anni su uno di quegli oggetti marini per capire come la deviazione di un solo atomo, fosse essa voluta da Dio o stimolata dal Caso, poteva dar vita a insospettate Vie Lattee?

La Redenzione? Argomento falso, anzi – protestava Roberto, che non voleva aver fastidi coi prossimi gesuiti che avesse incontrato – argomento di chi non sa pensare l'onnipotenza del Signore. Chi può escludere che nel piano della creazione il peccato originale si sia realizzato al tempo stesso su tutti gli universi, in modi diversi e inopinati, e tuttavia l'uno all'altro istantanei, e che Cristo sia morto in croce per tutti, e i Seleniti e i Siriani e i Corallini che vivevano sulle molecole di questa pietra traforata, quando essa era ancora viva?

In verità Roberto non era convinto dai suoi argomenti; componeva un piatto fatto di troppi ingredienti, ovvero stipava in un solo ragionamento cose udite da varie parti – e non era così sprovveduto da non rendersene conto. Pertanto, dopo aver sconfitto un possibile avversario, gli ridava parola e si identificava con le sue obiezioni.

398

Una volta, a proposito del vuoto, padre Caspar lo aveva messo a tacere con un sillogismo a cui non aveva saputo rispondere: il vuoto è non essere, ma il non essere non è, ergo il vuoto non è. L'argomento era buono, perché negava il vuoto pur ammettendo che si potesse pensarlo. Infatti si possono benissimo pensare cose che non esistono. Può una chimera che ronza nel vuoto mangiare intenzioni seconde? No, perché la chimera non esiste, nel vuoto non si ode alcun ronzio, le seconde intenzioni sono cose mentali e non ci si nutre di una pera pensata. E tuttavia penso a una chimera anche se è chimerica, e cioè non è. E così con il vuoto.

Roberto si ricordava della risposta di un diciannovenne, che un giorno a Parigi era stato invitato a una riunione dei suoi amici filosofi, perché si diceva stesse progettando una macchina capace di far calcoli aritmetici. Roberto non aveva ben capito come dovesse funzionare la macchina, e aveva considerato quel ragazzo (forse per acrimonia) troppo smorto, troppo mesto e troppo saccente per la sua età, mentre i suoi amici libertini gli stavano insegnando che si può essere sapienti in modo giocoso. E tanto meno aveva sopportato che, venuti a parlare del vuoto, il giovane avesse voluto dire la sua, e con una certa impudenza: "Si è parlato troppo del vuoto, sino a ora. Adesso occorre dimostrarlo attraverso l'esperienza." E lo diceva come se quel dovere fosse toccato un giorno a lui.

Roberto aveva chiesto a quali esperienze pensasse, e il ragazzo gli aveva detto che non lo sapeva ancora. Roberto, per mortificarlo, gli aveva proposto tutte le obiezioni filosofiche di cui era a conoscenza: se il vuoto fosse, non sarebbe materia (che è piena), non sarebbe spirito, perché non si può concepire uno spirito che sia vuoto, non sarebbe Dio, perché sarebbe privo persino di sé, non sarebbe né sostanza né accidente, trasmetterebbe la luce senza esser ialino... Che cosa sarebbe allora?

Il ragazzo aveva risposto con umile baldanza, tenendo gli occhi bassi: "Forse sarebbe qualche cosa a mezza strada tra la materia e il nulla, e non parteciperebbe né dell'una né dell'altro. Differirebbe dal nulla per la sua dimensione, dalla materia per la sua immobilità. Sarebbe un quasi nonessere. Non supposizione, non astrazione. Sarebbe. Sarebbe (come potrei dire?) un fatto. Puro e semplice."

"Che cos'è un fatto puro e semplice, privo di qualsiasi determinazione?" aveva chiesto con iattanza scolastica Roberto, che peraltro sull'argomento non aveva prevenzioni, e voleva dire anche lui saccenterie.

"Non so definire ciò che è puro e semplice," aveva risposto il giovane. "D'altra parte, signore, come definireste l'essere? Per definirlo, occorrerebbe dire che è qualcosa. Dunque per definire l'essere bisogna già dire è, e così usare nella definizione il termine da definire. Io credo ci siano termini impossibili da definire, e forse il vuoto è uno di questi. Ma forse sbaglio."

"Non vi sbagliate. Il vuoto è come il tempo," aveva commentato uno degli amici libertini di Roberto. "Il tempo non è il numero del movimento, perché è il movimento che dipende dal tempo, e non viceversa; è infinito, increato, continuo, non è un accidente dello spazio... Il tempo è, e basta. Lo spazio è, e basta. E il vuoto è, e basta."

Qualcuno aveva protestato, dicendo che una cosa che è, e basta, senza avere un'essenza definibile, è come se non fosse. "Signori," aveva detto allora il Canonico di Digne, "è vero, lo spazio e il tempo non sono né corpo né spirito, sono immateriali, se volete, ma questo non vuol dire che non siano reali. Non sono accidente e non sono sostanza, eppure sono venuti prima della creazione, prima di ogni sostanza e di ogni accidente, ed esisteranno anche dopo la distruzione di ogni sostanza. Sono inalterabili e invariabili, qualsiasi cosa vi mettiate dentro."

"Ma," aveva obiettato Roberto, "lo spazio è pur esteso, e l'estensione è una proprietà dei corpi..."

"No," aveva ribattuto l'amico libertino, "il fatto che tutti i corpi siano estesi non significa che tutto ciò che è esteso sia corpo – come vorrebbe quel tal signore, che peraltro non si degnerebbe di rispondermi perché sembra non voglia più tornare dall'Olanda. L'estensione è la disposizione di tutto ciò che è. Lo spazio è estensione assoluta, eterna, infinita, increata, incoscrittibile, incircoscritta. Come il tempo, è senza occaso, incessabile, indileguabile, è un'araba fenice, un serpente che si morde la coda..."

"Signore," aveva detto il Canonico, "non poniamo però lo spazio al posto di Dio..."

"Signore," gli aveva risposto il libertino, "non potete suggerirci idee che tutti riteniamo per vere, e poi pretendere che non ne traiamo le ultime conseguenze. Sospetto che a questo punto non abbiamo più bisogno di Dio né della sua infinità, poiché abbiamo già abbastanza infiniti da tutte le parti che ci riducono a un'ombra che dura un solo istante senza ritorno. E allora propongo di mettere al bando ogni timore, e recarci tutti all'osteria."

Il Canonico, scotendo il capo, aveva preso commiato. E anche il giovane, che pareva molto scosso da quei discorsi, a viso chino si era scusato e aveva chiesto licenza di tornare a casa.

"Povero ragazzo," aveva detto il libertino, "lui costruisce macchine per contare il finito, e noi l'abbiamo atterrito col silenzio eterno di troppi infiniti. *Voila*, ecco la fine di una bella vocazione."

"Non reggerà il colpo," aveva detto un altro tra i pirroniani, "cercherà di mettersi in pace col mondo, e finirà tra i gesuiti!"

Roberto pensava ora a quel dialogo di qualche anno prima. Il vuoto e lo spazio erano come il tempo, o il tempo come il vuoto e lo spazio; e non era dunque pensabile che, come esistono spazi siderali dove la nostra terra appare come una formica, e spazi come i mondi del corallo (formiche del nostro universo) – eppure tutti l'uno dentro l'altro – così non vi fossero universi sottomessi a tempi diversi? Non si è detto che su Giove un giorno dura un anno? Debbono dunque esistere universi che vivono e muoiono nello spazio di un istante, o sopravvivono al di là di ogni nostra capacità di calcolare e le dinastie chinesi e il tempo del Diluvio. Universi dove tutti i movimenti e la risposta ai movimenti non prendano i tempi delle ore e dei minuti ma quello dei millenni, altri dove i pianeti nascano e muoiano in un battito di ciglio.

Non esisteva forse, a non molta distanza, un luogo dove il tempo era ieri?

Forse lui era già entrato in uno di questi universi dove, dal momento in cui un atomo d'acqua aveva incominciato a corrodere la scorza di un corallo morto, e quello aveva leggermente cominciato a sgretolarsi, erano passati tanti anni quanto dalla nascita di Adamo alla Redenzione. E non stava lui vivendo il proprio amore in questo tempo, dove Lilia, come la Colomba Color Arancio, erano diventati qualcosa per la cui conquista aveva a disposizione ormai il tedio dei secoli? Non stava forse disponendosi a vivere in un infinito futuro?

A tante e tali riflessioni si trovava spinto un giovane gentiluomo che da poco aveva scoperto i coralli... E chissà dove sarebbe arrivato se avesse avuto lo spirito di un vero filosofo. Ma Roberto filosofo non era, bensì amante infelice appena riemerso da un viaggio, tutto sommato non ancor coronato da successo, verso un'Isola che gli sfuggiva tra le algide brume del giorno prima.

Era però un amante che, per quanto educato a Parigi, non aveva dimenticato la sua vita in campagna. Perciò si trovò a concludere che il tempo a cui stava pensando si poteva stirare in mille modi come una farina impastata con tuorli d'uovo, e come aveva visto fare dalle donne alla Griva. Non so perché a Roberto fosse venuta in mente questa similitudine – forse il troppo pensare gli aveva eccitato l'appetito oppure, atterrito anche lui dal silenzio eterno di tutti quegli infiniti, avrebbe voluto ritrovarsi a casa nella cucina materna. Ma gli ci volle poco a passar al ricordo di altre ghiottonerie.

Dunque, v'erano dei pasticci ripieni d'uccelletti, leprotti e fagiani, quasi come a dire che possono esistere tanti mondi l'uno accanto all'altro o l'uno dentro all'altro. Ma la

402

madre faceva anche di quelle torte che chiamava alla tedesca, con più suoli o strati di frutta, tramezzati di burro, zucchero e cannella. E da quell'idea era passata a inventare una torta salata, dove tra vari suoli di pasta metteva ora uno strato di prosciutto, ora di uova sode tagliate a fettine, o di verdura. E questo faceva pensare a Roberto che l'universo potesse essere una teglia in cui cuocevano allo stesso tempo storie diverse, ciascuna col suo tempo, magari tutte con gli stessi personaggi. E come nella torta le uova che son sotto non sanno che cosa accada, al di là del foglio di pasta, alle loro consorelle o al prosciutto che stan sopra, così in uno strato dell'universo un Roberto non sapeva cosa l'altro facesse.

D'accordo, non è un bel modo di ragionare, e per giunta con la pancia. Ma è evidente che lui aveva già in testa il punto dove voleva arrivare: in quello stesso momento tanti diversi roberti avrebbero potuto far cose diverse, e forse sotto nomi diversi.

Forse anche sotto il nome di Ferrante? E allora, quella che egli credeva la storia, che inventava, del fratello nemico, non era forse l'oscura percezione di un mondo in cui a lui, Roberto, stavano accadendo altre vicende da quella che stava vivendo in quel tempo e in quel mondo?

Suvvia, si diceva, certo avresti voluto esser tu a vivere quello che ha vissuto Ferrante quando la *Tweede Daphne* ha messo le vele al vento. Ma questo, si sa, perché esistono, come diceva Saint-Savin, pensieri a cui non si pensa affatto, che impressionano il cuore senza che il cuore (né tampoco la mente) se ne accorga; ed è inevitabile che alcuni di questi pensieri – che talora altro non sono che voglie oscure, e neppure tanto oscure – si introducano nell'universo di un Romanzo che tu credi di concepire per il gusto di mettere in scena i pensieri degli altri... Ma io sono io, e Ferrante è Ferrante, e ora me lo dimostro facendogli correre avventure di cui io non potrei proprio essere il protagonista – e che se in un universo si svolgono, è quello della Fantasia, che non è parallelo a nessuno.

E si compiacque, per quella notte intera, dimentico dei coralli, di concepire un'avventura che lo avrebbe però, una volta di più, condotto alla più dilaniata delle delizie, alla più prelibata delle sofferenze.

35.
La Consolazione dei Naviganti

Ferrante aveva raccontato a Lilia, ormai disposta a credere ogni falsità che venisse da quelle labbra amate, una storia quasi vera, tranne che lui vi prendeva la parte di Roberto, e Roberto quella di lui; e l'aveva convinta a spendere tutti i gioielli di un cofanetto che ella aveva portato con sé per ritrovare l'usurpatore e strappargli un documento di capitale importanza per le sorti dello Stato, che quello aveva strappato a lui, e restituendo il quale egli avrebbe potuto ottenere il perdono del Cardinale.

Dopo la fuga dalle coste francesi, la prima sosta della *Tweede Daphne* era stata ad Amsterdam. Là Ferrante poteva trovare, da doppio spione qual era, chi gli rivelasse qualcosa su una nave chiamata *Amarilli*. Checché ne avesse saputo, dopo qualche giorno era a Londra per cercare qualcuno. E l'uomo a cui affidarsi non poteva essere che un infido della sua razza, disposto a tradire coloro per cui tradiva.

Ed ecco Ferrante, dopo aver ricevuto da Lilia un diamante di grande purezza, entrar nottetempo in una stamberga in cui l'accoglie un essere di sesso incerto, che forse era stato eunuco presso i Turchi, con il volto glabro e una bocca così piccola che si sarebbe detto che sorridesse solo muovendo il naso.

La stanza in cui si soppiattava era spaventosa per le fuliggini di una catasta d'ossa che bruciavano a fuoco morticcio. In un angolo pendeva impiccato per i piedi un cadavere nudo, che dalla bocca secerneva un sugo color d'ortica in una cocca di oricalco.

L'eunuco riconobbe in Ferrante un fratello nel delitto. Udì la domanda, vide il diamante, e tradì i suoi padroni. Condusse Roberto in un'altra stanza, che sembrava la bottega di un'apotecario, piena di barattoli di terra, vetro, stagno, rame. Erano tutte sostanze che potevano essere usate per apparir diversi da quel che si era, sia da megere che volessero parere belle e giovani, che da manigoldi che volessero alterare l'aspetto: belletti, emollienti, radici di asfodelo, cortecce di dragoncella, e altre sostanze che assottigliavano la pelle, fatte con midollo di capriolo e acque di madreselva. Aveva paste per sbiondire i capelli, fatte con leccio verde, segale, marrobbio, salnitro, allume e millefoglio; o per cambiar di carnagione, di vacca, orso, giumenta, cammello, biscia, coniglio, balena, tarabuso, daino, gatto selvatico o lontra. E ancora olii per il viso, di storace, limone, pinolo, olmo, lupino, veccia e cece, e uno scaffale di vesciche per fare parer vergini le peccatrici. Per chi voleva irretire qualcuno d'amore aveva lingue di vipera, teste di quaglia, cervelli d'asino, fava moresca, zampe di tasso, pietre di nido d'aquila, cuori di sego fitti d'aghi spezzati, e altri oggetti fatti con fango e piombo, ripugnantissimi a vedere.

In mezzo alla stanza stava un tavolo, e su di esso un bacile coperto da un panno insanguinato, che l'eunuco gli additò con aria d'intesa. Ferrante non capiva, e quello gli disse che egli era giunto proprio da chi faceva al caso suo. E infatti l'eunuco altri non era che colui che aveva ferito il cane del dottor Byrd, e che ogni giorno, all'ora convenuta, temperando nell'acqua di vetriolo la pezza intrisa del sangue dell'animale, o avvicinandola al fuoco, trasmetteva all'*Amarilli* i segnali che Byrd attendeva.

L'eunuco raccontò tutto del viaggio di Byrd, e dei porti che avrebbe certo toccato. Ferrante, che davvero poco o nulla sapeva del negozio delle longitudini, non poteva immaginare che Mazarino avesse inviato Roberto su quella nave solo per scoprire qualcosa che a lui ormai pareva palese, e ne aveva concluso che in verità Roberto dovesse poi rivelare al Cardinale il luogo delle Isole di Salomone.

Riteneva la *Tweede Daphne* più veloce dell'*Amarilli*, fidava nella propria fortuna, pensava che avrebbe facilmente raggiunto la nave di Byrd quando, avendo essa approdato alle Isole, avrebbe potuto facilmente sorprenderne l'equipaggio a terra, sterminarlo (Roberto compreso), e poi disporre a suo piacimento di quella terra, di cui sarebbe stato l'unico scopritore.

Fu l'eunuco a suggerirgli il modo di procedere senza sbagliare rotta: sarebbe bastato che si fosse ferito un'altro cane, e che egli ogni giorno avesse agito su un assaggio del suo sangue, come faceva per il cane dell'*Amarilli*, e Ferrante avrebbe ricevuto gli stessi messaggi quotidiani che riceveva Byrd.

Partirò subito, aveva detto Ferrante; e all'avviso dell'altro, che occorreva prima trovare un cane: "Ho ben altro cane a bordo," aveva esclamato. Aveva condotto l'eunuco sulla nave; si era assicurato che tra la ciurma vi fosse il barbiere, esperto in flebotomia e altre simili bisogne. "Io, capitano," aveva affermato uno scampato da cento cappi e mille tratti di corda, "quando si corseggiava, ho tagliato più braccia e gambe ai miei compagni che non ne avessi prima ferite ai nemici!"

Disceso nella stiva, Ferrante aveva incatenato Biscarat su due pali incrociati di traverso poi, di propria mano, con una lama gli aveva profondamente inciso il fianco. Mentre Biscarat mugolava, l'eunuco aveva raccolto il sangue che colava con un panno che aveva riposto in un sacchetto. Quindi aveva spiegato al barbiere come avrebbe dovuto fare per tenere la piaga aperta per tutto il corso del viaggio, senza che il ferito ne morisse, ma senza neppure che ne guarisse.

Dopo questo nuovo delitto, Ferrante aveva dato ordine di alzare le vele per le Isole di Salomone.

Narrato questo capitolo del suo romanzo, Roberto provò disgusto, e si sentiva stanco, lui, e affranto, per la fatica di tante male azioni.

Non volle più immaginare il seguito, e scrisse piuttosto una invocazione alla Natura, affinché – come una madre, che vuol costringere il bambino a dormir nella culla, gli tende sopra un panno e lo copre di una piccola notte – distendesse la grande notte sul pianeta. Pregò che la notte, sottraendogli ogni cosa alla vista, invitasse i suoi occhi a chiudersi; che, insieme con l'oscurità, venisse il silenzio; e che, come allo spuntar del sole leoni orsi e lupi (a cui, come ai ladri e agli assassini, la luce è odiosa), corrono a intanarsi entro le grotte ove hanno ricovero e franchigia, così per contrario, ritiratosi il sole dietro all'occidente, si ritraesse tutto lo strepito e il tumulto dei pensieri. Che, una volta morta la luce, tramortissero in lui gli spiriti che della luce s'avvivavano, e si facesse posa e silenzio.

Nel soffiare sulla lucerna le sue mani furono illuminate soltanto da un raggio lunare che penetrava dall'esterno. Si levò una nebbia dal suo stomaco al cervello e, ricadendo sulle palpebre, le rinchiuse, così che lo spirito non s'affacciasse più a vedere alcun oggetto che lo svagasse. E di lui dormirono non solamente gli occhi e gli orecchi, ma anche le mani e i piedi – salvo il cuore, che mai non resta.

Dorme nel sonno anche l'anima? Ahimè no, essa veglia, solo che si ritira dietro a una cortina, e fa teatro: allora i fantasmi mattaccini escono in palco e fanno una commedia, ma quale la farebbe una compagnia di recitanti ubriachi o pazzi, così travisate paiono le figure, e strani gli abiti, e sconci i portamenti, fuor di proposito le situazioni e smoderati i discorsi.

Come quando si taglia in più parti un millepiedi, che le parti liberate corrono ciascuna non sa dove, perché tranne la prima, che conserva il capo, le altre non vedono; e ciascuna, come un bacherozzolo intocco, se ne va su quei cinque o sei piedi che gli sono rimasti, e porta via quel pezzo d'anima che è suo. Parimenti nei sogni, si vede spuntar dal gambo di un fiore il collo di una gru finito in un capo di babbuino, con quattro corna di lumache che buttano fuoco, o fiorire al mento di un vecchio una coda di pavone per barba; a un altro le braccia paiono viti attorcigliate, e gli occhi lumicini in un guscio di una conchiglia, o il naso uno zufolo...

Roberto, che dormiva, sognò pertanto il viaggio di Ferrante che proseguiva, solo che lo sognava in guisa di sogno.

Sogno rivelatore, vorrei dire. Pare quasi che Roberto, dopo le sue meditazioni sugli infiniti mondi, non volesse più continuare a immaginare una vicenda che si svolgeva nel Paese dei Romanzi, ma una storia vera di un paese vero, in cui anch'egli abitava salvo che – come l'Isola stava nel passato prossimo – la sua storia potesse aver luogo in un futuro non lontano in cui fosse soddisfatto il suo desiderio di spazi meno brevi di quelli in cui il suo naufragio lo costringeva.

Se aveva iniziato la vicenda mettendo in scena un Ferrante di maniera, un Alfiere da *Ecatommiti*, concepito dal suo risentimento per un'offesa mai subita, ora, non potendo sopportare di veder l'Altro accanto alla sua Lilia, ne stava prendendo il posto e – usando prender atto dei suoi pensieri oscuri – ammetteva senza ambagi che Ferrante fosse lui.

Persuaso ormai che il mondo potesse esser vissuto da infinite parallassi, se prima si era eletto come un occhio indiscreto che scrutasse le azioni di Ferrante nel Paese dei Romanzi, o in un passato che era stato anche il suo (ma che lo aveva sfiorato senza che lui se ne rendesse conto, determinando il suo presente), ora egli, Roberto, diventava l'occhio di Ferrante. Voleva godere con l'avversario le vicende che la sorte avrebbe dovuto riservare a lui.

Andava dunque ora il naviglio scorrendo per i liquidi campi e i pirati erano docili. Vegliando sul viaggio dei due amanti, si limitavano a scoprire mostri marini e, prima di arrivare sulle coste americane, avevano visto un Tritone. Per quanto era visibile al di fuori dell'acque, aveva forma umana, salvo che le braccia erano troppo corte rispetto al corpo: le mani erano grandi, i capelli grigi e spessi, e portava una barba lunga sino allo stomaco. Aveva occhi grandi e la pelle scabra. Come fu avvicinato, parve arrendevole e mosse verso la rete. Ma non appena sentì che lo tiravano verso la barca, e prima ancora che si fosse mostrato al di sotto dell'ombelico per rivelare se avesse coda di sirena, ruppe la rete con un sol colpo, e scomparve. Più tardi fu visto bagnarsi al sole su uno scoglio, ma sempre nascondendo la parte inferiore del corpo. Guardando la nave muoveva le braccia come se applaudisse.

Entrati nell'oceano Pacifico erano pervenuti a un'isola dove i leoni erano neri, le galline vestite di lana, gli alberi non fiorivano se non di notte, i pesci erano alati, gli uccelli squamati, le pietre stavano a galla e i legni andavano a fondo, le farfalle risplendevano di notte, le acque inebriavano come vino.

In una seconda isola videro un palazzo fabbricato di legno fradicio, tinto di colori sgradevoli all'occhio. Vi entrarono, e si trovarono in una sala tappezzata con piume di corvo. Su ogni parete si aprivano delle edicole in cui, invece di busti di pietra, si vedevano omiciattoli, con il viso sparuto, che per accidente di natura erano nati senza gambe.

Su di un trono lercissimo stava il Re, che con un gesto della mano aveva suscitato un concerto di martelli, trivelle che scricchiavano su lastre di pietra, e coltelli che stridevano su piatti di porcellana, al cui suono erano apparsi sei uomini tutti pelle e ossa, abominevoli per lo sguardo sbilenco.

A fronte di costoro erano apparse delle donne, così grasse che di più non si poteva: fatto un inchino ai loro compagni, avevano dato inizio a un ballo che faceva spiccare storpiamenti e deformità. Poi irruppero sei bravazzi che parevano nati da un medesimo ventre, con nasi e bocche così grandi, e spalle così gibbose, che più che creature sembravano bugie della natura.

Dopo la danza, non avendo ancora udito parole e ritenendo che su quell'isola si parlasse una lingua diversa dalla loro, i nostri viaggiatori tentarono di fare domande coi gesti, che sono una lingua universale con cui si può comunicare anche coi Selvaggi. Ma l'uomo rispose in una lingua che assomigliava piuttosto alla perduta Lingua degli Uccelli, fatta di trilli e zirli, ed essi l'intesero come se avesse parlato nella loro lingua. Compresero così che, mentre in ogni altro luogo era stimata la bellezza, in quel palazzo si apprezzava soltanto la stravaganza. E che tanto dovevano attendersi se proseguivano quel loro viaggio in terre dove sta in basso ciò che altrove sta in alto.

Ripreso il viaggio, avevano toccato una terza isola che pareva deserta, e Ferrante si era inoltrato, solo con Lilia, verso l'interno. Mentre andavano, udirono una voce che li avvertiva di fuggire: quella era l'Isola degli Uomini Invisibili. In quello stesso istante ce n'erano molti d'attorno, che si additavano quei due visitatori che senza alcuna vergogna si offrivano ai loro sguardi. Per quel popolo, infatti, a essere guardati si diventava preda dello sguardo di un altro, e si perdeva la propria natura, trasformandosi nell'inverso di se stessi.

In una quarta isola trovarono un uomo dagli occhi Incavati, la voce sottile, la faccia che era una sola ruga, ma dai colori freschi. La barba e i capelli erano fini come bambagia, il corpo così rattrappito che se aveva bisogno di voltarsi doveva girare su se stesso per intero. E disse che aveva trecentoquarant'anni, e in quel tempo aveva per tre volte rinnovata la sua gioventù, avendo bevuto l'acqua della Fonte Borìca, che si trova appunto in quella terra e prolunga la vita, ma non oltre i trecentoquarant'anni – per cui tra poco sarebbe morto. E il vecchio invitò i viaggiatori a non cercare la fonte: vivere tre volte, diventando prima il doppio e poi il triplo di se stesso, era causa di grandi afflizioni, e alla fine uno non sapeva più chi fosse. Non solo: vivere gli stessi dolori per tre volte era una pena, ma era una gran pena rivivere anche le stesse gioie. La gioia della vita nasce dal sentimento che sia gaudio che cordoglio sono di breve durata, e guai a sapere che godremo di una eterna beatitudine.

Ma il Mondo Antipode era bello per la sua varietà e, navigando ancora per mille miglia, trovarono una quinta isola, che era un solo pullulare di stagni; e ciascun abitante passava la vita ginocchioni a contemplarsi, ritenendo che chi non è visto è come se non fosse, e che se avessero di-

411

stolto lo sguardo, cessando di vedersi nell'acqua, sarebbero morti.

Approdarono poi a una sesta isola, ancora più a ovest, dove tutti parlavano incessantemente tra loro, l'uno raccontando all'altro quello che egli voleva che l'altro fosse e facesse, e viceversa. Quegli isolani infatti potevano vivere solo se erano raccontati; e quando un trasgressore raccontava degli altri storie spiacevoli, obbligandoli a viverle, gli altri non raccontavano più nulla di lui, e così lui moriva.

Ma il loro problema era d'inventare per ciascuno una storia diversa: infatti, se tutti avessero avuto la stessa storia, non si sarebbe più potuto distinguerli tra loro, perché ciascuno di noi è quello che le sue vicende hanno creato. Ecco perché avevano costruito una grande ruota, che chiamavano Cynosura Lucensis, ritta nella piazza del villaggio. Essa era formata da sei cerchi concentrici che giravano ciascuno per proprio conto. Il primo era diviso in ventiquattro caselle o finestre, il secondo in trentasei, il terzo in quarantotto, il quarto in sessanta, il quinto in settantadue e il sesto in ottantaquattro. Nelle varie caselle, secondo un criterio che Lilia e Ferrante non avevano potuto capire in così breve tempo, erano scritte azioni (come andare, venire o morire), passioni (come odiare, amare o avere freddo), e poi modi, come bene e male, tristemente o con allegria, e luoghi e tempi, come dire a casa propria o il mese dopo.

Facendo girare le ruote si ottenevano storie come "andò ieri a casa sua e incontrò il suo nemico che penava, e gli diede aiuto", oppure "vide un animale con sette teste e l'uccise". Gli abitanti sostenevano che con quella macchina si potevano scrivere o pensare settecento e ventidue milioni di milioni di storie diverse, e ce n'era per dar senso alla vita di ciascuno di loro nei secoli a venire. Il che a Roberto faceva piacere, perché avrebbe potuto costruirsi una ruota di quel genere e continuare a pensar storie anche se fosse rimasto sulla *Daphne* per diecimila anni.

412

Erano molte e bizzarre scoperte di terre che Roberto avrebbe pur voluto scoprire. Ma a un certo punto del suo trasognare volle per i due amanti un luogo meno abitato, perché potessero godere del loro amore.

Li fece così giungere a una settima e amenissima spiaggia allietata da un boschetto che sorgeva proprio sulla riva del mare. Lo attraversarono e si trovarono in un giardino reale, dove, lungo un viale alberato che attraversava prati decorati da aiuole, sorgevano molte fontane.

Ma Roberto, come se i due cercassero un più intimo rifugio, ed egli nuovi patimenti, li fece raggiungere un arco fiorito, al di là del quale penetrarono in una valletta dove sfrascolavano i calami di una canna palustre a un'auretta che spargeva per l'aria una mescolanza di profumi – e da un laghetto pollava con passo lucente un filo d'acque terse come filze di perle.

Volle – e mi pare che la sua messa in scena seguisse tutte le regole – che l'ombra di una folta quercia incoraggiasse gli amanti all'agape, e vi aggiunse platani giocondi, corbezzoli umili, ginepri pungenti, fragili tamarischi e pieghevoli tigli, che facevano corona a un prato, illustrato come un arazzo orientale. Di che poteva averlo miniato la natura, pittrice del mondo? Di mammole e narcisi.

Lasciò che i due si abbandonassero, mentre un papavero molle alzava dal grave oblio il capo insonnolito, per abbeverarsi di quei roridi sospiri. Ma poi preferì che, umiliato da tanta bellezza, s'imporporasse di vergogna e di scorno. Come lui, Roberto, del resto – e dovremmo dire che ben gli stava.

Per non vedere più quello per cui tanto avrebbe voluto essere visto, allora Roberto, con la sua morfeica onniscienza, salì a dominare l'isola intera, dove ora le fontane commentavano il miracolo amoroso di cui si volevano pronube.

V'erano colonnine, ampolle, fiale da cui usciva un solo getto – o molti da molti piccoli ugelli – altre avevano al culmine come un'arca, dalle cui finestre scolava una fiu-

413

mara, che formava cadendo un salice doppiamente piangente. Una, come un solo fusto cilindrico, generava al
sommo tanti cilindri minori volti in diverse direzioni, quasi
fosse una casamatta o fortezza o un vascello di linea armato
di bocche da fuoco – che però facevano artiglieria d'acque.

Ve n'erano d'impennacchiate, di crinite e di barbute, in
tante varietà quanto le stelle dei Magi nei presepi, la cui
coda i loro sbruffi imitavano. Su di una posava la statua di
un fanciullo che con la manca sosteneva un ombrello, dai
cui costoloni provenivano altrettanti zampilli; ma con la sinistra il fanciullo tendeva il suo membricello, e confondeva
in un'acquasantiera la sua urina con le acque che venivano
dalla cupola.

In un'altra si posava sul capitello un pesce codacciuto
che sembrava avesse appena inghiottito Giona, ed emanava
acque e dalla bocca e da due fori che gli si aprivano sopra
gli occhi. E a cavallo gli stava un amorino munito di tri-
dente. Una fontana in forma di fiore sosteneva col suo
schizzo una palla; un'altra ancora era un albero i cui molti
fiori facevano ciascuno roteare una sfera, e sembrava che
tanti pianeti si muovessero l'uno intorno all'altro nella
sfera dell'acqua. Ve n'erano dove i petali stessi del fiore
erano formati dall'acqua che rigurgitava da una feritoia
continua che bordava una rotella posta sulla colonna.

A sostituir l'aria con l'acqua ve n'erano a canne d'organo, che non emettevano suoni ma fiati liquefatti, e a sostituir l'acqua col fuoco ve n'erano a candelabro, dove
fiammelle accese al centro della colonna di sostegno gettavano luci sulle schiume che riboccavano d'ogni dove.

Un'altra sembrava un pavone, un ciuffo sul capo, e
un'ampia coda aperta, a cui il cielo forniva i colori. Per non
dire di alcune che sembravano sostegni per un acconciatore
di parrucche, e si adornavano di capigliature scroscianti. In
una, un girasole si espandeva in una sola brina. E un'altra
aveva il volto stesso del sole finemente scolpito, con una
serie di beccucci alla circonferenza, sì che l'astro non gron-
dava raggi, ma frescura.

Su una ruotava un cilindro che eiaculava acqua da una

serie di scanalature a spirale. Ve n'erano a bocca di leone o di tigre, a fauci di grifone, a lingua di serpente, e persino come femmina che piangeva e dagli occhi e dalle poppe. E per il resto era un solo vomitar di fauni, rigorgar di esseri alati, pispinellare di cigni, docciare di trombe d'elefante niliaco, effondere d'anfore alabastrine, svenarsi di cornucopie.

Tutte visioni che per Roberto – a ben vedere – erano un cader dalla padella nella brace.

Intanto, nella valle, gli amorosi ormai sazi, non ebbero che da tender la mano e accettare da una pampinosa vite il dono dei suoi tesori, e un fico, quasi volesse piangere per tenerezza dello spiato connubio, stillò lacrime di miele, mentre su un mandorlo, che tutto si ringemmava di fiori, gemeva la Colomba Color Arancio...

Fino a che Roberto si svegliò, zuppo di sudore.

"E come," si diceva, "io ho ceduto alla tentazione di vivere per l'interposizione di Ferrante, ma ora mi accorgo che è Ferrante ad aver vissuto per l'interposizione di me stesso, e mentre io facevo lunari lui viveva davvero quel che gli ho consentito di vivere!"

A raffreddar la rabbia, e per avere visioni che – quelle almeno – a Ferrante erano negate, si era di nuovo mosso di primo mattino, canapo ai fianchi e Persona Vitrea sul volto, verso il suo mondo dei coralli.

Giunto al limite della barriera Roberto navigava col volto sommerso tra quelle logge eterne, ma non riusciva ad ammirare sereno quelle pietre animate perché una Medusa l'aveva trasformato in roccia disanimata. Nel sogno Roberto aveva pur visto gli sguardi che Lilia aveva riservato all'usurpatore: se ancor nel sogno quegli sguardi l'avevano infiammato, ora nel ricordo l'agghiacciavano.

Volle riappropriarsi della sua Lilia, nuotò ficcando il viso più a fondo possibile, come se quell'amplesso col mare potesse conferirgli la palma che nel sogno aveva attribuito a Ferrante. Non costò gran fatica, al suo spirito educato a formare concetti, immaginare Lilia in ogni cadenza ondosa di quel parco sommerso, vedere le sue labbra in ogni fiore in cui avrebbe voluto perdersi come un'ape golosa. In trasparenti verzieri ritrovava il crespo che le aveva coperto il volto le prime notti, e tendeva la mano per sollevare quello schermo.

In questa ebbrezza della ragione si rammaricava che i suoi occhi non potessero spaziare quanto il suo cuore voleva, e tra i coralli cercava, della donna amata, l'armilla, la rete dei capelli, il ciondolo che le inteneriva il lobo dell'orecchio, le collane sontuose che ornavano il suo collo di cigno.

Perduto nella caccia, si lasciò attirare a un certo punto da un monile che gli appariva in una spaccatura, si levò la maschera, inarcò il dorso, alzò con forza le gambe e si spinse verso il fondo. La spinta era stata eccessiva, volle afferrarsi al bordo di un clivo, e fu solo un attimo prima di fermare le dita intorno a un sasso crostuto che gli parve vedere aprirsi un occhio grasso e sonnacchioso. In quel baleno si ricordò che il dottor Byrd gli aveva parlato di un Pesce Pietra, che si annida tra le grotte coralline per sorprendere ogni creatura vivente col veleno delle sue scaglie.

Troppo tardi: la mano si era posata sulla Cosa e un dolore intenso gli aveva attraversato il braccio sino alla spalla. Con un colpo di reni era miracolosamente riuscito a non finire e col viso e col petto sopra il Mostro, ma per arrestar la sua inerzia aveva dovuto colpirlo con la maschera. Nell'urto essa si era infranta, e in ogni caso aveva dovuto lasciarla. Facendo forza con i piedi sulla roccia sottostante, era tornato in superficie, mentre per pochi secondi aveva ancora visto la Persona Vitrea affondare chissà dove.

La mano destra e tutto l'avambraccio erano gonfi, la spalla si era intorpidita; temette di svenire; trovò il canapo e a gran pena riuscì gradatamente a tirarlo tratto per tratto con una sola mano. Risalì la scaletta, quasi come la notte del suo arrivo, senza saper come, e come quella notte si lasciò cadere sul ponte.

Ma ora il sole era già alto. Con i denti che battevano, Roberto si ricordò che il dottor Byrd gli aveva raccontato che, dopo l'incontro col Pesce Pietra, i più non si erano salvati, pochi erano sopravvissuti, e nessuno conosceva un antidoto contro quel male. Malgrado gli occhi annebbiati, cercò di esaminare la ferita: non era più di un graffio, ma doveva esser stato sufficiente a far penetrare nelle vene la mortifera sostanza. Perse i sensi.

Si risvegliò che la febbre era salita e provava un intenso bisogno di bere. Comprese che su quel lembo della nave, esposto agli elementi, lontano da cibo e bevanda, non poteva durare. Strisciò sino al sottoponte e pervenne al limite tra la stanza delle provviste e il recinto del pollame. Bevve avidamente a un bariletto dell'acqua, ma sentì che lo stomaco gli si contraeva. Svenne di nuovo, a bocca in giù nel proprio rigurgito.

Durante una notte agitata da sogni ferali, attribuiva le sue sofferenze a Ferrante, che ora confondeva col Pesce Pietra. Perché voleva impedirgli l'accesso all'Isola e alla Colomba? Era per questo che si era posto al suo inseguimento?

Vedeva se stesso sdraiato che guardava un altro se stesso che gli sedeva di fronte, accanto a una stufa, vestito di una roba da camera, intento a decidere se le mani che si toccava e il corpo che sentiva fossero suoi. Lui, che vedeva l'altro, si sentiva coi vestiti in preda al fuoco, mentre vestito era l'altro, e lui nudo – e non capiva più chi tra i due vivesse nella veglia e chi nel sonno, e pensò che tutti e due fossero certamente figure prodotte dalla sua mente. Lui no, perché pensava, dunque era.

L'altro (ma quale?) a un certo punto si alzò, ma doveva essere il Genio Maligno che gli stava trasformando il mondo in sogno, perché già non era più lui, bensì padre Caspar. "Siete tornato!" aveva mormorato Roberto tendendogli le braccia. Ma quello non aveva risposto, né s'era mosso. Lo guardava. Era certamente padre Caspar, ma come se il mare – restituendolo – lo avesse ripulito e ringiovanito. La barba curata, il volto succhioso e roseo come quello di padre Emanuele, l'abito privo di sdruci e pillacchere. Poi, sempre senza muoversi, come un attore che declamasse, e in una lingua impeccabile, da consumato oratore, aveva detto con un tetro sorriso: "È inutile che tu ti difenda. Ormai il mondo intero ha una sola meta, ed è l'inferno."

Aveva continuato a gran voce come se parlasse dal pulpito di una chiesa: "Sì, l'inferno, di cui poco sapete, tu e tutti quelli che con te vi stanno andando con piede lesto e animo matto! Voi credevate che all'inferno avreste trovato spade, pugnali, ruote, rasoi, torrenti di zolfo, bevande di piombo liquido, acque gelate, caldaie e graticole, seghe e mazze, lesine a cavar gli occhi, tanaglie a strappar i denti, pettini a squarciar i fianchi, catene a pestar l'ossa, bestie che rodono, aculei che stirano, lacci che strozzano, cavalletti, croci, uncini e mannaie? No! Questi sono tormenti spietati, sì, ma tali che mente umana può ancor concepirli, poiché abbiamo pur concepito i tori di bronzo, i sedili di ferro o il trafigger l'unghie con canne aguzze... Voi speravate che l'inferno fosse un barbacane fatto di Pesci Pietra. No, altre sono le pene dell'inferno, perché non nascono dalla nostra mente finita, ma da quella infinita di un Dio irato e vendicativo, costretto a far pompa della sua furia e a palesare che, come ebbe grande la misericordia in assolvere, non ha minor giustizia nel castigare! Dovranno essere quelle pene tali, che in esse possiamo scorgere la disuguaglianza che corre tra la nostra impotenza e la sua onnipotenza!"

"In questo mondo," diceva ancora quel messaggero della penitenza, "voi siete usi vedere che a ogni male si è trovato qualche rimedio, e non vi è ferita senza il suo balsamo, né tossico senza la sua teriaca. Ma non pensate che lo stesso sia nell'inferno. Sono ivi, è vero, sommamente moleste le scottature, ma non vi è lenimento che le impiacevolisca; bruciante la sete, ma non v'è acqua che la refrigeri; canina la fame, ma non v'è cibo che la ristori; insoffribile la vergogna, ma non v'è coltre che la ricopra. Vi fosse dunque per lo meno una morte, la qual ponesse un termine a tanti guai, una morte, una morte... Ma questo è il peggio, ché ivi nemmeno potrete mai sperare una grazia peraltro così luttuosa quale quella di essere sterminati! Cercherete la morte sotto tutte le sue forme, cercherete la morte, e non avrete mai la fortuna di trovarla. Morte, Morte, dove sei (andrete continuamente gridando), qual sarà quel demonio così pietoso, che ce la dia? E capirete allora che laggiù non si finisce mai di penare!"

Il vecchio a quel punto faceva una pausa, tendeva le braccia con le mani al cielo, sibilando sottovoce, quasi a confidare un segreto tremendo che non doveva uscire da quella navata. "Non finir mai di penare? Vuol dire che peneremo fino a che un piccolo cardellino, tornato a bere una goccia per anno, potesse giungere a seccare tutti i mari? Di più. *In saecula*. Peneremo fino a che un acaro delle piante, tornando a dare un solo morso per anno, potesse giungere a divorare tutti i boschi? Di più. *In saecula*. Peneremo allora infino a che una formicola, muovendo un solo passo per anno, possa aver girato tutta la terra? Di più. *In saecula*. E se tutto questo universo fosse un solo deserto di sabbia, e ogni secolo ne fosse tolto un sol grano, avremo forse finito di penare quando l'universo fosse tutto sgombro? Nemmeno. *In saecula*. Fingiamo che un dannato dopo milioni di secoli sparga due lagrime sole, resterà allora egli di penare quando il suo pianto fosse atto a formar un maggior diluvio di quello nel quale andò anticamente perduto tutto il genere umano? Eh via, finiamola, che non siamo fanciulli! Se volete che ve lo dica: *in saecula, in saecula* dovranno i dannati penare, *in saecula*, che è quanto dire in secoli senza numero, senza termine, senza misura."

Ora il volto di padre Caspar sembrava quello del carmelitano della Griva. Alzava lo sguardo al cielo come per trovarvi una sola speranza di misericordia: "Ma Dio," diceva con voce di penitente degno di compassione, "ma Dio non pena alla vista delle nostre pene? Non avverrà che Egli provi un moto di sollecitudine, non avverrà che alla fine egli si mostri, perché siamo almeno consolati dal suo pianto? Ahimè, ingenui che siete! Dio purtroppo si mostrerà, ma ancora non immaginate come! Quando noi alzeremo gli occhi vedremo che Egli (lo dovrò dire?) vedremo che Egli, divenuto per noi un Nerone, non per ingiustizia ma per severità, non solo non vorrà o consolarci, o soccorrerci, o compatirci, ma con diletto inconcepibile riderà! Pensate dunque in quali smanie dovremo noi prorompere! Noi bruciamo, diremo, e Dio ride? Noi bruciamo, e Dio ride? Oh Dio crudelissimo! Perché non ci strazi coi tuoi fulmini, piuttosto che insultarci con le tue risa? Raddoppia pure, o spietato, le nostre fiamme, ma non volerne gioire! Ah, riso a noi più amaro del nostro pianto! Ah gioia a noi più dolorosa dei nostri guai! Perché non ha l'inferno nostro voragini dove poter sfuggire al volto di un Dio che ride? Troppo c'ingannò chi ci disse che la nostra punizione sarebbe stata il rimirare la faccia di un Dio sdegnato. Di un Dio ridente, bisognava anzi dirci, di un Dio ridente... Per non scorgere e udire quel riso vorremmo che ci piombassero le montagne sul capo, o che la terra ci mancasse sotto i piedi. Ma no, perché purtroppo vedremo quel che ci duole, e saremo ciechi e sordi a tutto, fuori che a quello a cui vorremmo esser sordi e ciechi!"

Roberto sentiva il rancido del mangime gallinaceo negli interstizi del legno, e gli perveniva dall'esterno lo strido degli uccelli di mare, che egli scambiava per la risata di Dio.

"Ma perché l'inferno a me," chiedeva, "e perché a tutti? Non è forse per riservarlo solo a pochi che Cristo ci ha redenti?"

Padre Caspar aveva riso, come il Dio dei dannati: "Ma quando vi ha redenti? Ma su quale pianeta, in quale universo pensi tu di vivere ormai?"

Aveva preso la mano di Roberto, sollevandolo con violenza dal suo giaciglio, e lo aveva trascinato per i meandri della *Daphne*, mentre il malato provava un rodimento d'intestino e nella testa gli pareva di aver tanti orioli da corda. Gli orologi, pensava, il tempo, la morte...

Caspar lo aveva trascinato in un bugigattolo che egli non aveva mai scoperto, dalle pareti sbiancate dove vi era un catafalco chiuso, con un occhio circolare su di un lato. Davanti all'occhio, su un regolo scanalato, era inserito un listello di legno tutto intagliato di occhi della stessa misura che incorniciavano vetri apparentemente opachi. Facendo scorrere il listello si potevano far coincidere i suoi occhi con quello della scatola. Roberto ricordava di aver già visto in Provenza un esempio più ridotto di quella macchina che, si diceva, era capace di far vivere la luce grazie all'ombra.

Caspar aveva aperto un lato della scatola, lasciando scorgere, su un treppiede, una grande lampada che, dalla parte opposta al becco, invece del manico, aveva uno specchio rotondo di speciale curvatura. Acceso lo stoppino, lo specchio riproiettava i raggi luminosi entro un tubo, un breve cannocchiale la cui lente terminale era l'occhio esterno. Di qui (non appena Caspar ebbe richiusa la scatola), i raggi passavano attraverso il vetro del listello, allargandosi a cono e facendo apparire sulla parete delle immagini colorate, che a Roberto parvero animate tanto erano vivide e precise.

La prima figura rappresentava un uomo, dal volto di demone, incatenato su uno scoglio in mezzo al mare, frustato dalle onde. Da quella apparizione, Roberto non riuscì più a staccare gli occhi, la fuse con quelle che vennero dopo (mentre Caspar le faceva seguire l'una all'altra nel far scorrere il listello), le compose tutte insieme – sogno nel sogno – senza distinguere quel che gli veniva detto da quel che stava vedendo.

Allo scoglio si avvicinò una nave in cui egli riconobbe la *Tweede Daphne*; e ne discese Ferrante, che ora liberava il condannato. Tutto era chiaro. Nel corso del suo navigare, Ferrante aveva incontrato – come la leggenda ci assicura che sia – Giuda recluso sull'oceano aperto, a espiare il suo tradimento.

"Grazie," diceva Giuda a Ferrante – ma a Roberto la voce proveniva certamente dalle labbra di Caspar. "Da quando sono stato qui soggiogato, all'ora nona di oggi, speravo di potere ancora riparare al mio peccato... Ti ringrazio, fratello..."

"Sei qui appena da un giorno, o meno ancora?" chiedeva Ferrante. "Ma il tuo peccato è stato consumato nel trentatreesimo anno dalla morte di Nostro Signore, e dunque mille seicento e dieci anni fa..."

"Ahi, uomo ingenuo," rispondeva Giuda, "è certamente mille e seicento e dieci dei vostri anni che io fui messo su questo scoglio, ma non è ancora e non sarà mai un giorno dei miei. Tu non sai che, entrando nel mare che circonda questa mia isola, sei penetrato in un altro universo che scorre accanto e dentro al vostro, e qui il sole gira intorno alla terra come una testuggine che a ogni passo va più lenta di prima. Così in questo mio mondo il mio giorno all'inizio durava due dei vostri, e dopo tre, e via sempre di più, sino a ora, che dopo milleseicento e dieci dei vostri anni io sono sempre e ancor all'ora nona. E tra poco il tempo sarà ancora più lento, e poi ancora di più, e io vivrò sempre l'ora nona dell'anno trentatré dalla notte di Gerusalemme..."

"Ma perché?" domandava Ferrante.

"Ma perché Dio ha voluto che il mio castigo consistesse nel vivere sempre nel venerdì santo, a celebrare sempre e ogni giorno la passione dell'uomo che ho tradito. Il primo giorno della mia pena, mentre per gli altri uomini si avvicinava il tramonto, e poi la notte, e poi l'alba del sabato, per me era trascorso un atomo di un atomo di minuto dall'ora nona di quel venerdì. Ma rallentandosi ancora immediatamente il corso del sole, da voi Cristo risorgeva, e io ero ancora a un passo da quell'ora. E adesso, che per voi sono trascorsi secoli e secoli, io sono sempre a una briciola di tempo da quell'istante..."

"Ma questo tuo sole si muove pure, e verrà il giorno, fosc'anche tra diecimila e più anni, che tu entrerai nel tuo sabato."

"Sì, e allora sarà peggio. Sarò uscito dal mio purgatorio per entrare nel mio inferno. Non cesserà il dolore di quella morte che ho causato, ma avrò perduto la possibilità, che ancora mi resta, di far sì che quel che è accaduto non sia accaduto."

"Ma come?"

"Tu non sai che a non molta distanza da qui corre il meridiano antipodo. Oltre quella linea, sia nel tuo universo che nel mio, c'è il giorno prima. Se io, ora liberato, potessi oltrepassare quella linea, mi ritroverei nel mio giovedì santo, poiché questo scapolare che mi vedi sulle spalle è il vincolo che obbliga il mio sole ad accompagnarmi come la mia ombra, e a far sì che dovunque vada ogni tempo duri come il mio. Potrei allora raggiungere Gerusalemme viaggiando per un lunghissimo giovedì, e arrivarvi prima che la mia fellonia fosse compiuta. E salverei il mio Maestro dalla sua sorte."

"Ma," aveva obiettato Ferrante, "se impedisci la Passione non vi sarà mai stata la Redenzione, e il mondo sarebbe ancor oggi in preda al peccato originale."

"Ahi," aveva gridato Giuda piangendo, "io che pensavo

solo a me stesso! Ma allora che debbo fare? Se lascio di aver agito come ho agito, rimango dannato. Se riparo al mio errore, ostacolo il piano di Dio, e ne sarò punito con la dannazione. Era dunque scritto sin dall'inizio che io fossi dannato a esser dannato?"

La processione delle immagini si era spenta sul pianto di Giuda, al consumarsi dell'olio della lucerna. Ora parlava di nuovo padre Caspar, con una voce che Roberto non riconosceva più come sua. La poca luce proveniva ormai da una fessura nella parete e illuminava solo metà del suo volto, deformandogli la linea del naso e rendendo incerto il colore della barba, bianchissima ora da una parte e scura dall'altra. Gli occhi erano entrambi due incavi, perché anche quello esposto al chiarore sembrava in ombra. E Roberto si accorgeva appena allora che era coperto da una benda nera.

"Ed è a quel punto," diceva colui che ora era certamente l'Abate de Morfi, "è in quel momento che tuo fratello ha concepito il capolavoro del suo Ingegno. Se avesse compiuto lui il viaggio che Giuda si proponeva, avrebbe potuto impedire che la Passione si compisse e che quindi ci fosse concessa la Redenzione. Nessuna Redenzione, tutti vittime dello stesso peccato originale, tutti votati all'inferno, tuo fratello peccatore, ma come tutti gli uomini, e quindi giustificato."

"Ma come avrebbe potuto, come potrebbe, come ha potuto?" chiedeva Roberto.

"Oh," sorrideva ora con atroce allegria l'abate, "bastava poco. Bastava ingannare anche l'Altissimo, incapace di concepire ogni travestimento della verità. Bastava uccidere Giuda, come subito feci su quello scoglio, indossare il suo scapolare, farmi precedere dalla mia nave sulla costa opposta di quell'Isola, arrivare qui sotto mentite spoglie per impedire che tu apprendessi le rette regole del nuoto e non potessi mai precedermi laggiù, costringerti a costruire con me la campana acquatica per permettermi di raggiungere l'Isola." E mentre parlava, per mostrare lo scapolare, si toglieva lentamente la veste apparendo in abito piratesco, poi altrettanto lentamente si strappava la barba, si liberava dalla parrucca, e a Roberto pareva di vedersi in uno specchio.

"Ferrante!" aveva gridato Roberto.

"Io in persona, fratello mio. Io, che mentre tu arrancavi come un cane o una rana, sull'altra costa dell'isola ritrovavo la mia nave, veleggiavo nel mio lungo giovedì santo verso Gerusalemme, ritrovavo l'altro Giuda in procinto di tradire e lo impiccavo ad un fico, impedendogli di consegnare il Figlio dell'Uomo ai Figli delle Tenebre, penetravo nell'Orto degli Ulivi coi miei fidi e rapivo Nostro Signore, sottraendolo al Calvario! E ora tu, io, tutti stiamo vivendo in un mondo che non è mai stato redento!"

"Ma Cristo, Cristo, dov'è ora?"

"Ma dunque non sai che già i testi antichi dicevano che vi sono Colombe rosso fuoco perché il Signore, prima di essere crocifisso, ha indossato una tunica scarlatta? Non hai ancora capito? Da mille e seicento e dieci anni Cristo è prigioniero sull'Isola, da dove tenta di fuggire sotto le spoglie di una Colomba Color Arancio, ma incapace di abbandonare quel luogo, dove presso la Specola Melitense ho lasciato lo scapolare di Giuda, e dove è quindi sempre e soltanto lo stesso giorno. Ora non mi resta che uccidere te, e vivere libero in un mondo da cui è escluso il rimorso, l'inferno è sicuro per tutti, e laggiù un giorno io sarò accolto come il nuovo Lucifero!" E aveva tratto una daghinazza, avvicinandosi a Roberto per compiere l'ultimo dei suoi crimini.

"No," aveva gridato Roberto, "non te lo consentirò! Io ucciderò te, e libererò Cristo. So ancora tirare di spada, mentre a te mio padre non ha insegnato i suoi colpi segreti!"

"Ho avuto un solo padre e una sola madre, la tua mente infistolita," aveva detto Ferrante con un sorriso triste. "Tu mi hai solo insegnato a odiare. Credi di avermi fatto un gran dono, a darmi vita solo perché nel tuo Paese dei Romanzi impersonassi il Sospetto? Sino a che tu sarai vivo, a

425

pensare di me quello che io stesso ne debbo pensare, non cesserò di disprezzarmi. Dunque, che tu mi uccida o ti uccida io, il fine è lo stesso. Andiamo."

"Perdono, fratello mio," aveva gridato Roberto piangendo. "Sì, andiamo, è giusto che uno di noi due debba morire!"

Che cosa voleva Roberto? Morire, liberare Ferrante facendolo morire? Impedire a Ferrante di impedire la Redenzione? Non lo sapremo mai, perché non lo sapeva neppure lui. Ma così sono fatti i sogni.

Erano saliti sul ponte, Roberto aveva cercato la sua arma e l'aveva ritrovata (come ricorderemo) ridotta a un troncone; ma gridava che Dio gli avrebbe dato forza, e un bravo spadaccino avrebbe potuto battersi anche con una lama spezzata.

I due fratelli si fronteggiavano, per la prima volta, a dar inizio al loro ultimo scontro.

Il cielo si era deciso a secondare quel fratricidio. Una nuvola rossastra aveva improvvisamente steso tra la nave e il cielo un'ombra sanguigna, come se lassù qualcuno avesse sgozzato i cavalli del Sole. Era scoppiato un gran concerto di tuoni e lampi, seguiti da rovesci, e cielo e mare ai due duellanti rintronavano l'udito, abbarbagliavano la vista, percotevano con acqua diaccia le mani.

Ma i due si aggiravano tra le saette che piovevano loro d'intorno, assalendosi con botte e fianconate, arretrando di colpo, appigliandosi a una fune per evitar quasi volando una stoccata, lanciandosi contumelie, ritmando ogni assalto con un urlo, tra le urla pari del vento che sibilava d'intorno.

Su quella tolda scivolosa Roberto si batteva affinché Cristo potesse essere messo in Croce, e chiedeva l'aiuto divino; Ferrante perché Cristo non dovesse patire, e invocava il nome di tutti i diavoli.

Fu chiamando ad assisterlo Astarotte che l'Intruso (ormai intruso anche nei piani della Provvidenza) si offrì senza volere al Colpo del Gabbiano. O forse così voleva, per por fine a quel sogno senza capo né coda.

Roberto aveva fatto finta di cadere, l'altro gli si era precipitato addosso per finirlo, lui si era appoggiato sulla sinistra e aveva spinto la spada monca verso il suo petto. Non si era rialzato con l'agilità di Saint-Savin, ma Ferrante aveva ormai preso troppo slancio, e non aveva potuto evitare di infilzarsi, anzi di sfondarsi da solo lo sterno sul troncone della lama. Roberto era stato soffocato dal sangue che il nemico, morendo, versava dalla bocca.

Lui sentiva il sapore del sangue nella sua bocca, e probabilmente nel delirio si era morso la lingua. Ora nuotava in quel sangue, che si estendeva dalla nave all'Isola; non voleva andare avanti per tema del Pesce Pietra, ma aveva terminato solo la prima parte della sua missione, Cristo attendeva sull'Isola di versare il Suo sangue, ed egli era rimasto il suo unico Messia.

Cosa stava facendo ora nel suo sogno? Con la daga di Ferrante si era messo a ridurre una vela in lunghe bande, che poi annodava tra loro aiutandosi con le gomene; con altri lacci aveva catturato nel sottoponte i più vigorosi tra gli aironi, o cicogne che fossero, e li stava legando per le zampe come corsieri di quel suo tappeto volante.

Con la sua nave aerea si era levato a volo verso la terra ormai raggiungibile. Sotto la Specola Melitense aveva ritrovato lo scapolare, e lo aveva distrutto. Ridato spazio al tempo, aveva visto discendere su di lui la Colomba, che finalmente scopriva estatico in tutta la sua gloria. Ma era naturale – anzi, soprannaturale – che ora gli paresse non arancina ma bianchissima. Non poteva essere una colomba, perché a quell'uccello non si addice di rappresentare la Seconda Persona, era forse un Pio Pellicano, come dev'essere il Figlio. Così che alla fine non vedeva bene quale uccello gli si fosse offerto come gentil parrocchetto per quel vascello alato.

Solo sapeva che stava volando verso l'alto, e le immagini si susseguivano come volevano i fantasmi mattaccini. Stavano ora navigando alla volta di tutti gli innumerevoli e infiniti mondi, in ogni pianeta, in ogni stella, in modo che su ciascuno, quasi in un sol momento, si compisse la Redenzione.

Il primo pianeta che avevano toccato era stata la candida luna, in una notte illuminata dal mezzogiorno della terra. E la terra era lì, sulla linea dell'orizzonte, una enorme incombente sconfinata polenta di maiz, che ancora cuoceva in cielo e quasi gli cascava addosso gorgogliando di febbricosa e febbricante febbrosità febbrifera, febbricitando febbricciante in bolle boglienti nel loro bollimento, bollicanti di un bollichio bollicamentoso, ploppete ploppete plop. È che quando hai la febbre sei tu a diventare polenta, e le luci che vedi vengono tutte dalla bollizione della tua testa.

E là sulla luna con la Colomba...

Non avremo, confido, cercato coerenza e verisimiglianza in tutto quanto ho riportato sinora, perché si trattava dell'incubo di un sofferente attossicato da un Pesce Pietra. Ma quanto mi appresto a riferire supera ogni nostra aspettativa. La mente o il cuore di Roberto, o in ogni caso la sua *vis imaginativa*, stavano ordendo una sacrilega metamorfosi: sulla luna egli ora si vedeva non con il Signore, ma con la Signora, Lilia finalmente ritolta a Ferrante. Roberto stava ottenendo presso i laghi di Selene quello che il fratello gli aveva preso tra gli stagni dell'isola delle fontane. Le baciava il volto con gli occhi, la contemplava con la bocca, suggeva, mordeva e rimordeva, e scherzavano in giostra le lingue innamorate.

Solo allora Roberto, che forse si stava sfebbrando, tornò in sé, ma rimanendo affezionato a quanto aveva vissuto, come accade dopo un sogno che ci lascia, non solo con l'animo, ma con il corpo perturbato.

Non sapeva se piangere di felicità per il suo amore ritrovato, o di rimorso per aver ribaltato – complice la febbre, che non conosce le Leggi dei Generi – la sua Epopea Sacra in una Commedia Libertina.

Quel momento, si diceva, mi costerà davvero l'inferno, perché non sono certo migliore né di Giuda né di Ferrante

– anzi io non sono altro che Ferrante, e altro non ho fatto sinora che approfittare della sua malvagità per sognare di aver fatto quel che la mia viltà mi ha sempre impedito di fare.

Forse non sarò chiamato a rispondere del mio peccato, perché non ho peccato io, ma il Pesce Pietra che mi faceva sognare a modo suo. Però, se sono giunto a tanta amenza, è certamente segno che sto davvero per morire. E ho dovuto attendere il Pesce Pietra per decidermi a pensare alla morte, mentre questo pensiero dovrebbe essere il primo dovere del buon cristiano.

Perché non ho mai pensato alla morte, e all'ira di un Dio ridente? Perché seguivo gli insegnamenti dei miei filosofi, per cui la morte era una naturale necessità, e Dio era colui che nel disordine degli atomi ha introdotto la Legge che li compone nell'armonia del Cosmo. E poteva un tal Dio, maestro di geometria, produrre il disordine dell'inferno, sia pure per giustizia, e ridere di quel sovvertimento d'ogni sovversione?

No, Dio non ride, si diceva Roberto. Cede alla Legge che egli stesso ha voluto, e che vuole che l'ordine del nostro corpo si sfaccia, come il mio certamente si sta già sfacendo tra questo sfacimento. E vedeva i vermi vicino alla sua bocca, ma non erano effetto del delirio, bensì esseri formatisi per generazione spontanea tra il lerciume delle galline, prosapia dei loro escrementi.

Dava allora il benvenuto a quegli araldi della disgregazione comprendendo che quel confondersi nella materia viscida doveva esser vissuto come la fine di ogni soffrire, in armonia con la volontà della Natura e del Cielo che la amministra.

Dovrò attendere per poco, mormorava come in una preghiera. Nel giro di non molti giorni il mio corpo, ora ancora ben composto, mutatosi di colore diventerà smorto come un cece, quindi esso annerirà tutto da capo a piedi e lo rivestirà un calore fosco. Indi comincerà a tumefarsi, e su quel rigonfiamento nascerà una fetida muffa. Né molto andrà che il ventre inizierà a dare qua uno scoppio e là una rottura – dalle quali ne sboccherà fuori un marciume, e qui si vedrà ondeggiare un mezzo occhio inverminito, là uno squarcio di labbro. In questo fango si genererà poi una quantità di piccole mosche e di altri animaletti che si raggomitoleranno nel mio sangue e mi divoreranno a brano a brano. Una parte di questi esseri sorgeranno dal petto, un'altra con un non so che di mucoso colerà dalle narici; altri, invischiati in quella putrescine, entreranno e usciranno per la bocca, e i più satolli rigorgoglieranno giù per la gola... E questo mentre la *Daphne* diventerà a poco a poco il regno degli uccelli, e germi giunti dall'Isola vi faranno crescere animaleschi vegetali, di cui i miei liquami avranno nutrito le radici, ormai attecchite nella sentina. Infine, quando l'intera mia fabbrica corporea sarà ridotta a puro scheletro, nel corso dei mesi e degli anni – o forse dei millenni – anche quell'impalcatura lentamente si farà polverulenza d'atomi sulla quale i vivi cammineranno senza comprendere che l'intero globo della terra, i suoi mari, i suoi deserti, le sue foreste e le sue valli, altro non è che un vivente cimitero.

Non c'è nulla che concili la guarigione quanto un Esercizio della Buona Morte, che facendoci rassegnati ci rasserena. Così il carmelitano gli aveva detto un giorno, e così doveva essere, perché Roberto provò fame e sete. Più debole di quando sognava di lottare sul ponte, ma meno di quando si era steso presso alle galline, ebbe la forza di bere un uovo. Era buono il liquame che gli scendeva per la gola. E ancora più buono il succo di una noce che aprì nella dispensa. Dopo tanto meditare sul suo corpo morto, ora faceva morire nel suo corpo, da risanare, i corpi sani a cui la natura dà ogni giorno la vita.

Ecco perché, salvo alcune raccomandazioni del carmelitano, alla Griva nessuno gli aveva insegnato a pensare alla morte. Nei momenti dei colloqui familiari, quasi sempre a pranzo e a cena (dopo che Roberto era tornato da una delle sue esplorazioni della antica casa, dove si era attardato magari in uno stanzone ombroso all'odore delle mele lasciate per terra a maturare), non si conversava che della bontà dei meloni, del taglio del grano e delle speranze per la vendemmia.

Roberto ricordava quando la madre gli insegnava come avrebbe potuto vivere felice e tranquillo se avesse messo a frutto tutto il ben di Dio che la Griva gli poteva fornire: "E sarà bene che non dimentichi di provvederti di carne insalata di bue, di pecora o montone, di vitello e di porco, perché si conservano a lungo e sono di gran uso. Taglia le pezze di carne non molto grandi, mettile in vasello con sopra molto sale, lasciale otto giorni, poi appendile alle travi della cucina presso al camino, che s'asciughino al fumo, e fa' questo in tempo asciutto, freddo e di tramontana, passato il san Martino, che si conserveranno quanto desideri. Poi a settembre vengono gli uccelletti, e gli agnelli per tutto l'inverno, oltre ai capponi, alle galline vecchie, alle anitre e simili. Non sprezzare neppure l'asino che si rompe una gamba, ché ci si fanno delle salsiccette tonde che poi incidi col coltello e metti a friggere, e sono cosa da signori. E per la Quaresima, che ci siano sempre dei funghi, delle minestrine, delle noci, dell'uva, dei pomi e tutto quell'altro che ti manda Iddio. E sempre per la quaresima saranno da tener pronte delle radiche, e delle erbette che, infarinate e cotte nell'olio, sono meglio di una lampreda; e poi farai dei ravioli o calissoni di Quaresima, con pastella fatta d'olio, farina, acqua di rosa, zafferano e zucchero, con un poco di malvasia, tagliati tondi come vetri da finestra, empiuti di pane grattugiato, mele, fior di garofano e noci peste, che li metterai con alcuni grani di sale a cuocere nel forno, e mangerai meglio di un priore. Dopo Pasqua vengono i capretti, gli asparagi, i piccioncelli... Più tardi arrivano le ricotte e il cacio fresco. Ma dovrai saper profittare anche dei piselli o dei fagiuoli lessi infarinati e fritti, che sono tutti ottimi imbandimenti della tavola... Questa, figlio mio, se vivrai come i nostri vecchi hanno vissuto, sarà vita beata e fuori d'ogni travaglio..."

Ecco, alla Griva non si facevano discorsi che coinvolgessero morte, giudizio, inferno o paradiso. La morte, a Roberto, era apparsa a Casale, ed era stato in Provenza e a Parigi che era stato indotto a riflettervi, tra discorsi virtuosi e discorsi scapestrati.

Morirò certamente, si diceva ora, se non adesso per il Pesce Pietra, almeno più tardi, visto che è chiaro che da questa nave non uscirò più, ora che ho perduto – con la Persona Vitrea – persino il modo di avvicinarmi senza danno al barbacane. E di che mi ero illuso? Sarei morto, forse più tardi, anche se non fossi arrivato su questo relitto. Sono entrato nella vita sapendo che la legge è di uscirne. Come aveva detto Saint-Savin, si impersona la propria parte, chi più a lungo, chi più in fretta, e si esce di scena. Me ne sono visto molti passar davanti, altri mi vedranno passare, e daranno lo stesso spettacolo ai loro successori.

D'altra parte, per quanto tempo non sono stato, e per quanto non sarò più! Occupo uno spazio ben piccolo nell'abisso degli anni. Questo piccolo intervallo non riesce a distinguermi dal niente in cui dovrò andare. Non sono venuto al mondo che per far numero. La mia parte è stata così piccola che, anche se fossi rimasto dietro alle quinte, tutti avrebbero detto lo stesso che la commedia era perfetta. È come in una tempesta: gli uni annegano subito, altri si spezzano contro uno scoglio, altri rimangono su un legno abbandonato, ma non per molto anch'essi. La vita si spegne da sola, come una candela che ha consumato la sua materia. E ci si dovrebbe essere abituati, perché come una candela abbiamo cominciato a disperdere atomi sin dal primo momento che ci siamo accesi.

Non è una gran sapienza saper queste cose, si diceva Roberto, d'accordo. Dovremmo saperle dal momento che siamo nati. Ma di solito riflettiamo sempre e soltanto sulla morte degli altri. Eh sì, tutti abbiamo abbastanza forza per sopportare i mali altrui. Poi viene il momento che si pensa alla morte quando il male è nostro, e allora ci si accorge che né il sole né la morte si possono guardare fissi. A meno che non si abbiano avuti dei buoni maestri.

Ne ho avuti. Qualcuno mi ha detto che in verità pochi conoscono la morte. Di solito la si sopporta per stupidità o per abitudine, non per risoluzione. Si muore perché non si può fare altrimenti. Solo il filosofo sa pensare alla morte come a un dovere, da compiere di buon grado, e senza timore: sinché noi ci siamo, la morte non c'è ancora, e quando vien la morte, noi non ci siamo più. Perché avrei speso tanto tempo a conversare di filosofia se ora non fossi capace a far della mia morte il capolavoro della mia vita?

Le forze gli stavano tornando. Ringraziava la madre, il cui ricordo lo aveva indotto ad abbandonare il pensiero della fine. Non altro poteva fare, colei che gli aveva donato l'inizio.

Si mise a pensare alla propria nascita, di cui sapeva meno ancora che della propria morte. Si disse che pensare alle origini è proprio del filosofo. È facile per il filosofo giustificare la morte: che si debba precipitar nelle tenebre è una delle cose più chiare del mondo. Ciò che assilla il filosofo non è la naturalezza della fine, è il mistero dell'inizio. Possiamo disinteressarci dell'eternità che ci seguirà, ma non possiamo sottrarci all'angosciosa domanda su quale eternità ci abbia preceduti: l'eternità della materia o l'eternità di Dio?

Ecco perché era stato gettato sulla *Daphne*, si disse Roberto. Perché solo in quel riposevole romitorio avrebbe avuto agio di riflettere sull'unica domanda che ci libera da ogni apprensione per il non essere, consegnandoci allo stupore dell'essere.

37.
Esercitazioni Paradossali su come pensino le Pietre

Ma quanto era restato malato? Giorni, settimane? Oppure nel frattempo una tempesta si era abbattuta sulla nave? O, prima ancora di incontrare il Pesce Pietra, preso dal mare o dal suo Romanzo, non si era reso conto di quanto stava accadendo intorno a lui? Da quanto aveva a tal punto perduto il senso delle cose?

La *Daphne* era diventata un'altra nave. Il ponte era sporco e i barili lasciavano colare l'acqua andando a catafascio; alcune vele si erano sciolte e si sfilacciavano, pendendo dagli alberi come maschere che occhieggiassero o sogghignassero attraverso i loro buchi.

Gli uccelli si lamentavano, e Roberto corse subito ad accudirli. Alcuni erano morti. Per fortuna le piante, alimentate dalla pioggia e dall'aria, erano cresciute e certune si erano insinuate nelle gabbie, fornendo pastura ai più, e per gli altri si erano moltiplicati gli insetti. Gli animali sopravvissuti avevano persino generato, e i pochi morti erano stati sostituiti da molti vivi.

L'Isola rimaneva immutata; salvo che per Roberto, che aveva perduto la maschera, essa si era allontanata trascinata dalle correnti. Il barbacane, ora che sapeva difeso dal Pesce Pietra, era divenuto insuperabile. Roberto avrebbe potuto nuotare ancora, ma solo per amor del nuoto, e tenendosi lontano dagli scogli.

"Oh macchinamenti umani, come siete chimerici," mormorava. "Se l'uomo non è altro che un'ombra, voi siete fumo. Se non è altro che un sogno, voi siete larve. Se non è altro che uno zero, voi siete punti. Se non è altro che un punto, voi siete zeri."

Tante vicende, si diceva Roberto, per scoprirmi uno zero. Anzi, più azzerato di quanto fossi al mio arrivo di derelitto. Il naufragio mi aveva scosso e indotto a combattere per la vita, ora non ho nulla per cui combattere e contro cui battere. Sono condannato a un lungo riposo. Sono qui a contemplare non il vuoto degli spazi, ma il mio: e da esso nasceranno solo noia, tristezza e disperazione.

Tra poco non solo io, ma la stessa *Daphne* non sarà più. Io ed essa ridotti a cosa fossile come questo corallo.

Perché il teschio di corallo era ancor lì sul ponte, indenne dalla universale consunzione e quindi, poiché sottratto alla morte, unica cosa viva.

La figura peregrina ridiede lena ai pensieri di quel naufrago educato a scoprir nuove terre soltanto attraverso il cannocchiale della parola. Se il corallo era cosa viva, si disse, era l'unico essere veramente pensante in tanto disordine d'ogni altro pensiero. Non poteva che pensare la propria ordinata complessità, di cui però sapeva tutto, e senza l'attesa di imprevisti sconvolgimenti della propria architettura.

Vivono e pensano le cose? Il Canonico gli aveva detto un giorno che, a giustificare la vita e il suo sviluppo, occorre che in ogni cosa ci debbano essere dei fiori della materia, delle *sporá*, delle semenze. Le molecole sono disposizioni di atomi determinati sotto figura determinata, e se Dio ha imposto leggi al caos degli atomi, i loro composti non possono essere portati che a generare composti analoghi. Possibile che le pietre che conosciamo siano ancora quelle sopravvissute al Diluvio, che anch'esse non siano divenute, e da esse altre non ne siano state generate?

Se l'universo altro non è che un insieme di atomi semplici che si scontrano per generare i loro composti, non è possibile che – una volta compostisi nei composti – gli atomi cessino di muovere. In ogni oggetto deve mantenersi un loro movimento continuo: vorticoso nei venti, fluido e regolato nei corpi animali, lento ma inesorabile nei vegetali, e certamente più lento, ma non assente, nei minerali.

Anche quel corallo, morto per la vita corallina, godeva di un proprio agitarsi sotterraneo, proprio di una pietra.

Roberto rifletteva. Ammettiamo che ogni corpo sia composto di atomi, anche i corpi puramente e solamente estesi di cui ci parlano i Geometri, e che questi atomi siano indivisibili. È certo che ogni retta si può dividere in due parti eguali, qualsiasi sia la sua lunghezza. Ma se la sua lunghezza è irrilevante, è possibile che si debba dividere in due parti una retta composta da un numero dispari d'indivisibili. Questo vorrebbe dire, se non si vuole che le due parti risultino diseguali, che è stato diviso in due l'indivisibile mediano. Ma questo, essendo a propria volta esteso, e quindi a propria volta una retta, sia pure di imperscrutabile brevità, dovrebbe essere a sua volta divisibile in due parti uguali. E così all'infinito.

Il Canonico diceva che l'atomo è pur sempre composto di parti, salvo che è talmente compatto che non potremmo mai dividerlo oltre il suo limite. Noi. Ma altri?

Non esiste un corpo solido così compatto come l'oro, eppure prendiamo un'oncia di questo metallo, e da quell'oncia un battiloro ricaverà mille lamine, e la metà di quelle lamine sarà sufficiente per dorare l'intera superficie di un lingotto d'argento. E dalla stessa oncia d'oro coloro che preparano i fili d'oro e d'argento per la passamaneria, con le loro filiere riusciranno a ridurlo allo spessore di un capello e quel filino sarà lungo quanto un quarto di lega e forse più. L'artigiano si ferma a un certo punto, perché non possiede strumenti adeguati, né con l'occhio riuscirebbe più a scorgere il filo che otterrebbe. Ma degli insetti – così minuscoli che noi non possiamo vederli, e così industri e sapienti da superare in abilità tutti gli artigiani della nostra specie – potrebbero esser capaci di allungare ancora quel filo così che possa essere teso da Torino a Parigi. E se esistessero gli insetti di quegli insetti, a quale sottigliezza non condurrebbero questo stesso filo?

Se con l'occhio d'Argo potessi penetrare entro i poligoni di questo corallo e dentro i filamenti che vi si irraggiano, e dentro il filamento che costituisce il filamento, potrei andare a cercare l'atomo sino all'infinito. Ma un atomo che fosse secabile all'infinito, producendo parti sempre più piccole e sempre secabili ancora, potrebbe portarmi a un momento dove la materia altro non sarebbe che infinita secabilità, e tutta la sua durezza e il suo pieno si reggerebbero su questo semplice equilibrio tra vuoti. Anziché avere in orrore il vacuo, allora la materia lo adorerebbe e ne sarebbe composta, sarebbe vacua in se stessa, vacuità assoluta. La vacuità assoluta sarebbe al cuore stesso del punto geometrico impensabile, e questo punto altro non sarebbe che quell'isola di Utopia che noi sogniamo in un oceano fatto sempre e solo d'acque.

A ipotizzare una estensione materiale fatta di atomi, dunque, si arriverebbe a non aver più atomi. Che cosa rimarrebbe? Dei vortici. Salvo che i vortici non trascinerebbero soli e pianeti, materia piena che si oppone al loro vento, perché anche soli e pianeti sarebbero vortici anch'essi, che trascinano nel loro giro vortici minori. Allora il vortice massimo che fa vorticar le galassie, avrebbe al proprio centro altri vortici, e questi sarebbero vortici di vortici, gorghi fatti di altri gorghi, e l'abisso del gran gorgo di gorghi di gorghi sprofonderebbe nell'infinito reggendosi sul Nulla.

E noi, abitanti del gran corallo del cosmo, crederemmo materia piena l'atomo (che pure non vediamo), mentre anch'esso, come tutto il resto, sarebbe un ricamare di vuoti nel vuoto, e chiameremmo essere, denso e persino eterno, quella ridda d'inconsistenze, quell'estensione infinita, che si identifica col niente assoluto, e che genera dal proprio non essere l'illusione del tutto.

E dunque sono qui a illudermi sull'illusione di un'illusione, io illusione a me stesso? E dovevo perdere tutto, e capitare su questo burchio perduto negli antipodi, per capire che non c'era nulla da perdere? Ma comprendendo questo non guadagno forse tutto, perché divento l'unico punto pensante in cui l'universo riconosce la propria illusione?

E però, se penso, non vuol dire che ho un'anima? Oh,

che viluppo. Il tutto è fatto di nulla, eppure per capirlo bisogna avere un'anima che, per poco che sia, nulla non è.

Che cosa sono io? Se dico *io*, nel senso di Roberto de la Grive, lo faccio in quanto sono memoria di tutti i miei momenti passati, la somma di tutto ciò che ricordo. Se dico *io*, nel senso di quel qualcosa che è qui in questo momento, e non è l'albero di maestra o questo corallo, allora sono la somma di ciò che sento ora. Ma ciò che sento ora che cos'è? È l'insieme di quei rapporti tra presunti indivisibili che si sono disposti in quel sistema di rapporti, in quell'ordine particolare che è il mio corpo.

E allora la mia anima non è, come voleva Epicuro, una materia composta di corpicelli più sottili degli altri, un soffio misto a calore, ma è il modo in cui questi rapporti si sentono come tali.

Che tenue condensamento, che condensata impalpabilità! Io altro non sono che un rapporto tra le mie parti che si percepiscono mentre stanno in relazione l'una all'altra. Ma queste parti essendo a loro volta divisibili in altre relazioni (e così via) allora ogni sistema di rapporti, avendo coscienza di se stesso, essendo anzi la coscienza di se stesso, sarebbe un nucleo pensante. Io penso me, il mio sangue, i miei nervi; ma ogni goccia del mio sangue penserebbe se stessa.

Si penserebbe così come io penso me? Certamente no, in natura l'uomo sente se stesso in modo assai complesso, l'animale un poco meno (è capace di appetito, per esempio, ma non di rimorso), e una pianta si sente crescere, e certo sente quando la tagliano, e forse dice *io*, ma in senso assai più oscuro di quanto io faccia. Ogni cosa pensa, ma secondo quant'è complicata.

Se così è, allora, pensano anche le pietre. Anche questo sasso, che poi sasso non è, ma era un vegetale (o un animale?). Come penserà? Da pietra. Se Dio, che è il gran rapporto di tutti i rapporti dell'universo, pensa se stesso pensante, come vuole il Filosofo, questa pietra penserà soltanto se stessa pietrante. Dio pensa la realtà intera e gli infiniti mondi che crea e che fa sussistere col suo pensiero, io penso al mio amore infelice, alla mia solitudine su questa nave, ai miei genitori scomparsi, ai miei peccati e alla mia morte ventura, e questa pietra forse pensa soltanto io pietra, io pietra, io pietra. Anzi, forse non sa dire neppure *io*. Pensa: pietra, pietra, pietra.

Dovrebbe essere noioso. Oppure sono io che provo noia, io che posso pensare di più, ed esso (o essa) è invece pienamente soddisfatto del proprio essere pietra, tanto felice quanto Dio – perché Dio gode nell'essere Tutto e questa pietra gode nell'essere quasi niente, ma siccome non conosce altro modo di essere, del proprio si compiace eternamente appagata di sé...

Ma è poi vero che la pietra non sente null'altro che la sua pietraggine? Il Canonico mi diceva che anche le pietre sono corpi che in certe occasioni bruciano e diventano altro. Infatti, una pietra cade in un vulcano, per l'intenso calore di quell'unguento di fuoco, che gli antichi chiamavano Magma, si fonde con altre pietre, diventa una sola massa incandescente, va, e dopo poco (o molto) si ritrova come parte di una pietra maggiore. Possibile che nel cessare di essere quella pietra, e nel momento di diventarne un'altra, non senta la propria calefazione, e con essa l'imminenza della propria morte?

Il sole batteva sulla tolda, una brezza leggera ne leniva il calore, il sudore si seccava sulla pelle di Roberto. Da tanto tempo inteso a rappresentarsi come pietra impietrata dalla dolce Medusa che lo aveva irretito col suo sguardo, risolse di provare a pensare come le pietre pensano, forse per abituarsi al giorno in cui sarebbe stato semplice e bianco ammasso d'ossa esposto a quello stesso sole, a quello stesso vento.

Si spogliò nudo, si coricò, con gli occhi chiusi, e con le dita nelle orecchie, per non essere disturbato da alcun rumore, come certamente accade a una pietra, che non ha organi di senso. Cercò di annullare ogni proprio ricordo, ogni esigenza del suo corpo umano. Se avesse potuto, avrebbe annullato la propria pelle, e non potendolo si ingegnava di renderla il più insensibile che potesse.

Sono una pietra, sono una pietra, si diceva. E poi, per evitare persino di parlare a se stesso: pietra, pietra, pietra.

Che cosa sentirei se fossi davvero una pietra? Anzitutto il movimento degli atomi che mi compongono, ovvero lo stabile vibrare delle posizioni che le parti delle mie parti delle mie parti intrattengono tra loro. Sentirei il ronzare del mio pietrare. Ma non potrei dire *io*, perché per dire *io* bisogna pure che ci siano degli altri, qualcosa d'altro a cui oppormi. In principio la pietra non può sapere che ci sia altro fuori di sé. Ronza, pietra se stessa pietrante, e ignora il resto. È un mondo. Un mondo che mondula da solo.

Tuttavia, se tocco questo corallo, sento che la superficie ha ritenuto il calore del sole sulla parte esposta, mentre la parte che poggiava sul ponte è più fredda; e se lo spaccassi a metà sentirei forse che il calore decresce dal sommo alla base. Ora, in un corpo caldo, gli atomi si muovono più furiosamente, e quindi questo sasso, se si sente come movimento, non può che sentire al proprio interno un differenziarsi di moti. Se restasse eternamente esposto al sole nella stessa posizione, forse inizierebbe a distinguere qualcosa come un sopra e un sotto, se non altro come due tipi diversi di moto. Non sapendo che la causa di questa diversità è un agente esterno, si penserebbe così, come se quel moto fosse la sua natura. Ma se si formasse una frana e la pietra rotolasse a valle sino ad assumere un'altra posizione, sentirebbe che altre delle sue parti ora muovono, da lente che erano, mentre le prime, che erano veloci, ora van di passo più lento. E mentre il terreno smotta (e potrebbe essere un processo lentissimo) sentirebbe che il calore, ovvero il moto che ne consegue, passa a grado a grado da una parte all'altra di essa.

Così pensando, Roberto esponeva lentamente lati diversi del suo corpo ai raggi solari, rotolando per il ponte, sino a incontrare una zona d'ombra, rabbruscando leggermente, come avrebbe dovuto accadere alla pietra.

Chissà, si chiedeva, se in questi moti la pietra non inizi ad avere, se non il concetto di luogo, almeno quello di parte: certamente, in ogni caso, quello di mutazione. Non di passione, però, perché non conosce il suo opposto, che è l'azione. O forse sì. Perché che essa sia pietra, così composta, lo sente sempre, mentre che sia or calda qui or fredda là lo sente in modo alterno. Dunque in qualche modo è capace di distinguere se stessa, come sostanza dai propri accidenti. O no: perché se sente se stessa come rapporto, sentirebbe se stessa come rapporto tra accidenti diversi. Si sentirebbe come sostanza in divenire. E che vuol dire? Mi sento io in modo diverso? Chissà se le pietre pensano come Aristotele o come il Canonico. Tutto questo in ogni caso potrebbe prenderle millenni, ma non è questo il problema: è se la pietra possa far tesoro di successive percezioni di sé. Perché se si sentisse ora calda in alto e fredda in basso, e poi viceversa, ma nel secondo stato non si ricordasse del primo, essa crederebbe sempre che il suo movimento interno fosse lo stesso.

Ma perché, se ha percezione di sé, non deve aver memoria? La memoria è una potenza dell'anima, e per piccola che sia l'anima che la pietra ha, avrà memoria in proporzione.

Aver memoria significa aver nozione del prima e del dopo, altrimenti anch'io crederei sempre che la pena o la gioia di cui mi ricordo siano presenti nell'istante che le ricordo. Invece so che sono percezioni passate perché sono più deboli di quelle presenti. Il problema è dunque aver il sentimento del tempo. Il che forse neppure io potrei avere, se il tempo fosse qualcosa che si impara. Ma non mi dicevo giorni, o mesi fa, prima della malattia, che il tempo è la condizione del movimento, e non il risultato? Se le parti della pietra sono in moto, questo moto avrà un ritmo che, anche se inaudibile, sarà come il rumore di un orologio. La pietra, sarebbe l'orologio di se stessa. Sentirsi in moto significa sentire il proprio tempo che batte. La terra, grande pietra nel cielo, sente il tempo del suo moto, il tempo del respiro delle sue maree, e quello che essa sente io lo vedo disegnarsi sulla volta stellata: la terra sente lo stesso tempo che io vedo.

Dunque la pietra conosce il tempo, anzi, lo conosce prima ancora di percepire i suoi cambiamenti di calore come movimento nello spazio. Per quanto ne so, potrebbe non avvertire nemmeno che il mutar di calore dipenda dalla sua posizione nello spazio: potrebbe intenderlo come un fenomeno di mutazione nel tempo, come il passaggio dal sonno alla veglia, dall'energia alla stanchezza, come io ora mi sto accorgendo che, a restare fermo come sto, mi formicola il piede sinistro. Ma no, deve sentire anche lo spazio, se avverte il movimento dove prima c'era quiete, e la quiete là dove prima c'era moto. Essa quindi sa pensare *qui* e *là*.

Ma immaginiamo ora che qualcuno raccolga questa pietra e la incastri tra altre pietre per costruire un muro. Se essa prima avvertiva il gioco delle proprie posizioni interne era perché sentiva i propri atomi tesi nello sforzo di comporsi come le celle di un nido d'api, infittiti l'uno contro l'altro e l'uno tra gli altri, come dovrebbero sentirsi le pietre di una volta da chiesa, dove l'una spinge l'altra e tutte spingono verso la chiave centrale, e le pietre prossime alla chiave spingono le altre verso il basso e all'in fuori.

Ma, abituatasi a quel gioco di spinte e controspinte, l'intera volta dovrebbe sentirsi come tale, nel movimento invisibile che fanno i suoi mattoni per spingersi a vicenda; parimenti dovrebbe avvertire lo sforzo che qualcuno fa per abbatterla e capire che cessa d'essere volta nel momento in cui il muro sottostante, coi suoi contrafforti, cade.

Quindi la pietra, pressata tra altre pietre al punto tale che è sul punto di rompersi (e se la pressione fosse maggiore s'incrinerebbe) deve sentire questa costrizione, una costrizione che prima non avvertiva, una pressione che in certo qual modo deve influire sul proprio movimento interno. Non sarà questo il momento in cui la pietra avverte la presenza di qualche cosa di esterno a sé? La pietra avrebbe allora coscienza del Mondo. O forse penserebbe che la forza che la opprime è qualcosa di più forte di essa, e identificherebbe il Mondo con Dio.

Ma il giorno che quel muro crollasse, cessata la costrizione, avvertirebbe la pietra il sentimento della Libertà –

come lo avvertirei io, se mi decidessi a uscire dalla costrizione che mi sono imposto? Salvo che io posso voler cessare dall'essere in questo stato, la pietra no. Quindi la libertà è una passione, mentre la volontà d'esser libero è una azione, e questa è la differenza tra me e la pietra. Io posso volere. La pietra al massimo (e perché no?) può solo tender a tornare com'era prima del muro, e sentire piacere quando ridiventa libera, ma non può decidere di agire per realizzare ciò che le piace.

Ma posso io davvero volere? In questo momento io provo il piacere d'essere pietra, il sole mi scalda, il vento mi rende accettabile questa concozione del mio corpo, non ho nessuna intenzione di cessar d'esser pietra. Perché? Perché mi piace. Dunque anch'io sono schiavo di una passione, che mi sconsiglia dal voler liberamente il proprio contrario. Pero, volendo, potrei volere. E tuttavia non lo faccio. Quanto sono più libero di una pietra?

Non c'è pensiero più tremendo, specie per un filosofo, di quello del libero arbitrio. Per pusillanimità filosofica, Roberto lo scacciò come un pensiero troppo grave – per lui, certo, e a maggior ragione per una pietra, a cui aveva già donato le passioni ma aveva tolto ogni possibilità d'azione. In ogni caso, anche senza potersi porre domande sulla possibilità o meno di dannarsi volontariamente, la pietra aveva già acquistato molte e nobilissime facoltà, più di quanto gli esseri umani le avessero mai attribuito.

Roberto si chiedeva ora piuttosto se nel momento in cui cadeva nel vulcano, la pietra avesse coscienza della propria morte. Certamente no, perché non aveva mai saputo che cosa volesse dire morire. Ma quando era del tutto scomparsa nel magma, poteva aver nozione della sua morte avvenuta? No, perché non esisteva più quel composto individuale pietra. D'altro canto, abbiamo mai saputo di un uomo che si sia accorto di essere morto? Se qualcosa pensava se stesso, sarebbe stato ora il magma: io magmo, io magmo, io magmo, schluff schlaff, io fluisco, fluo, fluesco,

fluito, plap ploff splupp, io ribocco, ribollisco in bolle ebullienti, sfriggolo, sfrittello, scatarro scaracchio, poltiglio.
Slap. E nel fingersi magma Roberto sputacchiava come un
cane affetto d'idrofobia e cercava di trarre borborismi dalle
sue viscere. Stava quasi per dar di corpo. Non era fatto per
essere magma, meglio tornare a pensare da pietra.

Ma che cosa importa alla pietra che fu, che il magma
magmi se stesso magmante? Non c'è per le pietre una vita
dopo la morte. Non c'è per nessuno a cui sia promesso e
concesso, dopo la morte, di diventare pianta o animale.
Cosa accadrebbe se io morissi e tutti i miei atomi si ricomponessero, dopo che le mie carni si sono ben distribuite
nella terra e son filtrate lungo le radici, nella bella forma di
una palma? Direi *io palma*? Lo direbbe la palma, non meno
pensante di una pietra. Ma quando la palma dicesse *io*, intenderebbe *io Roberto*? Sarebbe male sottrarle il diritto di
dire *io palma*. E che palma sarebbe se dicesse *io Roberto
sono palma*? Quel composto che poteva dire *io Roberto*,
perché si percepiva come quel composto, non c'è più. E se
non c'è più, con la percezione avrà perso anche la memoria
di sé. Non potrei neppure dire *io palma ero Roberto*. Se
questo fosse possibile, dovrei ora sapere che io Roberto ero
un tempo... che so? Qualcosa. E invece non me ne ricordo
affatto. Quello che ero prima non lo so più, così come sono
incapace di ricordarmi di quel feto che ero nel ventre di
mia madre. Io so di essere stato un feto perché me lo
hanno detto gli altri, ma per quanto mi concerne avrei potuto non esserlo stato mai.

Mio Dio, potrei godere dell'anima, e ne potrebbero godere persino le pietre, e proprio dall'anima delle pietre apprendo che la mia anima non sopravviverà al mio corpo.
Che sto a pensare, e a giocar a far la pietra, se poi non saprò più nulla di me?

Ma in fin dei conti, che cosa è mai quest'io che io credo
che pensi me? Non ho detto che non sia altro che la coscienza che il vuoto, identico all'estensione, ha di sé in questo particolare composto? Dunque non sono io che penso,
ma sono il vuoto, o l'estensione, che pensano me. E allora

questo composto è un accidente, in cui il vuoto e l'estensione si sono attardati per un batter d'ali, per poter poi tornare a pensarsi altrimenti. In questo grande vuoto del vuoto, l'unica cosa che veramente c'è, è la vicenda di questo divenire in innumerevoli composti transitori... Composti di che cosa? Dell'unico grande nulla, che è la Sostanza del tutto.

Regolata da una maestosa necessità, che la porta a creare e distruggere mondi, a intessere le nostre pallide vite. Se quella accetto, se questa Necessità riesco ad amare, tornare a essa, e piegarmi ai suoi futuri voleri, questo è la condizione della Felicità. Solo accettando la sua legge troverò la mia libertà. Rifluire in Essa sarà la Salvezza, la fuga dalle passioni nell'unica passione, l'Amore Intellettuale di Dio.

Se questo riuscissi davvero a comprendere, sarei davvero l'unico uomo che ha trovato la Vera Filosofia, e saprei tutto del Dio che si nasconde. Ma chi avrebbe animo di andare per il mondo e proclamare questa filosofia? Questo è il segreto che io porterò con me nella tomba degli Antipodi.

L'ho già detto, Roberto non aveva la tempra del filosofo. Arrivato a questa Epifania, che si era molata con la severità con cui l'ottico polisce la sua lente, ebbe – e di nuovo – un'apostasia amorosa. Poiché le pietre non amano, si levò a sedere tornando uomo amante.

Ma allora, si disse, se è nel gran mare della grande e unica sostanza che dovremo tutti tornare, laggiù, o lassù, o in qualsiasi dove essa sia, io mi ricongiungerò identico alla Signora! Saremo entrambi parte e tutto dello stesso macrocosmo. Io sarò lei, ella sarà me. Non è questo il senso profondo del mito di Ermafrodito? Lilia e io, un solo corpo e un solo pensiero...

E non ho forse già anticipato questo accadimento? Da giorni (da settimane, mesi?) io sto facendola vivere in un mondo che è tutto mio, sia pure attraverso Ferrante. Essa è già pensiero del mio pensiero.

Forse è questo, lo scrivere Romanzi: vivere attraverso i propri personaggi, far sì che questi vivano nel nostro mondo, e consegnare se stessi e le proprie creature al pensiero di coloro che verranno, anche quando noi non potremo più dire *io*..

Ma se è così, dipende solo da me eliminare per sempre Ferrante dal mio stesso mondo, farne governare la scomparsa dalla giustizia divina, e creare le condizioni per cui io possa ricongiungermi con Lilia.

Pieno di nuovo entusiasmo, Roberto decise di pensare l'ultimo capitolo della sua storia.

Non sapeva che, specie quando gli autori sono ormai decisi a morire, i Romanzi spesso si scrivono da soli, e vanno dove vogliono loro.

38.
Sulla Natura e il Luogo dell'Inferno

Roberto si raccontò che, vagando di isola in isola, e cercando più il suo piacere che la giusta rotta, Ferrante, incapace di trarre avvisi dai segnali che l'eunuco olandese mandava alla ferita di Biscarat, avesse alfine perduto ogni nozione di dove si trovasse.

La nave pertanto andava, i pochi viveri si erano guastati, l'acqua impuzzoliva. Affinché la ciurma non se ne avvedesse, Ferrante obbligava ciascuno a scendere solo una volta al giorno nella stiva e prendere allo scuro il poco necessario a sopravvivere, e che nessuno avrebbe sofferto di guardare.

Sola non si accorgeva di nulla Lilia, che sopportava con serenità ogni strazio, e pareva vivere di un goccio d'acqua e un nulla di biscotto, ansiosa che l'amato riuscisse nella sua impresa. Quanto a Ferrante, insensibile a quell'amore se non per il piacere che ne traeva, continuava a incitare i suoi marinai, facendo balenare agli occhi della loro brama immagini di ricchezza. E così un cieco accecato dal rancore conduceva altri ciechi accecati dalla cupidigia, trattenendo prigioniera dei suoi lacci una cieca beltà.

A molti dell'equipaggio, tuttavia, già per la gran sete si enfiavano le gengive, che iniziavano a coprire tutto il dente; le gambe si cospargevano di ascessi, e il loro pestilenziale secreto saliva fino alle parti vitali.

Fu così che, scesi oltre il venticinquesimo grado di latitudine sud, Ferrante aveva dovuto affrontare un ammutinamento. Lo aveva fatto avvalendosi di un gruppo di cinque corsari più fedeli (Andrapodo, Boride, Ordogno, Safar e

Asprando), e i ribelli erano stati abbandonati con pochi viveri nella scialuppa. Ma così facendo la *Tweede Daphne* si era privata di un mezzo di salvataggio. Che importava, diceva Ferrante, tra poco saremo al luogo ove ci trascina la nostra esecranda fame dell'oro. Ma gli uomini non bastavano più a governar la nave.

Né avevano più voglia di farlo, avendo dato man forte al loro capo, ora si volevano suoi pari. Uno dei cinque aveva spiato quel misterioso gentiluomo, che saliva così raramente sul ponte, e aveva scoperto che si trattava di una donna. Allora quegli ultimi scherani avevano affrontato Ferrante chiedendogli la passeggera. Ferrante, Adone nell'aspetto, ma Vulcano nell'anima, teneva più a Plutone che a Venere, e fu fortuna che Lilia non l'udisse mentre sussurrava agli ammutinati che sarebbe sceso a patti con loro.

Roberto non doveva permettere a Ferrante di compiere quest'ultima ignominia. Volle dunque che a quel punto Nettuno si adirasse che qualcuno potesse valicare le sue campagne senza timore dell'ira sua. Oppure, a non immaginare la vicenda in modi così pagani, ancorché concettosi: immaginò che fosse impossibile (se un romanzo deve anche trasmettere un insegnamento morale) che il Cielo non punisse quel vascello di perfidie. E gioiva figurandosi che i Noti, gli Aquiloni, e gli Austri, nemici indefessi della quiete del mare, anche se sino ad allora avevano lasciato ai placidi Zefiri la cura di batter il sentiero onde la *Tweede Daphne* continuava il suo viaggio, racchiusi nelle loro stanze sotterranee già si mostrassero impazienti.

Li fece scoppiare fuori tutti a un tratto. Al gemito dei fasciami facevano bordone i lamenti dei marinai, il mare vomitava su di essi ed essi vomitavano nel mare, e talora un'onda li avviluppava in tale maniera che dalle rive qualcuno avrebbe potuto scambiare quel ponte con una bara di ghiaccio, intorno a cui le folgori si accendevano come ceri.

Dapprima la tempesta opponeva nubi a nubi, acque ad acque, venti a venti. Ma ben presto il mare era uscito dai suoi prescritti confini e cresceva inturgidendo verso il cielo, scendeva rovinosa la pioggia, l'acqua si mesceva con l'aria, l'uccello imparava il nuoto, e il volo il pesce. Non era più una lotta della natura contro i naviganti, bensì una battaglia degli elementi tra loro. Non v'era un atomo di aria che non si fosse trasformato in una sfera di grandine, e Nettuno saliva per estinguere i baleni nelle mani di Giove, onde sottrargli il gusto di bruciar quegli umani, che egli voleva invece annegati. Il mare scavava una tomba nel suo stesso seno per sottrarli alla terra e, come vedeva il vascello puntare senza governo verso uno scoglio, con subitaneo manrovescio lo faceva procedere in altra direzione.

La nave s'immergeva, a poppa e a prua, e ogni volta che s'abbassava sembrava che volasse dall'alto di una torre: la poppa sprofondava sino alla galleria, e a prua l'acqua sembrava voler inghiottire il bompresso.

Andrapodo, che stava tentando di legare una vela, era stato strappato dal pennone e precipitando in mare aveva colpito Boride che tendeva una corda, disarticolandogli la testa.

Lo scafo rifiutava ora d'obbedire al timoniere Ordogno, mentre un'altra raffica stracciava di colpo la penna di mezzana. Safar si ingegnava di ammainare le vele, incitato da Ferrante che proferiva bestemmie, ma non aveva finito di assicurare la gabbia che la nave si era messa di traverso e aveva ricevuto di fianco tre onde di tale grandezza che Safar era stato scaraventato oltre bordo. L'albero maestro si era di colpo spezzato piombando a mare, non senza aver prima devastato il ponte e fracassato il cranio ad Asprando. E infine il timone era andato in pezzi, mentre un colpo impazzito della barra toglieva la vita a Ordogno. Ormai quel moncherino di legno era privo di equipaggio, mentre gli ultimi topi si riversavano oltre bordo, cadendo nell'acqua alla quale volevano sfuggire.

Sembra impossibile che Ferrante, in tanta tregenda, pensasse a Lilia, ché da lui ci attenderemmo che fosse sollecito solo della propria incolumità. Non so se Roberto avesse pensato che stava violando le leggi del verisimile ma, pur di non lasciar perire colei a cui aveva dato il cuore, dovette concedere un cuore anche a Ferrante – sia pure per un attimo.

Ferrante dunque trascina Lilia sul ponte, e che fa? L'esperienza insegnava a Roberto che avrebbe dovuto legarla solidamente a una tavola, lasciandola scivolare nel mare e confidando che neppure le fiere dell'Abisso avrebbero negato pietà a tanta bellezza.

Dopo di che Ferrante afferra anch'egli un pezzo di legno, e si dispone a legarselo addosso. Ma in quel momento emerge sul ponte, Dio sa come sciolto dal suo patibolo per lo scombussolare della stiva, con le mani ancora incatenate tra loro, più simile a un morto che a un vivo, ma con gli occhi ravvivati dall'odio, Biscarat.

Biscarat che per tutto il viaggio era rimasto, come il cane dell'*Amarilli*, a soffrire in ceppi mentre ogni giorno gli veniva riaperta quella ferita che poi gli veniva per poco curata – Biscarat, che aveva trascorso quei mesi con un unico pensiero: vendicarsi di Ferrante.

Deus ex machina, Biscarat appare di colpo alle spalle di Ferrante, che ha già un piede sulla balaustrata, alza le braccia e le passa, facendo della catena un cappio, davanti al volto di Ferrante, sino a serrargli la gola. E gridando "Con me, con me all'inferno alfine!" lo si vede – quasi lo si sente – dare una stretta tale che il collo di Ferrante si spezza mentre la lingua fuoriesce da quelle labbra blasfeme e ne accompagna l'ultima rabbia. Sino a che il corpo senz'anima del giustiziato precipitando trascina seco, come un mantello, quello ancor vivo del giustiziere, che va vittorioso a incontrare i flutti in guerra con il cuore finalmente in pace.

Roberto non riuscì a immaginare i sentimenti di Lilia a quella vista, e sperò che non avesse visto nulla. Siccome non ricordava che cosa fosse accaduto a lui dal momento in cui era stato preso dal mulinello, neppure riusciva a immaginare che cosa potesse essere accaduto a lei.

In realtà, era così preso dal dovere di inviare Ferrante alla sua giusta punizione che risolse di seguire anzitutto la sua sorte nell'oltretomba. E lasciò Lilia nel gurgite vasto.

Il corpo senza vita di Ferrante, era stato gettato intanto su di una spiaggia deserta. Il mare era calmo, come acqua in una tazza, e sulla riva non c'era alcuna risacca. Tutto era avvolto da una leggera caligine, come avviene quando il sole è già scomparso ma la notte non ha ancora preso possesso del cielo.

Subito dopo la spiaggia, senza che alberi o cespugli segnassero la sua fine, si vedeva una pianura affatto minerale, dove persino quelli che da lungi sembravano cipressi, si rivelavano poi come obelischi di piombo. All'orizzonte, verso occidente, si elevava un rilievo montuoso, ormai scuro alla vista, se non vi si fossero scorte alcune fiammelle lungo le pendici, che gli davano un'apparenza di camposanto. Ma sopra quel massiccio ristavano lunghe nuvole nere dal ventre di carbone che si spegne, di una forma solida e compatta, come quegli ossi di seppia che appaiono in certi quadri o disegni, che a guardarli poi di sghembo si rattrappiscono in forma di teschio. Tra le nuvole e il monte, il cielo aveva ancora sfumature giallognole – e si sarebbe detto, quello, l'ultimo spazio aereo ancora toccato dal sole morente, se non fosse che si aveva l'impressione che quell'ultimo conato di tramonto non avesse mai avuto inizio, e non avrebbe mai avuto fine.

Là dove la pianura iniziava a farsi pendio, Ferrante scorse una piccola schiera d'uomini, e mosse verso di loro.

Uomini, o esseri comunque umani, erano all'aspetto da lontano ma – come Ferrante li ebbe raggiunti – vide che, se uomini erano stati, ora piuttosto erano divenuti – o erano sulla via di divenire – strumenti per un anfiteatro d'anatomia. Così li voleva Roberto, perché ricordava di aver visitato un giorno uno di questi luoghi dove un gruppo di medici dagli abiti scuri e dal volto rubicondo, con piccole vene accese sul naso e sulle guance, in atto che sembrava di carnefice, stavano intorno a un cadavere per esporre di fuori ciò che era dentro, e scoprir nei morti i segreti dei vivi. Levavano la pelle, tagliavano le carni, snudavano le ossa, scioglievano i legami dei nervi, snodavano i groppi dei muscoli, aprivano gli organi dei sensi, porgevano separate tutte le membrane, sfasciate tutte le cartilagini, staccate tutte le frattaglie. Distinta ogni fibra, divisa ogni arteria, scoperta ogni midolla, mostravano agli astanti le officine vitali: ecco, dicevano, il cibo qui si cuoce, il sangue qui si purga, l'alimento qui si dispensa, qui si formano gli umori, qui si temprano gli spiriti... E qualcuno accanto a Roberto aveva osservato sottovoce che, dopo la nostra morte terrena, non altrimenti avrebbe fatto natura.

Ma un Dio notomista aveva toccato in modo diverso quegli abitanti dell'isola, che ora Ferrante vedeva sempre più da vicino.

Il primo era un corpo privo di pelle, le fasce dei muscoli tese, in un gesto di abbandono le braccia, il volto sofferente al cielo, tutto cranio e pomelli. Al secondo il cuoio delle mani appena pendeva appeso ai polpastrelli come un guanto, e alle gambe si rimboccava sotto il ginocchio come un morbido stivale.

Di un terzo, prima la pelle, poi i muscoli erano stati talmente divaricati che il corpo tutto, e specie il volto, sembrava un libro aperto. Come se quel corpo volesse mostrare pelle, carne e ossa al tempo stesso, tre volte umano e tre volte mortale; ma pareva un insetto di cui quei cenci fossero le ali, se in quell'isola ci fosse stato un vento ad agitarle. Ma queste ali non si muovevano per la forza dell'aria, immota in quel crepuscolo: si agitavano appena ai movimenti di quel corpo slombato.

Poco distante uno scheletro si appoggiava a una pala, forse per scavarsi la fossa, le occhiaie al cielo, una smorfia nell'arco piegato dei denti, la mano sinistra come a implorare pietà e ascolto. Un altro scheletro chino offriva di spalle la spina del dorso incurvata, camminando a scatti con le mani ossute al volto reclinato.

Uno, che Ferrante vide solo da tergo, aveva ancora una zazzera sul cranio scarnificato, a modo di berretto infilatovi a forza. Ma il risvolto (pallido e rosa come una conchiglia marina), il feltro che sosteneva la pelliccia, era formato dalla cute, tagliata all'altezza della collottola e rivoltata all'in su.

Ve ne erano alcuni a cui quasi tutto era stato sottratto, e parevano sculture di soli nervi; e sul tronco del collo, ormai acefalo, sventolavano quelli che un tempo erano abbarbicati a un cervello. Le gambe parevano un intreccio di vimini.

Ve n'erano altri che, con l'addomine aperto, lasciavano palpitare intestini color colchico, come mesti ghiottoni ingozzati di trippe mal digerite. Là dove avevano avuto un pene, ormai sbucciato e ridotto a un picciuolo, si agitavano solo i testicoli rinsecchiti.

Ferrante ne vide che erano ormai solo vene e arterie, laboratorio mobile di un alchimista, cannelle e tubuli in moto perpetuo, a distillare il sangue esangue di quelle lucciole smorte alla luce di un sole assente.

Stavano quei corpi in grande e doloroso silenzio. In alcuni si intravedevano i segni di una lentissima trasformazione che, da statue di carne, li stava assottigliando a statue di fibre.

L'ultimo di costoro, scorticato come un San Bartolomeo, portava alta nella mano destra la pelle ancora sanguinolenta, floscia come una cappa riposta. Vi si riconoscevano ancora un volto, con i fori degli occhi e delle narici, e la caverna della bocca, che sembravano l'ultimo colame di una maschera di cera esposta a subito calore.

E quell'uomo (ovvero la bocca sdentata e sformata della sua pelle) parlò a Ferrante.

"Malvenuto," gli disse, "nella Terra dei Morti che noi chiamiamo Isola Vesalia. Tra poco anche tu seguirai la nostra sorte, ma non dovrai credere che ciascuno di noi si estingua con la rapidità concessa dal sepolcro. A seconda della nostra condanna, ciascuno di noi viene condotto a uno stadio suo proprio di disfacimento, come per farci assaporare l'estinzione, che per ciascuno sarebbe la massima gioia. O quale letizia, immaginarci cervella che appena tocche si spappolassero, polmoni che si schiantassero al primo soffio di un'aria che li sforzasse ancora, pellami che a tutto cedessero, mollami che si ammollassero, grassumi che si colliquassero! Ebbene, no. Così come ci vedi, noi siamo pervenuti ciascuno al nostro stato senza avvedercene, per impercettibile mutazione nel corso della quale ogni nostra filaccica si è consumata nel giro di mille e mille e mille anni. E nessuno sa sino a che punto ci sia dato di consumarci, sì che quelli che vedi laggiù, ridotti alle sole ossa, sperano ancora di poter morire un poco, e forse sono millenni che si esauriscono in quella attesa; altri, come me, sono in questa sembianza non so più da quando – perché in questa notte sempre imminente abbiamo perduto ogni sentimento del trascorrere del tempo – e pure ancora spero che mi sia stato concesso un annullamento lentissimo. Così ognuno di noi anela a uno scomporsi che – ben lo sappiamo – non sarà mai totale, sempre sperando che l'Eternità non sia per noi ancora iniziata, e pur temendo di esservi dentro sin dal nostro antichissimo sbarco su questa terra. Noi credevamo in vita che l'inferno fosse il luogo della eterna disperazione, perché così ci hanno detto. Ahimè no, ché esso è il luogo di una inestinguibile speranza, che rende ogni singolo giorno peggiore dell'altro, poiché questa sete, che ci vien tenuta viva, non viene mai contentata. Avendo sempre un barlume di corpo, e ogni corpo tendendo alla crescita o alla morte, non cessiamo di sperare – e solo così il nostro Giudice ha sentenziato che noi potessimo soffrire *in saecula*."

Aveva domandato Ferrante: "Ma che cosa sperate?"

"Di' pure che cosa spererai anche tu... Spererai che un nulla di vento, una minima colma di marea, l'arrivo di una sola mignatta affamata, ci restituisca atomo per atomo al gran vuoto dell'universo, dove potremmo partecipare ancora in qualche modo del ciclo della vita. Ma qui l'aria non si agita, il mare resta immobile, non sentiamo mai freddo né caldo, non conosciamo né albe né tramonti, e questa terra più morta di noi non produce alcuna vita animale. Oh i vermi, che la morte ci prometteva un giorno! Oh cari vermiccioli, madri del nostro spirito che potrebbe ancor rinascere! Succhiando il nostro fiele ci aspergereste pietosi col latte dell'innocenza! Mordendoci, sanereste i morsi delle nostre colpe, cullandoci con vostri vezzi di morte ci dareste nuova vita, perché tanto varrebbe per noi la tomba quanto un grembo materno... Ma nulla di questo avverrà. Questo noi sappiamo, eppure questo il nostro corpo dimentica a ogni istante."

"E Dio," aveva chiesto Ferrante, "Dio, Dio ride?"

"Ahimè no," aveva risposto lo scuoiato, "perché anche l'umiliazione ci esalterebbe. Bello sarebbe se vedessimo almeno un Dio ridente, che si prende gioco di noi! Di quanta distrazione ci sarebbe lo spettacolo del Signore che dal suo trono in compagnia dei suoi santi ci beffeggiasse. Avremmo la visione della gioia altrui, altrettanto rallegrante che la visione dell'altrui corruccio. No, qui nessuno si sdegna, nessuno ride, nessuno si mostra. Qui Dio non c'è. C'è solo una speranza senza meta."

"Perdio, che siano maledetti tutti i santi," cercò di gridare allora Ferrante infellonito, "se sono dannato avrò pur diritto di rappresentare a me stesso lo spettacolo del mio furore!" Ma si accorse che la voce gli usciva fievole dal petto, il suo corpo era prostrato, e non poteva nemmeno inviperire.

"Vedi," gli aveva detto lo spellato, senza che la sua bocca riuscisse a sorridere, "la tua pena è già cominciata. Neppure l'odio ti è più permesso. Quest'isola è l'unico luogo dell'universo dove non sia consentito patire, dove una speranza senza energia non si distingue da una noia senza fondo."

Roberto aveva seguitato a costruire la fine di Ferrante, sempre stando sul ponte, nudo come si era messo per diventare pietra, e nel frattempo il sole lo aveva ustionato sul volto, il petto e le gambe, riportandolo a quel calor febbrile al quale era sfuggito da non molto. Ormai disposto a confondere non solo il romanzo con la realtà, ma anche l'ardore dell'animo con quello del corpo, si era sentito riavvampare d'amore. E Lilia? Che cosa era accaduto a Lilia, mentre il cadavere di Ferrante andava a raggiungere l'isola dei morti?

Con un tratto non raro nei narratori di Romanzi, quando non sanno come frenare l'impazienza, e non osservano più le unità di tempo e di luogo, Roberto saltò di un balzo gli eventi per ritrovare Lilia giorni dopo, afferrata a quella tavola, mentre procedeva per un mare ormai calmo che lampeggiava sotto il sole – e si avvicinava (e questo, gentile mio lettore, tu non l'avresti mai osato prevedere) alla costa occidentale dell'Isola di Salomone, e cioè dalla parte opposta a quella in cui era ancorata la *Daphne*.

Qui, Roberto l'aveva saputo da padre Caspar, le spiagge erano meno amichevoli di quanto non fossero a ovest. La tavola, ormai incapace di reggere, si era rotta urtando uno scoglio. Lilia si era svegliata e si era stretta a quella roccia, mentre i frantumi della zattera si perdevano tra le correnti.

Ora ella era là, su una pietra che appena poteva accoglierla, e un tratto d'acqua – ma per lei era un oceano – la separava dalla riva. Conquassata dal tifone, svigorita dal digiuno, tormentata ancor più dalla sete, non poteva trascinarsi dallo scoglio alla rena, oltre la quale, con uno sguardo velato indovinava uno scolorare di forme vegetali.

Ma la roccia era torrida sotto il tenero fianco e, respirando a fatica, invece di rinfrescare l'interna arsura, traeva a sé l'arsura dell'aria.

Sperava che poco lontano scaturissero agili ruscelli da rupi ombrose, ma questi sogni non le molcevano, bensì le rinfocolavano la sete. Voleva chiedere aiuto al Cielo, ma restando annodata al palato l'arida lingua, le voci diventavano mozzi sospiri.

Come il tempo passava, la sferza del vento la graffiava con unghie di rapace, e temeva (più che di morire) di vivere sino a che l'azione degli elementi la deturpasse, rendendola oggetto di ripulsa e non più d'amore.

Se avesse anche raggiunto una gora, un corso d'acqua viva, appressandovi le labbra avrebbe scorto gli occhi suoi, già due vive stelle che promettevano vita, ora fatti due spaventevoli eclissi; e quel volto, ove gli Amoretti scherzando facevano soggiorno, ora orrido albergo dell'aborrimento. Se pur fosse giunta a uno stagno, i suoi occhi vi avrebbero versato, per pietà del proprio stato, più gocce che non ve ne avessero tolto le labbra.

Così almeno Roberto faceva che Lilia pensasse di sé. Ma ne provò fastidio. Fastidio di lei che, vicina a morire, si angosciava per la propria bellezza, come spesso volevano i Romanzi; fastidio di se stesso, che non sapeva guardare nel volto, senza iperboli della mente, l'amor suo che moriva.

Come poteva essere Lilia, davvero, su quel punto? Come sarebbe apparsa, togliendole quell'abito di morte tessuto di parole?

Per le sofferenze del lungo viaggio e del naufragio, i suoi capelli potevano esser diventati di stoppa, segnata da fili bianchi; il suo seno aveva certo perduto i suoi gigli, il suo viso era stato arato dal tempo. Crespi erano ora la gola e il petto.

Ma no, celebrare così lei che sfioriva era ancora affidarsi alla macchina poetica di padre Emanuele... Roberto voleva vedere Lilia come realmente era. La testa rovesciata, gli occhi tralunati che, rimpiccioliti dal dolore, si mostravano troppo distanti dalla radice del naso – ormai affilato in punta – appesantiti da gonfietti, gli angoli segnati da una raggiera di piccole grinze, impronte lasciate da un passero sulla sabbia. Le narici un poco dilatate, una leggermente più carnosa dell'altra. La bocca screpolata, dal colore di ametista, due rughe arcuate ai lati, e il labbro superiore un po' sporgente, rialzato a mostrare due dentuzzi non più d'avorio. La pelle del volto dolcemente cascante, due pieghe rilassate sotto il mento, a svilire il disegno del collo...

Eppure, questo frutto appassito, egli non l'avrebbe scambiato per tutti gli angeli del cielo. Egli l'amava anche così, né che fosse diversa poteva sapere quando l'aveva amata volendola com'era, dietro il sipario del suo velo nero, una sera lontana.

Si era lasciato traviare durante i suoi giorni di naufragio, l'aveva desiderata armoniosa come il sistema delle sfere; ma ormai gli avevano pur detto (e non aveva osato confessare anche questa a padre Caspar) che forse i pianeti non compiono il loro viaggio lungo la linea perfetta di un cerchio, ma per un loro strabico giro intorno al sole.

Se la bellezza è chiara, l'amore è misterioso: egli scopriva di amare non la primavera, ma ciascuna delle stagioni dell'amata, tanto più desiderabile nel suo declino autunnale. L'aveva sempre amata per ciò che era e avrebbe potuto essere, e solo in tal senso amare era far dono di sé, senza attesa di scambio.

Si era lasciato frastornare dal suo ondisonante esilio, cercando sempre un altro se stesso: pessimo in Ferrante, ottimo in Lilia, della cui gloria voleva farsi glorioso. E invece amare Lilia significava volerla come lui stesso era, consegnati entrambi al lavorio del tempo. Sino ad allora aveva usato la bellezza di lei per fomentare l'insozzarsi della sua mente. L'aveva fatta parlare mettendole in bocca le parole che lui voleva, e di cui era pure scontento. Ora l'avrebbe voluta vicino, innamorato della sua sofferente beltà, della sua voluttuosa macilenza, della sua grazia illividita, della sua infievolita venustà, delle sue magre nudità, per accarezzarle sollecito, e ascoltare la sua parola, quella di lei, non quella che lui le aveva prestato.

Doveva averla spossessandosi di sé.

Ma era tardi per rendere il giusto omaggio al suo idolo malato.

Dall'altra parte dell'Isola, a Lilia correva entro le vene, liquefatta, la Morte.

Era questo il modo di terminare un Romanzo? I Romanzi non solo pungolano l'odio per farci infine godere della sconfitta di coloro che odiamo, ma invitano altresì alla compassione per poi condurci a scoprire fuor di pericolo coloro che amiamo. Di romanzi che finissero così male, Roberto non ne aveva mai letti.

A meno che il Romanzo non fosse ancora finito, e rimanesse in serbo un Eroe segreto, capace di un gesto immaginabile solo nel Paese dei Romanzi.

Per amore, Roberto decise di compiere quel gesto, entrando egli stesso nel suo racconto.

Se io fossi già arrivato sull'Isola, si diceva, ora potrei salvarla. È solo la mia pigrizia che mi ha trattenuto qui. Ora siamo entrambi ancorati nel mare, a desiderar le opposte rive di una stessa terra.

Eppure non tutto è perduto. Io la vedo spirare in questo stesso momento, ma se io in questo stesso momento raggiungessi l'Isola, vi sarei un giorno prima ch'essa vi arrivi, pronto ad attenderla e trarla a salvamento.

Poco importa che io la riceva dal mare mentre è già sul punto di esalare l'ultimo sospiro. Infatti si sa che quando il corpo giunge a quel passo, una forte emozione può ridargli nuova linfa, e si sono visti morenti che, all'apprendere che la causa della loro sfortuna era stata rimossa, sono tornati a fiorire.

E quale più grande emozione, per quella morente, che

ritrovare in vita la persona amata! Infatti non dovrei neppure rivelarle di essere diverso da quello che amava, perché era a me e non all'altro che essa si era donata; prenderei semplicemente il posto che mi era dovuto sin dall'inizio. Non solo, ma senza avvedersene Lilia sentirebbe un amore diverso nel mio sguardo, puro di ogni lussuria, tremante di devozione.

Possibile, chiunque si chiederebbe, che Roberto non avesse riflettuto al fatto che questa riscossa gli era concessa solo se davvero egli avesse toccato l'Isola entro quel giorno, al massimo entro le prime ore del mattino seguente, cosa che le sue esperienze recentissime non rendevano probabile? E possibile non si rendesse conto che stava progettando di approdare davvero sull'Isola per trovare colei che vi perveniva solo in virtù del suo racconto?

Ma Roberto, lo abbiamo già visto, dopo aver iniziato a pensare a un Paese dei Romanzi del tutto estraneo al proprio mondo, finalmente era arrivato a far confluire i due universi l'uno nell'altro senza fatica, e ne aveva confuso le leggi. Pensava di poter arrivare sull'Isola perché se lo stava immaginando, e d'immaginare l'arrivo di lei nel momento in cui egli vi fosse già giunto, perché così stava volendo. D'altro canto, quella libertà di volere eventi e di vederli realizzati, che rende così imprevedibili i Romanzi, Roberto la stava trasferendo al proprio mondo: finalmente sarebbe arrivato sull'Isola per la semplice ragione che – a non arrivarvi – non avrebbe più saputo che cosa raccontarsi.

Intorno a questa idea, che chiunque non ci avesse seguito sino qui giudicherebbe folleggiamento o follezza che dir si voglia (o si volesse allora), egli ora rifletteva in modo matematico, senza nascondersi nessuna delle eventualità che senno e prudenza gli suggerivano.

Come un generale che dispone, la notte prima della battaglia, i movimenti che le sue truppe compiranno nel giorno a venire, e non solo si rappresenta le difficoltà che potrebbero insorgere e gli accidenti che potrebbero disturbare il suo piano, ma si immedesima anche nella mente del generale avversario, per prevederne mosse e contromosse, e disporre del futuro agendo in conseguenza di quel che l'altro potrebbe disporre in conseguenza di quelle conseguenze – così Roberto pesava i mezzi e i risultati, le cause e gli effetti, i pro e i contro.

Doveva abbandonar l'idea di nuotare verso il barbacane e superarlo. Non poteva più scorgerne i passaggi sommersi, e non avrebbe potuto raggiungerne la parte emergente se non affrontando invisibili insidie, certamente mortali. E infine, anche ammesso che avesse potuto raggiungerlo – sopra o sott'acqua che fosse – non era detto che avrebbe potuto camminarvi con le sue deboli uose, e che esso non celasse scoscendimenti in cui sarebbe caduto senza più uscirne.

Non si poteva dunque raggiungere l'Isola che rifacendo il percorso della barca, e cioè nuotando verso sud, costeggiando a distanza la baia più o meno all'altezza della *Daphne*, per poi piegare a oriente una volta doppiato il promontorio meridionale, sino a raggiungere la caletta di cui gli aveva parlato padre Caspar.

Questo progetto non era ragionevole, e per due ragioni. La prima, che a mala pena egli era sino ad allora riuscito a nuotare sino al limite del barbacane, e a quel punto le forze già lo abbandonavano; e pertanto non era sensato pensare che avrebbe potuto percorrere una distanza almeno quattro o cinque volte superiore – e senza canapo, non tanto perché non ne aveva uno talmente lungo, ma perché questa volta, se andava, era per andare, e se non arrivava non aveva senso tornare indietro. La seconda, era che nuotare a sud voleva dire muoversi contro corrente: e, sapendo ormai che le sue forze servivano a contrastarla soltanto per poche bracciate, egli sarebbe stato trascinato inesorabilmente a nord, oltre il capo settentrionale, allontanandosi sempre più dall'Isola.

Dopo aver calcolato con rigore queste possibilità (dopo aver riconosciuto che la vita è breve, l'arte vasta, l'occasione istantanea e l'esperimento malcerto) si era detto che era indegno di un gentiluomo abbandonarsi a calcoli così meschini, come un borghese che computasse le possibilità che aveva giocando a dadi il suo avaro peculio.

Ovvero, si era detto, un calcolo si ha da fare, ma che sia sublime, se sublime è la posta. Che cosa giocava in quella sua scommessa? La vita. Ma la sua vita, se egli non fosse mai riuscito a lasciare la nave, non era molto, specie ora che alla solitudine si sarebbe aggiunta la coscienza di aver perduto lei per sempre. Che cosa invece guadagnava se superava la prova? Tutto, la gioia di rivederla e salvarla, in ogni caso di morire su di lei morta, coprendone il corpo di una sindone di baci.

È vero, la scommessa non era alla pari. C'erano più possibilità di perire nel tentativo che non di raggiunger la terra. Ma anche in quel caso l'alea era vantaggiosa: come se gli avessero detto che aveva mille possibilità di perdere una misera somma contro una sola di guadagnare un immenso tesoro. Chi non avrebbe accettato?

Infine era stato colto da un'altra idea, che gli riduceva oltre misura il rischio di quella giocata, anzi, lo vedeva vincente in entrambi i casi. Si ammettesse pure che la corrente lo avesse trascinato nella direzione opposta. Ebbene, una volta passato l'altro promontorio (lo sapeva per averne fatto la prova con la tavola di legno) la corrente lo avrebbe condotto lungo il meridiano...

Se si fosse lasciato andare a fior d'acqua, con gli occhi al cielo, egli non avrebbe mai più visto muovere il sole: avrebbe fluttuato su quel ciglio che separava l'oggi dal giorno prima, al di fuori del tempo, in un eterno mezzogiorno. Fermandosi il tempo per lui, si sarebbe fermato anche sull'Isola, ritardando all'infinito la morte di lei, perché ormai tutto quello che accadeva a Lilia dipendeva dalla sua volontà di narratore. In sospeso lui, in sospeso la vicenda sull'Isola.

Acuminatissimo chiasmo, oltretutto. Essa si sarebbe trovata nella stessa posizione in cui era stato lui per un tempo ormai incalcolabile, a due braccia dall'Isola, ed egli perden-

462

dosi nell'oceano le avrebbe fatto dono di quella che era stata la sua speranza, l'avrebbe tenuta sospesa sul ciglio di un interminabile desiderio – entrambi senza futuro e quindi senza morte a venire.

Poi aveva indugiato a raffigurarsi quale sarebbe stato il suo viaggio, e per la conflazione d'universi che egli aveva ormai sancito, lo sentiva come se fosse anche il viaggio di Lilia. Era la straordinaria vicenda di Roberto che avrebbe garantito anche a lei un'immortalità che la trama delle longitudini non le avrebbe altrimenti concessa.

Si sarebbe mosso verso nord a velocità mite e uniforme: alla sua destra e alla sua sinistra si sarebbero seguiti i giorni e le notti, le stagioni, le eclissi e le maree, novissime stelle avrebbero attraversato i cieli portando pestilenze e sommovimento d'imperi, monarchi e pontefici sarebbero incanutiti e scomparsi in refoli di polvere, tutti i vortici dell'universo avrebbero compiuto le loro ventose rivoluzioni, altre stelle si sarebbero formate dall'olocausto delle antiche... Intorno a lui il mare si sarebbe scatenato e poi smaccato, gli alisei avrebbero fatto le loro girandole, e per lui nulla sarebbe mutato in quel placido solco.

Si sarebbe fermato un giorno? Da quel che ricordava delle carte, nessuna altra terra, che non fosse l'Isola di Salomone, poteva distendersi su quella longitudine, almeno sino a che essa, al Polo, non si fosse congiunta a tutte le altre. Ma se una nave, col vento in poppa e una selva di vele, impiegava mesi e mesi e mesi a compiere un percorso pari a quello che egli avrebbe intrapreso, per quanto egli avrebbe durato? Forse per anni, prima di pervenire al luogo ove non sapeva che cosa sarebbe stato del giorno e della notte, e del trascorrer dei secoli.

Ma nel frattempo avrebbe riposato in un amore così sottile da non curare di perdere labbra, mani, pupille. Il corpo si sarebbe svuotato di ogni linfa, sangue, bile o pituita, l'acqua gli sarebbe entrata da ogni poro, penetrando nelle orecchie gli avrebbe intonacato il cervello di salino, avrebbe sostituito l'umor vitreo degli occhi, gli avrebbe invaso le narici andando a disciöglier ogni traccia dell'elemento terrestre. Nello stesso tempo i raggi solari lo avrebbero alimentato di particelle ignee, e queste avrebbero assottigliato il liquido in una sola guazza di aria e di fuoco che per forza di simpatia sarebbe stata richiamata verso l'alto. Ed egli, ormai leggero e volatile, si sarebbe levato a congiungersi prima con gli spiriti dell'aria, poi con quelli del sole.

E lo stesso sarebbe stato di lei, nella ferma luce di quello scoglio. Si sarebbe espansa come oro battuto sino alla lama più aerea.

Così nel corso dei giorni si sarebbero uniti in quell'intesa. Istante per istante sarebbero stati davvero l'uno all'altro come i rigidi gemelli del compasso, muovendo ciascuno al moto del compagno, piegando l'uno quando l'altro si spinge più lontano, tornando diritto quando l'altro si ricongiunge.

Allora entrambi avrebbero continuato il loro viaggio nel presente, dritti verso l'astro che li attendeva, pulviscolo d'atomi tra gli altri corpuscoli del cosmo, vortice tra i vortici, ormai eterni come il mondo perché ricamati di vuoto. Conciliati col loro destino, perché il moto della terra porta mali e paure, ma la trepidazione delle sfere è innocente.

Dunque la puntata gli avrebbe dato in ogni caso una vittoria. Non si doveva esitare. Ma neppure disporsi a quel trionfale sacrificio senza corredo di giusti riti. Roberto affida alle sue carte gli ultimi atti che si accinge a compiere, e per il resto ci lascia indovinare gesti, tempi, cadenze.

Come primo lavacro liberatorio, impiegò quasi un'ora a rimuovere una parte della griglia che separava il ponte dal sottoponte. Quindi discese e prese ad aprire ogni gabbia. A mano a mano che sradicava i giunchi, era investito da un solo frullo d'ali, e dovette difendersi alzando le braccia davanti al viso, ma nel contempo gridava "sciò, sciò!" e incoraggiava i prigionieri spingendo con le mani persino le galline, che starnazzavano senza trovare la via di uscita.

Sino a che, risalito sul ponte, vide il popoloso stormo alzarsi attraverso l'alberatura, e gli parve che per alcuni secondi il sole fosse coperto da tutti i colori dell'iride, sbiavati di traverso dagli uccelli del mare, accorsi curiosi a unirsi a quella festa.

Poi aveva buttato a mare tutti gli orologi, non pensando affatto di perdere tempo prezioso: stava cancellando il tempo per propiziarsi un viaggio contro il tempo.

Infine, a impedirsi ogni codardia, aveva radunato sul ponte, sotto la vela di maestra, tronchetti, assicelle, botti vuote, li aveva cosparsi con l'olio di tutte le lucerne, e vi aveva appiccato fuoco.

Si era levata una prima fiammata, che aveva subito lambito le vele e le sartie. Quando aveva ottenuto la certezza che il focolaio si stava alimentando per forza propria, si era disposto all'addio.

Era ancora nudo, da quando aveva iniziato a morire trasformandosi in pietra. Nudo persino del canapo che non doveva più limitare il suo viaggio, era disceso nel mare.

Aveva puntato i piedi contro il legno, dandosi un colpo in avanti per scostarsi dalla *Daphne*, e dopo averne seguito la fiancata sino a poppa, se ne era allontanato per sempre, verso una delle due felicità che certamente lo attendeva.

Prima ancora che il destino, e le acque, avessero deciso per lui, vorrei che, sostando ogni tanto per prendere respiro, avesse lasciato scorrere lo sguardo dalla *Daphne*, che salutava, sino all'Isola.

Laggiù, al di sopra della linea tracciata dalla cima degli alberi, con occhi ormai acutissimi, dovrebbe aver visto levarsi a volo – come un dardo che volesse colpire il sole – la Colomba Color Arancio.

40.
Colophon

Ecco. E che sia poi avvenuto di Roberto, non so né credo si potrà mai sapere.

Come trarre un romanzo, da una storia pur così romanzesca, se poi non se ne conosce la fine – o meglio, il vero inizio?

A meno che la storia da raccontare non sia quella di Roberto, ma delle sue carte – benché anche qui si debba andar per congetture.

Se le carte (peraltro frammentarie, da cui ho tratto un racconto, o una serie di racconti che s'intersecano o si schidionano) sono arrivate sino a noi è perché la *Daphne* non è bruciata del tutto, mi pare evidente. Chi sa, forse quel fuoco ha appena intaccato gli alberi, ma poi si è estinto in quella giornata senza vento. Oppure, nulla esclude che qualche ora dopo sia caduta una pioggia torrenziale, che ha spento il focolaio...

Quanto è rimasta laggiù la *Daphne* prima che qualcuno la ritrovasse e riscoprisse gli scritti di Roberto? Tento due ipotesi, entrambe fantasiose.

Come ho già accennato, pochi mesi prima di quella vicenda, e precisamente nel febbraio 1643, Abel Tasman, partito da Batavia nell'agosto 1642, dopo aver toccato quella Terra di van Diemen che sarebbe poi divenuta la Tasmania, vedendo soltanto da lontano la Nuova Zelanda e aver puntato sulle Tonga (già raggiunte nel 1615 da van Schouten e le Maire, e battezzate isole del Cocco e dei Traditori), procedendo a nord aveva scoperto una serie di isolette contornate di sabbia, registrandole a 17,19 gradi di latitudine sud e a 201,35 gradi di longitudine. Non stiamo a discutere sulla longitudine, ma quelle isole che aveva chiamato Prins Willelms Ejilanden, se le mie ipotesi sono giuste, non avrebbero dovuto essere distanti dall'Isola della nostra storia.

Tasman finisce il suo viaggio, dice, in giugno, e quindi prima che la *Daphne* potesse arrivare da quelle parti. Ma non è detto che i diari di Tasman siano veritieri (e tra l'altro non ne esiste più l'originale)[1]. Proviamo dunque a immaginare che, per una di quelle deviazioni fortuite di cui il suo viaggio è così ricco, egli sia tornato in quella zona, diciamo nel settembre di quell'anno, e vi abbia scoperto la *Daphne*. Nessuna possibilità di rimetterla in sesto, priva d'alberatura e di vele come doveva ormai essere. L'aveva visitata per scoprire di dove venisse, e aveva trovato le carte di Roberto.

Per poco che sapesse l'italiano, aveva capito che vi si discuteva il problema delle longitudini, per cui quelle carte diventavano documento riservatissimo da consegnare alla Compagnia delle Indie Olandesi. Per questo tace nel suo diario di tutta la vicenda, forse falsifica persino le date per cancellare ogni traccia della sua avventura, e le carte di Roberto finiscono in qualche archivio segreto. Che poi Tasman ha fatto un altro viaggio anche l'anno dopo, e Dio sa se è andato dove ha detto.[2]

1. Chiunque può facilmente controllare se dico il vero in P.A. Leupe, "De handschriften der ontdekkingreis van A.J. Tasman en Franchoys Jacobsen Vissche 1642-3", in *Bijdragen voon vaderlansche geschiedenis en oudheidkinde*, N.R. 7, 1872, pp. 254-93. Sono inoppugnabili, certo, i documenti raccolti come *Generale Missiven*, dove esiste un estratto dal "Daghregister van het Casteel Batavia" del 10 giugno 1643, in cui si dà notizia del ritorno di Tasman. Ma se l'ipotesi di cui sto per dire fosse attendibile, ci vorrebbe nulla a supporre che, per preservare un segreto come quello delle longitudini, anche un atto del genere fosse stato manomesso. Con comunicazioni che da Batavia dovevano arrivare in Olanda, e chissà quando ci arrivavano, uno scarto di due mesi poteva passare inosservato. D'altra parte io non sono affatto sicuro che Roberto sia arrivato da quelle parti in agosto e non prima.
2. Di questo secondo viaggio non esistono assolutamente diari di bordo. Perché?

Immaginiamoci i geografi olandesi a sfogliare quelle carte. Noi lo sappiamo, non c'era nulla d'interessante da trovarvi, tranne forse il metodo canino del dottor Byrd, del quale scommetto che vari spioni erano già venuti a sapere per altre strade. Vi si trova la menzione della Specola Melitense, ma vorrei ricordare che, dopo Tasman, passano centotrent'anni prima che Cook riscopra quelle isole, e a seguire le indicazioni di Tasman non si sarebbe potuto ritrovarle.

Poi, finalmente, e sempre un secolo dopo la nostra storia, l'invenzione del cronometro marino di Harrison pone fine alla frenetica ricerca del *punto fijo*. Il problema delle longitudini non è più un problema, e qualche archivista della Compagnia, desideroso di svuotare gli armadi getta, regala, vende – chi sa – le carte di Roberto, ormai pura curiosità per qualche maniaco di manoscritti.

La seconda ipotesi è romanzescamente più avvincente. Nel maggio 1789 un affascinante personaggio passa da quelle parti. È il capitano Bligh, che gli ammutinati del *Bounty* avevano calato in una scialuppa con diciotto uomini fedeli, e affidato alla clemenza delle onde.

Quell'uomo eccezionale, qualsiasi siano stati i suoi difetti caratteriali, riesce a percorrere più di seimila chilometri per approdare finalmente a Timor. Nel compiere questa impresa, passa per l'arcipelago delle Figi, raggiunge quasi Vanua Levu e attraversa il gruppo delle Yasawa. Questo vuol dire che, se appena avesse deviato leggermente verso est, avrebbe potuto benissimo approdare dalle parti di Taveuni, dove mi piace arguire che si trovasse la nostra Isola – che se poi valessero prove in questioni che riguardano il credere e il voler credere, ebbene, mi assicurano che una Colomba Aranciata, o Orange Dove, o Flame Dove, o meglio ancora Ptilinopus Victor, esiste solo laggiù – solo che, e rischio di rovinare tutta la storia, quella arancione è il maschio.

Ora un uomo come Bligh, se avesse trovato la *Daphne* appena in stato ragionevole, poiché era arrivato sin lì su di una semplice barca, avrebbe fatto il possibile per rimetterla in sesto. Ma era ormai passato quasi un secolo e mezzo. Qualche tempesta aveva ulteriormente scosso quello scafo, lo aveva disancorato, la nave era andata a rovesciarsi sulla barriera corallina – oppure no, era stata presa dalla corrente, trascinata verso nord e buttata su altre secche o sulla scogliera di un'isola vicina, dove era rimasta esposta all'azione del tempo.

Probabilmente Bligh è salito a bordo di un vascello fantasma, dalle murate incrostate di conchiglie e verdi di alghe, con un'acqua stagnante in una stiva sventrata, rifugio di molluschi e pesci velenosi.

Forse sopravviveva, instabile, il castello di poppa, e nella cabina del capitano, secche e polverose, oppure no, umide e macerate, ma ancor leggibili, Bligh ha trovato le carte di Roberto.

Non erano più tempi di grande angoscia sulle longitudini, ma forse lo hanno attirato i riferimenti, in lingua ignota, alle Isole di Salomone. Quasi dieci anni prima un certo signor Buache, Geografo del re e della Marina Francese, aveva presentato una memoria all'Accademia delle Scienze sulla Esistenza e Posizione delle Isole di Salomone, e aveva sostenuto che esse altro non erano che quella Baia di Choiseul che Bougainville aveva toccato nel 1768 (e la cui descrizione appariva conforme a quella antica di Mendaña), e le Terres des Arsacides, toccate nel 1769 da Surville. Tanto che mentre Bligh navigava ancora un anonimo, che era probabilmente il Signor di Fleurieu, stava per pubblicare un libro intitolato *Decouvertes des François en 1768 & 1769 dans les Sud-Est de la Nouvelle Guinée*.

Non so se Bligh avesse letto le rivendicazioni del signor Buache, ma certamente nella marineria inglese si parlava con stizza di quel tratto di arroganza dei cugini francesi, che millantavano di aver trovato l'introvabile. I francesi avevano ragione, ma Bligh poteva non saperlo, o non desiderarlo. Potrebbe pertanto aver concepito la speranza di aver messo mano su un documento che non solo smentiva i francesi, ma avrebbe consacrato lui come scopritore delle Isole di Salomone.

Immaginerei che, prima, avesse mentalmente ringraziato Fletcher Christian e gli altri ammutinati per averlo messo brutalmente sulla strada della gloria, poi avesse deciso, da buon patriota, di tacere con tutti della sua breve deviazione a oriente e della sua scoperta, e di consegnare in assoluto riserbo le carte all'Ammiragliato britannico.

Ma anche in quel caso, qualcuno le avrà giudicate di scarso interesse, prive di alcuna virtù probatoria e – di nuovo – le avrà esiliate tra fasci di robaglia erudita per letterati. Bligh rinuncia alle Isole di Salomone, si accontenta di essere nominato ammiraglio per le altre sue innegabili virtù di navigatore, e morirà ugualmente soddisfatto, senza sapere che Hollywood lo avrebbe reso esecrabile ai posteri.

E così, se anche una delle mie ipotesi si prestasse a continuar la narrazione, questa non avrebbe una fine degna d'esser narrata, e lascerebbe scontento e insoddisfatto ogni lettore. Neppure in tal modo la vicenda di Roberto si presterebbe a qualche insegnamento morale – e staremmo ancor a domandarci come mai gli sia accaduto quel che gli è accaduto – concludendo che nella vita le cose accadono perché accadono, ed è solo nel Paese dei Romanzi che sembrano accadere per qualche scopo o provvidenza.

Che, se dovessi trarne una conclusione, dovrei andare a ripescare tra le carte di Roberto una nota, che risale certamente a quelle notti in cui ancora si interrogava su un possibile Intruso. Quella sera Roberto guardava ancora una volta il cielo. Ricordava come alla Griva, quando era crollata per l'età la cappella di famiglia, quel suo precettore carmelitano che aveva fatto esperienza in Oriente, aveva consigliato che ricostruissero quel piccolo oratorio alla moda bizantina, a forma rotonda con una cupola centrale, che proprio nulla aveva a che vedere con lo stile a cui si era abituati in Monferrato. Ma il vecchio Pozzo non voleva metter naso in cose d'arte e di religione, e aveva ascoltato i consigli di quel sant'uomo.

Vedendo il cielo antipode, Roberto si rendeva conto che alla Griva, in un paesaggio circondato da ogni lato dalle colline, la volta celeste gli appariva come la cupola dell'oratorio, ben delimitata dal breve cerchio dell'orizzonte, con una o due costellazioni che egli era capace di riconoscere, così che per quanto sapesse lo spettacolo mutava di settimana in settimana, visto che andava a dormire di buonora, non aveva mai avuto modo di rendersi conto che esso cambiava persino nel corso della stessa notte. E quindi quella cupola gli era sempre parsa e stabile e rotonda, e di conseguenza altrettanto stabile e rotondo aveva concepito l'universo mondo.

A Casale, al centro di una pianura, aveva capito che il cielo era più vasto di quello che egli credeva, ma padre Emanuele lo convinceva più a immaginare le stelle descritte per concetti, che a guardare quelle che gli stavano sopra il capo.

Ora, spettatore antipode dall'infinita distesa di un oceano, scorgeva un orizzonte sconfinato. E in alto sopra il capo vedeva costellazioni mai viste. Quelle del suo emisfero, le leggeva secondo l'immagine che altri ne avevano già fissato, qui la poligonale simmetria del Gran Carro, là l'alfabetica esattezza di Cassiopea. Ma sulla *Daphne* non aveva figure predisposte, poteva unire qualsiasi punto con ciascun altro, trarne le immagini di un serpente, di un gigante, di una chioma o di una coda di insetto velenoso, per poi disfarle e tentare altre forme.

In Francia e Italia osservava anche in cielo un paesaggio definito dalla mano di un monarca, che aveva fissato le linee delle strade e dei servizi postali, lasciando tra esse le macchie delle foreste. Qui invece era pioniere in una terra ignota, e doveva decidere quali sentieri avrebbero collegato un picco a un lago, senza un criterio di scelta, perché non vi erano ancora città e villaggi alle falde dell'uno o sulle rive dell'altro. Roberto non guardava le costellazioni: era condannato a istituirle. Si sgomentava che l'insieme si disponesse come una spirale, un guscio di chiocciola, un vortice.

È a quel punto che si ricorda di una chiesa, assai nuova, vista a Roma – ed è l'unica volta che ci lascia immaginare di aver visitato quella città, forse prima del viaggio in Provenza. Quella chiesa gli era parsa troppo diversa e dalla cupola della Griva e dalle navate, geometricamente ordinate per ogive e crociere, delle chiese viste a Casale. Ora capiva perché: era come se la volta della chiesa fosse un cielo australe, che invogliava l'occhio a tentare sempre nuove linee di fuga, senza mai riposarsi su un punto centrale. Sotto quella cupola, dovunque si collocasse, chi guardava verso l'alto si sentiva sempre ai margini.

Si rendeva ora conto che, in modo più imprecisato, meno evidentemente teatrale, vissuto attraverso piccole sorprese giorno per giorno, quella sensazione di un riposo negato l'aveva avuta prima in Provenza e poi a Parigi, dove ciascuno in qualche modo gli distruggeva una certezza e gli indicava un modo possibile di disegnare la mappa del mondo, ma i suggerimenti che gli provenivano da parti diverse non si componevano in un disegno finito.

Udiva di macchine che potevano alterare l'ordine dei fenomeni naturali, in modo che il grave tendesse in alto e il leggero piombasse al basso, che il fuoco bagnasse e l'acqua bruciasse, come se lo stesso creatore dell'universo fosse capace di emendarsi, e potesse infine costringere le piante e i fiori contro le stagioni, e le stagioni a ingaggiare una lotta col tempo.

Se il creatore accettava di mutar d'avviso, esisteva ancora un ordine che Egli avesse imposto all'universo? Forse ne aveva imposti molti, sin da principio, forse era disposto a cambiarli giorno per giorno, forse esisteva un ordine segreto che presiedeva a quel mutare di ordini e di prospettive, ma noi eravamo destinati a non scoprirlo mai, e a seguire piuttosto il gioco mutevole di quelle apparenze d'ordine che si riordinavano a ogni nuova esperienza.

E allora la storia di Roberto de la Grive sarebbe solo quella di un innamorato infelice, condannato a vivere sotto un cielo esagerato, che non è riuscito a conciliarsi con l'idea che la terra vaghi lungo un'ellisse di cui il sole è soltanto uno dei fuochi.

Il che, come molti converranno, è troppo poco per trarne una storia con un capo e una coda.

Infine, se da questa storia volessi farne uscire un romanzo, dimostrerei ancora una volta che non si può scrivere se non facendo palinsesto di un manoscritto ritrovato – senza mai riuscire a sottrarsi all'Angoscia dell'Influenza. Né sfuggirei alla puerile curiosità del lettore, il quale vorrebbe poi sapere se davvero Roberto ha scritto le pagine su cui mi sono intrattenuto sin troppo. Onestamente, dovrei rispondergli che non è impossibile che le abbia scritte qualcun altro, che voleva solo far finta di raccontar la verità. E così perderei tutto l'effetto romanzesco: dove, sì, si fa finta di raccontar cose vere, ma non si deve dire sul serio che si fa finta.

Non saprei neppure escogitare attraverso quale ultima vicenda le lettere siano pervenute in mano a chi dovrebbe avermele date, traendole da una miscellanea di altri dilavati e graffiati autografi.

"L'autore è ignoto," mi aspetterei però che avesse detto, "la scrittura è aggraziata, ma come vede è sbiadita, e i fogli sono ormai una sola gora. Quanto al contenuto, per quel poco che ne ho scorso, sono esercizi di maniera. Sa come si scriveva in quel Secolo... Era gente senz'anima."

INDICE